中国现代文学史

简编（增订版）

唐弢　主编

严家炎　万平近　协编

Zhong guo
Xian dai wen xue shi
Jian bian

复旦大学出版社

目 录

引言　中国现代文学发展的一个轮廓

一　文学革命的兴起与发展

　　中国现代文学酝酿于戊戌变法至五四运动时期,它以五四文学革命为其开端而揭开新的一页,使中国文学走上现代化的道路,既和世界先进国家的文学相沟通,又和自己的人民接近了一大步。

　　漫长的中国封建时代的文学,曾经取得过极其光辉灿烂的成就。但随着封建制度的衰竭腐朽,中国社会在经济上政治上沦为半殖民地,文学上更显得无法适应现代化的需要。近代许多有志之士,在努力改革中国社会的同时,曾经尝试着改革封建旧文学,并在十九、二十世纪之交推动了诗、文、小说的革新。西方文学的大量译介,更为后来新文学的兴起作了较为直接的准备。第一次世界大战爆发后,一方面,欧洲帝国主义各国忙于战争,暂时放松了对中国的侵略,中国的民族工业得到了相当程度的发展,阶级力量的对比发生着有利于革命的变化。另一方面,日本又加紧了独占中国的步骤,袁世凯政权则对内倒行逆施,复辟帝制,对外又丧权辱国,视日本为自己的靠山。在这一历史背景下,以《新青年》编者陈独秀为代表的一批接受西方新思潮影响的先进知识分子,起而奔走呼号,致力于新思想的启蒙宣传。作为新文化运动重要组成部分的文学革命,就是适应当时以民主和科学为旗帜的思想革命的要求,适应中国文学前进发展的要求而兴起的。

　　"文学革命"的正式提出是在一九一七年二月。在此以前,一些进步刊物上已经有所酝酿。《新青年》(初名《青年杂志》)创刊后不久,即针对国内文坛状况,发表《现代欧洲文艺史谭》等文,介绍西方近代文艺思潮从古典主义、理想主义(浪漫主义)到写实主义(现实主义)、自然主义的变迁过程。陈独秀并在通信中明确表示了文学改革的愿望:"吾国文艺,犹在古典主义、理想主义时代,今后当趋向

1

写实主义。文章以纪事为重,绘画以写生为重,庶足挽今日浮华颓败之恶风。"①一九一六年八月,李大钊在创刊《晨钟报》时,也发出了掀起一个新文艺运动的呼声。他说:"由来新文明之诞生,必有新文艺为之先声,而新文艺之勃兴,尤必赖有一二哲人,犯当世之不韪,发挥其理想,振其自我之权威,为自我觉醒之绝叫,而后当时有众之沉梦,赖以惊破。"②这些情况表明:随着思想启蒙运动的逐渐深入,在文学领域内相应地发动一个改革运动,实在是人心所向、势所必至的了。

最早系统地提出这种改革主张的,是胡适一九一七年一月发表在《新青年》上的《文学改良刍议》一文。他针对旧文学的形式主义、拟古主义毛病,提出改良文学应从"八事"入手,即须言之有物,不模仿古人,须讲求文法,不作无病之呻吟,务去滥调套语,不用典,不讲对仗,不避俗语俗字。胡适认为:"惟实写今日社会之情状",并有"高远之思想"、"真挚之情感"者,乃真文学。同时,正面主张书面语与口头语相接近,要求以白话文学为"正宗",来取代文言文。胡适将白话作为文学改革突破口的主张,是他在关键点上做出的重要贡献,较之清末梁启超等所提倡的"改良文言"式的"新文体"前进了一大步,顺应了历史发展的潮流,并且使改革变得简便易行,因而产生了较大的影响。

同样"高张文学革命军大旗"的,是当时急进民主派的代表陈独秀。他在一九一七年二月发表的《文学革命论》一文中,明确提出"三大主义",作为反封建文学的响亮的口号:

> 曰推倒雕琢的阿谀的贵族文学,建设平易的抒情的国民文学;
> 曰推倒陈腐的铺张的古典文学,建设新鲜的立诚的写实文学;
> 曰推倒迂晦的艰涩的山林文学,建设明了的通俗的社会文学。

这三大主义中,容易发生误解的,是第二条前半句"推倒陈腐的铺张的古典文学"究竟什么意思?是陈独秀要推倒通常意义上的"古典文学"么?显然不对。因为就在《文学革命论》中,作者高度评价了国风、楚辞、魏晋以下五言诗、唐宋古文运动、元明剧本、明清小说这些中国古代文学的精华部分。考查在此之前陈独秀发表的一系列通信、文章,读者就能知道《文学革命论》提到的与"写实文学"相对的"古典文学",其实就是创作方

---

① 答张永言信,载《青年杂志》第1卷第4号,1915年12月。
② 《〈晨钟〉之使命》,载《晨钟报》创刊号,1916年8月15日。

法上的"古典主义文学"①,它们特指四六对偶的骈文,擅于铺陈的长律,明代前后七子倡导的仿古文章等。

陈独秀的矛头是对准封建主义的。他不仅反对旧文学形式上的"雕琢"等毛病,而且着重地反对了"黑幕层张、垢污深积"的封建思想内容。他把文学革命当作"开发文明"、改变"国民性"并借以"革新政治"的"利器"。陈独秀以欧洲十九世纪文学为楷模,要求新文学能"赤裸裸的抒情写世"。他还表示:"改良中国文学,当以白话为文学正宗之说,其是非甚明,必不容反对者有讨论之余地"②;给予胡适的白话文主张以坚决的支持。

《新青年》文学革命主张提出后,得到了钱玄同、刘半农等人的响应。钱玄同在写给刊物编者的一系列公开信中,猛烈抨击旧文学,指斥一味拟古的骈文、散文为"选学妖孽"、"桐城谬种",并从语言文字的演化说明提倡白话文的必要,竭力主张"言文一致"。刘半农发表了《我之文学改良观》等文,主张打破对旧文体的迷信,提出破旧韵造新韵,采用新式标点符号等具体倡议。

一九一七年初发动的文学革命,在反对封建主义和旧文学方面,具有不可磨灭的历史功绩。但是,当问题转到另一方面,即要建立一种新型的文学时,回答却欠明确具体。所谓"平易的抒情的国民文学"、"新鲜的立诚的写实文学"、"明了的通俗的社会文学",不免都嫌笼统。当时的倡导者们对于究竟以什么样的西方文学作为新文学的蓝本,这在他们自己也并不是十分明确的。他们固然主要介绍欧洲现实主义作家作品,肯定中国文学要走"写实"的路,而又同时推崇王尔德等唯美主义作家,对于后起的自然主义思潮不但缺乏辨别,反而把它作为最新的方向来提倡。"文学革命"从酝酿到正式提出后的一年多时间内,主要停留在理论主张的探讨上,并没有出现真正有力的新作品③,也没有形成较为广泛的运动,这些就同它本身存在着的上述弱点不无关系。

但是,不等到《新青年》所发动的这个以西方社会思想和文学思想为指导的文学革命获得充分的发展并暴露出更多的弱点,历史已经进入了一个崭新的阶段。一九一八年起,随着十月革命影响的渐次扩大和马克思主义的开始传播,中国革命就出现了许多新的因素。李大钊、鲁迅、周

---

①　《通信》,再答张永言,《青年杂志》1 卷 6 号,1916 年 2 月。

②　答胡适之信,载《新青年》第 3 卷第 3 号,1917 年 5 月。

③　当时在《新青年》上受到称赞的作品,只有苏曼殊的小说和胡适的五七言"白话诗"。

作人、钱玄同、沈尹默、高一涵、胡适等人都参加了《新青年》编辑部的工作;以《新青年》为核心,实际上形成了具有初步共产主义思想的知识分子、急进的民主派知识分子和自由主义知识分子三部分人的新文化统一战线。不久,五四运动发生,中国无产阶级登上历史舞台,正式标志了新民主主义革命时期的开始。处于这样一个新的历史时期里的文学革命,不可能不发生新的变化,打上新的烙印。

一九一八年五月,鲁迅的小说《狂人日记》在《新青年》上发表,向几千年来以"三纲"为代表的专制等级制度喷射出空前炽烈的火焰。这是一篇应时代精神感召而诞生的反封建的战斗檄文。年末,周作人的论文《人的文学》也在《新青年》上刊出。从此,文学革命突破了初期理论主张的局限,开始了内容上真正的大革新。作为一个坚决的革命者,鲁迅一向反对"换牌不换货"的形式主义,而主张"灌输正当的学术文艺,改良思想,是第一事"①。在陆续发表的一些作品中,他以严峻的现实主义笔法,深刻地暴露出"旧社会的病根",从革命民主主义思想高度提出了农民、妇女、知识分子的出路等一系列重大问题,对被压迫人民的解放寄予热切的期望,表现了我国文学历史上前所未有的新主题。此外,诗歌如刘半农的《相隔一层纸》,小说如叶绍钧的《这也是一个人?》(即《一生》)等不少作品,也都从现实人生取材,对生活在底层的人民寄予深切的同情,体现了新时期崭新的思想特色。到五四运动爆发以后,当时流行的"社会改造"、"妇女解放"、"劳工神圣"等思想,更成为新文学作品所要表现的重要内容。郭沫若在《学灯》上发表的《凤凰涅槃》、《匪徒颂》等诗,以更其强烈的叛逆精神以及对新的社会制度的向往,燃起了广大青年的热情。许多新文学作品所充满的这种彻底的民主主义思想和朦胧的社会主义倾向,正是时代精神所赋予的特有的内容,是文学革命在新的历史时期里取得的突出的成果。

伴随着文学内容的大革新,文学的语言形式也必须而且确实获得了大解放。白话在这个时期逐步得到推广。《新青年》自一九一八年五月的第四卷第五号起,完全改用白话文。在"诗体解放"的口号下,新文学运动的许多成员纷纷尝试写作白话新诗,并且明显地摆脱了旧诗体式的束缚。继《新青年》之后,新创刊的《每周评论》、《新潮》等刊物,也都登载各种形式的白话文学创作和翻译作品。自一九一九年下半年起,全国白话文刊物风起云涌,连《小说月报》、《东方杂志》等一些本来为旧派文人所掌握的

---

① 《渡河与引路》,载《新青年》第 5 卷第 5 号,1918 年 11 月。

老牌刊物,也迫于营业上的需要,不得不自次年起逐渐改用白话。到一九二〇年,在白话取代文言已成事实的情况下,北洋政府教育部终于承认了白话为"国语",通令国民学校采用。有着两千余年悠久历史的文言文,在五四时期短短几年内,即受到沉重的打击,其阵地大部分被攻占。这个事实固然表明旧事物本身的衰朽,也清楚地显示了新民主主义文化革命所特有的威力。值得注意的是,当时先驱者对于白话文的提倡,已经远远越出单纯的进化观念,有了一个全新的出发点。当林纾等人讥笑白话文"鄙俚浅陋","不值一哂",称它是"引车卖浆之徒所操之语"①的时候,鲁迅曾直认不讳地回答道:"四万万中国人嘴里发出来的声音,竟至总共'不值一哂',真是可怜煞人。"②鲁迅是从"四万万中国人"——广大人民的角度来考虑文学工具问题的。这也表明,五四文学革命和白话文运动实际上是文艺大众化的一个起点,已经包含着后来文艺大众化运动的最初的种子。

　　文学主张、文学观念在一九一八年以后也有新的变化。更多的人接受了文学"为人生"、"表现人生"的主张,现实主义的文学思想逐渐取得优势。从这种思想出发,《新青年》、《每周评论》、《新潮》等刊物对黑幕派小说展开了猛烈的抨击。改革旧戏问题也在这时开始提出,一些人发展到偏激地称旧戏为"百兽率舞"而加以全盘否定。与此同时,一部分具有初步共产主义思想的知识分子,则开始以唯物史观来考察包括文学在内的各种精神现象,得出了"一切社会上政治的,法制的,伦理的,哲学的,简单说,凡是精神上的构造,都是随着经济的构造变化而变化"③的结论。他们坚信新文学的远大前途,力图对它提出新的要求和作出新的说明。针对着有人积极宣扬的所谓"文学革命只是要替中国创造一种国语的文学"④、"新文学就是白话文学"⑤之类的主张,李大钊撰写了《什么是新文学》⑥一文,提出不同的观点。他说:"我的意思,以为光是用白话作的文章,算不得新文学;光是介绍点新学说、新事实,叙述点新人物,罗列点新名词,也算不得新文学。"他尖锐批评某些新文学作者存在的"好名"心理,提出"我们所要求的新文学,是为社会写实的文学,不是为个人造名的文学";为此,"作者的心理中"必须清除"科举的(指封建的——引者)、商贾

①　见林纾:《致蔡鹤卿太史书》,载北京《公言报》,1919 年 3 月 18 日。

②　《现在的屠杀者》,载《新青年》第 6 卷第 5 号,1919 年 5 月。

③　李大钊:《我的马克思主义观》(上),载《新青年》第 6 卷第 5 号,1919 年 5 月。

④　胡适:《建设的文学革命论》,载《新青年》第 4 卷第 4 号,1918 年 4 月。

⑤　傅斯年:《怎样做白话文》,载《新潮》第 1 卷第 2 号,1919 年 2 月。

⑥　《星期日》"社会问题号",1920 年 1 月 4 日。

的(指资本主义的——引者)旧毒新毒"。李大钊正面主张:新文学如求"花木长得美茂",必须以"宏深的思想、学理,坚信的主义,优美的文艺,博爱的精神"作为"土壤根基"。虽然立意还不够明确,但这篇文章写于一九一九年十二月,正当"问题与主义"之争展开以后不久;可以认为,李大钊这里所要求的"坚信的主义",正是为胡适所不赞成而为他自己所坚决卫护的马克思主义。而文中把"博爱的精神"与"坚信的主义"同时并提,反映了作者当时还嫌朦胧的思想和认识。

除上述诸方面外,外国文学的大量介绍,也是构成五四文学革命的一个重要内容。从一九一八年《新青年》出版易卜生专号、译载《娜拉》等作品起,这种介绍就步入一个新的段落,其规模和影响远远超过了近代的任何时期。鲁迅、刘半农、沈雁冰、郑振铎、瞿秋白、耿济之、周作人、郭沫若、田汉等都是活跃的翻译者和介绍者。当时几乎所有进步报刊都登载翻译作品。俄国以及其他欧洲各国、日本、印度的一些文学名著,从这时起较有系统地陆续被介绍给中国读者。这使中国文学和世界进步文学开始有了某种"共同的语言",帮助了中国新文学进一步摆脱旧文学的种种束缚,促进了它的改变和发展。由于当时许多人还缺少历史唯物主义的批判精神,分不清外国文学中的精华与糟粕、积极部分与消极部分,因此在译介大量优秀作品的同时也推荐了若干平庸或不合适的作品。但是,五四时期对外国文学的介绍,总的说来仍然起了很大的进步作用。鲁迅、郭沫若等许多新文学作家的作品,都表明他们在努力独创的基础上曾经接受过外国文学的积极影响。先驱者们曾经把俄国进步文学的研究和介绍,放到最为突出的地位。他们不仅从十月革命看到民族解放的新希望,而且从俄国文学中看到"被压迫者的善良的灵魂,的酸辛,的挣扎",明白"世界上有两种人:压迫者和被压迫者"[①]。瞿秋白在一九二〇年三月写的一篇文章中,曾对此作过说明:

　　俄罗斯文学的研究在中国却已似极一时之盛。何以故呢?最主要的原因,就是:俄国布尔什维克的赤色革命在政治上、经济上、社会上生出极大的变动,掀天动地,使全世界的思想都受它的影响。大家要追溯它的远因,考察它的文化,所以不知不觉全世界的视线都集于俄国,都集于俄国的文学;而在中国这样黑暗悲惨的社会里,人人都想在生活的现状里开辟一条新道路,听着俄国旧社会崩裂的声浪,真

---

① 鲁迅:《南腔北调集·祝中俄文字之交》。

是空谷足音,不由得不动心。因此大家都要来讨论研究俄国。于是俄国文学就成了中国文学家的目标①。

把俄国文学作为研究的"目标",这是过去不可能出现而为五四时期才开始的一种历史现象。中国进步文学界从最初眼看西方到后来转而注视俄国和苏联,说明了文学革命已经酝酿和发生着的变化。

五四文学革命运动在不多几年的时间内,取得了多方面的巨大成就,这是它符合时代历史要求的结果。这场革命虽然还存在着对待具体事物缺少历史的批判精神等弱点,但它确是一次真正伟大的革命。中国文学史上还不曾有过这样伟大的革命。五四新文学以其浸透了现代民主主义思想的新主题,代替了各种旧主题;以农民、工人、新型知识分子等人物形象,代替了旧文学中达官贵人等最常见的主人公。即使历来文学中常有的争取婚姻自由的主题,在五四新文学中也具有新的时代特色,贯穿了个性解放的新思想;而且,这种个性解放往往又同民族解放、同对社会主义的向往结合在一起。因此,五四新文学在思想上不但和维护封建制度的旧文学形成对立,同时也远远高出于封建时代具有民主倾向的文学以及近代一般的资产阶级文学。这样一种坚决反封建而又充满民族觉醒精神的文学,也就必然要以社会主义为其发展方向。五四文学革命所进行的反对文言、提倡白话、建立新诗、改革旧剧的运动,带来了文学语言形式的大革新、大解放。中国广大劳动人民长期以来同书面文学隔绝,一方面有社会政治等等根本原因,另一方面也同难读难懂的文言文长期占据正宗地位有关。白话文的应用,促使文学在语言形式上与广大人民接近了一大步。五四文学革命正是以它从理论主张到创作、从文学内容到形式的全面大革新,揭开了现代文学光辉的第一页,从而使中国文学进入一个崭新的发展时期。

二　新文学社团的涌现和初期革命文学的倡导

一九二一年以后,新文学运动有了进一步的发展。新起的文学社团如雨后春笋,文艺刊物在各地纷纷出现。新文学从一般革新运动中分离出来而形成独立的队伍,并孕育出不同的流派。创作数量增多,质

① 瞿秋白:《俄罗斯名家短篇小说集序》,载 1920 年 7 月北京《新中国》杂志社出版的《俄罗斯名家短篇小说集》。

量也有进展。

倡导时期并无专门的文学社团。高举"文学革命"旗帜的《新青年》以及继起的《新潮》、《少年中国》,都是综合性的团体和刊物。新的文学社团和纯文艺性的刊物是从一九二一年才出现的。这年一月,由郑振铎、沈雁冰、周作人、叶绍钧、王统照、许地山、郭绍虞、耿济之等十二人发起的文学研究会,正式成立于北京。他们把沈雁冰接编、经过革新的《小说月报》作为自己的代用会刊,还在上海、北京陆续编辑了两种《文学旬刊》(上海《文学旬刊》后改名《文学周报》)和《诗》月刊等刊物,出版丛书近百种。随着会员人数增加,除北京、上海两地外,他们又在广州、宁波、郑州等地设立分会,分会在当地也有刊物。同年七月,留学在日本的郭沫若、郁达夫、田汉、成仿吾、郑伯奇、张资平等组成了创造社,先在上海出版丛书,次年起又先后创办了《创造》季刊、《创造周报》、《创造日》、《洪水》、《创造月刊》等刊物,社员人数也曾多达数十人。文学研究会和创造社是最早成立的两个新文学社团,它们的出现,标志着新文学运动发展到了开始形成独立队伍的阶段。此后几年里,更多的文艺社团和刊物在全国各地涌现(据茅盾统计,到一九二五年止,即"不下一百余"①)。其中比较活跃的,在上海有欧阳予倩、沈雁冰、郑振铎等发起的民众戏剧社(出版《戏剧》月刊),胡山源等组成的弥洒社(出版《弥洒》月刊及创作集),田汉所办的南国社(出版《南国》半月刊),高长虹等先后活动于京沪两地的狂飙社(两度出版《狂飙》周刊并编有丛书);在杭州有冯雪峰、潘漠华、应修人、汪静之组成的湖畔诗社(出版《湖畔》等诗集和刊物《支那二月》);在长沙有李青崖等组织的湖光文学社(出版《湖光》半月刊);在武汉有刘大杰等组成的艺林社(出版《艺林》旬刊);在天津有赵景深、焦菊隐等组织的绿波社(先后出版《诗坛》、《绿波》旬刊和《小说》);在北京,则有鲁迅、周作人、孙伏园、钱玄同、川岛等组成的语丝社(出版《语丝》周刊),冯至、杨晦、陈炜谟、陈翔鹤等组织的沉钟社(出版《沉钟》周刊与半月刊,并发行丛书),韦素园、李霁野、台静农等在鲁迅主持下组织的未名社(先与狂飙社成员合办《莽原》周刊和半月刊,后独编《未名》半月刊,并出版三种丛书),徐志摩、闻一多、梁实秋、胡适、陈源等组织的新月社(借《晨报副刊》创办《诗刊》、《剧刊》,后又出版《新月》月刊)。新文学社团和刊物的蓬勃滋生,培育锻炼了大批新文学作者,促进了创作的发展。短篇小说方面,不但出现了鲁迅《呐喊》、《彷徨》这样思想与艺术上都很成熟的作品,而且涌现了叶绍钧、郁达夫、王统

① 茅盾:《中国新文学大系·小说一集导言》。

照、鲁彦、彭家煌、台静农等一批较有成就的作者。中长篇小说有人开始试作。新诗在郭沫若《女神》出版后形成了自由体风行一时的局面，但接着也兴起了闻一多、徐志摩为代表的新格律诗。抒情散文获得了相当高的成就，鲁迅、周作人、冰心、朱自清、郁达夫等都写出了脍炙人口的著名篇什，起了向旧文学示威的作用。话剧也从外国作品的翻译改编转向创作，并出现了丁西林这样独具风格的独幕喜剧作者。可以说，中国新文学的第一代作家，都是当时这些文学社团的活跃分子。新文学社团和刊物的蓬勃滋生，还推动、催化了不同文学流派的形成和发展。文学研究会从"为人生"出发，其成员的创作以对现实的细密描绘、深入剖析，逐渐显示出现实主义的特色。创造社作家则不同，他们的创作侧重自我表现，较少客观描绘，往往带有浓重的主观抒情色彩，从一开始就表露出鲜明的浪漫主义倾向。两个团体各自从不同流派的欧美作家和作品中接受影响。其他社团在文艺思想上或接近于文学研究会（如语丝社、未名社），或相似于创造社（如弥洒社、南国社、沉钟社）。这使现实主义和浪漫主义在中国新文学的初期，就构成为两股主潮。此外，在一部分文学团体和作家中，象征主义、唯美主义还产生过一定的影响，形成了其他一些较为复杂的流派。

　　但是，事物的积极面与消极面往往是相伴随着的。这个时期的文学创作同样存在着不健康的倾向。仅有书本知识而对社会实际生活较少了解的文艺青年，在黑暗重重的现实面前，由于一时找不到正确道路，又不能有分析地和客观地理解胡适等人从新文化统一战线中分化出去的现象，因此，容易感到孤独、空虚。而对于西方世纪末思潮和颓废文学的无批判吸收，则又不可避免地会产生出消极的影响。欧洲"十九世纪文学的基本的、中心的主题"，如高尔基所说，原"是个人由于意识到自己在社会上的脆弱无力而引起的悲观思想"①，这种悲观思想侵蚀着当时不少文艺青年。反映在创作上，许多作品不仅题材狭窄（有所谓"首首离不掉'伊'，句句抛不开'爱'"的现象），内容也往往成为病态的感情宣泄或至于无病呻吟。部分作家的作品则更严重地发展了消极颓废、逃避现实的倾向。后来茅盾评述这个阶段创作情况时说："到'五卅'的前夜为止，苦闷彷徨的空气支配了整个文坛。"②

　　早期共产党人对新文学创作中这种倾向及时进行了批评和引导。为了"创造动人的文学以冀民众的觉醒"，一九二二年七月，李大钊、邓中夏

---

① 《和青年作家谈话》，见高尔基：《文学论文选》，人民文学出版社 1958 年 11 月版，第 299 页。
② 《中国新文学大系·小说一集导言》。

9

等在少年中国学会杭州大会上曾提出书面提案,要求"少年中国的文学家""加入革命的民主主义运动"。社会主义青年团在第一次全国大会决议中,也发出了"使学术文艺成为无产阶级化"的号召。一九二三年六月,中国共产党的理论性刊物《新青年》季刊(瞿秋白主编)发表《新宣言》,指出"现时中国文学思想——资产阶级的'诗思',往往有颓废派的倾向",明确地认为中国革命运动和文学运动"非劳动阶级为之指导,不能成就"。共产党人通过《新青年》季刊、《中国青年》周刊、上海《民国日报》副刊《觉悟》以及某些进步文艺刊物,发表不少文章,宣传了革命的文学主张。邓中夏的《贡献于新诗人之前》、恽代英的《八股》等文,语重心长地批评了文艺青年中存在的"不问社会的个人主义"倾向,劝告作家"多做能表现民族伟大精神的作品","多做描写社会实际生活的作品",以便新文学"能激发国民的精神,使他们从事于民族独立与民主革命的运动"。沈雁冰在《文学者的新使命》等文中,也指出:"文学者目前的使命就是要抓住被压迫民族与阶级的革命运动的精神,用深刻伟大的文学表现出来,使这种精神普遍到民间","并且感召起更伟大更热烈的革命运动来!"他们还正确阐明了产生革命文学的途径:作者要关心社会现实,接近劳苦大众,"从事革命的实际活动"。"倘若你希望做一个革命文学家,你第一件事是要投身于革命事业,培养你的革命的感情"。"要先有革命的感情,才会有革命文学"①。沈泽民的《文学与革命的文学》一文,还从他所理解的文学特征的角度,来说明革命思想与生活经验两者对于作家不可或缺。在早期共产党人的引导和影响下,一九二四年开始出现一批专事提倡革命文学或具有鲜明革命倾向的文学社团。如在上海,有蒋光慈、沈泽民和一些文艺青年组织的"春雷社",他们通过《民国日报》副刊《觉悟》编辑出版周刊性的《文学专号》,发表有关革命文学的论文和《哀中国》等诗歌。在杭州,有之江大学学生发起组织的"悟悟社",出版刊物《悟》,"以提倡革命文学、鼓舞革命性为宗旨"。在北京,除共产主义青年团主办的《烈火》外,还有出版《火球》并声明"研究现实的人生,挽救浪漫文艺的堕落"的"劳动文艺研究会"。它们的出现,反映了文艺青年中革命思想影响的扩大。但是,早期共产党人的文学主张也不是没有弱点和错误的。除了有些文章还不能分清马克思主义与资产阶级民主主义的思想界限外,一部分文章出现过"左"的偏颇(蒋光慈的《现代中国社会与革命文学》一文是这方面的代

---

① 恽代英:《文学与革命》的通信,《中国所要的文学家》一文按语,分别载《中国青年》第31期、第80期。

表)。对于当时以小资产阶级作家为主要力量的中国文坛状况,早期共产党人一般都偏于否定过多。一些人对于文艺特征也有着不同程度的忽视。这就使他们中的不少人对鲁迅在文化战线上的重要作用及其作品的伟大价值缺乏足够认识,同时也多少影响了文艺家对他们这些主张的理解和接受。

革命文学主张在广大新文学作家和文艺青年中引起更大的反响,并且造成一定的声势,是在"五卅"以后的国内革命战争的高潮时期。这是进步文艺界直接从政治上受到国共合作后革命斗争形势推动和鼓舞的结果。许多进步作家在"五卅"、"三一八"等斗争中,都曾站在工人和学生群众一边,从而也就程度不同地接受了革命的影响。其中全国性的轰轰烈烈的"五卅"运动,尤其在文学上留下深刻烙印,促使文艺面貌发生显著变化。创作中反对帝国主义的思想主题大为鲜明突出,以反帝为题材的作品多了起来;直接间接地反映群众革命斗争的作品此后也陆续出现(蒋光慈的诗集《新梦》、《哀中国》和小说《少年飘泊者》、《鸭绿江上》也都出版在这一时期)。不少作家政治上和文艺思想上趋于革命化。沈雁冰、郭沫若、成仿吾、应修人、潘漠华等一批作家纷纷参加实际革命斗争。郭沫若并于一九二六年发表《革命与文学》、《文艺家的觉悟》等文,指出时代所要求的文学,"是替被压迫阶级说话的文学","是表同情于无产阶级的社会主义的写实主义的文学"。这在当时文艺青年中间有着较大的影响。"三一八"之后,鲁迅奔向南方,并发表《革命时代的文学》等著名讲演。大革命浪潮也使叶绍钧、郑振铎、欧阳予倩、田汉、郁达夫以至闻一多等作家受到激励和鼓舞。他们或公开支持进步政党领导的北伐斗争,或曾奔赴广州、武汉等地参加革命文艺宣传工作。朱自清则歌颂了"要建红色的天国在地上"的共产主义英雄。青年作者反映下层人民生活的作品也逐渐增多。在北伐战争过程中响起了文学"为第四阶级说话"的呼声,还出版过一些虽然不免粗糙但与革命斗争配合得比较紧密的作品。早期共产党人提出的革命文学主张,经过一段时间的酝酿,随着一些作家思想的革命化,随着后期创造社等团体的大力鼓吹,至此终于形成为文坛舆论。所有这些,都从作家思想上、生活上为后来无产阶级革命文学运动的开展和革命文学的创作准备了条件。

三　无产阶级文学运动与中国左翼作家联盟

一九二七年以后,中国文化界出现了一个重大的令人注目的现象,就

是无产阶级革命文学运动(或称左翼文学运动)的蓬勃兴起。最初是创造社、太阳社在一九二八年初对无产阶级革命文学的倡导,接着是这两个社团同鲁迅、茅盾等人的论争,往后是一九三〇年三月中国左翼作家联盟(简称"左联")的成立,左翼文学形成浩大的声势,一直到一九三六年因为要组织抗日统一战线而自动解散"左联",这八九年时间里,无产阶级革命文学运动在中国构成了一支宏大的队伍,产生了巨大的影响。

　　大革命失败了,几十万人被国民党杀害,而在这种情况下,无产阶级革命文学运动反而蓬勃兴起,这不是没有原因的。

　　首先,倡导无产阶级革命文学,是同客观形势的要求相适应的。"四一二"事变后,国内阶级关系起了很大的变化:原有的统一战线破裂了,大资产阶级叛变了革命,民族资产阶级的多数也暂时附和了反动势力,中国革命转而由无产阶级单独领导。新的斗争形势,要求无产阶级在文学上提出自己的明确口号,旗帜鲜明地宣传自己的文艺主张。用当时倡导者的话来说,也就是要从第一个十年"混合型的革命文学",推进到正面提倡"普罗列塔利亚文学"的阶段①。

　　其次,从文学本身来看,中国无产阶级文学运动在这时掀起,也绝不是一种孤立的现象。一九二八年前后,正是国际无产阶级文学运动波澜壮阔地展开的时候。当时苏联和西欧各国无产阶级文学的活跃,日本乃至朝鲜无产阶级文学运动的高涨,给了中国革命作家以推动和鼓舞。一九二八年和一九三〇年在莫斯科和哈尔科夫先后召开了两次世界革命作家大会,第二次会上还成立了"国际革命作家联盟",也都给了中国文学界很大影响。

　　再者,无产阶级革命文学运动在一九二八年初兴起,还因为大革命失败后,大批革命知识分子在上海汇合。上海当年有外国租界,许多革命者在别处站不住脚,就避难到这里来。例如,郭沫若、沈雁冰便是因为北伐期间做过实际革命工作,受到国民党通缉而化名躲在上海的;阳翰笙、李一氓、成仿吾、钱杏邨、洪灵菲等有的因为南昌起义后作战失利,有的因为各地党的机构遭到破坏而来到上海;沈端先以及创造社的青年作家冯乃超、李初梨、彭康、朱镜我等则因为日本也在镇压左派知识分子而返回国内。他们都聚集到上海,对国民党的反革命屠杀感到愤慨,对当时文学战线不适应现实斗争的状况感到不满。于是,原创造社成员或与创造社关系密切的知识分子便重新整顿了创造社,恢复了《创造月刊》,新出了

----

①　见李初梨:《答鲁迅〈"醉眼"中的朦胧〉》一文。

《文化批判》、《流沙》等杂志;蒋光慈(蒋光赤)、钱杏邨、孟超等组织了太阳社,出版《太阳月刊》;洪灵菲、杜国庠等组织了我们社,出版《我们》月刊。这几个团体都倡导无产阶级文学或革命文学,发表了麦克昂(郭沫若)的《英雄树》,成仿吾的《从文学革命到革命文学》,蒋光慈的《关于革命文学》,李初梨的《怎样地建设革命文学?》等文章,阐明了无产阶级文学产生的社会原因和承担的历史使命。他们认为,创造无产阶级文学的前提,是作家"努力获得(无产)阶级意识","克服自己的小资产阶级的根性"。他们还提出:无产阶级文学"要以农工大众为我们的对象",要"接近大众的用语"①。在大革命失败后知识界不少人对革命前途产生悲观失望情绪的时候,无产阶级革命文学的倡导,犹如在白色包围的环境中树起一杆鲜艳的红旗,振奋了人心,鼓舞了斗志。

但是,无产阶级文学的倡导者们大多处在由小资产阶级向无产阶级转化的过程中,他们一时还不能较好掌握马克思主义理论,思想上有片面性、绝对化、以革命的化身自居(所谓"自身就是革命"②)等毛病,因而不仅在当时革命形势的分析上发生错误,而且在他们的文学主张中也夹杂了不正确的观点。例如,一些文章夸大文艺的作用,宣扬文学可以"组织生活"、"创造生活"以及作家可以"超越时代"之类具有唯心倾向的说法;在强调"文学是宣传"时,忽视文艺的特征,忽视生活对创作的重要性,认为文学只是"反映阶级的实践的意欲",甚至公开声称要把艺术技巧"让给昨日的文学家去努力"③;认为作家世界观的改变就是从书本上接受辩证唯物主义的概念,以至把它看得过于容易,认为一夜之间就可完成这种转变。

由于对当时中国社会性质、革命任务等问题认识不清楚,创造社、太阳社在倡导无产阶级文学运动时,首先把批判矛头指向了鲁迅。他们模糊了民主主义和社会主义两种革命的界限,将资产阶级甚至小资产阶级都一概当作革命对象,声称"一般的文学家大多数是反革命派",提出要"打倒那些小资产阶级的学士和老爷们的文学"的口号,把五四新文学当成资产阶级文学而予以否定,认为对鲁迅、叶圣陶、郁达夫等作家都有进行批判的必要。他们不但把鲁迅当作"时代的落伍者",资产阶级"最良的代言人",而且说鲁迅是"封建余孽","对于社会主义是

---

①　均见《从文学革命到革命文学》,《创造月刊》第1卷第9期,1928年2月。
②　蒋光慈:《现代中国文学与社会生活》,载《太阳》月刊1928年1月号。
③　以上引文分别见《怎样地建设革命文学?》、《书评:〈英兰的一生〉》、《〈同在黑暗的路上走〉附记》等文。

二重的反革命"①。之所以出现这种错误,除了教条式地搬用马列主义词句,对中国社会实际和革命实际缺少了解以外,同当时在党内占统治地位的"左"倾路线以及日共福本和夫路线的影响,也都有密切的关系。鲁迅后来在分析创造社等发生错误的根源时曾说:"他们对于中国社会,未曾加以细密的分析,便将在苏维埃政权之下才能运用的方法,来机械的地运用了。"②这个分析是很科学而切中肯綮的。

创造社、太阳社对鲁迅等人发动的批判,引起了新文学阵营内部历时一年有余的论争。鲁迅对于革命文学或无产阶级文学,持肯定的态度。在《文艺与革命》中,他明确表示:"一切文艺,是宣传……那么,用于革命,作为工具的一种,自然也可以的";"世界上时时有革命,自然会有革命文学。世界上的民众很有些觉醒了……那自然也会有民众文学——说得彻底一点,则第四阶级文学。"鲁迅批评创造社、太阳社的,除他们在革命形势、革命对象等问题上的模糊认识外,主要是他们倡导无产阶级革命文学时离开马克思主义的精神实质而"各各以意为之"③的地方。譬如,鲁迅认为,创造社片面夸大"文艺的旋乾转坤的力量"④,这是"踏了'文学是宣传'的梯子而爬进唯心的城堡里去了"⑤。他还反对倡导者们轻视生活、轻视技巧、"只挂招牌,不讲货色"等毛病,恳切地提出了革命文学"当先求内容的充实和技巧的上达"⑥这一劝告(尽管鲁迅对"挂招牌"本身也有积极意义这一点有认识不足的方面)。鲁迅强调文艺特征的不可忽视,指出:"但我以为一切文艺固是宣传,而一切宣传却并非全是文艺,这正如一切花皆有色(我将白也算作色),而凡颜色未必都是花一样。革命之所以于口号,标语,布告,电报,教科书……之外,要用文艺者,就因为它是文艺。"⑦在《"醉眼"中的朦胧》、《现今的新文学的概观》等文中,鲁迅从阶级实质上深刻剖析了创造社"方向转换"而仍不免"有些朦胧"的原因,着重指出小资产阶级作家思想转变的切实态度,在于"不怕批判自己",而且"敢于明言","不要脑子里存着许多旧的残滓,却故意瞒了起来,演戏似的指着自己的鼻子道,'唯我是无产阶级!'"鲁迅这些意见,是对无产阶级文学倡导运动的极好的针砭。

————————————

① 以上引文分别见《桌子的跳舞》、《〈流沙〉创刊前言》、《答鲁迅〈"醉眼"中的朦胧〉》、《文艺战线上的封建余孽》诸文,最后这篇文章署名"杜荃"是郭沫若的化名。

② 《二心集·上海文艺之一瞥》。

③ 《三闲集·扁》。

④⑥⑦ 《三闲集·文艺与革命》。

⑤ 《壁下译丛·小引》。

一九二九年秋,在论争已经停止,无产阶级文学的真正反对者已被发现并遭到论争双方一致痛斥的情况下,党指示原创造社、太阳社成员和鲁迅及在鲁迅影响下的作家们联合起来,以这三方面人员为基础,成立革命作家的统一组织。这一措施得到了鲁迅和创造社、太阳社作家的积极响应。创造社的冯乃超,与太阳社关系较好的沈端先(夏衍),以及和鲁迅合编过马克思主义文艺理论丛书、较早对鲁迅有认识的冯雪峰等,开始筹备这一工作。经过充分酝酿,一九三〇年三月二日,中国左翼作家联盟在上海成立。发起人除鲁迅外,还有沈端先、阳翰笙、郁达夫、冯乃超、冯雪峰、郑伯奇等。郭沫若、茅盾当时不在国内,但征得了他们的同意,也列名作为发起人。"左联"的成立是我国现代文学史上的一件大事,标志了革命文学跨入一个新的发展阶段,也标志了中国无产阶级及其先锋队——中国共产党对于革命文艺事业领导的加强。出席成立会的有四十余人。会上通过了理论纲领和行动纲领。理论纲领宣布:

> 我们的艺术不能不呈献给"胜利不然就死"的血腥的斗争。
> 艺术如果以人类之悲喜哀乐为内容,我们的艺术不能不以无产阶级在这黑暗的阶级社会之"中世纪"里面所感觉的感情为内容。
> 因此,我们的艺术是反封建阶级的,反资产阶级的,又反对"失掉社会地位"的小资产阶级的倾向。我们不能不援助而且从事无产阶级艺术的产生①。

鲁迅在"左联"成立会上作了重要讲话②。他着重阐明左翼作家如果不和实际斗争接触,只是抱着浪漫蒂克的幻想,"无论怎样的激烈,'左',都是容易办到的;然而一碰到实际,便即刻要撞碎"。他指出这样的"'左翼'作家是很容易成为'右翼'作家的"。当时不少革命作家深信自己已经无产阶级化了,对思想转变的长期性理解不深或重视不足。鲁迅的这些见解是最切实的诤言,其中包含的必须在革命斗争的实践中建立和检验革命世界观的这一思想,更是十分深刻的。鲁迅还说明作家决不能自以为高人一等,革命成功后理当格外受到优待。他说:"知识阶级有知识阶级的事要做,不应特别看轻,然而劳动阶级决无特别例外地优待诗人或文

---

① 　载《萌芽月刊》第 1 卷第 4 期,引文内"又反对'失掉社会地位'的小资产阶级的倾向",《拓荒者》第 1 卷第 3 期上作"又反对'稳固社会地位'的小资产阶级的倾向"。据当事人冯乃超回忆,应以"失掉社会地位"为准。

② 　《对于左翼作家联盟的意见》,载《萌芽月刊》第 1 卷第 4 期,1930 年 4 月。

学家的义务。"正确地说明了文学工作与劳动人民的关系,对于一些抱着个人幻想而参加革命文学运动的人是有益的针砭。此外,鲁迅还分别阐述了"对于旧社会和旧势力的斗争,必须坚决,持久不断,而且注重实力";"战线应该扩大";"应当造出大群的新的战士";"联合战线是以有共同目的为必要条件"等四个重要课题。长期以来,鲁迅密切地注视着中国文艺界的变迁和十月革命后苏联作家思想的动向,并对这些现象作了深刻的分析。这篇讲话系统地总结了他这些观察剖析之所得,特别是总结了无产阶级革命文学运动倡导时期的经验教训,针对当时存在的"左"的倾向,就建设革命文学的许多关键问题,提出了可贵的精辟的意见。

"左联"成立前后,陆续出版了《拓荒者》、《萌芽月刊》、《巴尔底山》、《世界文化》、《十字街头》、《北斗》、《文学月报》等刊物和秘密发行的《文学导报》(创刊号名《前哨》)、《文学》(半月刊)等杂志,还改组或接办了《大众文艺》、《现代小说》、《文艺新闻》等期刊。至于由"左联"成员出面主持编辑、出版的刊物,为数更多。"左联"在北平和日本东京两地设有分盟,在广州、天津、武汉、南京等地成立小组(分盟和一些小组亦办有刊物),成员不断增加(据统计,先后入盟成员共达二百七十余人),吸引了大批左翼文艺青年。冯乃超曾撰文说明:只要是"能够理解革命,理解社会变革的必然,而且积极地能替革命做工作","能够在'左联'的旗帜下面,'左联'的纲领下面斗争,他就是'左联'的同志"①。可以看出,"左联"是在党领导下为了克服宗派情绪、广泛开展无产阶级革命文学运动而成立的革命作家的统一组织。它的出现对于中国现代革命文学的发展,具有深远的意义。

"左联"的成立和活动,大大密切了文艺与革命的关系。它明确地宣布自己是无产阶级领导的革命事业的一翼,使五四新文学的战斗传统得到了进一步的发扬。"左联"执行了成立大会上通过的"参加革命诸团体"、"与各革命团体发生密切的关系"等决议,经常派代表参加各革命团体的活动。"左联"加入国际革命作家联盟,成为它在中国的支部。从加入"左联"之日起,"盟员差不多全体都有参加实际社会斗争的决心"②。一些盟员参加中国自由运动大同盟、中国民权保障同盟等进步政治团体,更多成员从事工人运动,投身实际革命斗争。"九一八"和"一·二八"事

---

① 《中国无产阶级文学运动及"左联"产生之历史的意义》,载《萌芽月刊》(改名《新地月刊》)第1卷第6期,1930年6月。

② 《萌芽月刊》第1卷第4期《编辑后记》,1930年4月。

变后,左翼作家发表《上海文化界告世界书》,成立"中国著作家抗日会",进行抗日反蒋宣传。"左联"的这些活动,扩大了革命影响,因而也有了文艺大众化的讨论和初步的创作实践。

由于文艺工作具有很大的群众性,也由于这一时期的革命文艺工作特别活跃,执政当局对于无产阶级革命文学运动的迫害,也格外残酷。就在"左联"成立的那年秋天,左翼戏剧演员宗晖被杀于南京。翌年二月七日,左翼文化工作者李伟森(李求实)①和"左联"成员柔石、胡也频、殷夫、冯铿被暗害于上海龙华国民党警备司令部。一九三三年五月国民党特务在上海非法逮捕作家丁玲、潘梓年等,并当场杀害诗人应修人。同年,作家洪灵菲被害于北平,诗人潘漠华被捕于天津,第二年牺牲于天津狱中。全国作家和文艺青年被捕杀和监禁的,难以确计。鲁迅长期被政府通缉,他的名字曾列在特务的暗杀黑名单上。此外,国民党政府还查禁革命文艺作品,捣毁进步文艺机关等,仅一九三四年二月,就查禁文艺书籍近一百五十种,作品被国民党审查机关扣留、删改者,不计其数。对进步文艺机关的破坏,自一九二九年二月查封创造社、一九三〇年四月查封艺术剧社之后,愈演愈烈。一九三三年国民党特务捣毁上海艺华影片公司,恫吓上海各电影院不得放映由田汉、沈端先等编导的电影。湖风、北新、良友等书店也先后被封或被捣毁。在整个第二次国内革命战争时期,正像鲁迅当时所指出的那样,"无产阶级革命文学和革命的劳苦大众是在受一样的压迫,一样的残杀,作一样的战斗,有一样的运命"②,这正是"左联"和无产阶级革命文学最值得珍视的宝贵的传统。

"左联"还重视理论批评工作,努力传播马克思主义文艺理论,开展了文艺战线上的积极批评。"左联"成立大会通过决议,明确规定要"确立马克思主义的艺术理论和批评理论",设立了马克思主义文艺理论研究会,一些成员冒着生命危险翻译了马克思主义经典著作,其中也包括文艺论著。鲁迅和瞿秋白在这方面做出了最可宝贵的贡献。鲁迅所译的普列汉诺夫《艺术论》等著作,产生了很大影响。瞿秋白翻译了恩格斯、列宁以及普列汉诺夫、拉法格等的不少文艺论著,把一些经典文论介绍到中国。整个第二次国内革命战争时期,在左翼作家、文艺理论家共同努力下,先后翻译出版了"文艺理论小丛书"(陈望道主编)、"科学的艺术论丛书"(冯雪

---

①　李伟森不是"左联"成员,因他与"左联"关系密切,追悼时放在一起,后来习惯地称"左联"五烈士。

②　《中国无产阶级革命文学和前驱的血》,载《前哨》第 1 卷第 1 期,1931 年 4 月 25 日。

峰主编)以及"文艺理论丛书"(东京"左联"分盟成员编译)等三套马克思主义文艺论著丛书。这个时期,革命作家以马克思主义理论作为武器,先后跟"新月派"、法西斯"民族主义文艺运动"等文艺派别发生论争。通过论争,扩大了马克思主义文艺理论的传播。

与此同时,创作方面也获得了出色的成就。鲁迅的杂感和以神话、传说、史实为题材的小说《故事新编》,在思想上艺术上都有新的探索和进展,他的杂感在紧张的政治斗争中更显示了锐利的战斗锋芒和批判力量。茅盾的《子夜》和一些短篇,成为这一时期小说创作的重要收获。蒋光慈也写了《咆哮了的土地》等比较优秀的作品。在"左联"的培养下,新的作家不断涌现。他们大多受到五四新思潮的激励,逐步走上文学的道路,而在无产阶级革命文学运动兴起以后,正式开始文学创作,给文坛带来许多生气勃勃的作品。其中像丁玲、张天翼、殷夫、叶紫、沙汀、艾芜等人,成为当时或后来的重要作家。这个时期文学创作最显著的变化,是出现了许多新的具有重大社会意义的题材和主题。革命者和工人群众在白色恐怖下的英勇斗争,是很多作家努力描写的内容;随着农村革命的深入,农村生活和斗争的题材也逐渐进入作家的创作视野。不少作家原是来自农村,有的还参加过斗争,有较深厚的生活基础。这些作品以真实生动的艺术画幅反映了农村贫困破产的景象,也显示了广大农民的觉醒和斗争。此外,二十世纪三十年代动荡不安的城市生活,也在文学作品里有比较真实、集中的绘状;"九一八"、"一·二八"以后,反映人民抗日救亡要求的作品逐渐增多。所有这些作品,大多具有高昂的激情、充沛的乐观主义精神,体现着鲜明的时代特色。

"左联"时期的无产阶级革命文学运动,也存在一些重要的缺点和错误。在政治上,"左联"接受了共产党内"左"倾教条主义领导人的一些不正确观点,如不适当地强调"反右倾"、"反资产阶级",不注意利用公开的合法的斗争方式,却要在敌人力量强大的中心城市搞"飞行集会"、"节日游行"、"总同盟罢工",甚至鼓吹"武装暴动",以致容易暴露自己,造成革命力量的损失;"九一八"后接受了"只有苏联是我们的祖国"、"武装保卫苏联"之类脱离群众的口号。在理论工作上,未能充分从中国社会和文学运动的实际出发,有生搬硬套外国做法的教条主义倾向。在组织工作上,把"左联"看成政党一样有严密纪律的组织,没有尽可能地团结争取更多的进步作家共同战斗,表现了相当严重的关门主义、宗派主义的毛病。在创作中,不少作品内容上有相当浓厚的小资产阶级意识,缺少中国作风、中国气派,有些作品还有公式化、概念化的弱点。尽管鲁迅曾在实际工作中提出过一些正确、深刻、中肯而切实的意见,有时却不能被"左联"成员较好地理解和接受。正因为存在这些问题,所以到一九三六年革命形势发生新的重大转折的关头,左翼文艺界内部就不免重新爆发争论(即"国防文学"和"民族革命战争的大众文学"两个口号之争),甚至出现分裂的危险。这种状况说明了多数左翼作家虽然决心献身于无产阶级的革命事业,却还保留了浓重的小资产阶级思想感情。列宁说过:"世界上任何地方的无产阶级运动都不是也不可能是'一下子'就产生出来,就具有纯粹的阶级面貌,完整地出现在世界上……无产阶级的阶级运动只有经过最先进的工人、所有觉悟工人的长期斗争和艰苦工作,才能摆脱各式各样的小资产阶级的杂质、局限性、狭隘性和各种病态,从而巩固起来。"①无产阶级革命文学运动的那些弱点,就主观原因而言,就是革命作家思想感情上还残存着的这些"小资产阶级的杂质、局限性、狭隘性和各种病态"的产物。尽管如此,"左联"在中国现代文学史上,仍占有极光辉的篇章。

在第二次国内革命战争时期,无产阶级文学运动以外,还有其他作家的文学活动。这些作家没有像"左联"这样的严密组织,也没有像前一个时期那样组成众多的文学社团。他们往往只是由一些文学见解比较接近的作家,在一起出版刊物,编辑丛书,共同进行活动,由此形成一种文学风尚。他们中间大体又可分为两部分:一部分是以郑振铎、王统照、巴金、靳以等为代表的进步的民主主义作家,曾先后出版了不少文艺杂志,其中著名的有《文学》(郑振铎、王统照等主编)、《文学季刊》(郑振铎等主编)、《文季月刊》(巴金、靳以主编)、《文丛》(靳以主编)等,其中以《文学》出版时间最长,影响也最大。此外,像"良友文学丛书"、"开明文学新刊"、生活书店的"创作文库"以及巴金主编的"文学丛刊",都编入和出版了许多优秀的作品,对文学事业做出了贡献。在这些活动中,他们大多一方面受到顽固势力政治上、经济上的压迫,另一方面,则得到"左联"或其成员的真诚合作和大力帮助。这个时期里,他们写了许多作品,虽然部分作品调子比较低沉,气氛比较黯重,但基本内容是暴露批判旧中国的黑暗现实,抨击上层社会的腐败和堕落,刻画下层人民的不幸和苦难,有的还表达了对于光明未来的憧憬与追求,其中也出现了像巴金的《家》、曹禺的《雷雨》、老舍的《骆驼祥子》那样杰出的作品。这些作品和优秀的左翼作品一起,共同提高了中国现代长篇小说和话剧剧本的创作水平。另一部分是以周作人、林语堂、沈从文等为代表的自由主义倾向比较明显的作家,他们也编

---

① 《俄国工人报刊的历史》,见《列宁全集》中译本第20卷,第248页。

辑一批刊物,如周作人在北京编的《骆驼草》,林语堂先后编的《论语》、《人间世》、《宇宙风》,朱光潜编的《文学杂志》,沈从文编的《大公报》副刊《文艺》等。他们的创作倾向是重视艺术,讲究意象,离开社会现实较远,有的还提倡幽默,表现"性灵"。他们的散文小品和诗歌的内容都比较冲淡,小说方面像沈从文的部分作品着重表现故乡湘西农村纯朴原始的美。如果说前一部分民主主义作家同"左联"成员的关系比较密切,那么后一部分作家同"左联"的关系就比较疏远,有些时候有些方面甚至是对立的。不过他们也培养了一批优秀的青年作家(如何其芳、卞之琳、萧乾等)。抗战爆发后,随着生活环境的改变,他们的思想和关系都有了明显的变化。

四　抗战爆发后的文学运动与创作

抗日战争使整个社会生活发生了极大的变化。随着沿海大城市特别是文化中心上海的失守,文艺活动和出版界一时陷入沉滞状态,一些历史较长的有影响的大型文学刊物,如《文学》、《文丛》以及《光明》、《中流》等相继停刊,代之以《呐喊》、《烽火》、《光明战时号外》、《战时演剧》、《战时联合特刊》等等小型刊物。面对全国人民高涨的抗日情绪,大片国土的相继沦陷,作家失去了从容写作的环境和心情,纷纷摆脱原先比较狭隘的生活圈子,走向内地和抗日前线。上海救亡演剧队的组成,标志着文艺工作者有计划、有系统地为抗日战争效力。当时武汉又成为内地文艺活动的中心。从上海、平津和东北等地来的大批作家和诗人,陆续汇集于武汉三镇。最初,他们虽然"都有一个共同的意念,要把文化的触角尽量往民间伸出去",但"并没有什么严密的组织"[①],特别是缺乏思想上的领导,以致文艺工作者的抗日激情没有得到正确的引导和发挥,文艺的宣传、创作和出版工作往往形成自流,带有不同程度的盲目性和认识上的混乱。一九三七年十二月,以中国共产党首席代表身份参加抗日民族统一战线工作、担任军委会政治部副部长的周恩来来到武汉。他十分关心抗日文艺运动的开展,亲自领导了以武汉为中心的国统区文艺运动。他通过武汉的八路军办事处和党在国统区公开发行的《新华日报》,以及亲身参加各种抗日的重要文艺活动,与文艺界保持广泛的联系,把聚集在武汉的大批文艺工作者组织起来。这些人中,一部分人后来到了延安和各个抗日民主根据地,其余绝大部分的文艺工作者,通过中华全国文艺界抗敌协会和郭沫

① 郭沫若:《洪波曲》,1959年版,第91页。

若主持的军委会政治部第三厅,都被吸收到抗日民族统一战线中来,组成一支浩浩荡荡的抗日文艺大军。一时间,武汉三镇抗日歌声回荡,戏剧演出盛行,诗歌朗诵活动到处兴起,刊物如同雨后春笋,作者精神振奋。这是与当时政治上的新气象相适应的文艺方面生气蓬勃的新局面。

中华全国文艺界抗敌协会(简称"文协")是继戏剧界抗敌协会之后最早出现的全国规模的文艺界抗日民族统一战线组织。一九三八年三月二十七日成立于武汉。发起人包括文学界各方面的代表九十七人。周恩来在"文协"成立会上发表了重要讲话①。会议选出郭沫若、茅盾、冯乃超、夏衍、胡风、田汉、丁玲、吴组缃、许地山、老舍、巴金、郑振铎、朱自清、郁达夫、朱光潜、张道藩、姚蓬子、陈西滢、王平陵等四十五人为理事,周恩来、孙科、陈立夫等为名誉理事。由老舍主持"文协"日常工作。"文协"在全国组织了数十个分会及通讯处。党通过"文协"中的党员与进步作家,有力地领导与推动抗日文艺活动。"文协"的成立标志着文艺界在民族解放的旗帜下,结成了最广泛的统一战线。"文协"之后,音乐界、电影界、美术界等全国性抗敌协会也先后成立。"文协"成立大会上,提出了"文章下乡、文章入伍"的口号,对于鼓励作家深入现实斗争,产生了积极的影响。"文协"还组织作家战地访问团等活动,推动文艺工作者的"下乡"和"入伍"。它的会刊《抗战文艺》,自一九三八年五月四日创办,至一九四六年五月终刊,先后出版七十一期,是贯通抗日战争时期的唯一的文艺刊物,对于推动抗日文艺活动发挥了良好的作用。

在"文协"开展活动的同时,郭沫若主持的军委会政治部第三厅组织进行了各种街头宣传和文艺演出、战地巡回演出,举办了各种讲演会和战地文化供应等活动。其中影响最大的是演剧队的组织和街头演出。一九三八年八月,"第三厅"将各地来武汉的救亡戏剧团体和文艺工作者,以上海的救亡演剧队为骨干,组成九个抗敌演剧队,四个抗敌宣传队("第三厅"改组后,它们合并为十个队,改称"抗敌演剧宣传队"),一个孩子剧团和电影放映队,出发去全国各地巡回演出,进行抗日的文艺宣传。在整个抗日战争和解放战争期间,这支分散在全国各地的文艺队伍坚持了抗日民主的宣传。演剧队的活动持续了十一年,足迹遍及全国,在前进过程中,大部分团队经过国民党的多次改编、淘汰、掺杂和分化,却仍然在恶劣的政治环境和极其艰苦的物质条件下,积极演出,毫不倦怠,在抗日战争和民主运动中发挥了良好的作用。有的团队曾经全队长期遭受国民党政

---

① 　这篇讲话引录在 1938 年 3 月 28 日武汉《新华日报》所载《全国文艺界空前团结》的通讯中。

府的禁闭,还有一些队员如著名的戏剧工作者、原左翼戏剧家联盟书记刘保罗等,献出了自己宝贵的生命。

一九三八年十月武汉失陷后,日本侵略者逐渐停止向国民党统治区的战略性进攻,将其主要军事力量转移到中国共产党领导的各个抗日民主根据地战场。同时,又加紧对国民党的政治诱降。"从这时起,国民党政府开始了它的政策上的变化,将其重点由抗日逐渐转移到反共反人民。"①国民党在其统治区域内开始限制与取缔各种抗日活动,对一切主张坚决抗日的进步人士,首先和主要的是共产党人,进行残酷的迫害和镇压,又连续制造大规模的反共高潮,特别是一九四一年一月发动了震惊中外的皖南事变。对于国统区抗日的进步的文艺活动,他们采取种种限制和镇压的措施。为了加紧文化统治而成立的中央图书杂志审查委员会,分布全国。有的抗日文艺团体被强令改组或解散,有的革命文艺工作者被关进集中营(如冯雪峰),有的惨遭杀害。一度蓬勃兴起的国统区抗日文艺活动,受到严重的摧残。根据中国共产党中央委员会的方针,在周恩来的亲切关怀下,一部分文艺工作者(包括少部分演剧队)陆续转移到延安和各个抗日民主根据地,一九四一年春还有一批转移到香港等地。留在国统区的大批进步作家,在当局的政治压迫和艰苦的物质条件下,被迫分散在重庆、桂林、昆明等少数几个较大的城市,活动受到极大限制。因此,从武汉失陷到皖南事变这段时期,国统区的文艺运动相对地显得比较沉寂;战争初期曾经出现的抗日文艺运动的新气象,也在政治压迫下逐渐消失;一度大量涌现的抗日作品,尤其是戏剧演出活动,明显地减少,许多作家转向长篇小说和多幕剧的创作。在内容上,一部分作品中流露出来的彷徨和苦闷的情绪,代替了初期多少存在的乐观倾向。虽然有的作家又从"入伍"和"下乡",退居到大后方比较狭隘的生活圈子里;但不少进步作家依然在国统区坚持着艰苦的斗争。一九四〇年剧本《雾重庆》的出现,使前一阶段由《华威先生》开始的揭露国统区黑暗的进步文学传统得到了新的发展。长篇小说《淘金记》由于深刻地反映了大后方农村的现实而受到文艺界的重视。此后,《腐蚀》和《屈原》等作品分别以现实和历史题材,揭露、抨击国民党限共和反人民的政策,把作家运用文学武器同顽固派的斗争推进到更为尖锐的新的阶段,取得了引人注目的成就。一九四〇年九月军委会政治部改组后,郭沫若为了抗议政府当局强迫"第三厅"工作人员集体参加国民党,愤然脱离"第三厅",于同年十一月在重庆

---

① 《论联合政府》,见《毛泽东选集》横排本第 3 卷,第 943 页。

另外成立了文化工作委员会。文工会由郭沫若任主任,阳翰笙任副主任,主要成员有沈钧儒、茅盾、老舍、翦伯赞、杜国庠、田汉、洪深等。文工会分为国际问题研究、敌情研究、艺术研究(包括戏剧、诗歌、音乐、美术等)三个组开展活动。它是抗日战争后期国统区进步文化界的活动中心,直至一九四五年三月三十日被国民党政府勒令解散。

　　抗战前期以上海"孤岛"为中心的华东非沦陷区的进步文艺运动也比较活跃。一九三七年十一月上海四周沦陷后,大批文艺工作者去内地、前线或各个抗日民主根据地。但是,上海的抗日文艺活动并没有停止。直到一九四一年十二月八日"珍珠港事变"爆发以前长达四年零一个月的时间里,留在上海的一批进步作家和爱国的文化工作者,利用英法等国的"租界"这个特殊环境,继续开展各种公开和隐蔽的抗日文艺活动。这就是人们习惯地称呼的上海"孤岛"时期的文学运动。他们利用戏剧舞台和进步报刊,在敌、伪、顽政治势力错综复杂的情况下,坚持抗日爱国宣传和对敌斗争,发表了一批爱国的进步的文艺作品,出版了《鲁迅全集》、《大时代文艺丛书》和每集十本、共出五集的《剧本丛刊》,以及方志敏、瞿秋白的著译,翻译了斯诺介绍延安革命根据地抗日斗争的《西行漫记》(原名《红星照耀中国》)。他们对于日本帝国主义豢养的汉奸文人,以"奴化教育"和色情内容为特色的"大东亚文学"与"和平文学",展开了批判(曾发表《文化界反色情文化宣言》);还大力推动文艺界的抗日民族统一战线工作,团结和动员了一批有爱国心的文艺工作者,包括一部分戏曲工作者和民间艺人等,采取各种灵活的形式,与敌、伪、顽势力进行斗争。在皖南事变之前,上海"孤岛"的进步文艺运动曾经相当活跃。戏剧活动以上海剧艺社为主,各剧团纷起,是当时比较兴旺、取得显著成效的一个方面。进步的戏剧工作者充分利用戏剧舞台,通过话剧、历史剧、外国进步戏剧,以及各种改编旧剧和民间戏曲等,宣传民族意识和爱国主义,表现抗击外敌侵略的民族英雄,起到了振奋人心的教育作用。于伶的《夜上海》、《花溅泪》和历史剧《大明英烈传》,阿英(钱杏邨)的历史剧《明末遗恨》(后更名《碧血花》),李健吾翻译的《爱与死之搏斗》(罗曼·罗兰著)等相继上演,在当时吸引了大批观众,发挥了广泛的政治影响。杂文创作也在"孤岛"风行一时。在这个特殊环境里,杂文是进行对敌斗争,揭露与讽刺黑暗现实的有力武器。以发表杂文为主的刊物有《杂文丛刊》、《鲁迅风》(并非专登杂文)和几家报纸的副刊。由《文汇报》出版的六作家杂文合集《边鼓集》和世界书局出版的七人合集《横眉集》,在当时产生了很大的影响。杂文的大量涌现,引起了敌伪方面的注意。进步文艺界内部对于此时此地杂文的作用也有不同的认识。在巴人(王任叔)与阿英之间曾经引起一场关于"鲁迅风"杂文的论争。在稍后联合发表的《我们对于"鲁迅风"杂文问题的意见》里,统一思想认识,肯定了杂文是对敌斗争的有力武器,同时,对汉奸文人的攻击和歪曲,给予有力的驳斥。一九四一年底太平洋战争发生后,由于"孤岛"的政治环境急剧恶化,大批进步文艺工作者与进步报刊被迫撤离或转入地下,进步文艺活动呈停顿状态。一九四三年七月,柯灵接编商业性刊物《万象》,发动留居上海的作家,使他们重新提起笔来。王统照、师陀、徐调孚、楼适夷、傅雷等均为其执笔,同时也出现了一些年青的、后来有较大发展的散文家和小说家。

在中国共产党领导下的各个抗日民主根据地的文艺运动,由于处在民主自由的政治环境里,文艺工作者具有接触工农兵、深入第一线的方便条件,文艺事业受到党和行政组织的关怀与支持,因此与国统区及"孤岛"的文艺运动呈现大不相同的面貌。红军长征到达陕北后,在当时的保安和稍后的延安,已经成立"中国文艺协会"(后改称"中华全国文艺界抗敌协会陕甘宁边区分会"),形成了比较活跃的群众文艺活动。卢沟桥事变后,不少文艺工作者陆续从上海等地来到延安和各个抗日民主根据地,与当地的文艺工作者、与群众性的文艺活动结合起来,使边区与民主根据地的文艺运动得到蓬勃发展。文艺性刊物纷纷创办(如《文艺战线》①、《战地》、《诗建设》、《文艺突击》、《草叶》、《谷雨》、《文艺月报》等),先后出现了一大批文艺社团。抗日的朗诵诗、墙头诗、传单诗以及抗战歌曲在延安和一些根据地十分流行,取得了突出的成绩。奔赴前线或深入敌后的一部分文艺工作者,写出了一批真实感人的报告文学作品。毛泽东关于文艺创作的题词——"抗日的现实主义,革命的浪漫主义",受到了许多文艺工作者的重视。一九三九年前后,在西北战地服务团、延安鲁艺、太行山剧团、抗敌剧社、冀中火线剧社等专业团体的帮助指导下,根据地广大农村的戏剧演出和文艺宣传极为活跃。以华北的根据地为例:太行区一九四〇年比较巩固的村剧团就有一百多个,而冀中和北岳的剧团、文艺宣传队到一九四二年"五一"大扫荡前已达到一千个以上②。它们在丰富农村文化生活、鼓舞教育农民群众方面起了重要的作用。一九四〇年一月毛泽东发表的《新民主主义论》,特别是其中有关五四以来文化运动和现阶

---

① 《文艺战线》系在延安编辑而在国统区出版。

② 数字材料引自沙可夫在第一次全国文代会上的发言《华北农村戏剧运动和民间艺术改造工作》,载《中华全国文学艺术工作者代表大会纪念文集》。

段革命文化性质的精辟论述,对全国进步文艺界产生了巨大的指导作用,也给边区和其他民主根据地的文艺运动带来深刻的影响。陕甘宁边区文协召开了第一次代表大会,发表宣言,号召文艺工作者为创造民族的、民主的、科学的新文化而斗争。在专业文艺工作者的辅导下,通过群众性文艺活动,涌现出一批民间诗人,如山西快板诗人李济胜,陕北民间诗人孙万福,他们创作了不少受到群众欢迎的作品,用群众比较容易接受的新形式,反映人民大众在中国共产党领导下从事抗日斗争的新生活,这确实是抗战前期民主根据地文艺开始呈现的一个新的特色。

抗战初期来到延安的文艺工作者,大多具有较高的献身热情,愿意将自己的笔服务于抗日战争。随着经验积累的增多,生活观察的加深,他们对文学与政治、文学与生活两者之关系以及怎样更好发挥文学的作用,有很多思考。抗战进入相持阶段后,他们各自在报刊上陆续发表文章,谈出自己的想法与体会。周扬一九四一年七月在延安《解放日报》上发表《文学与生活漫谈》,就提出了一些独到的见解。他认为"创作就是一个作家与生活格斗的过程";即使作家"处身在自己追求的生活中了,他看到了光明,然而太阳中也有黑点,新的生活不是没有缺陷"。周扬主张,对延安"要实写出它的各方面来"。其关键在于作家应怀抱"对于民众的伟大的爱",去浸润、融化生活材料,以求得主客观的"完全融合",达到"物我无间"。此后不久,丁玲、艾青、罗烽、王实味、萧军也相继发表文章。丁玲的《我们需要杂文》认为:"现在这一时代仍不脱离鲁迅先生的时代"。对于大后方的种种"贪污腐化,黑暗,压迫屠杀进步分子"等丑恶现象,人民和作家有权拿起杂文做工具,以批评来建立更加巩固的抗日统一战线。"即使在进步的地方,有了初步的民主,然而这里更需要督促,监视,中国的几千年来的根深蒂固的封建恶习,是不容易铲除的,而所谓进步的地方,又非从天而降,它与中国的旧社会是相连结着的。"因而丁玲得出结论:"我们这时代还需要杂文"。她还实践自己的主张,写了《三八节有感》这样的杂文,坦率批评了延安存在的某些歧视妇女的陋习。罗烽的《还是杂文时代》,也和丁玲持有大体相同的看法。艾青写了《了解作家,尊重作家》,认为"作家并不是百灵鸟,也不是专门娱乐人的歌妓","他不能欺瞒他的感情","把癣疥写成花朵"。"作家除了自由写作之外,不要求其他的特权。他们用生命去拥护民主政治的理由之一,就因为民主政治能保障他们的艺术创作的独立的精神。因为只有给艺术创作以自由独立的精神,艺术才能对社会改革的事业起推进的作用"。一九四二年春,王实味发表了论文《政治家·艺术家》和杂文《野百合花》。前者突出强调政治家偏重"改造社会制度"与艺术家偏重"改造人的灵魂"两者相辅相成,认为"连我们自己——创造新中国的革命战士"在内,都应该在"改造社会制度"的过程中逐步"清除自己灵魂中的肮脏黑暗"。要把"揭破一切肮脏和黑暗"看做"与歌颂光明同样重要,甚至更重要"。"有人以为革命艺术家只应'枪口向外',如揭露自己的弱点,便予敌人以攻击的间隙——这是短视的见解"。后者则批评了延安生活中的某些缺陷与消极现象。所有这些文章,都没有把歌颂光明和揭破黑暗割裂开来,或者对立起来;文章的字里行间都有清醒的较为实事求是的深刻分析和坚信革命力量迅速壮大的热诚期待。然而,在当时严酷的战争年代和极度政治化的具体环境中,这些有意义的文学探讨却被当作危害革命的异端邪说。王实味在一九四二年夏开始的整风运动中受到批判和清算,被莫须有地戴上"反革命托派奸细分子"、暗藏的"特务分子"等帽子,经长时间软禁,一九四七年行军途中遭轻率处决。王实味、丁玲、艾青、罗烽等人的上述文章则被视为毒草或政治上的严重错误而长期招致批判,八十年代获得平反正名。

五 延安文艺座谈会与解放区文学

毛泽东的《在延安文艺座谈会上的讲话》(以下简称《讲话》),可以说是解决我国革命文艺运动中长期存在的许多问题的一个文献。《讲话》总结五四以来革命文艺发展的历史经验,联系延安和各抗日民主根据地文艺工作的实际状况,着重地解决了一系列重大的理论问题和政策问题,发展了马克思主义文艺理论,在中国文艺史乃至思想史上具有里程碑的意义。

在《讲话》中,给予最大注意并首先加以阐释的,是文艺"为群众"以及"如何为群众"这个根本问题。从当时纷繁复杂的文艺现象中抓住它作为解决问题的钥匙,显示了毛泽东作为马克思主义思想家的敏锐的洞察力。在五四以后的中国,列宁和恩格斯关于文学和劳动人民关系的一些论述虽然二十年代后期和三十年代初期就被介绍了过来,但文艺为什么人的问题在实践中并未得到解决。五四初年一些作家有过"平民文学"、"民众文学"等主张,后来更提出过文艺属于工农大众的口号,开展过多次大众化的讨论,反映了文艺工作者认识的逐步深入。但最初所谓的"平民"、"民众",实际上还是城市小资产阶级及其知识分子;文艺大众化被许多人理解为只是作品语言与表现形式的通俗化;革命作家虽也写过一些反映工农斗争生活的比较好的作品,但由于客观历史条件的限制,也由于作家主观思想上的弱点,对文艺与工农结合的问题认识并不深刻。不少左翼作者"各方面都表现出小资产阶级的思想情感,但却错误地把这些思想情感认做了无产阶级的思想情感"①。毛泽东根据列宁主义的原则,强调指出:"为什么人的问题,是一个根本的问题,原则的问题","必须明确地彻底地解决它"。他从中国的实际情况出发,具体指出:"我们的文艺,第一是为工人的","第二是为农民的","第三是为武装起来了的工人农民即八路军、新四军和其他人民武装队伍的","第四是为城市小资产阶级劳动群众和知识分子的"。毛泽东要求文艺工作者"站在无产阶级的立场上""为这四种人服务",其中又着重强调了"首先是为工农兵"服务。可以说,为人民大众,为工农兵,这是他历来考虑文化问题的基本出发点。早在一九三八年,他就讲新文化应具有"新鲜活泼的、为中国老百姓所喜闻乐见的中国作风和中国气派"②。一九四〇年,他提出新民主主义文化是"民族的科学的大众的文化","它应为全民族中百分之九十以上的工农劳苦民众服务,并逐渐成为他们的文化"③。在《讲话》中,这种思想更像红线一样鲜明地贯穿在《引言》与《结论》的各个部分,构成了文艺为人民大众、为工农兵服务的完整明确的纲领。在毛泽东看来,"任何一种东西,必须能使人民群众得到真实的利益,才是好的东西。"他解决普及与提高关系的问题,就是着眼于人民大众的。毛泽东指出:"只有从工农兵出发,我们对于普及和提高才能有正确的了解,也才能找到普及和提高的正确关系。"在当时历史条件下,广大工农兵特别是农民群众由于长期受着剥削阶级的统治,受着封建迷信、愚昧无知以及各种小生产者习惯势力的束缚,他们迫切要求在文化上翻身、思想上解放,要求一个普遍的启蒙运动,要求得到所急需的容易接受的文化知识和文艺作品,去鼓舞革命热情和胜利信心,同心同德地跟敌人作斗争。因此,对于他们,首要的还不是"锦上添花",而是"雪中送炭","普及工作的任务更为迫切"。但是,普及又需要指导,普及以后随着而来的就要求提高,而且还有"干部所需要的提高",所以,在重视普及的同时,也不能忽视提高。由此,毛泽东提出了普及与提高的著名公式:"我们的提高,是在普及基础上的提高,我们的普及,是在提高指导下的普及。"从而澄清了过去莫衷一是的混乱看法。毛泽东同时指出:"我们的文艺,既然基本上是为工农兵,那末所谓普及,也就是向工

①　周扬:《马克思主义与文艺·序言》。
②　《中国共产党在民族战争中的地位》,见《毛泽东选集》横排本第2卷,第500页。
③　《新民主主义论》,见《毛泽东选集》横排本第2卷,第666、668页。

农兵普及,所谓提高,也就是从工农兵提高。""不是把工农兵提到封建阶级、资产阶级、小资产阶级知识分子的'高度'去,而是沿着工农兵自己前进的方向去提高。"这些论述,不仅对于文艺工作,而且对其他许多工作,都有重要的指导意义。从"为群众"和"如何为群众"这个根本问题出发,总结五四以来我国文艺运动的历史经验,明确地指出了文艺为人民大众首先为工农兵服务的方向,这是《讲话》在文艺史上的一个突出贡献。

《讲话》的重大历史功绩,还在于它紧密结合文艺的规律和特点,进一步从作家思想感情和社会生活源泉两个方面科学地解决了发展无产阶级文艺的关键问题。文艺作品"都是一定的社会生活在人类头脑中的反映的产物。革命的文艺,则是人民生活在革命作家头脑中的反映的产物"。无产阶级文艺的建立和发展,既有赖于"革命作家头脑"这个主观条件,也有赖于"人民生活"源泉这个客观条件。只有解决好作家思想感情的转变和社会生活源泉的获取这两方面的关键问题,"我们才能有真正为工农兵的文艺,真正无产阶级的文艺"。毛泽东在《讲话》中提出的作家在学习马克思主义的同时,"深入工农兵群众、深入实际斗争",正是解决这两个关键问题的根本途径。他十分重视小资产阶级出身的文艺工作者思想感情的转变问题,给文艺大众化下了新的定义:"什么叫做大众化呢?就是我们的文艺工作者的思想感情和工农兵大众的思想感情打成一片。"并且以自己的经验为例,具体亲切地说明了在与工农兵结合过程中改变思想感情的必要和可能。列宁在十月革命胜利后不久给高尔基的信中,就提出文艺家必须到工农兵群众中去生活和观察的意见。列宁认为,即使像高尔基这样做过工、有过复杂生活经历的大作家,也必须多观察工农兵的生活,多观察新事物,以便深刻感受革命和时代的脉搏,克服不健康的情绪。到了二十世纪四十年代的中国,无产阶级和当时各个革命阶级一起已在局部范围内有了自己的政权,文艺家面对着当家作主的工农兵群众,大批小资产阶级知识分子在长期的斗争实践中取得了改造成为无产阶级革命者的经验,在这种新的历史条件下,列宁的这个意见就得到了毛泽东进一步的发展,成为引导作家通过切实可行的途径走向无产阶级化的完整理论。

发展无产阶级文艺的另一关键问题,是能否获取充足的生活源泉亦即文艺家是否熟悉工农群众的问题。在这方面,早期无产阶级文学的一些倡导者也曾有过糊涂思想,即把"文艺品的创造全凭本身的经验"只看作"是一种谬误的理论"。他们主张作家可以用"体察"、"想象"来代替生活经验:"若写强盗生活,自己一定要去当强盗;写娼妓生活,自己一定要去当娼妓……那岂不是笑话吗？"①鲁迅曾在《上海文艺之一瞥》中批评了这种观点，他说："作家生长在旧社会里，熟悉了旧社会的情形，看惯了旧社会的人物的缘故，所以他能够体察；对于和他向来没有关系的无产阶级的情形和人物，他就会无能，或者弄成错误的描写了。所以革命文学家，至少是必须和革命共同着生命，或深切地感受着革命的脉搏的。"鲁迅这个见解，十分深刻中肯，但限于国民党政府"把工农兵和革命文艺互相隔绝"的环境条件，未能引起人们足够的重视。到了抗日时期的延安和各个民主根据地，作家对工农兵群众不熟、不懂的状况，就与自身承担的任务形成了尖锐的矛盾，严重阻碍着无产阶级文艺的发展。巧妇难为无米之炊。不了解工农兵，当然就无法描写他们，"倘若描写，也是衣服是劳动人民，面孔却是小资产阶级知识分子"，甚至造成对工农兵的严重歪曲。针对这种状况，毛泽东号召："中国的革命的文学家艺术家，有出息的文学家艺术家，必须到群众中去，必须长期地无条件地全心全意地到工农兵群众中去，到火热的斗争中去，到唯一的最广大最丰富的源泉中去，观察、体验、研究、分析一切人，一切阶级，一切群众，一切生动的生活形式和斗争形式，一切文学和艺术的原始材料，然后才有可能进入创作过程。"

就这样，文艺工作者通过"深入工农兵群众、深入实际斗争"，既转变思想，又获取源泉：这就是毛泽东为发展中国的无产阶级文艺所指明的根本道路。这一主张之所以可贵，就因为它完全符合文艺的特点。文艺必须反映客观生活，忠实于客观生活，这是一方面；另一方面，文艺对于生活的反映，又总是通过了一层作者思想和艺术的折光的，没有这层折光，便没有文艺作品的产生，这里就有了作者主观思想感情和对生活认识的问题。一个作品如果要激动人心，引起与读者感情上的强烈交流，先决条件是它所反映的生活不仅真实，而且确实曾使作者本人强烈地激动过。文艺作品中所反映的生活，总是经过文艺家心灵的浸润，饱和着作者的思想感情的；当然，文艺家的思想感情又必须寓于对生活本身的客观描绘之中，而且不应该是违背生活真理的偏见。离开了生活真实的那种感情宣泄，只会成为空洞叫喊，不会有艺术感染力；反过来，对于要反映的生活无动于衷、漠然处之，也同样难以产生出感人的作品。在这里，被反映的客观生活与反映者的主观思想之间的任何分割，都会背离文艺的规律。正是文艺的这种特点，不仅规定了文艺家思想感情的转变具有特殊重要的

---

① 华希理(蒋光慈)：《论新旧作家与革命文学》，载《太阳月刊》，1928年4月号。

意义,而且也要求文艺家的思想转变应当遵循一条特定的途径———一条把思想转变跟获得创作源泉统一起来的途径。离开了这条特定的途径,就不可能培养出真正无产阶级的作家队伍。毛泽东的《讲话》就是从两者统一的要求来阐明问题的。他提出的文艺家与工农兵相结合,正是同时牵动革命文艺赖以产生的两方面条件的一条总纲,是解决文艺问题的总枢纽,它一方面关联着文艺家思想感情的转变,一方面又关联着文艺创作源泉的获得。由于这两方面是在同一过程中紧紧地结合着的,因此,思想感情的变化既不脱离活生生的现实而致架空,生活素材的获得也因饱和着作者感情而富于生命。

《讲话》还阐述了文艺与政治的关系,党的文艺工作与党的整个工作的关系,从而既总结、肯定了五四以来革命文艺的光荣战斗传统,也澄清了文艺界存在着的某些糊涂观念。中国的革命文艺,在延安文艺座谈会前二十多年新民主主义革命过程中,有力地配合了革命的政治斗争,发挥了重大的作用,正像毛泽东指出的那样:“在五四以来的文化战线上,文学和艺术是一个重要的有成绩的部门”,对革命有着“伟大贡献”。但过去在文艺与政治关系的问题上,也曾出现过两种错误倾向:一种是托洛茨基在二十年代提出的所谓文艺创作是“下意识的过程”、“艺术和政论往往不是一元的”①、无产阶级文艺“决不会存在”②等主张,按照这种主张,文艺实际上只能与无产阶级政治背道而驰,它曾对中国进步文艺界一些人产生过不好的影响;另一种是对政治作出机械狭窄的理解,并且忽视文艺的特征,以致把文艺和政治的关系只是当成宣传某项政治措施或图解某项具体政策。《讲话》既批判了文艺与政治的二元论,也注意防止和反对了某些简单化、庸俗化的倾向。毛泽东指出:“在现在世界上,一切文化或文学艺术都是属于一定的阶级,属于一定的政治路线的。为艺术的艺术,超阶级的艺术,和政治并行或互相独立的艺术,实际上是不存在的。无产阶级的文学艺术是无产阶级整个革命事业的一部分,如同列宁所说,是整个革命机器中的‘齿轮和螺丝钉’。”这里揭示的,正是文艺不能脱离政治的客观规律。文艺是一种社会意识形态,是在一定的经济基础上产生并为一定的基础服务的,但由于它是“更高的即更远离物质经济基础的意识形态”③,

---

① 引自托洛茨基 1924 年 5 月 9 日在联共(布)中央召开的党的文艺政策讨论会上的发言。

② 托洛茨基:《文学与革命》一书的《引言》。该书中译本作为“未名丛刊”之十三,出版于 1928 年 2 月。

③ 恩格斯:《路德维希·费尔巴哈和德国古典哲学的终结》,见《马克思恩格斯选集》第 4 卷,第 249 页。

要为基础服务往往需要经过政治做中间环节。政治"是经济的集中的表现"①，"只有经过政治,阶级和群众的需要才能集中地表现出来"。因此,革命的文艺工作者应该把文艺与无产阶级政治相联系作为一种自觉的要求。这是问题的一个方面。另一方面,为了防止把文艺与政治的关系庸俗化,毛泽东又特意指出:"我们所说的文艺服从于政治,这政治是指阶级的政治、群众的政治,不是所谓少数政治家的政治。"真正的无产阶级政治,应该是代表人民的根本利益,并符合客观的生活真实的;违背人民利益、违反生活真实的政治,绝不会是无产阶级的政治。然而,即使是无产阶级政治家,也不能保证自己在任何时候总是正确的,也难免有发生错误的时候。因此,应该把文艺与政治的问题和文艺必须真实地反映生活的问题联系起来,在重视生活真实的基础上求得"文艺的政治性和真实性"的统一。

　　文艺要很好地结合政治,应该充分尊重文艺的特点。文艺是通过自己的特殊规律去结合政治的。取消文艺的特殊规律,也就取消了政治本身。毛泽东在阐释文艺与政治的关系时,正是注意尊重文艺的特殊规律的。他指出:"政治并不等于艺术,一般的宇宙观也并不等于艺术创作和艺术批评的方法","马克思主义只能包括而不能代替文艺创作中的现实主义"。如果以为政治上正确就可以不遵循艺术规律,那是一种极端幼稚糊涂因而也极端有害的想法。在反对公式化概念化这个深刻的意义上,毛泽东指出:"政治并不等于艺术","学习马克思主义,是要我们用辩证唯物论和历史唯物论的观点去观察世界,观察社会,观察文学艺术,并不是要我们在文学艺术作品中写哲学讲义。"可以说,重视文艺特征的思想,正是《讲话》重要的不容忽视的部分。例如,毛泽东提出革命的文学家应该把"了解人熟悉人的工作"放在"第一位",并且"应当认真学习群众的语言";他认为"必须继承一切优秀的文学艺术遗产";他还认为文艺有自己的"特殊问题——艺术方法艺术作风",并且提出:"应该容许各种各色艺术品的自由竞争",如此等等。在毛泽东看来,"缺乏艺术性的艺术品,无论政治上怎样进步,也是没有力量的。因此,我们既反对政治观点错误的艺术品,也反对只有正确的政治观点而没有艺术力量的所谓'标语口号式'的倾向。我们应该进行文艺问题上的两条战线斗争。"所有这些,都显示了毛泽东关于文艺与政治关系的思想是异常丰富的。

　　《讲话》的发表,在中国文艺史上带来了继五四之后又一次深刻的革

---

① 《新民主主义论》,《毛泽东选集》横排本第2卷,第624页。

命。延安文艺座谈会后解放区文学所获得的巨大进展,便是《讲话》理论意义的生动验证。和过去作品相比,应该说,一九四二年以后解放区文学的变化是显著的、深刻的。

作家与工农兵的结合,首先带来了作品题材、主题的鲜明变化。知识分子带着个人空虚感情的浅斟低吟几乎绝迹了;对广大人民群众生活斗争的描绘,开始在整个文学创作中占了优势;而这种描绘,又在很大程度上渗透和饱和了作者自己与人民群众血肉相连的革命感情。以《人民文艺丛书》所收的一百七十七篇作品为例,据周扬统计,其中"写抗日战争、人民解放战争(包括群众的各种形式的对敌斗争)与人民军队(军队作风、军民关系等)的,一○一篇。写农村土地斗争及其他各种反封建斗争(包括减租、复仇清算、土地改革,以及反对封建迷信、文盲、不卫生、婚姻不自由等)的,四十一篇。写工业农业生产的,十六篇。写历史题材(主要是陕北土地革命时期故事)的,七篇。其他(如写干部作风等),十二篇"①。许多作品通过民族斗争、阶级斗争以及劳动生产题材的描写,真切生动地反映了解放区各个方面的变化,表现出人民群众的新的生活风貌。其中并出现了丁玲的《太阳照在桑干河上》、周立波的《暴风骤雨》等优秀长篇。有些作家的创作还浸透着来自农民的朴实、亲切、幽默、乐观的气息(如赵树理的小说)。另有一些作家的创作则洋溢着真正从群众生活和斗争中得来的诗情画意(如孙犁、康濯的一些作品)。解放区文学内容上的这些特色,都是过去的作品里所没有的。

其次,就人物形象来说,工农兵在作品中如同在实际生活中一样真正取得了主人公的地位。毛泽东在《看了〈逼上梁山〉以后给延安平剧院的信》中曾经指出:"历史是人民创造的,但在旧戏舞台上(在一切离开人民的旧文学艺术上)人民却成了渣滓,由老爷太太少爷小姐们统治着舞台。"他认为这是一种"历史的颠倒",革命的文艺工作者应该把它"再颠倒过来","恢复""历史的面目"。《讲话》以后的许多优秀作品,正是在这方面做出了贡献。小二黑和李有才,喜儿和刘胡兰,王贵和李香香,这些主人公无不是劳动人民。作品对他们的刻画,确实达到了异常真实的程度,根本扭转了过去那种"衣服是劳动人民,面孔却是小资产阶级知识分子"的状况。这些人物从不同角度体现了新一代农民的成长。他们不再是过去作家笔下的那种单纯被侮辱与被损害的形象。即便是白毛女这样一个受尽地主压迫和摧残的人物,也表现了劳动人民坚决的斗争精神,充满了被

---

① 《新的人民的文艺》,见《中华全国文学艺术工作者代表大会纪念文集》,第70、71页。

压迫者要活下去、报阶级仇的坚强意志。他们真正作为社会发展的推动力量,出现在文学中。作品有力地表明了这些在旧社会压在底层的小人物,一旦获得了解放,其智慧、才能、性格就会放射出耀眼的光辉。自然,他们不是"神",而是现实生活中的真实的人,是在革命斗争的锻炼和考验中成长起来的,他们的可贵之处在于来自群众,又代表群众。一般地说,作家们对这一点掌握得比较好,在塑造这些人物形象时,有的虽然表现了浪漫主义的理想色彩,更多的还是遵循了严格的现实主义原则,因此,作品的主人公大多可信可亲。

最后,解放区文学在运用群众所喜闻乐见的形式和大众化的语言方面也取得了突出的成就,和自己民族的特别是民间的文艺传统保持了密切的血缘关系。作家们从民间流行的多种多样的艺术形式(像秧歌、戏曲、民歌、小调、快板等)吸取养分。比如新秧歌就是学习边区民歌和民间秧歌的结果。新歌剧《白毛女》也是在群众秧歌运动基础上发展起来的民族形式的歌剧,它取材于晋察冀边区的民间传说,采用北方农民朴素生动的口语和富有民族风味的唱词,吸收民族戏曲和民歌的曲调,形成了鲜明的民族风格和民族气派。长诗《王贵与李香香》更是直接用陕北民歌《信天游》的形式创作的,两句一组,音节自然和谐,用语质朴,清新流畅,读起来朗朗上口,富有形象性。小说方面,有些作品直接用了人民群众熟练的章回体形式。赵树理小说虽不用章回体,但作品语言通俗,情节曲折,故事有头有尾,人物描写生动自然,也都吸取了古典小说和民间说书艺术的传统特点,具有浓厚的民族色彩。至于作品语言的大众化,赵树理更是优秀代表。周扬说:赵树理"在他的作品中那么熟练地丰富地运用了群众的语言,显示了他的口语化的卓越的能力;不但在人物对话上,而且在一般叙述的描写上,都是口语化的。在他的作品中,我们可以看出和中国固有的小说传统的深刻联系;他在表现方法上,特别是语言形式上吸取了中国旧小说的许多长处。但是他所创造出来的决不是旧形式,而是真正的新形式,民族新形式。他的语言是群众的活的语言。他在文学创作上,不是墨守成规者,而是革新家,创造家"①。这是十分恰当的评价。

解放区文艺在实践工农兵方向的过程中,也出现过一些缺点和偏差。在强调文艺结合革命政治的同时,有时由于对政治理解得过于机械、过于狭窄,或者对文艺特征认识不足,因而曾经提出过要文艺配合各项中心工作、为宣传政策服务等简单化的要求,也出现过不顾作者具体条件、只按

---

① 《论赵树理的创作》,载《解放日报》,1946 年 8 月 26 日。

需要分配创作任务等不尽恰当的做法。在强调文艺工作者向劳动人民学习、向农民学习的同时,对小生产者思想的警惕有所放松,以致有些作品多少受到了这类思想习气的侵袭和影响。较多的作品艺术上则存在着不注意向外国文学借鉴的弱点。尽管如此,整个文学创作在短短几年里所发生的巨大变化,却代表着一个新的方向。这在新文学发展的历史上,还是具有划时代的意义和深远的影响的。

六　国统区文学的新发展

在解放区文学取得很大成就的同时,一九四二年以后国统区的进步文艺运动,也冲破政府的压迫,经过重重斗争而获得发展。

皖南事变之后,顽固派对进步文化工作者实行高压和钳制。一九四一年七月,国民党中央图书杂志审查委员会一次"取缔书刊"竟达九百六十一种之多。一九四二年九、十月间,张道藩等在国民党中央文化运动委员会主办的《文化先锋》上先后发表《我们所需要的文艺政策》、《关于"文艺政策"》等文,鼓吹"忠孝仁爱信义和平"的"民族意识"。一九四三年九月,国民党召开的五届十一中全会通过了"文化运动纲领",并于十一月间在重庆举行所谓"民族文化建设运动周"。本来,在民族矛盾尖锐的形势下,提出"民族文化"、"民族文学"之类的口号是无可厚非的。但国民党一则把民族矛盾与阶级矛盾对立起来,叫嚷进步作家不要"站在劳工劳农的立场"去创作"憎恨"剥削阶级的作品[1];二则把"民族意识"与封建思想混为一谈,在"民族文化"的旗号下宣扬封建主义的内容。他们在文化上提出的这些口号,是为国民党政治上鼓吹"一个党,一个主义,一个领袖"效劳的。因此,他们的所谓"民族"云云,实质上只是指的民族中占极少数的大地主、大资产阶级。国民党政府的压迫和摧残,给进步文艺运动造成了极大困难:政治上,作家生命没有保障,创作没有自由,出版受到查禁;经济上,由于物价上涨,纸张印刷成本急速增高,加之苛捐杂税的重压(如重庆的戏剧上演税高到票价的百分之五十五),使得一些优秀作品难以出版或上演。这些都严重阻碍着文艺事业的发展。

虽然如此,文艺界大多数人继续保持与巩固着广泛的统一战线,对国内外顽固势力进行不屈不挠的斗争。在种种不利条件下,"进步的革命的文艺工作者始终善于灵活作战,迂回曲折,此伏彼起,乘虚伺隙,互相呼

---

① 《关于"文艺政策"》,载《文化先锋》第 1 卷第 8 期,1942 年 10 月 20 日。

应,终于能冲破了反动派的压迫,击垮了一切反动派的文艺活动,而打了胜仗。"①中华全国文艺界抗敌协会及国统区各地分会依然继续开展活动,它广泛地团结各抗日阶层的文艺工作者,并动员与组织他们参加许多工作。皖南事变之后,共产党通过文化工作委员会这一统一战线的合法组织,不仅团结了许多进步的文化人,而且团结了大批中间派文化人,为坚持抗战、反对投降,坚持团结、反对分裂,坚持进步、反对倒退,做出了积极的贡献。针对国民党喧闹一时的"民族文化建设运动周",《新华日报》发表了《文化建设的先决问题》的社论,明确提出我们要建设的文化必须为占全国人口百分之九十以上的人民大众服务,"为中华民族的自由解放而斗争"。进步文艺界还曾通过纪念鲁迅、庆祝作家生辰等特殊方式,推动革命文艺运动。在祝贺郭沫若、茅盾五十寿辰及创作生活二十五周年(一九四一、一九四五年,均按中国传统习惯计算年龄),纪念老舍创作生活二十周年(一九四四年)的时候,《文艺生活》、《抗战文艺》、《文哨》等刊物,均出纪念特辑,表彰他们对文化革命的杰出贡献,总结文学运动的经验,展望未来的工作。通过这些活动,增强了团结,鼓舞了斗志,对国民党统治者起了打击和示威的作用。一九四四年七月,"文协"鉴于"若干作家病不能医,贫无所告,死不能葬的悲惨事实",并为了"加强文艺工作和社会人士的联系",发起了"募集援助贫病作家基金运动",得到社会广大人士的同情和支持,促进了民主运动和文艺运动的发展。一九四五年,是民主运动高涨的一年。这年一、二月间,民主同盟、工商界、妇女界、青年界、文化界接连发表要求民主的宣言。其中,郭沫若起草的《文化界时局进言》影响最大。《进言》要求召开临时紧急会议,商讨战时政治纲领,组织战时全国一致政府,废除有碍民主实现的各项措施。《进言》提出:"取消一切党化教育之设施,使学术研究与文化运动之自由得到充分的保障";"停止特务活动,切实保障人民之身体自由,并释放一切政治犯及爱国青年……"。《进言》说出了广大文化工作者的心声,在上面签名的达三百七十多人,一九四五年二月二十二日在《新华日报》发表后,引起了强烈的反响。随着民主运动的不断进展,文艺运动汇入了民主运动的洪流,许多民主的集会通过文艺讲习会、文艺座谈会的方式举行。很多作家积极投身民主运动,并用自己的作品推动民主运动。茅盾的《清明前后》揭露了官僚资本对民族工业的摧残,说明民族资产阶级只有同人民一起参加民主斗争,才能"打断那把工业拖得半死不活的脚镣手铐"。政治讽刺诗、讽刺喜剧和战

---

①　茅盾:《在反动派压迫下斗争和发展的革命文艺》。

斗杂文像一把把犀利的尖刀,刺向国民党的心脏。连张恨水也写出了《八十一梦》这类尖锐讽刺国统区黑暗现实的小说。诗人闻一多更因受到革命潮流的激励,从书斋生活走到民主运动的前列,热情地在群众集会上进行讲演或朗诵诗歌。闻一多的道路代表了一部分资产阶级小资产阶级文艺家在革命转折时期向左转的倾向。

国统区的进步文艺工作者在政治上是坚持抗日、要求民主的,不少人还写出了比较好的文艺作品。但由于当时客观现实是那样黑暗,罪恶势力暂时又还那样强大,周围气氛是那样污浊而令人窒息,在这种困苦环境中,一部分文艺工作者本身也暴露出许多小资产阶级知识分子固有的弱点。表现在创作中,苦闷、彷徨、悲观、失望的情绪滋长了;回避重大斗争而描写身边琐事、爱情纠葛的倾向抬头了;有的迎合庸俗趣味,采集都市生活的小镜头,编织无意义的故事,如此等等。创作上出现的这种内容空虚、情绪低沉的"非政治倾向",反映了小资产阶级知识分子精神状态中脆弱、灰色的一面。怎样改变这种处境,摆脱创作上这类倾向?文艺理论界也有不同的主张:有的强调"人生态度";有的提倡"主观战斗精神";有的强调投身现实斗争,克服非政治倾向;有的则把问题归结到注重艺术技巧上去。所有这些问题,在一九四五年前后关于现实主义问题的讨论及关于《清明前后》与《芳草天涯》两个话剧的讨论中,几乎都涉及了。一九四三年六月和一九四四年三月,在《新华日报》工作的于潮(乔冠华),在《中原》杂志上发表了《论生活的态度与现实主义》、《方生未死之间》两篇文章,引起了《新华日报》内部的争论。于潮感觉到当时部分知识分子中存在麻木、疲倦、消沉、观望等精神状态,却对这种现象作了不正确的解释。一九四五年一月,胡风在他主编的《希望》创刊号上发表了《置身在为民主的斗争里面》一文,他认为作家只有发挥主观能动作用,"只有从对于血肉的现实人生搏斗开始,在文艺创作里面才有可能得到创作力底充沛和思想力底坚强",才能对"目前泛滥着的,没有思想力底光芒"的"客观主义"文艺进行斗争;他在同期刊物上还发表了舒芜的《论主观》,并给以极高的评价。有些文艺工作者不同意胡风的这种观点,提出批评意见,这就引起了从抗战后期直至解放战争时期关于现实主义与"主观"问题的论争。一九四五年还曾因为对于某几个具体作品的估价问题,展开了关于文艺的政治性与艺术性关系的争论。有现实政治性很强的作品,然而被认为是没有艺术性的主观公式主义;也有被认为是艺术性较高而与现实的政治脱节的作品。为了使文艺工作者认清文艺的政治性与艺术性的关系,周恩来领导《新华日报》举行关于

《清明前后》与《芳草天涯》两个话剧的讨论。这次讨论的部分文章中出现过简单化的倾向,不过通过讨论,批评了文学创作和评论中的"非政治倾向",坚持了艺术性与政治性相统一的原则。周恩来非常关怀文艺工作者的健康成长,他一方面严肃批评带有错误倾向的文艺作品和理论主张,另一方面又耐心帮助一些作家认识错误、改正错误,"他建议文艺界的同志们和朋友们都认真学习毛泽东思想,来检查自己过去的文艺工作,来改进自己的文艺工作。"①

抗战后期,国统区的文艺创作与理论主张,为什么会出现上述问题呢?除了客观社会环境的恶劣之外,还应该从作家的主观方面找出原因:国统区的进步作家们大多数是小资产阶级知识分子;小资产阶级也属于被压迫阶级,所以有和劳动人民结合的可能,但另一方面,小资产阶级知识分子在生活、思想各方面和劳动人民又是有距离的。小资产阶级经受不住长期的黑暗与苦难生活的熬煎,"就在一方面表现为消极低沉的情绪,另一方面表现为急躁的追求心理。这两种倾向都表现于文艺创作中,而后一倾向特别表现于文艺理论上面,形成一种'小资产阶级的革命'文艺理论。"②历史证明,小资产阶级文艺思想与无产阶级文艺思想具有原则的区别,不承认这一点,就不可能对文艺运动中产生的问题作出马克思主义的回答。这也是周恩来所以要建议文艺界共同学习毛泽东思想的原因。

一九四四年元旦,《在延安文艺座谈会上的讲话》以《毛泽东同志对文艺问题的意见》为题在重庆《新华日报》摘要发表。这是《讲话》在国统区第一次公开和广大读者见面。同年四月,党中央派何其芳、刘白羽从延安到重庆,向大后方的进步文化界传达《讲话》,并调查国统区文艺运动的情况。在此期间,周恩来不仅在内部经常领导、组织文艺界学习《讲话》,阐释共产党的文艺方针,而且还在一九四五年十月二十一日"文协"举行的联欢晚会上,公开介绍了《讲话》以后延安文艺界呈现的"蓬蓬勃勃"的新气象,号召重庆的作家向解放区学习,使国统区文艺运动取得更大的成绩③。国统区和解放区虽然环境、任务有所不同,但国统区作家积极从《讲话》和在《讲话》指引下产生的解放区文艺作品中吸取营养,用以推进国统区文艺运动,由此毕竟"开始了若干在毛泽东文艺新方向的影响之下的和人民大众结合的努力"④。

---

① 何其芳:《回忆周恩来同志》,见 1978 年《文学评论》第 1 期。
② 茅盾:《在反动派压迫下斗争和发展的革命文艺》。
③ 《新华日报》,1945 年 10 月 22 日。
④ 郭沫若:《为建设新中国的人民文艺而奋斗》。

　　抗日战争胜利后，原在延安和晋察冀、后来转至东北的文艺工作者，先后结队南下，而大后方如重庆、桂林等地的作家，也都分批复员。上海、北平、广州等地重又成为文学活动的中心，文艺刊物如《中国作家》、《文联》、《人世间》、《诗创造》等，或创刊，或复刊，如雨后春笋，破土而出，其中规模较大、时间较长的有郑振铎、李健吾主编的《文艺复兴》，朱光潜主编的《文学杂志》，司马文森主编的《文艺生活》。艺术风格值得称道的著名作品如巴金的《寒夜》，钱钟书的《围城》，师陀的《果园城记》和穆旦的一些诗篇，都在这个时期发表。所惜好景不常在，国民党为配合其发动内战进攻解放区的阴谋，在国统区对民主运动加紧镇压，一再制造血案，并于一九四六年七月指派特务暗杀了李公朴和著名诗人闻一多。次年起通过《文化先锋》等报刊，公然鼓吹"戡乱文艺"。他们千方百计扼杀民主文化，封闭报馆，查禁书刊，迫害作家，无所不用其极。在尖锐复杂的斗争形势下，中国共产党为了保存文化界的有生力量，一方面组织部分作家奔赴解放区从事文学活动，一方面帮助大批文化工作者撤至香港建立文化革命的新据点。革命的文化工作者利用香港的特殊政治环境，聚集力量，出版刊物（主要有《大众文艺丛刊》、《小说》、海外版的《文艺生活》、香港版的《群众》，并为《华商报》副刊开辟了《热风》、《茶亭》等文艺专栏）。与抗战后期相比，这时学习毛泽东文艺思想的自觉性更加提高，而且注意理论联系实际。一九四六、一九四七年，香港进步文化界曾分别以《文艺问题》、《论文艺问题》为书名，出版了《讲话》的单行本。一九四七年五月，香港出版的《群众》周刊又以《毛泽东论人民的文化与人民的文艺》为题，节选了《新民主主义论》和《讲话》的部分章节。《讲话》的公开出版发行，为文艺工作者学习毛泽东文艺思想提供了便利条件。《大众文艺丛刊》中荃麟执笔的《对于当前文艺运动的意见》，默涵的《关于人民文艺的几个问题》，冯乃超的《文艺工作者的改造》等论文，都是在当时条件下认真学习《讲话》的产物。这些文章着重论述了新文学的性质、文艺的工农兵方向、普及与提高、作家思想转变、文艺大众化、统一战线等问题。其中阐释文艺思想斗争的部分，则又带着"左"的倾向。

　　抗战后期、解放战争时期的文艺创作，继承五四以来的新文学反帝反封建的传统，在反压迫、争民主的斗争中发挥了积极的作用。随着政治形势的变化，随着毛泽东文艺思想的传播和解放区新文艺影响的扩大，这个时期国统区的文艺创作也有新的发展：从思想内容上说，出现了许多暴露黑暗、颂扬反抗的作品，讽刺作品更为盛行；艺术形式也呈现出一种新倾向，"那就是打破了五四传统形式的限制而力求向民族形式与大众化的方向发展"①。

　　政治讽刺诗的蓬勃发展,是本时期文学创作的一大特色。诗歌创作抗战前期多为民族解放的热情呼唤,到一九四四年民主运动兴起以后,便转向了对黑暗现实的揭露和讽刺,产生了袁水拍的《马凡陀的山歌》、臧克家的《宝贝儿》以及群众性的朗诵诗运动。《马凡陀的山歌》等政治讽刺诗,在反饥饿、反内战的游行运动中,或被朗诵,或被书于旗帜,或被改编为街头剧演出,它们连同《茶馆小调》、《古怪歌》等讽刺歌曲一起,产生了很大的宣传效果。"讽刺诗多起来了,这不是由于诗人们的忽然高兴,而是碰眼触心的'事实'太多,把诗人'刺'起来了。"②朗诵诗多半是非职业的文艺青年们创作的,它产生于民主运动,又服务于民主运动,具有强烈的政治性和集体创作的性质。这个时期的戏剧创作,由政治形势逆转时的历史剧,发展成为直接暴露国民党统治和要求人民民主的剧作,出现了茅盾的《清明前后》、陈白尘的《升官图》、田汉的《丽人行》、吴祖光的《捉鬼传》等作品。这些剧作或暴露官僚资本对中小企业的压榨勒索,或揭示国民党官场的腐败丑恶,或描写人民的痛苦生活及反抗斗争,具有明快、犀利的特色。戏剧创作中讽刺喜剧色彩的浓厚,曲折地反映了人民力量的增强和顽固势力的衰败。抗日战争胜利以后,由于国民党对进步戏剧运动的压迫,许多剧作家转移到了电影部门。他们根据"站在人民的立场,暴露与控诉国民党统治的罪恶,和在这种统治下广大人民所受的灾难与痛苦;并进一步暗示广大人民一条斗争的道路"的编导方针③,制作了《一江春水向东流》、《八千里路云和月》、《万家灯火》等很有影响的优秀影片。这个时期的小说创作,反映社会生活面比较宽广,题材和人物更为开阔多样。老舍的《四世同堂》、茅盾的《锻炼》、沙汀的《还乡记》、艾芜的《山野》、姚雪垠的《长夜》等,不仅暴露了国民党统治的黑暗,还或明或暗地描写了各个时期人民的反抗斗争。此外,并出现了一些艺术上颇有特色的长篇,如路翎的《财主底儿女们》、黄谷柳的《虾球传》、徐訏的《风萧萧》等。适应尖锐、激烈的斗争形势的需要,这个时期还继续产生了一批匕首、投枪式的杂文。郭沫若、茅盾、冯雪峰、朱自清、何其芳、林默涵等作家的杂感,以灵活多样的形式,抨击"旧时代的阴魂"、迎接"新时代的晨星"④。

---

　　①　茅盾:《在反动派压迫下斗争和发展的革命文艺》。
　　②　臧克家:《刺向黑暗的"黑心"》(《〈宝贝儿〉代序》)。此文最早载《新华日报》1945 年 6 月 14 日,题目稍有不同。
　　③　阳翰笙:《国统区进步的戏剧电影运动》。
　　④　郭沫若:《南京印象》。

　　综上所述,在抗战后期、解放战争时期,国统区的进步文艺工作者在国内外敌人百般压迫下坚持斗争,开展革命文艺活动,创作了一批对国民党顽固派作斗争有强烈政治意义的作品,取得了很大的成绩。正如茅盾在第一次文代会报告中所总结的那样:"从斗争的总目标上看,国统区与解放区的文艺运动是一致的;从文艺思想发展的道路上看,双方在基本上也是一致的;而就国统区的革命文艺运动的主流来说,最近八年来也是遵循着毛主席的方向而前进,企图同人民靠拢的。""反动派扼杀新文艺运动的企图,从来没有成功过。"

第一章　鲁迅——中国现代文学的奠基人

第一节　生平和思想发展

鲁迅(1881—1936)原名周树人,字豫才,出身于浙江绍兴一个逐渐没落的士大夫家庭。年轻时受过诗书经传的教育,爱好民间艺术和绘画,稍长又读了许多野史笔记,对中国文学和历史有较深的了解。鲁迅的外祖母家住农村,他经常随母探省,因而和农民保持着亲密的联系,深知他们身受的压迫和痛苦。不久,鲁迅的祖父因科场案件系狱,父亲又长期患病,家道中落,少年鲁迅经常出入于当铺和药店,在被侮辱、受歧视的环境里,认识到社会的冷酷和势利。一八九八年,鲁迅离家到南京。继洋务运动之后,资产阶级变法维新正进入高潮。鲁迅抛弃一般人认为是正路的读书应试,进了洋务派创办的江南水师学堂,

鲁　迅

随后又转入陆师学堂附设的矿务铁路学堂。在这里,他接触到宣传变法维新的《时务报》和介绍西方国家政治、哲学、经济、法律的《译书汇编》,经常留意当时翻译过来的科学和文艺的书籍,其中赫胥黎的《天演论》[①]引起他很大的兴趣,从书里初步接受了进化论思想,根据"物竞天择"的规律联想到祖国在竞争剧烈的世界上的命运,亟望祖国的自尊自强。一九〇二年,鲁迅考取官费留学日本,先在东京进了弘文学校。当时

---

① 严复译。原著名称为《进化与伦理》。

的东京是中国革命党人在海外活动的中心,留学生中正在轰轰烈烈地展开反清爱国运动,鲁迅积极参加这些活动。刚满二十一岁的他,在一首短诗里抒写了自己爱国主义的襟怀:

> 灵台无计逃神矢,风雨如磐闇故园。
> 寄意寒星荃不察,我以我血荐轩辕。

十九世纪后期轰动世界的达尔文学说在日本思想界十分流行,无政府主义和尼采哲学也受到知识分子的赞赏。这一时期鲁迅的注意力主要在科学方面,除了译述爱国主义小说《斯巴达之魂》外,他先后介绍了居里夫人新发现的镭,研究了中国的地质和矿产,翻译了灌输科学知识的小说。他原准备通过学医,卒业回国救治病人的疾苦,"战争时候便去当军医,一面又促进了国人对于维新的信仰"①,便进了仙台医学专门学校。在仙台两年,有一次,教室里放映纪录日俄战争的幻灯画片,其中一个中国人据说是为沙皇的军队当侦探,被日军捉住杀头,周围站着看热闹的同样是一群中国人,面对惨剧,神情麻木。鲁迅深受刺激。他本来从日本维新想到自己民族的前途,一直在探索所谓"国民性"问题。这一次深深地感到:"凡是愚弱的国民,即使体格如何健全,如何茁壮,也只能做毫无意义的示众的材料和看客。"②于是他决心医治国民的精神,中止学医,改治文艺,因为他以为改变人们精神的手段首推文艺。

一九〇六年,鲁迅回到东京,开始提倡文艺运动。原来计划创办文艺杂志《新生》,终因人力物力的限制,没有办成。他一面埋头翻译北欧和东欧被压迫民族的作品,和他弟弟周作人合作出版了两册《域外小说集》,一面又在留学生办的《河南》杂志上,发表提倡反抗和独立精神的论文如《文化偏至论》、《摩罗诗力说》等篇。他非常喜爱果戈理、契诃夫、显克微支等现实主义作家;同时又引拜伦、雪莱、雨果、海涅、普希金、莱蒙托夫、密茨凯维支和裴多菲等浪漫主义诗人为同调,介绍他们同情弱小、抵抗强暴的作品。他既反对贵族地主洋务派的"竞言武事","不根本之图",也不满官僚集团维新派的主张"制造商估立宪国会",对于新起的买办资产阶级在政治上的代言人,同样充满了不信任和憎恶,认为他们提倡的是假民主,"托言众治,压制乃尤烈于暴君。"鲁迅把民族革命和人民解放作为实践任务,作为理论推理的出发点,并且根据上述认识,从西方思潮里取精用弘

---

① ② 《呐喊·自序》。

地吸收他所需要的材料。他相信进化论,在日本读了许多介绍进化论的书籍,进化论给予鲁迅要求社会变革的理想以很大的支持,使他坚定地相信未来,不惮前驱。他反对资本主义物质弊害的戕贼,要求"张灵明",也不满守旧群众和习惯势力的约束,倡议"排众数"。他以个性主义为武器,反对封建主义对人们思想的束缚,支持新生事物的成长。个性主义和进化论是他前期思想中很重要的部分。

一九○九年鲁迅回国,先后在杭州、绍兴任教。授课之余开始辑录唐代以前的小说(《古小说钩沉》),编定古代有关会稽史地人物的逸文(《会稽郡古书杂集》)。一九一一年辛亥革命爆发,他在故乡绍兴积极参加宣传活动。也就在这段时间里,根据生活实感用文言写下短篇《怀旧》,描绘了小镇封建势力在革命风声中的种种动态。临时政府成立,鲁迅应教育总长蔡元培之邀,在南京教育部任职,不久,随政府迁到北京。资产阶级领导的革命没有完成历史任务,帝制虽被推翻,封建统治的经济基础和思想体系不曾有丝毫动摇,帝国主义依旧虎视眈眈。鲁迅由兴奋而失望而苦闷。从一九一二年到一九一七年,他虽时或愤而战斗,但更多的时间却在沉思默想。公余不断抄写古书,辑录金石碑帖,校订《后汉书》(谢承)和《嵇康集》。他分析中国历史和中国社会,对辛亥革命的历史教训进行探索。这些都成为他以后学术研究和文学创作的必要准备。

十月社会主义革命发生,沉睡的中国大地蠕蠕欲动。鲁迅于一九一八年起和李大钊等一起参加《新青年》杂志的活动,陆续发表小说、论文和杂感。第一篇白话体短篇小说《狂人日记》就刊登于《新青年》第四卷第五号(一九一八年五月),以文学的形式揭露"礼教吃人"的罪恶,在文学史上具有划时代的意义。接着又发表《孔乙己》、《药》等短篇,集中力量从各个角度向封建传统进攻,在五四运动的浪潮中极大地激动了青年读者,引起社会广泛的注意。他在同一时期写的论文《我之节烈观》和《我们现在怎样做父亲》,对妇女问题、青年问题、家庭问题作了深刻的分析,适应时代潮流,不仅助长了轰轰烈烈的运动声势,而且深化了思想革命和文化革命。鲁迅是五四运动中斗争最彻底和影响最广大的作家。这时鲁迅的思想基础仍然是以他所理解的进化论为基础,他从现实的斗争要求出发,站在革命民主主义立场,引申了达尔文学说里辩证主义的核心:发展观点和变革观点。他反对封建礼教,抨击国粹主义,诅咒"现在的屠杀者",激烈地批评各种被扭曲了的生活现象,对中国社会作出切中肯綮的分析,并且引导青年前进。他清楚地看到新旧之间的冲突,要求给予新生事物以应有的地位。也明白世界上有两种人:压迫者和被压迫者。他的思想表现了相当程度的复杂性:一方面在一九一九年已经歌颂了人民创造的"新世纪的曙光"①,另一方面到一九二三年还没有摆脱对人民力量估计不足的弱点,认为"群众,——尤其是中国的,——永远是戏剧的看客"②;一方面散发着集体主义的思想光彩,主张"一分热"和"一分光"应该心悦诚服地消失于"炬火"和"太阳"之中③,另一方面又还没有完全突破个性主义的樊篱,不仅正面援引了尼采的话,并且有"此后如竟没有炬火:我便是唯一的光"④的疑惧。但是,由于鲁迅怀着革命民主主义彻底变革现状的要求,对于封建势力和帝国主义具有清醒的认识,敢于直面现实,主张韧战,主张"打落水狗",这就使他的实践始终具有深刻的社会斗争的意义。

鲁迅在这个时期里写了二十几个短篇,先后结成《呐喊》、《彷徨》两个小说集。他比较集中地描写了两类人物:农民和知识分子。农民问题是鲁迅早期作品重要的主题,他以革命民主主义者的深厚感情关注着他们的命运。《阿Q正传》、《故乡》、《祝福》等篇具体生动地表现了农民当时的境遇。他笔下的知识分子形象(见《在酒楼上》、《孤独者》和《伤逝》等篇)也充分说明了中国知识分子的历史特点。因此,他的小说成为中国社会从辛亥革命到第一次国内革命战争时期的一面镜子。除此以外,他还写有散文诗《野草》和收录在《华盖集》正续篇中的杂文。《野草》以优美的艺术形式记录了他在五四退潮时期彷徨苦闷的心情,成为中国现代文学中具有独特风格的作品。他除了在教育部任职,还在北京大学、北京高等师范学校等校教课,编写了《中国小说史略》讲稿;先后支持和组织了语丝社和未名社,出版《语丝》、《莽原》、《未名》等刊物,主编《国民新报》的文艺副刊,还编辑了专收译文的《未名丛刊》和专收创作的《乌合丛书》与《未名新集》。一九二五年,他在当时任课的北京女子师范大学的学潮中积极声援学生,直接和北洋政府对垒。次年,"三一八"惨案发生,又以实际行动参加群众斗争。在斗争中,他突破了进化论和启蒙主义的某些局限,隐约地预感到:一个更猛烈的风暴——实际上也就是大规模的轰轰烈烈的革命斗争就要到来了。

"三一八"后,鲁迅受北洋政府通缉的威胁,于同年八月南下任厦门大学文科教授。他在厦门写完了在北京时已经开始动笔的散文《朝花

---

① 《热风·"圣武"》。
② 《坟·娜拉走后怎样》。
③④ 《热风·随感录四十一》。

夕拾》,编定《汉文学史纲要》前十篇,并和青年们合作出版了文学刊物。
当时大革命的形势迅速发展,北伐正处在胜利阶段,农民运动日益蓬勃
兴起。鲁迅在给许广平的信里,对革命形势表示了欢欣鼓舞的心情。
由于个人生活方面的原因和他对南方革命的向往,不久便应中山大学
(由广东大学改名)之聘,于一九二七年一月抵达广州,任文科主任兼教
务主任。他准备在文学上"与创造社联合起来,造一条战线,更向旧社会
进攻"①。到广州后,他和共产党人有了更多接触,也有更多机会学习马
克思主义,正是在这样的条件下,在同国民党右派进行的激烈斗争中,鲁
迅思想上酝酿着一个巨大的飞跃。反映在《庆祝沪宁克复的那一边》、
《〈野草〉题辞》等文里的思想,标志着这一飞跃的即将开始。四月十二日,
蒋介石实行反革命政变,广州也于"四一五"发生大屠杀。鲁迅向学校当
局要求营救被捕学生,没有结果,愤而辞去一切职务。在这段时间里,他
目睹了更残酷的杀戮和更英勇的牺牲,也"目睹了同是青年,而分成两大
阵营,或则投书告密,或则助官捕人的事实",鲁迅受到很大震动,原先循
着进化论而进行的"思路因此轰毁"②,认识到真正的革命力量是工农群
众,自己应该自觉地走向他们。"惟新兴的无产者才有将来"③,这是鲁迅
在实践中探索多年逐渐认识的结论。"从进化论进到阶级论,从绅士阶级
的逆子贰臣进到无产阶级和劳动群众的真正的友人,以至于战士"④,他
彻底转换了自己的立场,同被压迫人民同呼吸、共命运。

　　一九二七年九月鲁迅离开广州,十月定居上海。一九二八年主编
《语丝》半月刊,并与郁达夫合编《奔流》月刊。从一九二九年起,又与柔
石等组织朝花社,编译《近代世界短篇小说集》,出版《朝花周刊》和《朝
花旬刊》,同时又印行《艺苑朝花》,介绍苏联和欧洲各国的版画。在这
段时间里,他就革命文学问题与创造社、太阳社展开论争。论争涉及文
艺理论上许多问题,促使鲁迅比较系统地读了马克思主义书籍,翻译马
克思主义文艺理论,同时又介绍了苏联小说。通过翻译和介绍,鲁迅深
刻地进行自我批判与自我教育,不但更加巩固了他对现实的革命斗争
的认识,也加深了他对马克思主义的理解,使他在人生道路上迈出了更
坚实的一步。

　　一九三〇年三月,中国左翼作家联盟成立。这是中国共产党积极发

---

① 《两地书》六九。
② 《三闲集·序言》。
③ 《二心集·序言》。
④ 《鲁迅杂感选集·序言》,见《瞿秋白文集》第2册,第997页。

动和直接领导的一个组织。鲁迅列名发起人,并参加了"左联"的领导工作。除了"左联"之外,鲁迅还投入各种社会活动,先后加入中国共产党发起的革命互济会、中国自由运动大同盟、中国民权保障同盟和反帝反战同盟;对国民党的压迫,帝国主义的暴行,多次和进步文化界一起发表宣言,提出抗议。其中著名的如一九三一年向全世界公布了国民党残杀青年作家的真相,一九三三年亲自和宋庆龄、蔡元培、杨杏佛、林语堂等到德国驻沪领事馆,递交反对法西斯暴政抗议书,一九三六年又与文艺界同人发表为团结御侮和言论自由的宣言。国民党通缉他,威胁他,禁止他的书籍出版,删改他的文章,但他毫不屈服。在这一时期里,先后编辑了《萌芽》、《前哨》、《十字街头》和《译文》等公开的或者秘密的刊物,并参加了《文学》和《太白》的编辑工作,领导了新兴木刻运动。由于战斗的激烈,迫切的形势需要他立刻起来抗争,他不得不暂时放下久已想写的著作和一度计划过的长篇,而以杂文为武器,在反文化"围剿"中与国民党作短兵相接的鏖战。从一九三〇年起,他一共写了八本杂文集,一本根据故事和传说写成的《故事新编》(其中三篇作于一九二七年以前)。这些作品几乎都是思想斗争和政治斗争的产物,既具有非凡的艺术感染力,又反映了他作为光辉的马克思主义战士的思想特点。鲁迅的作品充满着革命乐观主义的精神。在最艰苦的生活和最险恶的环境中,不管国民党的天下是"冬夏"还是"春秋",始终爱憎分明,与敌人顽强作战,为人民勤恳工作,正如他一九三二年在一首《自嘲》诗里说的:

> 运交华盖欲何求,未敢翻身已碰头。
> 破帽遮颜过闹市,漏船载酒泛中流。
> 横眉冷对千夫指,俯首甘为孺子牛。
> 躲进小楼成一统,管他冬夏与春秋。

鲁迅思想在这一时期更为成熟。他的通过创作实践而形成的文艺见解有了比较系统的发展。从他的内容丰富的杂感里可以看出,他不是一般的革命作家,而是具有思想家特点的马克思主义的革命作家,处处表现着深刻的集体主义和国际主义的精神。

通过这些政治活动和文化活动,鲁迅和一些共产党人建立了亲密的革命友谊。一九三二年七月,陈赓将军从革命根据地来沪养伤,他曾与之亲切会见,一度计划根据介绍写一部反映红军艰苦作战的长篇小说。因为共产党地下组织受到国民党特务的破坏,有一个时期,瞿秋白在鲁迅家里避难,鲁迅热情款待,亲切交谈,并录清人何瓦琴①"集禊帖字"的联句相赠:"人生得一知己足矣,斯世当以同怀视之",表现了他对瞿秋白和党的深厚感情;他们对创作问题、翻译问题、杂感问题、文学史问题、文艺大众化问题进行了讨论和商榷,先后写成文字,为马克思主义文艺理论的实际运用做出了重要的贡献。当一九三五年十月,中央红军经过二万五千里长征,在中国共产党中央和毛泽东领导下胜利地到达陕西省北部的时候,鲁迅在和茅盾一起发出的贺电里说:"在你们的身上,寄托着人类和中国的将来。"中国共产党提出了抗日民族统一战线的方针,鲁迅对这一方针所包含的深刻内容作了认真的思考,表示坚决拥护,并抱着愤怒的心情严正地驳斥了托洛茨基分子对抗日民族统一战线的污蔑。在答复他们的信里,鲁迅再一次公开宣称:"那切切实实,足踏在地上,为着现在中国人的生存而流血奋斗者,我得引为同志,是自以为光荣的。"从革命民主主义进到共产主义,他在半殖民地半封建社会的中国,走了知识分子唯一能走和应走的正确的道路。

一九三六年十月十九日,鲁迅逝世于上海。他奋斗终生,把自己的全部精力献给了中国文学事业,献给了人民革命事业。环境愈险恶,斗争愈坚强,鞠躬尽瘁,死而后已。鲁迅的一生,表现了中国人民临危不惧、挺身而起的崇高的品质。毛泽东在《新民主主义论》里对鲁迅作了最确切的评价,他说:"鲁迅是中国文化革命的主将,他不但是伟大的文学家,而且是伟大的思想家和伟大的革命家。鲁迅的骨头是最硬的,他没有丝毫的奴颜和媚骨,这是殖民地半殖民地人民最可宝贵的性格。鲁迅是在文化战线上,代表全民族的大多数,向着敌人冲锋陷阵的最正确、最勇敢、最坚决、最忠实、最热忱的空前的民族英雄。鲁迅的方向,就是中华民族新文化的方向。"

第二节 《呐喊》、《彷徨》

在五四白话文和文言文的尖锐对垒中,鲁迅是以白话写小说的第一个人。后来他在回顾这段经历的时候,曾经说过:"在中国,小说不算文学,做小说的也决不能称为文学家,所以并没有人想在这一条道路上出

---

① 何溱,字方谷,号瓦琴,浙江钱塘人。工金石篆刻,著有《益寿馆吉金图》。这副对联是他集兰亭禊帖的字,请鄞人徐时栋(字定宇,号柳泉,道光丙午举人)书写的,徐时栋极称此联,遂录入所著《烟屿楼笔记》中。鲁迅于1933年2月购得《烟屿楼读书志》十六卷、《烟屿楼笔记》八卷,乃转录这副对联赠给瞿秋白。

世。我也并没有要将小说抬进'文苑'里的意思,不过想利用他的力量,来改良社会。"①他的小说集中地揭露了封建主义的罪恶,反映处于经济剥削和精神奴役双重压迫下的农民生活的面貌,描写在激烈的社会矛盾中挣扎的知识分子的命运。他不仅以卓越的艺术语言,无可辩驳地证明了白话应该是民族文学的新语言,以实际的成绩为白话扩大阵地;并且一开始便将文学艺术和广大人民的命运联系起来,通过小说的形式写出被压迫人民的思想和生活,在具体的形象创造中揭示了深刻的社会问题,为现代文学创作树立了杰出的榜样。

《呐喊》共收一九一八至一九二二年间写的十四篇小说②,鲁迅把这个集子题作《呐喊》,意思是给革命者扬威助阵,使他们不惮于前驱。小说具有充沛的反封建的热情,从总的倾向到具体描写,都和五四时代精神一致,表现了文化革命和思想革命的特色。《狂人日记》是现代文学的第一篇小说,这篇和果戈理短篇同名的作品描写了一个"迫害狂"患者的精神状态和心理活动。鲁迅利用早年获得的医学知识,以严格的现实主义态度,使社会生活的具体描写结合狂人特有的内心感受,艺术地贯串在小说的全部细节里,狂人说的每一句话都是疯话,但是狂人说的话里又包含着许多深刻的真理。小说一开始利用日常生活里一般人对狂人常有的围观、注视、谈论,反激起"迫害狂"患者内心的恐惧,通过象征寓意逐渐地引出"暴露家族制度和礼教的弊害"③的主题。狂人看到赵贵翁奇怪的眼色,小孩子们铁青的脸,一路上的人交头接耳的议论,张开着的嘴,街上女人说的"咬你几口"的话,联想到狼子村佃户告荒时讲过人吃人的故事。从他大哥平常的言论开始怀疑到当前的安排。他把医生把脉理解为"揣一揣肥瘠",嘱咐吃药的"赶紧吃吧"理解为赶紧吃他,然后归结到这个社会是人吃人的社会,长期以来这个社会的历史是一部人吃人的历史。日记里这样写着:"我翻开历史一查,这历史没有年代,歪歪斜斜的每页上都写着'仁义道德'几个字。我横竖睡不着,仔细看了半夜,才从字缝里看出字来,满本都写着两个字是'吃人'。"他认为将来的社会"容不得吃人的人",喊出了"救救孩子"的呼声。小说选取狂人为主角是一个十分精心的安排。鲁迅有意通过"迫害狂"患者的感受,通过他在精神错乱时写下的

① 《南腔北调集·我怎么做起小说来》。
② 《呐喊》于1923年8月由新潮社出版,列入新潮社《文艺丛书》,收小说十五篇。1926年起改由北新书局出版,作为《乌合丛书》之一。北新版第十三次(1930年1月)印刷时,作者删去最后一篇《不周山》,剩小说十四篇。
③ 《且介亭杂文二集·〈中国新文学大系〉小说二集序》。

谵语,从某些"人吃人"的具体事实,进一步揭示了精神领域内更加普遍地存在着的"人吃人"的本质,从而对封建社会的历史现象作出惊心动魄的概括。借实引虚,以虚证实,小说的艺术构思十分巧妙,使许多读者耳目一新,当时吴虞还据此写了论文《吃人与礼教》①,足见其影响的深入与广泛。

继《狂人日记》之后,鲁迅写了《孔乙己》和《药》。《孔乙己》以咸亨酒店为背景,展现了一个富有地方色彩的作为社会缩影的画面:当街一个曲尺形的大柜台,穿长衫的上等人踱进店面隔壁的房子里,要酒要菜,慢慢地坐着喝,柜台外面站着喝的是穿短衣的劳动者。作品的主人公孔乙己是唯一的站着喝而又穿着长衫的人。他穷愁潦倒,却死守着"读书人"的身份,不肯脱下那件又脏又破的长衫;甚至流为窃贼,也还在声辩"窃书不能算偷"。这些典型的细节鲜明地揭示了孔乙己的悲剧性格,从而抨击了封建科举制度对知识分子的戕害,也一定程度地暗寓着对这种性格的鞭挞。《药》写的是茶馆主人华老栓买人血馒头为儿子小栓医病的故事。小栓并没有因为吃了"人血馒头"而治愈痨病,被杀的犯人夏瑜抱着解放群众的心愿,为群众献出了自己的生命,但是群众不仅不理解他,完全不知道他是为大家而受苦,而牺牲,反而受了迷信的愚弄蘸吃着革命者的血。小栓的下场是一个悲剧,夏瑜的遭遇是一个更大的悲剧。鲁迅既痛心于群众因受封建思想毒害而未能觉醒,更致慨于资产阶级革命的脱离群众,这就使小说的结构含有双重的悲剧性。作家根据亲身的经历和感受写出了一个真理:革命思想如果不掌握群众,那么,先驱者的血只能做"人血馒头"的材料,甚至连医治痨病的效果也没有。《药》给人的感觉是沉重的,但它最后出现在革命者坟上的花环却"显出若干亮色"②,透露了代表时代特征的革命的希望和力量。

在鲁迅的小说中,《阿Q正传》占有显著的地位。《阿Q正传》塑造了辛亥革命时期一个农民的典型,反映了当时社会的真实情况。在同样以农民为主人公的小说《故乡》、《风波》、《祝福》和《离婚》中,鲁迅也深刻地揭露了封建势力对农民的欺压和迫害。《风波》一开始便展现了一幅动人的农村晚景图,在恬静的景色中回荡着时代的风波。当皇帝就要复辟的流言传来时,撑航船的七斤的家里立刻紧张起来,因为七斤在城里被人剪去了辫子。赵七爷、九斤老太等人物各具特点,一个个神态毕现。小说结

① 《新青年》第6卷第6号,1919年11月。
② 《南腔北调集·〈自选集〉自序》。

尾处描绘了风波过去后的平静,暗示复辟虽然不曾成功,而生活的进行依旧没有脱离原来的轨道,说明农民的觉醒还有待于进一步的教育。《故乡》描绘了近代中国农村破产的图景,小说以抒情的笔调,通过主人公闰土的遭遇和变化,竭力渲染了童年生活的美丽,将回忆中海边西瓜地上手捏钢叉的小英雄闰土,和眼前被生活压瘪了的同一个闰土对照,写出中国农民在"多子、饥荒、苛税、兵、匪、官、绅"层层逼迫下的深重的灾难。闰土的形象在过去农村里具有相当普遍的代表性,他淳朴、勤劳,像大地一样沉默和厚实,承受了一切艰辛和痛苦。过多的艰辛和痛苦使闰土变得麻木。一种壁垒森严的等级观念已经注入闰土的头脑,并且向主宰命运的"神"低头。作品中的"我"希望下一代有"新的生活"——"未经生活过"的生活,说明作品的着重点不是对往昔的缅怀,而是对现实的挑战,并且引导人们去确信前途:"地上本没有路,走的人多了,也便成了路。"

和《风波》《故乡》不同,《祝福》把人物放在更复杂的社会关系里,为农民的命运提出强烈的控诉。这篇小说以一个淳朴善良的农村劳动妇女为主角。祥林嫂干活十分勤快,只希望以自己不断的劳动换取最起码的生活权利,但她的遭遇却充满了辛酸和血泪。她在新寡之后逃到鲁镇帮佣,不久便被婆家劫回,采用人身买卖的方式将她强嫁到山墺里。她刚尝到一点生活的乐趣,第二个丈夫又不幸死于伤寒,接着儿子被狼衔去。当她带着丧夫失子的悲痛再次来到鲁家做工的时候,镇上的人嘲笑她,奚落她,卫道的鲁四老爷把她看成伤风败俗的不祥之物,一切祭器供品都不许她沾手。笃信鬼神的柳妈又以阴间的惩罚吓唬她,劝她到土地庙捐一条给"千人踏,万人跨"的门槛,当作替身为自己赎罪。精神上的迫害压倒了这个农村妇女。她以终年劳动所得捐了一条门槛,满以为已经出脱罪孽,可以重新做人。但是封建制度仍然不肯原谅她,鲁四老爷还是不准她动一下祭祖的杯筷。她从此失魂落魄,惴惴然如"白天出穴游行的小鼠"。最后被鲁家辞退,沦为乞丐。当人们正在欢欣地"祝福"的时候,她却怀着对地狱的恐惧和疑惑,像"尘芥"一样被扫出了世界。祥林嫂一生的遭遇,让人看到在她脖子上隐隐地套着封建社会的四条绳索——政权、神权、族权和夫权。作品的深刻意义还在于:不仅鲁四老爷,便是和祥林嫂处在同样地位的柳妈,周围那些带着嘲笑"赏鉴"祥林嫂痛苦的人,也都受到封建势力的麻痹毒害而帮同着进行精神虐待,不自觉地促成了旧社会的这个平凡而不幸的悲剧。

《离婚》里的农村妇女爱姑具有和祥林嫂不同的性格,她大胆泼辣,丈夫要离弃她,她就整整闹了三年,最后对方不得不请出"和知县大老爷换帖"的七大人来调停。爱姑以为欺压她的只是丈夫和公公这些个别的人,却不知道她的真正对头是封建制度,是为她的肉眼看不见的一种势力。作品着重描写爱姑会见七大人的场面,从周围气氛,从爱姑的心理感受中,刻画了这位矫揉造作的地主阶级的代表。七大人的玩"屁塞",吸鼻烟,都使爱姑感到莫测高深。在这种精神压力下,爱姑由优势转到劣势,由充满幻想转到完全屈服。小说绘声绘色地写出了土豪劣绅的丑态,同时也批判了小生产者认识上的局限性。浓重的黑暗势力要求农民觉醒起来作更坚决的斗争,这是鲁迅在这些小说里反复强调的思想。他的小说善于展示整个农村以至整个社会复杂的阶级关系,发掘出农民悲惨生活的根源,不仅写他们由于经济剥削而受到的肉体上的痛苦,还以更多的笔墨描绘他们长期以来在封建制度思想毒害下的精神状态,揭示农民不能不革命的生活地位和他们主观上还缺乏民主主义革命觉悟的两者之间的矛盾。在鲁迅之前,还没有一个作家像鲁迅那样以平等态度描写过农民,还没有一篇描写农民的作品像鲁迅的作品那样从根本上否定封建制度,展示了如此深广的历史的图景。

和农民一样,知识分子也是鲁迅小说描写的重要对象。鲁迅亲身经历了近代思想文化界的变化,对各类知识分子作过深刻的观察。《在酒楼上》和《孤独者》写的是辛亥革命以后知识分子彷徨、颠簸以至颓废的过程。吕纬甫(《在酒楼上》)本来是一个敏捷精悍、热心改革的青年,经过多次辗转流离,感到青年时代的梦想没有一件实现,便敷敷衍衍的教点"子曰诗云",随波逐流地做些"无聊的事",以满足别人和抚慰自己。他对自己的生活道路作了如下的概括:像一只苍蝇绕了一点小圈子,又回来停在原地点。和吕纬甫的颓唐消沉相比,《孤独者》里魏连殳的性格表现得更为阴郁和冷漠。他不甘心与世俗同流合污,亲自造了"独头茧",把自己裹在里面。可是事实又不允许他完全和社会隔绝。流言追随着他,失业打击着他,最后不得不抛弃理想而求乞于"实际",当了军阀部队里一个师长的顾问,躬行"先前所憎恶、所反对的一切"。周围的人趋奉他,颂扬他,他胜利了。然而实际上他是失败了。他在"胜利"的喧笑中独自咀嚼着"失败"的悲哀,终于背负着内心的创伤寂寞地死去。两篇小说写出了理想和现实之间的冲突、革新力量和习惯势力之间的冲突,笼罩着辛亥革命失败后令人窒息的历史气氛,同时也批判了吕纬甫和魏连殳性格的弱点。出现在《伤逝》里的子君和涓生比较年轻一些,他们是五四时代的人物。子君争取婚姻自由,不顾一切非议和讥笑,勇敢地冲出家庭,她说:"我是我自己的,他们谁也没有干涉我的权利!"子君要求个性解放的呼声是坚决

的,但是,个性解放却不能离开社会解放而单独解决。没有远大的理想,爱情也失去了附丽。子君在获得幸福和安宁的生活之后,沉湎在日常琐事里,不久便让生命随着希望一同幻灭。涓生对日常琐事感到烦厌。当失业的打击威胁着他们同居生活的时候,他觉悟到:"大半年来,只为了爱,——盲目的爱,——而将别的人生的要义全盘疏忽了。"他没有力量去粉碎社会的更大的压力,只是归咎于子君,归咎于有了一个家庭,急急忙忙地想"救出自己"。涓生的个人奋斗思想到头来还是暴露了它的脆弱性。小说采取"手记"的方式,用诗一样的语言抒写了涓生的心境,寓批判于事实的缕述。在描绘个人和社会冲突的题材中,鲁迅的笔触不光是停留在对个人——也即知识分子的同情上,而是对社会和个人分别进行了深刻的清醒的剖析。从《一件小事》中"我"对人力车夫的歌颂,《长明灯》中疯子的"我放火"的叫喊已经夹入孩子们的歌唱,可以看出,当现实主义者鲁迅在生活里还没有看到一种巨大的力量,足以改变旧时代知识分子的悲剧命运时,他是怀着如何拳拳的心期待着后来者啊!鲁迅的作品里经常闪烁着鼓舞人们向前的理想,这种理想已经成为他揭露抨击社会黑暗和丑恶的现实主义精神中不可缺少的重要的部分。

鲁迅的小说富于独创性,具有非常突出的个人风格:丰满而又洗练,隽永而又舒展,诙谐而又峭拔。这种风格的形成又在不同程度上受到中外古典文学的涵育。鲁迅佩服中国传统艺术精深朴素的表现。俄国、波兰和巴尔干诸国现实主义创作也给了他很大的影响。在谈到中外作家创作艺术的时候,他称道了"画眼睛"和"勾灵魂"的方法,认为作家需要以极省俭的笔墨,集中地写出人物的性格特征来,"倘若画了全副的头发,即使细得逼真,也毫无意思"①。他这样说,并不意味着人物的外貌不重要。鲁迅是主张艺术形象应该做到"形神俱似"②的,不过在他看来,一个高明的作家在塑造人物的时候,"几乎无须描写外貌,只要以语气,声音,就不独将他们的思想和感情,便是面目和身体也表示着。"③他擅长于画龙点睛的手段,寥寥几句,既写出了人物的思想和感情,也写出了人物的画目和身型,并且给人以非常强烈的印象。尽管鲁迅笔底许多人物的命运都很暗淡,而小说通过人物传递给读者的感情却又十分郁勃,使人读了之后,无法平静也不能忘怀,油然兴感地愿意去改变这些人曾经走过的生活

---

① 《南腔北调集·我怎么做起小说来》。
② 可参考《坏孩子和别的奇闻》的《译者后记》,见《鲁迅译文集》第4卷,第466页。
③ 《集外集·〈穷人〉小引》。

的道路。"画眼睛"和"勾灵魂"在这里起了很大的作用,它增强了艺术感染的力量,不但使作品能够吸引读者,而且能够震撼读者的灵魂。

在涉及自己艺术手法的时候,鲁迅又作了这样的解释:"我力避行文的唠叨,只要觉得够将意思传给别人了,就宁可什么陪衬拖带也没有。中国旧戏上,没有背景,新年卖给孩子看的花纸上,只有主要的几个人(但现在的花纸却多有背景了),我深信对于我的目的,这方法是适宜的,所以我不去描写风月,对话也决不说到一大篇。"①鲁迅在这里反对的是拖带和唠叨,并非绝对排除陪衬。在有些短篇里,他也偶尔写到背景,例如《风波》里的农村晚景,《社戏》里的水乡夜色,却又清新明远,仿佛美丽的水墨画一样。他写的对话往往和动作相呼应,在极经济的笔墨里曲折地传达出人物的身份和神情,这些都和中国古典艺术的传统手法有关。然而,从鲁迅一些小说的艺术构思看,如《孔乙己》的全部行动被放到一个酒店小伙计的眼里来描写,《明天》从红鼻子老拱一句话——"没有声音,——小东西怎了?"开始,以及《示众》的完全运用画面似的速写构图,则又大抵采取外国文学的长处,经过熔化铸冶而具备了民族的特色。

鲁迅还善于通过高度的概括,从平凡的生活里提炼出不平凡的主题。他要求艺术创作给人以新鲜的印象,同时又说明新鲜的意义不在于逞奇猎异,而在于深入生活的本质。这就是"选材要严,开掘要深"②。他自己,在开始创作之前,对中国社会和历史作过分析,在许多问题上具有真知灼见。他有丰富的生活积累,又严格地遵守着创作的信条:"留心各样的事情,多看看,不看到一点就写。"③彻底的革命民主主义思想锤炼了和深化了他的观察力,使他有可能从历史发展的高度概括生活的现实,从常见现象里开掘出内涵的意义,道人之所未道,使作品具有深厚的内容,表现了动人的思想力量。鲁迅的部分小说之所以给人以"重压之感"④,一方面,固然是他没有找到马克思主义之前艰苦探索的思想痕迹,另一方面,也确实是这个正在蜕变中的古老民族痛苦经历真实的写照。"重压之感"不但并不意味着消沉,而且往往加深了读者的感受。在鲁迅的作品里,无论是鞭挞还是激励,是唾弃还是期待,他的笔墨始终没有离开社会现实的问题。正因此,和过去时代的任何现实主义相比,鲁迅的现实主义作品显然具有更高、更新、更深刻、更清醒、更富于战斗力的特色。

---

① 《南腔北调集·我怎么做起小说来》。
② 《二心集·关于小说题材的通信》。
③ 《二心集·答北斗杂志社问》。
④ 《南腔北调集·〈自选集〉自序》。

第三节 《阿Q正传》

　　《阿Q正传》写于一九二一年十二月至一九二二年二月之间，是鲁迅小说中最著名的一篇。作品以辛亥革命前后闭塞落后的农村小镇未庄为背景，塑造了一个从物质到精神都受到严重戕害的农民的典型。阿Q是上无片瓦、下无寸土的赤贫者，他没有家，住在土谷祠里；也没有固定的职业，"割麦便割麦，舂米便舂米，撑船便撑船。"从生活地位看，阿Q受到惨重的剥削，他失掉了土地以及独立生活的依凭，甚至也失掉了自己的姓。当他有一次喝罢两杯黄酒，说自己原是赵太爷本家的时候，赵太爷便差地保把他叫了去，给了他一个嘴巴，不许他姓赵。阿Q的现实处境是十分悲惨的，但他在精神上却"常处优胜"。小说的两章"优胜记略"，集中地描绘了阿Q这种性格的特点。他常常夸耀过去："我们先前——比你阔的多啦！你算是什么东西！"其实他连自己姓什么也有点茫然；又常常悬揣将来："我的儿子会阔的多啦！"其实他连老婆都还没有；他忌讳自己头上的癞疮疤，又认为别人"还不配"；被别人打败了，心里想："我总算被儿子打了，现在的世界真不像样……"于是他胜利了；当别人要他承认是"人打畜生"时，他就自轻自贱地承认："打虫豸，好不好？"但他立刻又想：他是第一个能够自轻自贱的人，除了"自轻自贱"不算外，剩下的就是"第一个"，"状元不也是'第一个'么？"于是他又胜利了。遇到各种"精神胜利法"都应用不上的时候，他就用力在自己脸上打两个嘴巴，打完之后，便觉得打的是自己，被打的是另一个，于是他又得胜地满足了。他有时也去欺侮处于无告地位的人，譬如被假洋鬼子打了之后，就去摩小尼姑的头皮，以此作为自己的一桩"勋业"，飘飘然陶醉在旁人的赏识和哄笑中。但是这种"勋业"仍然不过是精神的胜利，和他的自轻自贱、自譬自解一样是令人悲痛的行动。"精神胜利法"使阿Q不能够正视自己被压迫的悲惨的地位。

　　作品突出地描绘了阿Q的"精神胜利法"，同时又表现了他的性格里其他许多复杂的因素。阿Q的性格是充满着矛盾的。一方面，他是一个被剥削的劳动很好的农民，质朴，愚蠢，长期以来受到封建主义的影响和毒害，保持着一些合乎"圣经贤传"的思想，也没改变小生产者狭隘守旧的特点：他维护"男女之大防"，认为革命便是造反；很鄙薄城里人，因为他们把"长凳"叫做"条凳"，在煎鱼上加切细的葱丝，凡是不合于未庄生活习惯的，在他看来都是"异端"。另一方面，阿Q又是一个失掉了土地的破产农民，到处流荡，被迫作过小偷，沾染了一些游手之徒的狡猾：他并不佩服赵太爷、钱太爷,敢于对假洋鬼子采取"怒目主义";还觉得未庄的乡下人很可笑,没有见过城里的煎鱼,没有见过杀头。阿Q性格的某些特征是中国一般封建农村里普通农民所没有的。既瞧不起城里人,又瞧不起乡下人;从自尊自大到自轻自贱,又从自轻自贱到自尊自大,这是半封建半殖民地社会这样典型环境里典型的性格。出现在阿Q身上的"精神胜利法",一方面是外国资本主义势力侵入后近代中国农村错综复杂的社会矛盾的表现,另一方面也为阿Q本身的具体经历所决定。鲁迅从雇农阿Q的生活道路和个性特点出发,按照自己艺术创造上的习惯——"模特儿不用一个一定的人"[①],遵循主体的需要进行了高度的概括。在思想熔铸的时候,又突出了人物复杂性格中的某一点,使其具有鲜明的精神特征,从而塑造了阿Q这样一个意义深刻而又栩栩如生的典型。

在帝国主义扩张浪潮不断冲击下,封建统治阶级日趋没落,现实环境使他们产生一种无可奈何的心情,"精神胜利法"正是这种病态心理的表现。马克思和恩格斯说过:"统治阶级的思想在每一时代都是占统治地位的思想。"[②]这是因为支配着物质生产资料的阶级,同时也支配着精神生产的资料,而那些没有精神生产资料的人的思想,一般说来往往只能受支配于统治阶级的思想。在这种情况下,农民受到统治阶级思想影响是十分自然的。还由于不同阶级生活在同一个时代环境和同一个民族环境里,它们接触到的物质条件有一部分是相同的或者类似的,因而也就为这种病态心理的传播制造了机会。与此同时,农民本身的阶级弱点,小生产者在私有制社会里长期以来形成的经济地位,同样是孕育"精神胜利法"的温床。像阿Q这样一方面没有摆脱本阶级的弱点,另一方面又多少沾染了一些游民阶层落后意识的农民,接受和产生"精神胜利法"便更为容易。鲁迅在写作《阿Q正传》的时候,曾经抱有批判"国民的弱点"[③]的意图,根据这个意图,他还作了如下的说明:"我的方法是在使读者摸不着在写自己以外的谁,一下子就推诿掉,变成旁观者,而疑心到像是写自己,又像是写一切人,由此开出反省的道路。"[④]作为一个专替人打杂的雇农的形象,鲁迅在作广泛针砭的同时,仍然是以对农民生活的实际观察作为艺术概括的基础的,他严格地遵循了现实主义典型化的原则。这样,阿Q的"精神胜利法"只能是为阿Q所独有的"精神胜利法",和另外一些人身

---

① 《二心集·答北斗杂志社问》。

② 《德意志意识形态》,见《马克思恩格斯全集》中译本第3卷,第52页。

③ 《伪自由书·再谈保留》。

④ 《且介亭杂文·答〈戏〉周刊编者信》。

上的"精神胜利法"有相似的地方,也有根本不同的地方。正如鲁迅后来所说,"只要在头上戴上一顶瓜皮小帽,就失去了阿Q"①,足见人物形象在鲁迅心中是具体的,确切不易的。他也说过:"还记得作《阿Q正传》时,就曾有小政客和小官僚惶怒,硬说是在讽刺他,殊不知阿Q的模特儿,却在别的小城市中,而他也实在正在给人家捣米。"②在鲁迅看来,针砭"精神胜利法"的普遍现象和塑造具有鲜明个性的艺术形象并不矛盾。普遍性体现在特殊性里。典型性格越是具体深刻,也便越带有普遍性;阿Q的"精神胜利法"越是具有农民阿Q本人的特点,也便越能够取得广泛的社会讽刺的效果。

小说从第七章起,描写阿Q性格在革命到来以后的某些变化,这种变化紧紧地扣住农民阿Q的特点,进一步证明了惯于使用"精神胜利法"的阿Q作为农民典型的不可更易的意义。正当他在生活中处处碰壁,快到"末路"的时候,革命党要进城的消息传来了。阿Q原来认为革命就是造反,造反就是与他为难,一向表示"深恶痛绝"。现在看到百里闻名的举人老爷居然这样害怕,未庄的人居然这样慌张,不免对革命"神往"起来。他想:革命也好吧,革这伙妈妈的命,太可恶!太可恨!……便是我,也要投降革命党了。阿Q是从被剥削者朴素直感去欢迎革命的。鲁迅没有忽视这种革命性,也没有夸大这种革命性。阿Q觉得造反有趣,又似乎革命党便是自己,在他的想象中,革命党都穿着"白盔白甲",拿着板刀、钢鞭、炸弹、洋炮、三尖两刃刀;革命之后,赵家的元宝、洋钱、洋纱衫,秀才娘子的宁式床,还有钱家的桌椅,都搬到土谷祠里来;第一个该死的是小D和赵太爷,还有秀才,还有假洋鬼子……他甚至想象革命以后"未庄人都是他的俘虏"。鲁迅写出了阿Q那种农民式的均分思想和复仇情绪,肯定了他渴望改变自己生活地位的迫切愿望和合理要求;但对于阿Q企图通过革命站到别人头上的思想也给予痛切的批评,从而提出了启发农民民主主义觉悟的重要问题。

毛泽东说过:"国民革命需要一个大的农村变动。辛亥革命没有这个变动,所以失败了。"③资产阶级领导的民主革命忽视了农民的要求,它把皇帝赶下龙廷,却没有给广大人民以任何实际的利益。对这种"换汤不换药"的情形,小说也有真实的描写。革命党进了城,却不见有什么异样:知

---

① 《且介亭杂文·答〈戏〉周刊编者信》。
② 《且介亭杂文末编·〈出关〉的"关"》。
③ 《湖南农民运动考察报告》,见《毛泽东选集》横排本第1卷,第16页。

县大老爷还是原官,举人老爷当了民政帮办,带兵的还是先前的老把总。在未庄,赵秀才便同表面上资产阶级化了的地主子弟假洋鬼子串通一起,抢先向革命投机,挂出了"咸与维新"的招牌;而真正倾向革命的农民阿Q,曾鼓起勇气去结识假洋鬼子,假洋鬼子却扬起了"哭丧棒",不准阿Q革命。赵家的抢案发生后,"做革命党还不到二十天"的把总老爷,为了维持自己的威风,把阿Q抓了去,当作抢犯,当作"惩一儆百"的材料,枪毙示众。十五年前在仙台幻灯画片里见过的围看杀人的镜头,在小说结尾处作了具体的描写,说明人民的精神麻木现象深深地楔入了鲁迅的心坎,使他永远感到痛心。小说这个"大团圆"的结局是阿Q的悲剧,同时也是辛亥革命的悲剧。

《阿Q正传》在广阔的历史背景上,写出了当时中国农村的社会矛盾和阶级关系,并且直接联系到农民群众要求解放的问题。作者通过艺术描绘,让人重温辛亥革命的历史教训;虽然他较多地注意到群众的落后方面,但就此提出的启发农民民主主义觉悟的问题,客观上却有重大的意义。鲁迅当时还没有找到、因而也不能够明确地指出人民达到幸福生活的具体道路,却始终站在被压迫人民这一边,站在农民这一边,确信农民有权利过合理的生活,因而也有权利做革命党来争取这个合理的生活:"中国倘不革命,阿Q便不做,既然革命,就会做的。"①在鲁迅的严峻的现实主义原则里,这里又反映了他的历史乐观主义的精神。但阿Q对革命的理解是错误的,不正确的,鲁迅也没有回避农民的弱点,因此阿Q这个人物在鲁迅笔底的出现,一直成为具有类似精神现象的人的代名词。小说自一九二六年由法国文豪罗曼·罗兰将法文译本推荐给巴黎《欧罗巴》杂志刊登以来,到现在为止,已经有近四十种不同文字的译本,阿Q不仅是中国文学史上、也是世界文学史上一个不朽的典型。

第四节 杂 文

杂文是鲁迅直接解剖社会、抨击敌人的艺术武器。它在鲁迅全部创作中占有巨大的比重,尤其到了后期,鲁迅以大部分精力和时间,从事于杂文写作,使这一文学形式的战斗性和艺术性,通过他的倡导和实践,有了迅速与广泛的发展。

---

① 《华盖集续编·〈阿Q正传〉的成因》。

　　杂文"萌芽于'文学革命'以至'思想革命'"①,和过去这一类文章的传统形式不同,它是适应五四运动而产生的一种新的文体。鲁迅最早的杂文见于一九一八年《新青年》的"随感录"。他的前期杂文收集在《坟》②、《热风》、《华盖集》和《华盖集续编》中。这些杂文表现了烈火一样彻底反帝反封建的精神,接触了为小说创作所没有或者不可能接触的问题。广泛的社会批评成为鲁迅早期杂文创作的特色。单就发表在《新青年》上的《随感录》而言,"有的是对于扶乩、静坐、打拳而发的;有的是对于所谓'保存国粹'而发的;有的是对于那时旧官僚的以经验自豪而发的;有的是对于上海《时报》的讽刺画而发的。"③从"虚无哲学"到奴隶主义,从盲目自大的"爱国论"到光怪陆离的社会相,上下古今,无所不谈。这些杂感涉及的问题很多,却始终贯串着五四的时代精神——德先生和赛先生,也即民主与科学的要求。在《我之节烈观》、《我们现在怎样做父亲》、《娜拉走后怎样》、《论雷峰塔的倒掉》、《灯下漫笔》以及其他一系列杂感里,鲁迅猛烈地攻击腐朽的名教、吃人的礼法;反对寡妇主义,反对坚壁清野主义,宣传家庭革命,号召青年扫荡封建制度,推翻吃人的筵宴,消灭"想做奴隶而不得的时代"和"暂时做稳了奴隶的时代",创造"中国历史上未曾有过的第三样时代"。鲁迅善于运用生动的形象和幽默的语言,展开逻辑严密的论点。《热风》里的短文精悍凝练,明白晓畅,一篇篇锐利如匕首;收在《坟》里的较长的杂文,则又气势跌宕,层层深入,表现了擒纵自如的特色。

　　新文化统一战线分裂后,鲁迅继续坚持反封建主义的斗争,虽然他思想上有苦闷,但在杂文创作上,依旧高张正气,极力反对"尊孔,崇儒,专经,复古"。"五卅"事件前后,人民群众反帝浪潮高涨,资产阶级右翼代表人物却替帝国主义的侵略作辩护,和封建势力勾结起来,多方阻挠人民群众的斗争,鲁迅的杂文也从广泛的社会批评转到激烈的政治斗争。收在《华盖集》后半、《华盖集续编》以及《坟》的最后一部分,环绕"五卅"事件、女师大学潮和"三一八"惨案而写的杂文,集中地攻击了为军阀官僚服务的欧化绅士和市侩文人,突出地显示了民主革命斗争在封建势力和资产阶级右翼合流以后的新的任务和意义。著名的《记念刘和珍君》一文指出:在封建统治者的血腥屠杀面前,"真的猛士,将更奋然而前行。"他预感

---

　　① 《南腔北调集·小品文的危机》。
　　② 鲁迅自己曾把《坟》称做论文集,其中一部分文章却近于较长的杂感,他后来写的便不再区分,一律收入杂感集中。
　　③ 《热风·题记》。

到:形势已经推进到大战斗的前夕,"沉默呵,沉默呵!不在沉默中爆发,就在沉默中灭亡。"他还说:"这不是一件事的结束,是一件事的开头。"①绅士文人们正在完成其"领头羊"的任务,更加露出了本相:"他们是羊,同时也是凶兽;但遇见比他更凶的凶兽时便现羊样,遇见比他更弱的羊时便现凶兽样。"②鲁迅的杂感不仅含有精辟的见解,而且时时画出富有典型意义的形象,揭示了帝国主义奴才们的面目。在《论"费厄泼赖"应该缓行》一文中,他提出著名的"打落水狗"的主张,反对姑息的态度。当时北洋军阀段祺瑞受到来自四面八方的攻击,北京工人学生又举行示威游行,促其即日下野,有人出面提倡"费厄泼赖",说什么"对于失败者不应再施攻击"③。针对这个情况,鲁迅列举历史事实,说明"'犯而不校'是恕道,'以眼还眼以牙还牙'是直道,中国最多的却是枉道","老实人误将纵恶当作宽容",主张不打落水狗,却不知道狗性不改,一旦爬上岸来,仍然会把人咬死。他还指出,如果以为落水狗可怜,则天下"可怜者正多,便是霍乱病菌,虽然生殖得快,那性格却何等地老实。然而医生是决不肯放过它的"。鲁迅对资产阶级自由主义和传统思想中虚伪的中庸之道作了深刻的批判,表现了一个革命民主主义者最坚定的立场。他在《写在〈坟〉后面》里特别提出:"最末的论'费厄泼赖'这一篇,也许可供参考罢,因为这虽然不是我的血所写,却是见了我的同辈和比我年幼的青年们的血而写的。"这篇文章不仅是他长期以来斗争经验沉痛的总结,同时也反映了鲁迅本人思想的进展。

一九二七年十月,鲁迅从广州来到上海,从这时开始一直到逝世,他写了更多的杂文。一九三五年底,他为《且介亭杂文二集》作后记的时候,回顾了自己写杂文的始末,他说:"我从在《新青年》上写《随感录》起,到写这集子里的最末一篇止,共历十八年,单是杂感,约有八十万字。后九年中的所写,比前九年多两倍;而这后九年中,近三年所写的字数,等于前六年……"瞿秋白在一九三三年对鲁迅杂文产生的时代背景作过这样的分析,他说:"鲁迅的杂感其实是一种'社会论文'——战斗的'阜利通'(feuilleton)。谁要是想一想这将近二十年的情形,他就可以懂得这种文体发生的原因。急遽的剧烈的社会斗争,使作家不能够从容地把他的思想和情感熔铸到创作里去,表现在具体的形象和典型里;同时,残酷的强

---

① 《华盖集续编·无花的蔷薇之二》。
② 《华盖集·忽然想到(七)》。
③ 文见《语丝》第 54 期及 57 期,1925 年 11 月 23 日及 12 月 14 日。

暴的压力,又不容许作家的言论采取通常的形式。作家的幽默才能,就帮助他用艺术的形式来表现他的政治立场,他的深刻的对于社会的观察,他的热烈的对于民众斗争的同情。"①鲁迅的杂文实际上是时代生活的记录。

写于一九二七年至一九二九年的篇什,比较显著地反映了鲁迅在思想转变后继续进取和不断巩固的特点。这些杂文绝大多数收在《而已集》和《三闲集》里。《而已集》里所收在广州写成的部分,有些是《华盖集续编》的承衍,继续对文化界封建买办势力进行顽强的斗争;有些接触到香港这个殖民地社会,直接写出帝国主义的压迫及其卵翼下的文化的特质。较多的则是对蒋介石叛变革命、屠杀人民的罪行的强烈谴责。《三闲集》里收录关于一九二八年革命文学论争的文字:有对当时革命形势的严峻清醒的分析,有对文艺与社会、思想与艺术等关系的比较全面的论述;在关于革命文学的论争中,作家世界观问题已经成为双方论点的中心,不能不说是抓住了重要的关键。

从一九三〇年前后开始,鲁迅是作为一个成熟的马克思主义思想家而出现于文坛的。这一时期,他自觉地站在革命旗帜下战斗,个人奋斗的痕迹消除了,长期以来"希望着新的社会的起来,但不知道这'新的'该是什么"②的问题解决了,代替探索和追求,保卫理想是他后期杂文的主要内容:他保卫无产阶级文学,保卫人民革命事业,坚信共产主义理想;从集体主义的思想高度上建立一种从容不迫、应付裕如的战斗的艺术风格。最初集中地体现这种风格的是《二心集》和《南腔北调集》。在《对于左翼作家联盟的意见》以及"左联"五作家被惨杀后写成的一系列文章里,鲁迅明确地宣布自己的立场,声言文学应该是"无产阶级解放斗争的一翼",并且通过生动的事实预告了它的发展和壮大。当时恐怖与黑暗统治着中国,鲁迅本人又正受到通缉,任何一段战斗的文字都可以使作家失去生命。当他把《黑暗中国的文艺界的现状》送给国外刊物去发表时,关心他的人劝他考虑一下自己的安全,鲁迅毫不退缩地表示:"那不要紧!有人应该说话,有人应该说出真理。"③他这样做了。在对"新月派"、法西斯"民族主义文学"、"第三种人"的论争里,鲁迅又以鲜明的阶级观点揭发了资产阶级所谓人性论、"永恒主题"、"民族中心"、"创作自由"等等理论的

---

① 《鲁迅杂感选集·序言》。

② 《且介亭杂文·答国际文学社问》。

③ 据美国进步作家史沫特莱(Agnes Smedley)回忆,这是鲁迅为《新群众》作《黑暗中国的文艺界的现状》时说的话,史沫特莱原文曾被译登于1939年12月1日金华出版的《刀与笔》创刊号上。

虚伪性,雄辩地指出文学上一些根本问题的实际命意之所在;同时又从文学与政治、作家与革命的正确关系出发,在《非革命的急进革命论者》、《上海文艺之一瞥》和在"左联"成立会上的讲话里,对一些革命文学家尽了诤友的责任。

和前期杂文所包含的社会批评与政治斗争的内容相比,三十年代急遽的生活变化和重大的政治事件,在《二心集》以后各个集子里有了更为深刻、更为全面的反映。一九三一年"九一八"事件发生,民族矛盾上升了。中国共产党多次发表宣言,主张团结抗日;蒋介石对外采取不抵抗主义,对内继续进攻革命根据地。鲁迅揭发和分析了国民党政府的种种作为,指出那些托词"爱国"、暗图升官、伪装"抗日"、阴谋妥协的丑态,不过是历史转折关头从社会角落泛了起来的"沉滓",而真正能够反帝爱国的则是先进阶级领导下正在觉醒的人民群众的力量。

从一九三三年一月起,鲁迅开始用种种笔名,为《申报》副刊《自由谈》写稿,先后结集的有《伪自由书》、《准风月谈》、《花边文学》①等三书。《伪自由书》辑录一九三三年一月至五月中旬的杂文,以时事短评为主。在《逃的辩护》、《崇实》、《保留》等文里,和写于同一时期而收在《南腔北调集》里的一些杂文一样,不断地为爱国行动声援,保卫了青年和群众的斗争。他从环境、地位、责任、性质出发,区别了统治者与被统治者、卖国与爱国之间的界限,究其实际,正是对激烈的民族矛盾作了深刻的毫无教条气息的阶级的分析。在《"以夷制夷"》、《中国人的生命圈》、《天上地下》、《文章与题目》诸篇中,他指出:蒋介石所谓"攘外必先安内"的"攘外"不过是一句空话,其实际意义却是"安内而不必攘外",说得更清楚一点,也就是"迎外以安内",内外一家,同心协力地进攻中国共产党。这样,蒋介石的"攘外必先安内"不仅是中国人打中国人,而且是实现帝国主义包括日本在内的所谓"共同防共"的第一步。鲁迅的观察直透问题的内核,因而能有出人意料而又令人信服的见解。随着政治压迫的加重,一九三三年五月二十五日,《自由谈》刊出启事。"吁请海内文豪,从兹多谈风月,少发牢骚。"自此以后,言路日窄,然而正如鲁迅说的,"想从一个题目限制了作家,其实是不能够的","谈风云的人,风月也谈得"②。从"风月"里写出"风云",正是收在《准风月谈》里许多杂文的特点。这些杂文或者取材历

---

① 鲁迅把1933年写的而不是发表在《自由谈》上的杂感,另外收录在《南腔北调集》里。不过《花边文学》中有一部分杂感,是登在陈望道主编的小品文半月刊《太白》和《中华日报》副刊《动向》上的。

② 分别见《准风月谈》中《前记》、《诗和豫言》、《晨凉漫记》。

史事例,或者运用外国故实,以借喻和暗示的手法,令人信服地表明:在这个"畜生打猎,而人反而被猎"①的社会里,杀戮愈惨,愈可以看出统治者日暮途穷,倒行逆施,觉得"自己只剩了没落这一条路"②的失败的心理。出现在这些杂文里有一个新的内容,这就是对法西斯主义的直接的挑战。东北沦陷以后,蒋介石一面向英美乞怜,一面效法墨索里尼和希特勒,在中国实行恐怖统治。希特勒在德国得势,蒋介石认为法西斯主义将在全世界取得胜利,趾高气扬,加紧效尤。鲁迅揭露了伪造的"世界潮流",讽刺了奴性的"强迫服从"③。他明确地指出:希特勒的"事业"正在碰壁,不需要多少时候,生活本身必将毫不留情地送给黄脸干儿们"一个大讽刺",事实正是这样。除此以外,《准风月谈》还有许多对社会现象的批评和对文学活动的论述。这些文章同样是表面上谈论"风月",骨子里鼓动"风云",所言者小,所见者大。在批评社会现象方面,鲁迅鞭挞了"揩油"、帮闲、中头彩、救月亮、说风凉话、"吃白相饭"等等小市民堕落的恶习,批判精神现象中根深蒂固的传统思想的毒素,通过生活的细节揭示尖锐的社会矛盾,以形象的比喻引起人们的思索,启发人们对不合理制度的反抗。在论述文学活动方面,鲁迅针砭了捧场、打诨、"捐班"诗人、"商定"文豪、写阔人秘史、传"登龙"妙术等等资产阶级文人浇薄的行为,揭露叛徒和革命小贩投机取巧的反动宣传,反对文艺领域内颠倒混沌、不辨是非的现象,为一切必要的驳难和抗争辩护,保卫并且发展了文艺工作中战斗的传统。至于《花边文学》里的杂文,几乎全部都是短评,是鲁迅对于社会批评的进一步的开拓。这些杂文涉及的内容更为广泛。除了妇女、儿童、迷信、自杀等问题外,对于服装、广告乃至几个标点和一套符号,都有洞察入微的精辟的见解。鲁迅善于从日常事物中发现内在的联系,通过辩证的论述揭示其深广的意义。有时是正面的论列。例如《"京派"与"海派"》一文,根据"帝都多官,租界多商"的事实,指出文人"近官者在使官得名,近商者在使商获利",从经济依存关系上说明"京""海"两派的本质。又例如《运命》一文,鲁迅说明统治阶级想以优生学济"运命说"之穷,而结果还是枉然,他说:"历史又偏偏不挣气,汉高祖的父亲并非皇帝,李白的儿子也不是诗人。"失去了客观的根据,这就无法使穷人安于运命而不起来革命。这些杂文都写得深刻,透彻,事理分明,一针见血,道人之所未道。有时是侧面的讽刺。《洋服的没落》主要是嘲笑保守势力糊涂懵懂的,但又顺便

---

①②　分别见《准风月谈》中《前记》、《诗和豫言》、《晨凉漫记》。
③　《准风月谈·同意和解释》。

讽刺了统治集团惯于利用生理的特点以维系野蛮的法制:"脖子最细,发明了砍头;膝盖关节能弯,发明了下跪;臀部多肉,又不致命,就发明了打屁股。"举例通俗而揭露充分。《偶感》主要是抨击投机分子骗人敛财的,但也随手讥刺了市民阶层往往利用科学的发明以维系落后的风气:"马将桌边,电灯代替了蜡烛,法会坛上,镁光照出了喇嘛,无线电播音所日日传播的,不往往是《狸猫换太子》、《玉堂春》、《谢谢毛毛雨》吗?"引证普遍而挞伐沉重。这些杂感又都写得贴切,泼辣,论证生动,鞭辟入里,发人之所未发。代替政治上的直接谴责,《花边文学》更加深化了对于国民党统治下许多腐朽现象的批判,它从精神状态上展示了一个正在沉落的社会的面貌。

鲁迅还有三集《且介亭杂文》,于一九三七年七月同时出版。前两集由他亲自编定,后一集部分稿件也经集中,其余则由夫人许广平代为辑成。这些杂文不仅技巧圆熟,论证丰富,而且作者对于马克思主义理论的运用,也大都经过融会贯通,遵循杂文的特点结合在具体的内容里,真正达到"深入化境",在艺术上表现了简约严明而又深厚朴茂的风格。

《且介亭杂文》收录写于一九三四年的短评以外的杂文,形式既比《花边文学》多样,内容也不限于社会批评。当时溥仪已在关外称"帝",随着天羽独占中国的声明的发表,日本侵略者深入华北,第五次反"围剿"失败,红军北上抗日。蒋介石对内踌躇满志,对外进一步准备屈服,授意他的部属写了《敌乎?友乎?——中日关系之检讨》一文,向侵略者乞求和平。因循苟安的思想在一部分人头脑中滋长。鲁迅以巧妙的方法向侵略者及其奴才们进攻,他在日文写的文章里揭露日本正在宣传的"王道",指出在中国历史上,入侵者总是一面到处焚掠,一面侈言"王道",他们其实是火神扮成的"救世主",把起来反抗的人称为"顽民","从王道天下的人民中除开"[①]。在《病后杂谈》和《病后杂谈之余》里,进一步以抒情的笔调,生动的故实,描绘了被奴役的命运,揭开"韵事"里面的惨痛,"艳传"背后的耻辱,说明"自有历史以来,中国人是一向被同族和异族屠戮,奴隶,敲掠,刑辱,压迫下来的,非人类所能忍受的楚毒,也都身受过,每一考查,真教人觉得不像活在人间"。鲁迅要求人们从历史里得出教训,面对残酷的现实,向国内外的压迫者抗争。在他看来,寻求生存的唯一道路是战斗,中国人民本来就具有英勇不屈的传统。在《中国人失掉自信力了吗》

---

① 《且介亭杂文·关于中国的两三件事》。

一文里,鲁迅指出中国从古以来,"就有埋头苦干的人,有拚命硬干的人,有为民请命的人,有舍身求法的人",只有他们才是民族的真正的力量。到了三十年代,即使这种力量"被摧残,被抹杀",以至被逼转入"地底下",却仍然在"前仆后继的战斗"。

一九三五年写的收入《且介亭杂文二集》的杂文,是对文化现象和文学活动的比较集中的批评。鲁迅在书前的《序言》里说:"在今年,为了内心的冷静和外力的压迫,我几乎不谈国事了,偶尔触着的几篇,如《什么是'讽刺'?》,如《从帮忙到扯淡》,也无一不被禁止。"其实触及国事的决不止这两篇,因为政治毕竟是鲁迅关心的问题。譬如用日文写的《陀思妥夫斯基的事》,鲁迅说这篇文章是要阐明:"被压迫者对于压迫者,不是奴隶,就是敌人,决不能成为朋友,所以彼此的道德,并不相同。"这就直接答复了日本侵略者提出的"日中提携"、"共存共荣"的问题:被压迫民族决不能同侵略者和平共居。在《"题未定"草》的最后一节里,鲁迅以北平居民纷纷慰劳"一二·九"运动中被警察袭击的游行学生为例,热情充沛地赞扬了他们,他说:"谁说中国的老百姓是庸愚的呢,被愚弄诓骗压迫到现在,还明白如此。"他分析说:"老百姓虽然不读诗书,不明史法,不解在瑜中求瑕,屎里觅道,但能从大概上看,明黑白,辨是非,往往有决非清高通达的士大夫所可几及之处的。"这便是革命的柱石。"石在,火种是不会绝的。"这里又对国民党执政当局作出答复,表现了作家对人民力量的信任和对革命未来的乐观。在三十年代乌云弥漫、波涛汹涌的日子里,中国作家绝大多数是拥护革命和靠近人民的;但是,能够以这样开朗广阔的襟怀面对一切,以蔑视的态度再接再厉地向顽固派斗争,千夫所指,横眉冷对,却又实在是无逾于鲁迅的了。

《且介亭杂文末编》是鲁迅在健康极坏的情况下不倦工作的成果。一九三六年他两次重病,拒绝易地疗养,认为"环境瞬息万变",不应在这个时候"独自远行"①。《白莽作〈孩儿塔〉序》、《续记》以及稍后的《半夏小集》、《"这也是生活"》、《死》等是先后两次病稍起时的作品,或则缅怀战友,或则抒发感情。在这些文章里,反映了疾病对他情绪的影响:在义愤和亢奋中时而带着一点忧郁和焦躁。以行文而论,不仅和《二集》里许多杂文不同,也不及同书里《〈出关〉的"关"》、《我的第一个师父》等篇写得舒卷从容,不过战斗的精神是一致的。《写于深夜里》以悲愤的笔调,描绘了

---

① 许广平:《关于鲁迅先生的病中日记和宋庆龄先生的来信》,发表于 1937 年 11 月 1 日《宇宙风》第 50 期,后收入《关于鲁迅的生活》。

国民党执政当局的秘密审判和秘密杀人,被称作"童话"的几个场面,正像《为了忘却的记念》里一些平淡然而深沉的叙述一样,渍血透纸,沁人肺腑。这两篇文章在三十年代感动和激励了无数正在前进的青年。除此以外,鲁迅还写了一些拥护中国共产党提出的建立抗日民族统一战线的文章,驳斥了托洛茨基派对中国共产党的诬蔑,对于日本帝国主义的野蛮侵略给予了尖锐的抨击。

继《关于太炎先生二三事》之后,鲁迅续写《因太炎先生而想起的二三事》,未终篇而遽告逝世。杂文是鲁迅一直运用到生命最后的武器。环绕着每一历史时期的中心斗争,从五四当时打倒封建势力和传统习惯开始,经过对国民党军阀以及资产阶级右翼的长期鏖战,特别是十年内战时期在狼烟遍地、短兵相接的反文化"围剿"中,这种文体以其挥洒的自由,接应的迅速,涵容的广泛,在鲁迅运用下发挥了极大的威力。鲁迅在《小品文的危机》中曾经说明,杂文应该"是匕首,是投枪,能和读者一同杀出一条生存的血路的东西;但自然,它也能给人愉快和休息"。在另一个地方,他又指出杂文和现实生活"切贴","生动,泼剌,有益,而且也能够移人情"①。战斗是杂文的生命,它必须具有现实的内容;但杂文又需要给人艺术的享受,发挥感染和陶冶的作用。鲁迅的杂文是社会思想和社会生活的艺术的记录。虽然"所写的常是一鼻一嘴,一毛,但合起来,已几乎是或一形象的全体"②,进而综观他的所有的杂感,则又几乎写出了整整一个时代的风貌。恩格斯在致玛·哈克奈斯的信中赞扬巴尔扎克,说他的《人间喜剧》是"一部法国'社会'特别是巴黎'上流社会'的卓越的现实主义历史",巴尔扎克"用编年史的方式,几乎逐年地把上升的资产阶级在一八一六年至一八四八年这一时期对贵族社会日甚一日的冲击描写出来"③。在中国,鲁迅以杂文的形式完成了《人间喜剧》的任务,从社会的各个方面写出了复杂的斗争,写出了阶级力量的变化和消长,表现了从五四到抗日战争爆发前整个历史的进程。鲁迅的杂文铭刻着对人民的关爱和对敌人的憎恨,描写了人民的苦难和斗争、愿望和理想,因此具有非常丰富、非常深刻的理论含量。他和以前的现实主义者的区别不仅仅在于时代不同——前人写的是资产阶级对于贵族社会的威胁,鲁迅则写出了无产阶级取代资产阶级成为革命领导力量的经过;他们的根本区别还在

---

① 《且介亭杂文二集·徐懋庸作〈打杂集〉序》。
② 《准风月谈·后记》。
③ 恩格斯 1888 年 4 月致玛·哈克奈斯的信,见《马克思恩格斯选集》第 4 卷,第 462—463 页。

于对各自时代里两种对峙势力所采取的不同的立场。例如巴尔扎克,就不无惋惜地描写了"在他看来是模范社会"①的堕落和衰亡,而鲁迅的杂文表达了他自己逐步成为新兴阶级代言人的全部思想历程,他代表了"全民族的大多数"②,他的作品——尤其杂文是新社会的催生剂。鲁迅的精神联系着未来,永远是一个鼓舞人们前进的力量。

鲁迅是语言艺术的大师,造语精密,词汇丰富。他经常向口头语言学习,经过加工而写入文章。还主张适当地采用外来语法,必要时酌量引用古语。他的时用排句,间有对偶,往往增进语言的变化,加强了文章的气势。鲁迅杂文包含着多方面的知识:社会、历史、科学、文化,古今中外,无不网罗。因而在文章里也出现了和这种知识相适应的博采众长的语言。但就大体而论,作为骨干的仍然是加了工的口头语:简洁、凝练、有力。这种精密活泼的语言不但有助于理论逻辑的准确展开,而且使抽象的概念血肉丰满,给人以难以磨灭的印象。再加上作家幽默的才能,讽刺的手腕,貌似冷峭而内实热烈的气质,这就使他的杂文具有非常突出的个人风格。这种风格启发了广大青年,杂文的"作者多起来,读者也多起来"③,三十年代后期甚至出现了被称作"鲁迅风"的杂文流派,在激烈的斗争中不断地发挥着教育人民、打击敌人的作用。从五四开始逐渐发展起来的杂文,也由于鲁迅的实践和倡导,终于成为中国现代文学中运用便捷和影响深远的一种文学形式。

第五节　散文和《故事新编》

鲁迅的散文集有《野草》和《朝花夕拾》,《野草》实际上是散文诗。这两本书各有特点,独具一格,在鲁迅创作中占有十分重要的地位。

《野草》写于一九二四年至一九二六年,除最后两篇外,写作时间大体上与小说集《彷徨》相同,心境也完全一致。作者援引屈原诗句——"路漫漫其修远兮,吾将上下而求索"作为《彷徨》的书前题辞,移以说明《野草》也完全合适。《野草》以内心抒发为主,交织着严肃的自剖和不倦的战斗,感受非常深切,探索非常艰苦。这种感受和探索正是动荡的时代生活的产物,在新文学统一战线内部日趋分化的时候,进步的知识分子由于没有

---

① 恩格斯1888年4月致玛·哈克奈斯的信,见《马克思恩格斯选集》第4卷,第462—463页。

② 《新民主主义论》,见《毛泽东选集》横排本第2卷,第658页。

③ 《且介亭杂文·序言》。

认清前进的方向,大都抱有同样的苦闷。不过鲁迅所挟持者远,所属望者殷,他的苦闷也比一般人要大得多,深得多。《野草》有不少篇什贯串着理想与现实的冲突,也体现了存在于作者自己思想里的同样的冲突。他感到黑暗势力的浓重,着力描绘了它;同时又觉得战斗之不能松懈,坚持顽强不屈的精神。《这样的战士》和《过客》在这点上表现得特别鲜明。"过客"经过长途跋涉,疲惫而又劳顿,然而生命的声音在叫唤他,他还是不停步地前进着。无论是世故的恳挚的劝告,还是天真的热情的安慰,都无法使他改变主意。他不清楚前面是什么所在,料不定能否走完,却还是谢却一切"好意",拒绝一切"布施",依旧昂着头,奋然向前走去。"这样的战士"处身在"无物之阵"里,遇见的是对他"一式点头",同声立誓,他们头上有"各种旗帜",绣着"慈善家,学者,文士,长者,青年,雅人,君子"等等"好名称",他们头下有"各样外套",绣着"学问,道德,国粹,民意,逻辑,公义,东方文明"等等"好花样",面对这些变化的假象——"杀人不见血的武器","他举起了投枪";当一切都颓然倒地,他发现"其中无物",最后甚至连这"无物之物"也已经脱走,但是,"他举起了投枪";他不管自己是"战士"还是"罪人",是胜利还是失败,在"不闻战叫"的境地里,依旧和原先一样,"他举起了投枪"。这里虽然流露出孤军作战的寂寞之感,却充满着一个战士的自我策励的精神:毫不懈怠,永不退转。《秋夜》以浓郁的抒情笔调,叙写洒满着繁霜的园里,小粉红花瑟缩地做着春天的梦,枣树则以落尽了叶子的枝干,"默默地铁似的直刺着奇怪而高的天空"。小青虫为了追求灯光,千方百计地撞进室内,勇敢地以身扑火。经过作家思想感情的灌注,人们可以从草木虫鸟的身上,得到富有社会意义的启示。为"三一八"惨案而作的《淡淡的血痕中》,以敢于蔑视敌人的气势,嘲笑了造物主的怯弱,歌颂"叛逆的猛士出于人间",使天地在眼中变色。写于"奉直战争"中的《一觉》,则以莫大的欢欣,拥抱了被风沙打击得粗暴了的年轻的魂灵,他们像受摧折的野蓟一样,依旧开着小花,给旅人以安慰。

《野草》里也有一些曲折隐晦的作品,较多地流露着空虚和寂寞的情绪。例如《影的告别》,影的命运就是十分寂寞的,"黑暗"会将它"吞并","光明"又使它"消失",它只能"彷徨于明暗之间"。不过影来向人告别的时候却又抱着献身的意志,它愿意"独自远行",希望此后黑暗里没有人,也"没有别的影"。又例如《墓碣文》,从"剥落很多"、"苔藓丛生"的碣文里,人们看到了死者的沉郁的性格:"抉心自食,欲知本味。"但到底还是什么都不知道,只能把"微笑"预约在"成尘"之后。本篇里的死者和生者代表了作家身上两种思想的对立,而后者终于摆脱了前者,"不敢反顾,生怕

看见他的追随"。《求乞者》、《复仇》、《希望》是对虚伪、旁观和消沉的针砭。由于抒写的是心灵深处痛苦的思绪,许多感想又在"那时难于直说"①,艺术表现就比较含蓄,便是传达感激之情的《腊叶》,叙述忏悔之意的《风筝》,也都夹用了絮语与独白。从《死火》起一连七篇,都以"我梦见自己……"开始,因为梦境适合于抒写这种特殊的感受。在艺术构思方面,《影的告别》已经够新颖了,而《死后》一篇,作者假托人死以后,运动神经已经废灭,知觉神经却还存在,从而讽刺了"青蝇"、"马蚁"看热闹,发空论,欺暗室,甚至死了之后,还要贩卖"《春秋》大义"等等,设想更为奇特。同书里也有一些像《雪》、《好的故事》一类景物清新,格调明丽,而又寄意深远的作品。在《野草》里,作家的思想感情主要是通过诗的形象表现出来的,因此读者也需要根据诗的形象去理解它们。至于《聪明人和傻子和奴才》、《立论》等篇,则是对奴才哲学和市侩习气的讽喻,散文的成分较多,通篇保持着明白晓畅的特点。《野草》的形式显然受有外国文学中散文诗的影响,这在当时是一种新的尝试。《莽原》周刊和《晨报副刊》上有许多青年接踵而起,运用类似的形式推动了散文诗的写作。到了三十年代更为发展,出现了一些优秀的作品。在现代文学史上,《野草》可以说是开了中国散文诗的先河。

比《野草》稍后,鲁迅追怀往事,在一九二六年二月至十一月间,写下了十篇"从记忆中抄出来"②的散文。这些散文曾在《莽原》半月刊上陆续发表,总题曰《旧事重提》,待到一九二七年五月编订成书的时候,才改题为《朝花夕拾》。在这组文章里,鲁迅用夹叙夹议的方式,以青少年时代生活经历为线索,真实而动人地抒写了从农村到城镇、从家庭到社会、从国内到国外的一组生活。《狗·猫·鼠》、《二十四孝图》、《无常》三篇议论与叙述并重,隐寓作家对执笔当时现实生活的针砭,写来挥洒自如,庄谐杂陈。《阿长与山海经》、《五猖会》、《从百草园到三味书屋》、《父亲的病》、《琐记》等五篇,以亲切动人的笔墨,各各记录了社会生活的一面,几乎每篇都是一幅浓淡相间、色彩鲜明的风俗画或世态画。《藤野先生》和《范爱农》本意在追怀旧日师友,却也写出了海外生活和革命运动的片断,境界更为开广。正如他的小说一样,鲁迅在这些散文里也创造了许多富有个性的人物:爽朗而多嘴的长妈妈,她有许多麻烦的礼节,却能够做别人不肯做或不能做的事情;藤野先生纯然是一个诚笃而不拘小节的学者;范爱

---

① 《二心集·〈野草〉英文译本序》。
② 《朝花夕拾·小引》。

农生性狷介,他有自己的理想,却总是落落寡合。作品往往只用几段故事,便托出了人物的性格,使他们跃然纸上。不仅长妈妈、藤野先生、范爱农,便是三味书屋里"将头仰起,摇着,向后拗过去,拗过去",大声朗读着的先生;在孩子面前忩愿打旋子,从旁计数,看见大人来了就说"你看,不是跌了么? 不听我的话。我叫你不要旋,不要旋……"的衍太太;以至纵使"空着手,也一定将肘弯撑开,像一只螃蟹"一样走路的目空一切的大学生,着墨不多,而各各情态逼真,说明鲁迅在艺术创造上卓越的本领。

《朝花夕拾》中所写的事和人,往往饱和着作家强烈的爱憎,闪烁着社会批判的锋芒,在平淡的叙述中寓有褒贬,在简洁的描写中分清是非,使回忆与感想,抒情与讽刺和谐地结合起来。固然,鲁迅有时也采取直接批评的方式,例如《狗·猫·鼠》反对繁文缛节的婚礼,《二十四孝图》反对矫揉造作的孝行,大都口诛笔伐,色严词厉。然而更多的时候,这种批评却不是表现在字面的论述上,而是深入到内容和情节里。《父亲的病》写两个医生自高身价,毫无实学,《琐记》写衍太太教唆作歹,散布流言,作品都没有作直接批评,而批评却渗透在事实的抒写里。对于生活中一些习以为常的行为或习惯,鲁迅间或也以不满的口气,轻轻点破一笔,例如《五猖会》写出发看会前,父亲忽然叫他背书,全篇都是叙述,到结尾加上一句:"我至今一想起,还诧异我的父亲何以要在那时候叫我来背书。"《父亲的病》写临终前,衍太太按照当地风俗,要他大声叫喊。结尾又加上一句:"我现在还听到那时的自己的这声音,每听到时,就觉得这却是我对于父亲的最大的错处。"出语似极平静,感情却很强烈。这类散文读起来亲切和易,写起来却需有较高的功力,较丰富的社会知识和生活知识。

鲁迅还有一本以历史和神话传说为题材的小说集《故事新编》,具有鲜明特色,也是他在文学样式上的一种创新。《故事新编》出版于一九三六年一月,全书收故事八则,如《〈自选集〉自序》所说,都是"神话、传说及史实的演义"。从开手创作到结集成书,前后经过十三年。由于写作时间的不同,作家世界观的改变,在生活概括和思想熔铸上,后写的五篇较之先写的三篇都有显著的发展。作品对于历史材料的处理,恰如《序言》所说,"只取一点因由,随意点染。"至于把现代生活细节大胆地引入历史故事,突出其针砭流俗的意义,更是鲁迅式的战士性格的体现。这些都以鲜明的特点构成了八篇作品前后一致和精炼独创的风格。

第一篇《补天》写于一九二二年,曾以《不周山》为题收入《呐喊》第一版。作品根据女娲"抟黄土作人"(事见《太平御览》引汉应劭《风俗通》)和"炼五色石补天"(事见《淮南子》)的神话,描写了这位传说中的人类母亲

淳朴浑厚的形象。鲁迅在《序言》中自述其最初的意图是：根据佛洛伊特的精神分析学，"解释创造——人和文学的——的缘起。"全篇写原始宇宙气象雄伟，景物瑰丽，仿佛一幅色调浓烈的油彩画。女娲抟土作人时充满着创造的喜悦，补天的辛勤展示了劳动的壮美。作品的具体描写实际上已经冲破佛洛伊特的"理论"，表现了例如劳动等等远为广泛的生活。写作中途，鲁迅读到一篇道学家攻击新体情诗的文章，强烈的反感使他的笔锋不得不从神话转到现实，于是在"女娲的两腿之间"出现了"一个古衣冠的小丈夫"①，渺小而又滑稽，作品的主题到这里有所扩大，产生了联系现实斗争的反封建的意义。不过描写不及前半舒展，结局也较为仓猝。把现实生活细节引入历史题材，鲁迅自称是"油滑的开端"②，但从以后七篇继续遵循这一准则看来，这是作家有意施展"幽默才能"以创造新的艺术形式进行社会批判的一种尝试。

《奔月》写神话里夷羿和嫦娥（事见《淮南子》）的传说。善射的羿射下过九个太阳，射死过封豕长蛇，一切大动物和小动物，最后"射得遍地精光"，只好天天和嫦娥一起吃乌鸦炸酱面。嫦娥熬不过这样的生活，吞下金丹，独自向天上飞升。而昔日的弟子逢蒙又在这个时候出现，欺世盗名，利用向师傅"偷去的拳头"施放冷箭，想置羿于死地。鲁迅安排一个典型的环境，勾画羿的正直性格，写出了一个勇士孤独的心境。《铸剑》发表时原名《眉间尺》，取干将铸剑、其子报仇（并见《列异传》与《搜神记》）的故事。作品写了这个传说的后半段。黑色人是作品着力描写的对象，他仿佛生来就为代人复仇似的，具有一种热到发冷的性格。一言一动，都像主角眉间尺背上的宝剑一样：寒光逼人。眉间尺把复仇的事业付托他，连同自己的头和宝剑。黑色人冒充玩把戏的混入王宫，机智地劈下国王的头，最后又割下自己的头以回答眉间尺的信任，完成了他所付托的复仇的重任。从《奔月》里的逢蒙到《铸剑》里的嗜杀的国王和颟顸的大臣，人们仍然可以在作家的鞭打中看出现实生活的投影。

《理水》和《非攻》在进行社会批判的同时，着重地写了两个正面人物。夏禹治水和墨子非攻在中国古史上都有记载。相传夏禹婚后第四天就出去治水，在外八年（一说十三年），三过家门而不入。他在人民理想中是一个公而忘私、出身下层平民的领袖。鲁迅笔下的禹不仅具有劳动农民的外貌："黑脸黄须，腿弯微曲"，一个粗手粗脚的大汉；还概括了中国农民优秀的品质：勤劳、刻苦、朴素，从沉默中显出坚韧和力量。作品运用各种场

———————————————

①② 《故事新编·序言》。

面——文化山上学者烦琐无聊的议论,水利局里大员声势煊赫的考察,通过周围那些卑微的灵魂和庸俗的言行,反衬出禹的高大,从而塑造了这个来自人民中间的英雄。墨子是一个躬自操劳的古代知识分子,主张身体力行,提倡自我牺牲的精神。他的学说以非攻、兼爱、尚侠、好义为主。作品写他衣衫褴褛,胼手胝足,然而却又勇敢、机智,充满着忘我的精神。当楚国筹划进攻宋国,他一面昼夜兼程去劝阻楚王,一面又吩咐管黔敖作好战斗准备:"不要只望着口舌的成功。"他以正义折服楚王,凭实学战胜公输般。鲁迅歌颂了这两个正面形象,把他们当作"中国的脊梁"来描写。与此同时,鲁迅还以饱饫感情的笔墨写了墨子的学生禽滑厘,管黔敖,禹的一群面目黧黑、衣服破旧,不动、不言、不笑,像"铁铸一样"的不知名的同事,还有敢于和鸟头先生争辩的乡下人。这些人物以其具体的行动,共同表现出一种正面的道德观念,从对比中压倒了公输般、曹公子、文化山上的学者、水利局里的大员,在读者心里引起强烈的共鸣。鲁迅否定后者,这是他对现实生活中社狐城鼠所作的挞伐;肯定前者,则又说明在他的思想里群众已经成为积极的力量。

《采薇》、《出关》、《起死》三篇,都是通过历史人物的再创造,对当时社会思想消极方面的形象的批判。《采薇》写武王伐纣,伯夷叔齐因"义不食周粟"而饿死首阳山的故事。鲁迅选择这段历史,着重地描写伯夷叔齐从"养老堂"到首阳山——全部窘迫的遭遇和仓皇的心境,鞭打了社会上那些趁火打劫、卖身投靠、散布流言等等的行为,同时也从伯夷和叔齐的"通体都是矛盾"的性格中,说明这种消极抵制的软弱和无力,展示了他们毫无出路的悲剧的命运。《出关》描绘老子和孔子的对话,西出函谷途中的遭遇,通过生活细节的渲染,批判了老子处处退却的落寞的心情。《起死》以《庄子·至乐》篇中一个寓言为主,用独幕剧似的形式加以演化。庄子在《齐物论》里宣扬虚无主义,从"此亦一是非,彼亦一是非"出发,主张物我等观,泯灭一切生死、古今、大小、贵贱的区别。作品写他到了是非关头——当那个死了五百年的髑髅复了形,生了肉,活了转来,缠住他讨衣服讨包裹的时候,他就不得不一反以前的主张,唠唠不休地别生死,辨古今,分大小,明贵贱,一心想要划清物我,力争是非了。鲁迅以生动有趣的对话,彻底地宣告了"齐物论"的破产,证实虚无主义本身也终于只能落得一个虚无的下场。民族失败主义在"九一八"以后相当泛滥,消极反抗、逃避斗争以至虚无主义思想在知识分子中间应运而生。鲁迅运用艺术的形式进行扫荡,和杂文呼应作战,从高处着眼,为"现在"抗争,对读者起了很好的教育作用。

正如鲁迅自己在《序言》中所说,《故事新编》还是"速写居多",后期五篇在这点上特别显著。无论是人物塑造或是情节铺叙,都与《呐喊》和《彷徨》不同,基本上采取勾勒的方法,并且时时加以漫画化。现代生活被当作细节运用正是和漫画化的要求相适应的。鲁迅没有涂饰和隐讳这些细节的现代色彩,而是将它们作为夸张的一种手段,使人物性格和故事情节通过渲染鲜明地凸现出来。一些现代概念在这里愈是明显,愈不至于和历史事实混淆起来,读者也就有可能从内在意义上理解它们,将它们看作是某种物质或者精神的十分具象的代名词,从而获得深刻的印象。《故事新编》的某些艺术手法令人想起果戈理的《鼻子》。鲁迅对《鼻子》作过这样的评价:"奇特的是虽是讲着怪事情,用的却还是写实手法。"[1]运用了现代生活细节的《故事新编》没有"将古人写得更死"[2],而是以极省俭的笔墨,勾出了他们的形象,既不违背故事本身的真实性,又从中照见了五四以后特别是三十年代形形色色的现代人的灵魂。

和许多伟大作家一样,鲁迅一生不倦地在创作上进行探索,根据时代的革命要求和个人的战斗特点,多方面地从事艺术的创造,在不同时期、不同部门里作出榜样和树立标准。《呐喊》、《彷徨》的对于短篇小说,《朝花夕拾》、《野草》的对于散文和散文诗,杂文的圆熟、灵活、多样的形式,都是中国现代文学史上拓荒开来的标志;《故事新编》重新编写了一些神话故事和历史故事,充分地发挥了速写的战斗特点,在体裁上有所创新,同样表现出一个伟大作家在艺术上搴纛前驱的精神。

---

① 《鼻子》译文后面的附记,见《鲁迅译文集》第10卷,第660页。

② 《故事新编·序言》。

第二章　郭　沫　若

第一节　　生平与文学活动

　　郭沫若(1892—1978)出生在四川省乐山县沙湾镇。幼年诵读《诗经》、《唐诗三百首》、《千家诗》、《诗品》等书,培育了他最早对诗歌的兴趣。清朝政府开始进行一些表面的改革以后,他也偶尔有机会接触一些介绍世界大势和民主启蒙的书刊,开拓了胸襟和眼界。在小学和中学时代,郭沫若对中国古典文学作品,如《庄子》、《楚辞》、《史记》、《文选》等,作了较广泛的涉猎,并阅读了梁启超、章太炎等人的政论文章和林纾翻译的外国文学作品。由于受到民主主义思想的启迪和影响,不满黑暗腐败的学校教育,起来反对,三次遭到校方斥退,初步显示出他的叛逆的性格。辛亥革命

郭沫若

虽曾给他以短暂兴奋,但政局的混乱不久便为他带来失望和苦闷,使他产生了离开四川向广阔的世界"奋飞"的愿望。

　　一九一三年底,郭沫若离国经过朝鲜于翌年初抵达日本,考入东京第一高等学校预科。一九一五年升入冈山第六高等学校,三年毕业后入福冈九州帝国大学医科。他选择医学是想拿它"来作为对于国家社会的切实贡献"。在日本的生活,使他感受到军国主义的压迫和欺凌。一九一五年,日本帝国主义向中国提出二十一条不平等条约,郭沫若怀着"冲冠有怒与天齐"的爱国义愤,一度回到上海。

在日本前四年的学习里,他阅读了不少著名的外国文学作品,从泰戈尔、歌德、海涅、惠特曼等人的作品里汲取了多方面的滋养。因为接近泰戈尔、歌德的作品以及荷兰哲学家斯宾诺沙的著作,又使他受到了泛神论思想的影响。当然,作为一个受过近代科学教育的人,不可能真正相信"神"的存在,他自己就明白地表示过:"泛神便是无神。"①他的"有些泛神论的倾向"②,一方面是因为泛神论思想跟他当时蔑视偶像权威、表现自我、张扬个性的精神大体上合拍;另一方面也因为泛神论所提供的"物我无间"的境界,适合于诗人驰骋自己丰富的艺术想象力,把宇宙万物拟人化、诗化,视之为有生命的抒情对象。郭沫若之所以赞同"诗人底宇宙观以泛神论为最适宜"③这种很不确切的说法,原因也在这里。

十月革命和五四运动给了青年郭沫若以极大的鼓舞。当时流行于日本的欧洲各种新思潮,也使他产生广泛的兴趣。他怀着改造社会的朦胧思想和振兴民族的饱满热情,开始文学活动。还同留日的部分爱国学生一起组织夏社,从事反对日本帝国主义的宣传工作。一九一九年二三月间,郭沫若写了具有爱国思想的小说《牧羊哀话》④。不久,他的新诗开始在上海《时事新报》副刊《学灯》(宗白华编辑)上发表。从一九一九年下半年至一九二○年上半年,是郭沫若诗歌创作最旺盛的时期⑤。一九二一年诗集《女神》出版,不仅确立了郭沫若在我国现代文学史上卓越的地位,同时也为中国新诗开辟了一个崭新的时代和广阔的天地。

一九二一年七月创造社组成,郭沫若是它的发起人和主要的成员。一九二一、一九二二这两年中,郭沫若曾三次回国。国内的黑暗现实,使他对五四后祖国弃旧图新的美丽憧憬,以及希望通过个人努力以达到社会进取的愿望,陡然归于破灭;向来为诗人所赞美的大自然,也一变而为寄托其满怀抑郁和无边寂寞的所在。诗集《星空》中那些含着"深沉的苦闷"、借抒写自然以求解脱的诗篇,就是这种思想情绪的明显的反映。

一九二三年,郭沫若从日本帝国大学医科毕业后回国。继《创造》季刊之后,与郁达夫、成仿吾等合办《创造周报》和《创造日》,经常在这些刊

---

① 《少年维特之烦恼》中译本《序引》,收入《文艺论集》,见《沫若文集》第10卷,第178页。

② 《创造十年》,见《沫若文集》第7卷,第58页。

③ 《三叶集》,见《沫若文集》第10卷《论诗三札》。

④ 《新中国》第1卷第7号,1919年11月15日。按:《牧羊哀话》写作和发表年月,《星空》(1923年,泰东图书局版)和《沫若文集》第5卷篇末所注,均有错误。应为1919年而非1918年。

⑤ 据《沸羹集·序我的诗》中提到的时间是"民七民八之交",疑有错误。《创造十年》中说:"在一九一九的下半年和一九二○的上半年,便得到了一个诗的创作爆发期。"从《女神》中诗篇写作年月看来,后说较为确切。

物上发表作品。这是前期创造社活动的极盛时期。在这一时期内,郭沫若的政治思想有了较大的变化和发展。由于受到"二七"运动以后革命形势的激发,他从忧伤和痛苦中奋起。虽然还没有完全摆脱个性主义的影响,时而流露着用个人的自觉力量击退传统的重压,以争取社会解放的思想;然而诗人的敏感却又使他开始看到"私产制度的束缚",不仅高呼"反抗资本主义的毒龙"①,并且指出"唯物史观的见解"是"解决世局的唯一的道路":"世界不到经济制度改革之后,一切什么梵的现实,我的尊严,爱的福音,只可以作为有闲阶级的吗啡、椰子酒。"②这种认识自然还不免有点笼统,却也成为可贵的思想因素出现在创作实践里。从那时起,《星空》里那种对自然的抒写消失了,而在《女神》中已表现出来的对工农的赞美则显得更为热烈。作者声称自己不再迷恋"矛盾万端的自然"的"冷脸"③,却愿意去"紧握"劳苦人民"伸着的手儿"④。作为诗人心灵的写照,《前茅》便是这一变化的鲜明记录。

一九二四年,《创造》季刊和《创造周报》相继停刊,创造社的几个主要作家如郁达夫、成仿吾均先后离散,创造社前期的活动到此告一段落。郭沫若因为刊物在出版上受到挫折,个人生活又十分窘迫,在思想上产生了一种"进退维谷的苦闷"⑤。这年四月赴日本,通过翻译日本经济学家河上肇的介绍马克思主义的著作——《社会组织与社会革命》一书,使他稍有系统地接触和认识了马克思主义。尽管这书有较大缺陷,但在郭沫若思想发展的历程上,的确起过重要的作用。他自己说:"这书的译出在我一生中形成了一个转换时期,把我从半眠状态里唤醒了的是它,把我从歧路的彷徨里引出了的是它……"⑥过去,郭沫若只是对资本主义社会怀着茫然的憎恨,而这本书却使他"认识了资本主义之内在的矛盾和它必然的历史的蝉变"⑦,"深信社会生活向共产制度之进行,如百川之朝宗于海,这是必然的路径"⑧。也就在同一年,郭沫若曾赴宜兴调查齐卢之战的战绩。军阀混战的罪恶,人民生活的苦难,使他对充满阶级矛盾的现实有了

---

①　《我们的文学新运动》,载《创造周报》第 3 号,1923 年 5 月。

②　《泰戈尔来华的我见》,载《创造周报》第 23 号,1923 年 10 月 14 日。文末注写作日期为"10 月 11 日",《沫若文集》第 10 卷误作"1922 年 10 月 11 日"。

③　《前茅·怆恼的葡萄》。

④　《前茅·上海的清晨》。

⑤⑦　《创造十年》及续篇,见《沫若文集》第 7 卷,第 165、183 页。

⑥　《孤鸿——致成仿吾的一封信》,见《沫若文集》第 10 卷,第 289 页。

⑧　引文出自 1924 年郭沫若给何公敢的一封信,当时未曾发表。郭沫若于 1926 年写《向自由王国的飞跃》一文引用了原信,见《沫若文集》第 10 卷,第 434 页。

更深切的认识。

一九二五年的"五卅"运动标志着革命高潮的到来。这时的郭沫若,在大革命形势的鼓舞和教育下,世界观包括文艺观都有很大的变化。他进一步批判了个性主义。一九二五年底在《文艺论集》的序文里说:"我从前是尊重个性、景仰自由的人,但是最近一两年之内与水平线下的悲惨社会略略有所接触,觉得在大多数人完全不自主地失掉了自由,失掉了个性的时代,有少数的人要来主张个性,主张自由,总不免有几分僭妄。"他还指出:"要发展个性,大家应得同样地发展个性。要生活自由,大家应得同样的生活自由。"在对国家主义派的斗争中,他在《洪水》半月刊上陆续发表了《穷汉的穷谈》、《共产与共管》、《新国家的创造》等一系列具有强烈的革命倾向和鲜明的阶级观点的文章,有力地回击了他们对共产主义的歪曲和诬蔑,揭露了他们"在旧式的国家制度之下主张富国强兵以图少数特权阶级的繁荣"的实质,主张"实行无产阶级的革命","建设公产制度的新国家,以求达到全人类的物质上与精神上的自由解放"①。此外,"五卅"惨案的现实感受还使他写出了像《聂嫈》那样紧密地配合当时反帝任务的历史剧,说明强烈的政治责任感对诗人创作思想的影响。

郭沫若于一九二六年三月赴广州,任广东大学文学院院长。在离沪前后写了《文艺家的觉悟》、《革命与文学》等文,表明他的文艺思想又有新的发展。他在文章里,运用阶级观点,根据文学和革命的关系和文学的社会作用,以正面申说的方式批判了文艺的无目的论和非功利主义的倾向。同时,《革命与文学》一文还以"表同情于无产阶级的社会主义的写实主义的文学"的定义,提出了革命文学的实际内容。《文艺家的觉悟》一文中也认定:"我们现在所需要的文艺是站在第四阶级说话的文艺,这种文艺在形式上是写实主义的,在内容上是社会主义的。"尽管这两篇文章还有早期革命文学理论所难以避免的那些简单、笼统的缺点,但它们代表了一部分革命的小资产阶级作家在大革命浪潮推涌下的觉醒和进步。

一九二六年七月,北伐战争开始。郭沫若投入了战争的洪流,先后担任北伐革命军政治部秘书长、政治部副主任、代理主任。"四·一二"事变后,他在武汉《中央日报》上发表了《请看今日之蒋介石》,揭露蒋杀害革命群众的罪行。认为蒋介石是"一个比吴佩孚、孙传芳、张作霖、张宗昌等还要凶顽、还要狠毒、还要狡狯的刽子手"。同年,他参加了"八一"南昌起义,在起义军南下途中参加中国共产党。起义军在广东失败后,郭沫若经

---

① 《不读书好求甚解》,收入《盲肠炎》集,见《沫若文集》第10卷,第427、425页。

由香港回到上海,写诗集《恢复》,以"狂暴的音乐"、"鞺鞳的鼙鼓"回答了蒋介石的血腥屠杀。当无产阶级革命文学运动在上海掀起的时候,郭沫若是它的积极的参加者和支持者。

一九二八年以后,郭沫若在日本度过了十年的流亡生活。在这期间,他运用历史唯物主义的观点研究中国的古文字学和古代社会历史,论证了中国奴隶社会的存在,有力地驳斥了所谓"唯物史观不适合中国国情"的谬论,在学术研究上取得了卓越的成绩。他还对"左联"东京分盟的活动作了积极的支持。此外,写了自传《我的童年》、《反正前后》、《创造十年》(一九四六年又写了续篇)、《北伐途次》等。对于这"海外十年",周恩来曾指出:这是郭沫若在革命退潮时"保持活力,埋头研究,补充自己,也就是为革命作了新的贡献,准备了新的力量"①的十年。

抗日战争爆发,郭沫若"别妇抛雏"②,回到阔别十年的祖国,在周恩来直接领导下从事抗日救亡运动,是全国文艺界抗敌协会的主要领导人之一,并在抗日统一战线中担任了军事委员会政治部第三厅厅长,负责有关抗战的文化宣传工作。在文艺创作方面,写了《战声》、《蜩螗集》等诗集及《屈原》、《虎符》等多部历史剧。抗战胜利后,郭沫若坚持了反内战、争民主的斗争,勇敢地站在运动的前列,创作上也不断地取得新的收获。

新中国成立后,郭沫若除了继续不倦地进行文学活动外,还长期担负着繁重的党和国家的事务,从事科学、文化、教育等方面的领导工作,为祖国为人民为社会主义事业做出了新的贡献。

郭沫若于一九七八年六月十二日逝世。他不仅是现代中国杰出的诗人、作家和戏剧家,又是历史学家和古文字学家,他是继鲁迅之后,中国新文化又一面旗帜。

第二节 《女 神》

《女神》列为"创造社丛书"之一,出版于一九二一年八月,是郭沫若的第一部新诗集,也是中国现代文学史上一部具有突出成就和巨大影响的新诗集。

《女神》除序诗外共收诗歌五十六首,集中最早的诗大约写于一九一六年,一小部分写于一九二一年,绝大部分写于一九一九年和一九二〇年

① 《我要说的话》,载 1941 年 11 月 16 日重庆《新华日报》。
② 《战声·归国杂吟》。

两年间。十月革命的炮声发自俄国,但也震动了古老的中国,五四运动的浪潮汹涌澎湃,人们在漫漫长夜中看到了新的希望。旧道德、旧礼教、专制政治和一切封建偶像受到猛烈的抨击和破坏;科学、民主、社会主义和一切新事物则受到了热烈的追求。这是一个生气蓬勃的时代,一个充满着反抗和破坏、革新和创造的时代。《女神》对于封建藩篱的勇猛冲击,改造社会的强烈要求,追求和赞颂美好理想的无比热力,都鲜明地反映了五四革命运动的特征,传达出五四时代精神的最强音。诗集中最有代表性的作品是《凤凰涅槃》和《女神之再生》。

《凤凰涅槃》以有关凤凰的传说作素材,借凤凰"集香木自焚,复从死灰中更生"的故事,象征着旧中国以及诗人旧我的毁灭和新中国以及诗人新我的诞生。除夕将近的时候,在梧桐已枯、醴泉已竭的丹穴山上,"冰天"下"寒风凛冽",一对凤凰飞来飞去地为自己安排火葬。临死之前,它们回旋低昂地起舞,凤鸟"即即"而鸣,凰鸟"足足"相应。它们诅咒现实,诅咒冷酷、黑暗、腥秽的旧宇宙,把它比作"屠场",比作"囚牢",比作"坟墓",比作"地狱",怀疑并且质问它"为什么存在"。于是它们痛不欲生,集木自焚。在对现实的谴责里,交融着深深地郁积在诗人心头的民族的悲愤和人民的苦难。凤凰的自我牺牲、自我再造形成了一种浓烈的悲壮气氛。当它们同声唱出"时期已到了,死期已到了"的时候,一场漫天大火终于使旧我连同旧世界的一切黑暗和不义同归于尽。燃烧而获得新生的不只是凤凰,也包括诗人自己。他在写这诗的前两天,就曾在一封信里表露自己愿如凤凰一样,采集香木,"把现有的形骸烧毁了去……再生出个'我'来"[①]。这种把一切投入烈火、与旧世界决裂的宏伟气概,这种毁弃旧我、再造新我的痛苦和欢乐,正是五四运动中人民大众反帝反封建精神的形象写照。至于凡鸟的浅薄和猥琐,意在鞭挞现实中的丑恶庸俗的同时,进一步衬托凤凰自焚的沉痛和壮美。诗人以汪洋恣肆的笔调和重叠反复的诗句歌颂凤凰的更生,渲染了大和谐、大欢乐的景象,这是经过斗争冶炼后的真正的创造和新生,它表达了诗人对五四新机运的歌颂,也是祖国和诗人自己开始觉醒的象征,洋溢着炽烈的向往光明、追求理想的热情。郭沫若曾说《凤凰涅槃》是在一天之内分两次写成的,诗里倾泻式的感情和急湍似的旋律,充分地体现了诗人在创作上狂飙突进的精神。和《凤凰涅槃》相似,根据女娲炼石补天的古代传说而写成的《女神之再生》,也以神话题材影射现实,揭示出反抗、破坏和创造的主题。诗剧一开始写

---

① 《三叶集》1920 年 1 月 18 日致宗白华信。

天地晦冥,风声和涛声织成"罪恶底交鸣",女神们从"生命底音波"里听出预兆,感到"浩劫"重现,各各离开了神龛,她们齐声唱出:

> 我们要去创造个新鲜的太阳,
> 不能再在这壁龛之中做甚神像!

在颛顼同共工决战的场景里,诗人以暗示式的语言,揭露了军阀混战给人民带来的灾难。天柱折后,颛顼与共工一同毁灭,表达了诗人对历史上反动统治者的强烈的憎恨。在黑暗中,终于传来了代表人民意志的声音。女神们不屑于去做修补残局的工作,她们再造了一个太阳,并且预言这个新造的太阳将"照彻天内的世界,天外的世界!"《女神》中很多诗篇以极大的激情抒写温暖、光明、太阳,这正反映了时代的需要,也是诗人郭沫若的追求。这些诗站在时代的高处,对古老民族在五四高潮中的伟大觉醒作了色彩鲜明的象征性的反映,而五四的时代精神反过来又赋予诗人以激越的情调。

　　《女神》中许多重要的诗篇,饱含着郭沫若眷念祖国、颂扬新生的深情,这也正是对五四的礼赞。五四运动激起身居异国的郭沫若深切的爱国之情。从这些爱国诗篇奔腾澎湃着的热情里,可以看到再生女神和火中凤凰的身影。《晨安》和《匪徒颂》是两首格调相近的名诗,气势磅礴,笔力雄浑。《晨安》写诗人在"千载一时的晨光"里,向着"年青的祖国","新生的同胞",向着革命的先驱,艺苑的巨擘,向着壮丽的山河,向着世界上一切美好的事物,一口气喊出了二十七个"晨安"。《匪徒颂》则是为反对日本新闻界对中国青年的诬蔑而作的。他们称五四运动后的中国学生为"学匪",诗人深怀愤怒地写下了抗议的名篇,对历史上曾经起过革新作用的一些"古今中外的真正的匪徒们"作了由衷的赞扬。《炉中煤》一诗,最能表达他眷念祖国的深情。郭沫若在《创造十年》里说过:"五四以后的中国,在我的心目中就像一位很葱俊的有进取气象的姑娘,她简直就和我的爱人一样。……'眷念祖国的情绪'的《炉中煤》便是我对于她的恋歌。《晨安》和《匪徒颂》都是对于她的颂词。"恋歌没有颂歌的奔放,却别具一种深婉含蓄的美。诗人自喻为正在炉中燃烧的煤,而把祖国比作"年青的女郎"。怀着炽热的心唱出了:

> 啊,我年青的女郎!
> 我不辜负你的殷勤,

你也不要辜负了我的思量。
我为我心爱的人儿
燃到了这般模样！

《女神》中不少诗歌，就是这样地把对于祖国和民族前途的希望与个人为
之献身的决心结合在一起，激发出乐观的信念。然而，五四后的中国虽进
入新的革命时期，但浓重的黑暗毕竟还有待长期艰苦的革命工作去驱除。
诗人回国以后，目睹"满目都是骷髅，满街都是灵柩"的悲凉景象，终于觉
得"这位姑娘"辜负了他的"思量"："我从梦中惊醒了！Disillusion（幻灭）
的悲哀哟！"①这种沉痛的呼喊，同样表达了诗人爱国主义的激情。

　　歌颂富有叛逆精神的自我形象，表现与万物相结合的自我力量，是
《女神》的另一重要内容。收在《女神》里的诗作，无论是反抗、破坏或者创
造，几乎处处透过抒情形象表现了鲜明的自我特色；而在一部分诗篇里，
更对作为叛逆者的自我唱出了激越的颂歌。这个自我气吞日月，志盖寰
宇，"是全宇宙的能底总量"，它"如烈火一样地燃烧"，"如大海一样地狂
叫"，"如电气一样地飞跑"②；这个自我无视一切偶像和封建权威，公开宣
称"我又是个偶像破坏者哟"③；这个自我俨然是"可与神祇比伍"的"雄伟
的巨制"，"便是天上的太阳也在向我低头"④；这个自我还与"全宇宙的本
体"融合起来，引起诗人高唱"我赞美这自我表现的全宇宙的本体"⑤。这
种对自我的极度夸张，透露出强烈的个性解放的要求。但这个自我不是
拘囿于个人狭小天地里的孤独高傲、忧伤颓废的自我，而是体现时代精神
和民族解放要求的自我。在那些歌唱自我的诗里，不仅充满了诗人自我
崇拜、自我赞美的激情，有时也表现着他自我改造的思索。

　　对于劳动、对于劳动群众的景仰和颂扬，这是《女神》中很多诗篇的一
个十分引人注目的地方。在《三个泛神论者》里，他把三个泛神论者都作
为靠劳动吃饭的人来赞美。在《地球，我的母亲！》里，他认为"田地里的农
人"是"全人类的保母"，"炭坑里的工人"是"全人类的普罗美修士"。在
《西湖纪游》里，他更想跪在雷峰塔下一个锄地的老人面前，"把他脚上的
黄泥舐个干净"。

　　《女神》有不少歌咏大自然的诗，如《光海》、《梅花树下的醉歌》等篇。
诗人当时正受泛神论思想影响，认为"全宇宙的本体"只是万物的"自我表

---

① 《女神·上海印象》。
②③④⑤ 分别见《女神》中《天狗》、《我是个偶像崇拜者》、《金字塔》、《梅花树下的醉歌》诸篇。

现"，而人则是自然界的一个组成部分，因此，他喜欢讴歌自然，并把自己融解在广阔的大自然里，达到"物我无间"的境界。诗人歌唱的是"日出"和"春之胎动"，赞美的是"太阳"和"雪朝"。他在"无限的大自然"里感受到"生命的光波"和"新鲜的情调"①，他从在他"头上飞航"的"雄壮的飞鹰"想到他"心地里翱翔着的凤凰"②在这一部分诗里，有气象宏伟、壮阔飞动的描画，也有笔致婉约、清丽幽静的篇章；但无论是礼赞"波涛汹涌着"的大海、"新生的太阳"和"天海中的云岛"③，或是歌咏"池上几株新柳，柳下一座长亭"④，以及"含着梦中幽韵"的"醉红的新叶，青嫩的草藤，高标的林树"⑤，总是流转着一股清新的气息和足以使人愉悦、奋发的乐观主义色彩，洋溢着五四时代蓬勃进取的精神和诗人自己的飞扬凌厉的朝气。

《女神》具有鲜明的革命浪漫主义特色。贯穿诗集中的对黑暗现实、陈腐传统的彻底反抗与破坏，对自由解放、光明新生的热切追求与赞美，以及对革命前途的坚信，对创造理想的乐观，都强烈地反映了中国人民特别是青年知识分子革命的愿望、要求和理想，这种革命理想主义构成了《女神》革命浪漫主义的基本精神。诗篇的奔腾的想象与大胆的夸张，宏伟的构思与浓烈的色彩，激昂的音调与急骤的旋律，以及神话的巧妙运用等等，又都同诗人的"火山爆发式的内发情感"⑥相适应，在创作手法上也具有鲜明的浪漫主义特色。郭沫若曾说："诗不是'做'出来的，只是'写'出来的。"⑦《女神》中的诗，大多是感情的自然流露。当写作《凤凰涅槃》、《地球，我的母亲！》等诗时，往往诗兴突然袭来，无暇仔细推敲，反复加工，任凭诗句奔泻成章，但由于诗人感情的饱满，艺术修养的深厚，所以无论是粗犷的或是婉约的，都使人感到是信手写来，不事雕琢，仍然能够达到和谐铿锵的境地。例如《湘累》里的一节：

> 九嶷山上的白云有聚有消。
> 洞庭湖中的流水有汐有潮。
> 我们心中的愁云呀，啊！
> 我们眼中的泪涛呀，啊！
> 永远不能消！
> 永远只是潮！

---

① 分别见《女神》中《天狗》、《我是个偶像崇拜者》、《金字塔》、《梅花树下的醉歌》诸篇。
②③④⑤ 分别见《女神》中《光海》、《心灯》、《太阳礼赞》、《晴朝》、《西湖纪游》诸篇。
⑥ 《沸羹集·序我的诗》。
⑦ 《三叶集》1920年1月18日致宗白华信。

一唱三叹,这种自然流泻的音节是和他的自然流露的感情相适应的。郭沫若广泛地阅读了我国古典诗歌和一些外国著名诗人的作品,并从他们那里接受了程度不同的影响。诗人自己说过:"惠特曼的那种把一切的旧套摆脱干净了的诗风和五四时代的狂飙突进的精神十分合拍,我是彻底地为他那雄浑的豪放的宏朗的调子所动荡了。"①郭沫若对屈原有深深的爱好。他在诗剧《湘累》中所表达的那种沛然若决江河的反抗丑恶现实、追求美好理想的精神,既符合于屈原的性格,又代表了五四时期诗人自己的处境和心情。这种精神贯穿在《女神》的很多诗篇里。李白也是郭沫若所喜爱的诗人,他曾将李白的《日出入行》按照新诗的款式分行写了出来,诗中"吾将囊括大块,浩然与溟涬同科"的风格、精神和气质,郭沫若与之息息相通。

气势雄浑豪迈的自由体诗,是《女神》里最具特色、最能激动人心的篇什,它们为五四后的自由诗开拓了新的天地。郭沫若的自由诗突破了旧诗的樊篱和束缚,它没有固定的格律和形式,甚至连脚韵也不押,但是诗的内在的旋律与诗人感情的节拍是和谐一致的。在很多地方,诗人用重叠反复的诗行表现丰富的想象和浓郁的情思,给予读者以强烈的内心激动,就像他在《序诗》里所期望的那样,《女神》的确是在当时青年们的胸中"把他们的心弦拨动,把他们的智光点燃"了的。

除了自由体诗而外,《女神》中也有一部分诗形式格律相当谨严。例如诗剧《棠棣之花》的歌唱部分采用的是传统的五言诗形式,《晴朝》和《黄浦江口》有着相当整齐的形式和韵律,而《西湖纪游》中的某些短诗则表现了词的小令的风味。这些可以看出诗人是如何善于采用多姿多彩的形式,来抒发自己不同的情感。

《女神》所显示出来的鲜明的时代色彩,宏大的艺术魄力,独创的艺术风格,丰富了我国诗歌创作的宝库,对后来的诗人产生了重大的影响,为中国现代诗歌开辟了新路。就在《女神》出版后不久,闻一多在《女神之时代精神》一文里写道:"若讲新诗,郭沫若君的诗才配称新呢,不独艺术上他的作品与旧诗词相去最远,最要紧的是他的精神完全是时代的精神——二十世纪底时代的精神。有人讲文艺作品是时代底产儿。《女神》真不愧为时代底一个肖子。"他还认为《女神》"不独喊出人人心中底热情来,而且喊出人人心中最神圣的一种热情"②。在纪念郭沫若五十寿辰的

---

① 《我的作诗的经过》,见《沫若文集》第 11 卷,第 143 页。
② 《闻一多全集》第 3 册丁集第 185、194 页。

时候,周扬在《郭沫若和他的〈女神〉》一文里,称郭沫若"是伟大的五四启蒙时代的诗歌方面的代表者,新中国的预言诗人"。称《女神》"是号角,是战鼓,它警醒我们,给我们勇气,引导我们去斗争"①。这些评论说明了《女神》所以能够获得较大的影响的根本原因。郭沫若热情澎湃的革命浪漫主义的诗歌,为我们现代诗歌开创了一代新的诗风。

第三节　《前茅》、《恢复》等诗集

　　继《女神》之后,郭沫若于一九二三年出版了诗文集《星空》,其中所收诗歌散文均为一九二一年至一九二二年在日本和上海两地所作。这正是五四高潮已过,国内政局混乱,新的革命运动尚在积极酝酿和准备的时期。几度返国的诗人在目睹了灾难重重的祖国、倾饮了人生的"苦味之杯"以后,思想感情处在极端矛盾中。他一方面对现实有更深的憎恶和不满,怀着强烈的爱国主义思想和反抗精神,要求对社会作彻底的改革;另一方面,从个性主义和泛神论思想出发,他又希望在大自然里或者在超现实的空幻境界里找寻暂时的逃避和慰安。《星空》中的诗篇,清晰地反映了诗人当时思想感情上的这种矛盾状态,缺少《女神》那种豪情四溢的革命浪漫主义色彩。但是《星空》仍有与《女神》一脉相承的东西,那便是诗人对于"血海"似的旧世界的愤怒,对于舍己为群的古代英雄的赞美,以及把改造旧世界的希望寄托在"近代劳工"身上,尊之为"未来的开拓者"(《洪水时代》)的信念。《星空》中还有《天上的街市》这类命意清新、韵律和谐、比喻生动而富于独创性的好诗:

　　　　远远的街灯明了,
　　　　好像是闪着无数的明星。
　　　　天上的明星现了,
　　　　好像是点着无数的街灯。

　　　　我想那缥缈的空中,
　　　　定然有美丽的街市。
　　　　街市上陈列的一些物品,
　　　　定然是世上没有的珍奇。

---

①　延安《解放日报》1941 年 11 月 16 日。

　　你看，那浅浅的天河，
　　定然是不甚宽广。
　　我想那隔河的牛女，
　　定能够骑着牛儿来往。

　　我想他们此刻，
　　定然在天街闲游。
　　不信，请看那朵流星，
　　是他们提着灯笼在走。

人们从诗人奔腾丰富的想象里，可以感受到《女神》的那种积极进取的艺术力量。

　　出版于一九二八年的诗集《前茅》共收诗二十三首，多数写于一九二三年。那时，革命群众运动在共产党领导下日趋高涨，马克思主义思想影响日益扩大，郭沫若的思想情绪也有了显著的变化。他辞别了《星空》中那种"沉深的苦闷"和"低回的情趣"，重新正视坎坷的现实，以粗犷的声调歌唱革命。他看出了，假使不像"俄罗斯无产专政一样，把一切的陈根旧蒂和盘推翻，另外在人类史上吐放一片新光"，中国就"永远没有翻身的希望"①；他预感到"静安寺路的马路中央，终会有剧烈的火山爆喷"②；他要同"世上一切的工农"一起，"把人们救出苦境"，"使新的世界诞生"③。

　　《我们在赤光之中相见》是《前茅》中一首耐人歌吟、启人深思的诗篇。诗人通过黑夜的必将消逝和光明的必将到来，预示革命的最终胜利。当人们读到："在这黑暗如漆之中，太阳依旧在转徙，他在砥砺他犀利的金箭，要把妖魔射死。"就似乎看到了那些在黑暗统治下英勇斗争的革命者的形象，感受到了诗人对革命前途的乐观而高亢的召唤。

　　为追悼列宁而作的《太阳没了》，是《前茅》中另一重要的诗篇。诗人首先描画了全世界人民对失去伟大革命导师的无限哀痛，接着就以如椽之笔颂扬了列宁的伟大光辉的功绩：

　　他灼灼的光波势欲荡尽天魔，
　　他滚滚的热流势欲决破冰垛，

---

①　见《前茅·黄河与扬子江对话》。
②③　分别见《前茅》中《上海的清晨》、《前进曲》两篇。

> 无衣无业的穷困人们
>
> 受了他从天盗来的炎炎圣火。

诗人充分估计了列宁的死给世界革命带来的难以弥补的损失,但他要秉着"赤诚的炬火",同全世界劳动人民一起,继续做"逐暗净魔"的工作。这首诗在"四海的潮音都在同声哀悼"的时候,给读者以革命的鼓舞。

　　写于一九二五年初春的《瓶》,是一组歌唱爱情的诗,除《献诗》外由四十二首短诗组成。浓郁浪漫的遐想和波翻浪涌的诗情,依然表现了诗人那种"火山爆发式的内发感情",是五四时代精神通过诗人作品在另一方面的反映。不过部分诗篇流露了缠绵悱恻的情调和人生如梦的感慨。

　　诗集《恢复》出版于一九二八年,集中二十四首诗作,写在大革命失败后白色恐怖最为严重的岁月里。诗人当时经历了一场大病。国民党统治者的血腥屠杀和疾病的摧折并没有磨损他的革命意志,相反地,他用更高亢、更坚决、也更充实的诗篇对它们作了响亮的回答。

　　《我想起了陈涉吴广》以中国历史上第一次农民起义为题材,由陈涉、吴广的"斩木为兵、揭竿为旗"联想到现实生活中的农民和他们不能不革命的悲惨地位,不仅为当时农民的痛苦生活提出控诉,还揭示出造成这种痛苦生活的根源是由于那时出现了"无数的始皇"——"外来的帝国主义者"和"他们豢养的走狗:军阀、买办、地主、官僚"。诗篇最后将"工人领导之下的农民暴动"誉为"我们的救星,改造全世界的力量"。在《黄河与扬子江对话〈第二〉》中,也借扬子江之口对中国革命的真正力量作了歌颂,预言"三亿二千万以上的贫苦农夫"和"五百万众的新兴的产业工人",是足以"使整个的世界平地分崩"的"最猛烈、最危险、最庞大的炸弹"。

　　抒写革命情怀的诗在集中占最大的比重,也最具有诗人所说的那种"狂暴的音乐"、"鞳鞳的鼙鼓"的特色。当诗人看到"我们血染的大旗忽然间白了半边",无数革命者在敌人的屠刀下前仆后继地牺牲,他不能不感到苦痛和愤怒。但他没有悲观,没有气馁。虽然"眼前一望都是白色",但诗人确信革命的火种是扑灭不了的,他激动地写道:

> 要杀你们就尽管杀罢!
>
> 你们杀了一个要增加百个:
>
> 我们的身上都有孙悟空的毫毛,

一吹便变成无数的新我。

——《如火如荼的恐怖》

诗人还清醒地认识到,革命的胜利并不是从天上落下,也不是由谁来恩赐,而是要通过斗争来取得的。

> 我已准备下一杯鲜红的寿酒,
> 朋友,这是我的热血充满心头。
> 酿出一片血雨腥风在这夜间,
> 战取那新的太阳和新的宇宙!

——《战取》

《恢复》显示了中国无产阶级革命文学初期诗歌创作的实绩,是诗人郭沫若继《女神》之后对中国新诗的又一贡献。抗战爆发以后,郭沫若继续写诗,后来收集为《战声》、《蜩螗集》两书。其中诗篇,虽不及《女神》格调雄浑,但热情洋溢,仍保持着革命浪漫主义气息。《民族复兴的喜炮》、《抗战颂》、《战声》等篇,赞颂了正义的抗日战争;《罪恶的金字塔》、《进步赞》、《为多灾多难的人民而痛哭》等篇,抒发了诗人对黑暗的憎恨、对光明的期待和对革命的崇敬。

第四节　历史剧《屈原》及其他

郭沫若不仅是卓越的诗人,而且是多才多艺的作家,除了诗作外,还写小说、剧本和散文,特别在创作"借古喻今"的历史剧方面取得了重大的成就。

一九一九年十一月,郭沫若发表了小说《牧羊哀话》,通过朝鲜女性的悲剧性故事,寄托了作者爱国主义情绪。此后的小说作品,分别收集在《塔》(小说戏剧集)、《水平线下》、《橄榄》(均小说散文集)、《落叶》等集子里。这些小说作品多数带有自传性质,是作者青年时期生活和思想的自我写照和自我剖析,富有时代气息,但其成就和影响远远不及他的诗歌。

郭沫若从事历史剧的写作,开始于五四运动后。那时以反对封建文化为主要内容的思想解放运动已日趋深入,郭沫若力求运用话剧这一新的艺术形式对历史作出新的解释,使之与五四时代精神息息相通,起到为现实斗争服务的作用。《卓文君》、《王昭君》、《聂嫈》三个历史剧就是在这种思想指导下写出的。

《卓文君》写于一九二三年二月。在历史上,孀居的卓文君不顾父命,私奔司马相如,本是对于"从一而终"的封建礼教的背叛。但这种行为不是被历代封建卫道者诋为"淫奔",便是在无聊文人的笔下被当作风流韵事而流传下来。作者站在卫护自由和正义的立场上,对卓文君的性格作了新的发掘,通过女主人公违背父亲的意愿,公开同司马相如出走的情节处理,竭力表彰她在婚姻问题上"不从父"的反抗精神。《卓文君》发表后,受到广大青年的欢迎,曾为封建统治者所禁演。剧本渲染的叛逆反抗和敢于主宰自己命运的精神,完全符合于五四时代青年个性解放的要求。《王昭君》写于一九二三年七月。在这个剧本中,作者发挥了更大的想象和创造精神。他不仅虚构更多的人物,而且把向来对王昭君遭遇的"命运悲剧的解释"改成"性格的悲剧",从而一反过去那种琵琶绝塞、青冢黄昏的感伤情调,突出了她的反抗强暴的倔强性格。出身贫贱的王昭君,比卓文君有着更为凄苦的遭遇。剧中的王昭君不惧帝王威力,不慕荣华富贵。她反抗汉元帝的意旨,自愿嫁给"穷荒极北"之地的匈奴人。同《卓文君》的主题思想不同,《王昭君》表现维护人格尊严的思想和"宁为玉碎、不为瓦全"的精神,从另一方面反映了五四思潮的特点。《聂嫈》写于一九二五年的"五卅"运动以后。剧本取材于战国时代聂政助严遂刺杀韩相侠累的故事。剧中写聂嫈、聂政姊弟舍己为人,突破了历史记载中重然诺、轻生死的个人侠义行为的圈子,贯穿着均贫富、茹强权的思想和各国人民不分国界,"大家提着枪矛回头去杀各人的王和宰相"的题旨。在"五卅"前后中国人民反对国内军阀统治、反对帝国主义的斗争中,这些描写给人们以深刻的启示。这三个剧本一九二六年结集为《三个叛逆的女性》一书出版。

震惊中外的"皖南事变",标志着国民党政府变本加厉地实行限共、防共政策,扼杀言论自由,摧残进步力量。作家们不得不改用隐晦曲折的形式暴露现实的黑暗,抨击当局的倒行逆施。在这种情况下兴起了创作历史剧的热潮。郭沫若是最杰出的代表。他从抗战的现实斗争中深切感受到人民的呼声与时代的责任,从历史回顾中汲取斗争的力量。从一九四一年十二月到一九四三年四月,郭沫若先后写出了五幕剧《棠棣之花》、《屈原》、《虎符》、《高渐离》,四幕剧《孔雀胆》及五幕剧《南冠草》,并陆续在重庆、桂林等地上演,收到极其显著的政治和艺术效果,有力地促进了当时进步的戏剧运动。这些剧作,通过不同的历史人物形象和曲折的故事情节,表现了反对侵略、反对投降、反对专制暴政、反对屈从变节,主张爱

国爱民、主张团结御侮、主张坚贞自守的共同主题,无情地鞭挞了贪婪狡诈、专横凶残、卑鄙自私的丑恶灵魂,热烈赞颂了见义勇为、忠贞刚直的高尚品德,给人们以教育和鼓舞。在连续不断的反共高潮中,进步力量在戏剧舞台上打开了一个缺口,郭沫若起了搴旗前进的率先作用。这些剧作,比他早期的历史剧增多了现实主义成分,却又充分显示了革命浪漫主义的特色。作者对剧本所涉及的史料,总是尽可能地搜集占有,精密研究,对有关人物的性格、心理、习惯,当时的风俗、制度、意识形态等,都有真切的了解;但在具体进行创作的时候,并不拘泥于史料。他在把握历史本质的基础上,根据艺术规律、剧情发展和创作意图,结合自己的理想和愿望,"失事求似"①地大胆进行构思,使全剧的结构,人物的刻画,情节的演变,文辞的锤炼,浑然一体,形象逼真、生动,有显著的戏剧效果。在这些剧作中,作者结合情节的需要和气氛的创造,往往插入相当数量的抒情诗和歌词,感情激越,色彩斑斓,使全剧充满着浓郁的诗意。

《屈原》是郭沫若这一时期历史剧中成就最高、影响最大的代表作。这个剧本取材于战国时代楚国爱国诗人屈原一生的故事,以代表爱国阵线的屈原与代表卖国阵线的南后等人之间的戏剧冲突为主要线索,成功地塑造了屈原这个人物形象,深刻地表现了为祖国和人民不畏暴虐,坚持斗争的主题。

剧中的屈原,是一个伟大的政治家兼诗人的典型。"在这战乱的年代",他心中时时系念的是祖国的前途和人民的命运。他看清了秦国侵吞六国的意图,力主联齐抗秦。一向光明磊落的屈原,没有料到南后之流竟然采取卑鄙无耻的手段陷害他,横加以"淫乱宫廷"之类的罪名。在这种含冤莫白的情况下,屈原所拳拳关注的仍然是祖国和人民,他沉痛地劝诫楚怀王,千万不要丢弃联齐抗秦的正确主张,"要多替楚国老百姓设想,多替中国的老百姓设想"。他斥责南后危害祖国:"你陷害了的不是我,是我们整个儿的楚国啊!我是问心无愧,我是视死如归,曲直忠邪,自有千秋的判断。你陷害了的不是我……是我们整个儿的赤县神州呀!"昏庸专横的楚怀王不听屈原的一再忠告,粗暴地撕毁楚齐盟约,转而依附秦国,走上妥协投降的道路,并且下令囚禁屈原。面对正在沉入黑暗的祖国,失去自由的诗人满腔忧愤,以《雷电颂》的形式无比猛烈地迸发出来。他呼唤咆哮的风,去"吹掉这比铁还沉重的眼前的黑暗";他呼唤轰隆隆的雷,把他载到"那没有阴谋,没有污秽,没有自私自利"的地方去;他呼唤闪电,要

---

① 郭沫若:《历史·史剧·现实》,1942年5月8日作,收入《沸羹集》。

将它作为自己心中无形的长剑,"把这比铁还坚固的黑暗,劈开,劈开,劈开!"他呼唤在黑暗中咆哮着、闪耀着的一切的一切,"发挥出无边无际的怒火把这黑暗的宇宙,阴谋的宇宙,爆炸了吧,爆炸了吧!"

作者在剧中还刻画了两个性格迥然相异的女性形象——婵娟和南后。确如作者自己所说:"婵娟的存在似乎是可以认为屈原辞赋的象征的,她是道义美的形象化。"①婵娟由衷地敬爱屈原,崇敬屈原的道德文章;她深知,"先生是楚国的栋梁,是顶天立地的柱石。"可是,平时看去,她不过是个天真纯洁、谦恭好学的姑娘。只有当风云变幻、浊浪排天的时候,她那平日蕴蓄在心中的崇高信仰、优秀品德,才凸现出来,使读者和观众看到了一个"竟与橘树同风"的高尚灵魂,一个广大人民道义精神的化身。与婵娟相反,南后仅仅为了个人固宠求荣,竟然不惜取媚侵略势力,与秦国暗相勾结,陷害屈原这样的忠良,祸国殃民,而且所采用的手段又是那么的卑鄙无耻。南后这个形象的刻画,对屈原的典型塑造起到反衬作用。

剧中的宋玉,是作为一个"没有骨气的无耻文人"来塑造的。他虚伪自私、全无操持、趋炎附势、卖身求荣的性格,从另一个角度反衬了屈原忠直坚强、坦白狷介的品德,并同婵娟形成鲜明对比。

《屈原》一剧中,穿插了相当数量的抒情诗和民歌。全剧以屈原朗诵《橘颂》开始,结合屈原对于《橘颂》内容的阐发,展露了屈原的人生抱负:"在这战乱的年代,一个人的气节很要紧。太平时代的人容易做,在和平里生,在和平里死,没有什么波澜,没有什么曲折。但在大波大澜的时代,要做成一个人实在不是容易的事……我们生要生得光明,死要死得磊落。"婵娟牺牲后,《橘颂》再次出现,首尾呼应。它像是始终回响在一部交响乐中的主旋律,反复出现,腾挪婉转,以强调剧本的主题——"不挠不屈,为真理斗到尽头!"《雷电颂》则被安排在全剧高潮的波峰浪巅,由主人公屈原独白。这不仅是刻画屈原典型性格的最重要的一笔,而且使剧本主题异常鲜明地凸现出来。正如周恩来所说:"那是郭老把自己胸中对国民党反动统治的忿恨,借屈原之口说出来的。《雷电颂》是郭老代表国统区人民对国民党反动派的控诉!"②

郭沫若这时期创作的历史剧,除《屈原》以外,《棠棣之花》和《虎符》影响也很大。《棠棣之花》是在两幕剧《聂嫈》的基础上改编的。剧中主人公

---

① 郭沫若:《屈原与釐雅王》,收入《今昔蒲剑》。

② 许涤新:《疾风知劲草——悼郭沫若同志》,见 1978 年 6 月 22 日《人民日报》。

聂政,不再是"士为知己者死"的"游侠",作者赋予了他酷好正义、痛恨邪恶的品德和为民请命、舍己为人的精神;他应承严仲子之托,乘"孟东之会"的时机去刺杀侠累和韩哀侯,与他们"并没有私仇",主要是由于恨他们"勇于私斗,怯于公仇","媚外求荣","使横暴的秦国愈加横暴起来"。作者希望被压迫人民像聂政那样不惜用"鲜红的血液,迸发出自由之花"!

《虎符》写成于《屈原》之后一个月。作者借"窃符救赵"的历史故事,成功地塑造了主持公道、维护正义的反侵略志士——信陵君的形象,塑造了有见识、重义气、贤淑而刚强的女性——如姬的形象。与此同时,作者还塑造了魏太妃这样一个贤明的母亲的形象,突出表现了她对信陵君、如姬的正义事业的同情和支持。

在抗日战争爆发到中国人民解放战争胜利结束的十几年间,在那些"四处都弥漫着飞扬跋扈的旧时代的阴魂,然而四处也都闪耀着圣洁无私的新时代的晨星"①的年代,郭沫若除了创作历史剧外,仍孜孜不倦地写诗,并撰写了大量散文、杂文及报告文学。这时期的诗歌结集为《战声》、《蝴蟬集》,论文、散文、杂文分别收入《羽书集》、《蒲剑集》、《今昔集》、《沸羹集》、《天地玄黄》等书,报告文学则出版了《苏联纪行》、《南京印象》,并写了自述抗战时期经历的《洪波曲》。书中尚有许多针对时弊而发的杂感随笔。这些文字,洋溢着争民主的热情,思想开朗轩豁,文笔简约犀利,在当时起过十分积极的作用。

五四以来,郭沫若经历了中国新民主主义革命各个时期,也跨越了中国新文学发展的各个时期,他在文化战线上取得的优异业绩和丰硕的创作成果,很少有人能够和他相比。

---

① 　郭沫若:《南京印象》,见《沫若文集》第9卷,第576页。

第三章　五四时期及五四后新文学社团的创作

第一节　胡适、刘半农与文学革命初期的创作

五四文学革命高举反对旧文学、提倡新文学的旗帜,促进了文学内容和语言形式的大解放、大革新。文学革命初期,《新青年》在宣传、倡导文学革命理论、提倡写实主义文学的同时,陆续刊载白话文学作品。《新青年》的主要成员鲁迅、李大钊、胡适、沈尹默、刘半农都积极创作白话文学作品,显示了文学革命的实绩。随后,《新潮》、《少年中国》、《晨报》、《学灯》、《星期评论》等刊物,也自一九一九年起陆续发表白话体的新作。到一九二一年、一九二二年间,涌现了不少内容上表现了反封建精神和民族觉醒要求、形式上有所革新的作品。新文学在击退多次复古逆流之后,在中国文坛上牢牢地占据了正宗的地位。

文学革命初期,胡适(1891—1962)最早在《新青年》上发表白话诗。他在一九二〇年三月出版的《尝试集》,是中国现代文学史上第一部白话诗集。作者把中国古代诗人陆游的诗句"尝试成功自古无"转为"自古成功在尝试",取名《尝试集》,"要想把这本集子所代表的'实验的精神'贡献给全国的文人,请他们大家都来尝试尝试"①。《尝试集》初版分两编,第一编二十一首诗写于一九一六年、一九一七年留美期间,其中部分诗歌曾

胡　适

---

① 　胡适:《尝试集·自序》,1920 年 3 月上海亚东图书馆出版。

在《新青年》上发表。这些诗虽然采用白话,大多是五、七言体,"犹未能脱尽文言窠臼"①,作者也承认"终不能跳出旧诗的范围"、"实在不过是一些刷新过的旧诗"②。第二编所收二十五首诗,写于一九一七年九月回北京后至一九一九年底,曾于一九一八年一月开始先后在《新青年》上发表。这些诗开始打破了旧诗格律的束缚,语言形式上有了较大的革新,不仅全用白话,而且句不限长短,声不拘平仄,音节比较自然。如《上山》一诗,摆脱了旧诗的窠臼,运用近似口语的白话,把日常生活中的爬山一事写得诗意盎然,富有节奏,表达了积极进取、努力向上的主题,在文学革命初期产生过积极影响。后来这首诗曾谱成歌曲传唱。《尝试集》中的诗歌,即物感兴的居多,无论是写蝴蝶的孤单(《蝴蝶》),鸽子的如意(《鸽子》),乌鸦的狂傲(《老鸦》),都寄寓了作者的情怀。作者那时参加了以《新青年》为旗帜的新文化运动,思想上具有要求冲破封建束缚、争取自由民主的积极因素。《尝试集》里有些诗篇抒发了这种思想情绪。如《威权》表现对封建权威的蔑视。为《晨报》出版周年纪念而写的《周岁》,《每周评论》被查禁时写的《乐观》,《国民公报》被封时写的《一颗遭劫的星》等篇,表现了对封建黑暗的诅咒和对资产阶级民主的向往。有些诗说明作者民族观念模糊,例如《你莫忘记》一首,揭露军阀乱兵扰民,本来可取,但以反语"这国如何爱得!"③用作正语,甚至说:"你莫忘记:你老子临死时只指望快快亡国:亡给哥萨克,亡给普鲁士——都可以,——总该不至——如此!"愤激到忘掉民族界限,也就远离爱国主义,违背了五四的根本精神了。《尝试集》中诗篇的思想内容并不引人注目,语言形式的革新在文学革命初期产生比较大的影响。钱玄同在《序》中写道:"我也算一个主张白话文学的人,现在看见这本《尝试集》,欢喜赞叹,莫可名状……"诗集多次再版,不断删减和增补,鲁迅、俞平伯、周作人等人都为《尝试集》删过诗④。继胡适发表白话诗之后,《新青年》等不少报刊陆续发表白话诗作。郭沫若《女神》出版,更为诗歌创作打开了前所未有的新局面。

胡适除白话诗外,还写了话剧《终身大事》(一九一九年),主要宣传婚姻自主,鼓励妇女冲破封建束缚,走"娜拉"式道路,在反封建的新文化运动和早期话剧运动中产生过积极影响。五四运动高潮过去之后,胡适没有在新文学道路上继续前进,一九二二年退出《新青年》,另办《努力》周报,提倡

---

① 钱玄同:《尝试集序》。
② 胡适:《尝试集·自序》,上海亚东图书馆 1920 年 3 月出版。
③ 原载《新青年》第 5 卷第 3 号,收集时有删改。
④ 见胡适《尝试集·四版自序》,亚东图书馆 1922 年 10 月增订 4 版。

"好政府"主义,鼓吹"整理国故",后来同五四新文学阵营越离越远。

《新青年》成员中较早发表新诗的,还有刘半农和沈尹默。刘半农(1891—1934)译过小说,写过杂文,对封建势力和愚昧事物作过勇猛的攻击,但其主要的创作成绩,却在新诗方面。他对新诗的形式和音节作过多样的尝试与探索。《扬鞭集》里各种格式的短诗和长诗,较广泛地接触了社会现实。散文诗《卖萝卜人》①和短诗《相隔一层纸》,揭露了豪富的暴行劣迹,为贫苦无告者鸣不平。《学徒苦》、《车毯》分别用古乐府或自由诗的体式,写出学徒与车夫的苦楚。以民歌或民间口语写成的《拟儿歌》、《拟拟曲》等篇,是下层人民生活的多方面的剪影。这些诗以朴素无华的语言,鲜明地表现了作者当时关心现

刘半农

实、同情劳苦人民的民主主义倾向。在《铁匠》、《老牛》、《老木匠》等诗中,作者还塑造了一些体力劳动者形象,正面歌颂了他们的创造精神和纯真品格。长诗《敲冰》②所表现的那种协力同心、奋斗不息、乐观进取的精神,也清楚地打着五四时代的烙印。在艺术上,他的诗比较平直,但有些作品以节奏旋律的谐和著称(如《教我如何不想她》、《一个小农家的暮》)。刘半农还用江阴方言写了不少"四句头山歌",编成《瓦釜集》。沈尹默(1883—1971)的诗散见于《新青年》第四卷至七卷。《人力车夫》、《宰羊》等篇慨叹人间不平,对苦难者寄以人道主义的同情。《鸽子》则托物寓意,表现了不依附于人、不愿任人玩弄的个性主义要求。《月夜》里那个在霜风明月中与高树并立的"我"的形象,也显露了当时个性论者的精神特征。作者以旧诗音节纳入新诗,讲究构思,表现手法含蓄而耐人寻味。《三弦》一诗尤以意境别致和运用双声叠韵而造成节奏的抑扬顿挫,为当时读者所称赏。

继《新青年》之后,康白情、俞平伯和刘大白分别在《少年中国》、《新潮》、《星期评论》等刊物上发表新诗。康白情的诗结集为《草儿》,多收"别情诗"和"纪游诗",写景细致,色调清丽,显示了白话诗活泼清新的长处,

---

① 载《新青年》第4卷第5号,1918年5月。

② 载《新青年》第7卷第5号,1920年4月。

但缺少锤炼,不少诗只是散文的分行排列。俞平伯最初的诗集《冬夜》,借景抒情,色调凄清。一九二二年以后的《西还》集,人生多难的感叹更有增长。诗集《忆》则由永恒之爱的追求转向童年生活的缅怀。他的诗,从词语、音律到表现手法,都留有较多古典诗词的影响。新诗人中比较鲜明地体现了五四时代思潮的是刘大白(1880—1932)。他的诗如《红色的新年》、《劳动节歌》、《五一运动歌》等,最早赞美了十月革命带来的革命潮流;《田主来》、《卖布谣》揭露了地主豪富的贪婪凶残;《成虎不死》、《每饭不忘》则歌颂了为革命牺牲的青年农民;这些诗作阶级观点相当明确,形式上也明白晓畅,具有较多的民歌成分。但诗集《旧梦》中的作品除《卖布谣》一辑外,大多还带着从旧诗词蜕化出来的痕迹。刘大白稍后的诗作(如《邮吻》集),思想日趋孤寂颓废。

文学革命初期,在小说创作上取得光辉成果的是鲁迅。在鲁迅等文学革命先驱者带动下,汪敬熙、杨振声、叶绍钧等小说作者也在《新潮》渐露头角。汪敬熙短篇集《雪夜》,"力求着去忠实的描写我所见的几种人生经验",技巧虽不熟练,但具有一定生活实感。其中《雪夜》一篇,描写贫苦家庭的困境,对不幸妇孺表同情。《一个勤学的学生》细致地刻画了热衷于仕途者的心理。杨振声(1890—1956)的短篇如《渔家》、《一个兵的家》、《贞女》等篇,虽然都属速写式作品,却表现了"极要描写民间疾苦"①的进步倾向。一九二五年写作的中篇《玉君》,在人物创造和生活描绘上体现了作者"要忠实于主观"的创作主张,存在着过分"把天然艺术化"②的缺点,但小说的情节曲折,文笔洗练,构思精巧,意趣盎然,使作品在当时产生了一定的影响。叶绍钧的小说创作在后来有了更大的发展。

白话散文的写作,也与新诗、小说并起。其中数量较多、成就较高的,是适应当时急遽的战斗要求而产生的杂感。这种文体,最初由于《新青年》、《每周评论》、《晨报》(第七版)等设置"随感录"、"浪漫谈"等专栏加以提倡而趋于兴盛,以后经鲁迅等先驱者的长期努力,"变成文艺性的论文(阜利通)的代名词"③。

除鲁迅而外,李大钊(1889—1927)在文学革命初期也写过一些带文艺性的短论,针砭时弊,冲刺旧垒,战斗性大都很强。《新纪元》等文以热情洋溢的语调,预言了十月革命后封建主义、军国主义"枯叶经了秋风"般

---

① 鲁迅:《且介亭杂文二集·〈中国新文学大系〉小说二集序》。
② 《玉君·自序》。
③ 瞿秋白:《鲁迅杂感选集·序言》。

的命运,号召"黑暗的中国"的人民迎着"曙光"前进;《混充牌号》、《红萝卜党》以形象鲜明的比喻,提醒人们及早警惕那些挂着形形色色"社会主义"牌号、"带着一层红皮"的东西,"将来难保不是一片红萝卜";它们都表现了一个马克思主义启蒙者特有的敏感。《政客》、《屠宰场式的政治》借助于逻辑的推论或巧妙的联想,三言两语就剖析出军阀政治的本质;《太上政府》、《威先生感慨如何?》则义愤填膺,单刀直入,戳穿了帝国主义的画皮,暴露了他们凶恶的面目。

随着白话散文、杂文的兴起,报告文学也应运而生。瞿秋白的《饿乡纪程》和《赤都心史》是中国现代文学史上最早出现的报告文学的作品。

第二节　冰心、朱自清、王统照等文学研究会作家的创作

文学研究会是中国现代文学史上最早出现的新文学团体。它的成立,正当"礼拜六派"小说在都市盛行之时。因此,文学研究会在反对旧的封建文学的同时,还着重反对这种有着庸俗倾向的游戏文学。其宣言声称:"将文艺当作高兴时的游戏或失意时的消遣的时候,现在已经过去了。我们相信文学是一种工作,而且又是于人生很切要的一种工作。"从有益于"人生"出发,认为"文学应该反映社会的现象,表现并且讨论一些有关人生一般的问题"①,这是文学研究会成员所共有的基本态度。他们肯定文学是"人生的镜子",不承认唯美派脱离人生的"以文学为纯艺术的艺术"的观点。创作也大多以现实人生问题为题材,出现不少所谓"问题小说"。至于在建设新文学的具体主张上,会员们的意见却并不一致。部分成员抽象强调文学的"美"和"真";即如提倡"血和泪的文学"②的郑振铎,在反对借文学"阐道翼教"的封建观念的同时,也有"作者无所为而作,读者也无所为而读"③的说法。但就当时以写批评论文为主要任务的沈雁冰来说,却是比较明确地鼓吹着一种进步的文学主张:"表现社会生活的文学是真文学";"在被迫害的国里",作家应该注意观察和描写社会的黑暗、人们生活的"苦痛"以及新旧两代思想上的冲突④。正是从这种主张出发,有些成员后来在"五卅"运动推动下,进一步接受了建立无产阶级文艺的思想。在创作方法上,文学研究会继《新青年》之后,揭起现实主义的

---

① 参阅茅盾《中国新文学大系·小说一集导言》。
② 西谛(郑振铎):《血和泪的文学》,载《文学旬刊》第6号,1921年6月30日。
③ 《新文学观的建设》,载《文学旬刊》第37期,1922年5月11日。
④ 郎损:《社会背景与创作》,载《小说月报》第12卷第7号,1921年7月。

旗帜，强调"新文学的写实主义，于材料上最注重精密严肃，描写一定要忠实；譬如讲佘山必须至少去过一次，必不能放无的之矢"①。但那时许多人分不清现实主义和自然主义，以至把自然主义作为现实主义的最新发展来加以提倡（如《文学与人生》、《自然主义与中国现代小说》等文）。为了推进新文学的创作，文学研究会十分注重外国文学的研究介绍，着重翻译俄国（以及苏俄）、法国及北欧、东欧的现实主义名著，介绍普希金、托尔斯泰、屠格涅夫、契诃夫、高尔基、莫泊桑、罗曼·罗兰、易卜生、显克微支等人的作品（同时也从笼统的"为人生"思想出发，介绍了阿志跋绥夫、安特列夫诸人不满现实但具有明显悲观颓废倾向的作品）。《小说月报》曾经出过《俄国文学研究》特号、《法国文学研究》特号和《被损害民族的文学》专号，此外还分别出过《泰戈尔号》、《拜伦号》、《安徒生号》等专刊。在文学研究会的推动下，新的作家和新的作品不断涌现。叶绍钧、冰心、朱自清、王统照、许地山、庐隐等早期新文学作家都以不同的创作风格体现出文学研究会的共同的创作倾向。

冰心（谢婉莹）是文学研究会中较早开始创作活动的作家之一。她最初（一九一九年）在《晨报》上发表的作品多半是"问题小说"。《两个家庭》用对照的写法提示了改造旧家庭建立新生活的必要。《斯人独憔悴》通过学生反帝运动所引起的父子矛盾，写出了封建专制家长的可鄙可厌。《去国》描写一个学成归国的留学生空有爱国之志而不得施展其才的痛心遭遇，揭露了军阀统治下政局的黑暗腐败已到了扼杀一切生机的地步。《庄鸿的姊姊》、《最后的安息》则对遭受各种压迫和不平等待遇的妇女的悲惨命运，寄予真挚的同情。

冰 心

从这些后来收入《去国》集的作品中，可以看出五四爱国运动和汹涌澎湃的新思潮强烈地冲击了作者，而作者也以炽热的情意关切当时的现实，对封建当权势力怀着深深的不满。只是这些作品中的主人公大多是相当软弱的人物（如颖铭、英士），他们并没

———————————

① 沈雁冰：《什么是文学》，引自《中国新文学大系·文学论争集》。

有经受什么严重压力，也没有进行什么正面反抗，就被旧势力"不战而胜"。对于被压迫妇女，作品也只是温和地为她们指出了一条争取"受教育"的路途。五四高潮过去以后，冰心思想上出现了某些矛盾，基督教教义和泰戈尔哲学对她有了较深的影响，使她"退缩逃避到狭仄的家庭圈子里，去描写歌颂那些在阶级社会里不可能实行的'人类之爱'"①。小说《超人》(《超人》集)、《悟》(《往事》集)和诗集《繁星》、《春水》，就是这个时期创作的。这些作品赞美"母爱"、"童贞"，也宣扬了"世界是爱"的空想。在长期的封建专制统治下人与人的关系变得冷酷无情的社会里，这种"世界是爱"的空想给涉世未深的青年以某些精神上的慰藉，作者又善于用优美的文字烘染出浓郁的抒情气氛，在当时发生过较大的影响。同早年的小说和诗相比较，冰心这时的散文获得成就较高。作者说过："我知道我的笔力，宜散文而不宜诗。"②较早的一篇《笑》，是新文学运动初期有名的用白话写成的美文。后来的《梦》、《往事(二)》、《寄小读者》、《山中杂记》，也都能给读者一种近似抒情诗和风景画的美感。这些散文大部分写于国外，作品中洋溢着对祖国、故乡、家人的深切怀念。母爱、童贞之类内容仍在作品中占重要地位，但色调有了一些改变：增多了幻想破灭后的失望，探索人生意义得不到解答的苦恼，以及追忆童年生活时带有的怅惘和哀愁，间或还流露出对劳苦人民的同情和赞叹。从艺术上说，冰心的散文笔调轻倩灵活，文字清新隽丽，感情细腻澄澈；既发挥了白话文流利晓畅的特点，又吸收了文言文凝练简洁的长处；它们显示了作者较高的文学修养，也表现了一个有才华的女作家独有的风格。

文学研究会成员中诗歌和散文方面另一个有特色有成就的作家是朱自清(1898—1948)。他于五四初年即写新诗，曾是现代文学史上最早一个诗刊——《诗》的编者之一。诗作分别收入《踪迹》(诗文集)与《雪朝》第一集中。《送韩伯画往俄国》以"红云"喻苏俄，赞美一个"提着真心""向红云跑去"的友人。《光

朱自清

---

① 《冰心小说散文选集·自序》。
② 北新书局版《冰心全集·自序》。

明》一诗结语所提示的"你要光明,你自己去造",更表现出作者积极的正视现实的精神。然而作者并不真的知道如何去造个光明,因此常常在一些诗中(如《匆匆》)流露出"游丝"般的怅惘和幻灭后的痛苦。一九二二年写成的长诗《毁灭》,同样浸透着寂寞空虚的感情。但主人公"我"并不陷入消极悲观,仍然鞭策着自己继续向前追求。他收敛起所有的幻想,"还原了一个平平常常的我!""从此我不再仰眼看青天,不再低头看白水,只谨慎着我双双的脚步;我要一步步踏在土泥上,打上深深的脚印!"长诗以二百多行的篇幅,通过由低抑到轻扬和回荡的律调,曲折顿挫地抒写了自己思想感情上的矛盾及其克服过程,显示出较深的功力,在意境上和技巧上都超过了当时一般诗歌的水平。

作为一个进步爱国、有正义感的作家,朱自清在"五卅"前后革命渐趋高涨的年代里,曾经较多地表现了反帝反封建的激情。这在他一九二四年起写下的一部分诗文中留有鲜明的印记。在《赠 A·S》中,他赞美过"手像火把"、"眼像波涛"、"要建红色的天国在地上"的革命者。当统治势力制造出"五卅"惨案后,他写下《血歌》①,愤激的感情如"火山的崩裂"。他还以"三一八"斗争亲历者的身份,在《执政府大屠杀记》一文中对军阀暴行作出有力的揭露和控诉。另有一些散文也从侧面接触到了若干重大的社会现实问题,如《白种人——上帝的骄子!》、《生命的价格——七毛钱》(《温州的踪迹》之四)、《航船中的文明》等篇。从散文艺术本身来看,代表了朱自清的较高成就的,主要是收入《背影》、《你我》诸集里的《背影》、《荷塘月色》、《给亡妇》等抒情性的散文。《背影》写的是家庭遭遇变故的情况下父亲送别远行的儿子时的一番情景。作者通过朴实真切的记述,抒写了怀念老父的至情,表现了当时社会中小有产者虽然屡经挣扎仍不免破产的可悲境遇,以及由此而生的感伤情绪。从这类散文可以看出,作者善于把自己的真情实感,通过平易的叙述表达出来;笔致简约,朴素,亲切,文字多用口语而加以锤炼。这些作品(连同后来写的《欧游杂记》、《伦敦杂记》等散文集)以它动人的艺术力量,"表示旧文学之自以为特长者,白话文学也并非做不到",在新文学界产生过很大的影响,推动了白话散文的发展。

抗日战争和解放战争时期,朱自清继续勤奋地致力于散文杂文写作,编成《论雅俗共赏》、《标准与尺度》等书。他面对残酷的现实,以实际行动支持进步学生运动,"一身重病,宁可饿死,不领美国的'救济粮'"②,在杂

---

① 《小说月报》第16卷第7号,1925年7月。
② 《别了,司徒雷登》,见《毛泽东选集》第4卷。

文散文中也抒发了对黑暗现实的愤懑。

王统照(1897—1957),五四时期开始在《小说月报》、《曙光》、《新潮》等刊物上发表小说、诗歌作品,编过《美育》杂志。自五四至三十年代初,先后出版了短篇集《春雨之夜》、《霜痕》、诗集《童心》、《这时代》及中篇小说《一叶》、《黄昏》等。他的早期创作体现了文学研究会的"文学为人生"的共同倾向,但虚幻的想象多于客观的描绘,往往"从空想中设境或安排人物","重在'写意'"①,以抽象的"爱"和"美"作为弥合人生缺陷的药方。《沉思》、《微笑》等篇都渲染"爱"和"美"的魔力。

王统照

但他逐渐意识到理想与现实之间的尖锐矛盾,在《雪后》、《春雨之夜》等小说中,带着失望和苦闷,表现了美好愿望在丑恶的现实中破灭的主题。《童心》集中的诗以及中篇《一叶》,也都怀着一种悲哀的情绪对人生问题进行探索。随着作者思想的变化,笔锋逐渐转向暴露和控诉不合理的现实。《湖畔儿语》借流浪儿童的答话,侧面写出了一个贫民家庭的困境。《生与死的一行列》为那些孤苦无告而只能"相濡以沫"的下层劳动者鸣不平。《沉船》对外国商轮贪利超载、沉没灾民的罪行表示抗议。《鬼影》、《司令》等篇则对旧制度下种种荒淫混乱的社会现象予以讽刺和抨击。这些短篇虽然颇近于纪实性的散文,但已渐次消除了五四初年作品里那些抽象的关于"美"、"爱"和人生哲理的玄想,现实主义成分有了增长。一九二四年以后写的后来收在《这时代》集里的诗,透过朦胧的意象和稍嫌艰涩的文字,也多少反映了这样的变化(如《烈风雷雨》、《轿夫的话》等篇)。

王统照作品中较为突出地体现这种变化的,是一九三三年出版的长篇小说《山雨》,这部作品以军阀统治下的北方农村为背景,较深刻地反映了在帝国主义经济侵略和苛捐杂税、天灾兵祸下农村经济的凋落,农民寻求出路的摸索与挣扎。小说着重表现了自耕农奚大有由"靠地吃饭"、"安土乐居"到因为"活不下去"而"另打算"的变化过程。最初,由于卖菜的纠纷,他被兵大爷无理拘押,为将他赎出而欠下的债务竟逼得他变卖田产。

---

① 《〈王统照短篇小说选集〉序言》。

父亲更因此一气病故。奚大有的性格开始变得容易暴怒,"他的一颗诚朴的心也不像前此对一切完全信赖了"。接着,预征钱粮,强派学捐,旱灾,土匪,出兵差,饿兵据村骚扰,这一切全村人共同的灾难,也同样落在奚大有的头上,使他逐渐失去了对土地的依恋。现实的严酷终于使奚大有否定了陈大爷的"命定论"的劝告,带着自己全家离开了"这残破、穷困、疾病、惊吓的乡间",到都市去另寻活路。小说对奚大有变化过程的描写,"细密而具体",使"农民被掠夺的过程在我们眼前展开了一幅惊心的图画"①。围绕着这一主要情节,作品还表现了各种不同类型人物的遭遇。奚大有的父亲、勤劳忠厚而又褊狭保守的奚二叔,被迫"吃粮"的流浪雇农宋大傻,铤而走险的徐利,满腹牢骚的陈庄长,乐天安命的魏二以至怀着渺茫的希望、终日枯坐"瓢屋"的徐老秀才,众生芸芸,各有特点。这许多人物不仅烘托了主要人物奚大有,而且以各自的遭遇构成了一幅凄厉阴郁与愤怒悲壮相交融的现实的图景,有力地展示了农村中"山雨欲来风满楼"的形势。在二十世纪三十年代反映农村经济破产的小说中,《山雨》是一部风格浑厚的扎实的作品。小说不足之处是,全书很多地方以叙述代替描写,读来略嫌艰涩和冗长。此外,王统照还有写五四后知识青年动向的长篇《春华》,以及诗集、短篇小说集多种。

许地山(落华生,1893—1941)也是文学研究会中富有特色的作家。他早年受过佛家思想影响,经历过从台湾到内地颠沛流离的生活,这些思想和经历在他作品中都留下了印记。最初的短篇《命命鸟》,描写一对青年爱侣被迫自杀的悲剧故事,对封建婚姻制度提出了控诉。女主人公那种虔诚的宗教感情,相偕投水时极其从容欣慰的态度,正是作者涅槃归真的佛教思想在作品中的具体反映。《缀网劳蛛》一篇,通过女主人公尚洁的半生经历,表现了封建男权社会中妇女所受的惨重压迫。尚洁把生活比作极易残破的"蛛网",认为人生的意义就在于像蜘蛛一样不停地补缀这个破网。这些收在短篇小说集《缀网劳蛛》里的早期作品,往往以闽粤或国外的南洋、印度等地为背景,有浓重的地方色彩,故事情节曲折,语言晓畅明快,人物性格大多坚韧厚实,富有生活毅力,但又常带着宗教的虔诚和命定论的思想,很少对不合理现实进行正面反抗。在作者自称为"杂沓纷纭"②的早年散文集《空山灵雨》中,积极成分与消极成分也错综并存。著名的《落花生》一文,充满着一种朴实、淳厚的情致,表现了作者自

---

① 东方未明(茅盾):《王统照的〈山雨〉》,载 1933 年 12 月《文学》第 1 卷第 6 号。
② 《空山灵雨·集前弁言》。

己的人生态度和性格。《春的林野》虽然轻敷着一层返璞归真的色调,但春光的明媚可爱,万物的富有生机,洋溢于字里行间。许地山创作上的这种复杂情况,后来逐渐有所变化。一九三四年发表的短篇小说《春桃》,尽管有强悲酸为欢笑的悬空之处,却生动地写出了遭受苦难的劳动人民之间的纯厚情谊和他们的高尚品格,真实地塑造了一个善良、坚强、豪爽、泼辣,性格迥异于尚洁的劳动妇女形象;它标志着作者创作上的重大进步。抗战爆发后,随着政治上和人民的日益接近,作者更写出了以知识分子生活为题材的、寓意深刻的《铁鱼的鳃》这样的佳篇。

女作家庐隐(黄英,1898—1934),也是从探索人生问题开始创作生涯的。最初在《小说月报》上发表一些短篇,接触了社会现实的某些方面。例如《一封信》写贫家女儿被恶霸巧夺为妾以至惨死的悲剧,《两个小学生》揭露军阀政府屠杀请愿的小学生的罪行,《灵魂可以卖么?》倾诉纱厂女工的不幸遭遇。从《或人的悲哀》起,"'人生是什么'的焦灼而苦闷的呼问在她的作品中就成了主调"[1]。如果说冰心的作品是想把读者从人生苦恼中引向"爱"的温软的梦境,那么庐隐却像她自己所说,是想努力"打破人们的迷梦,揭开欢乐的假面具"[2],引读者去恨世、厌世。《或人的悲哀》中的亚侠,受不住环境刺激和疾病折磨而自杀;《丽石的日记》里的丽石,在同性恋爱的幻想破灭之后,抑郁地死于"心病";《海滨故人》里露沙等一伙聚首言欢的女友,曾几何时即风流云散,离情悠悠,空自叹息。收在短篇集《海滨故人》中的这些作品,都在恋爱问题的外衣下,发出对"恶浊的社会"、"糟糕的人生"和"人类的自私心"的诅咒。此后的短篇集《曼丽》、《灵海潮汐》中,《父亲》和《秦教授的失败》等篇揭露了旧家庭代表人物的种种丑态,表现了作者对封建当权势力的愤慨,较有社会意义。庐隐的小说,大多采取自传式的书信体或日记体,文字清浅、直切、劲健、自然,并不炫奇斗巧,但缺少琢磨,故事结构也不免松散拖沓。一九二九年以后发表的《归雁》、《象牙戒指》、《女人的心》等中篇,布局较前严整,风格转向明快,悲观色调较少,但在题材的选取和反映生活的深度方面并无新的开拓,较少受人注意。

第三节 叶绍钧的创作

文学研究会诸作家的创作中,最能代表其现实主义特色的是叶绍钧

---

① 茅盾:《中国新文学大系·小说一集导言》。
② 《庐隐自传》。

(圣陶)的作品。

早从一九一一年开始,叶绍钧就陆续写过一些短篇①;作品大多发表在鸳鸯蝴蝶派文人主持的《小说丛报》、《礼拜六》和《小说海》等刊物上。据他自己说,这是较多地接触外国文学、特别是受了华盛顿·欧文《见闻录》影响的结果。这些小说,形式全用文言,题旨比较浅露;但它们以朴实严肃的态度,"多写平凡的人生故事"②,揭露黑暗现实,同情下层人民,具有现实主义倾向。这不仅显示出为他后来的作品所充分发展了的一些特点,而且在某些方面,留下了从近代中国的旧民主主义文学向现代中国新的民主主义文学演变过渡的轨迹。

叶绍钧

叶绍钧写白话小说开始于一九一九年,正是作者进一步受了新思潮洗礼之后。《隔膜》、《火灾》、《线下》这几个最初的短篇集中的作品,表现出鲜明的民主主义倾向。一部分作品直接描写下层社会里被侮辱被损害的人们的不幸遭遇:有终生过着牛马生活的妇女(《一生》),有遭受沉重租税剥削的农民(《苦菜》、《晓行》),也有家境贫困无力读书的儿童(《小铜匠》)。作者在写到他们时,虽然用的是朴素、平实的笔墨,却流露着对被压迫者的真挚同情。在《一个朋友》、《隔膜》、《外国旗》以及较后写成的《遗腹子》等另一部分作品中,作者集中了人们习以为常的一些陈腐可笑甚至令人窒息的社会现象,尖锐讽刺半封建半殖民地制度下小市民的灰色生活以及他们的庸俗、苟安、自私、冷漠、作伪、取巧、守旧等劣根性。这许多作品充满着一种冷峻的色调。与此同时,叶绍钧也有一些并非冷峻地描写客观现实而是热烈地表现主观理想的作品:把自己对于丑恶现象的不满而又无能为力的心情,寄托在"爱"和"美"的空想上,如《春游》、《潜隐的爱》等小说就蒙上了一层虚幻的色彩,它们在思想上艺术上都有较多的弱点。

叶绍钧早年长期从事小学和中学教育工作,对当时教育界的状况以

---

① 叶绍钧在 1914、1915 年间写的小说,有《穷愁》、《博徒之儿》、《姑恶》、《终南捷径》、《飞絮沾泥录》等。今《叶圣陶文集》第 3 卷中收有《穷愁》一篇。

② 《未厌居习作·过去随谈》。

及人们的生活和精神面貌都非常熟悉,因此,他写得最多也最成功的,还是取材于这一方面的作品。《饭》、《校长》、《潘先生在难中》便是有代表性的三篇。它们的主人公虽然都有忍让妥协、苟且偷安的弱点,仍有各自不同的鲜明个性。《饭》描写了一个在流氓手中讨生活的乡村小学教员,他已经落到经常忍受饥饿威胁的境地。作者对这个屈辱地挣扎着活下去的"小人物",批评他的怯弱,但也寄予很大的同情。《校长》描写了一个空有理想而又顾虑重重、不敢和旧势力作正面斗争的知识分子,真实地表现了这个人物虽然知道前进方向却又缺乏实践勇气的矛盾心理。在短篇的结尾处,作者用了淡淡几笔,就恰到好处地点出了人物性格的根本特征。《潘先生在难中》是为人熟知的优秀短篇,它生动地刻画了处于军阀混战期间一个猥琐卑怯、随遇而安的知识分子的形象。潘先生为了躲避战争的灾难和失业的威胁,千方百计适应变化莫测的环境。稍遇危难,立即张皇失措;一旦获得暂时的安宁,又马上忘乎所以,甚至为统治者写起"功高岳牧"、"威镇东南"的大匾。他在庸俗猥琐的泥潭中打滚,除了保存自己,别无原则可言。作者的笔一直挖到了人物又酸又臭的灵魂深处,饶有深度地揭示出了形象的典型特征。这个短篇的成就,表明了作者对旧中国混乱倾轧局面下一般知识分子朝不保夕的生活遭际和卑微自私的苟安心理,有着深刻的了解。

"五卅"运动推动了叶绍钧,使他的作品在思想面貌上有了新的变化。《城中》、《未厌集》两集里的一些短篇,说明作者已开始关注现实斗争,并努力写出若干新的人物。不同于《饭》、《校长》等早期作品中软弱、妥协的知识分子形象,《抗争》里的小学教员郭先生,已经初步具有了集体斗争的意识。《城中》里回乡创办中学的丁雨生,也是一个受过新思潮洗礼、敢于跟旧势力斗争、性格比较坚强的人物。《在民间》写了一些受革命潮流影响的小资产阶级知识分子"到民间去"的情形,为当时的时代风貌和知识分子动向摄下了几个侧影。在一九二七年冬所写的短篇《夜》里,作者通过一个女儿女婿都被杀害了的老妇人的感受,揭露了白色恐怖制造者的血腥罪行。到作品结尾,面对烈士遗孤,"她已决定勇敢地再担负一回母亲的责任",暗示了普通人民革命意识的新觉醒。如果说,叶绍钧早期作品主要是暴露批判了小市民和知识分子的灰色生活,那么,一九二五年以后他的作品不仅在批判方面更为深透有力(如《一包东西》),而且已经接触新的历史现实,有意识地摄取与时代斗争有关的重大题材,刻画出了斗争性较强的新人形象。

一九二八年,叶绍钧写了长篇小说《倪焕之》,连载于当时的《教育杂

志》上。这部小说比较真实地反映了从辛亥革命到第一次国内革命战争时期一部分小资产阶级知识分子的生活历程和精神面貌,反映了五四、"五卅"这些规模壮阔的革命运动曾经给予当时知识青年的巨大影响。主人公倪焕之,是个热切追求新事物的青年。同辛亥革命失败后不少进步知识分子一样,他最初把救国的"一切的希望悬于教育",真诚地期待着用自己的"理想教育"来洗涤尽社会的黑暗污浊。他还憧憬着一种建立在共同事业基础上的互助互爱的婚姻关系,爱慕和追求一个思想志趣和自己相似的女子金佩璋。然而严酷的现实生活,破灭了倪焕之的许多不切实际的空想。不但在教育事业上多次碰壁,而且家庭生活也远违初衷。倪焕之深深感到"有了一个妻子,但失去了一个恋人、一个同志"的寂寞和痛苦。五四运动到来,在革命者王乐山的影响下,作品主人公开始把视线从一个学校解脱出来,放眼"看社会大众",投身于社会改造活动。"五卅"和大革命高潮期间,倪焕之进而参加了紧张的革命工作,由最初改良主义性质的"教育救国"到后来转向革命,倪焕之所经历的这一道路在当时进步青年中具有很大的代表性。他被时代浪潮推涌着前进,却还没有使自己化为浪潮中的一滴水,一旦革命形势逆转,也便容易干涸。在"四一二"反革命大屠杀后,倪焕之并未像王乐山那样坚持英勇斗争,却是脆弱地感到"太变幻了",竟至悲观失望,纵酒痛哭,怀着"什么时候会见到光明"的疑问和希望死去。作者生活经验的限制和思想认识上的弱点,对作品不免发生影响。倪焕之转向革命之后,反而缺少正面具体的描写;革命者王乐山的形象,也比较模糊;这些都使长篇到第二十章以后显得疏落无力,不如前半部针脚绵密。尽管如此,《倪焕之》仍不失为一部优秀的作品。除了倪焕之的形象外,作品中的其他人物,如负荷着中国妇女"传统性格"的金佩璋,带有自由主义色彩的教育家蒋冰如,贪婪阴险的土豪劣绅蒋老虎等,都写得面目清晰可辨。作者曾在长篇初版《自记》中说:"每一个人物,我都用严正的态度如实地写,不敢存着玩弄心思。"《倪焕之》所以能成为中国现代文学史上较早出现的重要长篇,同这种严肃的创作态度是分不开的。小说发表的当时,茅盾就指出:"把一篇小说的时代安放在近十年的历史过程中的,不能不说这是第一部;而有意地要表示一个人——一个富有革命性的小资产阶级知识分子,怎样地受十年来时代壮潮所激荡,怎样地从乡村到都市,从埋头教育到群众运动,从自由主义到集团主义,这《倪焕之》也不能不说是第一部。"①这些,都是恰如其分的历史评价。

---

① 《读〈倪焕之〉》,载《文学周报》第 8 卷第 20 号。

叶绍钧以后还写过一些短篇,收在《四三集》中,它们从各种角度反映了第二次国内革命战争时期国民党统治区域内极度黑暗腐败的社会现实。这里有丰收成灾的《多收了三五斗》,有爱国有罪的《一篇宣言》,有存款犹如压宝的《逃难》,有毕业即是失业的《"感同身受"》,有学校成了"学店"的《投资》,有留学生充当巫师的《招魂》,真是形形色色,光怪陆离。这些作品题材较前广阔,讽刺更为辛辣,虽然有的近于速写,却都保持着作者创作的鲜明的特点。

叶绍钧的小说,具有朴实、冷峻、自然的风格。他没有去刻意追求曲折情节或新奇形式,却致力于再现生活本身,揭示出人物的内心世界和精神面貌。描写细致真切,很少主观感兴。作者自己的见解往往"寄托在不著文字的处所"[1]。短篇的结构大多谨严,讲究点题、布局,因而能收到结尾洁俏、余意缭绕的效果。语言纯净洗练,没有华丽的词藻,也没有随便使用方言土语,却都确切而富于表现力,同当时一些"怎么说就怎么写"的作品相比,显出了较高的成就。

作者的散文,大多辑入《未厌居习作》集。《没有秋虫的地方》、《藕与莼菜》诸篇,在乡思离情的抒写里,多少透露了五四以后一部分知识分子彷徨而又切实追求着的错落的心境。《牵牛花》里那种无时不回旋向上的"生之力"的意想,给人以清新健美的感觉。《五月卅一日急雨中》控诉了中外不同势力的血腥罪行。阿英称赞说:"他的每一篇小品,真不啻是一首非常成功的、优美的、人生的诗。"[2]洁净的语言表现着朴实的感情,构成了叶绍钧散文的主要特点。作者早年也写过一些新诗(见《雪朝》第六集),大多过于平实。《浏河战场》[3]实写军阀混战给人民带来的苦难,虽然颇有散文分行之嫌,但却是长诗创作方面的较早尝试。

叶绍钧还是现代文学史上最早写童话的作家。早期童话集《稻草人》中,部分作品(如《小白船》、《芳儿的梦》等)曾为儿童描绘了一片超现实的"天真的乐园",但更多的作品则是严肃地反映了社会现实。后期童话集《古代英雄的石像》,集体主义和乐观进取精神已贯穿在一些作品中。续安徒生童话而写的《皇帝的新衣》,讽刺了统治者的残暴和愚蠢。《蚕儿和蚂蚁》提出了为谁劳动的问题。《古代英雄的石像》一篇,以隐喻手法揭示了轻视群众的"英雄"的可悲下场以及人生所应采取的切实态度。《四三集》

①　《叶圣陶选集·自序》,见开明书店 1951 年 7 月初版《叶圣陶选集》第 8 页。
②　《现代十六家小品》。
③　载《小说月报》第 15 卷第 11 号。

中的《鸟言兽语》、《火车头的经历》曲折地反映了当时的群众政治斗争。

早在二十年代,叶绍钧就兼顾文学编辑工作,像丁玲的《梦珂》、巴金的《灭亡》和施蛰存、戴望舒等人的作品,都是经他的手发表而后一举成名的。三十年代中期以后,他以越来越多的精力从事书刊的编辑出版业务,孜孜不倦地为青少年教育和语文教学做了许多切实的工作。抗日战争、解放战争时期,他除陆续写些散文、杂文、语文教材和文学批评外,小说写得不多;但他始终工作在文学阵地的第一线。从一九四六年春天起,还担任全国文协总务部部长的职务,负责协会的日常工作,为文艺界的团结进步做出了贡献。

第四节　郁达夫及创造社作家的作品

创造社是继文学研究会之后又一个成立于一九二一年的新文学团体。到一九二四年,成员陆续增加到将近三十人。它与文学研究会并立,在中国现代文学史上同样产生了重大的影响。

创造社成员思想倾向并不一致,但文学上有着大致相同的趋向,即崇"天才",重"神会",讲求文学的"全"与"美",强调文学必须忠实地表现"内心的要求"。郭沫若在《创造者》一诗中写道:

> 吹,吹,秋风,
> 挥,挥,我的笔锋!
>
> 我知道神会到了,
> 我要努力创造!

在《创造》季刊第一卷第一期《编辑余谈》中也说:"我们的主义,我们的思想,并不相同,也并不必强求相同。我们所同的,只是本着我们内心的要求,从事于文艺的活动罢了。"成仿吾在《新文学之使命》一文中说:"至少我觉得除去一切功利的打算,专求文学的全(perfection)与美(beauty)有值得我们终身从事的价值之可能性。"但他们在强调"内心的要求"、"文学本身的使命"的同时也注意文学"对于时代的使命",主张对旧社会"要不惜加以猛烈的炮火"[①],"要在文学之中爆发出无产阶级的精神,精赤裸裸

---

① 成仿吾:《新文学之使命》,载《创造周报》第 2 号,1923 年 5 月。

的人性"①。这同"为艺术而艺术"、"艺术至上"的文艺观有区别,实际上是一种偏重主观、尊重自我的浪漫主义倾向。创造社中许多成员喜爱歌德、海涅、拜伦、济慈、惠特曼、雨果、罗曼·罗兰、泰戈尔、王尔德等作家,着重翻译介绍德国浪漫主义文学,也介绍过象征派、表现派、未来派的理论和作品。在创作上,同文学研究会注重写实主义不同,创造社作家侧重自我表现,无论诗歌、散文、小说、戏剧,都带有浓重的主观抒情色彩。在他们的作品里,对于当时黑暗污浊社会所怀的不满,主要不是渗透于对现实本身的细密描绘和深入剖析之中,而是直接发为大胆的诅咒和强烈的抗议。

创造社的浪漫主义倾向,在诗歌方面最为杰出的代表是郭沫若,小说散文方面则为郁达夫。

郁达夫(1896—1945)是创造社成员中小说散文方面创作数量最多、成就最大的作家,也是五四新文学运动中产生过重大影响的作家。他出生于浙江富阳,从小受过中国古典诗文熏陶,也喜读小说戏曲作品。一九一三年他随长兄去日本,经过几年的中学(日本称为"高等学校")学习,一九一八年考入东京帝国大学经济学部攻读经济学,但他的兴趣却在文学方面。在日本留学期间,他广泛涉猎了西洋文学,特别是近代欧洲文学和日本文学,从中接受影响。将近十年的异国生活,郁达夫同那时许多留学或侨居国外的中国人一样,受过种种歧视、冷遇以至屈辱,从而激发了他的爱国热

郁达夫

忱,增强了他的愤世嫉俗、忧郁感伤的思想性格。这些生活经历和思想状态,后来在他的作品中得到了鲜明的反映。一九二一年,他同留学日本的郭沫若、成仿吾、田汉、张资平等人共同筹组创造社,并开始写作小说。一九二二年,郁达夫回国后积极参与了创造社的文学活动,编辑创造社的刊物,后来又先后到安徽、北京、武昌、广州等地大学任教,但主要精力仍然用于文学创作。

---

① 郭沫若:《我们的新文学运动》,载《创造周报》第 3 号,1923 年 5 月。

　　郁达夫第一部小说集《沉沦》,是作者留日时期生活和思想的写照。这部小说集同郭沫若的《女神》一起列入最早的"创造社丛书"。小说集包括《沉沦》、《银灰色的死》、《南迁》三个短篇,其中《沉沦》是最有代表性的一篇。作者在这篇小说中描绘了一个有忧郁症的中国留日学生,渴望得到纯真的友谊和温柔的爱情,但在异国遇到的只是屈辱和冷遇,终于绝望而走向沉沦。作品中主人公的难以排除的忧郁苦闷,反映了五四时期那些在重重压迫下,有所觉醒而又不知如何变革现状的青年共同的心理状态,具有时代特征。小说的主人公沉痛地呼唤:"中国呀中国,你怎么不强大起来!""我就爱我的祖国,我就把我的祖国当作了情人罢。""祖国呀祖国!我的死是你害我的!你快富起来!强起来罢!你还有许多儿女在那里受苦呢!"小说发表后在当时青年中产生了很大的反响,也遭到封建守旧派人士的非难。正如郭沫若在谈到郁达夫早期创作时所说:"他的清新的笔调,在中国枯槁的社会里面好像吹来了一股春风,立刻吹醒了当时的无数青年的心。他那大胆的自我暴露,对于深藏在千年万年的背甲里面的士大夫的虚伪,完全是一种暴风雨的闪击,把一些假道学、假才子们震惊得至于狂怒了。为什么? 就因为有这样露骨的真率,使他们感受着作假的困难。"①

　　郁达夫开始从事文学创作,就以鲜明的浪漫主义特色见之于文坛。他赞同"文学作品,都是作家的自叙传"的主张②。但与鲁迅在小说中以"我"为主人公深入其境描述人物和事件的现实主义手法不同,郁达夫在小说中往往以"我"为主人公,运用浓郁的抒情笔调,进行大胆的自我暴露和率直的自我表白,"在重压下的呻吟之中寄寓着反抗"③。《沉沦》中的小说《风铃》、《怀乡病者》、《茑萝行》以及《还乡记》、《还乡后记》、《离散之前》等篇,都带有"自叙传"性质。有些不以"我"为主人公而"我"仍在其中。写于一九二三年的《茑萝行》,是作者返国初期生活的记录。小说运用给妻子书信的形式,淋漓尽致地描绘了一个穷苦知识分了艰难的生活处境和痛苦迷惘的思想情绪,感情浓郁,文词凄切,表达了喘息在重重经济压迫下人们的共同心声。为回答胡适等人的无理攻击而写的历史小说《采石矶》,借清代诗人黄仲则的形象寄托作者对邪恶势力的愤懑和抗议。同郭沫若的诗歌中那种明朗、激昂、乐观的调子不同,郁达夫的小说往往

---

　　① 郭沫若:《论郁达夫》,见《沫若文集》第12卷,第547页。
　　② 郁达夫:《过去集·五六年来创作生活的回顾》,见《达夫全集》第3卷。
　　③ 郑伯奇:《中国新文学大系·小说三集导言》。

谱出一曲曲灰暗、沉重、凄凉的哀歌。这种基调之所以形成,除了作者的生活境遇和思想性格外,也由于他接受了中外富有感伤色彩的文学的影响,特别是清朝诗人黄仲则和卢梭、陀思妥耶夫斯基的作品以及某些"世纪末"文学思潮的影响。

尽管郁达夫作品的主要基调是感伤色彩浓重的浪漫主义,但随着作者对现实的观察体验日益深入,作品中现实主义因素不断增强。《寒灰集》中的一些短篇就是这样。《春风沉醉的晚上》(一九二三年)通过穷愁潦倒、卖稿度日而灵魂空虚卑琐的"我",同在苦难中顽强挣扎的心地纯洁、性格坚强的烟厂女工陈二妹的形象相对照,歌颂了女工美好的心灵和朴素的反抗精神,暴露了现实环境的丑恶,也嘲讽了"可怜的无名文士"的软弱无能。《薄奠》(一九二四年)是一曲人力车夫的挽歌。这个善良本分的劳动者终日辛勤劳动,幻想能买上一部车,但买车的愿望终成泡影,人也在重压下死去。对车夫满怀同情而又无能为力的"我",只能以纸糊的洋车表示"薄奠"。《微雪的早晨》(一九二七年)写了一个来自农村的大学生的悲惨故事。这些小说描绘了被压迫被损害的人物形象,对罪恶的旧社会进行了控诉,作者自己认为"多少也带一点社会主义的色彩"[1]。小说不仅表明作品现实主义因素的增长,而且标志作者写作技巧的日益成熟。《过去》在人物塑造和艺术技巧上,更是圆熟之作。

也许由于早年较多阅读过日本"私小说",郁达夫在自己的小说中往往赤裸裸地描写"性变态心理",把性爱放到很重要的地位,使他作品中的浪漫主义除了感伤之外又带上某些颓废色彩。从短篇小说《茫茫夜》到中篇小说《迷羊》,都描写青春期性的苦闷以及狎妓生活。即使以描写女工生活为主要内容的中篇《她是一个弱女子》,也不乏变态性心理的描写。这些描写固然同作品中主人公愤世嫉俗、追求个性解放有联系,但用自然主义手法描写性爱、肉欲,势必削弱了小说的积极的社会意义。因此,郁达夫三十年代初写的《迟桂花》、《瓢儿和尚》、《迟暮》等篇,就有了特殊的意义。这些作品文笔舒徐清澈,形象新鲜亲切。《迟桂花》更写出女主人公纯真无邪的美好性格,以烘托男方欲念净化的过程。它们构筑了健全和谐、宁静悠远的另一种人生境界和审美境界,也是作者对颓废美的一种告别。

小说之外,郁达夫还写了很多散文,也取得了较高的成就。他的不少小说,笔调俊逸,近似散文。他的散文,文笔优美,感情真挚,"充分的表现

---

[1] 《达夫自选集·自序》。

了一个富有才情的知识分子,在动乱的社会里的苦闷心怀"①。《寒灰集》中的《给一个文学青年的公开状》,悲愤激越,呼唤青年对恶势力进行叛逆和反抗。《断残集》中"琐言猥说"编中二十多篇短文,议论时事,讽喻政治,条理清楚,别有情致。但他的游记散文却更有特色。《屐痕处处》中的文字,以清婉的笔墨,描绘平林沃野,山光水色,寄托作者情怀,间有弦外之音。偶尔插入旧诗,意境更见深远。例如《钓台的春昼》是一篇美丽的游记,夜探桐君,朝发富春,沿途景色,写来十分动人。文中插入旧体诗,使感慨愈益深切:

> 不是尊前爱惜身,伴狂难免假成真,
> 曾因酒醉鞭名马,生怕情多累美人。
> 劫数东南天作孽,鸡鸣风雨海扬尘,
> 悲歌痛哭终何补,义士纷纷说帝秦。

把写景状物同寄托忧国忧民的情怀结合起来,是郁达夫游记散文的一个重要特色,也给游记文学这一传之已久的文学形式添上了时代的色彩。

在创造社作家中,郁达夫经历的生活道路和文学道路最为曲折。他随着五四以来中国人民的斗争步伐,政治上思想上不断地前进,但时有曲折和反复。他不满新旧军阀的统治,撰文痛斥过蒋介石的叛变(《日记九种》),先后参加中国自由运动大同盟、民权保障同盟,但在激烈的斗争中时时回顾,过了几年隐逸生活。一九三五年写作的最后一篇小说《出奔》(中篇),直接表现了农村阶级斗争的主题。尽管郁达夫生活道路和文学道路存在种种曲折和矛盾,但"他永远忠实于五四,没有背叛过五四"②,始终保持了爱国的进步知识分子高尚而忠贞的品德。一九三八年他应郭沫若邀请赴武汉参加抗日工作,随后辗转到新加坡、苏门答腊等地,积极投入当时华侨抗日进步活动,主编进步报刊。一九四五年九月在苏门答腊的武吉宜丁被日本帝国主义分子秘密杀害。从《沉沦》中发出"中国呀中国,你怎么不强大起来"的热烈呼喊到在南洋被害,郁达夫的一生谱写了一曲令人悲愤、促人奋起的爱国主义的诗篇。

张资平(1895—1959)曾经是创造社的主要成员之一,也是创作小说

---

① 阿英:《郁达夫小品序》,见 1935 年 3 月光明书局初版《现代十六家小品》。
② 胡愈之:《郁达夫的流亡和失踪》,见《新文学史料》,1978 年第 1 期。

数量很多的作家,较早开始写长篇小说。他同郁达夫相似,从写留日时期的生活开始进入新文学文坛,但又同郁达夫不一样,他没有那种主观抒情色彩浓厚的浪漫主义格调,较多采用写实的手法,比较注重客观地写人物和故事。然而,"他所'写'的'实'只是表面的现象,不曾接触事实的核心。"①他的小说以写爱情悲剧的居多,早期短篇《她怅望祖国的天野》、《梅岭之春》、长篇《冲积期的化石》等作品,提出了一些社会问题,技巧上也有可取之处。后来越来越走上热衷于写三角恋爱,甚至于写色情迷、性欲狂,同创造社的总体倾向、同五四新文学坚持爱国进步的精神相距越来越远。

早期创造社作家还有郑伯奇和成仿吾。郑伯奇(1895—1979)作品不多,但收在《抗争》集里的小说和剧作,具有一定的社会意义。写于一九二二年的短篇《最初之课》借一个留日学生在第一堂课上的遭遇和感受,揭露了日本军国主义教育的侵略性质,激发读者的爱国感情。虽然作品近于速写,但较早提出了反帝主题,在那时是很可贵的。独幕剧《抗争》,写热血青年同企图侮辱中国妇女的帝国主义士兵所进行的搏斗,表现了"五卅"以后人民群众高涨的反帝爱国热情,也有一定的战斗性。郑伯奇这些作品,大多切实朴素,在创造社成员中显示了一种比较特殊的色调。成仿吾主要从事文艺理论批评,但《流浪》集里也有幽婉的诗、随笔式的小说;某些方面与郭沫若的作品近似。一九二三年发表的独幕剧《欢迎会》,从官僚家庭内部新旧两代冲突中,揭破旧统治势力的虚伪面目,表现了青年一代正义的反抗,也是较早出现的谴责醉生梦死的堕落文化的剧作之一。

最初在《创造季刊》、《创造周报》上发表小说的淦女士(冯沅君,1900—1974),是当时有一定影响的作者。《卷葹》集里略带连续性的《隔绝》、《旅行》、《隔绝之后》诸篇,都以抒情独白和大胆袒露内心活动的方式,写出一对青年恋人对封建婚姻制度勇敢的反抗,对爱情幸福与自由意志的热烈追求,"虽嫌过于说理,却还未伤其自然"②。稍后以书信体写作的小说《春痕》只剩了散文的断片,后来作者转向于文学史的研究。

创造社还有若干后起的作者,如穆木天、王独清、潘汉年、冯乃超、周全平、倪贻德等,有的写诗,有的写小说。倪贻德有《玄武湖之秋》、《东海之滨》、《百合集》等小说集,或带着欷歔叙述自己的身世,或怀着孤寂之感追

---

① 郑伯奇:《中国新文学大系·小说三集导言》。
② 鲁迅:《中国新文学大系·小说二集序》。

忆逝去的爱情,以此寄托作者对世态习俗、旧式婚姻制度的不满和愤慨,这些作品有的浸透着郁达夫式的浓重感伤情调。冯乃超早年收入《红纱灯》集中的诗,工韵律而富色彩,但吟唱的却是"沉重的野烟,沉重的忧郁"①。到一九二七年以后,随着作者本人和整个创造社思想作风的剧变,发表于《创造月刊》上的《快走》、《今日的歌》等诗,一洗原有作品中空虚孤寂之感,转而倾诉了农民劳瘦、地主坐肥的阶级不平。三幕喜剧《县长》还对国民党军阀政权作了尖锐嘲讽和抨击。

经过"五卅"运动和第一次国内革命战争,创造社发生重大变化。郭沫若、成仿吾等主要成员经受了实际革命斗争的洗礼,一批新从日本回国的青年作家加入了这一社,他们推动创造社向革命方向转化。一九二八年创造社同新成立的太阳社一起提倡无产阶级革命文学,积极翻译介绍马克思主义文艺理论。而有些社员,或由于意见不合(如郁达夫),或由于政治转向(如张资平、王独清),先后退出。创造社后期由于受到"左"倾教条主义影响,发表过一些有错误观点的文章,但在促进中国新文学与革命运动紧密联系方面起过重大的作用。

第五节　语丝、新月诸社团和周作人、 徐志摩、闻一多、丁西林等 作家的作品

除文学研究会、创造社两大文学社团之外,创作活动颇为活跃并产生过一定影响的,还有语丝、未名、沉钟、新月等社团。

语丝社以创刊于一九二四年十一月的《语丝》周刊而得名,主要成员和撰稿者有鲁迅、周作人、钱玄同、孙伏园、川岛、冯文炳、许钦文、林语堂等人。他们原先同《晨报副刊》有密切联系,《晨报副刊》被研究系文人控制后,另办《语丝》周刊。语丝社不像文学研究会、创造社那样有明确的、独树一帜的文学主张,仅宣布"提倡自由思想,独立判断,和美的生活"②,在刊物上表现了一种"对于一切专断与卑劣之反抗"③的进步倾向。《语丝》"周刊上的文字,大抵以简短的感想和批评为主,但也兼采文艺创作以及关于文学美术和一般思想的介绍与研究"④。它曾设"随感录"、"闲话"等栏,针对时弊,登载大量杂感,也发表不少散文和其他作品。对于这些

---

① 《红纱灯·苍黄的古月》。
②③④ 《发刊词》,载《语丝》创刊号。

文体的倡导,起了很大的促进作用,因而那时有"语丝派"之称。被称为这派"主将"的鲁迅,除在周刊上发表过《高老夫子》、《离婚》等小说外,还写了后来收在《华盖集》、《华盖集续编》、《而已集》、《三闲集》里的许多杂感以及散文诗《野草》。在鲁迅的支持和影响下,《语丝》注重社会批评和文化批评,形成一种"任意而谈,无所顾忌,要催促新的产生,对于有害于新的旧物,则竭力加以排击"①的思想特色。在一九二四年末因驱溥仪出宫而跟"遗老遗少"们进行的斗争中,在一九二五年"五卅"之后动员舆论反对日英帝国主义的斗争中,在一九二六年揭露段祺瑞政府"三一八"血腥屠杀的斗争中,《语丝》一直站在进步阵营方面,鲁迅、钱玄同、周作人、林语堂等主要成员以及刘半农、郑振铎、朱自清等社外进步作家均曾撰文,参加对顽固势力的讨伐。在揭露《现代评论》受北洋军阀把持,政治上取媚于封建势力和帝国主义方面,《语丝》的袭击尤为猛烈。正是从这一系列斗争中,刊物本身也形成了一种以文艺性短论和随笔体散文为主要形式,风格泼辣幽默的"语丝文体"。

语丝社成员个人创作风格并不是整齐划一的。周作人与鲁迅就有明显的区别。周作人(1885—1968)是鲁迅的弟弟,比鲁迅小四岁。青少年时代他和鲁迅受过同样的教育,同去日本留学,一起参与文学活动,一起翻译出版《域外小说集》,一起加入《新青年》团体,又一起编辑《语丝》,但两人后来的创作风格和文学道路却很不相同。在五四新文化运动中,周作人基本上站在以陈独秀、李大钊、鲁迅等人为主将的新文化阵营,积极译介外国进步文学,是当时《新青年》主要译稿人之一。一九一八年底他在《新

周作人

青年》发表《人的文学》一文,是继胡适的《文学改良刍议》和陈独秀的《文学革命论》之后又一篇论述文学革命的重要文章,正面提出:"用这人道主义为本,对于人生诸问题,加以记录研究的文字,便谓之人的文学。"②尽管文章基本观点没有越出欧洲资产阶级进步文艺思潮的范围,但这种文

① 鲁迅:《三闲集·我和〈语丝〉的始终》。
② 《新青年》第5卷第6号。

学理论上的探索,在当时给人以很大的启示,产生过积极影响。不久,周作人又提倡"平民文学",也是具有进步意义的文学主张。一九一九年初,周作人的白话新诗开始在《新青年》上发表,如《小河》、《两个扫雪的人》、《路上所见》、《北风》、《画家》等篇,以清新的语言表达了作者的情思。尽管"这些'诗'的文句都是散文的,内中的意思也很平凡"①,但以接近口语的白话作诗,而且完全摆脱某些旧诗无病呻吟的情调和束缚思想的格律,在新诗开创时期产生过积极影响。这些诗后来选入文学研究会编的诗集《雪朝》(第二卷)和作者自编的诗集《过去的生命》,其中《小河》、《画家》、《歧路》等篇意境新颖,以轻盈的笔调写出了作者对人生问题的沉思默想。周作人从创作新诗入手,不久转到小品散文的写作,《晨报副刊》、《语丝》先后成为他发表小品散文的园地,并逐渐形成了自己的风格。郁达夫曾对鲁迅和周作人的散文的不同风格作了比较:"鲁迅的文体简练得像一把匕首,能以寸铁杀人,一刀见血。重要之点,抓住了之后,只消三言两语就可以把主题道破……与此相反,周作人的文体,又来得舒徐自在,信笔所至,初看似乎散漫支离,过于繁琐!但仔细一读,却觉得他的漫谈,句句含有分量,一篇之中,少一句就不对,一句之中,易一字也不可……两人文章里的幽默味,也各有不同的色彩:鲁迅的辛辣干脆,全近讽刺,周作人的是湛然和蔼,出诸反语。"②这种比较基本上符合两人的作品实际。周作人的早期散文分别收入《自己的园地》、《雨天的书》、《谈龙集》、《谈虎集》等文集中。有些文章针砭时弊、讽喻现实,如《碰伤》用反语斥责了军阀政府对爱国运动的武力镇压,《沉默》也用反语嘲讽了封建军阀对言论自由的摧残,在幽默中显示作者的爱憎。有些文章或泛谈文艺,如《诗的效用》、《文艺的统一》、《文艺与道德》、《论小诗》等;或评介作品,如《〈沉沦〉》、《〈王尔德童话〉》、《〈你往何处去〉》、《〈梦〉》等,把随笔式散文和说理性论文融化在一起。而更多文章是描述日常生活琐事或回忆往事,如《苦雨》、《怀旧》、《学校生活的一叶》、《故乡的野菜》、《北京的茶食》、《喝茶》、《山中杂信》等等,从内容方面看固然没有什么新颖之处,但文笔舒徐自如,处处有作者个性的自然表露,正如作者所说是"写在纸上的谈话"③。在《山中杂信》里描述了病休于北京香山碧云寺时的情景,以冲淡而平和的笔调写出纷杂零乱的心境:

---

① 周作人:《过去的生命·序》。
② 《中国新文学大系·散文二集导言》。
③ 《自己的园地·序》。

　　清早和黄昏时候的清澈的磬声,仿佛催促我们无所信仰、无所归依的人,拣定一条道路精进向前。我近来的思想动摇与混乱,可谓已至其极了,托尔斯太的无我爱与尼采的超人,共同生活主义与善种学,耶佛孔老的教训与科学的例证,我都一样的喜欢尊重,却又不能调和统一起来,造成一条可以实行的大路。我只将各种思想,凌乱的堆在头里,真是乡间的杂货一料店了①。

作者的思想的确杂乱无章,但不像封建八股文那样装腔作势、矫揉造作,而是信笔直抒,这种坦率地自我表露也是五四时期散文的一个共同特色。胡适在一九二二年写道:"这几年来,散文方面最可注意的发展乃是周作人等提倡的'小品散文'。……这一类作品的成功,就可彻底打破那'美文不能用白话'的迷信了。"②郁达夫在《中国新文学大系·散文二集导言》中说:"中国现代散文的成绩,以鲁迅周作人两人的为最丰富最伟大。"这些可以说明周作人的早期散文在当时影响之大。

　　一九二七年的"四一二"以后,鲁迅在血的教训中纠正了相信进化论的偏颇,接受了马克思主义世界观,他的文章更加光彩照人;周作人却在三十年代走进象牙之塔,倡导"闲适小品",乃至攻击左翼文艺运动。抗日战争爆发后,周作人留住北平,在日军占领下出任伪职,丧失了最起码的民族的气节。

　　《语丝》刊登小说不多,间或在这上面发表短篇的有冯文炳、许钦文等。冯文炳(废名,1901—1967)的短篇初刊于《努力》周报,从发表于《语丝》的《竹林的故事》起,始显出特色。其作品多写乡村儿女翁媪之事,于冲淡朴讷中追求生活情趣,并不努力发掘题材的社会意义,虽为小说,实近散文。其初作如《讲究的信封》、《浣衣母》等,内容虽嫌单薄,但有某些进步倾向。此后的作品如《桃园》和《枣》、《桥》等,专写家常琐事,风土生活,富有艺术风格和个人特点,唯以一味表现朦胧的意趣为满足,语言的雕琢也日趋生涩古怪。这种迷离恍惚的情调,在创作上,正如鲁迅所说:"只见其有意低回,顾影自怜"③而已。

　　到一九二七年已出版了短篇集《故乡》、《毛线袜》和三个中篇的作者许钦文,亦写乡村人情世态,但与冯文炳颇为不同。早年发表于《晨报副

---

　　① 周作人:《自己的园地》,晨报社丛书版,第304页。《雨天的书》文字略有差别,文中"共同生活主义"改为"共产主义"。

　　② 胡适:《五十年来中国之文学》。

　　③ 《中国新文学大系·小说二集序》,见《且介亭杂文二集》。

刊》的作品，虽然技巧显得幼稚，人物形象也较模糊，但《疯妇》以及《石宕》、《元正之死》诸篇，笔墨已伸向农村劳动者悲惨的处境。稍后的中篇《鼻涕阿二》通过对被侮辱、被损害的女主人公菊花身世的描述，较为真切地表现了浙东农村的落后习俗和传统心理。作者还写过为数较多的取材于知识青年生活的作品，着重表现男女间喜剧性的感情矛盾，或对自私不健康的恋爱心理给以讽刺，显示了诙谐含蓄的风格（如《理想的伴侣》、《口约三章》、《妹子的疑虑》）。但这类作品开掘不深，讽刺之中又不无欣赏，社会意义较弱。《表弟的花园》写出一个想有作为而终于被环境压折了的知识青年的形象，揭示了潜藏于当时年轻人内心深处的悲哀，是其中较为可取的一篇。

同语丝社倾向相接近的文学社团有莽原社、未名社。莽原社成立于一九二五年十月，出版《莽原》周刊，由鲁迅编辑，以"率性而言，凭心立论，忠于现世，望彼将来"[1]为主旨，在抗击旧势力方面比《语丝》更为急进，与青年学生运动的联系也较密切。主要成员有高长虹、素园、霁野、黄鹏基、尚钺、静农、培良等人。但不久，深受尼采哲学影响的高长虹等人在上海另立狂飙社，鼓吹充满极端个人主义的所谓"狂飙运动"。随后，莽原社也与未名社合并，改《莽原》为《未名》。未名社除创作外，比较侧重外国文学的翻译介绍。特别在译介俄苏文学方面有着不可磨灭的功绩。莽原——未名社的青年作者得到鲁迅的热情帮助和指导。鲁迅为他们编辑了专收创作的《乌合丛书》和专收翻译的《未名丛刊》，两套书影响很大。

台静农是未名社的主要作者。收入《地之子》中的十四篇小说，"从民间取材"，以朴实而略带粗犷的笔触描出一幅幅"人间的酸辛和凄楚"的图画。这里有因全家惨遭兵祸、发疯致死的老妇（《新坟》），有"冲喜"后即守寡、成为封建婚姻牺牲品的村姑（《烛焰》），有为饥荒所逼、忍痛卖亲人的尘世惨剧（《蚯蚓们》），有被富豪霸妻、自身又复入狱的人间不平（《负伤者》），也还有在绝境中挣扎、以至铤而走险的人物（如《红灯》）。这些对当时农村现实作了素描式反映的作品，虽然深度尚嫌不足，但富有生活实感。尤其是《天二哥》、《拜堂》等篇，乡土风习，掩映如画。"在争写着恋爱的悲欢，都会的明暗的那时候，能将乡间的死生，泥土的气息，移在纸上的，也没有更多、更勤于这作者的了。"[2]这正是《地之子》这部短篇集最为可贵的地方。台静农后来还有短篇集《建塔者》（一九二八年作），揭露新

---

① 鲁迅为《莽原》周刊所拟的出版广告，见 1925 年 4 月 21 日北京《京报》广告栏。

② 鲁迅：《且介亭杂文二集·中国新文学大系小说二集序》。

军阀的血腥统治,歌颂在白色恐怖下坚持斗争的革命志士,但由于生活实感不足,人物形象较之以前诸作反显苍白。

创作倾向不同于语丝社、未名社,而比较接近于创造社的有沉钟社。一九二五年在北京成立后,先后出版《沉钟》周刊与半月刊。在长达将近十年的时间里,他们"向外,在摄取异域的营养,向内,在挖掘自己的灵魂,要发现心灵的眼睛和喉舌,来凝视这世界,将真和美歌唱给寂寞的人们"①。无论在创作方面或翻译方面(主要介绍德国文学)都切切实实地为新文学的发展做了许多工作,鲁迅誉之为"中国的最坚韧、最诚实、挣扎得最久的团体"②。

沉钟社在小说方面的主要作者为陈炜谟和陈翔鹤。陈炜谟(1903—1955)有短篇集《炉边》,人物都是一些"从未受人爱抚"者,他们"在寂寞中生下来,在寂寞中长大,也要在寂寞中埋葬"③。作者在书前小引里说"要试验我狭小的胸怀对于外来的苦恼的容量",这就更加使作品浸润着一种无可排遣的孤寂的感情。出现在陈翔鹤(1901—1969)作品中的,大多是一些忧郁悲观而又苦苦挣扎的知识青年,他们受环境冷遇,与环境对立。这些人物带有较多的作者自身的投影。其中《悼——》、《不安定的灵魂》等篇(均收入小说集《不安定的灵魂》),虽然因缺少提炼而比较拖沓,但仍塑造出了几个真实可信的青年男女的形象。《沉钟》上也有正面接触社会现实的作品,陈炜谟写的《狼笁将军》、《烽火嗽唉》曲折地反映了军阀战乱下蜀中人民的苦难,高世华写的《沉自己的船》进一步描绘了一幅船民起而抗争、宁与压迫者同归于尽的壮烈图景,"齐向死里去求活"——英勇而仍不免悲凉。

冯至是沉钟社主要成员之一,以写诗歌为主。早期诗作多数收入《昨日之歌》,基本主题是青春和爱情的歌唱,也间有对贫苦者表示同情的篇什(如《晚报》)。语言于整饬中保持自然,感情细腻真挚,但大多蒙染着一层"如梦如烟"的哀愁,读来一种无可奈何的怅惘的情调。如《我是一条小河》的第一段:

> 我是一条小河,
> 我无心由你的身边绕过——
> 你无心把你彩霞般的影儿
> 投入了我软软的柔波。

---

①② 鲁迅:《且介亭杂文二集·中国新文学大系小说二集序》。
③ 《炉边·寻梦的人》。

感情那么真挚,偏又出于无心。愈是无心愈见真挚。而这也正是诗人冯至苦恼的由来。这种感情还见于《蚕马》一诗三个起段里反复吟唱了的两句话:"只要你听着我的歌声落了泪,就不必探出窗儿来问我'你是谁?'"他歌唱的是个人的苦闷,实际上也是时代的苦闷,这是五四以后已经觉醒而尚未能突破个人生活圈子的知识青年们共同的感情。作为冯至的特点则是感受的深切和表现的委婉。诗人曾说他的"寂寞是一条长蛇,冰冷地没有言语——",而这条无言的长蛇实际上并不冰冷,它"害着热烈的乡思",它"想着那茂密的草原",甚而至于:

> 它月光一般轻轻地,
> 从你那儿潜潜走过;
> 为我把你的梦境衔了来,
> 像一只绯红的花朵!

尽管冯至诗作中低回孤寂的情绪比较深切,但这些地方,同时又像《狂风中》期待有一位女神,把快要毁灭的星球,"一瓢瓢,用着天河水,另洗出一种光明"一样,流露出诗人对于幸福生活的渴望和企求。收在同一集子里的《吹箫人》、《帷幔》等,以叙事诗的形式,抒述几个来自传说的爱情悲剧,借此控诉了封建婚姻制度的罪恶,曲折地歌唱了青年男女的爱情理想。到了初步接触社会实际后所写的《北游及其他》集中的诗,就具有更多的现实内容,思想感情已比先前阔大,但他使用的不是战鼓和喇叭,仍然是那支幽婉动人的笛子。他的诗作注意遣词用韵,旋律舒缓柔和,有内在的音节美,而这也正是鲁迅称他为"中国最为杰出的抒情诗人"①的原因。三十年代以后,冯至主要从事外国文学的研究,写诗较少,作于抗日战争中的《十四行集》,为中国新诗发展形式进行了探索和追求。

沉钟社在戏剧方面的作者,是后来写过五幕历史剧《楚灵王》的杨晦。一九二三年最初发表于《晨报副刊》的四幕爱情悲剧《来客》,也含有感伤情绪。但稍后在《沉钟》上发表的独幕剧却显示了一种比较特殊的格调。《除夕》、《笑的泪》、《老树的荫凉下面》等剧均取材于下层人民的日常生活,以强颜欢笑的方式反衬出深藏的不幸和悲哀。《庆满月》则在喜庆的命题下写出旧家庭争夺财产所造成的一幕惨剧,气氛阴森,刻画深入。一般说,沉钟社大部分成员在创作方法上倾向于浪漫主义,杨晦的独幕剧却

---

① 《且介亭杂文二集·中国新文学大系小说二集序》。

有较多的现实主义的成分。

一九二二年由应修人(1900—1933)、潘漠华(1902—1934)、冯雪峰(1903—1976)、汪静之四人成立于杭州的湖畔诗社,是被称为"真正专心致志做情诗"①的社团。他们曾先后出了《湖畔》、《春的歌集》两部合集,汪静之还写有诗集《蕙的风》和《寂寞的国》。这些作品大多是行数不多、专咏爱情或写刹那间感受的小诗,如:"悔煞许他出去,悔不跟他出去。等这许多时还不来,问过许多处都不在";"伊底眼是解结的剪刀;不然,何以伊一瞧着我,我被镣铐的灵魂就自由了呢?"在五四以后青年男女渴望挣脱旧礼教束缚的当时,这些诗产生过一定的影响,但境界不免窄狭。真正能突破个人悲欢的狭小圈子的,则是应修人、潘漠华的有些作品。特别是潘漠华(潘训)收在《雨点集》中的短篇小说《乡心》、《人间》、《晚上》,真实地描绘了五四前后农村日益萧条的画幅,感人地塑造了阿贵、火叱司等劳动者的形象,在一九二二、一九二三年的文坛上,确属不可多得。

比沉钟、湖畔声势来得大的是新月社。它最初组成于一九二三年,主要成员都是英美留学生。成立之初,没有明确宣布他们的文学主张。但从新月社成员发表的文章中表明,艺术至上主义是他们的共同思想。他们认为:"自然中有美的时候,是自然美似艺术的时候","艺术虽不是为人生的,人生却正是为艺术的","绝对的写实主义便是艺术的破产",要建立一种"纯粹的艺术"②,等等。一九二六年在《晨报副刊》开辟《诗刊》,由徐志摩主编。一九二八年三月,《新月》月刊在上海创刊,先后发表了徐志摩执笔的《〈新月〉的态度》、梁实秋的《文学与革命》等文,提倡"健康"、"尊严"、"普遍的人性"这些超阶级实际上是资产阶级的文学主张,公开表明他们同革命文学的对立。这个事实证明,新月派的一些主要人物(如胡适等),同他们"为艺术而艺术"的理论相反,实际上政治意识极为强烈。自然,包括徐志摩、闻一多在内的新月社作家,在文学上的功过并不一样,以后的发展变化更不相同。

徐志摩(1891—1931)是新月社在文学创作方面最主要的代表,被认为"新月诗派"的"盟主"。一九二二年他由英国留学归国后,先后在北京大学及上海几所大学任教,同时积极从事诗歌创作,也写散文、小说。从回国到死于飞机失事为止,将近十年时间里写了诗集《志摩的诗》、《翡冷

① 朱自清:《中国新文学大系·诗集导言》。
② 以上引文见闻一多《诗的格律》、赵太侔《国剧》及余上沅《国剧运动》一书的《序》。

翠的一夜》、《猛虎集》和死后出版的《云游》,散文集《落叶》、《自剖》、《巴黎的鳞爪》及短篇小说集《轮盘》等作品。这些作品表明徐志摩有较高的艺术才华,也反映了徐志摩在文学上从突起到下滑的过程。

　　徐志摩回国初期所写的诗,大都收集在一九二五年出版的《志摩的诗》这本诗集里。《志摩的诗》中有些诗流露出感伤没落情调,如《落叶小唱》、《残诗》等篇,但多数诗篇内容健康,格调清新,形式也活泼自然。在军阀混战、生灵涂炭的年代,诗人对苦难者怀着人道主义的同情,写了《古怪的世界》、《先生先生》、《盖上几张油纸》、《太平景象》、《灰色的人生》等饱含悲愤情绪的诗篇,以近于写实的手法,描述了世道崎岖、人间疾苦。作者说:"初期的汹涌性虽已消减,但大部分还是情感的无关阑的泛滥,什么诗的艺术或技巧都谈不到。"①诗人目睹凄凉的社会景象,在诗中说:

徐志摩

　　　　我独自的,独自的沉思这世界古怪——是谁吹弄着那不调谐的人造的音籁②?

诗人不理解这深重灾难的来源,而把希望寄于英美式的"德谟克拉西"。在《为要寻一个明星》、《婴儿》等诗篇中,抒发了对资产阶级民主的追求和期待,洋溢着积极的乐观的情调。诗人还把英美式民主比作"婴儿","盼望一个洁白的肥胖的婴儿出世"③,这种空泛的向往,曾经是五四时代许多青年共同的心声。因此,《志摩的诗》里虽有一些伤感的东西,但主调还是同五四的时代声音协和的,可以说是五四时代思潮的一个产物。

　　历史证明,英美式民主不是救中国之道。徐志摩所盼望的"洁白的肥胖的婴儿"并没有在中国出世,正如茅盾所说:"于是志摩也不得不失望

---

①　徐志摩:《猛虎集·序》。

②　《古怪的世界》。

③　徐志摩:《落叶》。

了！……他这'失望'的证据就是《志摩的诗》以后的作品：《翡冷翠的一夜》和《猛虎集》。"①在诗集《翡冷翠的一夜》里，诗人还没有完全忘却人间的疾苦，《大帅》描述军阀混战带来的灾难，《庐山石工之歌》对劳动者仍寄予同情，但许多诗篇却充满了迷惘颓唐的情绪。如《三月十二深夜大沽口外》写道：

> 今天的希望变作明天的怅惘，
>
> 星火在天外冷眼瞅，
>
> 人生是浪花里的浮沤！

这种情调笼罩了《猛虎集》和以后的诗。徐志摩自称"我是一个不可教训的个人主义者。……我信德谟克拉西的意义只是普遍的个人主义"，"我们不要狂风，要和风，不要暴雨，要缓雨"②。在一九二五年的"五卅"运动、一九二七年的大革命等风暴中，他写了散文《血》、《列宁忌日——谈革命》、《罗曼·罗兰》和诗歌《西窗》。徐志摩同时代和人民的距离难以靠拢，而以全部精力去追求诗的格律的改革与创造，诗的音调的和谐与匀称。由于诗人感情的真挚，对西洋诗歌的深厚的造诣和不懈的探索，也终于写出了一些在艺术上值得称道的好诗。

代表徐志摩艺术成就的，是那些并无明显社会内容的抒情诗。如诗人自己说，它们是"从性灵暖处来的诗句"。《再别康桥》一首，就出色地显示了诗人的才情与个性。他把自己对母校的深情，融化进了悄然别离时刻那些富有特色的形象和想象中：夕阳金柳，波光艳影，潭映彩虹，恰似旧梦，无怪乎诗人要"在康河的柔波里"，"甘做一条水草"了。正是诗人真挚热烈的浪漫主义个性，形成了全诗轻柔、明丽而又俊逸的格调。《山中》一诗，写深夜里月下的"我"思念远在山中的爱人：

> 不知今夜山中
>
> 是何等光景；
>
> 想也有月、有松，
>
> 有更深的静。

---

① 茅盾：《徐志摩论》，收入 1936 年文学出版社《作家论》。

② 徐志摩：《列宁忌日——谈革命》，收入《落叶》集。

我想攀附月色，

　化一阵清风，

吹醒群松春醉，

　去山中浮动；

吹下一针新碧，

　掉在你窗前；

轻柔如同叹息——

　不惊你安眠！

诗人将浓烈的思念，化为奇妙的想象，在凝练的诗句中，生动细腻地表现出爱人之间梦一样美丽的感情。这些诗音节和谐，想象丰富，比喻贴切（如《沙扬娜拉》），能构成优美的意境，具有圆熟的技巧，达到了很高的水平，为我国新诗的发展做出了贡献。

闻一多也是新月社的主要诗人，新格律诗的积极倡导者，但创作道路与徐志摩有很大不同。闻一多幼年即爱好古典诗词和美术。一九一三年考入清华学校，一九二二年毕业后赴美留学。在清华学校所受的九年美

闻一多

式教育，在美国三年研习绘画、文学、戏剧的生活，使他深受唯美主义文艺思想的影响，崇拜济慈与李义山，立志作"艺术的忠臣"。一九二三年出版的诗集《红烛》，就有对死于幻美的追求者的歌颂（《李白之死》），玩赏剑匣而致"昏死在它的光彩里"的愿望（《剑匣》），以及对色彩的甚于一切的赞美（《色彩》）；这些都较为突出地表现了唯美的倾向和秾丽的风格。但闻一多的文艺思想和创作倾向并不是单一的。正像他在给人信中所说："现实的生活时时刻刻把我从诗境拉到尘境来。"①国外所受的民族歧视，国内军阀的罪恶统治，都激起

————————————

① 分别见《闻一多全集》第3册庚集第17、69页。

了作者强烈的爱国热情。他在一九二三年一月的家书中说:"一个有思想之中国青年留居美国之滋味,非笔墨所能形容。……我乃有国之民,我有五千年历史与文化,我有何不若彼美人者?将谓吾人不能制杀人之枪炮遂不若彼之光明磊落乎?"①诗人把自己这种感情比喻为"没有爆发的火山"②。但实际上,这股火早已在他不少诗歌中迸射而出。《孤雁》对"喝醉了弱者底鲜血",然后成为世界"鸷悍的霸王"的侵略势力作了揭露;《忆菊》对"祖国底花"和"如花的祖国"热情地加以赞美;在《太阳吟》中,由于对祖国的热切思念,诗人竟产生出如此神奇瑰丽的想象:

> 太阳呵——神速的金乌——太阳!
> 让我骑着你每日绕行地球一周,
> 也便能天天望见一次家乡!

这种热爱祖国的"火",在一九二八年出版的《死水》集中,燃烧得更加旺盛。除了语言的凝练和格律的整饬以外,《死水》的内容也更充实。《祈祷》、《一句话》响亮着民族的庄严声音。《洗衣歌》正气凛然地斥责了充塞于美国社会中的种族歧视和铜臭血腥。诗人对祖国命运、民族前途充满深情,他坚信:一旦"火山忍不住了缄默",就会使统治势力"发抖,伸舌头,顿脚"。然而,期望愈深,失望也愈痛苦,当诗人踏上多年怀念的祖国大地时,他无比沉痛地写下这首《发现》:

> 我会见的是噩梦,那里是你?
> 那是恐怖,是噩梦挂着悬崖,
> 那不是你,那不是我的心爱!
> 我追问青天,逼迫八面的风,
> 我问,拳头擂着大地的赤胸,
> 总问不出消息;我哭着叫你,
> 呕出一颗心来,——在我心里!

这真是闻一多式的爱国诗篇!感情是如此炽热,又如此深沉,如此秾丽,又如此赤诚!它既具有屈原以来古典浪漫主义诗歌的传统特色,又表现

---

① 分别见《闻一多全集》第3册庚集第17、69页。
② 给臧克家的信,见《闻一多全集》第3册庚集第54页。

出诗人闻一多的鲜明个性。回国后正视现实的切实态度,使诗人在《荒村》、《天安门》、《飞毛腿》等诗中,对军阀统治下人民的苦难生活直接作了描绘。《静夜》表现了诗人对祖国和人民命运的深沉关切。尽管周围是洁白的灯光、"贤良的桌椅"、古书的纸香、孩子的鼾声,一片宁静幸福的景象,但是诗人的世界却不在这小小的斗室之内。他宣布:"静夜!我不能,不能受你的贿赂。"反对只歌唱"个人的休戚",是诗人可贵的精神。这促使他不肯与国外顽固势力同流合污,并且在后来经过长期摸索而终于毅然地走上民主战士的道路。但在二十年代,诗人所采取的狭隘的"国家主义"立场,却妨碍了他跟人民革命主流的结合。在他对民族文化传统的赞美中,多少流露着怀古和夸耀"家珍"的情绪,而对人民苦难的同情,也没有能够超出人道主义的范畴。这使诗人在诅咒"绝望的死水"之后,仍然只得"让给丑恶来开垦"。闻一多是新格律诗理论的倡导者,也是多种诗歌格律的积极尝试者,以诗集《死水》为代表的一些诗歌,结构谨严,形式整齐,音节和谐,比喻贴切。这些特色的形成,固然有西方诗歌的影响,很大程度上又得力于我国古典诗歌的滋养。

闻一多于一九二七年春赴武汉参加北伐军的宣传工作,不久回南京,此后转入大学教学工作,并从事中国古典文学的研究。抗日战争后,闻一多投身于爱国民主运动,成为著名的反法西斯主义的民主战士。一九四六年七月十五日被国民党特务杀害。闻一多用自己的鲜血和生命,谱写了壮丽的爱国主义的不朽诗篇。

一度参加新月社活动而较有影响的诗人还有朱湘(1904—1933)。他的诗作分别收入《夏天》、《草莽集》和《永言集》,而以《草莽集》为代表。集中往往以小诗形式,歌唱青春的热情,游子的哀怨,愤世者的孤高以及含有哲学意味的思索,于精心的构思中显示了倩婉轻妙的特色。此外,还有一些恋情诗(如《情歌》)和爱国诗(如《哭孙中山》和《永言集》中的《国魂》、《关外来的风》),这些诗大都语言明畅,有节奏美,接受了古典词曲的影响,又注意吸取民歌的成分。体式多样,格律也较自然。以爱情悲剧故事《王娇鸾百年长恨》为本事而写成的《王娇》一诗,体现了五四以后知识青年纯真的爱情理想,长达九百行而韵律整饬,在当时是一种具有积极意义的尝试。后来朱湘转入教学工作。一九三三年失业后因生活窘迫投入长江而死。新月诸诗人中,尚有方令孺、卞之琳、饶孟侃、陈梦家等,常作意境深远、风格独具的佳篇,为人们所称引与乐道。

此外,作为一种流派出现于五四后的诗坛的,有以李金发为代表的象征派。他们接受法国象征诗派的影响,讲求感官的享受与刺激,重视刹那间的幻觉。不同于"新月派"重视音节美的主张,象征派否定诗歌与音乐的关系,完全把诗看成为视觉艺术。其作品的特点是所谓"观念联络的奇特":单独一个部分一个观念可以懂,合起来反而含意难明。他们虽也像"新月派"一样讲究比喻,却到了令人无法捉摸的地步。李金发一九二五年到一九二七年出版的《微雨》、《为幸福而歌》、《食客与凶年》,大多是一组组词和字的近乎生硬的堆砌,含意极为朦胧。比较易解的,则如《有感》(《为幸福而歌》)一诗中"如残叶溅血在我们脚上,生命便是死神唇边的笑",《过去与现在》(《微雨》)一诗中"找寻生的来源,与死了凄寂的情绪",便可作为代表。在中国新诗发展过程中,同现实主义诗歌和浪漫主义诗歌相比,象征派的影响比较微弱。

在五四后各文学社团和流派活跃于文坛的同时,作为新文化运动组成部分之一的话剧运动也开展起来。中国戏曲历史悠久,而话剧则是二十世纪初由国外传入。中国留日学生曾组织春柳社,一九〇七年在东京演出《茶花女》(*La Dame aux Camelias*)第三幕,和根据林纾翻译小说改编的《黑奴吁天录》(*Uncle Tom's Cabin*)。辛亥革命后,春柳社部分社员回上海,与当地话剧提倡者合作,演出了《猛回头》、《社会钟》、《热血》等剧,受到观众欢迎。各地的话剧活动也随着兴起。但袁世凯军阀势力对话剧横加摧残,团体多被解散。一部分成员为迎合小市民趣味,把话剧变成趣味庸俗的"文明新戏"。在五四新文化活动中,话剧运动重振旗鼓,在提倡"爱美剧"(amateur stage)的口号下,新的戏剧团体纷纷成立。如一九二一年沈雁冰、柯一岑、陈大悲、汪仲贤等人组织的民众戏剧社,陈大悲、李健吾等人组织的北京实验剧社,应云卫、谷剑尘发起,欧阳予倩、洪深先后加入的上海戏剧协社,稍后有田汉领导的南国社,朱穰丞领导的辛酉剧社等话剧社团,积极开展活动。除上演过《少奶奶的扇子》、《第二梦》等外国戏剧外,并自编话剧。田汉、洪深、欧阳予倩、丁西林、熊佛西、陈大悲、汪仲贤等人都较早从事话剧创作。田汉的独幕剧《咖啡店之一夜》、洪深的三幕剧《赵阎王》、欧阳予倩的五幕剧《潘金莲》,以及丁西林的独幕喜剧《一只马蜂》,是那时有代表性的戏剧作品。丁西林(1893—1974)尤以描写中上层知识分子和他们的生活趣味见长。《一只马蜂》写的是一位吉老太太表面上宣称子女婚姻自主,实际上却包办着子女的婚姻。作者让吉先生和余小姐用机智的"说谎"瞒过了她,取得自由恋爱的胜利。剧中一连串的反话和谎话造成了饶有风趣的喜剧效果,语言幽默俏皮,结构也很巧妙。《压迫》接触到了一个虽然很小却又相当普遍的社会问题。房东老太太不愿将房子租给单身汉,女儿却把它租给了一个单身汉工程师。

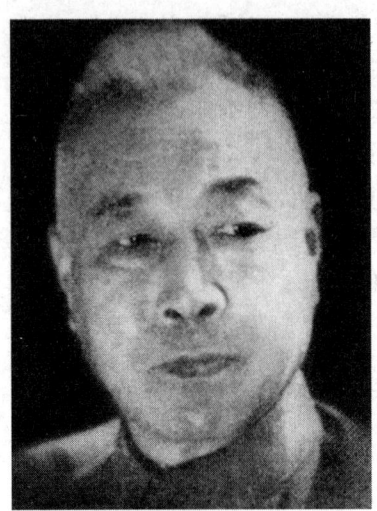

丁西林

剧本通过要租房与要退房的矛盾纠葛所酿成的喜剧，表现了作者对当时北京普遍存在、因没有家眷而受到房东精神上"压迫"的人的同情，也是对充满歧视的社会心理的一种不满和鞭挞。抗日战争时期，丁西林又写了《三块钱国币》、《等太太回来的时候》和《妙峰山》等剧作。独幕剧《三块钱国币》，主要嘲笑了国民党上层人物视钱如命以及警察等人的趋炎附势、偷鸡摸狗的丑态。剧本生活气息浓郁，构思巧妙，对话饶有风趣，是五四以后独幕剧佳作之一。四幕剧《等太太回来的时候》、《妙峰山》也各有特色。丁西林的剧作，从一个方面体现了五四以后中国新文学所受的英国文学的影响。

此外，在五四后的话剧社团创作和演出的话剧中，陈大悲的《良心》、汪仲贤的《好儿子》、熊佛西的《洋状元》、《一片爱国心》等，内容上虽有缺陷，但在早期话剧运动中也都产生过一定影响。

第四章 茅 盾

第一节　生平及早期创作

　　茅盾是"左联"时期在创作上获得重大成就并产生巨大影响的一位左翼作家。

　　茅盾(1896—1981),原名沈雁冰,浙江省桐乡县乌镇人。父亲中过秀才而具有维新思想,爱好自然科学,曾自习数学到高等代数与微积分,三十余岁即去世。茅盾幼时受到比较开明的家庭教育,母亲管教严格。他很早阅读《三国演义》、《西游记》一类古典小说。在中学学习期间,辛亥革命爆发,和当时许多青年一样,年轻的茅盾也感到激动和兴奋。但是辛亥革命并未给中国社会带来多大变化,学校没有民主空气。茅盾反抗学校当局的压迫,遭到嘉兴府中学的斥退而转入杭州安定中学。后来他说过:如果要找出中学教育"曾经给予我些什么,现在心痛地回想起来,是这些个:书不读秦汉以下,骈文是文章之正宗;诗要学建安七子;写

茅盾

信拟六朝人的小札"。这固然使茅盾得到中国古典文学的滋养,但和开明的家庭教育对比起来,僵化的生活特别使他感到"我的中学生时代是灰色的,平凡的"①。中学毕业后入北京大学预科。一九一六年预科毕业,因

---

　　① 《我的中学生时代及其后》,收入散文集《印象·感想·回忆》,文化生活出版社 1936 年 10 月初版。

家境窘迫辍学。入上海商务印书馆任编辑，开始在《学生杂志》、《学灯》等刊物上发表文章。

五四运动后，茅盾参加了新文学运动。在发表于一九二〇年初的《新旧文学平议之评议》一文中，他认为新文学应该是"有表现人生指导人生的能力"，"是为平民的非为一般特殊阶级的人的"，强调建设新文学"要注重思想"①，已经鲜明地表露出他后来努力提倡的艺术为人生的进步见解。一九二一年文学研究会成立，茅盾是发起人和主要成员之一。就在这一年，他担任了《小说月报》的主编，对这个具有十多年历史的文艺刊物（创刊于一九一〇年）进行了全面的革新，有力地促进了新文学的发展，但也因此受到顽固派的反对和攻讦，一年后即辞去主编职位。

作为初期新文学运动的一个重要的倡导者和推动者，茅盾在五四时期和第一次国内革命战争时期的文学活动，主要是从事理论批评和译介外国文学作品。革命民主主义和现实主义是他的政治思想和文学思想的基本方面。他既不同意传统的所谓"文以载道"的观念，更反对把文学当做游戏，当做消遣品。他认为"文学是表现人生的东西；不论它是客观的描写事物，或是主观的描写理想，总须以人生为对象"②，从而主张为人生的写实主义的文学。在《社会背景与创作》一文中，他说："表现社会生活的文学是真文学，是于人类有关系的文学，在被迫害的国里更应该注意这社会背景"，并进而指出，"'怨以怒'的文学正是乱世文学的正宗"，以当时中国还没有像高尔基那样"曾在第四阶级社会内有过经验"③、能够写出他们的痛苦生活的作家，为新文学的一大缺陷。在《自然主义与中国现代小说》一文中，他主张"研究社会问题"，从事"客观描写"，作家应该"经过长期的实地观察的训练"④。他还积极提倡"激励民气的文艺"，要求文学"担当唤醒民众而给他们力量的重大责任"⑤。在与封建复古主义者、鸳鸯蝴蝶派和唯美主义的文艺思想的论争中，茅盾的这些意见起了很大的作用，同时对文学研究会许多作家的创作也有积极的影响。茅盾是当时新文学运动中努力提倡现实主义的一位重要的文艺评论家。

茅盾从开始文学活动起，即致力于外国文学的翻译和介绍。在他主编《小说月报》时，出过《俄国文学研究》（第十二卷号外）和《被损害民族的

———————————

① 《小说月报》第 11 卷第 1 号，1920 年 1 月，署名冰。

② 《中国文学不发达的原因》，载《文学旬刊》第 1 号，1921 年 5 月 10 日，署名玄珠。

③ 《小说月报》第 12 卷第 7 号，1921 年 7 月。

④ 《小说月报》第 13 卷第 7 号，1922 年 7 月。

⑤ 《"大转变时期"何时到来呢》，载《文学周报》第 103 期，1923 年 12 月 31 日。

文学号》(第十二卷第十号)。他自己早期的译介工作,也侧重于俄国进步文学和苏联文学,对东欧、北欧等被压迫民族的旧文学同样注重。由于欧洲自然主义在其开始时也是以写实相标榜的,而当时中国新文艺界一般还不大了解现实主义与自然主义的区别,茅盾在大力译介外国现实主义文学的同时,也曾介绍和提倡过左拉的自然主义。他想利用自然主义的"纯客观"描写来克服当时创作上存在着的不真实的现象,这自然是难以做到的事。在茅盾初期创作中,也留有自然主义影响的某些痕迹。

茅盾1920年起就是共产主义小组成员。次年又成为中国共产党最早的一批党员之一,参与了党的筹备工作和早期工作。随后又任教于党创办的上海大学,积极参加了一九二五年的"五卅"运动。随着革命形势的不断高涨,他的文艺思想也有显著的发展和变化。在一九二五年发表的《论无产阶级艺术》一文中,他相当全面地介绍和说明了这一新兴文艺的性质、内容和形式等方面的特点,不仅是一般地肯定文学与时代的关系及其社会作用,而是试图用马克思主义的阶级观点来论述有关无产阶级艺术的问题了。

一九二六年初,茅盾赴广州参加革命政党召开讨论当前形势的会议,同年三月,"中山舰事件"发生,回到上海,年底又去大革命的中心——武汉,任《民国日报》主笔,从事革命宣传工作。他自己后来说:"一九二五——二七,这期间,我和当时革命运动的领导核心有相当多的接触,同时我的工作岗位也使我经常能和基层组织与群众发生关系。"①茅盾在这一段时间里的生活,为他即将开始的文学创作提供了大量的素材。

一九二七年四月,蒋介石在上海实行"清党",公开叛变革命。七月,汪精卫集团也在武汉举行反共会议。正在轰轰烈烈展开的革命突然失败,引起他思想上的极大震动;茅盾在这时离开武汉拟去南昌,在牯岭受阻,同年八月回到上海。从这个时候起,他由原先的主要从事文艺理论批评工作转而开始进行创作活动。

《蚀》写于一九二七年秋至一九二八年春,包括三个略带连续性的中篇:《幻灭》、《动摇》、《追求》,以大革命前后某些小资产阶级知识青年的思想动态和生活经历为题材。《幻灭》写的是革命前夕的上海和革命高潮中的武汉。女主人公章静是在母亲的爱抚和安静的生活中长大的,情感脆弱而富于幻想。她憎恨丑恶,但缺乏斗争的勇气;追求光明,又没有坚定不移的革命意志。她对生活容易燃起希望,也容易感到失望。她始终处

---

① 《〈茅盾选集〉自序》,见《茅盾选集》,开明书店1952年4月初版。

在兴奋和幻灭不断交错的心境里。章静讨厌上海的喧嚣和"拜金主义化",在读书和爱情两方面都感到了幻灭。为革命形势所鼓舞,她怀着"新的憧憬"来到革命中心的武汉。她也曾决心"去受训练,吃苦,努力",也曾为在南湖举行的北伐誓师典礼而受到强烈的感动,她换了三次工作,但每次都"只增加些幻灭的悲哀"。章静抱着脆弱的感情,寻求个人心灵的寄托和安慰,结果是一次又一次地幻灭,这些恰好反映了革命浪潮冲击下某些知识分子共同的特点和命运。

《动摇》写的是大革命时期武汉附近一个小县城的故事。复杂剧烈的斗争和五光十色的社会动态,在作品里有较鲜明的反映。暴风骤雨似的群众力量,地主豪绅的投机破坏,以及其他具有不同政治态度和性格特点的人物的活动,共同构成了一幅多彩的历史画幅。作为革命联盟的国民党县党部负责人方罗兰,在革命形势急剧变化的时候,动摇妥协,助长了反革命的气焰。他知道混入革命内部的胡国光的罪恶而不敢揭露和斗争。他害怕人民群众的力量。当革命遇到挫折的时候,他不但束手无策,而且为了个人的安全而决定离开革命。胡国光是一个"积年的老狐狸",他利用种种卑污手段混进革命阵营,以伪装的面具掩盖投机破坏的行为。小说对这个人物作了比较充分的描写。对于革命者李克,用墨不多,但多少勾勒出了他的敏锐果断、不屈不挠的革命精神。当革命危机已经显露的时候,李克以特派员身份来到这个县城,是他指出了这个县过去工作的病根,是他冒着生命的危险去说服那些被胡国光所欺蒙和煽动了的群众,是他当革命遭受了失败,把革命的武装力量转移到南乡去准备继续战斗。正是由于这些斗争生活的反映,由于李克这个人物的出现,《动摇》成为三部曲中低沉气氛最少的一部。

《蚀》的第三部《追求》,如茅盾在《读〈倪焕之〉》中所说,意图在于"暴露一九二八年春初的知识分子的病态和迷惘"。其中所写的人物,在革命高潮期间都曾一度昂奋,当革命处于低潮、白色恐怖笼罩全国的时候,他们不肯与顽固派同流合污,但出于阶级局限,又认不清自己的正确道路,虽然各各有所追求,最终都不免于失败。张曼青的"教育救国"和王仲昭的"新闻救国"的道路没有走通;章秋柳只能在官能享受的自我麻醉中毁灭着自己,也毁灭着别人;另一人物史循,则由怀疑、颓废以至求死不得。"理想与事实不相应合",是这些人在"追求"失败后得出的共同结论。

然而《蚀》——特别是其中的《动摇》——描绘了大革命某些方面的历史图景,刻画了那个历史时期一部分小资产阶级知识青年的幻灭、动摇、追求以至最终失败的结局,暴露了在革命浪潮中以及在这浪潮退落以后顽固势力的猖獗。人们从中可以看到在那个苦难的时代一些青年受着怎样难以忍受的精神折磨,经历着怎样曲折、苦痛的路程。《蚀》是茅盾的第一部作品。虽然小说有关革命主流写得过于单薄,有些细节描写也还缺乏严格的选择,但它仍然对时代生活作了比较广阔的反映,在错综复杂的社会矛盾中刻画人物,细致入微地写出了他们的心理状态。这部小说在发表的当时立刻引起较大的注意。

茅盾一九二七年九月将《幻灭》送交《小说月报》发表时所署的笔名原是"矛盾"①,说明他当时的心情是存在着矛盾的,他在《从牯岭到东京》一文中曾对这种心情作了详细的分析。为了避开国民党执政当局的"通缉",也为了"改换一下环境",并且使"精神苏醒过来"②,他东渡日本,在那里暂住一个时期。在革命风暴中得到过锻炼的茅盾,虽然思想上存在一些矛盾,却没有被革命落入低潮的形势所压倒,他仍然在摸索道路,渴望投入新的战斗。这些复杂的思绪以及自我思想斗争,在他写于日本的总题为"随笔七篇"的一组优美的散文里,隐约可见。

一九二八年二月写了短篇小说《创造》,表明他的思想已有变化,对社会解放抱着积极进取精神。一九二九年的长篇小说《虹》(未完成)中,更可以看到原先那些悲观失望的心情已经消退。这部小说的原来计划是要"为中国近十年之壮剧,留一印痕"③,但只写到一九二五年的"五卅"运动为止。从已完成的部分看来,虽然结尾略嫌匆迫,却也自成一个整体。

《虹》的主人公梅行素是一个对旧社会始终采取挑战态度的女性,她的特征是"往前冲",她"喜欢走自己所选择的道路"。作品一开头就描写梅行素乘轮驶出"四川的大门"——夔门时的情景,将三峡景物的描绘和人物心境的刻画很自然地糅合在一起,在梅行素看来,夔门内外正是两个截然不同的生活天地。自第二章至第七章,写梅行素出川前的生活和思想的变化,真实、细腻地写出了潮涌而至的五四新思想对于梅行素的巨大吸引力量:"抨击传统思想的文字给她以快感,主张个人权利的文字也使她兴奋,而描写未来社会幸福的预约券又使她十分陶醉。"作品还写出了梅行素在前进道路上的彷徨苦闷的心情。她的苦闷,反映了五四运动之后,仅仅基于"自我价值的认识"或是"生活意义的追求"而进行个人奋斗的知识青年共同的苦闷。

---

① 　茅盾原来署名"矛盾",《小说月报》编者"以为'矛盾'二字显然是个假名,怕引起注意,依然会惹麻烦",于是改"矛"为"茅"(参见茅盾:《写在〈蚀〉的新版的后面》,《茅盾文集》第1卷)。

② 　《从牯岭到东京》,载《小说月报》第19卷第10号,1928年10月。

③ 　《〈虹〉跋》。

但是飞出家庭牢笼的梅行素，既没有铩羽归去，也没有颓废堕落。她是一个意志刚强的人，她"要单独在人海中闯"，"去闯另一个圈子"。这样她就来到了上海。作品最后三章描写了梅行素初到上海后的迷惘和不安，描写了她在革命者梁刚夫的帮助和马克思主义教育下的初步觉醒。她感到"什么事都得从头学"；她参加了"五卅"运动；她要"负起历史的使命来"，"把帝国主义，还有军阀，套在我们颈上的铁链烧断"；她还认识到"真正的上海的血脉是在小沙渡，杨树浦，烂泥渡，闸北，这些地方的蜂窝样的矮房子里跳跃"。从整个作品看来，虽然梅行素思想转变的过程还写得不够充分，梁刚夫的形象也欠饱满，但梅行素的发展道路是合乎生活发展的逻辑的，她的道路是旧中国知识青年逐渐摆脱个人主义走同集体主义的道路。

一九三〇年春，茅盾自日本返国。这时国内的农村革命和文化革命都已深入发展，左翼文艺运动正在蓬勃展开。茅盾参加了"左联"，一度担任过行政秘书（书记）工作，和鲁迅往还亲密，积极推动左翼文艺运动。随着他思想、生活的变化和艺术经验的积累，创作也出现了新的面貌。

在回国后的最初一年多时间内，他陆续写了中篇小说《路》、《三人行》和取材于历史故事的短篇。《路》以一九三〇年的武汉学生运动为背景，描写大学生火薪传的觉醒道路。火薪传原来对政治和世事都采取怀疑态度，随后通过学生运动和革命者雷的启示，逐渐认识到只有"前进还有活路"，同时"要坚韧，不消极，也不发狂"。《三人行》描写了许、惠、云三个青年：许从不可知论走向侠义主义，又因侠义主义而失掉了自己的生命；惠是一个中国式的虚无主义者，但冷酷无情的现实终于证明他的虚无主义的破产；出身于富农家庭的云是一个实际主义者，因为家庭在大地主迫害下败落，他被抛出向来的生活轨道而参加了实际斗争。同《路》中的革命者雷一样，《三人行》中的革命者柯，也是作为革命真理的传播者而出现的。这两篇小说因为作者对大革命后的青年生活不够熟悉，开掘不深，也未能创造出真实具体的人物形象。但是，从描写小资产阶级知识分子在革命浪潮中的幻灭、动摇，到反映他们在严重的白色恐怖下逐渐觉醒、参加斗争，革命现实主义越来越加强，就茅盾的创作道路而言，是一种可贵的进展。

一九三二年前后，是茅盾创作力量最旺盛、收获也最丰富的时期。他先后写了杰出的长篇小说《子夜》和著名的短篇小说《林家铺子》、《春蚕》等，表现出茅盾善于刻画错综复杂的社会生活、揭示含蕴于其中的内在联系和历史动向的艺术才能，从而确立了他在中国现代文学史上作为一个卓越的革命现实主义作家的地位。

在第二次国内革命战争时期里,茅盾还继续努力于文艺理论批评工作。他继《鲁迅论》后又陆续写成《落花生论》、《冰心论》、《徐志摩论》等多篇作家论,系统地分析了五四以来一些作家的创作道路和他们的特色,内容扎实,是当时文艺评论方面的可贵收获。此外,他还写有《中国苏维埃革命与普罗文学之建设》①、《我们所必须创造的文艺作品》②等文,对建设无产阶级革命文学有所论述。在对于法西斯"民族主义文艺运动"的斗争中,他写有论文《"民族主义文艺"的现形》等文,在严正驳斥他们的谬论的同时,对于自己早期曾经受到过影响的法国资产阶级学者丹纳的理论也作了批判。

抗日战争爆发,茅盾最初在上海主编《呐喊》周刊(后改《烽火》,为《文学》、《中流》、《文季》、《译文》的联合刊物)。上海沦为"孤岛"后去香港,辗转于长沙、武汉、广州等地。一九三八年三月中华全国文艺界抗敌协会成立,被选为理事。在这段奔走各地的颠沛生活中,他仍然积极参加文艺活动,主编香港《立报》副刊《言林》和《文艺阵地》,并写了中篇小说《第一阶段的故事》。一九三八年底,茅盾应邀离香港赴新疆,在新疆学院任教,并主持该地的文化协会。一九四〇年五月新疆督办盛世才的反动面目开始暴露,茅盾离开新疆。返回内地途中,于延安稍作逗留,并在鲁迅艺术学院作短期讲学。抗日民主根据地人民高昂的革命斗志和欣欣向荣的生活气象,给茅盾留下深刻的印象,他后来在散文《风景谈》、《白杨礼赞》中,抒发了自己对这段美好生活的感受和怀念。一九四一年"皖南事变"以后,他在香港写成长篇小说《腐蚀》,揭露国民党统治重要支柱特务机构残害人民的罪行。随后,他又写了长篇《霜叶红似二月花》和剧本《清明前后》。第三次国内革命战争时期内,茅盾投入反内战反迫害的民主运动,撰写了不少杂文散文,并创作长篇小说《锻炼》。一九四八年末到达解放区。一九四九年七月,他参加了全国第一次文代大会,当选为全国文联副主席、文学工作者协会(作协前身)主席。

新中国成立后,茅盾担任第一任文化部长。此后长期从事文学艺术和文化事业的领导工作,撰写了大量文学评论,特别是以极大热情和精力帮助青年文学工作者的成长,为社会主义文化事业做出了重大贡献。在一九七九年十一月召开全国第四次文代大会上,他当选为中国文联名誉

---

① 《文学导报》第1卷第8期,1931年11月15日,署名施华洛。

② 《北斗》第2卷第2期,1932年5月20日。

主席、中国作家协会主席。

一九八一年三月二十七日茅盾在北京逝世。临终之前,他念念不忘党和人民的文学事业,捐献自己劳动所得的稿费二十五万元,中国作家协会决定设立"茅盾文学奖",奖励优秀的长篇小说。中国共产党按照他的遗愿,恢复他为中国共产党党员。茅盾从一九一六年开始从事文学活动以来,在漫长的六十余年中,为中国文学宝库创造了珍贵的财富,为现实主义文学树立了杰出的典范。他和鲁迅、郭沫若一起,为中国现代文学奠定了基础,在文学史上有着不可磨灭的功绩。

第二节 《子 夜》

《子夜》标志着茅盾的创作进入了一个新的成熟阶段,是中国现代文学一部杰出的革命现实主义的长篇。这部作品从一九三一年十月写起,至一九三二年十二月完稿,在动笔以前,还经历了一个较长的准备和构思的过程。

茅盾对于三十年代初期的中国社会有比较深刻的研究和了解。他自己亲自参加过革命的实际斗争,在他的朋友中有和他一起做过实际工作的革命者,有自由主义者,同乡故旧中有企业家、公务员、商人、银行家,并且常和他们来往。他很熟悉上海工商业的情况,有一段时间把"看人家在交易所里发狂地做空头,看人家奔走拉股子,想办什么厂"当做是"日常课程"①。当时学术界正在展开关于中国社会性质的论战,茅盾将亲自看到的社会现象同论战中一些理论对照,这就增加了他写作《子夜》的兴趣,决定通过生动具体的艺术形象,否定和批驳所谓"中国已是资本主义社会"的谬论。在写作《子夜》的时候,又充分地运用了他在第一次国内革命战争时期获得的社会经验。

民族工业资本家吴荪甫和买办金融资本家赵伯韬之间的矛盾和斗争,是贯串《子夜》全书的主线。环绕这条主线,《子夜》反映了三十年代初期革命深入发展、星火燎原的中国社会的面貌。那时,由于帝国主义的争夺中国,帝国主义和整个中国的矛盾,帝国主义者相互间的矛盾,同时在中国境内发展起来,造成中国各派统治者之间的混战。伴随军阀混战而来的,是赋税的加重,这样就促使广大的负担赋税者和统治者之间的矛盾日益发展。伴随着帝国主义和中国民族工业的矛盾而来的,是中国资本

---

① 《我的回顾》,见《茅盾自选集》,上海天马书店,1933 年 4 月。

家的拼命压榨工人,打算从压榨中找出路,而中国工人则给以抵抗。伴随着帝国主义的商品侵略,中国商业资本的剥蚀,政府的赋税的加重等情况,使地主阶级和农民的矛盾更加深刻化,即地租和高利贷的剥削更加重了,农民更加仇恨地主。中国处在一种惶惶不可终日的局面之下,反帝反军阀反地主的革命高潮,不仅不可避免,而且很快便会到来。

《子夜》中的人物就是活动在这样一个广阔的历史背景上,透过人物的性格和命运的发展,鲜明有力地显示了整个时代的发展趋向和壮阔波澜。它以上海为中心,反映了中国社会的全貌;写的是一九三〇年两个月(五月至七月)中的事件,而这些事件里又隐伏着中国社会过去和未来的脉络。将纷纭复杂而具有重大历史社会意义的生活现象通过谨严宏大的艺术结构表现出来,显示了茅盾作为中国现代杰出的现实主义作家的深厚的生活基础和卓越的艺术才能。

在吴荪甫这个典型人物的塑造上,作家缜密的艺术构思和精湛的创作技巧得到了充分的体现。茅盾笔下的工业资本家吴荪甫,不是庸碌卑琐的人物。他曾经热心于发展故乡双桥镇的实业,打算以一个发电厂为基础建筑起他的"双桥王国"来。但是仅仅十万人口的双桥镇不是"英雄用武"的地方,他要发展中国的民族工业。他的"目的是发展企业,增加烟囱的数目,扩大销售的市场"。他有这样的野心,把一些"半死不活的所谓企业家"全部打倒,"把企业拿到他的铁腕里来"。不仅这样,他还知道要发展民族工业,首先需要"国家像个国家,政府像个政府"。因此除了注视着企业上的利害关系而外,还"用一只眼睛望着政治"。他具有游历欧美得来的管理现代工业的知识,有魄力,有手腕,炯炯有神的眼光常常能够煽起别人勃勃的事业雄心,愿意和他合作。但是吴荪甫这个工业界的骑士却是生不逢辰的。在半封建半殖民地的中国,帝国主义侵略的魔手紧紧扼住了中国民族工业的咽喉,他的发展民族工业的雄心不能不成为一个无法实现的幻想。吴荪甫过的"简直是打仗的生活",而且是在几条战线上同时作战:他要与帝国主义的掮客——金融资本家赵伯韬进行勾心斗角的斗争;他熄灭不了工厂里风起云涌的罢工运动;他用尽心机收买过来的许多小厂都成了自己脱不下的"湿布衫",他和孙吉人、王和甫所苦心经营的益中信托公司不能不在军阀混战、农村破产、工厂生产过剩、赵伯韬的大规模经济封锁之下一败涂地。他们发起组织益中信托公司,时未两月,"雄图"已成泡影。野心勃勃、刚愎自用的吴荪甫,也只剩下了一条"投降的出路"。《子夜》通过吴荪甫这个人物及其失败的道路,形象地说明了资本主义道路在中国走不通,同人民背道而驰是没有出路的。

《子夜》从多方面的错综复杂的社会关系中突出吴荪甫的性格特征。作为半封建半殖民地中国的民族资产阶级的典型人物,吴荪甫的性格是一个鲜明的矛盾的统一体。他一方面有"站在民族工业立场的义愤",但另一方面,压倒他的一切的却是"个人利害的筹虑"。他是"办实业"的,他以发展民族工业为己任,他向来反对拥有大资本的杜竹斋一类人专做地皮、金子、公债的买卖;但是他也不能不钻在疯狂的公债投机活动里。他精明强悍,但又时时显露出中国民族资产阶级先天的软弱性。他有时果决专断,有时狐疑惶惑,有时满怀信心,有时又垂头丧气;表面上好像是遇事成竹在胸,实质上则是举措乖张。这一切,都是如此矛盾而又很自然地统一在吴荪甫的性格里。

《子夜》不仅从吴荪甫同赵伯韬在益中信托公司和公债投机市场的矛盾斗争中描写了他的性格与命运,它还写出了吴荪甫同农村封建经济之间的密切联系。他对农民武装起义势不两立,而在对待工人运动上,更显露了他的拼命压榨的本来面貌。作品又从吴荪甫的家庭生活和周围人物的描写烘托出了资产阶级由贪心和利欲所形成的冷酷无情的灵魂。他无法抗拒历史的必然法则为他安排下的失败的命运,只能用伪装的镇静掩饰内心的惶惧和不安,从来不让人家看见他也有苦闷沮丧的时候,即使是他的妻子林佩瑶。他依靠强烈的刺激来暂忘"那叫他们抖到骨髓里的时局前途的暗淡和私人事业的危机",只能用"死的跳舞"来排遣失败时的苦痛,几乎用自杀来结束自己悲剧性的命运。作者以雄浑而又细密的艺术之笔,成功地塑造了吴荪甫这个三十年代初期中国民族资产阶级的典型人物。这是继鲁迅笔下的阿Q之后,在中国现代文学中又一个极为鲜明突出而且具有巨大艺术概括力的典型。

除吴荪甫外,茅盾在《子夜》中还创造了一系列性格鲜明的人物形象,他们各自的思想面貌、精神状态都打上了时代和阶级的深刻印记。屠维岳是吴荪甫手下得力的鹰犬。正像作者着意渲染吴荪甫的才干和魄力一样,他也用不少笔墨渲染了屠维岳的"机警、镇定、胆量"。吴荪甫不能改变自己的失败命运,屠维岳的阴谋诡计也终于破坏不了工人运动。赵伯韬是国际垄断势力豢养的买办金融资本家,是半殖民地的特有产物。他凭借法西斯政权的力量,在政治和经济上都具有压倒吴荪甫的优势。作品虽然对这个人物的政治社会关系揭示得还不够充分,但从篇幅不算很多的描写中,已经淋漓尽致地刻画与暴露了他的狡狯狠毒和荒淫无耻。冯云卿是在土地革命风暴下逃亡上海的"吃田地的土蜘蛛"。通过他用自己女儿作"美人计"的一幕丑剧,作品一方面尖锐地揭示了走向灭亡路上的封建地主阶级无耻的精神面貌,另一方面也突出地刻画了赵伯韬的卑鄙的形象。此外,如卖身权门、依靠资本家钱袋过活的李玉亭、范博文等一类所谓的"教授"、"诗人",也都写得各具特色。作者曾说,他打算把一九三○年的"新儒林外史""连锁到现在本书的总结构之内"。这个打算虽然没有全部实现,但从李玉亭、范博文等人物身上也多少显示了当时某些堕落文人的精神面貌。

茅盾特别擅长刻画人物的心理状态。他不是对他们作静止的和孤立的分析和描写,而是在时代生活的激流里,在尖锐的矛盾和冲突中进行细致、深入的刻画。他让吴荪甫同时在几条战线上作战,让他不断处在胜利和失败的起伏的波澜里,时而兴奋,时而忧虑,时而指挥若定,时而急躁不安。这样,吴荪甫的心理状态和精神面貌就毫发毕露地呈现在读者的面前。杜竹斋的唯利是图的性格,在公债市场的决战阶段显得分外清楚。李玉亭两面讨好的豪门清客的心理,在吴、赵两家明争暗斗最为紧张的时候暴露得格外分明。茅盾还在很多地方通过自然景物的描写来渲染气氛、衬托人物情绪的变化,借以鲜明地显示人物的性格。他决不为写景而写景,写景即所以写人。有时是因情取景,有时是借景写情,情景交融,文无虚笔。

《子夜》的语言具有简洁、细腻、生动的特点。它没有过度欧化的语言,偶尔运用古代成语,也是恰到好处,趣味盎然。人物的语言和叙述者的语言,都能随故事和人物的性格发展而具有不同的特色,使读者如闻其声,如见其人,如临其境。

《子夜》的艺术结构是宏伟而谨严的。全书共十九章,一、二两章交代人物,提示线索;此后十七章,一环扣紧一环,头绪繁多而有条不紊,各有描写重点而又共同服从于全书的中心。第四章写双桥镇农民起义,虽然这条线索没有得到继续发展,对全书说来使人有游离的感觉,但它反映了三十年代中国农村的面貌,显示了吴荪甫与农村封建经济的密切关系和他对农民起义的势不两立的态度,仍然是全书的一个重要组成部分。贯穿全书的主线是吴荪甫和赵伯韬之间的矛盾和斗争,但作者或实写,或虚写,在曲折中显示革命力量的蓬勃发展。结尾处侧面带出工农红军的日益壮大,以此对照吴荪甫失败的命运,指出了中国的真正的出路之所在。

《子夜》的成功绝不是偶然的。同文学史上所有成功的作家一样,茅盾特别注意于研究人以及人和人的关系①。他有广泛的社会经验,力图

---

① 《谈我的研究》,见散文集《印象·感想·回忆》,文化生活出版社 1936 年 10 月初版。

运用马克思主义观点分析各种现象,揭示其重大的意义,形成作品的主题思想。《子夜》正是这样孕育和产生的。茅盾对中国古典小说《水浒》和《儒林外史》特别喜爱,又曾广泛地阅读外国著名作家(如英之狄更斯和司各特,法之大仲马、莫泊桑和左拉,俄之托尔斯泰和契诃夫,还有一些被压迫民族的作家)的作品。对中外优秀文学遗产,他都能经过咀嚼、消化而加以吸收,取精用宏,"消化了旧艺术品的精髓而创造出新的手法"①。这也是《子夜》获得成功的重要原因之一。

小说中对于工农群众运动、对于工人形象的描写,作者抱着很大热情也尽了很大努力,但仍然不很成功。作者后来曾经指出产生这方面缺点的原因:"这一部小说写的是三个方面:买办金融资本家,反动的工业资本家,革命运动者及工人群众。三者之中,前两者是直接观察了其人与其事的,后一者则仅凭'第二手'材料,——即身与其事者乃至第三者的口述。这样的题材的来源,就使得这部小说的描写买办金融资本家和反动的工业资本家的部分比较生动真实,而描写革命运动者及工人群众的部分则差的多了。"②这些缺陷说明了作者在这一方面的生活实感不足,对此的描写便稍嫌单薄了一些。

《子夜》出版后,国民党政府不久即列为禁书,而革命文学界和广大读者则给以很高的评价。鲁迅在给人信中说,"我们这面,亦颇有新作家出现;茅盾作一小说曰《子夜》……是他们所不能及的。"③他把《子夜》看作是革命文学的伟大成果,为反动文学所不能企及。瞿秋白称《子夜》为"中国第一部写实主义的成功的长篇小说"④。《子夜》的产生,充分显示中国革命文学的实绩,提高了中国现实主义文学的思想艺术水平,在中国现代文学史上,同《阿Q正传》一起放射出灿烂的光辉。《子夜》译成多种外文出版后,在国外文艺界和广大读者中享有很高的声誉。

第三节 《林家铺子》、《春蚕》等短篇小说

茅盾最早的短篇集《野蔷薇》中的五篇小说(《创造》、《诗与散文》、《自杀》、《一个女性》、《昙》)写于一九二八年二月至一九二九年三月间。这五篇小说都"穿了恋爱的外衣"。作者是想在人物的恋爱行动中透露出"各

---

① 茅盾:《〈宿莽〉弁言》,见《宿莽》,上海大江书铺1932年3月出版。
② 《茅盾选集·自序》。
③ 《致曹靖华》,见《鲁迅书信集》(上),第352页。
④ 《〈子夜〉和国货年》,见《瞿秋白文集》。

人的阶级的'意识形态'"，在"恋爱描写的背后"显示"一些重大的问题"①。《创造》中的君实，想把在他看来是守旧的妻子"创造"成资产阶级的女性，但妻子娴娴却超过了他的"中庸"的理想，比他"先走了一步"，"当他创造成功之日却也就是他的理想失败之时"②。《诗与散文》中的青年丙厌弃了"散文"式的桂奶奶而想得到"诗"似的表妹，但是"诗"和"散文"两者都从他的手中失去了。作者在《创造》和《诗与散文》中，对君实和青年丙这两个人物采取了批评和揶揄的态度，对受新思潮冲击"先走一步"的娴娴和敢于打破传统思想束缚的桂奶奶表示了肯定的倾向，寄寓了妇女解放以至社会解放的主题。但是《诗与散文》关于两性关系的渲染过多，不免妨碍主题的突出。

　　《宿莽》集（写于一九二九年至一九三〇年）中的《大泽乡》取材于历史事实，描写秦代"闾左贫民"在遣戍渔阳的征途中，杀死富农军官、高举义旗的故事。小说刻画了富农的代表人物——两个军官在戍卒起义前的恐惧、悲哀和挣扎，也描画了那些开始依靠自己力量挣脱压迫者的锁链的贫苦农民的复仇火焰。尽管这篇小说被茅盾自己认为是"脱离现实的"③，它却是作家开始不满意自己原先那些作品的情调，一时又未能把捉住现实斗争的重大题材的情况下，转而取材于具有积极意义的历史故事之作。

　　茅盾短篇小说的代表作品是《林家铺子》和《春蚕》，都写于创作《子夜》的同一年。茅盾在《子夜》的《后记》中说："我的原定计划比现在写成的还要大许多。例如农村的经济情形，小市镇居民的意识形态……我本来都打算连锁到现在这本书的总结构之内；又如书中已经描写到的几个小结构，本也打算还要发展得充分些；可是都因为今夏的酷热损害了我的健康，只好马马虎虎割弃了，因而本书就成为现在的样子——偏重于都市生活的描写。"由此可知，以小市镇和农村生活为描写对象的《林家铺子》和《春蚕》，正是茅盾大规模地描写中国社会现象的原来计划的一部分，同样是黎明之前的旧中国社会生活的真切写照。

　　《林家铺子》和《春蚕》描写的都是一九三二年"一·二八"上海战争前后的动乱生活。"一·二八"后，茅盾曾经回到故乡小住。在那里，他亲眼看到帝国主义经济侵略的魔爪，已经将农村经济推入破产的境地，帝国主义军事侵略的炮火更加速了它的崩溃。原先曾经是相当富庶的江南农村

---

①　《写在〈野蔷薇〉的前面》，见《野蔷薇》，上海大江书铺1929年7月初版。
②　《茅盾短篇小说集·序》，人民文学出版社1980年4月出版。
③　《茅盾文集》第7卷《后记》。

及小市镇,呈现出一片萧条的凄惨景象,这些都给茅盾留下深刻的印象,并且由此孕育了《林家铺子》和《春蚕》等作品的艺术构思。《林家铺子》中的林先生是一个小市镇的商人;他兢兢业业地经营自己的店铺。然而农村破产和农民购买力的锐减,使得他一再减价的商品仍是销路不佳;上海战争的影响又使得他在年关迫近时不惟金融上无处通融,而且债主登门坐索,穷于应付;更其严重的是,国民党分子对他一再敲诈勒索,甚至强迫他的女儿为妾;此外,还有资本较他雄厚的同行们的排挤倾轧,落井下石。林家铺子终于在这些重重压迫下倒闭了。林家铺子的命运典型地表现了当时正处于风雨飘摇中的整个民族工商业的共同的前途。小说还写到了林家铺子的倒闭给予像朱三阿太、张寡妇那样将自己仅有的积蓄存在铺子里的贫民的致命打击,说明这决不只是林先生个人的破产,他也并不是最不幸的受害者。此外还牵连到许多人的生活。小说就在这些不幸者疯狂的惨呼声中结束。这样的处理,一方面是对整个悲剧的制造者提出了更加有力的控诉,另一方面也反映了旧社会"大鱼吃小鱼,小鱼吃虾米"的残酷真相和林先生性格中的两重性。作品对于他既有同情也有批判。在一个短篇小说中,通过一家小店铺的倒闭的故事,写出了如此深广的社会内容,充分表现了茅盾作为一位现实主义作家的艺术手腕,也正构成了他的作品一个重要的特色。

《春蚕》的写作时间略后于《林家铺子》,它是以江南农村为背景的。它通过农民老通宝一家人蚕花丰收,而生活却更困苦的事实,无可辩驳地证明了,旧中国农民须在年成丰收之外,去另找真正的出路。作品采用虚写的手法把人物放在这样的时代背景上:"一·二八"的上海战争刚刚过去,由于外货倾销,民族丝织工业陷于破产的境地,因而江南一带农民的主要副产品——蚕丝也就没有了销路;封建地主阶级的高利贷剥削更加残酷;资本家也乘机压低蚕丝的收购价格。正是在这样的情况下面,老通宝一村人经过一个月的辛勤紧张的养蚕劳动,虽然取得了多年未有的蚕茧丰收,但是丰收给他们带来的不是温饱和欢乐,而是更多的贫困和灾难:"因为春蚕熟,老通宝一村的人都增加了债!老通宝家……白赔上十五担叶的桑地和三十块钱的债!一个月光景的忍饿熬夜还都不算!"老通宝是一个勤劳忠厚而又保守蒙昧的老一代农民。他凭着"活了六十岁,反乱年头也经过好几个"的经验来分析和对待眼前的事物。他隐约地觉察到,世界之所以"越变越坏",都只因为有了"洋鬼子"的缘故,因此他不仅痛恨"洋鬼子",而且仇视一切带有"洋"字的东西。他热爱劳动,相信只有田地熟和蚕花丰收,才可能使他们的日子变好。他也相信命运和鬼神,虔诚地遵守,而且要他的儿子阿多也遵守养蚕时的一切禁忌。时代变了,周围环境变了,而他的思想一直未变,这是他成为悲剧性人物的一个重要原因。他的儿子阿多,性格与他不同;他不相信田地熟或者蚕花丰收,就可以改变他们穷苦的命运;他没有老通宝的那种忧愁,对世事永远乐观;他开始对社会现象作更深一些的思索。"他觉得人和人中间有什么地方是永远弄不对的",虽然他还"不能明白想出来是什么地方或是为什么"。这样,小说就在如何摆脱自己贫困处境的课题上描写了二十世纪三十年代旧中国农村中两代人的冲突。而阿多一代农民的逐渐成长和老通宝一代农民的逐渐觉醒,也就成为旧中国农村向前发展的必然趋势。继《春蚕》之后的《秋收》和《残冬》,所揭示的就正是这种趋势。在《秋收》里,当老通宝的"大熟年"的"肥皂泡整个儿爆破",因而送掉他一条老命的时候,最初的觉醒意识,是在他"明朗朗"的眼睛里透露出来了。《残冬》更进一步地描写了农村灾难的加深和农民反抗斗争的崛起。这三个连续的短篇,当时被称为"农村三部曲";它们真实地反映了广大农民的深重苦难和他们从守旧、迷惘中觉醒,终于起来抗争的历史动向。

《林家铺子》和《春蚕》等作品,都抓住了当时现实生活中的重大问题,在艺术上作了出色的表现。当城市、乡镇许多大小企业纷纷停业倒闭,"谷贱伤农、丰收成灾"这种畸形的却又是普遍发生的事实使农民在难得的欢乐中一下子堕入绝望的境地——就在这样一个经济崩溃席卷整个中国、人心惶恐不安的严重时刻,这些作品及时地将人们关心的生活现象和其中的矛盾斗争加以艺术的概括,揭露产生这一切的社会根源,确实起到了使人们惊醒、感奋的作用,在文艺界和社会上激起广泛的反响。

在这个时期里,茅盾还写了不少短篇小说,取材多样,题旨积极,从不同的方面反映社会现实和日趋尖锐的阶级斗争。《小巫》刻画地主和国民党军警私相勾结贩卖鸦片,地主"老爷"和"姑爷"为了争夺"团董"的位子互相火并,而当地人民则在这个时候举起武器暴动了。《神的灭亡》"是用北欧神话中神的劫难来象征蒋家王朝的荒淫堕落及其不可挽救的必然灭亡"①。《第一个半天的工作》描写女职员为了保住职位,被迫卖俏调情以逢迎上司的强作笑颜的辛酸生涯。不少作品着重描绘生活于社会底层的城乡劳动者的困苦。《当铺前》通过王阿大一家人的悲惨生活和他在当铺前的一幕,展示了一般劳动人民在帝国主义、封建主义、官僚资本主义三重压迫下惨绝人寰的遭遇。《水藻行》以两个不同性格的农民财喜和秀生

---

① 《茅盾短篇小说集·序》,人民文学出版社 1980 年 4 月出版。

的家庭生活和困难处境为中心,表现了农村中的惊人苦难和反抗斗争的萌芽。茅盾还十分关注旧社会少年儿童的生活,并以这方面题材写入作品。《大鼻子的故事》写的是上海小瘪三的生活,他们年幼无知,却已沾染上不少恶习;但作品不仅写出这些并非他们的过错,还在结尾时让主人公参加学生的游行队伍,一起喊出"打倒日本帝国主义"的口号。《儿子开会去了》①写一个十三岁的孩子也参加示威游行,反映了全国人民日益高涨的抗日救亡要求。此外,中篇《少年印刷工》②描写一个有理想有志气的穷苦少年赵元生走上印刷工作岗位的故事。这些作品表明,茅盾对那时正在兴起的儿童文学是积极提倡和热情支持的。

第四节 《腐蚀》及其他

在抗日战争和人民解放战争期间,茅盾积极从事抗日救亡工作和反内战反独裁的民主运动,东西奔走,生活极不安定,但仍然坚持文学创作。在那艰苦和动荡的十年间,写了长篇小说《第一阶段的故事》、《腐蚀》、《霜叶红似二月花》、《锻炼》,短篇小说集《耶稣之死》、《委屈》,剧本《清明前后》以及大量散文杂文,而《腐蚀》是他这个时期作品中成就最高、影响最大的一部。

《第一阶段的故事》写于一九三八年,以《你往哪里跑》为题连载于香港《立报》副刊《言林》,一九四五年出版单行本时改题为《第一阶段的故事》。小说以上海"八一三"战事为背景,力图从各个角度描写抗战爆发到上海陷落这四个月中人民生活和思想的剧烈、复杂的变化,表现了各阶层人民对这场战事的不同态度;同时也揭露国民党统治的腐朽以及由此而来的抗战中的种种黑暗现象,正确地揭示上海失陷的原因。但落笔比较匆促,人物形象和情节结构未及琢磨,给人以浮光掠影之感。

《腐蚀》写于一九四一年夏季,起初在香港《大众生活》上连载,后出版单行本。这部日记体的长篇小说以"皖南事变"前后国民党政府"陪都"重庆为背景,斗争锋芒直指国民党特务统治和他们反共反人民、卖国投敌的政治路线。作品的主人公——女特务赵惠明,出身于封建官僚家庭,曾参加过学生运动和救亡工作。但由于阶级出身和社会生活带来的性格:严

---

①　载《光明》半月刊第 1 卷第 1 号,1936 年 6 月 10 日。原题《儿子去开会去了》,解放后收入《茅盾文集》第 8 卷,改为今名。

②　连载于 1936 年 1—10 月上海出版的《新少年》第 1 卷 1 期至第 2 卷 8 期。

重的利己主义、爱好虚荣和不明大义,使她无法抵制特务头子的威逼利诱,堕入了特务组织的罗网,成为替国民党统治卖命效劳的走卒。由于她在特务系统中不是嫡系,受到排挤,还遭到高级特务的侮辱和玩弄,她的尚未完全腐蚀的灵魂中,多少保留着一点"人之所以为人"的东西,因此她感到矛盾痛苦而又无处可以申诉。这部作品是赵惠明的一束日记,作者采取了最能揭示人物内心隐秘的日记体裁,充分发挥了善于深刻细腻地刻画人物心理活动的特长。作品在特定的处境中多方面地揭示了赵惠明的复杂的内心世界。赵惠明受骗、犯罪而又不甘于堕落所引起的矛盾和痛苦,她的"自讼、自嘲、自辩护",以及在觉醒自新过程中所经历的决裂、斗争,写得细腻真切,深深地感染打动着读者,激发着人们对于在精神上和肉体上戕害、摧残青年的国民党特务统治的仇恨,暴露了特务统治阴森恐怖的内幕。作品写赵惠明的内心活动,不是孤立的和静止的,而是尽可能将现实中的重大事件和围绕这些事件而展开的各种社会矛盾,反映和投射到人物的思想性格和感情活动中。这部作品虽然因为日记体的限制,不可能在广阔的社会背景上展开错综复杂的关系,但仍然保持了茅盾小说与现实斗争密切相关、选材富于时代性和社会性的特色。作品描述的国民党顽固派与汪精卫秘密勾结和制造"皖南事变"两个重大事件,就如投石入水,激化了众多的矛盾,它们通过赵惠明的观感生动地展现出来,又有力地推动了赵惠明内心矛盾的发展。与人物性格的刻画胶结在一起,作品对典型环境进行了深入的描绘。

《腐蚀》的现实主义成就,不仅表现在作品通过赵惠明典型形象的刻画,尖锐地抨击了国民党特务统治的政治黑暗,而且还按照现实生活和人物性格本身的特点,真实地揭示了赵惠明逐步觉醒、走向自新之路的过程。按照这部作品原来的"结构计划",只准备写到小昭被害就结束的。但当作品边写边发表时,许多读者却给《大众生活》编辑部写信要求给赵惠明一条自新之路。读者的这种要求,很大程度上表明了赵惠明这一艺术形象本身所具有的生动力量:当赵惠明的性格在作者笔下逐渐鲜明,和它周围的生活环境形成一个有机的整体,并且在形象和形象之间逐渐有了基本真实的关系的时候,她的性格便产生出一种活跃的力量,要求作者按照她的性格发展的生动逻辑写下去。赵惠明在奉命对她过去的爱人小昭进行劝降时本来已经对"狐鬼满路"的特务统治产生了不满和憎恨,她正为摆脱这种生活而苦苦挣扎着。这个时候,小昭对她的爱、信任和规劝,革命者 K 和萍对小昭的营救活动和对她的帮助,使她在黑暗中看到了光明,于绝望中产生了希望,而小昭的死,更促使她对那毁灭一切美好

事物的环境由憎恶而至于决裂。这样,便有了赵惠明在小昭被害后终于决心弃暗投明,救出了即将陷入魔掌的女学生 N 的情节。人物结局的这种处理,不是硬插上去的"光明的尾巴",而是形象本身的生动性和丰富性所导致的必然的结果。

《腐蚀》通过特定环境中赵惠明这一典型形象的塑造,概括了多年来特别是抗战以来作者对国民党顽固派的深刻观察和认识。这部小说是抗战时期文学中以现实题材揭露国民党统治下政治黑暗的最重要的作品。小说在思想和艺术上取得的独特成就,使它在茅盾所有的作品中也占着仅次于《子夜》的显著地位。

继《腐蚀》之后,茅盾写了《霜叶红似二月花》。这部书本来是作者计划写的反映从五四到大革命时期社会生活的长篇小说的第一部。小说的中心情节是,在江南河水猛涨的雨季,惠利轮船公司的轮船在航行中使河水溢出两岸,严重地损害了农田,遭到两岸地主和农民群众的反对。围绕这个事件,作品在真实描绘五四前夕地主、资产阶级家庭的生活风习、世态人情的背景上,展开了轮船公司经理王伯申、地主阶级顽固派赵守义和具有改良主义色彩的青年地主钱良材等三种势力之间的复杂的纠葛。结局是恶势力相互妥协、改良主张碰壁和农民的无辜受害。作品善于用细腻多彩的笔墨来渲染气氛,刻画人物心理,且多用人物性格和生活场景的对比来凸现人物,展开艺术画幅。作者给小说命题,原意是以霜叶比假左派,虽红似二月之花,但"似"而已,非真红;霜叶又和暂占上风的反革命势力相比,喻其得势日子也不会太长①。但可惜小说写完第一部后来未再续写,以至书名和书中现有内容联系不上。五幕剧《清明前后》,写作和演出于一九四五年秋季。那年"清明"前后,重庆报刊报道了"轰动了山城的上中下社会的""黄金案"。《清明前后》这个剧本所写的,"就是这一事件中几位'可敬的人'以及二三可怜的人,他们的喜怒哀乐"②。剧中的主要人物是更新机器厂厂主林永清和他的妻子赵白芳。林永清精明强干,自信自负,但在困难面前容易彷徨动摇,游移苦闷;赵自芳则刚强而又果断,但不冷静,常常动感情。林永清在妻子协助下把工厂从上海迁来重庆,在极艰难的条件下使工厂有所发展,但好景不长,"统制管制,就是脚镣手铐,粮食飞涨,原料飞涨,就是压在背上的千斤重闸",工厂越来越进入困境。林永清在金融市场投机致富诱惑下,幻想从买卖黄金找出路,但"羊

---

① 《茅盾文集》(六),第 258 页。

② 茅盾:《清明前后》(初版本)第 1 页。

肉没吃先惹一身骚"，黄金美梦很快就破灭。而金融资本家加紧了压榨和钳制，使林永清的工厂面临崩溃的边缘。赵自芳鼓励丈夫从整顿工厂、改进技术、降低成本找出路，在当时也只是一种幻想。他们终于看到"政治不民主，工业就没有出路"、"要打断那把工业拖得半死不活的脚镣手铐"。剧本以林永清、赵自芳为中心，描写了与之相联系的形形色色的人物，有学会了"七十二般变化"、"矮方巾而兼流氓的"投机家余为民，有"乘抗战风云而腾达"、"能'慷慨'，也能狠毒"的官、商、绅一体的金澹庵，有"以能做'八面美人'作为终身事业的"权术家严干臣，还有"看见大菩萨拜一拜，看见小菩萨踢一脚"的小政客方英才。这些人物名字都带有讽刺意味。剧作者怀着深切的同情描写了两个"可怜的人"，即赵自芳的女友唐文君及其丈夫李维勤。他们生活艰辛，结婚快一年还没有房子住在一起。在严干臣诱惑下，小公务员李维勤挪用公款买黄金，事发后严干臣安然无恙，李维勤却被捕入狱，成为"黄金案"可怜的牺牲品。唐文君则精神失常。剧本通过唐文君似疯实醒的语言强烈地控诉了"到处全是血腥气"的旧社会。由于作者对剧本写作方法研究较少，《清明前后》在戏剧艺术上缺点较明显：剧情比较沉闷，对话过于冗长，人物形象不够鲜明。但剧本及时地反映了当时社会上的重大事件，提出了抗战胜利后民族资产阶级出路这个重大问题，思想内容上同《子夜》、《林家铺子》等优秀作品是一脉相承的。

　　茅盾抗日战争后期曾写中篇小说《走上岗位》，一九四三年八月至十二月在重庆出版的《文艺先锋》上连载。在解放战争时期将它改写成长篇小说《锻炼》，连载于一九四八年九月至十二月的香港《文汇报》。这是作者计划要写的五部反映抗日战争的连续性长篇的第一部。小说以上海"八一三"战争为背景，通过资本家严仲平、名医生苏子培、乡绅赵朴斋等几个家庭的成员在拆迁工厂、救护伤员、支援前线过程中的不同活动以及他们各自复杂的社会联系，真实、宽广、深刻地反映了抗战初期社会上各个阶级、阶层的动向。作品结构宏大，线索纷繁，形象众多，然而艺术处理井然有序，人物性格大多清晰可辨。苏子培的正直善良和忠于职守，严仲平的拥护抗战而易于动摇，其兄南京政府"简任官"严伯谦的阴鸷权变，其女抗日积极分子严洁修的活泼机智，以及孙排长的朴实纯厚、赤诚报国，苏辛佳、赵克久的单纯、热情和进一步觉醒，都写得生动自然，给读者留下较深的印象。整部作品时代气氛浓郁，文笔精练洒脱，也都显示了茅盾创作多方面的成就。

　　除以上作品外，茅盾的散文（包括速写、随笔和杂文）的思想艺术成就也很高。在小说问世之前,他已有散文发表。"五卅"事件发生,茅盾写了《五月三十日的下午》、《"暴风雨"》等文,用街头见闻形式,热情歌颂轰轰烈烈的革命群众运动。一九二八年,他发表《从牯岭到东京》长文,以清新畅晓的笔致,对自己大革命时期的思想历程,进行详尽的描述和坦率的剖析。暂住日本期间,写了《叩门》、《卖豆腐的哨子》、《雾》等篇,用宛转清丽的文字,记录了虽有彷徨苦闷,但又渴望驱除愁雾、期待新的"疾风大雨"的心境,具有浓厚的抒情色彩。

随着政治视野愈益开阔,生活阅历愈益丰厚,茅盾散文所展示的社会内容也愈益深广。"九一八"、"一·二八"后,在民族危机日益加深的日子里,茅盾写了《血战后一周年》、《九一八周年》、《玉腿酥胸以外》等文,揭露和声讨日本帝国主义侵华阴谋,针对国民党"先安内、后攘外"的反动政策,不断抨击,抓住实质,剖析入微。《故乡杂记》以长篇通信形式,记述作者一九三二年回乡观感,对"一·二八"战争在乡镇各阶层人们中的不同反应,以及农村破产、市镇凋疲景象,作了深刻的激动人心的描绘。

在噩梦似的悠长的黑暗岁月里,茅盾散文的主要锋芒是暴露和鞭挞旧世界,但也时时显露出理想主义的光芒。如《冬天》、《雷雨前》、《沙滩上的脚迹》等篇,以热烈的情调,表达了作者对革命风暴和胜利前景的期待。这些文章都用象征手法,描绘三十年代整个中国的政治与社会矛盾,暗示光明的新时代必将取代黑暗的旧时代。针对当时政治气候,作者指出:"冬天的寒冷愈甚,就是冬的运命快要告终,'春'已在叩门。"(《冬天》)对于当时社会环境,作者说像罩着"一张密不通风的灰色的幔",要将它"扯得粉碎","让大雷雨冲洗出个干净清凉的世界!"(《雷雨前》)他还说沙滩上"纵横重叠的脚迹"中已经有"真人的脚迹",人们将踏着它"坚定地前进!"(《沙滩上的脚迹》)

一九四〇年茅盾经西北到延安参观和讲学之后,他写了《风景谈》、《白杨礼赞》,热情洋溢地讴歌革命人民,已经成为现代散文中脍炙人口之作,《白杨礼赞》影响尤大。这篇散文写于一九四一年三月。作者用在西北黄土高原上"参天耸立,不折不挠,对抗着西北风"的白杨树来象征坚韧勤劳的北方农民,歌颂他们在民族解放斗争中的朴实、坚强和勇往直前的精神,同时对于那些"贱视民众,顽固的倒退的人们"也投出了辛辣的嘲讽。文章波澜起伏,一步步地把读者引入胜境。着意写物,意不在物,写物即所以写人。这是我国古典作家常用的一种手法,在《白杨礼赞》里得到了很好的继承和运用。

茅盾的散文,在艺术上有其独特的地方:他采取"大题小做"的方法,用短小精悍的篇幅写出日常生活的一角,借以显示重大的社会意义,使读者玩味思索。他的笔触细腻委婉,写人写物,都能神态逼肖,具有很强的形象性;同时又能把"尖锐"与"含浑"、"严肃"与"幽默"两种不同的艺术特点巧妙地结合在一起,既切合当时客观环境与斗争形势的需要,又较为灵活有致。对旧社会的不合理现象,有时虽未正面加以讥评,但或旁敲侧击,或正言若反,发人深省,促人愤怒。而文章又往往饶有诗情画意,能给读者以深刻的思想启示和强烈的艺术感染。

第五章 老 舍

第一节 初期长篇与短篇小说

老舍(1899—1966),原名舒庆春,字舍予,北京人,出身于一个贫寒的旗人家庭。父亲是个一月挣三两饷银的皇城护军,在老舍不到两岁时,死于庚子事变八国联军的炮火。从此,一家人"全仗母亲独力抚养了。……为我们的衣食,母亲要给人家洗衣服,缝补或裁缝衣裳。在我的记忆中,她的手终年是鲜红微肿的"[1]。这位勤苦、倔强、为人热诚的劳动妇女,同时也在精神上哺育了老舍:"我的真正的教师,把性格传给我的,是我的母亲。母亲并不识字,她给我的是生命的教育。"[2]五四以后的新文学作家,包括二十年代、三十年代出现的作家在内,大部分出身于社会的中上层;他们往往是作为自己原先

老 舍

所从属的那个阶级的"逆子贰臣",开始文学活动的。老舍与他们不同。他从小就处于社会的底层,生活贫困而且艰难;自己的切身经历,结合着耳闻目睹的不合理现象,激起了他对于恶势力的愤懑和对于城市贫民的同情,还滋生了强烈的民族感情。这些,都给他创作的选材和命意、他走向人民艺术家的道路以深远的影响。十九岁从师范学校毕业,先后担任过小学校长、劝学所的劝学员、教育会的文书和中学教员。

---

①② 《我的母亲》,载《半月文萃》第1卷第9、10期合刊,1943年4月。

五四运动爆发时,老舍已经开始了教学工作;他没有直接参加到这场运动中去,但"那时候所出的书","都买来看"①。五四提出的反帝反封建的口号,把老舍原先来自实际生活的感受,提高到新的认识水平:"反封建使我体会到人的尊严,人不应该作礼教的奴隶;反帝国主义使我感到中国人的尊严,中国人不该再作洋奴。这两种认识就是我后来写作的基本思想与情感。"②五四又使老舍看到用新的语言、新的形式制造的新型文学,唤起了他对于文学的浓厚兴趣,使他"醉心新文艺"③。他后来总结说:"五四给了我一个新的心灵,也给了我一个新的文学语言。""没有五四我不可能变成个作家。五四给我创造了当作家的条件。"④虽然老舍作为作家还是稍后几年的事情,但仍然可以说是五四的伟大变革吸引他走上文学之路的。

老舍的处女作是一篇速写式的短篇小说《小铃儿》,写于一九二二至一九二三年间,发表在天津南开中学的校刊上。但他一直把这说成"不过是为充个数儿"⑤"敷衍学校刊物的编辑者"⑥,后来也没有收进集子。所以,正式开始文学生涯,应该说是在一九二四年去英国教书以后。那时,他在伦敦大学东方学院教授中文。由于学习英文,读了不少英国小说;客居异乡的寂寞,使他时时落入对"国内所知道的一切"的追忆之中——它们"想起来便像一些图画……这些图画常在心中来往,每每在读小说的时候使我忘了读的是什么,而呆呆的忆及自己的过去,小说中是些图画,记忆中也是些图画,为什么不可以把自己的图画用文字画下来呢?"⑦将其中一些事件用文艺的形式写下来,就是第一部长篇小说《老张的哲学》。接着又写了长篇《赵子曰》和《二马》。这些作品在《小说月报》上陆续发表以后,以其文笔轻松酣畅,引起读者的注意。《老张的哲学》取材于北洋军阀统治下动荡不安的北京城乡生活,其中的"人多半是我亲眼看见的,其中的事多半是我亲身参加过的"⑧。小说描写恶棍为非作歹,拆散两对青年的爱情,把他们逼得死的死,跑的跑,在嬉闹的气氛中演出的却是一出悲剧。《二马》以伦敦作为人物活动的舞台,用意原在对比中英两国民族性的不同,从彼此的差异和由此产生的误解中获取喜剧性的效果;但在一连串笑谑中显示了海外侨胞受人歧视的处境。它们都涉及严肃的课题,

---

① 《我的创作经验》。

②④ 《五四给了我什么》,载《解放军报》,1957年5月4日。

③ 《习作二十年》,载《抗战文艺》第9卷第3、4期,1944年9月。

⑤⑦ 《我怎样写〈老张的哲学〉》。

⑥ 《我怎样写短篇小说》。

⑧ 《我怎样写〈赵子曰〉》。

对社会黑暗有所揭露。不过,老舍当时抱着"立意要幽默"和"看戏"的态度从事写作①,他并没有有意识地在这些方面多加挖掘发挥,有时反而从欺压者的恶行和受害者的不幸中寻求笑料,让对于前者的愤慨和对于后者的同情被笑声所冲淡以至于淹没;讽刺减弱了力量,幽默也近乎油滑,不免影响了作品的思想意义,在艺术表现上有时也流于浮泛和枝蔓。这些弱点,在取材于大学生生活的《赵子曰》中,表露得尤其明显。老舍后来在谈到这部作品时说:他"离开学生生活已六七年",而在"这六七年中的学生已和我作学生时候的情形大不相同了"。他虽然也"极同情于学生们的热烈与活动",却并不了解他们,写作时又作为一个旁观者,于是,"在解放与自由的声浪中,在严重而混乱的场面中,找到笑料,看出了缝子。……在轻搔新人物的痒痒肉"②。就对于五四以后的学生和学生运动的描写而言,有些情节是不够真实的,有些嘲弄也欠恰当。尽管上述几部小说存在着这些弱点,仍像茅盾所指出的那样:"在老舍先生嬉笑唾骂的笔墨后边,我感得了他对于生活的态度的严肃,他的正义感和温暖的心,以及对于祖国的挚爱和热望。"③它们和五四文学革命所开创的反帝反封建的民主主义、爱国主义的传统,是一致的。与此同时,在这几部小说中,已经显现出老舍那种讽刺与幽默兼而有之和富有北京地方色彩的艺术特色,着重通过平凡的生活场景和日常的生活细节反映社会现实的创作原则,善于刻画中下层市民的世态人情,和以喜剧的手法表现悲剧性的思想命题等特长——即已经初步然而相当全面地显示出他的现实主义的创作风格。在新文学作品中,长篇小说出现得比较迟,二十年代后半期正是这种体裁取得最初繁荣的阶段。老舍以这几部富有独特的创作个性的作品,在新文学最早的长篇小说创作中占有比较重要的位置。

一九三〇年,老舍从英国回国,途中在新加坡逗留半年,在一个中学教书。在这个当时英帝国主义的殖民地,他看到更多民族压迫和种族歧视的事实,并从青年学生探索革命的热诚中感受到东方革命浪潮的澎湃。尽管他并未充分理解这一切,而且对于革命抱着旁观的态度,但这却推动他更加关切祖国的命运,更加严肃地认识和对待生活。"一到新加坡,我的思想猛的前进了好几丈"④。他毅然中止了已经写了四万多字的题名《大概如此》的爱情小说的写作,开始撰写童话《小坡的生日》。这是一部"幻想与写

①② 《我怎样写〈赵子曰〉》。
③ 《光辉工作二十年的老舍先生》,载《抗战文艺》第9卷第3—4期。
④ 《我怎样写〈小坡的生日〉》。

实夹杂在一起"的小说,写的是一群天真无邪的小孩,所要表达的却是作家心中"那点不属于儿童世界的思想";对于被压迫民族的同情,和"联合世界上弱小民族共同奋斗"的希望①。反对帝国主义的题旨,在这篇童话中得到充分的发挥。二十世纪七十年代末,有的新加坡作家联系新加坡社会的发展变化,赞叹这部作品"深藏在儿童故事中的各种对新加坡社会的真知灼见和准确的预言",认为这是一部"立意要挖掘出一些重要的南洋华侨与当地社会问题"的作品②。这同样是与老舍对于被压迫民族解放的思考分不开的。回国以后,先后在济南、青岛的大学教书。当时日本帝国主义步步进逼,社会动乱不宁,人民挣扎于水深火热之中。这又促使老舍对于许多问题重新加以考虑;这一思索和探求的过程,在他的创作中留下明显的痕迹。

回国后的第一部作品是《大明湖》。这部小说以日本帝国主义在济南挑起的"五三"惨案为背景,据老舍自己说:"《大明湖》里没有一句幽默的话,因为想着'五三'。"③这部作品因原稿被焚于"一·二八"沪战炮火,未能和读者见面。后来,作者从中提取一部分情节,另外写成短篇《月牙儿》。一九三二年所写的《猫城记》,是一部寓言体小说,以猫城影射国民党统治下的黑暗中国,主要是写"国民性的弱点……与改造国民性有联系"④,其中的"猫人在很大程度上暴露出被吴敬梓到鲁迅这一系列作家所鞭挞过的'国民性'上所有的那些弱点⑤。这无疑是个严肃的主题。小说对于黑暗中国也作了比之早期作品更多的抨击。但与此同时,歪曲地描写了人民革命运动。在《赵子曰》中曾经出现过的对于青年学生的奚落,在这里发展成为对于革命者的嘲讽。相当长的一个时期内,老舍对于政治采取旁观以至厌恶的态度,对于革命的政治更是缺少认识;尽管他痛感社会的腐败和不平,但对变革这样的现实的革命运动,却又抱有怀疑。在嬉笑声中,可以觉察到他那由于找不到出路、看不见光明而来的很深的悲观情绪。《猫城记》集中地暴露出这一弱点。小说发表后不久,老舍就公开表示:"《猫城记》,据我自己看,是本失败的作品,它毫不留情面地显出我有块多么平凡的脑子。"⑥他解释说:写这部小说的主要原因"是对国

---

① 《我怎样写〈小坡的生日〉》。

② 王润华:《老舍在〈小坡的生日〉中对今日新加坡的预言》,载《星州日报》,1979 年 12 月 4 日、6 日。

③ 《我怎样写〈大明湖〉》。

④ 王瑶:《关于中国现代文学研究工作的随想》,载《中国现代文学研究丛刊》,1980 年第 4 期。

⑤ Cyril Birch, "Lao She：The Humourist in His Humour", 载 *The China Quarterly*, 1961 年第 4 期。

⑥ 《我怎样写〈猫城记〉》。

事的失望,军事与外交种种的失败,使一个有些感情而没有多大见解的人,像我,容易由愤恨而失望"①。可见,这是他政治上感到彷徨时的产物。《猫城记》对革命的误解,说明老舍在为灾难深重的民族寻求前途的过程中,是走过一点曲折的道路的。从六十年代起,美苏等国相继翻译出版此书,有的还不止一个译本②。一九八〇年,日本把它列入"科学幻想小说文库"翻译出版。国内也有人认为《猫城记》是我国最早的科学幻想小说③。近年来,对于应该如何理解和评价这部小说的思想意义,出现较大的分歧。这些,大约都是作家本人所未曾预料到的。

写于一九三三年的《离婚》,是老舍自己比较满意的一部长篇④。作品透过在国民党政府任职的一群公务员灰色无聊的生活图景,间接地暴露出官僚机构的腐败,后半部还侧面地揭示了特务制度的罪恶。老舍立意使这部长篇"返归幽默"⑤;但这些幽默成分大多不再是外加的笑料,而是有助于主题的表达。对于书内人物自私、庸俗、苟且偷安、相互倾轧等等,虽然讽刺得不够有力,却在含泪的微笑中作了批判,发挥了幽默的效用。这部小说取材于北平的日常生活,"北平是我的老家,一想这两个字就立刻有几百尺'故都景象'在心中开映。"⑥作品反映的生活是老舍所熟悉的,而通过生活细节的描写,着重地表现中下层市民的人情世故、悲欢离合,又是他所擅长的,不少章节宛如一幅幅生趣盎然的风俗画、世态画。作品的布局相当匀称,克服了在这以前一些长篇常有的结构松散的弱点。这是一部有较多现实内容和积极意义的作品,也是一部相当充分地显示出老舍艺术风格、写得比较成熟的作品。随后所写的另一部长篇《牛天赐传》虽然充满了老舍式的幽默讽刺,但思想深度不如《离婚》。

一九三二年以后,老舍在继续撰写长篇小说的同时,开始写作短篇小说,从这时到一九三六年以前所写的,大多辑入《赶集》、《樱海集》、《蛤藻集》。最初几篇,留有"随便写笑话"的倾向,如《热包子》、《爱的小鬼》等;不久就陆续写出含意严肃的作品。《柳家大院》勾勒出北平大杂院内贫民痛苦生活的画面;《牺牲》揭露了一个留美回国的买办知识分子的丑恶嘴脸;《柳屯的》集中塑造了一个依仗洋人权势鱼肉乡民的农村女恶霸的形

---

① 《我怎样写〈猫城记〉》。

② 美国于 1964 年出版了 James Dew 的节译本,1970 年又出版了 William A. Lyell, Jr 的全译本。

③ 叶永烈:《老舍笔下的火星人——〈猫城记〉》,载《文汇报》,1981 年 5 月 19 日。

④ 《习作二十年》,载《抗战文艺》第 9 卷第 3—4 期,1944 年 9 月。

⑤⑥ 《我怎样写〈离婚〉》。

象;《毛毛虫》和《邻居们》着力刻画小市民的庸俗生活和卑微心理。《上任》描绘土匪头子当了保卫地方治安的稽察长,继续和各路土匪来往的罪恶勾当;《听来的故事》则叙述一个碌碌无能的人官运亨通,青云直上;两者都抨击了国民党官僚机构的腐败。《铁牛与病鸭》和《新韩穆烈德》都以知识分子为主人翁,前者写出了在国民党统治下,科学救国的善良愿望的破灭,后者反映出日货倾销下民族工商业的凋敝。《黑白李》还摄下革命者的侧影,寥寥几笔,点染出他的革命活动和正直品质。这些作品,从不同的角度色彩鲜明地渲染出沦为半封建半殖民地的旧中国的社会风貌。它们或者鞭挞恶势力的为非作歹,或者为被侮辱与被损害者鸣不平,都表现出反帝反封建的思想倾向。

在老舍的短篇小说中,《月牙儿》是最为人称道的优秀之作。小说写下了母女两代受生活逼迫,堕为暗娼的悲惨遭遇。女儿是那么天真无邪,她对于罪恶和堕落几乎都一无所知,她的沉沦毁灭,也就具有更为强烈的悲剧意味。"世界就是狼吞虎咽的世界,谁坏谁就有便宜。"这是作家通过这个故事呼喊出来的对于旧世界的控诉。在老舍的作品中,还从未出现过这样激烈的抗议。小说以女儿回忆她走过的人生道路的方式展开,富有抒情意味的语句,一再出现的象征性的"月牙儿"的形象,使作品笼罩在清冷凄婉的光彩之中,艺术上也颇具特色。

这些短篇比之早期的长篇,题材开阔,倾向鲜明,文字也较前精炼紧密。在谈到自己的创作经验时,老舍一再表示短篇小说要比长篇难写,认为前者"最需要技巧,它差不多是仗着技巧而成为独立的一个体裁"①。他自己写短篇确实要比写长篇经过更多的推敲,更为重视艺术技巧。他的短篇不同于长篇的平铺直叙,而讲究结构布局;不只是注意故事情节的展开,也着力于环境气氛的描写。短篇中像《马裤先生》、《善人》那样,用漫画式的笔法,突出市侩和伪善者的丑态,发挥了讽刺的力量;像《抱孙》、《开市大吉》那样,充满了相声式的笑料,使人在捧腹大笑的同时,看到了生活中的愚蠢和虚假,笑声成了武器。《老字号》、《断魂枪》那样的作品,又转而着力于人物内心的刻画和生活氛围的渲染,从中闪现出时代的投影,和一些辞气浮露的作品不同,耐人咀嚼回味,显示了老舍不同的艺术才能和成就。在多种文学体裁中,老舍先是以长篇小说见称,五十年代以后,则以话剧创作为人所乐道,但他也确实写了一些精彩的短篇。

---

① 《我怎样写短篇小说》,另参见《越短越难》。

老舍自称是个"爱笑的人",但知道"笑是不能勉强的"①,借用他的作品中一个人物的话说:"我的笑常常和泪并在一起,而分不清哪个是哪个。"②轻快与凝重,嬉笑与悲哀结合在一起,使他的幽默和讽刺都显得复杂。从前后的变化来看:早期作品中批判和鞭挞往往较为温和,"我要笑骂,而又不赶尽杀绝。我失了讽刺,而得到幽默。"③他还因此一度被人称为"幽默作家"。进入三十年代中期,他的笔调显得严峻起来,发出越来越激愤的抨击和控诉。一九三五年五月,老舍在辑集《樱海集》时,说明他的创作风格上的变化,"与心情是一致的"④。随着对于祖国深重灾难有了较多的认识,他作品的风格和内容也就发生了相应的变化。

第二节 《骆驼祥子》

长篇小说《骆驼祥子》写于一九三六年,是在老舍辞去山东大学的教职,实现了他作为职业作家的愿望以后的作品。这部小说的创作,最初是由别人谈起的一个车夫买车卖车、三起三落的事件触发的。这位在贫民窟里长大、熟悉车夫的不幸生活的作家,敏锐地发现了这个故事的典型意义,当即表示:"这颇可以写一篇小说。"紧接着,由一九三六年春天到夏天,他"入了迷似的去搜集材料",构思如何塑造人物形象和安排故事情节⑤。本来,进入三十年代中期,老舍的创作在思想上艺术上都已经出现重大的进展,再加上有了这样充分的积累和酝酿,《骆驼祥子》成为他的优秀代表作,而且标志了他的创作进入新的阶段。

《骆驼祥子》真实地描绘了北京一个人力车夫的悲惨命运。祥子来自农村,在他拉上租来的洋车以后,立志要买一辆车自己拉,做一个独立的劳动者。他年轻力壮,正当生命的黄金时代;又勤苦耐劳,不惜用全部力量去达到这一目的。在强烈的信心的鼓舞和支持下,经过三年的努力,他用自己的血汗换来了一辆洋车。但是没有多久,军阀的乱兵抢走了他的车;一个接着一个的打击给他带来磨难。他不断挣扎,仍然执拗地想用更大的努力来实现自己梦寐以求的生活愿望。但一切都是徒然:用虎妞的积蓄买了一辆车,很快又不得不卖掉以料理虎妞的丧事。他的这一愿望

①④　《〈樱海集〉序》。
②　《我这一辈子》。
③　《我怎样写〈老张的哲学〉》。
⑤　《我怎样写〈骆驼祥子〉》。

"像个鬼影,永远抓不牢,而空受那些辛苦与委曲";在经过多次挫折以后,终于完全破灭。他所喜爱的小福子的自杀,吹熄了心中最后一朵希望的火花,他丧失了对于生活的任何企求和信心,从上进好强而沦为自甘堕落:原来那个正直善良的祥子,被生活的磨盘碾得粉碎。这个悲剧有力地揭露了旧社会把人变成鬼的罪行。

祥子是个性格鲜明的普通车夫,在他身上具有劳动人民许多优良的品质。他善良纯朴,热爱劳动,对生活具有骆驼一般的积极性和坚韧的精神。平常好像能忍受一切委屈,但在他的性格中也蕴藏有反抗的要求。他在杨宅的发怒辞职,对车厂主人刘四的报复心情,都可以说明这一点;他一贯要强和奋斗,正是不安于卑贱的社会地位的表现。他不愿听从高妈的话放高利贷,不想贪图刘四的六十辆车,不愿听虎妞的话去做小买卖,都说明他所认为的"有了自己的车就有了一切",并不是想借此往上爬,买车当车主剥削别人;他所梦想的不过是以自己的劳动求得一种独立自主的生活。这是个体劳动者虽然卑微、却是正当的生活愿望。作品描写了他在曹宅被侦探敲去了自己辛苦攒来的积蓄以后,最关心的却是曹先生的委托,因为他觉得曹先生是一个好人;对老马和小马祖孙两代的关切,表明了他的善良和正直。祥子的悲剧所以能够激起读者强烈的同情,除了他的社会地位和不公平的遭遇外,这些性格特点起了很大的作用。像这样勤俭和要强的人最后也终于变成头等的"刺儿头",走上了堕落的道路,格外清楚地暴露出这个不合理社会对人们心灵的腐蚀。作品写道:"苦人的懒是努力而落了空的自然结果,苦人的耍刺儿含有一些公理。"又说:"人把自己从野兽中提拔出,可是到现在人还把自己的同类驱到野兽里去。祥子还在那文化之城,可是变成了走兽。一点也不是他自己的过错。"老舍怀着对被侮辱与被损害者的深切同情,写下了这个具有激愤的控诉力量和强烈的批判精神的悲剧。

小说还细致地描绘了祥子为了实现自己的生活愿望所作的各种努力。作为一个没有觉悟的个体劳动者,尽管他有改善自己生活地位的迫切要求,却不懂得什么才是解放自己的道路,只是执拗地想凭个人努力去达到目的。结果使自己远离周围的朋友,孤独无援,没有力量抗拒一次又一次的打击。买车成了他奋斗向上的全部动力。当他逐渐意识到自己根本无法实现这个要求以后,他失去的不单是一个理想,而是生活的全部意义,因而不得不陷于精神崩溃的境地。正如作品中所比喻的,好像拉洋车为了抄近道,"误入了罗圈胡同,绕了个圈儿,又绕回到原处"。这就更加增添了他的不幸并给人以沉重的窒息之感。小说结尾,明确指出祥子是

"个人主义的末路鬼"①,在深切的惋惜之中包含了批判。作品于控诉旧社会吃人的同时,也宣布了企图用个人奋斗解放自己的道路的破产,这就比一般暴露黑暗现实的作品具有更深一层的社会意义。

在围绕祥子经历的描写中,作品也写到了别的一些人物和当时社会的畸形面貌。车厂主人刘四的残忍霸道,大学教授曹先生所受的政治迫害,二强子的欲起又落的经历,老马小马祖孙两代的凄凉光景,小福子的一步一步走向毁灭,以及大杂院、"白房子"等处的残酷景象。由此交织而成的生活画面,作为整个故事发生的社会环境,突出地表现了祥子的不可避免的悲剧命运。在小说中,和祥子的生活发生严重纠缠的人物是虎妞——一个大胆泼辣、多少有点变态心理的三十多岁的老姑娘。她是刘四的女儿,长期代表她父亲和车夫打交道,她的性格中带有许多可厌的剥削者的特点;但她也有自己的苦闷和追求幸福的愿望。她找上了祥子,并在被迫的情况下和刘四决裂。祥子并不爱她,却又无可奈何地接受了她的"爱情"。他们的结合成了祥子个人奋斗过程中的一个新的打击。作品关于虎妞这个人物复杂性格的刻画,以及关于她和祥子之间那种"爱情"纠葛的处理,说明老舍对于这类人物的生活和心理有深刻的理解,也增加了故事情节的起伏。

全书充满了北京地区的生活风光,写得色彩鲜明。但作品关于时代背景的描写比较薄弱,与那个时代的社会重大变化缺少联系。故事的结局低沉,弥漫着一种阴郁绝望的气氛。据老舍自己回忆,作品发表后,"就有工人质问我:'祥子若是那样的死去,我们还有什么希望呢?'我无言答对。"②这样的处理,一方面表现了那个时代的悲惨气氛,加强了对于当时社会的批判力量;另一方面也反映出老舍在认识了旧社会黑暗势力的强大和个人奋斗的无能为力以后,还没有找到劳动人民自我解放的正确道路的情况下所产生的彷徨苦闷的心情。老舍十分熟悉他的人物。他用一种朴素的叙述笔调,生动的北京口语,简洁有力地写出了富有地方色彩的生活画面和具有性格特征的人物形象。在写实手法的运用和语言的凝练上,取得了成功。

老舍的创作,从一开始就是沿着五四文学革命所开创的现实主义道路前进的,到了《骆驼祥子》,更是表现出清醒严谨的现实主义特色。在中国现代文学中,把城市底层社会的生活和城市贫苦人民的命运,引进创作

---

① 《骆驼祥子》在解放后重印时,删去原来的结尾,这句话也被删去。

② 《〈老舍选集〉自序》。

领域,老舍是取得重要成就的一个;《骆驼祥子》是最好的例子。当作品写成时,作家表示:"这是一本最使我自己满意的作品。"①《骆驼祥子》牢固地奠定了老舍在中国现代文学史上的重要地位。小说在《宇宙风》上连载尚未结束,抗日战争就爆发,人们的生活发生了变化,书籍的出版发行也遇到很多困难,但并没有影响这部作品的广泛流传。一九三九年三月出单行本,六月再版,一九四○年三版,备受欢迎。在有些集会上,作家本人还多次被邀请朗诵其中的一些篇章,后来,作品又被改编为话剧和电影。四十年代中期,小说译成英文在美国出版,也得到了外国读者的欢迎。

与《骆驼祥子》同时在刊物上发表的,还有长篇《文博士》(在《论语》上连载时,原名《选民》)和中篇《我这一辈子》。后者通过一个巡警一生经历的自述,展现出城市底层社会阴暗、凄惨的画面。主人公忍辱偷生、做牛做马,混了几十年,仍然是家破人亡,前途茫茫。故事情节较之《骆驼祥子》有更大的起伏,所反映的社会内容也较为宽广。其中关于兵变的描写,惊心动魄。对于不合理的世道的愤慨,和找不到出路的痛苦交织在一起,作品的字里行间都充塞着强烈的抗议。"穷人的命——并不像那施舍稀粥的慈善家所想的——不是几碗粥所能救活了的。有粥吃,不过多受几天罪罢了。早晚还是死。"穷人的唯一前途,在于"这世界……换个样儿"。老舍就是如此明确地宣告了对于旧世界的彻底的否定。

写完《骆驼祥子》、《我这一辈子》等作品以后,据老舍说:"在'七七'抗战那一年的前半年,我同时写两篇长篇小说。……两篇各得三万余字。"卢沟桥炮声一响,"遂不续写"②,后来是连原稿也散失了。

第三节　通俗文学、话剧创作与《四世同堂》

抗日战争爆发,作家的生活和创作发生了巨大的变动,这在老舍身上表现得尤为突出。五四以来新作家中,老舍作品的一个重要特点,是他从一开始就显示出鲜明的反帝爱国的倾向。他把形形色色的洋奴、"西崽"式的人物作为讽刺对象,并为祖国备受帝国主义列强的欺凌而发出沉重的叹息。抗战前夕,他已经写了一些揭露日本军国主义和汉奸的短篇小说,抨击国民党政府不抵抗主义的杂文。"七七"以后,生死存亡的民族危机进一步激发起他的爱国热情。一九三七年十一月,他走出宁静的书斋,

① 《我怎样写〈骆驼祥子〉》。
② 《我怎样写〈火葬〉》。

丢下妻子儿女,只身离开即将沦陷的济南,辗转来到武汉,投身抗日救亡的文艺运动。当时,国共合作和文艺界团结的新局面,使他与中国共产党和革命作家有了直接的接触和密切的联系,在日常工作中随时都能得到他们的支持和帮助。一九三八年三月,中华全国文艺界抗敌协会成立,老舍被推举为总务组组长;协会不设主席,总务组组长实际负责协会领导工作。抗战八年中,他在中国共产党领导下,为了巩固和扩大文艺界抗日统一战线,做了许多有益的工作。一九三九年夏秋,老舍代表全国文抗参加了慰劳团慰问抗战将士,历经陕西、甘肃、青海、绥远、宁夏等地,"行二万余里,用时五个月"①。经过延安时,参观了抗日民主根据地,并且受到毛泽东等领导人的接见。这些经历,都加强了他与社会现实的联系,开阔了他的政治视野,对于中国共产党和中国革命有了新的认识,从而消除了原先由于隔膜而产生的对革命的怀疑,和由于看不到劳苦人民解放前景而产生的悲观情绪。他的创作也就发生相应的变化。

老舍怀有"对文艺的各种形式都愿试一试"的愿望②,创作体裁多样化,在新文学作家中可算首屈一指,这一点在抗战时期尤为突出。他自己说过:"战争的暴风把拿枪的,正如同拿刀的,一齐吹送到战场上去;我也希望把我不像诗的诗,不像戏剧的戏剧,如拿着两个鸡蛋而与献粮万石者同去输将,献给抗战……这样,于小说杂文之外,我还练习了鼓词,旧剧,民歌,话剧,新诗。"③他从小熟悉并且喜爱各种传统的民间文艺形式,深知它们在人民群众中间的广泛影响和巨大力量。当战争初起,他还在济南时,就开始考虑如何利用这些文艺形式进行抗日宣传的课题,与大鼓名手白云鹏、张小轩讨论过鼓书的作法。到了武汉、重庆,与富少舫(山药蛋)、富贵花、董连枝等著名艺人交往,向他们请教同时也为他们编写新的唱词,写下《新拴娃娃》、《文盲自叹》、《王小赶驴》等鼓书。还用旧剧形式写抗战的故事,有《忠烈图》、《王家镇》等。这些作品大多收入《三四一》。另有反映他参加北路慰劳团沿途见闻的长诗《剑北篇》,"草此诗时,文艺界对'民族形式'问题,讨论甚烈,故用韵设词,多取法旧规,为新旧相融的试验"④。抗战前期,利用民族民间形式创作抗战文艺,一度受到文艺工作者的重视,不少人作了尝试,对于新文艺的民族化、群众化起了积极的推动作用。老舍是其中努力最勤、成果较多的一个。这些作品,艺术上大

---

① 《归自西北》,载《大公报》,1939年12月17日。
②④ 《我怎样写〈剑北篇〉》。
③ 《三年写作自述》,载《抗战文艺》第7卷第1期,1941年1月。

多比较粗糙,旧的形式与新的内容还没有很好统一起来;但洋溢于其中的强烈的政治热情,把自己的创作实践和全民族的抗争紧密地结合在一起的高度自觉,以及对于胜利前途的坚定信念,都是作家以往作品中所未曾有过的。

在抗日战争时期,老舍写得最多的还是话剧,这在他也完全是新的尝试,先后写下了《残雾》、《国家至上》(与宋之的合写)、《张自忠》、《面子问题》、《大地龙蛇》、《归去来兮》、《谁先到了重庆》、《虎啸》(与赵清阁、肖亦五合写)和《桃李春风》(与赵清阁合写)等。这些作品,除了表彰抗日将士、宣传民族团结,以鼓舞人们战斗意志者外,有的暴露国民党统治下的不合理现象,有的讽刺一些人的性格弱点。人物面貌一般相当清晰,对话也机智生动。除《张自忠》等少数属于正剧外,大多带有不同程度的喜剧色彩,很有风趣,生活气息相当浓厚,发挥了作家的幽默才能。但主题思想发掘不深,一般停留在社会表面现象的描述上,戏剧冲突也不够鲜明集中。

他的第一个剧本《残雾》,写一个"好色、贪权、爱财"的局长,被日本女间谍利用的故事。全剧结束时,他被捕了。可是正当侦探长奉命同时逮捕女间谍时,却有官太太派卫兵请她赴宴,将她救了出去。既写了敌人的阴谋活动,又揭露了执政当局的腐败统治。另一个影响较大的剧作《面子问题》,以更多的场面展现"某机关"的种种丑态。一面是"世家出身,为官多年",一向作威作福、死要面子的佟秘书被撤职了,一面是心地很好而欠精明的工友赵勤意外地得到一笔遗产,突然成了小财主。周围的人,或趋炎附势,或投井下石。作品透过对于庸俗的世故人情的讽刺,抨击了国民党官僚的无耻和堕落。这些剧本,都以战争给各阶层人民带来的灾难作为背景,也塑造了一些富有正义感,埋头苦干的人物形象,以衬托这伙醉生梦死、为非作恶者的可憎。这些剧作演出时得到了观众广泛的共鸣。不过作为艺术品,不仅瑕瑜互见,而且时嫌不足,处处留下作家摸索、学习的明显痕迹。这段创作实践,为老舍在五十年代相继写出《龙须沟》、《茶馆》那样的优秀剧作,积累了经验。

在写作通俗文艺、话剧的同时,老舍继续从事小说创作,而且到了抗日战争后期和解放战争时期,写得最多的还是小说。他陆续写了短篇小说集《火车集》和《贫血集》,长篇小说《火葬》、《四世同堂》和《鼓书艺人》等作品①。

---

① 老舍曾在《抗到底》半月刊上连载长篇小说《蜕》,发表了十六章,因为杂志停刊没有继续写下去。

　　其中最重要的是《四世同堂》和《鼓书艺人》。前者包括《惶惑》、《偷生》、《饥荒》三个部分，表现了抗日战争期间，沦陷区人民的苦难经历以及他们在苟安的幻想破灭以后，逐渐觉醒，终于意识到只有坚持抗争才有出路的过程。他们以坚贞不屈和艰苦斗争，并且付出了沉重的代价，迎来了胜利①。作品写出了敌人的残暴统治，各色汉奸的卑污活动；也写出了知识分子的善良、懦弱和苦闷，以及一些下层市民的坚强不屈的意志。有的人逃出北平参加抗日行列，也有的人在城里坚持抗日宣传工作。故事是以祁家祖孙四代为中心，包括他们居住的那条小胡同中的各户人家和各种人物，来展开错综复杂的画面和情节。老舍有强烈的爱国热情，书中对那些富有民族气节的人物寄予了崇敬和同情，而对那些汉奸败类的嘴脸则给以厌恶的谑画。在开始写作这部作品时，老舍曾经表示：“设计写此书时，颇有雄心。可是执行起来，精神上，物质上，身体上，都有痛苦，我不敢保险能把它写完。”②据说，这是“老舍花费力气最大，写作时间最长，他自己也比较满意的一部作品”③。综观全书，骨架虽大，结构却很匀称；人物的对话也能传神，是画出了沦陷区人民苦难生活的一个大致轮廓的；许多关于北平风土人情和街头巷尾生活场景的描绘，都写得鲜明生动、富有光彩。由于作家远离被敌人占领的故土，怀着很深的乡思展开这样的渲染，在回忆里复活起来的这些画面，显得格外鲜艳夺目，因此也就更能激起人们的民族情感。经过近年的实际调查，发现作为展开主要情节的舞台的那条小胡同，原来就是老舍本人的诞生地④，作家确实把他那国土沦丧的痛苦和愤怒，深深地渗透在小说的字里行间了。老舍虽没有经历小说所描绘的实际生活，主要依靠第二手材料，但由于在这个时期，老舍积极参加抗日爱国斗争与民主运动，和革命力量有密切来往，作品写的又是日本帝国主义统治下沦陷区人民的深重苦难，色彩明朗，气度昂扬，调子毫不低沉，显示出他的思想和创作的新的进展。

　　一九四六年初，老舍应邀去美国讲学，一直到新中国成立，才返回祖国。在美国居留期间，他写完《四世同堂》第三部《饥荒》，还写了另一部长

---

　　①　《四世同堂》第三部《饥荒》，1950 年 5 月—1951 年 1 月在《小说》月刊连载时，到第二十章写到太平洋战争爆发就结束了，比老舍最初宣布的计划少了十三章。长期以来，人们因此认为他没有写完这部作品。实际上，1951 年在美国纽约出版的英文节译本（改名 The Yellow Storm，译者 Ida Pruitt）中，包括了最后十三章的内容，小说一直写到祁家四代和他们那条胡同里的居民一起欢庆抗战胜利方结束。

　　②　《〈四世同堂〉序》。

　　③　王行之：《老舍夫人谈老舍》。

　　④　胡絜青、舒乙：《记老舍诞生地》，载《新文学史料》，1980 年第 1 期。

篇《鼓书艺人》。该书的英译本一九五二年在美国出版；由于原稿遗失，中国读者到一九八〇年才读到从英文译本转译回来的中文本。这部长期被人忽略了的小说，却是作家又一部比较优秀的现实主义作品。它叙述一群演唱大鼓书的艺人在抗日战争时期悲欢离合的故事。在旧中国，艺人始终处于社会的最低层，任人玩弄侮辱，却得不到任何保障。书中写到了他们的悲惨遭遇，三个青年妇女都受到别人的欺骗糟蹋，也有些人自甘堕落，潦倒不堪。但小说并没有停留在渲染他们的沉沦，而是以更多的篇幅突出他们的觉醒。方宝庆对于艺术事业的严肃态度和美好设想，他的养女秀莲对于独立生活的渴望，以及他们改革旧艺术，使之为抗日宣传服务的热诚，成为强烈的内在要求，并且见诸他们的实践——在时代潮流的冲击下，他们再也不愿忍受原先那种屈辱、卑贱的处境，要求艺人的解放和艺术的解放。他们寻求新路，自然也有挫折失误；但在他们的身上已经显示出老舍笔下的人物所少有的那种掌握命运、改变命运的历史主动性。小说里的革命作家孟良，也是老舍作品中写得最为充实的革命者形象。他为人亲切热情，在方家父女的进步中起着积极的作用。尽管作品的画面上仍然布满了旧世界的阴霾，但新时代的阳光透过层层雾障，已经闪烁出耀眼的光辉。作品具有一种高昂、乐观的基调。小说以鼓词常见的套话："长江后浪推前浪，一代新人换旧人"作为结束；用在这里，正好点明它所反映的是艺人们走向新的生活这一基本事实。《鼓书艺人》写于人民解放战争即将取得全国性胜利的历史转折关头，老舍以此反映正在发生的剧烈的社会变革，也以此表现了他自己正在经历的深刻的思想变化。

　　一九四九年初，老舍在给友人的信中诉说客居美国"对我，并不舒服"的苦恼。他说："《四世同堂》已草完，正在译。这就是为什么还未回国的原因。此书甚长，而译手又不十分高明，故颇需时日，始能完成。……若不为等《四世（同堂）》译完，我早就回国了。"[1]联系中国人民革命即将取得彻底胜利的客观形势和《鼓书艺人》中所表现出的作家本人政治思想的重大发展，不难体会出老舍当时正以何等急切的心情关注着祖国的命运，并且渴望能够投身迅速发展的革命高潮之中。同年十月，老舍自旧金山起程，十二月回到祖国。从此，他以从未有过的旺盛的精力和高涨的热情，写下了众多的优秀作品，赢得了"人民艺术家"和"文艺界劳动模范"的赞誉。从温和的民主主义出发，逐步走向革命，走向社会主义新中国——老舍的这条道路，在现代中国的作家和知识分子中间，具

---

① 《作家书简》，载香港《华商报》副刊《茶亭》，1949 年 2 月 26 日。

有一定的代表性。

老舍的作品大多取材于城市下层居民的生活,讲究情节的波澜起伏,善于运用精确流畅的北京口语。一部分作品受到英国小说的明显影响,主要是取其幽默风趣和用语力求机智俏皮的特点。他一向注意写得通俗易懂,后来又努力于文艺的民族化群众化工作,他的作品在国内拥有广泛的读者,较早地突破了新文学的对象主要限于青年学生和知识分子的圈子,深入到市民群众中去,从而扩大了新文学的阵地和影响。《骆驼祥子》和后来写的《茶馆》,还得到较高的国际声誉,成为我们民族的新文学的骄傲。

第六章 巴 金

第 一 节 前 期 创 作

　　巴金(1904—2005),原名李尧棠,字芾甘,出身于四川成都一个数代
为官又是书香门第的大家庭。其父曾
任川北广元县的知县,辛亥革命前卸任
回成都,广植田产,成为当地知名的地
主乡绅。巴金幼时入私塾,有文化涵养
的母亲和姐姐也是他文化启蒙的良师。
而父母过早去世,姐妹及堂兄弟多人相
继夭亡,使少年巴金感受生离死别的
悲哀。特别是他目睹封建大家庭内部
种种堕落腐败行径,和从他父亲的衙
门里看到封建统治者对平民百姓的残
酷迫害,触发了他对封建制度产生怀
疑和反感。巴金又从与轿夫和女佣的
接触中,感受到劳动者的纯真心地和
善良品质。他后来回忆说:“我从小

巴 金

就爱和仆人在一起,我是在仆人中间长大的”。他勇敢地宣称:“我说我
不要做一个少爷,我要做一个站在他们一边,帮助他们的人。”①早在那
个时候,生活已经在他幼小的心灵上,撒下了作为封建制度、封建家庭的
叛逆者的种子。

　　巴金十五岁前后,五四新文化运动在北京发生并迅速扩展到四川。
反帝反封建的狂飙,广泛传播的各种民主主义、社会主义思潮,使巴金在

---

　　① 《短简·我的幼年》。

惊奇和兴奋中,受到从未有过的鼓舞和启示。他密切地注视着运动的发展,《新青年》、《每周评论》等刊物以及一些新出的书籍,成了他的启蒙读物。原先从实际生活的感受中滋长起来的怀疑和反感,开始找到了理论上的解释和指引;本来只是个人的思考和摸索,也开始汇入到整个社会的斗争洪流中。巴金的生活和思想因此发生决定性的转折。他说:"我常常说我是五四的产儿。五四运动像一声春雷把我从睡梦中惊醒了。我睁开了眼睛,开始看到了一个崭新的世界。"①正是五四运动,推动他走上坚决反对封建制度、热情追求新的社会理想的道路。一九二三年,他从家庭出走,离开闭塞的四川来到上海、南京求学,一度还想报考新文化运动的发祥地北京大学。一九二七年初,赴法国学习,在更为宽广的天地里,继续如饥似渴地寻找社会解放的真理。

对巴金说来,这并不是一条平坦的道路。在五四前后传播的各种思潮中,最吸引他的是无政府主义。克鲁泡特金的政论《告少年》和廖抗夫的剧本《夜未央》等鼓吹这种思潮的读物,都曾给过他很大的激动和启发,由此逐步形成巴金青年时代的人生信仰和政治观点,指引他走上寻找真理的道路。他最早的一篇文章,就是题为《怎样建设真正自由平等的社会》的宣扬无政府主义的政论②。从此开始到二十年代末,他一直怀着极大的热诚,翻译编写了不少无政府主义的书籍。五四新文化运动带来了科学和民主,也带来了社会主义的思潮。人们那时急迫地吸取一切从外国来的新知识,一时分不清无政府主义和社会主义、个人主义和集体主义的界限,尼采、克鲁泡特金和马克思几乎有同样的吸引力。到后来才认识马克思列宁主义是解放人类的唯一真理和武器。许多寻求革命真理的先进人士,都在不同程度上经历过这样曲折的路途。现代中国作家中,巴金在这方面可能是最有代表性的一个,他的思想跋涉是艰苦的。这种蔑视一切权威和约束的思潮推动巴金走上民主革命的道路,成为他坚决反帝反封建的思想武器;也使他的创作从一开始就具有和旧世界决裂的鲜明的激进的色彩。与此同时,这种思潮又或多或少地妨碍巴金正确理解科学的社会主义理论和无产阶级政党领导的人民革命运动,在一个时期内持有这样那样的疑问或保留,给他的生活和创作带来某些消极的影响。不过,巴金关心的是人民群众的解放,是中国人民如何改变生活境地的实际问题,因此他能根据中国社会的现实决定自己的理解和行动,即使在最

---

① 《忆·觉醒与活动》。
② 载《半月》第 17 期,1921 年 4 月。

热衷于无政府主义的时候,也能提出和坚持自己的看法。这不仅使他当时有别于一般的无政府主义者①,也使他经过十多年的思考探索,终于和这种思潮分道扬镳。

巴金最早的创作,是发表在一九二二年七月至十一月《文学旬刊》(《时事新报》副刊)和一九二三年十月《妇女杂志》上的一些新诗和散文。它们传达了"被虐待者底哭声",闪现出"插着草标儿"的"丧家的小孩"、轿夫、乞丐……的面影,指出世上绝没有主动将财富送给穷人的富豪,"要想美的世界底实现,除非自己创造"。这些带有习作性质的作品,当时和后来都很少为人提及;但是,从现实生活吸取题材,注意尖锐的社会压迫和阶级矛盾,同情被侮辱与被损害者,呼唤人们起来反抗,将抗争的锋芒直指不合理的社会制度,革命的激情以至于晓畅热烈的文字等,都已显示出巴金以后几十年创作的基本倾向和特色。

他的正式的文学生涯开始于一九二七年旅法期间。在初到异国的孤独单调的日子里,过去许多经历、见闻在回忆里复活过来,"为了安慰我这颗寂寞的年青的心,我便开始把我从生活里得到的一点东西写下来"②。"四一二"国民党顽固派叛变革命,新军阀取代旧军阀,将准备迎接革命胜利的中国人民推入新的苦难的深渊。不久,在世界范围内爆发了拯救无政府主义者、意大利工人、被巴金奉为"先生"的凡宰地免受死刑的抗议运动,而美国政府不顾各国舆论的警告,仍然下令将他处死。这些重大变故,都使巴金感到极度震惊和愤懑。为了寄托和发泄这些激情,他又断断续续地写下了一些篇章。到了一九二八年夏天,经过整理和增删,就是他的第一部中篇小说《灭亡》。

小说写的是北洋军阀统治下的上海。从一开始军阀的汽车碾死行人到末尾革命者的头颅挂在电线杆上示众,中间穿插着封建家庭破坏青年男女的恋爱,工人因为运送革命传单被杀害等情节,表明这是一个到处都沾满了"猩红的血"的世界。小说以主要的篇幅描写处在这样的环境下,一些受到五四新思潮鼓舞、寻求社会解放道路的知识青年的苦闷和抗争。响彻全书的是这样的呼声:"凡是曾经把自己的幸福建筑在别人的痛苦上面的人都应该灭亡。"这其实也就是小说的主题。主人公杜大心怀有"为

---

①　巴金在四十年代初解释过:"我虽然信仰从外国输入的'安那其',但我仍还是一个中国人,我的血管里有的也是中国人的血。有时候我不免要站在中国人的立场上看事情,发议论。"(《〈火·第二部〉后记》)到了五十年代末,用更加明确的话表示:"我有我的'无政府主义'。"(《谈〈灭亡〉》,载《文艺月报》,1958 年第 4 期)

②　《写作生活的回顾》。

了我至爱的被压迫的同胞,我甘愿灭亡"的决心。不过,残酷的社会现实、痛苦的个人经历、无政府主义的信仰,还有严重的肺结核病,使他染上很深的厌世情绪,"他把死当作自己底义务,想拿死来安息他一生中长久不息的苦斗"。他的行动因而带有浓厚的悲观色彩和盲动性质。为了给被军阀杀害的战友复仇,他企图暗杀戒严司令。结果对方只受了轻伤,自己却献出了年轻的生命。作家赞美他的献身精神,同时看到并且写出了这种个人恐怖行动并无多大意义。巴金说:"我自己是反对他采取这条路的,但我无法阻止他,我只有为他底死而哭",并把杜大心称为"病态的革命家"①。杜大心的形象,很可以表明巴金的前期创作中所体现的无政府主义的影响和他对于这种思想的突破②。

一九二九年初,《灭亡》在《小说月报》上连载。革命和反革命激烈搏斗的情节固然很有吸引力;杜大心和李冷、李静淑兄妹之间展开的对于人生应该是爱还是憎、是讴歌还是诅咒,对于现实社会应该是逐步改良还是彻底摧毁的争论,全书时而昂奋时而抑郁、骚动不安的基调,以及杜大心自我牺牲的行为等,更在迫切地寻求前途的青年读者中间,激起强烈的反响。正如一位读者所陈述的那样:《灭亡》"把这个残杀着的现实,如实的描写出来……还把那万重压榨下的苦痛者底反抗力,表现了出来……从反抗压迫的叫号中,我们可以知道:弱者不是永久的弱者,他们有的是热血,一旦热血喷射的时候,哼! 他们要报复了。"③他们不只是深切地体会了作家总的创作意图,而且准确地感受到了作家情绪上的起伏波动,沉浸在同样的痛苦和欢乐、幻灭和期待之中。这是作家和读者之间真正的思想感情的交流融合。所以,虽然《灭亡》艺术上还比较粗糙,思想上也存在着弱点,却立即成为一九二九年最受读者欢迎的作品之一。这个出乎意料的成功,使巴金第一次发现,文学创作可以成为自己同那些和他一起经受生活煎熬的青年们精神联系的手段。他说:"《灭亡》的发表……替我选定了一种职业。我的文学生活就从此开始了。"④

《灭亡》的续篇《新生》,叙述李冷、李静淑兄妹在杜大心牺牲的激发下,先后走向革命的故事。小说采用日记的形式。作品渲染了群众的麻木落后,革命者的孤独寂寞——他们只能靠着"信仰"坚持生活和斗争,因

---

① 《〈灭亡〉作者底自白》。
② 巴金自己说过:"我坦白地承认我的作品里总有一点外国'无政府主义'的影响,但是我写作时常常违反这个'无政府主义'。"(《谈〈灭亡〉》,载《文艺月报》,1958年第4期)
③ 孙沫萍:《读〈灭亡〉》,载1930年《开明》第2卷第24期。
④ 《谈〈灭亡〉》。

而涂抹了一层阴郁的颜色。不过,李冷在就义前想到的,却是"把个人的生命连在群体的生命上,那么在人类向上繁荣的时候,我们只看见生命的连续广延,哪里还有个人的灭亡"。可见作家胸怀"大心",关注的是广大人民的命运,瞩目的是经过斗争、牺牲达到的未来。他希望用先驱者的英勇业绩唤起更多的后继者,共同起来推翻罪恶的旧世界。虽然这样的信念失之空泛,在艺术上也没有得到充实的表现,却还是具有一定的鼓舞力量。

在前期创作中,巴金自己最喜爱的是总题为《爱情三部曲》的三个中篇。第一部《雾》篇幅短小,主要描写周如水的爱情生活。他虽是五四以后的新青年,却摆脱不了封建道德观念的羁绊,在恋爱中表现出软弱、优柔寡断的性格,因此失去了心爱的人。到了《雨》中,在再一次恋爱失败以后,投江自杀了。第二部《雨》的人物比《雾》多,情节也较为复杂,几个人物的形象比较丰满。小说着重描写的是"热情的,有点粗暴浮躁"的吴仁民与郑玉雯、熊智君的爱情纠葛。但这并不是一个三角恋爱的故事,而是提出了应该如何处理革命与恋爱的关系的严肃课题。作品中两个女子结局都很凄惨,吴仁民却终于摆脱了感情的牵制,完全投身革命的斗争中去。在第三部《电》里,前面两部作品中的一些人物,逐步成熟,显示出作家所说的"一种近乎健全的性格"。有关爱情的描写已经不多,不再以此作为贯串的线索了。作品通过工会、妇女协会、学校等方面的活动,展现了某城一个激进团体的反军阀斗争。青年人的真诚友谊、坚定信仰、勇于献身的精神和行为,构成全书的主要内容。就所反映的社会现实而言,这是三部曲中最为宽广的。《电》也是巴金最喜爱的一部。值得注意的是,小说中一再出现的关于是否应该采用个人恐怖手段反抗顽固势力的论辩。作家反复说明"我们恨的是制度,不是个人";因此"痛快地交出生命,那是英雄的事业,我们似乎更需要平凡的人","能够忍耐地、沉默地工作的人"。和《灭亡》相比,《电》较为清晰地强调了这一思想。不过小说仍以较多笔墨描写冒险行动,歌颂牺牲精神,使那些"英雄"比"平凡的人"更有光彩。这些地方,反映出巴金思想感情上深刻的矛盾。

从《灭亡》到《爱情三部曲》,主人公都是一些作为旧世界的叛逆者的知识青年。他们出身剥削阶级,但决心献身于被剥削者的解放事业;他们以人民的代表自诩,却又看不到人民的力量,更没有找到正确的革命道路。在他们的内心深处,还保留着小资产阶级个人主义的灵魂。他们的勇敢和脆弱,信心和空虚,往往矛盾地交织在一起。巴金一再提到他是从自己的朋友身上提取这些人物形象的素材的。他不仅熟悉而且热爱他

们,总是用饱和着真挚感情的画笔,绘下他们的身影,表达他们的情绪。不容否认这些作品留下了无政府主义的某些消极影响,但它们的确真实地记录了这些知识青年的生活和斗争,真切地刻画出他们复杂的、常常是有些病态的精神风貌。具有类似的矛盾和苦闷的知识青年,在二十年代、三十年代的现实社会中,为数不少。把这种类型的形象带进文学画廊,正是巴金的小说能够激动那么多青年读者的重要原因。

巴金虽然以表现知识青年著称,却从一开始就触及现代产业工人的斗争。《灭亡》出现过革命工人张爱群的形象,随后又在中篇《死去的太阳》中以更多的篇幅展现了南京工人为了抗议"五卅"暴行掀起的罢工运动。三十年代初,巴金接连写了两部主要描写工人的中篇:《砂丁》写的是锡矿工人的生活,《雪》(原名《萌芽》)写到了煤矿工人的斗争。呈现在读者眼前的是一幅幅阴暗的画面:工人的苦难,不仅在于所创造的剩余价值被贪婪的资本家掠夺去了,还有更多的中世纪式的非人折磨——从被诱骗到矿山起,一直到被埋进土坑(死了的或者被活埋的),他们完全失去了人身自由,生命毫无保障。矿山对他们说来,无异于一座死牢。小说也写到了工人的朦胧的觉醒,从自发的个人反抗到初步组织起来的罢工斗争。作家说:"我是把一个垂死的制度摆在人们的面前,指给人们看:'这儿是伤痕,这儿是血,你们看!'"①作品里的工人形象虽然不很成功,但就真实地反映了半封建半殖民地旧中国的生活——无产阶级所忍受的种种惨无人道的超经济剥削这一社会现实而言,小说还是写得出色的。

从一九二九年起,巴金开始写作短篇小说。到一九三七年抗战爆发,已经写下六十余篇,分别收入《复仇》、《光明》、《将军》、《发的故事》等十一个集子。这些短篇描绘了一个广阔的世界。取材异域生活的篇什,占了很大的比重;许多篇是以法国人为主人公的,此外像俄罗斯人、意大利人、波兰人、奥地利人、犹太人、日本人、朝鲜人,尤其是其中的革命者和具有反抗精神的青年,都常常是巴金短篇的主角。这些作品,少数是根据历史文献、传记提供的素材改编而成,绝大部分都是通过作家与外国友人的交往,有了认识和思想感情的交流以后写下的。在五颜六色的异国风光中,表现的同样是民族压迫阶级对立的严酷生活,同样是反抗不合理制度的英勇斗争。五四以后,随着社会、文化各个方面中外交流的增加,从内容到形式都给文学创作带来明显的影响。外国题材较多地进入中国作品,正是其中的一个变化。巴金的短篇就是很好的例子。取材国内生活的

---

① 《〈砂丁〉序》。

短篇,也写到了现实社会的多种矛盾。《煤坑》、《五十多个》、《还乡》、《月夜》、《一件小事》等篇,反映工农群众在天灾人祸、在统治者沉重摧残下的苦难和抗争。《知识阶级》、《沉落》等篇,鞭挞了上层知识分子的堕落。《父亲买新皮鞋回来的时候》、《春雨》、《雷》、《星》等,则以作家熟悉的革命者或者在苦闷中寻路的知识青年为主人公,透露出较多的理想的闪光。

巴金的短篇喜欢采用第一人称的写法,不少属于书信体或日记体。其中的"我"可能是故事的中心人物,也可能是事态发展次要的参与者或目击者。他后来解释自己常用这类写法,积极的原因是可以直接"倾吐自己的感情",消极的原因是便于对"不知道的就避开"不写①。他的小说大多数较多主观感情的抒发,较少客观生活的刻画。巴金还说过:"我写文章,尤其是写短篇小说的时候,我只感到一种热情要发泄出来,一种悲哀要倾吐出来。我没有时间想到我应该采用什么样的形式。我是为了申诉,为了纪念才拿笔写小说的。"②他一般不怎么注意结构故事、剪裁情节、节制文字等方面的推敲;而是感情奔放,一泻千里,读来激动人心,十分流畅。

尽管如此,巴金的短篇仍然是丰富多姿、色彩缤纷的。隐藏在落魄的音乐师难听的歌声里的,原来是一场不幸的恋爱悲剧,通篇笼罩着淡淡的哀怨(《洛泊尔先生》)。从断了弦的三角琴,引出了一个流放西伯利亚的热爱艺术热爱自由的俄罗斯农民的庄严形象,字里行间充满了对于专制制度的控诉(《哑了的三角琴》)。取材法国大革命的几篇,用颜色鲜艳的画笔,很有气势地渲染出时代的狂风暴雨,并在这样的画面上凸现出几位历史巨人的面影(《马拉的死》等三篇)。这些作品,带有比较鲜明的浪漫主义的情调。收入《抹布》集里的两篇:《杨嫂》叙述一个处身社会底层的女佣的悲惨经历,《第二个母亲》描写一个厕身上层社会任人玩弄的女性的痛苦生活,以她们的善良和热爱生活,反衬出社会的冷酷,洋溢着人道主义的义愤。《将军》塑造一个潦倒上海滩、靠着妻子卖淫为生的白俄贵族的形象,从昔日的荣华和今天的破败的强烈对比中,指出他们必然灭亡的命运。《神·鬼·人》的前两篇(《神》、《鬼》),通过一连串平凡琐细的日常生活的描写,刻画出几个日本人苦于现实生活的磨难,转向宗教寻求解脱的空虚苦闷的灵魂。这些作品,有较多的细节描写,人物形象丰满,具

① 《谈我的短篇小说》。
② 《生之忏悔:我的自剖》。

有现实主义的特色。另外,在《幽灵》、《狗》等篇中,吸取了一些象征的写法。《长生塔》各篇,都是童话。在严重的白色恐怖下,作家借象征和比喻,表达对于阶级压迫的抗议,宣告不合理制度终将消灭的信息,艺术上别具一格。虽然在巴金的整个创作中,短篇小说的成就、影响,不如长篇和中篇,它们在思想上艺术上仍然具有值得重视的特点,显示出作家多方面的才能。

他的第一个散文集《海行杂记》是在第一部小说之前写成的,即在一九二七年初去法国的旅途中,用散文写下沿途的见闻。当时的目的是写给他的两个哥哥看的;结集出版,已经是巴金成为著名小说家以后的事了。所以,长期以来人们(包括作家本人)一直以《灭亡》,而不是《海行杂记》作为他的文学生涯的起点。

巴金的散文数量不少,在前期就出版了近十个集子。体裁包括游记、随笔、速写、杂文、书信、回忆录……其中最引人注意的是叙述自己生活、思想和创作的那些篇什(分别收入《忆》、《短简》、《生之忏悔》等)。在中国现代作家中,巴金也许是一位最喜欢跟读者交谈的作家,而且总是谈得那么亲切、那么坦率,从不掩饰自己的爱憎、欢乐和懊丧。他在给一个青年学生的信中说过:"我们的心是连在一起的。"①这些散文,就特别清楚地表现出这种与读者推心置腹地交流思想感情的特点。它们不仅因为写得生动、热情充沛,受到读者的喜爱;还因为提供了有关作家生平和创作的大量第一手史料,为研究者所重视。在另外一些散文中,巴金善于用速写的形式,勾勒出社会的众生相。如《一九三×年·双十节·上海》摄下帝国主义侮辱中国人民的几个镜头;《鬼棚尾》揭露国民党政府纵容娼妓卖淫,从中征收"花捐"的卑鄙勾当;《一千三百圆》写到公开买卖妇女的行为;《赌》画出大小赌场的情景——这是一个必须推翻的旧世界。在《木匠老陈》、《一个车夫》中,刻画了劳动者正直、倔强的性格;《一个女佣》叙述一个农妇愤然复仇,杀死土豪,敢作敢当的事迹;《农民的集合》正面描写了广东农村正在兴起的群众性的政治斗争——突出的是潜藏在人民身上的巨大力量。此外,像《鸟的天堂》描绘南国乡野的景色:茂盛的榕树,欢叫的鸟群,跃动着自然界蓬勃的生命力,也是为人称道的作品。

巴金的散文,文字清丽流畅,善于将叙事和抒情融合在一起:感情在叙述的情节中回荡,事态随着情绪的湍流展开,虚实相间,挥洒自如。他的散文不追求外在的精雕细作,而能在娓娓道来的朴实的语言中,传达出

---

① 《短简:给一个中学青年》。

强烈的激情,给人以思想上的启示和艺术上的享受,具有一种内在的魅力和光彩。在现代中国的散文创作中,巴金是形成独特风格、自成一家的突出的一个。

第二节　《激流三部曲》:《家》、《春》、《秋》

《灭亡》的发表,使巴金立刻成为引人注目的创作新人,由此开始了他的文学生涯。但巴金集中力量从事文学创作,却始于一九三一年。"从这一年起我才开始'正式地'写起小说来,以前我只是在读书、翻译或旅行的余暇写点类似小说的东西。"①正是在这一年开始了他的杰出的代表作《激流三部曲》的写作。

《激流三部曲》总的计划和设想,在创作过程中屡有变更。有些原先的打算未能实现,某些重要人物的情节却是后来想到的。从一九三一年初开始撰写《家》,到一九四○年春完成《秋》,时写时停,前后跨越了将近十年的时间。但就小说内容而言,比起《灭亡》与《新生》,比起"爱情三部曲",它的各个部分之间,却具有更为密切的连贯性和更为和谐的统一性。整个作品通过一个大家庭的没落和分化,抒写了封建宗法制度的崩溃和革命潮流在青年一代中的激荡。作家以很大的激情对封建势力进行揭露,歌颂了青年知识分子的觉醒、抗争并与家庭决裂。

作品以五四的浪潮波及了闭塞的内地——四川成都为背景,真实地写出了高家这个很有代表性的封建大家庭腐烂、溃败的历史。用作家自己的话说:他"所要展示给读者的乃是描写过去十多年间的一幅图画"②。高氏豪门外表上诗礼传家,书香门第,但遮掩在这层帷幕之后的,却是内部的相互倾轧,明争暗斗,腐朽龌龊,荒淫无耻。为了维护这个作为封建制度的支柱而又面临崩溃的家庭,以高老太爷和克明为代表的那些卫道者,竭力奉持着礼教和家训,压制一切新的事物,甚至不惜以牺牲青年为代价。这就又加深了新与旧、当权势力与被压迫者的矛盾,并使年轻人遭受巨大的痛苦。在《家》中,就有梅的悒郁致死,瑞珏的临产丧生,鸣凤的投湖自杀,婉儿的被逼出嫁——这些青年女性的不幸遭遇,无不是封建制度以及礼教和迷信迫害的结果。作者通过这些描写,表现了深切的同情和悲愤,并向垂死的制度发出了"我控诉"的呼声。

① 《〈爱情三部曲〉总序》。
② 《〈激流三部曲〉总序》。

　　然而这个家里的新旧矛盾,毕竟已发生在五四时代。五四的浪潮掀起了青年一代的热情和理想,也加深了他们对于旧的制度和生活的憎恨。《家》中的重要人物觉慧,便是这种受到新思潮冲击的新生的民主主义力量的代表。他坚决反对向旧势力作任何退让妥协,反对"作揖哲学"和"无抵抗主义",他的信念很单纯,对旧势力"不顾忌,不害怕,不妥协"。他的确是"幼稚"的,对周围的一切还不能作出科学的分析,甚至感到"这旧家庭里面的一切简直是一个复杂的结,他这直率的热烈的心是无法把它解开的"。但基于五四时代对旧的一切表示怀疑和否定的精神,他知道这个家庭是"无可挽救的了"。他并不想对"家"寄托什么希望,而热心于交结新的朋友、讨论社会问题、编辑刊物、创办阅报社等等社会活动,"夸大地把改良社会、解放人群的责任放在自己的肩上"。即使在他与鸣凤热恋的时期,他在外面也"确实忘了鸣凤",只有回到那和沙漠一样寂寞的家里时,才"不能不因思念她而苦恼"。最后,觉慧无所顾忌地离开家而远走了。作家通过觉慧写出了革命潮流在青年中的激荡,写出了包含在旧家庭内部的新力量的成长,也通过觉慧来对觉新的"作揖主义"和别人的懦弱性格作了批判。在《春》与《秋》中,从淑英、淑华等人的成长过程,可以看到觉慧的行动对这个家庭所产生的巨大影响。他那热情大胆的性格的确给读者带来了鼓舞、带来了"新鲜空气"。觉慧到上海是为了向往那里的"未知的新的活动","还有那广大的群众和新文化运动";作品并没有正面地具体描写觉慧离开家庭以后所走的道路,但对封建家庭的叛逆,常常是知识分子走上民主革命的起点。根据觉慧性格的逻辑发展,在中国具体历史条件下,他是有可能经过较长时期的摸索而找到人民革命的主流和领导力量的。虽然环境气氛和时代精神在《激流三部曲》中表现得不够充分,使人不能十分真切地感受到那个家庭与当时各种社会关系的联系,但作品写到了五四革命浪潮的影响,写到了四川军阀混战对人民的骚扰,也写到学生们向督军署请愿和罢课的斗争,以及地主派人下乡收租等情况。这一切都表示这是一个人民革命力量正在艰苦斗争和不断壮大的时代,而这种背景就给觉慧这些青年人的叛逆性格和出路提供了现实的根据。在巴金塑造的众多的寻求革命道路的知识青年的形象中,觉慧是很有光彩的一个。

　　觉新和觉民是始终贯串在《激流三部曲》里的人物,特别是觉新,作者对他所花的笔墨最多,而且可以说是整个作品布局的主干。他的性格充满了矛盾,而这些矛盾又都带有新旧社会交替的鲜明的时代特征。他原是旧制度培养出来的,但也受到了新思潮的触动。后者使他心底里存在着是非和爱憎的界限,使他理解夺去了他的幸福和前途、夺去了他所最爱的梅和瑞珏的是"全个礼教,全个传统,全个迷信"。前者却又使他安分守己,逆来顺受,只会伤心地痛哭,忍受着精神上的痛苦。他在封建大家庭里所处的"长房长孙"的特殊地位,使他比别人承担更为沉重的精神负累,受到更为严格的封建拘束,负有更为众多的家庭义务——这一切,也就压得他更加无可奈何地沉落下去,成为封建家族制度的殉葬品。他是旧礼教的牺牲者,同时又不自觉地扮演了一个维护者的角色。而在另外一些场合,他又庇护反抗封建秩序的弟妹们,甚至资助他们逃出宛如牢笼的家庭;即使因此势必遭受长辈们的斥责,也在所不惜。作家抱着批判和同情兼而有之的矛盾心情,刻画了觉新的形象。这样性格复杂的人物也理应得到这般的对待。觉新不只是《激流三部曲》中写得最为丰富、最为成功的形象,也是整个中国现代文学史上一个著名的艺术典型。觉民的性格是沉着的,也是比较定型的;作家给他安排了一个比较顺利的遭遇,使他胜利地得到爱情,跨过了逃婚的斗争。他也有改变和发展,但都是顺着一条路向前的,他自信可以掌握自己的命运。在《春》和《秋》中,他已站在斗争的前缘,不妥协地和那些长辈们当面争辩,并卫护着淑英、淑华的成长。在给觉慧的信中,他说:"我现在是'过激派'了。在我们家里你是第一个'过激派',我便是第二个。我要做许多使他们讨厌的事情,我要制造第三个'过激派'。"这第三个就是淑英,淑英的成长和出走,是贯串在《春》里面的主线,而觉民的活动就为这件事的开展准备了条件。

在青年女性中,除了上面提到的一些牺牲者外,巴金在《家》里还写了琴和许倩如,这是正面力量的萌芽。虽然许倩如只是一个影子,而琴还正在觉醒的过程中,到《春》里,这种正面力量就有了成长,不仅琴的性格得到进一步的发展,而且出现了淑英。她从觉慧的出走引起了心灵的波动,从蕙的遭遇又深切地感到摆在自己面前的危机,于是在觉民、琴等人的鼓舞下,逐渐变得坚强起来,终于走上了觉慧的道路,理解了"春天是我们的"这话的意义。《春》和《秋》中所展开的是比《家》中更加深化的矛盾。在长辈们的虚伪与堕落的衬托下,《春》里面主要描写一些心灵纯洁的少年男女的活动,为淑英性格的成长和觉醒提供了条件。情节的开展比《家》来得迂缓,而精神仍是一贯的。淑华的活动主要在《秋》里。这是一个性格单纯开朗的少女,她的爽直快乐的声音常常调剂了某些场面中的忧郁情调,给作品带来了一些明朗的气氛。她最后也逐渐成长起来,有了"战斗的欲望",而且与旧势力进行了面对面的争辩。和她成为对比的是淑贞的命运,正当淑华争取到进学堂的机会的时候,淑贞跳井自杀了。这是个生活在愚蠢和浅妄的包围中而从来没有快乐过的木然的少女,她的遭遇,暴露了那些长辈们的虚伪和丑恶,说明了封建主义对人们精神上和肉体上的严重的摧残。这些少女的活动,包括绮霞、倩儿、翠环等人,是作品的重要构成部分。巴金在描写她们时,常常带有更多的温情,笔调也显得分外柔和。不但写到她们的苦难和欢乐、憧憬和觉醒时如此,即使像淑贞那样很难令人喜爱的性格,也不例外。这从根本上说,自然是由于青年妇女在封建社会总是处于特别不幸、卑贱的地位,更值得人们同情,但也和巴金继承了以《红楼梦》为代表的古典文学的优良传统和接受了十九世纪俄罗斯文学的积极影响有关。

对于那些虚伪、荒淫和愚昧的老一代的人们,作者并没有把他们漫画化,却仍然投予了深刻的憎恨和无情的诅咒。从高老太爷和《秋》里面死去的克明身上,揭露了旧制度的卫护者们那种表面十分严峻而其实极端虚伪和顽固的本质。《春》里面作者更多地勾画了克安、克定等人的荒淫堕落的活动,他们的盗卖财物、私蓄娼优、玩弄丫头奶妈等行径是不堪入目的;而在他们的放纵和影响下,觉群、觉世等小一辈品质的恶劣也已逐渐成形,这正说明了这种制度和教育的腐朽、野蛮和残酷。《秋》里面所写的面更扩大了,已不限于高家的范围,周家和郑家也占了很大的比重;通过周伯涛、郑国光、冯乐山、陈克家等不同人物性格的描写,所谓书香缙绅之家的虚伪、堕落和无耻的面貌是更多方面地揭露出来了。像周伯涛,实际上是夺走女儿和儿子两条年轻生命的罪魁祸首,连他的母亲和妻子都一再责怪他顽固不化,他却以自己所作所为无不符合封建教条,都是为了卫护封建秩序而洋洋自得。在这个人物身上,把"三纲"等封建道德灭绝人性的本质确实是淋漓尽致地表现出来了。这就不只补充了对高家那些"克"字辈人物精神堕落状况的揭露,而且说明了他们都是一个制度的产物,充分地显示了这些形象的社会意义。另外一些庸俗、泼辣和愚蠢的女眷们的活动,例如陈姨太、王氏、沈氏等,更以她们的反面形象引起了人们深深的厌恶。通过一些性格善良的人们的牺牲,例如蕙的死和葬,枚的死,以及一些不幸的丫鬟的命运,封建统治阶级的"吃人"的一面和作者的极端憎恶的感情就表现得更为鲜明。

在《秋》的最后,觉民说:"没有一个永久的秋天,秋天或者就要过去了。"作者曾说他"本来给《秋》预定了一个灰色的结局,想用觉新的自杀和觉民的被捕收场",但在友情的鼓舞下,他决定"洗去了这本小说的阴郁的颜色"①。这个预定的计划更接近于他在《爱情三部曲》或者《灭亡》、《新

---

① 《〈秋〉序》。

生》等作品中一再作过的艺术安排；但在愿意给读者以乐观和鼓舞的情绪支配下，他终于改变了预定的计划，给作品增添了健康和明朗的色彩。早期作品中有所流露的无政府主义的思想影响，在这里已经很难找到了。小说关于新的力量和新的道路虽然都还写得朦胧，但仍然有很大的鼓舞力，能够吸引读者憎恨那种腐朽没落的制度，并为美好的未来而斗争。封建社会在中国经历了特别漫长的历史岁月。到了现代，在狂风暴雨般的人民革命的连续打击下，它的解体仍然是极其缓慢的；而且一面走向死亡，一面继续虐待、摧残、杀害各阶层的人们，包括封建阶级成员自身。所以，以控诉封建家庭、封建制度的罪恶为主旨的《激流三部曲》，具有强烈的思想意义，它曾激动了几代青年读者的心灵。

《激流三部曲》的材料不少来自巴金自己那个封建大家庭。小说中的很多人物，也是从他的家人、亲友中提炼出来的，觉新就是以他的大哥为模特儿的。就创作素材而言，是巴金所有作品中最为深厚丰富的了。这几部长篇小说，虽然同样洋溢着巴金的热烈的感情，但他努力把这融入社会现象客观细致的描写中。他也不再像在最初的一些中篇里那样，喜欢进行直接的政治说教，或者展开抽象的人生意义的辩论，而是让形象说话。这些变化，使《激流三部曲》具有更多的现实主义的特色。这样的特色，在巴金后来的创作中还有更为明显的发展。

第三节　从《火》到《寒夜》

抗日战争爆发，巴金立即投身民族救亡的洪流。他和茅盾一起主编后来改名为《烽火》的《呐喊》（战前的《文学》、《中流》、《文季》、《译文》四份文学期刊的战时联合刊），并担任上海文艺界救亡协会主办的《救亡日报》的编委。随后，当选了中华全国文艺界抗敌协会理事。战前，巴金已经与左翼作家建立了良好的工作关系，相互支持，推动新文学的发展。他主编的刊物和丛书，刊登收录了许多左翼作家的作品；他先后在左翼作家发起的《中国文艺工作者宣言》和《文艺界同人为团结御侮与言论自由宣言》上签名。这时，他们更紧密地组织、团结在一起了。

战争使巴金辗转各地，在东南、中南、西南一带过着迁徙不定的生活，为民族解放奔走呼号。战争初期，他的作品都是揭露日本侵略军的暴行和歌颂中国人民的正义斗争，富有鼓动性。一九三七年至一九三八年陆续以书信形式写下的《给山川均先生》、《给日本友人》和《给一个敬爱的友人》等三篇，或者斥责背叛了自己的信仰，充当帝国主义走卒的日本的"社会主义者",或者期待日本人民醒悟,与中国人民一起为中日两大民族的解放和世界和平共同奋斗;字里行间充满了义愤和激情,蕴含着冷静睿智的社会理想。

巴金在抗日战争初期和中期的主要作品,是《火》三部曲(也被称为《抗战三部曲》)。第一部反映"八一三"以后上海青年学生的抗日救亡运动。冯文淑、朱素贞、刘波、周欣等人本着"在这个大时代中每个中国人都应该贡献自己的全部力量"的信念,积极参加护理伤兵、宣传鼓动工作。他们大多还很幼稚,缺少生活经验,但都真诚地、忘我地工作着。当上海的战斗行将结束时,有的告别温暖的家庭、热恋中的爱人,奔赴新的前线;有的冒着生命危险,留在上海坚持斗争。朝鲜抗日志士在上海的地下活动,也构成小说的一条线索。第二部集中描写冯文淑、周欣参加的战地工作团在皖西的宣传工作。团体的成员来自各方,出身、经历、志趣、性格各不相同,彼此之间也有意见分歧和冲突;但在紧张热烈的集体生活中,得到了锻炼,逐渐成长起来。和第一部一样,作品突出地渲染了年轻人的勇敢乐观和高昂的抗日热情。关于农民接受抗日宣传后的觉醒的描写虽然比较浅露,关于敌人逼近、工作团撤离时有的团员决心留下发动游击战的情节虽然没有展开,却使小说具有较为广阔的生活内容,暗示了比之宣传更为艰巨的斗争。这两部作品,真实地写下了日本侵略者在中国土地上燃起的罪恶的战火,写出了中国人民奋起抗战的正义的烈火,饱和着作家火一般的热情,"使人从一些简单的年轻人的活动里看出未来中国的希望"①。其中那些年轻人,与巴金前期创作中常见的主人公有很多相似之处,如刘波的形象很容易使人联想到那些小说里的革命者。但在《火》里,抗日救亡的热潮把他们从孤独、自我矛盾甚至绝望的小天地中拉到了轰轰烈烈的群众斗争的行列里,使这样的人物形象以至于整个作品具有原先创作中未曾有过的高昂明朗的调子。

《火》第三部,一名《田惠世》,写作时间与前两部间隔较久,故事情节的联结也不很紧密,曾经在伤兵医院担任护士的朱素贞进了大学读书,冯文淑也离开战地工作团,来到了昆明。在她们周围,大多是一些不再关心战争前途,也没有严肃的生活目的的青年。占据作品主要地位的是名叫田惠世的年长的文化人。他是个虔诚的基督徒,宗教信仰成为他坚强地生活和工作的精神支柱。他最喜爱的次子被炸惨死,使他向上帝提出了一系列疑问:"我们犯了什么罪,须得受罚呢?……这是谁的意旨?""为什

---

① 《〈火〉第一部后记》。

么说我们是罪人呢，我们没有罪。"这个沉重的打击，从根本上动摇了他的信仰，也加速了他的死亡的到来。与第一、二部比较起来，田惠世的形象和整个作品，缺少鲜明的时代精神，调子也变得低沉了。在这里，可以看到战争进入相持阶段以后的沉滞局面、国民党政府的腐败统治、人民群众的深重苦难，在巴金的作品中留下的阴影。

紧接着，巴金写了中篇《憩园》和《第四病室》。前者借着一座称为"憩园"的公馆作为线索，写出了杨、姚两个富贵人家的悲欢离合。他们从先辈那里继承了大量财富。这没有给他们带来任何幸福，反而导致家庭成员的堕落，酿成家庭悲剧。杨家的衰败，主要通过倒叙交代，以被妻儿赶出家庭的杨老三病死狱中作为情节的高潮。关于姚家的不幸，却以主妇万昭华朦胧的不安和痛苦，娇生惯养的儿了小虎的突然死亡，以显示前途多舛。作家旨在说明依靠遗产过活的封建家族必然破落，探索着人们应有的合理生活。小说构思精密，把两个互不相关的家庭的故事巧妙地结合在一起，几个主要人物都有鲜明的性格，整个作品抒情意味浓厚，艺术上相当成熟。但对于不堪救药的杨老三给予过多的温情，使小说"带了挽歌的调子"①。作家的原意是重在谴责封建宗法制度而不在于个人；在某种意义上说，杨老三本人也是这个制度的受害者。问题在于制度无法与具体的人物分开，杨老三毕竟是他那个家庭悲剧的直接制造者。这个人物的原型是巴金的五叔，相当于《激流三部曲》里的高克定。将《激流三部曲》中对于高克定的无情鞭挞、辛辣讽刺和《憩园》里对于杨老三半是憎恨半是同情作个对比，可以看到作家在形象创造和艺术构思上不同的探索与尝试。

《第四病室》根据巴金自己一九四四年在贵阳中央医院治病的亲身经历写成。他把这称为"真实生活的记录"，指出"小说中的人物和事情百分之九十都是真实的"②。作品以一个病人的日记的形式，记下了一间病室在十多天里发生的形形色色的事件。二十多个病人挤在一起，受着各种病痛的折磨，又得不到良好的治疗，死亡威胁着他们，有的被死神夺去了生命。他们得不到一点别人的同情：病人对病人，医院对病人，都表现出惊人的冷漠，因公受伤的病人也由于无人过问，独自悄然死去。作家把这小小的病室作为"当时中国社会的缩影"来刻画③，写出了

---

① 《谈〈憩园〉》。
② 《谈〈第四病室〉》。
③ 巴金自己为《第四病室》所写的"内容说明"，引自《巴金文集》第13卷《后记》。

整个社会在国民党统治下的呻吟、挣扎和灾难。平凡琐碎的生活细节的真实写照，使作品显示出现实主义的特色，但艺术提炼稍嫌不够，有的描写显得冗长乃至重复。在小说中，作家塑造了一个竭力减轻病人痛苦，给病人带来生活信心的杨木华大夫。这个人物的外形和医术，同样来自作家当时接触到的医生；但她的美好的心灵和情感，却出于作家的想象："这是病人们的希望，至少我耽在病床上受苦的时候，盼望着有这么一个医生来给我一点点安慰和鼓舞。"①这个带有理想成分的形象，给阴暗的画面带来了一些亮色。

长篇小说《寒夜》写于抗日战争后期到解放战争初期。巴金说他"是在一个寒冷的冬夜里"开始写作这部作品的②。它的开头和结尾，都是寒冷的夜晚，小说也始终笼罩在黯淡阴冷的氛围之中。和在这以前经常出现在巴金作品里的热情勇敢的人物形成强烈对比的，这里写的是一些卑微平凡、无所作为的小人物。汪文宣和曾树生都是受过高等教育的知识分子，也有过作一番事业的抱负。他们当年没有举行结婚仪式就同居了，表现出对习俗的不满与挑战，漫长的战争和艰辛的生活终于改变了一切。汪文宣在一个半官半商的文化机构里担任校对，微薄的薪金难以养活四口之家。他不喜欢自己的工作，却又唯恐失去这份工作，连上司的一句话、一点神色，都要反复琢磨，估量对自己的利害，担心可能出现的打击，在胆战心惊中，过着苟且偷安的生活。得了严重的肺结核以后，日子也就格外困难。曾树生在一家银行充当"花瓶"，挣些钱贴补家用。她同样不满意那种"职业"，然而经不起贫困的磨难，又抵挡不住物质享受的诱惑，想到的是她"不能救别人，至少先得救出自己"，一步一步地滑向深渊。文宣的母亲思想守旧，为人狭窄固执，婆媳之间一再发生争执。她们都爱文宣，希望他能过得愉快健康；文宣无法排解她们的纠纷，只会谴责自己"我对不起每一个人，我应该受罚"。这种冲突也导致树生决心离开家庭，跟着上司调往兰州。文宣的病日趋严重，在庆祝抗战胜利的爆竹声中离开了人间。当树生因两个月没有接到家信，赶回重庆探望时，死的死，走的走，已经没有一个亲人。通过这个平凡的生活悲剧，小说深刻地反映了在那个寒夜一般的年代里，人们所经历的深重苦难。

作家以极大的愤怒写下这个故事。他说："我进行写作的时候，好像常常听见一个声音在我耳边说：'我要替那些小人物伸冤。'不用说，这是

① 《巴金文集》第13卷《后记》。
② 《〈寒夜〉后记》。

我自己的声音,因为我有不少像汪文宣那样惨死的朋友和亲戚。我对他们有感情……也因为自己眼看他们走向死亡无法帮助而感到痛苦。"①小说带有巴金作品中一贯有的强烈的控诉意味,但和他前期作品不同,作家不再直接倾吐自己的感情,而是把它渗透在社会生活的客观描写中,写得含蓄深沉。巴金创造过很多肺病患者的形象,在以前的作品中,只是点染出这种可怕的疾病在人物心灵上投下的暗影;而在《寒夜》中,对于汪文宣的病情作了具体生动的刻画:咳嗽、喘息、发烧、盗汗、吐血等症状,以至于当结核菌蔓延到喉头时,由声音嘶哑到说不出话的细节,都作了细致的描写,写出了这种在当时还难以治愈的疾病如何一口一口地吞噬了他的生命。一些次要人物,如十三岁的儿子小宣瘦弱的身影,木然的神情,唐柏青在酒馆借酒浇愁的形态,钟又安突然死于霍乱的噩耗,其阴冷黯淡都给人留下深刻的印象。小说注意社会环境的渲染,写出周围发生的一切与汪文宣他们的命运的联系:大的如战争的胜败、物价的涨跌,小的如文宣和树生各自的上司对于他们态度的细微变化,都直接牵动着这个家庭的喜怒哀乐。战时重庆大街小巷嚣闹、杂乱的镜头,也给这个悲剧涂抹了五光十色的背景。从创作手法而言,《寒夜》更接近于《激流三部曲》(尤其是其中的《春》和《秋》),但有新的发展。这是巴金创作中富于现实主义特色的一部作品。

巴金这个时期的短篇小说不多,却同样表现出从"火"到"寒夜"的变化。写于战争初起时的《莫娜·丽莎》,通过一个中国飞行员的法国妻子的形象,表达了不怕牺牲、前仆后继的坚强决心。四十年代初期的《还魂草》和《某夫妇》,着重描写战争给人民带来的灾难,情绪已不如原先那样激昂。到了四十年代中期所写的《小人小事》里各篇,作家的视线转向街头巷尾市井细民的日常生活。无论是《猪与鸡》中邻居们的纠纷,还是《兄与弟》、《夫与妻》里亲人间的争吵,都是即将崩溃的社会中普遍存在的现象,显示出小市民的生活的平庸和灵魂的空虚,带有浓厚的悲剧性。至于散文,分别收入《黑土》、《废园外》等近十个集子。作家继续写了《旅途通讯》、《旅途杂记》等叙述自己在各地见闻的通讯;但内容不再是原先那样的勾勒社会众生相的速写,而是集中报导战火中颠沛流离的生活,控诉日本侵略者的血腥罪行。这些文字都洋溢着昂扬的斗志和坚定的信心。《无题》收了一些类似杂文的篇什,激励人们在艰难的环境中坚持斗争。《龙·虎·狗》中有好几篇散文诗,以凝练的文字,间或采用象征的手法,

---

① 《谈〈寒夜〉》。

表述饱含生活哲理的思想。《怀念》所收各篇,都是追忆在战乱中死去的好友和亲人,包括罗淑、毕范宇、鲁彦、缪崇群、陆蠡,和他的从事文学翻译工作的哥哥。巴金赞扬他们善良正直的为人,肯定他们对于文学事业文化工作的贡献,同情他们坎坷多难的遭遇,叹息他们的早逝,用他们的热爱生活勤奋工作,反衬社会对他们的冷酷。这些散文,真切地反映了那个时代许多知识分子共同的痛苦命运。巴金这个时期的散文,形式更加多样,色彩越发绚丽,舒展从容的叙述和浓烈深厚的感情交织在一起,扣人心弦,也发人深思。

在谈到自己的创作时,巴金说过:"自从我执笔以来,我就没有停止过对我的敌人的攻击。我的敌人是什么? 一切旧的传统观念,一切阻碍社会进化和人性发展的不合理的制度,一切摧残爱的努力,它们都是我的最大的敌人。我始终守住我的营垒,没有作过妥协。"①在《〈沉落集〉序》中,又谈及他的写作"态度是一贯,笔调是同样简单。没有含蓄,没有幽默,没有技巧,而且也没有宽容。这也许会被文豪之类视作浅薄、卑俗,但是在这里面却跳动着这个时代的青年的心。我承认我在积极方面还不曾把这个时代青年的热望完全表现出来,但是在消极方面我总算尽了我的力量:在剪刀和朱笔所允许的范围内,把他们所憎恨的阴影画出来了。"这些话大体上可以概括他的作品的特色。作家创作力最旺盛的时代是青年时期,他笔下的人物也大致都是青年,而他的作品的读者主要也是青年。在《家》的《后记》中,他说:"我始终记住:青春是美丽的东西。而且这一直是我的鼓舞的泉源。"事实上,巴金正是把自己的作品看作青春的赞歌的:他歌颂青春的美丽和成长,而诅咒那些与青春为敌的摧残生命的势力。巴金的这种创作态度,和他作品风格特色也是有密切联系的。因为是青年人彼此间的热情的鼓舞和心灵的交流,所以需要的是单纯、热情、坦白、明朗,这样才能够沟通彼此间的感情,打动对方的心曲。巴金语言流畅,容易使人很快为作品中人物的命运、他们的悲哀和欢乐所吸引,产生强烈的反应和一致的激动。贯串在他作品的那种对旧制度的憎恨和鼓吹反抗变革的精神,鼓动了许多青年读者的正义感和对旧社会生活现实的不满,引导他们走上反抗和革命的道路。五四以后的新文学,就整体而言,很长一段时期里都是以学生、青年知识分子为主要读者对象的。但从与青年读者关系之密切、影响之广泛方面说来,巴金的作品却又获得了与众不同的特殊的成就。他一直是深受青年喜爱的作家。

---

① 《写作生活的回顾》。

　　鲁迅曾称赞说:"巴金是一个有热情的有进步思想的作家,在屈指可数的好作家之列的作家。"①巴金在旧中国的二十多年的创作生涯中,先后写下四百多万字的作品,一直在读者中广泛流传;一部分作品译成英、俄、日、法等十余种文字,受到外国读者的喜爱。他从世界语、英、法、俄等六种文字,翻译了屠格涅夫、赫尔岑、高尔基、王尔德等人的作品。他编辑过《文学季刊》、《水星》、《文季月刊》、《文丛》等刊物。由他主编的《文学丛刊》是五四文学革命以来规模最大、影响也最大的文学丛书,从一九三五年到一九四九年,共计十集一百六十种,许多是现代文学史上的优秀之作,也有不少青年作家的处女作。此外,他还主持过《文化生活丛刊》、《文学小丛刊》、《现代长篇小说丛书》等编选工作。所有这些,都为中国现代文学的发展做出了杰出的贡献。

　　巴金在文学上的巨大成就,使他一九八二年作为东方第一位获奖者获得了"但丁国际奖",一九八三年又被授予法兰西共和国荣誉勋章。一九九九年国际天文联合会下属小天体命名委员会批准"巴金星"的命名。二○○三年十二月在巴金诞辰一百周年之际,中国国务院授予他"人民作家"的荣誉称号。巴金的出色的工作,为我们民族的新文学赢得了世界的荣誉。

----

　　①　《且介亭杂文末编·答徐懋庸并关于抗日统一战线问题》。

第七章　"左联"时期的文学创作(一)

第一节　蒋光慈、柔石、殷夫等作家的作品

　　中国现代文学在三十年代有了进一步的发展,其表现之一是新的作家和新的作品不断涌现,其中还出现了一些描写革命现实的作品,比较突出的是蒋光慈、柔石、胡也频、殷夫等人的作品。

蒋光慈

　　蒋光慈(1901—1931),曾用名光赤,五四运动时在芜湖参加学生运动,一九二一年至一九二四年在苏联学习期间就开始写作新诗。他在自己的第一个诗集《新梦》的自序中说:"我生值革命怒潮浩荡之时,一点心灵早燃烧着无涯际的红火。我愿勉力为东亚革命的歌者!"《新梦》是中国现代文学中第一部为十月革命和社会主义新生活放声歌唱的诗集。在《临列宁幕》一诗中,他赞美列宁"如经天的红日",说列宁安卧"在克里母宫的城下","远观世界革命的浪潮,近听赤城中的风雨"。在《莫斯科吟》中,他为十月革命热情歌唱:

　　　　十月革命,
　　　　又如通天火柱一般,
　　　　后面燃烧着过去的残物,
　　　　前面照耀着将来的新途径。

哎！十月革命，

我将我的心灵贡献给你吧，

人类因你出世而重生。

蒋光慈回国后，来到"黑暗萃聚的上海"，于一九二四年至一九二六年写成诗集《哀中国》。诗中虽然流露出一些惆怅忧伤情绪，但诗人并未堕入消沉。在《血祭》、《寄友》等诗篇里，他以质朴无华的诗句，鼓动被压迫的人们拿起武器、坚持斗争。

一九二五年以后，蒋光慈以较多的精力从事小说创作。中篇《少年飘泊者》，作者自称是在"花呀，月呀"声中"粗暴的叫喊"。它写农村佃户少年汪中，因父母被地主所害，流浪异乡，经历各种遭际，最后走向革命，牺牲在战场上。通过汪中的流浪历程，小说展现了五四到"五卅"这一时期的社会矛盾和斗争，洋溢着分明的爱憎，有较强烈的浪漫主义色彩。一九二六年所作短篇集《鸭绿江上》，共收小说八篇，借不同社会生活的描写，反映了被压迫民族和人民的苦难。

一九二七年四月初，在上海工人第三次武装起义后不到半月，蒋光慈完成了中篇小说《短裤党》，主要描写上海工人第二次武装起义的经过和失败，最后勾勒出第三次起义成功后的胜利图景，比较真实地反映了这一历史事件的概貌和当时的社会气氛。作品着力描写斗争的领导者杨直夫、史兆炎的坚定、忘我的光辉品质。杨直夫出于对革命事业的责任感，身患重病而坚持工作，写得颇为感人。作品还写出了工人李金贵、邢翠英等勇往直前、不畏牺牲的英勇气概，歌颂了无产阶级的革命坚定性。描写这样重大的题材，描写共产党员和革命者的形象，这在当时文学创作中是难得的尝试。作者写作时为"热情所鼓动着，几乎忘记了自己是在做小说"，立意要使《短裤党》成为"中国革命史上的一个证据"①，这里也表现了一个革命作家可贵的责任感。作品存在一些缺点，例如个别人物身上表现了个人英雄主义色彩，肯定了冒险主义的个人暗杀复仇行动；由于作者写作时间过于匆促，而又企图较全面地反映起义斗争，来不及熔铸和琢磨，因此缺少比较血肉丰满、性格鲜明的人物形象。

第一次国内革命战争失败，作者辗转沪汉，较多地看到了现实生活中蜕化没落方面，心情悲愤而又低沉，这种情绪在他的作品中有明显的反映。《野祭》中的青年有的在革命的浪潮中退却，有的在继续斗争中牺牲；

---

① 《短裤党·写在本书的前面》。

《菊芬》中的人物在斗争失败后以暗杀作为反抗现实的手段;《最后的微笑》也只能以自杀来结束斗争。这些作品,虽然仍渗透了作者对敌人的强烈憎恨,但气氛比较沉重;早期革命文学中一度出现的"革命加恋爱"的公式主义倾向,在这些作品中也有所表现。

作者思想上的消极倾向在《丽莎的哀怨》中表现得最为突出。这部中篇小说描写一个俄国贵族妇女在十月革命后流浪到上海,最后沦为妓女的故事。作品没有从政治高度上分析这一复杂生活所以产生的原因,因此给予读者的并不是对于俄国贵族的厌弃反而是对于他们的怜惜。小说受到革命文艺界的批评。

一九二九年夏,作者去日本,写出长篇小说《冲出云围的月亮》,反映大革命失败后青年知识分子的分化,并企图指出他们应走的道路。女学生王曼英在大革命时期受革命潮流的激荡,离家参加革命队伍,不久,反动政变开始,她陷入绝望与痛苦中,选择了一条企图"破毁这世界"、实际却只能使自己堕落和毁灭的道路。最后,她在革命者李尚志的帮助下抛弃这种生活,参加了工人运动。作品在表现人物方面较多幻想色彩,缺少生活基础。作品中还羼杂着某些狂热的描写,但也显示了作者对于革命的积极态度。

蒋光慈在日本时所写的日记(《异邦与故国》)及诗歌(《我应当归去》),表现出他对革命前途作了新的探索,消除了曾经有过的疑虑;他遥念祖国及苦斗中的群众和朋友,渴望参加他们的行列,要"在群众痛苦和反抗的声中"找到"伟大的东西"。与此同时,作者阅读了较多马克思主义文艺理论书籍和优秀的文艺著作,翻译了一些苏联作品,并与日本无产阶级作家接近,艺术创作见解有所进展。在新的思想基础上,一九三〇年写出了长篇小说《咆哮了的土地》。

《咆哮了的土地》是蒋光慈作品中最成熟的一部,它比较完整地反映了大革命前后广大农村中剧烈的阶级矛盾和斗争,反映了共产党领导下早期农民武装革命运动的面貌。作品开头描写大革命风暴行将到来时农村的气氛:经过漫长的沉闷的日子,阶级仇恨逐渐在苦难的土地上升腾。革命工人张进德和革命知识分子李杰来到了家乡,撒播了反抗的火种,受苦人的心里开始明白,土地咆哮了。他们组织了农会,动摇了地主豪绅的权威。在这巨大的动荡中,农民的思想起了变化,善于思考的王贵才、较多束缚于旧传统的王荣发老汉、愁苦沉默的吴长兴等人,都在实际斗争中开始觉醒。不久,"马日事变"的消息从省城传来,逃离乡村的地主跟随国民党武装回乡,企图解散农会,使旧的枷锁重又架到农民的脖子上。但觉醒的农民在张进德等人的领导下进行了武装反抗,最后冲出包围,奔向百里以外聚集着工农队伍的"金刚山"。《咆哮了的土地》的崭新的题材和人物,在进步创作界开始关注农村斗争生活的当时,处于领先的地位。作品在艺术上也有很大进展,宣泄式的叫喊已减少,更多是客观细致的描写,故事发展、人物出现较有层次,能从人物行动的描绘中体现出思想感情,生活实感较强,因而能相当有力地表现出当时农民革命运动日益深入发展的趋势。《咆哮了的土地》最初在《拓荒者》上发表了前十三章,因为当局的迫害和禁止,在作者生前未能出版单行本,直到一九三二年才易名《田野的风》出版。

与蒋光慈大致同时进入文坛而且创作倾向比较接近的作家还有阳翰笙、钱杏邨、戴平万、楼建南、冯宪章等。阳翰笙(华汉)发表中篇小说《女囚》、短篇集《十姑的悲愁》等作品以及长篇小说《地泉》,描写的社会生活画面较广阔,但存在概念化的缺点。后来作者转向戏剧运动和戏剧创作,取得了重要的成绩。钱杏邨(阿英,1900—1977)出版过《义塚》、《革命的故事》、《玛露莎》、《饿人与饥鹰》等短篇集、诗集,但他的主要成就是在文学批评和史料工作方面,抗日战争时期又转向历史剧的创作。戴平万出版过《出路》、《都市之夜》、《陆阿六》等短篇集。楼建南(适夷)出版过《挣扎》、《病与梦》等短篇集。冯宪章有《梦后》等诗集及若干短篇。那时许多青年作家抱着高昂的革命热情,力图用阶级观点描写社会生活,表现革命的主题,但生活实感和艺术力量不足,往往流于千篇一律的公式化,这是早期革命文学一个共同性缺点。一九三二年夏,新文学阵营曾借《地泉》一书再版的机会,撰写序文总结这方面的经验教训,鲁迅也发表过不少文章指导青年作者克服这方面的缺点。

三十年代初期革命文学的发展,引起国民党统治的仇视和恐惧。他们实行文化专制主义,疯狂地摧残和压迫革命文学运动,竟至用最卑劣最惨毒的手段暗杀大批革命作家。一九三一年二月七日,"左联"盟员柔石、胡也频、殷夫、李伟森(没有正式加入"左联",但工作上有紧密联系)、冯铿和其他十八位共产党员被当局秘密杀害于上海龙华;此后几年内,青年作家应修人、洪灵菲、潘漠华等人相继遇害。柔石等五烈士就义后,"左联"发表了抗议和宣言,指斥国民党政府的暴行,得到国内外进步力量的支持。国际革命文学家联盟发表了宣言,号召"全世界一切革命文学家和艺术家共同起来反对国民党对于我们同志的压迫"①。鲁迅关心这些革命青年作家,对他们抱有很大企望,柔石、殷夫、胡也频等生前也都得到过鲁

---

① 《文学导报》第1卷第3期,1931年8月20日出版。

迅殷切的指导。鲁迅对他们的牺牲怀着无比的悲愤。在得悉这一噩耗的当时,他写了悼念文字,指出他们以鲜血为中国无产阶级革命文学"写了第一篇文章"①。后来,又怀着惓惓之心,写下《为了忘却的记念》(一九三三年)、《白莽作〈孩儿塔〉序》(一九三六年)等文,赞扬他们的为人,肯定他们的文学成就。

柔石(赵平复,1902—1931)最初从事教育工作,业余参加新文学运动。一九二三年开始创作,短篇集《疯

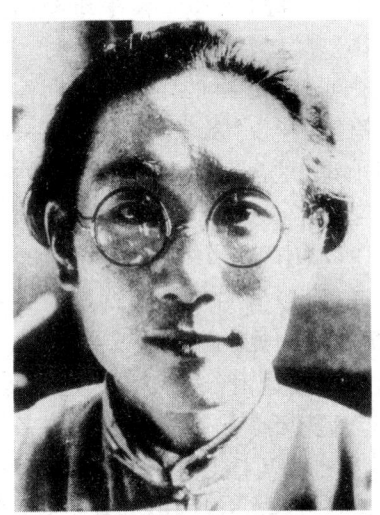

柔 石

人》透露出一些个性解放的要求,长篇小说《旧时代之死》和中篇小说《三姐妹》对知识青年游移徘徊的心理有所批判,现实生活的投影都还比较淡薄。一九二八年夏到上海,与鲁迅有较多往还,在鲁迅的帮助下译介外国的尤其是东欧和北欧的进步文学,编辑《语丝》、《朝花旬刊》、《萌芽月刊》等刊物,这些活动对他的创作起了积极的影响。这一时期所作短篇集《希望》,写了日常生活中一些庸俗、卑鄙的人物与事态,现实意义和生活气息都较以前作品增强,并开始表现出独特的艺术风格,笔调简洁朴实,感情深沉。

长篇小说《二月》(一九二九年)是作者较重要的作品,鲁迅为之作《小引》。主人公肖涧秋是这样一个青年:"极想有为,怀着热爱,而有所顾惜,过于矜持"②。他离开学校后在崎岖的世途上漂泊,六年后来到芙蓉镇,希望过清静的生活,然而他在这想象的世外桃源中见到的,依然是凄凉、苦难和凡庸。他打算用个人努力改变现状。肖涧秋开始援助孤儿寡妇,想使那些善良的人离开悲哀的境地,不料诬蔑非议也随之而来,使他日益困惑。爱情纵然带来一些温暖,却仍然无法充实他的空虚的心怀。他不能在生活的"浊浪"中随波逐流,结果又离开了这个地方。小说通过这一故事表现了作者对现实的愤懑和对于知识分子道路的思考。几个人物写得比较生动,各具性格。叙事优美,语言流畅,时复带有诗意,能给读者以

---

① 《二心集·中国无产阶级革命文学和前驱的血》。

② 鲁迅:《二月》小引》。

强烈的感受。

一九三〇年写的《为奴隶的母亲》是作者最优秀的短篇小说。题材深入到社会下层劳动人民生活中,表现的形式和手法也更为朴实,可以看出他这时正在努力"转换作品的内容和形式"[①]。作者在《二月》中流露的伤感情调没有了,更多的是负荷着人民苦难的崇高感情。作品描写一个穷苦妇女,为了全家生活被迫由丈夫出典给邻村一个秀才地主。整整三年,她离开自己本来的孩子,作为别人传宗接代的工具,并为地主家帮佣。三年内,她生下一个男孩,又被赶回从前的家,在前面等着她的是无穷无尽的苦难生活。作者以沉挚的笔调描写了这个痛怵人心的故事,刻画了一个既是母亲又是奴隶的鲜明形象。小说写的是日常的人和事,但能够从平易中透露出深刻的意义,显示了阶级剥削制度是劳动人民痛苦不幸的根源。作品虽然没有直接反映当时风起云涌的农村阶级斗争,但它接触和描绘了农村中苦难深重的一隅,具有强烈的控诉的意义。

"左联"成立,柔石先后任执行委员、常务委员、编辑部主任等职,在紧张的工作中继续从事写作。一九三〇年六月作通讯《一个伟大的印象》,记述了同年五月他参加在上海召开的全国苏维埃区域代表大会时的见闻;十月,作长诗《血在沸》,纪念一位被国民党杀害的十六岁的少年先锋队队长。这些作品标志着作者生活道路和思想道路上重要的进展。

胡也频(1903—1931)开始文学活动在一九二四年,与人合编北京《京报》附刊之一《民众文艺》,同时用胡崇轩署名在这个刊物上发表作品。此后数年内,创作量很大,写成《圣徒》(短篇集)、《也频诗选》、《三个不统一的人物》(短篇集)、《别人的幸福》(戏剧集)、《一幕悲剧的写实》(中篇)等十多个集子。较早作品涉及题材很广,从生活见闻中信手拈来,以后则较集中于对不同类型知识分子的生活的刻画。文笔流畅明快,间或流露出幽默和讽刺。这些作品反映生活的深度还嫌不够,政治意识也不明显。一九二九年作长篇小说《到莫斯科去》,一九三〇年作长篇小说《光明在我们的前面》,出现了较大的变化和发展。

《到莫斯科去》描写一个"新女性"素裳,厌恶金马玉堂的资产阶级生活,追求有意义的人生,但对当时各种不同的思潮感到惶惑。共产党员施洵白的出现,使她在迷途中找到了指南,坚定了革命的信念,两人产生感情,并决定一同到莫斯科去。这时她的丈夫官僚徐大齐却捕杀了施洵白,新的仇恨加深了素裳对旧的生活的憎厌,她终于毅然独自出发。作品倾

---

① 鲁迅:《为了忘却的记念》。

向鲜明,表现了作者创作的新的起点。但政治热情尚未能同具体的艺术描绘紧密结合。素裳转变的最初过程较多在言谈和思索中越过,党员施洵白的形象也没有得到鲜明有力的刻画,反映了作者缺乏生活实感。《光明在我们的前面》通过一对青年爱情生活的描写,提出了应该走怎样的革命道路的问题。刘希坚坚信共产主义,他的爱人白华则为无政府主义所吸引。他们经常讨论,争辩,都未能缩短他们思想意识上的距离。"五卅"惨案发生,一切行动、思想都在事实面前受到考验。共产主义者洞见历史发展的动向,踏实工作,受到群众的拥护,而只凭空想和狂热行事的无政府主义者却不为群众斗争所需要;白华终于在实际生活的教育下走上了正确的革命道路。作品描写了"五卅"运动在北京的热烈反响,最后写出青年们满腔热情地走向工厂农村。五四以后,一些决心反抗旧秩序的知识青年曾急迫地吸取外来的新思潮,一时分不清无政府主义和社会主义、个人主义和集体主义的界限,后来才逐步认识和接受了马克思列宁主义。这部小说所反映的,正是许多知识分子的这种思想历程,在那时具有很大的现实意义。胡也频最后写的《同居》,力图反映革命根据地人民的生活,由于没有亲身经历,描写尚嫌简单,但作品洋溢着对新事物的喜悦之情。

殷夫(徐白,1909—1931)一九二四年起开始写诗。一九二八年创作

殷　夫

较多。早期的作品多为对爱情和故乡的歌唱,也有对光明未来的呼唤。诗中大多带有他对黑暗现实的忧愤和自己内心的悒郁。他喟叹着"希望如一颗细小的星儿,在灰色的远处闪烁着"(《放脚时代的足印》);他赞颂"沙中最先的野花,孤立摇曳放着清香"(《祝——》);他"笑那倾天黑云,预期着狂风和暴雨"(《给某君》);他又感到自己是"枕着将爆的火山,火山的口将喷射鲜火深红"(《地心》)。他守候在"寂寞的窗头,热望未来的东方朝阳"(《独立窗头》)。在这些诗句里,交织着殷夫的孤寂而热烈的感情。

殷夫与革命发生关系较早,一九二七年四月在上海曾被当局逮捕。一九二九年,他离开学校,专门从事青年工人运动,创作趋向高潮,以殷夫、白莽、莎菲等笔名发表了不少诗歌、散记、论文。这时的抒情诗如《赠朝鲜女郎》、《梦中的龙华》等篇,表现出他

坚决的斗争意志。他还写了不少政治鼓动诗(也被称为红色鼓动诗)。这些诗格调新颖,境界开阔,个人感情的抒唱与革命斗争的赞颂交响成气概雄浑、声调激昂的战歌。他不再为孤寂所烦恼,而是充满着自豪感,充满着自我改造和改造时代的信心。"四一二"两周年纪念这一天,殷夫写了《别了,哥哥》这首诗。他站在无产阶级立场上,与他哥哥所代表的反动阶级作了彻底的决裂。在这首诗的最后,他以异常坚决的口吻写道:

> 别了,哥哥,别了,
> 此后各走前途,
> 再见的机会是在
> 当我们和你隶属着的阶级交了战火。

诗人描写工人斗争题材的作品范围很广,如《议决》描写了深夜里一次工人集会的情景,虽然参加会议的人已十分疲劳,但情绪都很饱满。诗歌以白描的手法写出了革命者工作后的欢乐,看来快到"另一日了",但他们仍是幽默地互相叮嘱早一些休息,新的任务又要他们叫着跳着去迎接。在《一九二九年的五月一日》这首诗里,他描写了浩浩荡荡的正在行进着的工人队伍,沸腾着的人群,震彻着天宇的口号声,以及"在晨曦中翻飞像队鸽群"的"白的红的五彩纸片"。

> 我在人群中行走,
> 在袋子中是我的双手,
> 一层层一叠叠的纸片,
> 亲爱地吻我指头。

诗人对自己从事的斗争充满着发自内心的喜悦。他觉得"这五一节是'我们'的早晨,这五一节是'我们'的太阳",他坚信"今天和将来都是'我们'的日子"。因为在他手里握着的不是简单的传单而是真理。当一个巡捕抓住了"我"的衣领的时候,他所想到的完全不是个人的安危,仍旧不停歇地高呼口号。

> 我已不是我,
> 我的心合着大群燃烧。

一个高大的革命者的形象矗立在读者面前。"我已不是我",而是集体,是对未来充满信心的无产阶级,是富有伟大创造力量的劳动群众。

> 我们的意志如烟囱般高挺,
> 我们的团结如皮带般坚韧,
> 我们转动着地球,
> 我们抚育着人类的运命!
> 我们是流着汗血的,
> 却唱着高歌的一群。
>
> ——《我们》

殷夫的许多优秀作品节奏明快有力,魄力雄伟,刚健之中透露着清新之美。

鲁迅十分推重殷夫的诗作,在《孩儿塔》的序文中写道:"这是东方的微光,是林中的响箭,是冬末的萌芽,是进军的第一步,是对于前驱者的爱的大纛,也是对于摧残者的憎的丰碑。一切所谓圆熟简练,静穆幽远之作,都无须来作比方,因为这诗属于别一世界。"[1]

李伟森(李求实,1903—1931)主要从事革命实际工作,他从斗争需要出发,写了不少论文、杂文,编过《革命歌集》和译了传记《朵思退夫斯基》(即俄国作家陀思妥耶夫斯基),也曾作过一些文艺短评和零星翻译。冯铿(1907—1931)早时主要写抒情小诗,参加革命斗争后多写小说,风格有变化,《贩卖婴儿的妇人》通过一些生活的片断,较动人地描写了一个劳动妇女的悲惨遭遇;《乐园的幻灭》、《突变》等号召参加集体斗争;《小阿强》、《红的日记》描写了革命根据地人民和红军的斗争。应修人(1900—1933)原是湖畔诗人之一,这一时期写的两篇童话《旗子的故事》和《金宝塔银宝塔》,也以革命根据地人民及红军为描写对象,用夸张的手法生动地描写了红军作战的英勇和劳动人民对革命根据地的信赖。洪灵菲(1901—1933)有长篇《流亡》、《前线》、《转变》及短篇集《归家》等,描写青年革命者的斗争活动、困顿境遇和爱情故事,有好多是作者自己生活的投影。在《拓荒者》月刊上发表的小说《大海》,显示了作者创作上新的进展。作品的上部描写了三个性格不同的农民对封建统治的自发性的反抗,下部写到他们在苏维埃政权下有组织的斗争。

---

① 《且介亭杂文末编·白莽作〈孩儿塔〉序》。

柔石、殷夫等青年革命作家,大多是在创作刚开始迈上新的道路时遇难的,这是中国无产阶级革命文学的损失。但也正如鲁迅所说:"大众存在一日,壮大一日,无产阶级革命文学也就滋长一日"①,烈士们不仅用墨写的文章,同时也用血写的"文章",表现了整个革命文学的战斗特色和宝贵传统,显示出它和人民革命事业的血肉的联系。

第二节 丁玲和张天翼

"左联"成立时,鲁迅提出"应当造就大群的新的战士"的富有远见的建议。"左联"为培养新的作家,发展新文学创作,做了大量工作。丁玲、张天翼等不少在中国现代文学史上享有盛名的作家,都是在"左联"的指导和帮助下,开始活跃于三十年代初期的文坛。

丁玲,原名蒋冰之,又名丁冰之,一九〇四年出生在湖南临澧,读书于常德、长沙、北京、上海各地。在上海先后进过平民女子学校及上海大学中国文学系。她在学生时期,接受五四新思潮的影响,同许多青年一样,当时分不清马克思主义与无政府主义的界限。一九二七年,开始写作小说,在《小说月报》上陆续发表了《梦珂》、《莎菲女士的日记》、《暑假中》、《阿毛姑娘》等作品,一九二八年结集为《在黑暗中》出版。随后又出版了《自杀日记》、《一个女人》、《韦护》等小说。一九三一年她加入"左联",并主编"左联"机关刊物《北斗》,又陆续创作和出版了《一个人的诞生》、《水》、《夜会》、《母亲》等作品。

丁 玲

这些创作深受读者欢迎,丁玲成为新文学阵营中声名很高的女作家。一九三三年被国民党政府逮捕。一九三六年出狱后赴陕北中央革命根据地,参加实际的革命工作,多次随军到前线,撰写了不少富有战斗气息的散文和报告文学,出版了小说集《一颗未出膛的枪弹》、《我在霞村的时候》。后来回延安主编《解放日报》副刊。延安文艺座谈会后,她在

---

① 《二心集·中国无产阶级革命文学和前驱的血》。

创作上有了更大的发展,一九四八年发表了优秀的长篇小说《太阳照在桑干河上》。

丁玲的早期作品,大都以富有叛逆精神而又处于苦闷彷徨中的青年女性为主人公,寄寓妇女解放的进步思想,但对前途却是朦胧的,正如作者所说:"我那时为什么去写小说,我以为是因为寂寞。对社会的不满,自己生活的无出路,有许多话需要说出来,却找不到人听,很想做些事,又找不到机会,于是为了方便,便提起了笔,要代替自己来给这社会一个分析,因为我那时是一个很会牢骚的人,所以《在黑暗中》,不觉的也染上一层感伤。因为我只预备来分析,所以社会的一面是写出了,却看不到应有的出路。"①《莎菲女士的日记》是丁玲早期的代表作。这篇日记体小说,通过细腻的心理刻画,描写了一个倔强自傲而又沉郁苦闷的青年女性莎菲的形象。莎菲是在五四浪潮中冲出了封建家庭的富有叛逆性格的女性,她痛恨和蔑视周围的一切,却不明白主要反抗什么和如何反抗。在爱情上她充满了自己也无法理清的矛盾。她狂热地爱上了一个"颀长的身躯,白嫩的面庞,薄薄的小嘴唇,柔软的头发"的大学生凌吉士,但她发现对方是个灵魂卑琐的男子,在一度吻过之后便一脚踢开,宁可自己"悄悄地活下来,悄悄地死去"。莎菲既是旧礼教叛逆者,又是个人主义者。莎菲的形象真实地反映了当时一部分脱离集体斗争而追求个性解放、在爱情上充满矛盾而不能自拔的知识青年的面影。茅盾在评论中曾指出:"莎菲女士是心灵上负着时代苦闷的创伤的青年女性的叛逆的绝叫者。……这是大胆的描写,至少在中国那时的女性作家中是大胆的。莎菲女士是五四以后解放的青年女子在性爱上的矛盾心理的代表者。"②这篇作品及《在黑暗中》的其他三篇小说,都是作者还未走上革命道路之前的创作,感伤色彩较重,但也显示了作者在描写人物、特别是揭示人物内心世界方面有较好的笔力。

在二十年代末和三十年代初,一部分新文学作者曾一度热衷于写"恋爱加革命"的作品。丁玲在参加革命之初也曾写这类作品。一九三〇年写的长篇《韦护》及短篇《一九三〇年春上海》(之一),都以革命与恋爱的关系作主题。但作者注意描写人物,通过心理刻画和生活细节,写出人物的思想面貌和性格特征,没有当时流行的那种概念化和公式主义的通病。《韦护》中的男主角韦护投身革命工作,打算为革命而舍弃爱情。他的爱

---

① 丁玲:《我的创作生活》,收入天马书局出版的《创作的经验》。
② 茅盾:《女作家丁玲》,载《文艺月报》第 1 卷第 2 期,1933 年 7 月 15 日出版。

人丽嘉沉溺于爱情的温暖,以为韦护参加革命妨碍了爱情,后来终于觉悟过来。《一九三〇年春上海》(之一)中男主角子彬是个有点名望的青年作家,埋头写作,不问政治,他的爱人美琳年轻活泼,天真好动。他们互相爱慕,互相体贴。子彬的好友若泉是个革命青年,力图引导子彬进步,但后者无动于衷,倒是美琳受了影响,参加进步活动,同子彬思想上距离愈来愈大,终于离开子彬,"随着大众跑了"。两篇作品的情节和主题没有越出"革命胜过恋爱"的范围,但人物真实生动,各有个性,故事平易合理,格调明朗,较之《在黑暗中》里的作品,思想上艺术上都有显著的提高。

写于一九三一年的短篇小说《水》和《田家冲》,标志着丁玲创作重大的进展,也是那时现实主义文学的一个新收获。《水》连载于一九三一年九月至十一月出版的《北斗》(月刊),一九三二年出单行本。这篇小说以一九三一年夏全国十六省特大水灾为背景,描绘旧中国农村的悲惨景象,通过形象,暗示农民自己解放自己的道路。作者从题材的实际出发,不是以某些个人为主人公,而是描写了一大群处于毁灭性灾难中的农民群众;不是着眼于几个人的曲折遭遇,而是描写了苦难者被迫而起的活生生的集体行动。作者以蘸满泪水的笔触,写出了一幕幕生与死搏斗的惊心动魄的画面,表现了中国劳动人民坚韧的意志和顽强的毅力。当苦难的人们看清自己遭逢的不仅仅是天灾,其中还夹杂着人祸,而且主要是人祸的时候,他们再也受不了,忍不住。他们同心协力,要去拿回自己的东西,在"天将蒙蒙亮的时候,这队人,这队饥饿的奴隶,男人走在前面,女人也跟着跑,吼着生命的奔放,比水还凶猛的,朝镇上扑过去"了。这才是真正的水,浩浩荡荡的水,要淹没这个世界的无法阻挡的大水。作品鲜明的革命主题和新颖的表现形式,在那时产生了十分积极影响。《水》的发表,正如茅盾所说,不论对丁玲个人或当时文坛来说,"都表示了过去的'革命与恋爱'的公式已经被清算"①,从而出现了一个新的重要的开端。

同《水》的表现形式不同,《田家冲》通过一个佃农家庭接待一个出身地主家庭的女共产党员的经过,通过年青的幺妹的眼睛,从侧面观察和表现了共产党在农村的活动,歌颂革命者与群众共呼吸、同命运的献身精神。小说以简练的笔墨,生动的语言塑造了人物形象。十六岁的姑娘幺妹、年青女革命者三小姐写得有血有肉,大哥、姐姐、小哥着墨不多,但也各有特点。作者把革命者写成出身于地主家庭,既是构成小说情节的因素,又是对一度流行的一个阶级一个典型的教条主义理论的突破,在艺术

---

① 《女作家丁玲》。

创作上有深湛的意义。随后写的收入《夜会》一书中的几个短篇,如《某夜》、《消息》、《奔》等篇,在沉郁的氛围中洋溢着乐观的气息。《奔》写了六个性格不同的农民,从破产的农村奔向大都市上海,但上海等待他们的仍然是失业和饥饿,又奔回农村,终于明白了要在同地主的斗争中寻找出路。这些作品表明,作者站到了时代思想的高处观察现实,描绘现实,她的创作开始走上了革命现实主义的道路。

一九三一年至一九三三年,丁玲致力于长篇小说《母亲》的创作。计划从清末写起,经过辛亥革命、一九二七年的大革命,一直写到三十年代初期的农村土地革命。小说以湖南一个小城市及几个小村镇为背景,以几个豪绅地主家庭为中心,表现前一代女性是怎样在封建社会制度的千磨百难中走过来的。写作过程中计划略有变更,《母亲》作为三部曲的第一部,只写到辛亥革命前后。因作者被捕,小说未能写完。小说的女主人公曼贞是以作者的母亲为原型,概括前一代女性的许多特征。茅盾曾经指出:"《母亲》的独特的美点,这就是以曼贞为代表的我们'前一代'女性怎样挣扎着从封建思想和封建势力的重围中闯出来,怎样憧憬着光明的未来。"①小说描写封建家世部分稍觉繁冗,但基本上保持了作者艺术上清新明快、朴素细腻的风格。

丁玲到陕北参加革命实际工作以后,思想和创作都起了新的变化。收入《一颗未出膛的枪弹》和《我在霞村的时候》两个小说集中的作品,写的是受过战斗洗礼的工农群众和革命战士的形象。《一颗未出膛的枪弹》写一个行军掉队的红军小战士受到群众的爱护,面对着奉命"围剿"而来的白军,表现出大无畏的革命气概,激发了一个白军连长的爱国正义感。连长不忍杀害这个勇敢的少年,装好的枪弹终于没有出膛。《入伍》描写一个名叫徐清的新闻记者和陪同他上前线的战士杨明才,在同部队失去联系后几个昼夜的遭遇。未经战火锻炼的知识分子软弱张皇,事后还洋洋自得;而革命战士却朴实坚强,遇事沉着,一心向往上前线杀敌。《我在霞村的时候》描写临近前线的一个村庄,名叫贞贞的年青妇女,被日本侵略者掳走后受尽侮辱,仍然坚持给抗日军队送情报。小说运用人物自己言谈及旁人侧面介绍,塑造了一个被侮辱被损害而心地纯洁的青年女性的形象。除此以外,丁玲还发表了短篇小说《在医院中时》②,通过年青女医生陆萍在新建医院中的所见所闻,揭露和批评某些管理部门中存在的

---

① 《丁玲的〈母亲〉》,载《文学》第 1 卷第 3 号(1933 年 9 月),署名方未明。
② 刊载于《谷雨》创刊号。《文艺阵地》曾转载。

较为严重的小生产者思想习气,显示了蒙昧无知、褊狭保守、苟安自私这类思想习气既与革命责任感相背离,又与现代科学文化要求绝不相容。

丁玲继承了五四新文学的启蒙传统,以自己特有的思想敏感,在抗日民主根据地首次提出了警惕小生产者思想习气对革命侵袭的问题,它在文学史上具有重要的意义。

丁玲在陕北根据地以及后来在华北各地,写了不少散文和报告文学,先后出版了《西线生活》、《陕北风光》等散文报告集。如《彭德怀速写》、《记左权同志话山城堡之战》、《一二九师与晋冀鲁豫边区》等文,都是产生过积极影响的好作品。但丁玲的主要成就还是小说创作,她的代表作《太阳照在桑干河上》,本书将在后面给予专门的论述。

张天翼发表新文学作品比丁玲晚两年,但同丁玲相似,也是三十年代初期作为"新人"而活跃于左翼文坛,并沿着现实主义道路不断前进的。作品的艺术风格则各有特色。不同于丁玲作品的清新明丽,亲切细腻,严谨而又活泼,张天翼的作品洗练、泼辣而又明快。初期创作"过于诙谐"[1],但后来"是切实起来了"[2],幽默而不失严肃,滑稽而不落轻佻。

张天翼(1906—1985)原名张元定,又名张一之,原籍湖南湘乡。他从小跟随以教职员为业的父亲辗转各地。一九二四年在杭州念完中学,随后在北京大学预科读一年便走上社会,当过职员、教员和新闻记者,接触社会生活面较广,对各阶层人物注意观察,不断了解,这为他以后的创作打下了较坚实的生活基础。早年曾为旧派刊物撰写侦探小说,一九二九年他的第一篇新小说《三天半的梦》,在鲁迅主编的《奔流》月刊上发表。此后创作数量日益增多,艺术水平不断提高。在三十年代前期出版的作品,短篇有《从空虚到充实》、《小彼得》、《蜜蜂》、《反攻》、《移行》、《团圆》、《万仞约》、《春风》、《追》等集子,中篇有《清明时节》,长篇有《鬼土日记》、《一年》、《在城市里》等。当时广大读者对文艺创作中的感伤主义情调和"革命加恋爱"的公式感到厌倦,张天翼的作品同丁玲的作品一样,给文艺界带来了一股新鲜活泼的气息,很快就拥有大量的读者。一九三二年鲁迅曾把《小彼得》一书推荐给日本学者增田涉,供翻译出版《世界幽默全集》选用。

张天翼在小说中写得最多的,是小市民的灰色人生和部分知识分子的庸俗虚伪,以及他们矛盾可笑的心理状态。这些人物过着空虚无聊的

---

① 鲁迅:《致增田涉》,见《鲁迅书信集》下卷,第1111页。
② 鲁迅:《致张天翼》,见《鲁迅书信集》上卷,第349页。

张天翼

生活,用喝酒、闲逛、谈情说爱来打发日子。他们时或也感到苦闷不满,但又无力自拔,有的甚至自甘堕落。《从空虚到充实》里的荆野,《猪肠子的悲哀》里的"猪肠子",《移行》里的桑华,都是这类人物的代表。作者用辛辣而又诙谐的笔调写了他们,剖露他们的灵魂,鞭挞他们的弱点。对于一些以肉麻为有趣、玩着令人作呕的恋爱把戏的浪荡分子,作者有时采取漫画式的夸张手法,尽情地加以嘲讽,读来引人发笑,使人从笑声中产生对丑恶事物的憎厌与鄙视。在许多描写小市民卑琐心理的短篇小说中,《包氏父子》开掘得最为深刻。小说中的主人公老包是某公馆的仆役,他渴望儿子包国维能够读书成名,千方百计地借债为他缴纳学费,而包国维却在资产阶级思想腐蚀和富家子弟引诱下走上了堕落的道路。当老包知道他的儿子因打人被学校斥退、自己还须赔医药费的时候,因为受不住失望和债务的重压而昏过去了。作品生动地描画出老包望子成名和包国维骄纵愚妄的心理和性格,笔致犀利,不仅批判了老包的小市民的庸俗观念,而且表明腐朽陈旧的思想对青年危害不浅。在另一篇讽刺向上爬的市侩思想的小说《欢迎会》中,尽情揶揄和嘲笑了赵国光这个竭力向国民党当局献媚的奴才,还把锐利的笔锋暗暗指向对外卖国、对内实行法西斯统治的顽固派。这些作品都显示了作者运用讽刺喜剧手法的才能。

随着作者政治视野的日益开阔,阶级压迫和斗争的主题愈来愈鲜明地在张天翼的小说作品中出现。《三太爷和桂生》揭露了恶霸地主活埋革命农民的血腥罪行。《笑》于令人窒息的气氛中控诉了土豪劣绅鱼肉乡民,无恶不作。中篇《清明时节》通过两个地主为一块坟地而狗咬狗似的争夺、最后以三个士兵为牺牲品、复又言归于好的故事,深刻地揭露了封建势力凶残毒辣的本相。小说着重描写了一个姓谢的地主,为了保住家里的坟地,沽酒设宴,竭力讨好三个驻扎村中的士兵,唆使他们去殴打占他坟地的对手,事后又出卖了三个士兵。作品对这种两面三刀、卑劣无耻的行径,作了淋漓尽致的刻画。另一个姓罗的地主着墨不多,但阴险专横、贪得无厌的嘴脸,同样暴露无遗。作者还满怀同情地描绘了三个士兵忠厚戆直的性格。小说以茶馆作为故事的引线,情节生动,波澜起伏,写得引人入胜,扣人心弦。

张天翼的笔触有时也转向在统治阶级压迫和欺骗下逐渐觉醒的劳动人民。如果说《三太爷与桂生》里革命农民桂生的形象还不免模糊,稍后《儿女们》里新的一代的面目已较为清晰。以旧式军队的士兵生活为题材的《二十一个》,描写在军阀混战中一群从死亡线上撤退下来的士兵,受不了反动军官的非人待遇而走上"叛逆"的道路,并因觉悟到双方士兵都是在"乡里连稀饭都吃不着才跑来"的,终于拯救了对方的一个伤员,和他血肉相连地团结在一起。这篇小说与稍后写成而主题近似的《仇恨》,都是张天翼风格显著的成功的作品。

抗日战争时期,张天翼写的最著名的短篇小说是《华威先生》,一九三八年四月发表于《文艺阵地》创刊号,后来收入小说集《速写三篇》中。在《华威先生》这篇小说中,作者以他擅长的夸张讽刺手法,突出刻画了华威先生——一个混在抗日文化阵营中的国民党官僚、党棍的形象。作为"抗日工作者的上层分子",华威先生不得不在人民群众抗日活动蓬勃开展的环境中忙碌地活动着。他包揽一切,"一天要开几十个有关抗战的会",甚至于叫喊着要"取消晚上的睡觉制度",目的是要把各种抗日活动控制在自己的手里。作品选取最能表现人物性格特征的几个生活片断,通过生动的细节和个性化的语言,反复地、富于变化地揭示了华威先生自命不凡、刚愎贪婪而又贫乏空虚的内心世界。华威先生适应不同性质的会议和个别谈话的不同对象,变换着嘴脸,露出种种丑态。他极力鼓吹"要认定一个领导中心",为了维护这个"领导中心",他处处压制人民的抗日要求,妄图垄断、操纵一切群众性的组织和活动,就连"战时保婴会"这样绝无"危险性"的团体,也不放松"领导";最为名正言顺的"日本问题座谈会",也要被他追问"到底是什么背景"。小说正是从人物色厉内荏的性格特点中透视环境,对时代的本质方面进行了开掘。华威先生到处防范人民的抗日活动,然而人民群众是禁锢不住的。人们鄙视华威先生,不听他演讲。他"派人拖几个人去听",但连去"拖人"的人也不到场。这一切都使他害怕,"嘴唇在颤抖","打着寒噤"。作品在运用讽刺手法刻画华威先生的性格时,夸张而不失真实,以辛辣的笔触揭露了华威先生一类人物冠冕堂皇的外表与卑劣虚弱的内心的矛盾。小说通过华威先生这个形象,有力地抨击了当政者以抗战之名行垄断操纵之实,在当时产生过广泛的社会影响。收入《速写三篇》一书中的另两篇小说是《谭九先生的工作》和《新生》。《谭九先生的工作》的主要人物谭九先生是一个混得了大学毕业

文凭的地主分子。他借抗战机会进行牟利争权活动,如囤积居奇,扩大权势,打击抗日积极分子,插手抗日活动,追问抗日活动"由哪个来领衔"等。作品真实揭露了地方封建势力对抗战的危害,但艺术上稍嫌拖沓,人物性格也欠鲜明。《新生》表现抗日阵营中人民生活内在的问题。作品在赞扬那些为抗日孜孜不倦地工作的中学教师的同时,着重揭示了一个生活富裕、脱离政治的艺术家由追求新生到逐渐沉沦的历程,严肃地提出了出身于剥削阶级的知识分子在抗战烽火中思想转变的课题。

张天翼除写了大量现实题材的小说外,还热情地从事儿童文学的创作,先后发表了《大林和小林》、《秃秃大王》及长篇童话《金鸭帝国》等许多作品,文笔简洁,想象丰富,寓教育意义于引人入胜的故事之中,都属儿童文学的佳作。四十年代初他贫病交加,创作活动受到了严重影响。后来主要精力转向儿童文学的创作。

第三节　艾芜等作家的小说

除丁玲和张天翼的作品外,三十年代初期涌现了不少优秀的小说作品。这些小说的作者,有些是二十年代就进入文坛,在左翼文学运动影响下创作上有新的发展,有些是三十年代初期在鲁迅和"左联"的帮助下开始创作的新人。

魏金枝、彭家煌都是在二十年代后期开始写作的,三十年代又有所前进。魏金枝(1900—1972)以《奶妈》、《白旗手》等作品见称于时。《奶妈》从侧面描写一个艰苦斗争和英勇牺牲的女革命者的形象,反映了一九二七年后残酷的斗争,并对那些失业后过着"没有纪律的颓败的生活"的小市民们有所批判。《白旗手》写一群招来的新兵不安于"虫豸"般的生活,终于走上革命道路的故事,对于这些新兵们的生活和心理作了比较细致的描绘。作风略近于魏金枝的彭家煌(1898—1933),有《怂恿》、《茶杯里的风波》、《喜讯》等短篇集,在细腻简洁的笔触下流露出作者对世事的愤懑和抗议。《贼》画出了某些知识分子的自私自利和冷酷无情的灵魂。《奔丧》写的是农村破败和荒凉的景象。《喜讯》一篇,通过拔老爹盼望儿子,而他得到的"喜讯"却是儿子在外因为"政治嫌疑"被判十年徒刑的故事,对时代的血腥恐怖作了侧面的反映。

一度和张天翼齐名,也来自湖南、艺术风格又有近似之处的作家蒋牧良(1901—1973),有短篇小说集《锑砂》、《夜工》和中篇小说《旱》。他的小说大多取材于农民的苦难和抗争,也接触到矿工、旧军队和公务员等题材。作品中没有复杂曲折、惊心动魄的情节，却能在短短的生活片断中，写出尖锐的社会矛盾。《赈米》叙述救赈大员扣发赈米，将它借给商人作抵押，激起民变。《夜工》描写落第秀才依靠女儿为生；她为了养活全家，被迫卖淫，却谎称上"夜工"。事情被发现后，父亲认为有辱家门，把她打伤了，内心却很难过。没有收入集子的短篇《集成四公》，刻画骄横凶狠的地主，在得知农民揭竿而起时，惊慌得不知所措。对于这类人物的外强中干，写得入木三分。

艾芜和沙汀是三十年代初期开始写作的小说家。他们在开始文学活动之后，曾经联名给鲁迅写信，请教有关小说创作的问题。鲁迅那封著名的《关于小说题材的通信》，就是对他们的答复。

艾芜（1904—1992）原名汤道耕，出身于四川省新繁县一个乡村小学教师家庭。五四时期经常阅读《新青年》、《新潮》、《少年中国》等刊物，接受了反封建的新思潮的影响。在成都省立第一师范学习期间，由于不满学校旧教育和反抗封建包办婚姻，一九二五年离家出走，漂泊于中国西南边境和缅甸、马来亚、新加坡等地，在社会底层过着自食其力的贫困生活。在昆明做过杂役，在滇缅边境扫过马粪，在仰光给和尚烧饭，后来为华侨报纸写稿。艾芜"最初写作的材料，就从这样的环境里，这样的生活里吸取来的"[1]。一九三一年，艾芜因参加缅甸的反帝运动，被殖民地当局驱逐出境。到上海后，他怀着把他"身经的，看见的，听过

艾　芜

的——一切弱小者被压迫而挣扎起来的悲剧切切实实地绘了出来"的意图，开始从事创作[2]。一九三二年艾芜加入"左联"，决心投身于革命文学事业。一九三三年被国民党政府逮捕，经左翼文学阵营营救，半年后出狱。艾芜出狱后继续写作小说，成为在中国现代文学史上创作数量很多而且很有特色的作家。

艾芜的第一个短篇集《南行记》中的八篇小说，都是作者漂流生活的

---

① 《艾芜短篇集·序》。
② 《南行记·序》。

反映。首篇《人生哲学的一课》，采用第一人称的写法，描写知识青年"我"流落昆明、走投无路的遭遇。在求业无门，身无分文，眼看就要被赶出客栈，失去栖身之处时，仍然执拗地表示："就是这个社会不容我立足的时候，我也要钢铁一般顽强地生存下去！"这篇作品在某种程度上具有自传的性质；而蔑视困难、勇敢地向生活挑战的坚定不屈的态度，确实贯串在艾芜的许多作品中，成为他的创作一个显著的特色。其中《山峡中》技巧较为圆熟，它描写了为当时一般人所不熟悉的生活天地和人物性格。这是一群被不合理的社会抛出正常生活轨道的人，他们懂得"懦弱的人，一辈子只有给人踏着过日子"，却还不曾找到正确的反抗道路，只是过着流浪和盗窃的生活。作品描写了一个叫做小黑牛的农民的悲惨命运。这个老实的农民，"在那个世界里躲开了张太爷的拳击，掉过身来在这个世界里，却仍然又免不了江流的吞食"。在这里，作品严厉地批判了逼迫小黑牛走上这条不幸道路的旧世界。通过许多生动的细节，小说还描写了一个热情、泼辣、天真而善良的年青姑娘野猫子，不但在阴沉的气氛中增加了光亮，而且显示出这些流浪者在被扭曲了的外表性格中蕴藏着内在的美好而淳朴的本质。作者把故事放在一个夜色凄厉的背景上加以描画，情景交融，气氛更为动人。《洋官与鸡》和《我诅咒你那么一笑》两篇，写的是帝国主义者对边疆人民的勒索和蹂躏。在对那些海盗进行笔伐的时候，前者含着轻蔑的嘲讽，后者充满难以遏抑的愤怒之情。短篇集《南国之夜》中的《南国之夜》和《欧洲的风》，改变了自叙身世的第一人称的写法，通过不同的故事和人物，反映缅甸和中缅边境各种生活侧面，表现殖民地人民的苦难和自发斗争。《咆哮的许家屯》一篇，反映东北人民反抗日本帝国主义侵略兽行的浴血斗争。有些人物形象如蔡屠户、阿龙和汉奸马老幺等写得性格相当鲜明。在抗日救亡运动逐渐高涨的一九三三年，《咆哮的许家屯》的发表起到了积极的鼓舞斗争的作用。除《南行记》和《南国之夜》外，艾芜在三十年代前期还有中篇《芭蕉谷》及《夜景》、《海岛上》等集。写得较早、没有收入集子的短篇《太原船上》，借着与红军作过战、做过红军俘虏的国民党士兵的口，曲折地歌颂红军的英勇业绩，反映革命根据地的崭新风貌，曾经得到鲁迅"写得朴实"的称许①。

艾芜当时所写的许多小说，就反映的社会生活面来说，的确开拓了一个新领域。小说描绘的中国西南边境和缅甸下层人民的生活以及自发斗争，在文学上是别开生面的。作者善于把写景、抒情、叙事和刻画人物结

---

① 转引自《艾芜短篇小说集·重版题记》。

合在一起,画出了一幅幅富有鲜明地方色彩的边境和异国的图景。在绮丽的南国风光的背景上,作者以浓郁的抒情之笔,写出了一幕幕令人激愤的人间悲剧。小说中的下层人民,包括那些为生活所迫、铤而走险的盗贼,虽然性格已经不同程度地被社会扭歪了,沾染上许多恶习,内心深处依旧保持着善良诚挚的品质。周围是那么黑暗和污浊,命运对于他们又是那么残酷和不公正,这些品质便显得格外光彩夺目,增强人们对于生活的信念和斗争下去的勇气。不是凭借外加的标语口号,硬添的光明尾巴,而是透过人物形象本身表现出来,因此洋溢于整个作品中的明朗氛围和乐观精神,使小说具有一种内在的思想艺术力量,这是艾芜作品具有浓重的革命浪漫主义气息而生活实感又很强的一个重要原因。

抗日战争期间以及整个四十年代,在艰苦的生活条件下,艾芜除继续写作许多短篇小说外,并创作多部中篇和长篇小说。这个时期的作品同早期作品相比,浪漫主义气息较少,笔调更严峻,但视野更开阔,有些作品仍具有浓郁的地方色彩。抗战初期的中篇小说《江上行》和《荒地》中的一些短篇,存在着那时创作带有普遍性的深度不足的缺点。这个缺点后来得到克服。中篇《一个女人的悲剧》、《乡愁》和短篇《石青嫂子》等作品,开掘都已较深。《一个女人的悲剧》描写农村妇女周四嫂,在地方黑暗势力迫害下被迫跳崖自杀的故事。《乡愁》描写贫苦农民陈酉生在重压之下的反抗,终于冲出天罗地网,走向"对穷人好"的地方。《石青嫂子》描写一个劳动妇女倔强的生活意志和艰辛的生活道路。这些作品人物性格鲜明,情节结构完整,语言朴素洗练,特别是时代气氛强烈,对反动势力在农村的罪恶统治作了淋漓尽致的揭露,反映了中国黎明之前浓重的黑暗。作者坚信黑暗终将过去,黎明必将到来。短篇小说《暮夜行》,通过两个不同性格的青年在暮夜中走向游击区的故事,反映了作者渴望光明的思想情绪。

艾芜在四十年代完成的长篇小说共三部,即《丰饶的原野》、《故乡》和《山野》。《丰饶的原野》分两部,第一部《春天》写于抗日战争前,第二部《落花时节》写于抗战期间,全书一九四六年始出版。这部小说从写景、叙事到人物对话,都富地方色彩,用朴素生动的笔致,把四川岷沱流域的生活和人物展现在读者眼前。丰饶的原野景色宜人,却不是劳动人民的乐园。小说着重刻画了三个不同性格的雇农的形象,写出他们受到的压迫相同,但对待压迫的态度则异,有的奴性地服从,有的坚决反抗,有的兼有反抗和服从两重性格。但小说缺乏完整感人的故事情节,人物形象比较单薄。《故乡》于一九四二年开始在桂林出版的《文艺杂志》连载,一九四七年出版单行本。全书六部,约五十余万字,是作者写作的小说中篇幅最

长的作品。小说以抗战初期扬子江以南的多山地带一个边远县份为背景,主人公是毕业于上海某大学的青年知识分子余峻廷。小说以余峻廷回乡二十多天所见所闻为线索,描绘了这个县城社会生活的各个方面,刻画了形形色色的人物,构成了一幅抗战时期国民党统治下一个县城的社会生活画面。从土豪劣绅的为非作歹到官僚政客的倒行逆施,从被压迫农民的含辛茹苦到爱国知识分子的奔波呼喊,作品都有所表现,有些场面(如愤怒的农民冲击银行及县衙门)写得有声有色。但作品中有些人物不够丰满,生活琐事写得过多,刻画人物性格的细节过少,读来有冗长沉闷之感。完成于一九四七年的《山野》,标志着作者在长篇创作上走上成熟时期。作者说:"因为限于所见所闻,我不能把全部抗日战争的悲壮事情,通通写了出来,我只能将一个小小的山村地方,一天小小的战斗生活,勉力记下。"①小说围绕这一个小小的山村,通过一天小小的战斗,刻画了农村各个阶级、各个阶层不同人物错综复杂的社会关系和彼此不同的思想面貌。作者在小说中采用纵横交错的结构方法,既高度集中又充分舒展,民族矛盾、阶级矛盾和宗派矛盾交织在一起,抓住主要矛盾,把故事的发展和人物的活动组织得有条不紊。小说中出现了几十个人物,较之《丰饶的原野》《故乡》,主要人物形象性格更鲜明,行动更活跃。小说中无论是贫苦的青年农民,还是山村上层人物,都写得眉目宛然,特别是出身于工商业者兼地主家庭的女知识青年韦美珍的形象,真实生动。作者把农村的阶级关系表现得那样准确鲜明,这在国民党统治地区的文学作品中是少见的,反映了作者思想上艺术上的进展。文艺界对这部小说给以很高的评价。

第四节　欧阳予倩、洪深等人的剧作

中国进步的话剧运动,三十年代初期在中国共产党领导下得到新的发展。一九二九年八月,沈端先、郑伯奇、冯乃超、钱杏邨、叶沉、凌鹤、陈波儿、刘保罗等人组成上海艺术剧社。剧社除积极开展演出活动外,并针对大革命失败后剧坛上一度出现的消极倾向,提出了"新兴戏剧"、"无产阶级戏剧"的口号,强调戏剧艺术为革命服务。在艺术剧社的影响下,南国、摩登、辛酉、复旦等许多剧社政治倾向也日益激进。一九三〇年四月,艺术剧社被国民党查封。进步戏剧工作者于同年八月一日成立中国左翼

---

① 《〈山野〉后记》。

剧团联盟,不久又改组为左翼戏剧家联盟(简称"剧联"),并先后在南通、北平、武汉、广州、南京成立分盟,在青岛、杭州等地设立小组,团结戏剧工作者,同"左联"密切配合,积极开展进步戏剧活动。

"九一八""一·二八"事件之后,随着全国人民新的抗日爱国运动的兴起,进步戏剧活动更加蓬勃开展。田汉主持的大道剧社、适夷主持的曙星剧社及其他许多话剧社团,都陆续上演抗日爱国主题的话剧,并到工厂和城郊演出,为话剧普及工作做了良好的开端。一九三三年,进步戏剧活动由于执政当局的疯狂镇压在城市难于开展,"剧联"提出了"戏剧走向农村"的口号,不少剧团走出上海到外地旅行公演。尽管在当时条件下戏剧还不可能真正面向农村,但开始打破了话剧只能在大都市剧院演出的小圈子,为话剧的群众化迈开了第一步。一九三六年初,"剧联"自动解散,另外成立中国剧作者协会,广泛团结戏剧工作者投入抗日救亡运动。

在话剧演出活动十分活跃的三十年代初期,剧本创作也出现了前所未有的新局面。田汉、洪深、欧阳予倩等二十年代知名于文坛的剧作家,陆续有新作品问世。继起的夏衍、阳翰笙、陈白尘、宋之的、于伶等,也都写出了较好的剧作。曹禺的《雷雨》《日出》的出现,标志了中国话剧创作达到了新的更高的水平。

欧阳予倩(1889—1962)是中国现代著名的戏曲家,也是很早开始话剧创作的著名剧作家。他原籍湖南浏阳,早年留学日本。在辛亥革命前,他就是春柳社的骨干之一,参加过《黑奴吁天录》的演出。一九一三年回湖南组织文社时,编演了五幕剧《运动力》,讽刺辛亥革命后某些革命党人的腐化堕落。五四运动激发了他的创作欲望,又写了《泼妇》(一九二二年)和《回家以后》(一九二四年)。两个戏的矛盾冲突都是由于爱情不专引起的。《泼妇》着重批判腐朽的封建道德,虽然开掘尚欠深刻,却大胆地歌颂了被陈旧观念称之为"泼妇"的于素心愤而离家的反抗精神。《回家以后》鞭挞了受过美国"文明"熏陶的陆治平随意

欧阳予倩

离弃自己妻子的不负责任的行为。冲突尖锐的剧情本来是一个悲剧的发展,而作者却没有运用悲剧手法处理,表现较为轻松。五幕剧《潘金莲》

（一九二八年）是"受了五四运动反封建、解放个性、破除迷信的思想影响"①而创作的。作者将《水浒传》中的潘金莲写成为一个追求个性解放、婚姻自由的女性，侧重于揭露潘金莲犯罪的原因，锋芒指向以张大户为代表的封建势力和不合理的婚姻制度。但作者过分美化了潘金莲，因为她"和恶霸同谋杀死一个没有抵抗能力的人总是不妥"②；又多少贬低了长期以来在人们心目中已产生很大影响的景阳冈打虎英雄武松的形象，作品的积极效果受到了限制。

欧阳予倩在三十年代初期积极投入进步戏剧运动，剧本创作的题材也有所扩大。《屏风后》通过女伶忆情母女的不幸遭遇和"道德维持会"会长父子道德败坏的生活，揭发了封建卫道者遮掩在"屏风"后面的恶德丑行；《车夫之家》展示城市贫民的悲惨生活，控诉殖民势力和买办相勾结的罪行；《买卖》揭露买办阶级甘心以自己的亲人作交易的卑鄙行为；《同住的三家人》描写城市劳动人民在军阀屠杀、内战频仍、纸币贬值的情况下的苦难生活，并指出只有"不受有钱人的欺骗和麻醉"，"跟大家去打开一条出路"，才是正当的办法。这些题材都来自作者的亲身见闻，有很强的生活实感，兼之作者舞台经验丰富，写作技巧熟练，人物形象比较生动，往往能在短短的一幕戏里揭示出相当深刻的社会意义。

抗战爆发后的一九三七年初冬，欧阳予倩"怀着满腔忧愤"，根据清初著名戏曲家孔尚任《桃花扇》传奇的轮廓改编为京剧；一九三九年把它改编为桂剧上演，轰动一时；一九四六年又编为话剧。剧本以李香君和侯朝宗的爱情故事为线索，成功地刻画了秦淮歌女李香君等下层人物的形象，赞扬了他们崇高的民族气节，而"对那些两面三刀卖国求荣的家伙，便狠狠地给了几棍子"③。一九三九年以后，作者还写过《越打越肥》等四五个独幕剧，多是"讽刺腐败的国民党人的"④。到一九四二年，作者又成功地创作了五幕历史剧《忠王李秀成》。

剧中的李秀成是被作为一个"始终忠贞坚定，绝无动摇"的革命英雄来着力刻画的。作者说："革命者要有殉教的精神，支持民族国家全靠坚强的国民，凡属两面三刀，可左可右，投机取巧的分子，非遭唾弃不可。我写戏奉此以为鹄的。"⑤剧本开始，太平天国即已处在曾国荃围困天京的危急境地中，而天王却仍然对李秀成猜忌不已，那些皇亲国戚采用种种卑

---

① ② ④ 《欧阳予倩选集·前言》。
③ 欧阳予倩：《〈桃花扇〉序言》。
⑤ 欧阳予倩：《〈忠王李秀成〉自序》。

劣手段,争权夺利,分裂革命力量,使李秀成挽救太平天国的一个个计划均无法实行,只能在日益颓败的形势下坚持苦斗,直至天王自杀,天京陷落,李秀成被俘……作者通过这个剧本力图说明:太平天国根本不是败于清朝和帝国主义,而是败于内部的分裂——奸佞的当政和叛贼的出卖。这个剧本在当时具有重大的现实意义,艺术上也取得了较大的成功。全剧人物虽多,篇幅虽长,但都紧紧围绕刻画李秀成这一形象而着墨,集中突出,生动感人。

洪深

洪深(1894—1955)也是中国现代著名戏剧家,为五四以来进步戏剧运动作了重要的贡献。他是江苏武进人,一九一六年毕业于清华大学,赴美国哈佛大学学戏剧。一九二二年回国,先后在几所大学任教,以主要精力从事戏剧工作。早在一九一六年就写了同情劳苦群众的《贫民惨剧》,随后又写了作者自称为"不是趋时的作品"《赵阎王》(一九二二年)。剧中的赵大(赵阎王)原是农民,外国资本主义势力侵入农村,逼得他家破人亡,在军阀部队里当了兵。他几乎无恶不作,但就在他进行各种罪恶活动以及偷盗被营长克扣的全营弟兄饷银的时候,内心充满了矛盾斗争,比起他的上司营长来倒要稍逊一筹。他对营长十分服从,挨打挨骂也一味顺受。和他一起当兵的老李对"官高钱多,天下通行"看得比他透。当赵大被打死以后,老李便按照自己的哲学携款潜逃。在当时军阀队伍里,像赵大、老李以及营长这些人并不少见。洪深把同样为非作歹而又各具特点的人物表现在舞台上,借以揭露封建军阀统治的罪恶,有积极的社会意义。但剧本还有明显的局限,正如作者后来所说:"我只想说这样的罪恶者是这样的社会造成的,而我没有能够接着说出应该有的结论……"①在艺术表现上,前半部比较成功,对话简洁有力,写出了人物的性格特征。后半部进入追叙赵大所犯罪行(告密、活埋人等),由于袭用奥尼尔《琼斯王》的艺术手法,长段的变态心理描写,浓重的神秘色彩渲染,都为观众和读者所不习惯。

---

① 《洪深选集·自序》。

一九三○年洪深参加了"左联"和"剧联",以更大热情致力于进步的戏剧和电影工作。继《赵阎王》之后,三十年代初期又写了《五奎桥》(独幕)、《香稻米》(三幕)、《青龙潭》(四幕)三个剧本,总题为《农村三部曲》。《五奎桥》是三部曲中最得好评的一部。五奎桥所跨的小河是乡间水路要道,桥孔窄狭,农民抗旱用的机器打水船不能通过,它的存毁与桥东四百多亩农田收成丰歉大有关系;但是它又干系着周乡绅家祖坟上的"风水",要触及封建地主阶级的特殊利益和威势象征。因此,在五奎桥的拆毁问题上,就集中地反映了广大农民与豪绅地主之间的矛盾。剧本正是围绕桥的拆毁问题,展开关于农村阶级分野和人物性格的描画。作家较为成功地创造了青年农民李全生和恶霸地主周乡绅两个形象。李全生敢于向罪恶势力斗争,当场揭穿了周乡绅瓦解农民斗争意志的欺骗手段,赢得了拆毁五奎桥的胜利。周乡绅狡诈阴狠,不仅利用国民党军警和所谓法律威胁农民,又用甜言蜜语软化和瓦解农民,但在农民的强大的决心和威力下,他的阴谋诡计和武力镇压都遭到失败。剧本结构自然紧凑,使观众的情感一步步地随着剧情的发展而逐渐高昂起来。《五奎桥》是中国现代文学较早反映农民斗争的一个优秀剧本。它的演出受到广大观众的热烈爱好,绝非偶然。

在"九一八"、"一·二八"以后的抗日爱国运动中,洪深积极提倡并撰写以抗日反帝为主题的戏剧作品。由他执笔的集体创作剧本《走私》,演出时曾获得良好效果。抗战时期,洪深在艰苦环境下积极参与救亡演剧队的组织和领导,并创作了《米》、《包得行》、《黄白丹青》、《女人女人》等剧本。四幕剧《包得行》暴露国民党兵役制度的黑暗,在运用四川方言方面,作了比较成功的尝试。抗战胜利后,洪深写了三幕剧《鸡鸣早看天》,以四川北部公路边一家旅店为背景,通过店主人一家及住店的形形色色的旅客不同思想性格形成的戏剧冲突,展现出抗战胜利后依然漆黑一团的社会面貌,借剧中人物之口发出了争民主争自由的呼声。剧本的结构完整严谨,戏剧效果强烈,但反映社会现实深度不够。

欧阳予倩和洪深在新中国成立后都以全部精力投入了人民的戏剧事业。

曾经以小说《终条山的传说》被人称道过的李健吾(1906—1982),这一时期虽然继续写了一些小说,但主要却是戏剧。独幕剧《母亲的梦》写的是军阀内战所加于人民的灾害,剧本较生动地写出了人民对于军阀内战的控诉。《梁允达》写了军阀驻军串同土豪贩卖鸦片的勾当,多少画出了当时生活环境的一些真实面貌。三幕剧《这不过是春天》是他的代表作。剧本以大革命时期的军阀盘踞的北京为背景,描写警察厅长夫人设法营救一个被捕的革命者的故事,戏剧冲突尖锐,在勾勒国民党的警察机构中厅长、秘书、密探等人性格的卑劣和机诈,以及厅长夫人的内心寂寞等方面,都写得比较生动真实。但作者把主要力量用在爱情纠葛线索上,这对于女主人公的性格和内心世界的描绘虽有帮助,却损害了那个革命者的形象。李健吾在抗战初期参加上海剧艺社工作,以后还写过不少剧本。他的作品着重于艺术表现上的追求,内容上虽缺乏深意,但剧情紧凑而轻松,语言机智而幽默,在喜剧创作上独具一格。

第五节 田 汉

　　田汉是中国现代卓越的戏剧家,是五四后早期话剧运动和大革命后兴起的革命戏剧运动的开拓者之一。

　　田汉(1898—1968)字寿昌,湖南长沙人。早年得亲友资助留学日本。五四后参加少年中国学会,并与郭沫若、郁达夫、成仿吾、张资平等人发起组织创造社。从一九一九年起开始话剧创作,写了《瓌娥玲与蔷薇》、《咖啡店之一夜》等剧本,翻译了莎士比亚名剧《哈姆雷特》、《罗密欧与朱丽叶》。一九二一年回国后,编辑出版《南国》半月刊,继续写作剧本。一九二七年发起并领导以戏剧活动为主的南国社,积极推动话剧的创作和演出。在早期的戏剧活动中,表现了强烈的反帝反封建精神,同时存在某些消极浪漫主义和唯美主义的倾向。

田 汉

　　独幕剧《咖啡店之一夜》写于一九二〇年,在早期的话剧运动中产生过较大影响。剧本写的是穷秀才的女儿白秋英被盐商的儿子李乾卿遗弃的故事。它揭露并展示了恋爱问题上以金钱和地位为中心的丑恶。剧中白秋英对李乾卿说:"你们父子真会作买卖!""你的父亲会作私盐的买卖,你便做起情书的买卖来了。"她最后把李乾卿给她的钞票和以前的书信付之一炬,表现了凛然不可侵犯的品格。作者将自己的主观感受直接地投射到白秋英等人物形象上,以直抒胸臆的方式抨击了市侩主义,感情充沛,笔力旺健,浪漫主义的抒情特色在这个作品中已显露了出来。但缺陷是伤感气味太重,女主人公白秋英在某些地方也过分软弱。一九三二年作者对剧本作了修改,颓废伤感的情调减少了,白秋英的性格也比以前完整和统一。

继《咖啡店之一夜》后,田汉陆续写了一些独幕剧。其中《午饭之前》(后改名为《姊妹》)发表于《创造》季刊。这是他最早反映工人生活的作品,也是中国话剧史上较早描写工人和资本家斗争的一个剧本。尽管生活气息比较贫乏,几个女工的性格也不够突出,主要斗争又隐在幕后,但在当时出现这样的主题还是难能可贵的,剧本写资本家对工人的压榨也真实可信。在田汉作品中,用另一种生活表现阶级对立的是《获虎之夜》。剧本于一九二四年初连载于《南国》半月刊,是田汉早期的较好作品之一。内容写一个富农的女儿莲姑爱上了一个流浪儿黄大傻,贫富悬殊终于造成了这对青年人的恋爱悲剧。莲姑比《咖啡店之一夜》里的白秋英更具有反抗性,性格的发展也更统一。当她所爱的黄大傻成了残废以后,她的父亲要分开他们握紧着的手,她倔强地说:"不。我死也不放手。世间上没有人能拆开我们的手。"作品较好地塑造了一个温柔而不懦弱,朴实而又有胆识的农村少女形象。剧本的缺点主要是在黄大傻的性格刻画方面,同莲姑相比,显得软弱,他所倾吐的眷恋和寂寞之情,明显地留有当时知识青年感情的投影,和人物的身份不相吻合。但作品的抒情气氛很重,喜剧的开场和悲剧的结局形成了鲜明的对照。湖南山区浓厚的地方色彩也为剧本带来了牧歌的情调。

田汉在主持南国社时期,写了《江村小景》、《苏州夜话》、《湖上的悲剧》、《南归》以及《名优之死》等许多剧本。《江村小景》、《苏州夜话》都以揭露军阀内战为主题。《江村小景》中兄弟二人的惨死,《苏州夜话》中老画家刘叔康妻女的离散,其根源均在于军阀内战。《苏州夜话》还写了画家刘叔康的艺术至上主义在现实风雨里的破灭,穿插了刘叔康父女离合的遭遇,情节较为曲折。《湖上的悲剧》、《南归》都是爱情悲剧,抒情气氛很浓,虽然还存留着作者早期的"唯美的残梦"和"青春的感伤"①,但也表现了他对黑暗现实的不满和对美好理想的追求。

写于一九二九年的三幕剧《名优之死》,刻画"一代名优"刘振声的反抗性格及其悲剧命运,通过舞台形象有力地揭示了狐鬼横行的旧社会正是艺术的敌人。刘振声一生尊重艺术,嫉恨邪恶。他以心血培养的女弟

---

① 《田汉戏曲集》第4集《自序》。

子刘凤仙因受有权有势的流氓杨大爷的利诱,日益走上堕落的道路。刘振声为此而感到愤怒和痛心,他勇敢地和杨大爷展开斗争,揭露了杨大爷的丑恶行为,杨大爷率领他的鹰犬用最毒辣的手段凌辱刘振声,最后把刘振声逼死。据作者自己说,刘振声这个人物的创造是以晚清著名京戏演员刘鸿声为原型的。剧本步步深入地描写了杨大爷愈来愈猖狂的流氓行径,刘凤仙愈来愈显著的堕落,以及刘振声愈来愈强烈的反抗性格;通过主人公刘振声悲惨的死亡,向黑暗社会提出了激越的控诉。《名优之死》是一篇旧社会艺人苦难生活的实录。全剧手法洗练,风格沉郁。这个剧本标志作者在话剧创作艺术技巧上的已经趋于成熟。

一九二八年至一九二九年底,田汉率领南国社先后在上海、杭州、南京、广州、无锡等地演出期间,创作了不少剧本,其中独幕剧《一致》、三幕剧《火之跳舞》,开始清除感伤情调,寄希望于社会的最底层,他相信:"光明是从地底下来的!"

从一九三○年起,田汉的思想和创作进入新的发展时期。在那时的革命形势和中国共产党组织的推动和影响下,他努力投身于革命戏剧运动。一九三○年四月,他发表了《我们自己的批判》,总结和清算他自己和南国社的小资产阶级浪漫、感伤倾向。他改编梅里美的小说《卡门》为六幕话剧上演,借外国故事抒发反抗旧社会的思想情绪。同年,他先后加入中国自由运动大同盟、"左联"、"剧联"。两年后担任"剧联"的领导工作。他为"剧联"领导的剧团写了《梅雨》、《一九三二的月光曲》、《洪水》、《乱钟》、《战友》、《回春之曲》、《暴风雨中的七个女性》等许多剧本以及歌剧《扬子江的暴风雨》。这些剧作大多取材于现实斗争。《梅雨》和《一九三二的月光曲》反映失业工人的生活和斗争,《洪水》[1]反映农民的苦难和斗争,《乱钟》、《战友》和《回春之曲》表现了人民群众日益高涨的抗日情绪,并严厉谴责了国民党政府卖国投降的罪行。因为作者这时还缺少工农斗争生活的体验,有些剧作未能创造出真实动人的人物形象,如《一九三二的月光曲》中的工人和《洪水》中的农民的性格都不够鲜明,但剧本及时地反映了现实生活中的重大事件,渗透了作者强烈的政治热情,在观众和读者当中产生了积极的影响。

《回春之曲》(三幕剧)作于一九三五年,写侨居南洋的青年知识分子高维汉和友人在"九一八"以后,抱着满腔救国热情,回国抗日。高维汉在

---

① 田汉题名为《洪水》的剧本有两个:一以长江中游某乡为背景,收入《回春之曲》;一以黄水南侵中的某大堤为背景,收入《黎明之前》。这里是指前一个。

"一·二八"战争中身受重伤,脑神经因强烈震荡以致记忆全失,但仍高呼前进杀敌的口号。全剧除抗日救亡这条主线外,高维汉与梅娘始终不渝的爱情故事也是一条很重要的线索。正当高维汉处在病中,远从南洋赶回祖国的梅娘,对他的爱情坚贞不渝,细心调护,坚拒坏人的引诱,使高维汉终于在她调护下恢复了健康。梅娘在剧本中出现的场面不多,但她的形象,同高维汉一样,也是塑造得比较成功的。全剧充满了田汉剧作所特有的抒情气氛,对话自然流畅,穿插的几首歌曲,情致深厚,加强了剧本的诗的素质。《回春之曲》反映了群众要求抗日的心情,在当时发生过很大的影响。

田汉在三十年代初期,除参与进步话剧运动的领导,撰写大量话剧剧本外,并编写许多进步电影剧本和振奋人心的歌词,如由他作词、聂耳谱曲的《义勇军进行曲》就被广泛传唱,后来成为新中国的国歌。一九三五年春,田汉被国民党政府逮捕,同年秋经营救保释。他出狱后继续从事进步戏剧运动,写了《阿比西尼亚的母亲》及另一个剧本《洪水》。

抗日战争爆发,田汉写了以卢沟桥军民共同抗日为主题的四幕剧《卢沟桥》。此后,他从事抗日戏剧运动,继续编写剧本,如戏曲《新雁门关》、《江汉渔歌》、《岳飞》及话剧《秋声赋》,都寄寓了抗敌爱国的主题。抗战胜利后又写了电影剧本《忆江南》、话剧《丽人行》,在民主运动中产生过积极的影响。

《丽人行》剧本完成于一九四七年春季。作者巧妙地用抗日战争的题材表现革命斗争的内容。剧本以抗日战争胜利前处于日本帝国主义魔爪蹂躏下的上海为背景,表现三个不同阶层的青年妇女所经历的曲折生活道路。朴实善良的纱厂女工刘金妹是挣扎在社会底层的被侮辱与被损害的女性。她受过日寇凌辱,丈夫被流氓毒瞎眼睛,生活的重担靠她一人挑起,全家处在极度贫困之中。在一切生路断绝之后,她被迫出卖肉体,但仍不能改变这个悲惨的处境。她在绝望中走向黄浦江边,终于经革命者救助而得到新生。女知识青年梁若英有正义感和爱国心,但又脆弱动摇,抗战前同革命者章玉良结了婚,生了孩子,在战争离乱中经历曲折的遭遇。李新群是留在敌后坚持斗争的地下工作者,同她的丈夫孟南一起,日夜艰辛地为革命而工作,满怀信心地迎接胜利。剧作者怀着深挚的感情塑造了这三个青年妇女的形象,也刻画了革命者章玉良、孟南及共产党组织领导人刘大哥的形象,谱成了一曲革命的地下工作者的颂歌。剧本打破了话剧通常分幕的结构形式,吸取中国戏曲的经验,根据剧情需要,将全剧分为长短不一的二十一场次,穿插交错地展现了三个青年女性截然不同的生活场面,又以抗日斗争为主线把它们连贯在一起,因而全剧场次虽多,但浑然一体,有条不紊。《丽人行》的演出正当美军士兵在北平强奸中国女学生、激起全国学生抗议运动之后,这部戏剧起到明批敌伪、实揭美蒋的作用,受到广大观众的热烈赞扬。

第八章 "左联"时期的文学创作(二)

第一节 瞿秋白的作品及其他杂文、散文、报告文学

　　各种类型的散文作品的蓬勃发展,是第二次国内革命战争时期文学创作的一个显著特色。急遽变化的社会现实、尖锐复杂的阶级斗争与民族矛盾,迫切地要求文学创作能够随时作出迅速的反映和报导,给予直接的评论和褒贬,于是就出现了杂文的繁荣和报告文学的兴起。这个时期里,除鲁迅以主要精力从事杂文写作,茅盾、巴金、郁达夫等作家在写小说的同时也写杂文或散文外,瞿秋白的杂文产生过较大的影响。

　　瞿秋白(1899—1935)出身于江苏常州一个破落的书香之家。中学毕

瞿秋白

业后考进北京俄文专修馆学习,积极投入五四爱国运动和新文学运动,提倡文学"为人生"。一九二〇年北京《晨报》聘他为记者派往苏联。旅苏期间他写了《饿乡纪程》(亦名《新俄国游记》)和《赤都心史》两部散文、报告集(有些篇章曾在《晨报》上发表)。这是五四后最早出现的报告文学作品。作者怀着对社会主义制度的向往,"拨开"国内外不同势力所散布的"重障",真实报道了"俄罗斯红光烛天,赤潮澎湃"的现实以及苏俄"无产阶级创业的艰辛"。两部作品也记录了作者自己由一个向往十月革命的进步知识青年,经过生活实践

和自我批判,逐渐信仰共产主义的思想历程。两部作品体式随内容而变化:有游记,有小品,有杂感,也有散文诗。严肃的思索和热情的记叙相结

合,使作品风格显得凝重而又清新。

瞿秋白一九二三年回国后先后主编《新青年》、《向导》、《前锋》等刊物,又在上海大学任教。一九二五年后转向革命实际工作,一九三一年回到文学战线,同鲁迅并肩战斗,为革命文学事业做了大量工作。他以巨大精力从事马克思主义文艺理论和俄罗斯苏维埃文学的译介工作:翻译了高尔基的许多著名作品以及普希金、果戈理、托尔斯泰等作家的作品,撰写了介绍俄罗斯文学和苏联文学的论著,并编译了马克思、恩格斯、列宁、拉法格、普列汉诺夫等人的文艺论著。他的译文忠实流畅,"信而且达"①,推动了马克思主义文艺理论在中国的传播。在促进马克思主义与中国文学运动相结合的工作中,瞿秋白作了很大贡献。他不仅正面阐明马克思主义文艺理论的基本原理,而且联系中国文学运动的实际加以论述。他写的《〈鲁迅杂感选集〉序言》,是一篇闪耀着马克思主义光辉的文学论文。这篇论文通过对鲁迅杂文的分析,深刻地论述了鲁迅的思想特点及其发展道路。针对革命文学运动中暴露的一些弱点,号召革命作家学习鲁迅"最清醒的现实主义"、"'韧'的战斗"、"反自由主义"、"反虚伪的精神",和鲁迅一道战斗一同前进。这篇《序言》既批驳了各式反动文人对鲁迅及其杂感的谩骂和攻击,也帮助革命文学队伍正确认识鲁迅,其意义远远超越了给鲁迅个人作出正确评价的范围,对新文学运动的深入发展具有很大的指导作用。在其他许多文艺论文中,他运用马克思主义观点,力图总结五四以来新文学运动的经验教训,探讨文学如何为革命斗争服务、如何与广大群众相结合的问题,积极推动文艺大众化运动。尽管他的一些文学论文或多或少包含某些"左"的偏激情绪,特别是对五四新文学运动评价过低,不够准确,但他的基本倾向是要促进新文学同革命斗争相联系、同广大群众相结合,对当时文学运动产生的积极影响仍然是主要的。

瞿秋白三十年代在上海先后写了数十篇杂文,用史铁儿、陈笑峰等笔名发表在《北斗》、《文学导报》上,稍后也曾用鲁迅的笔名刊登于《申报》副刊《自由谈》和《申报月刊》。瞿秋白杂文的内容和批判的锋芒,同鲁迅的文章紧密配合,相互呼应。为了反对国民党政府对外屈服、对内镇压的政策,他写了《拉块司令》、《苦闷的答复》、《曲的解放》、《迎头经》、《内外》等文;为了反对挂着学者头衔的某些文人为当政者涂脂抹粉、向侵略者纳降献策,他写了《王道诗话》、《出卖灵魂的秘诀》、《大观园的人才》等篇。瞿

---

① 鲁迅:《绍介〈海上述林〉上卷》,见《鲁迅全集》第7卷。

秋白的杂文立论明确,文笔犀利,在冷静的剖析中浸透着炽热的感情,有他自己的风格与特点。

除了扫射旧世界之外,瞿秋白还以强烈的革命乐观主义精神歌颂"中国真正群众的彻底的新英雄",呼唤新世界的诞生。《一种云》、《暴风雨之前》、《〈铁流〉在巴黎》等,就是这一类的文章。在阴云密布的中国,他号召群众"自己去做雷公公电闪娘娘",用"惊天动地的霹雳"打开层层的"乌云",创造"光华灿烂的宇宙"。这类文章为数不多,却是当时一般杂文中少有的新的主题。瞿秋白善于抓住事物的特征,通过对一些上层人物言行的白描,运用恰当而富有概括性的比喻,创造出某种社会典型。他有时也用象征的手法来把他所要说明的问题形象化(例如《一种云》),有时又通过对社会习俗的描绘来引起人们的联想(例如《民族的灵魂》)。他适应文章内容的特点和战斗的需要,采用政论、短评、随感录、书评、抒情散文、杂剧、短曲、寓言等多种形式进行写作,都能写得深入浅出,明白晓畅。瞿秋白的杂文在思想和艺术的统一方面取得了较高的成就。

瞿秋白一九三四年一月到江西中央革命根据地任职。红军开始长征,他因病不能随军北上。一九三五年二月被国民党逮捕,六月遇难。瞿秋白牺牲之后,鲁迅在病中把他的译文编为《海上述林》出版。

经过鲁迅的开拓和提倡,杂文这种艺术形式受到文学界普遍重视,杂文作者日多。尤其值得注意的是,在鲁迅的指导和影响下,许多青年作者运用杂文这一艺术武器,或则抨击政治的黑暗,或则揭露社会的矛盾,或则针砭时事,或则漫谈文艺,内容广泛,风格各殊,然而莫不短小精悍,锋利有力,表现了虎虎的生气。徐懋庸(1910—1977)写了《不惊人集》、《打杂集》等,批评时事,泼辣有力,写来从容自如,不事雕砌,鲁迅为他的《打杂集》撰写序文,在文坛有较大影响。唐弢(1913—1992)的《推背集》、《海天集》等杂文,揭发时弊,抗争现实,时复带着散文笔调,含有抒情气氛,在艺术风格上受有鲁迅的影响。后来在抗日战争和解放战争又写了《投影集》、《短长书》、《劳薪辑》、《识小录》等杂文集,成为勤奋写作杂文的作家之一。徐诗荃得到鲁迅的帮助,变换多种笔名,在《申报》副刊《自由谈》发表不少反抗束缚、批评时政的短评,题材广泛,笔致娴熟。稍后作者愈多,如聂绀弩的酣畅淋漓,周木斋的严谨缜密,柯灵的潇洒清丽,各具特点。巴人(王任叔)著有《常识以下》,后来又有《生活·思考与学习》、《窄门集》、《边风录》等集,思想敏锐,风格泼辣。

三十年代前期的抒情散文创作,较五四时期也有了进一步的发展。不仅二十年代步入文坛的老作家继续撰写,本时期涌现的一些新作家,也在创作小说、诗歌、戏剧的同时,写了大量抒情散文,并且还出现了以创作抒情散文为主的作家。他们或则揭露丑恶的黑暗现实,或则赞颂人民的反抗斗争,或则描绘祖国或世界的壮丽山河,或则抒写个人的胸臆,使这类散文作品呈现出丰富多彩的繁荣景象。

李广田和何其芳是这类散文作家的代表。李广田(1906—1968)著有《画廊集》、《银狐集》,他大多"写了一些在旧社会受折磨和没有出路的人"①。我们从中看到处处受人欺侮和捉弄的问渠君,因曾谈起过"关于革命的意见",而终于"送掉了性命"(《记问渠君》);满身驮负重载的老渡船,在各种屈辱中度过自己的人生历程(《老渡船》);在山涧采花出卖的哑巴,为了生活,并不因为父兄都惨死山涧而不继承父兄的事业,仍需把自己的生命挂在万丈高崖之上(《山之子》)。作者说:"我是一个乡下人,我爱乡间,并爱住在乡间的人们。"②这使他以很多笔墨描写故乡山东的风物和自己早年的生活,并在字里行间蕴藏着真挚的爱憎。作者长于刻画人物,笔下一些平凡甚至卑微的人物,都有个性的特征。文风自然浑厚,于亲切中略带忧郁。抗战初期出版了《雀蓑记》、《圈外》;四十年代又写了《回声》、《金坛子》、《日边随笔》等集。《雀蓑记》中写于抗战前夕的作品,制作精致,感情深沉,耐人细读。有的熔状物、抒情、写人于一炉,写得峰回路转,引人入胜,而又亲切自然,不落痕迹,堪称散文中的佳作。《圈外》集则记叙抗战初期随学校撤退到大后方途中的流亡生活。《回声》集所收是作于一九四一年前后的随笔体散文,大多抒写艰辛地生活在大后方的爱国知识分子的"小小的悲欢":他的寂寞、苦恼、与下层人民相濡以沫,以及对光明的不倦憧憬与追求。在恳切的自我解剖中,常常显露出作者朴厚、诚实的性格。

何其芳(1912—1977)的《画梦录》是刻意经营之作,深受读者欢迎。一九三七年,该书与曹禺的《日出》、芦焚的《谷》一起,获得《大公报》文艺奖金。何其芳的风格与李广田不同,《画梦录》和随后出版的《刻意集》、《还乡杂记》,反映了知识分子不满现实又找不到出路的寂寞、哀怨与探索,充满着梦幻与憧憬的色彩。他善于使用浓丽精致的语言,优美新奇的比喻,构成具有诗意的散文。作者说:"我不是从一

---

① 《〈散文三十篇〉序》。
② 《〈画廊集〉题记》。

个概念的闪动去寻找它的形体,浮现在我心灵里的原来就是一些颜色,一些图案。"①这些"颜色"和"图案",往往是他的散文中首先吸引人们注意力的部分。他当时的艺术方法带有曾经流行于西欧的印象主义的明显影响。写作较迟的《还乡杂记》则说明作者经过生活鞭子的抽打,开始从幻想转向现实世界;它成为何其芳思想和创作的一个新的起点。在写作散文的同时,何其芳还写下不少诗篇。如果说抗战前夕《画梦录》给他赢得了散文家的声誉,那么抗战爆发以后,他更以诗人著称了。

当时以写作抒情散文著称的,还有陆蠡(1908—1942)和丽尼(1909—1968)等人。陆蠡在抗战前写有《海星》、《竹刀》二集,文字清新委婉,对不合理的旧世界时时提出直接的控诉。《水碓》(《海星》)一文描叙被水碓捣成肉酱的童养媳的悲惨故事;《哑子》(《海星》)勾画了一个"天生的不具者",一个受人剥削、践踏而诉告无门的劳动者的遭际;在愤激的语调里,表达了作者热爱劳动人民的正直心灵。一九四〇年出版的《囚绿记》,写在"异族的侵凌,祖国蒙极大的耻辱"(《池影》)的时候,而作者那时又留居在已成"孤岛"的上海,字里行间更是洋溢着"寂寞"和"激怒"的感情。文笔朴素,清婉动人。陆蠡于一九四二年被日本法西斯强盗杀害。丽尼的散文集《黄昏之献》、《鹰之歌》、《白夜》,抒发了阴暗的时代给作者带来的苦闷,其中充满了"个人的眼泪,与向着虚空的愤恨"②,于低回忧悒的笔调中回荡着对现实的不满和对光明的憧憬(如《鹰之歌》等篇)。他的文字幽丽凝练,富有诗意,但过于欧化。前期着重抒情,后来逐渐转向叙事,增强了社会内容和意义;有的作品被人视作小说。他自己说:"我知道在讲故事上我是一个比谁都拙劣的低能者。"③比较起来,那些抒情的篇什更能体现他的艺术风格。

继瞿秋白《饿乡纪程》、《赤都心史》之后,三十年代初,由于"左联"的提倡,报告文学得到进一步的发展。一九三〇年八月"左联"执委会通过的《无产阶级文学运动新的情势及我们的任务》和一九三一年十一月"左联"执委会的决议《中国无产阶级革命文学的新任务》,提出了参考和采用"西欧的报告文学"形式"创造我们的报告文学"。"九一八"后,在报刊上开始出现一些短小的反映人民抗日斗争的报告性作品,《文艺新闻》刊载了《给在厂的兄弟——关于工厂通讯的任务与内容》、《报告文学论》等提

---

① 《刻意集·梦中的道路》。

② 《〈黄昏之献〉后记》。

③ 《〈白夜〉后记》。

倡和介绍报告文学的文章。《北斗》也发表了有关报告文学理论的译文。"一·二八"战争发生,很多进步作家到前线去,写了不少反映战争情况的报告,刊载于《烽火》(《文艺新闻》战时特刊)和《北斗》等杂志,执笔者有郑伯奇、适夷等和一些业余的文艺青年。这一年,还先后出版了阿英主编的《上海事变与报告文学》和《文艺新闻》社编纂的《上海的烽火》等通讯报告的作品选集。

随着抗日救亡运动的开展,报告文学与"文艺通讯员运动"结合,作者和题材范围更加扩大,参加写作的有工人、农民、兵士、学生、店员;人民大众在日本帝国主义侵略下的灾难和反抗成了描写的主要内容。一九三六年出版的《活的记录》一书,就是各地较好的报告文学作品的选辑。一九三六年茅盾主编的《中国的一日》和稍后由梅雨主编的《上海的一日》,收辑的基本上都是报告文学。不过这些作品偏重于事实的报道而缺少艺术加工。在这前后,一些著名的文化人、记者,陆续写下了许多报导性的散文,如胡愈之的《莫斯科印象记》,韬奋的《萍踪寄语》一、二、三集及《萍踪忆语》,小默的《欧游漫忆》,范长江的《中国的西北角》、《塞上行》等,都是脍炙人口的作品。一九三六年夏衍的《包身工》和宋之的的《一九三六年春在太原》发表,标志着报告文学在思想艺术上的显著进步。《包身工》是一篇真实地反映上海日本纱厂里一群失去人身自由的女工们的非人生活的报告文学作品。这篇作品是经过社会调查写出的,因为题材的现实性,着重刻画了"芦柴棒"、"东洋婆"等人物形象,作家的笔端又饱含着愤怒的感情,所以能在生动具体的描画里唤起读者对日本帝国主义和封建势力的强烈仇恨。《一九三六年春在太原》,以辛辣的讽刺和浓郁的抒情笔调,逼真地写出了山西当政者在"防共"措施下所造成的"流言所播,草木皆兵"的情景。比之前面提到的那些作品,这两篇具有更多的艺术魅力,成为三十年代报告文学的代表作。到了抗日战争时期,报告文学这种文学体裁还有更加蓬勃的发展。

第二节 叶紫、吴组缃及萧军、萧红等新人新作

无产阶级革命文学运动兴起和"左联"成立之初,涌现了大批新文学作家。在"左联"活动的后期又有许多新作家出现,其中以小说创作为主的作家有叶紫、周文、吴组缃、罗淑以及以萧军、萧红为代表的"东北作家群"。他们有的是"左联"成员,有的虽然没有参加"左联",在创作倾向上也与左翼作家相似,共同反映出文学创作新的风貌和新的收获。

叶　紫

叶紫(1912—1939)原名俞鹤林,湖南益阳人。当一九二六至一九二七年湖南农民运动高涨时,他的叔父是益阳县农会的主要领导人之一,父亲和姐姐也都参加了农会斗争。暴风骤雨式的群众运动使那时还在中学读书的叶紫受到深刻的教育,他进了武汉军事学校第三分校。一九二七年蒋介石叛变革命,他的叔父、父亲和姐姐都惨遭杀害。叶紫从故乡逃出后,度过一段时期的流亡生活,对下层人民特别是农民的生活加深了了解。当他一九三三年在上海参加无产阶级革命文学运动并开始从事创作的时候,故乡洞庭湖畔农村的斗争成为他的作品的主要内容,他的全部创作都充满着对阶级敌人强烈的仇恨。

叶紫有短篇集《丰收》和《山村一夜》,中篇小说《星》,此外还有一些散文。《丰收》中的六篇小说,除《杨七公公过年》一篇以流亡上海的农民的苦难生活为题材,均取材于湖南农村的生活和斗争。《丰收》是叶紫的第一篇小说,它反映了一九二七年大革命失败后农民群众在残酷压迫下组织起来进行抗租斗争的过程。小说中的老农民云普叔终年勤劳,对地主抱有幻想,结果却是他"辛辛苦苦种下来的谷子,都一担一担地送给人家挑走",自己也终于忧愤成疾。作品通过感人的艺术形象告诉人们:农民只有组织起来进行斗争,才是唯一的出路。云普叔的儿子立秋走的正是这一条道路。小说在《无名文艺》上发表后,叶紫这个第一次在文坛出现的新人立刻赢得了文艺界的赞誉。《火》是《丰收》的续篇,它描写了农民抗租斗争的勃发和进一步开展,像云普叔那样的老一代农民站立起来了,抗租的群众汇合到雪峰山工农红军的革命洪流里去了。革命群众的强大威力和胜利前途,反动势力垂死前的恐惧颤抖和疯狂报复,在小说中形成了鲜明的对照。

《电网外》中的王伯伯同《丰收》里的云普叔一样,也是忠厚勤谨的老一辈农民的形象。当红军临近自己家乡、敌军架设电网企图阻击的时候,他留恋自己的家屋,不肯随同儿子去到红军那里,结果是房子被烧,儿媳和孙子被杀。但王伯伯没有在敌人屠刀下懦怯和畏缩,而是觉悟和勇敢起来。他跳下准备上吊的小凳子,"背起一个小小的包袱,离开了他的小茅棚子,放开着大步,朝着有太阳的那边走去了"。对这篇作品,鲁迅在《丰收》集的序文里说它"不但为一大群中国青年读者所支持",而且当它"在《文学新地》上以《王伯伯》的题目发表后,就得到世界的读者了"①。可见它在发表时是颇有影响的。

收在短篇集《山村一夜》中的《山村一夜》一篇,是叶紫的另一个重要作品。故事是在深山的风雪之夜里由一个孤独的老人桂公公讲出来的:一个胆小怕事、受人欺骗的老汉首告自己参加革命的儿子,以为因此可以受到宽恕,实际上却把儿子送进虎口,立即被敌人杀害。从桂公公的激动的语调里表现了作者对旧世界的强烈的愤恨,而老汉的畏葸愚蠢和他的儿子文汉生忠于革命事业的高贵品德,也清晰地显示了出来。

叶紫的作品较之同时代描写农村生活的作品,具有更鲜明更深刻的时代特色。他不仅写出了旧中国农村的残破和贫困,还写出了农民在血腥斗争中的胜利和光明的远景。他的故事所描写的,不是局限在某一地区的孤立的、偶然的事件,而是和整个时代的革命暴风雨紧密地联系着的、按着生活的客观规律正在出现的事实。他不仅写了老一代的农民,还塑造了已经走上革命道路的青年一代农民的形象;在老一代农民的形象中,他又不仅写了他们的苦难和保守,而且写了他们的觉醒和新生。他的人物总是闪烁着强烈、浓郁的革命乐观主义的色彩。叶紫说过:自己的内心燃烧着"对于客观现实的愤怒的火焰",他的从事文学创作,就是要"刻画着这不平的人世……一直到人类永远没有了不平!"②

抗战爆发后,叶紫由上海返回湖南故里。当他开始撰写酝酿多年的长篇小说《太阳从西边出来》,仅仅写了四万余字,贫病交迫的生活就夺去了他年轻的富有才华的生命。

周文(何谷天,1907—1952),曾在川康边区的军阀队伍里生活过,作品也大多取材于旧军队和地方政权,描写了上层的倾轧和下层的受苦;但又不限于这类题材,在短篇中还展现了社会许多角落的众生相。在一九三三年到一九三七年的四五年间,周文先后写有《分》、《多产集》、《爱》等四个短篇小说集,中篇《在白森镇》,长篇《烟苗季》。他的小说,着重人物性格的刻画(如《一天几顿》、《陈司事》等)和环境氛围的渲染(如《热天》、《父子之间》等),没有什么复杂的情节。不少短篇,往往近乎生活速写和人物素描。优点是写得生动细腻,富有生活气息,尤其善于捕捉人物微妙的心理活动,具

① 《且介亭杂文二集》。
② 《我怎样与文学发生关系》,见生活书店1934年出版《我与文学》,第41页。

有个人的特点;但有些篇章所展示的社会画面不够广阔,思想深度也嫌不足。抗战爆发后,除写了中篇小说《逃亡者》外,主要从事其他革命工作。

吴组缃(1908—1994),安徽泾县人,有小说散文集《西柳集》、《饭余集》。他最初的短篇小说,通过一些个人

吴组缃

的悲欢离合,写出了顽固保守的社会势力如何摧残新的生机。随着思想发生变化,他的笔锋转向急剧破产中的皖南农村。一九三四年前后产生较大影响的《一千八百担》和《樊家铺》,都是《西柳集》、《饭余集》中优秀的作品。前一篇的副标题为《七月十五日宋氏大宗祠速写》。"八十八房、好几百家"的宋姓家族的地主豪绅们为了争夺宗祠一千八百担积谷,丑态百出。作者剖析深入,笔致细腻,在活泼流畅而富于个性的对话里栩栩如生地画出了众多人物的性格。结尾处写农民抢谷的场面,反映了农村革命的勃起和地主阶

级日渐灭亡的命运。《樊家铺》里的线子夫妇,原是勤劳纯朴的青年农民,但在地主盘剥、官厅敲诈下,男的不得不去抢劫财物,女的为了要取得一笔钱去营救狱中的丈夫,竟致亲手杀死自己的母亲。通过这个悲惨的故事,作品对旧社会作了深刻有力的暴露和批判。虽然气氛比较阴沉,但作家着力描写樊家铺地方的残破和骚动景象,穿插了当权势力惶惶不安、仓促逃走的场面,把故事的发展放在广阔的时代背景上,使得小说具有更深广的社会内容。此外,像《天下太平》、《某日》等篇,也为读者所称道。抗日战争时期,吴组缃还写有长篇《鸭嘴崂》(后改名《山洪》)和短篇《铁闷子》等小说。《鸭嘴崂》以抗战初期的皖南农村为背景,表现了农民在侵略战火烧到家乡时爱国意识的逐渐觉醒。主人公青年农民章三官质朴、倔强、粗野的性格刻画得较为成功,他在新四军政治工作的启发下克服落后意识,投入民族解放斗争的历程写得尤为真切细致。由于作者熟悉皖南农村各阶级、阶层人们的心理和风习,加以成功地运用方言,因而小说展现了乡土气息浓郁的生活画面。但作品前后结构尚欠匀称,后半部揭示人物与环境的关系不够充分,新四军政治工作的描写也缺少生活光彩,这些弱点限制了小说的艺术力量。《铁闷子》一篇则着重刻画了国民党军队一个逃兵粗犷、憨直的性格,既揭示了旧军队的某些本质方面,又写出了

作者"当时感觉到的腐朽中的'神奇'"①。吴组缃的作品,长于用严谨而又活泼的笔法描绘各种群众场面,通过性格化的对话生动地刻画人物,真实地写出了动乱的农村现实和发生于其中的各种复杂的纠葛,艺术上颇为精致,具有较高的现实主义的成就。

罗淑(1903—1938)有《生人妻》、《地上的一角》、《鱼儿坳》等三个小说、散文集。其中《生人妻》一篇,写四川沱江上游山地里的一个农民,在贫困无助的情况下终于不得不出卖妻子的故事,作者以女性的敏感和同情描画了这一对夫妇的悲剧命运和纯朴真挚的感情。就题材而言,这篇小说颇与柔石的《为奴隶的母亲》相似,但农村的斗争已向前发展,柔石着重表现母亲所遭受的苦难和屈辱,罗淑却突出妻子的倔强和从而爆发的抗争。由于写得深切动人,《生人妻》发表后受到文艺界的重视和好评。

"九一八"事变以后,陆续有一批文艺青年从日本帝国主义占领下的东北流亡到关内。其中有些人已经有过一段创作经历,有些人在革命文学运动的推动下开始文学活动。他们怀着对于敌伪的仇恨,对于乡亲的眷恋,以及早日光复国土的愿望,创作了不少反映东北人民斗争生活的作品,比较著名的有萧军、萧红、端木蕻良、舒群、白朗、罗烽、黑丁等,被人称为"东北作家群"。他们的作品中影响最大的是《八月的乡村》和《生死场》。

萧军(田军,1907—1988)的长篇小说《八月的乡村》,出版于一九三五年。作品描写一支由中国共产党领导的抗日游击队的活动,比较宽广地反映了他们与敌伪军队、汉奸地主的战斗,他们内部不同成分、不同成员之间的矛盾,他们在不同社会阶层——主要是农民群众——中间引起的反应。陈柱司令、"铁鹰"队长和在敌人凌辱下觉醒起来的李大嫂等形象,真实地体现了东北人民保家卫国、团结抗日的战斗要求。作品着重地表现出这支游击队在血泊中成长的生动历程,揭示出不前进即死亡、不斗争即毁灭的主题。鲁迅在评价这部作品时曾写道:"作者的心血和失去的天空,土地,受难的人民,以至失去

萧 军

---

① 《吴组缃小说散文集·前记》。

的茂草,高粱,蝈蝈,蚊子,搅成一团,鲜红的在读者眼前展开,显示着中国的一份和全部,现在和未来,死路与活路。"①在民族危机日益严重、抗日救亡运动蓬勃开展的形势下,小说受到读者的广泛欢迎。萧军除短篇集《羊》、《江上》外,还写有长篇《第三代》(后改名《过去的年代》),反映辛亥革命后东北人民的斗争,生活气息浓重,艺术上也更见成熟。

萧红(1911—1942)的中篇小说《生死场》也出版于一九三五年。这本作品真切地反映了东北人民沦陷前后的生活,正像鲁迅在序文中所说的,

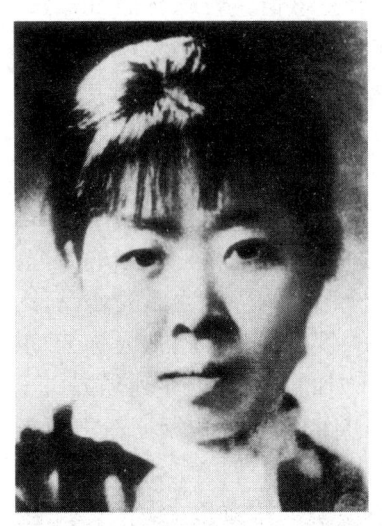

萧 红

它是"北方人民的对于生的坚强,对于死的挣扎"的一幅"力透纸背"的图画。小说的前十章描写沦陷以前的东北:在哈尔滨附近的广大农村里,"人和动物一起忙着生,忙着死";农民把耕田的老马送进屠场换来两块纸币,随即全被地主夺走;人民试图用自己的力量惩罚那些吸血的剥削者,但得来的却是监牢和更深重的灾难;年轻的一代牢牢记住亲人惨死的仇恨,随时准备索还血债;疾疫伴随饥饿夺去人们的生命,威胁着每一个活着的人。自第十一章以下,描写日本帝国主义侵占东北后广大人民的苦难和斗争。他们"生是中国人,死是中国鬼"。

在斗争失败后,他们认识到只有再组织起来去当革命军,才是正确的道路。于是辞别凋敝的家乡,走向更艰苦、更漫长的路程。作品没有一条贯串全局的故事线索,它只是许多生活画面的连续。因为作者观察的深入和笔致的细腻,在明丽的画幅中蕴含着感人的力量。在民族矛盾迅速上升为主要矛盾的历史条件下,没有因此忽视阶级矛盾,从而真实地写出了东北人民在帝国主义、封建主义双重压迫下的深重灾难。这是小说胜过同一时期不少同类作品之处。继《生死场》之后,萧红还写有《旷野的呼喊》、《手》、《小城三月》(短篇)、《马伯乐》(中篇)和《呼兰河传》(长篇)等。其中,写于抗日战争时期的《呼兰河传》在过去生活的回忆里表现了作者对于旧世界的憎恶与愤懑,但也流露出由于个人生活天地狭小而产生的孤寂的情怀。萧红还有以"悄吟"的笔名发表的散文集《商市街》和《桥》,

---

① 《田军作〈八月的乡村〉序》,《且介亭杂文二集》。

内中也不乏优美之作。

此外,端木蕻良的短篇集《憎恨》、舒群的短篇集《没有祖国的孩子》,也是抗日战争前出现的反侵略题材的作品。

总的说来,从叶紫到"东北作家群"诸作家的作品,无论题材的开阔、思想的健康和表现技巧的熟练,较之早期的无产阶级革命文学有了显著的进步。特别是在正面地、大规模地描绘阶级矛盾和民族斗争,写出人民群众的觉醒和力量,揭示革命的胜利前景等方面,都在创作实践中取得了可喜的成就,从而标志着革命现实主义创作的新的突进。

同日本侵略军蹂躏下的中国东北三省相似,在日本帝国主义长期盘踞的台湾省,作家在极端艰苦的条件下从事文学运动和文学创作。早在一九二一年十月,在五四新文学运动和日本的革命文学运动影响下,台湾文化协会就宣告成立,成为团结新文学作者的核心。三十年代在祖国左翼文学运动影响下,台湾的新文学运动有了进一步的发展。著名爱国作家赖和、杨逵尽管长期身陷囹圄,仍然坚持斗争、坚持写作。赖和(1894—1943)的《一杆秤仔》揭露殖民主义者通过糖厂压榨和剥削台湾人民。《善讼的人故事》通过民间故事暴露清朝时期台湾基地斗争的内幕。1941年他还在狱中完成散文《狱中日记》。杨逵(1905—1985)用日文写作由胡风译成汉语的短篇小说《送报夫》,通过一个流落到东京做送报夫的台湾青年的曲折遭遇,反映殖民主义、资本主义对我国台湾人民、日本人民的残酷剥削和压迫,表现了日本劳苦人民和台湾人民同呼吸共命运的积极主题。《泥娃娃》借象征性笔法,发出台湾人民反奴役的呼声。吴浊流(1900—1976)的短篇小说《先生妈》借一位普通母亲拒说日语的故事,歌颂了台湾人民的民族操守。他的长篇小说《亚细亚的孤儿》,通过知识分子胡太明历经种种难堪折磨后的觉醒,将批判的笔锋直指日本殖民当局,点出"汉魂终不灭"的坚定信念。此外,吕赫若(1914—1951)、张文环(1909—1978)、龙瑛宗(1910—?)也都有艺术上较成熟的作品。这些小说在当时台湾读者中以及对以后的台湾进步文学的发展均产生了积极的影响,它们是中国现代文学不可分割的组成部分。

第三节　中国诗歌会诸诗人与臧克家的诗作

在三十年代前期的新文学领域,同小说、戏剧、杂文散文一样,新诗也获得较大的发展。一九三二年九月中国诗歌会成立之后,新诗创作出现了一个新局面。

中国诗歌会是"左联"领导的一个群众性诗歌团体,发起人有穆木天、杨骚、任钧(森堡)、蒲风等。他们在《缘起》中说:"在次殖民地的中国,一切都浴在急雨狂风里,许许多多的诗歌的材料,正赖我们去摄取,去表现。但是,中国的诗坛还是这么的沉寂;一般人在闹着洋化,一般人又还只是沉醉在风花雪月里。"一九三三年二月,中国诗歌会创办机关刊物《新诗歌》旬刊(后改半月刊、月刊)。《新诗歌》的《发刊诗》表达了中国诗歌会诗人的共同创作主张:

> 我们不凭吊历史的残骸,
> 因为那已成为过去。
> 我们要捉住现实,
> 歌唱新世纪的意识。
> ……
> 压迫剥削,帝国主义的屠杀,
> 反帝,抗日,那一切民众的高涨的情绪,
> 我们要歌唱这种矛盾和它的意义,
> 从这种矛盾中去创造伟大的世纪。
>
> 我们要用俗言俚语,
> 把这种矛盾写成民谣小调鼓词儿歌。
> 我们要使我们的诗歌成为大众歌调,
> 我们自己也成为大众中的一个。

中国诗歌会成立后,不仅注意诗歌创作,而且注意理论研究。他们探索诗歌大众化的途径,出版"歌谣专号"、"创作专号"加以实践,希望"借着普遍的歌、谣、时调诸类的形态,接受它们普及、通俗、朗读、讽诵的长处,引渡到未来的诗歌"①。中国诗歌会除上海总会外,还在北平、广州、青岛以及日本的东京等地设有分会。这些分会大多办有刊物或在报纸上出副刊。

蒲风(1911—1942)是中国诗歌会中最热心、最活跃的诗人。写有诗集《茫茫夜》、《生活》、《钢铁的歌唱》、《摇篮歌》、《抗战三部曲》、《黑陋的角落里》以及长诗《六月流火》、《可怜虫》等。他的诗作紧紧抓住现实生活中两类迫切的主题:农村从苦难到觉醒的革命变革,人民抗日以图存的强烈

---

① 《我们的话》,载《新诗歌》第 2 卷第 1 期。

要求。在诗歌大众化方面,蒲风从理论到实践都进行了探索。他的作品,虽然艺术上缺少锤炼,但大多思想健康,感情充沛,诗风朴实,语言通俗,在摧毁旧世界、迎来新社会的斗争中,发挥了积极的作用。

蒲风的第一部诗集《茫茫夜》,着重反映现实生活中光明与黑暗的搏斗,描绘了被压迫、被剥削的农民的痛苦和他们的反抗斗争,有的作品(如《咆哮》等)还进一步刻画出变革后的新农村"赤帜浴在日光里"的一派"蓬勃生气"。《茫茫夜》一篇以母亲和儿子对话的形式,表现了农村中年青一代的觉醒。在一个风狂雨暴的黑夜里,贫苦的老母亲深切地怀念着失踪的儿子。她不了解儿子何以别母离妻远走高飞,盼望儿子早日归来。但她在狂风里,隐隐约约听到了风在回答:

> 为着我们大众我离开了家,
> 为着我们的工作离开了你和她!
> 母亲,母亲,别牵挂!

儿子青是个觉醒的革命者,他离家参加了"穷人军",为了大众的解放而进行着斗争。诗集《茫茫夜》中不少作品都在暗示:有了千百万人的觉醒,就有了改天换地的力量,就能在"黑暗中诞生光明"。

长篇叙事诗《六月流火》,通过农民反对修筑公路的斗争,比较真切地反映了国民党当局的反革命"围剿"和共产党领导的农村革命的深入。国民党当局为了进攻革命根据地,侵占农民的土地修筑公路。王家庄上爆发了"我们爱护土地"、"我们不能白白饿死"、"我们要打破一切身上的铁锁"的愤怒呼声。他们

> 像决堤的黄河水,
> 谁有力量去拦堵?
> 像海洋的浪
> 澎湃汹涌着的是我们的队伍。

虽然后来大批白军来了,在王家庄进行了血腥的屠杀,但是农民在工农红军支援下终于赶走了敌人,革命烈火向更广大的地域蔓延开来。长诗写的是一个村庄的事,却比较集中地反映了星火燎原的时代风貌。诗人为了实践诗歌大众化,努力引用口语入诗,在奔放的气势中洋溢着充沛的革命热情。该诗虽然艺术上比较粗糙,但在当时的诗坛上仍不失为一部较好的作品。

抗日战争前期,蒲风继续写作了一些洋溢着战斗热情的诗篇。一九四二年病逝于皖南抗日前线。

中国诗歌会上海总会的成员,除蒲风之外,杨骚(1900—1957)写有《记忆之都》、《受难者的短曲》、《春的感伤》等诗集,大多借爱情题材抒发对于黑暗现实的不满和对于光明未来的追求。长篇叙事诗《乡曲》,描写了在地主、兵匪、捐税、灾荒等天灾人祸煎熬下农民的痛苦不堪的生活,表现了他们要"打碎这乌黑的天地"的愿望和信心。杨骚的诗歌虽有旧诗词的痕迹,但笔调清新,具有浪漫主义气息。任钧写有诗集《战歌》、《冷热集》。"我要唱出漆黑的暗夜,和那暗夜中透露的曙光","祖国,我要永远为你歌唱"这两句诗,道出了他诗歌的战斗倾向。目睹过东北农村的破产、又经历着"九一八"故土沦亡之恨的穆木天,写有《流亡者之歌》等诗集,充满了"唱哀歌以吊故国的情绪"①。柳倩的《震撼大地的一月间》,描写了"一·二八"事变中人民反帝斗争的力量;他的《生命的微痕》,以"缥缈的琴音,一声声歌出我个人的不幸"。石灵的短诗《新谱小放牛》、《码头工人之歌》等,曾被聂耳配曲,广泛流行。

王亚平(1906—1983)是中国诗歌会河北分会的主要负责人,主编北平出版的《新诗歌》。他写有短诗集《都市的冬》、《海燕的歌》和以"一二·九"运动为题材的长篇叙事诗《十二月的风》。"在这曙色欲来的前夜,我把生命献给了光明。"(《灯塔守者》)作者怀着揭露黑暗、寻求光明的思想,为人生歌唱。他由破碎穷困的农村流浪到饥寒畸形的都市,身感"生活的铁鞭,惨酷的捶击着脊背,恶魔的黑手在四周伸张着"②。他以自己的社会见闻为题材,描写了农村的破产、城市的萧条,表现了劳动人民的悲惨命运,抒发了中国人民仇恨日本侵略者和抗日救亡的爱国热情。《灯塔守者》、《黄浦江》、《孩子的疑问》、《大沽口》、《农村的夏天》等,是他的代表性诗篇。作者笔下夏天的农村,由于旱灾严重,"催粮吏"逼粮,迫使人们离乡背井,呈现出一片凄惨景象。

> 夏天真没有夏天模样,
> 没有人耘田,也没有人插秧,
> 大道上奔涌着饥饿的群,
> 为了活才撇下自己的家乡。

---

① 《流亡者之歌·自序》。
② 《〈海燕的歌〉题后》。

王亚平的诗歌明快朴实,长于描述,由于作者注意向民歌、民谣学习,语言也比较接近大众口语。抗日战争时期又写了《红蔷薇》、《生活的谣曲》等诗集,形式多样,大多以战争生活为题材,有炽热的爱国之情。

温流(1912—1937)是中国诗歌会广州分会的主要负责人,主编过《诗歌》和《诗歌生活》,对推动华南的诗歌运动起了很大作用。他写有《我们的堡》和《最后的吼声》两个诗集。温流的诗大都反映城乡劳动人民的生活,朴素流畅,不在一句一节里追求诗意,而使全篇构成一个较为完整的意境,保持着一些民间歌谣的风格。他在歌颂劳动人民的同时反映出时代风貌,表达了和他们血肉相连的真挚感情。《打砖歌》、《凿石碑工人歌》、《大年夜》、《卖菜的孩子》都有这样的特点。例如《卖菜的孩子》的第二段:

> "卖菜啊,卖新鲜的青菜!
> 一束两个铜仙!"
> 瞧瞧四面:
> 一篮一篮的菜,
> 一样的年纪,一样的脸,
> 生意是一样的冷淡。

朴素地写出了时景的萧索。在温流的诗集里,还有许多诗篇是对革命者和爱国志士的赞扬,以坚定的信念表达了对未来生活的渴望,唱出了中国人民日益炽烈的争取民族自由解放的要求,喊出了那"澎湃在天空里,澎湃在黑夜里,摇动了黑夜,摇动了大地"(《冲》)的抗日的呼声。在温流的笔下,抗日的人民"像海上的暴风,像喷着的火山",他们的呐喊会"使同伴们醒来","叫汉奸们抖战"(《五十个》)。这是抗日战争前夜时代特色的描画。在二十五岁的短促生命里,温流留下了一些爱国主义的诗篇。

除中国诗歌会诸诗人之外,臧克家(1905—2004)是这个时期进入诗坛的具有较大影响的诗人,一九三三年他出版了诗集《烙印》,翌年又出版《罪恶的黑手》。他出生于山东诸城县的农村,从小熟悉生活,热爱农民,所以他的诗篇多为歌唱农村之作。这些诗篇为诗坛吹来一阵清新的风,引起文学界的注意和重视,并且为新诗反映农村生活开拓了崭新的天地。

臧克家的诗有其独特的风格。他不用柔曼的音调来诉说个人的哀乐,也很少用热烈的呼声来抒发对于旧世界的愤懑,而是以经过锤炼的诗句,抒写旧中国农民的苦难与不幸、勤劳与坚忍,让读者从咀嚼和回味中体会诗人深沉的感情。《难民》和《老哥哥》写出农民悲痛的遭遇。《村夜》

臧克家

和《答客问》描绘了三十年代前期北方农村的动乱，语多含蓄，笔有藏锋。诗人有时也以暗喻的手法，以启发人们的深思，例如收在《烙印》里的《老马》：

> 总得叫大车装个够，
> 它横竖不说一句话，
> 背上的压力往肉里扣，
> 它把头沉重地垂下！
>
> 这刻不知道下刻的命，
> 它有泪只往心里咽，
> 眼里飘来一道鞭影，
> 它抬起头望望前面。

这里歌咏的是一匹老马，轭下的生活却象征地概括了多少年来农民背上的苦难的重荷。全诗朴素凝练，间行押韵，音响沉着而又不流于板滞。《歇午工》和《洋车夫》发表当初都曾传诵一时。《洋车夫》刻画入微，结尾处突然发问，使全部描写集中在一点上，读来使人从心底感到痛楚。《歇午工》更是独具匠心之作，出语清新，造境浑朴，虽然把生活写得过于无忧无虑，全诗主旨却仍然是对劳动的赞美和歌颂。

臧克家热爱劳动人民，有时不免把他们的缺点也当作美德来歌颂，例如对农民的坚忍就有揄扬过分之处。不过诗人也有一些迸发着反抗火花的诗篇。臧克家曾亲身参加一九二六至一九二七年的大革命，革命失败后度过一段流亡生活，这使他能够在表面平静的土地上看出斗争的波澜。《生活》一篇极受闻一多的称道。诗人笔下的现实并不总是灰暗的，他曾以富有浪漫主义的想象预告革命的将要到来。《天火》、《不久有那么一天》、《罪恶的黑手》就正是这样的诗篇。《罪恶的黑手》告诉我们：大海会起风暴，古井会出波涛，工人们驯服的日子是不会长久的。有一天他们会：

> 用蛮横的手撕碎了万年的积卷，
> 来一个无理性的反叛！

那时"太阳"也会"落到了罪人的头上"。诗人的预言不是一个缥缈的空想，这是有现实生活作为基础的,所以它是那样理直气壮而富于感人力量。

《罪恶的黑手》结构绵密匀称,形象鲜明生动,在和谐的韵律里有着奔放自如的气势,作者说他是在"内容方面,竭力想抛开个人的坚忍主义而向着实际着眼","在外形上想脱开过分的拘谨向博大雄健处走"①。除以上诸诗外,长诗《自己的写照》通过诗人自己的生活道路,在较为广阔的范围内反映了曲折前进的时代风貌,也是臧克家本时期的一篇优秀的诗作。四十年代臧克家继续发表了不少诗歌。

这个时期和上述诗人具有不同情调的是戴望舒。戴望舒(1905—1950)是三十年代"现代派"的代表诗人。诗集有《我底记忆》、《望舒草》和以后的《灾难的岁月》。早期诗篇写的多是一些低沉酸辛的回忆,对生活的寂寞和厌倦,感伤气息浓重。诗人受过中国旧诗和欧洲诗歌特别是法国象征派诗歌很深的影响,在意境创造和词汇选择上,努力追求意象的新颖和朦胧,《雨巷》就是这方面的代表作。他的诗注意语言的铸炼,比喻恰切,易于引起人的联想,有较强的艺术感染力。戴望舒也有少数从侧面描写现实生活的诗,如《断指》(《我底记忆》)表现对一个为革命牺牲的朋友的怀念;《村姑》(《望舒草》)写一个乡村少女劳动和爱情的纯朴羞涩的心情,亲切动人。《游子谣》(《望舒草》)所抒写的心情也比较开朗。抗日战争爆发,民族解放的声音惊醒了他忧郁的梦,在诗集《灾难的岁月》里留下了一些和以前风格不同的歌颂抗日战争的诗篇。他被日本侵略者逮捕,在香港狱中写的《狱中题壁》一诗,表现了对敌人的仇恨,对死亡的无畏。他准备牺牲:

> 当你们回来,从泥土
> 掘起他伤损的肢体,
> 用你们胜利的欢呼
> 把他的灵魂高高扬起,
> ……

这里写出了他热爱祖国、热爱自由的强烈感情。相似的作品还有《我用残损的手掌》等。戴望舒从抒写个人忧伤到为祖国自由而战的生活、创作道路,在当时的作家中具有一定的代表性;从发展的趋势来看,也是与现代中国总的文学潮流相一致的。

---

① 《〈罪恶的黑手〉序》。

第九章 曹　禺

第一节　《雷雨》、《日出》和《原野》

曹禺(1910—1996),原名万家宝,出身于天津一个没落的官僚家庭,原籍湖北潜江。父亲是个失意军人,很早退休在家,经常聚集一些同样不得志的清客、幕僚,在家里吟诗赋词。曹禺总是用厌恶的口吻谈到"整个家庭都是郁闷的,每天可以听到和看到很多乱七八糟的事"①。他把自己的家称为"一个很不愉快……的地方"②。就在这样的环境里,"我看到过许多高级恶棍、高级流氓;《雷雨》、《日出》、《北京人》里出现的那些人物,我看得太多了,有一段时间甚至可以说是和他们朝夕相处"③。这些,为他后来描写地主资产阶级的上层社会提供了丰富的生活素材。这个家庭,同时又充满了骚客词人的气氛,父亲喜欢舞义弄

曹　禺

墨,母亲酷爱戏剧,常常带着曹禺看戏。京戏、昆腔、河北梆子、山西梆子、唐山落子、各种曲艺和文明戏,都使曹禺入迷,"看了戏后就和书房的小朋友们咿咿唔唔地扮演起来,有时按着故事演,有时就索性自己天南地北地编排"④。

---

① 《曹禺同志谈剧作》,载《文艺报》,1957 年第 2 期。

② 《简谈〈雷雨〉》,载《收获》,1979 年第 2 期。

③ 《曹禺谈〈雷雨〉》,载《人民戏剧》,1979 年第 3 期。

④ 《曹禺创作生活片断》,载《剧本》,1957 年 7 月号。

这样的爱好,与他走上话剧创作的道路有密切的关系。

一九三三年,曹禺还在清华大学念书时,完成处女作《雷雨》。剧本是经过五年的构思酝酿,在半年时间内五易其稿写出来的。一九三四年发表在《文学季刊》上。

四幕剧《雷雨》在一天的时间(上午到午夜两点钟)、两个舞台背景(周家的客厅,鲁家的住房)内集中地表现出两个家庭和它们的成员之间前后三十年的错综复杂的纠葛,写出了那种不合理的关系所造成的罪恶和悲剧。它写的主要是属于资产阶级的周家,同时又写了直接受到掠夺和侮辱的鲁家。《雷雨》中主要人物的结局有的死,有的逃,有的变成了疯子。剧本的这种强烈的悲剧性不只深刻地暴露了周朴园庸俗卑劣的精神面貌,而且引导观众和读者不得不追溯形成这种悲剧的社会原因。这正是《雷雨》这一剧作深刻的思想意义之所在。剧中的人物不多,但作家对主要人物形象都通过尖锐的戏剧冲突和富有性格特征的对话,作了深刻的心理描绘,使他们都有鲜明的个性,每一个人都显示了他作为社会的人的丰富内容,以各自的遭遇和命运激动着人们的心弦。

在半封建半殖民地的中国都市里,资产阶级往往带有浓厚的封建气息,周朴园正是他们中间的代表。他既是尊崇旧道德的资本家,又是在外国留学过的知识分子。对于这个人物隐藏在“仁厚”、“正直”、有“教养”等外衣下的伪善、庸俗、卑劣的精神面貌,以及由此产生的罪恶,作家通过富有表现力的戏剧情节——例如他对侍萍的“忏悔”、对繁漪的专横、处理罢工的狠毒手段等等,给予了有力的揭露和批判。曹禺说过:“周朴园坏到了连自己都不认为自己是坏人”[1],他也正是按照人物这样的心理特征来塑造周朴园的。这个形象写得真实丰满,充分写出了他的复杂性格,很有典型意义。鲁贵是一个趋炎附势的十足奴才,他不识羞耻,却又自以为得计——两者在他的身上形成强烈的对比,但作家并没有把他漫画化,而是细致地挖掘出他那下贱的灵魂。在鲁贵和周朴园这两个人物身上,作家所投射的憎恨是极为鲜明的。性格更为复杂和矛盾的一个人物是繁漪,在这个人物的塑造上,特别显示了曹禺优异的艺术才能。繁漪是一个五四以后的资产阶级女性,聪明、美丽,有追求自由和爱情的要求;但任性而脆弱,热情而孤独,饱受精神折磨,渴望摆脱自己的处境而又只屈从这样的处境,正像作者所说,她陷入了“一口残酷的井”。作家曾说:“在《雷雨》里的八个人物,我最早想出的,

[1]　《曹禺谈〈雷雨〉》,载《人民戏剧》,1979 年第 3 期。

并且也较觉真切的是周繁漪。"①作者用力刻画了这个人物的内心世界。她对周家庸俗单调的生活感到难以忍受,对阴沉的气氛感到烦闷,对精神束缚感到痛苦,她要求挣脱这一切。在一定意义上她也是一个被侮辱与被损害者。而剧本又使她在难以抗拒的环境中走向变态的发展:爱变成恨,倔强变成疯狂。悲剧的意义于是就更加深刻和突出。作家曾说:"这类的女人许多有着美丽的心灵,然为着不正常的发展,和环境的窒息,她们变为乖戾,成为人所不能了解的。受着人的嫉恶,社会的压制,这样抑郁终身,呼吸不着一口自由的空气的女人在我们这个现社会里不知有多少吧。"②强调形成这种悲剧的社会原因,同情像繁漪这样人物的内心苦闷,当然都是应该的,但说她的一切是"值得赞美的",她的心灵是美丽的,则表现了作家在着重控诉这种生活方式对于人的摧残和损害的同时,对这些人自身的弱点缺乏批判,并且给予了过多的同情。对繁漪是如此,对周萍也是如此,像周萍这样一个具有苍白空虚的懦弱性格、一切都打着他那个家庭出身的烙印的人,作者在他的结局的处理上,显然也表现了不少同情。周冲的年纪尚小,他生活在缥缈的憧憬和梦幻里,对现实缺乏深切的理解。这个年青人最后的惨死,不仅揭露了这种生活方式同一切美好愿望的对立,同时还暴露了这个专制色彩很浓的资产阶级家庭的罪恶。

除了精神上、物质上都依附于周家的鲁贵以外,鲁家其余的三个人物都是属于社会下层的被侮辱与被损害者。鲁妈和自己的女儿四凤的几乎相同的经历,深刻地说明了在那个社会里这些平凡善良的人物的遭遇和命运。虽然鲁妈对有钱人怀着仇恨和警惕,但仍旧无法阻止女儿走上她所恐惧的道路。四凤对社会现实是无知的,鲁妈和四凤是那样纯朴,容易受骗,因而她们母女的遭遇与繁漪、周萍不同,就更强烈地引起了人们的同情。鲁大海这个人物虽然写得还不够丰满,对于他的性格特征的掌握,有时不够准确;但作家对他赋予了很大的热情,这是体现作家社会理想的形象。他粗犷、有力,最后《雷雨》中的那些人都毁灭了,他却走向自己应该走的道路。鲁大海的出现给作品的阴郁气氛带来了明朗与希望。

由于作家主观上对产生这些悲剧的社会历史根源当时还缺乏科学的理解,把悲剧的原因解释为"自然的法则",认为"宇宙正像一口残酷的井,落在里面,怎样呼号也难逃脱这黑暗的坑"③。这种思想认识影响了作品反映现实的深广程度,并且带来一些思想上和艺术上的弱点。在《雷雨》的"序幕"和"尾声"未删之前,这种影响更为明显。例如以性爱与血缘的

①②③ 《〈雷雨〉序》。

伦常纠葛来展开戏剧情节的处理,不只在艺术上使人感到塑造的刀痕,甚至如作者所说"有些'太像戏'了"①,而且也反映了当时作家对支配人类悲剧的力量的认识上的模糊。但由于曹禺对他所写的生活非常熟悉,爱憎分明,剧中人物的真实刻画,读者或观众仍然可以从中看到这一悲剧的深刻的社会根源。

《日出》写于一九三五年,翌年连载于《文季月刊》。如果说《雷雨》在有限的演出时间内,成功地概括了一个半新不旧的大家庭前后三十年的腐朽堕落的历史;《日出》则在有限的演出空间内,出色地表现了包括上层和下层的复杂社会的横剖面。从《雷雨》的暗示所谓"自然的法则"到《日出》的描写实际操纵社会生活的一种黑暗势力,说明作家对现实的理解有了显著的进展。在《日出》的《跋》中,他说:"我也愿望我这一生里能看到平地轰起一声巨雷,把这群蟠踞在地面上的魑魅魍魉击个糜烂,哪怕因而大陆便沉为海。"可见他确是对那个腐烂社会抱有一种"时日曷丧,予及汝偕亡"的极端憎恶的感情。《日出》所写的是三十年代初期受资本主义世界经济恐慌影响下的中国都市,它表现了日出之前那种腐朽势力在黑暗中的活动。《日出》中四幕戏的时间分配是:黎明,黄昏,午夜,日出。这也说明了作家在黑暗中迫切期待东方红日的心情。他说:"果若读完了《日出》,有人肯愤然地疑问一下:为什么有许多人要过这种'鬼'似的生活呢?难道这世界必须这样维持下去么?什么原因造成这不公平的禽兽世界?是不是这局面应该改造或者根本推翻呢?如果真地有人肯这样问两次,那已经是超过了一个作者的奢望了。"②说明作家的确是在努力用他的作品袭击和摇撼那个他所憎恶的制度。

《日出》中的气氛是紧张而嘈杂的,这是当时都市的生活气氛,也是日出之前的时代气氛。随着剧情的开展,紧张的矛盾冲突一下就把人抓住了。剧本包括了都市中各式各样的人物:住在旅馆的"单身女人"、银行经理、博士、流氓、妓女、茶房、富孀、面首等等,他们的社会地位、生活、性格、文化教养各不相同,人物比《雷雨》多,生活面也比《雷雨》广阔复杂。通过性格化的语言,这些人物都能以各自的鲜明形象吸引人们。剧情展开的地点是陈白露和翠喜的房间,这两个妇女虽然所联系的社会阶层不同,但她们都是被侮辱的女性,是那个罪恶都市的产物。选择这样的地点来展

---

①　《〈日出〉跋》。

②　见《〈日出〉跋》的最后一个注释,中国戏剧出版社 1957 年 9 月北京第 1 版《日出》删掉了这一注释。

示"损不足以奉有余"的社会画面,也说明了作家艺术构思的巧妙。剧情是围绕主要人物陈白露展开的,她一面联系着潘月亭,由此揭露了上层社会的罪恶与腐烂;一面又联系着方达生,由此展开了下层社会的痛苦与黑暗。陈白露这个"交际花",年轻美丽,高傲任性,厌恶和鄙视周围的一切,但又追求舒适有刺激性的生活,清醒而又糊涂,热情而又冷漠。她在脸上常常带着嘲讽的笑,玩世不恭而又孤独空虚地生活在悲观和矛盾中。这是个悲剧性的人物。在她身上也有一些为一般交际花所没有的东西,善良和正义还没有丧灭净尽,因此她除了与潘月亭等人厮混外,还会为了"小东西"而作出对付黑三的那些举动,同时也才能与方达生仍然在感情上保持联系,但她"游戏人间"的生活态度是不可能长久维持的,结果只能在日出之前结束了自己的生命。从潘月亭的活动中,可以看到当时都市经济恐慌的面貌:工厂停工,银行倒闭,地皮跌价,公债投机盛行。他与李石清针锋相对的紧张搏斗,显示了这些人物的丑恶灵魂和已经面临的没落命运。与此相对照的是黄省三全家服毒的惨剧,在黄省三和李石清的对话中,非常有力地表现出了那个社会中残酷的阶级压迫和人与人之间冷酷无情的关系。通过剧情的紧张进行,这些人物的性格特点得到了清晰的刻画。方达生出现在旅馆里的那些人中间,显然不很协调,但他的拘谨的书生气,富有正义感的性格,却又使人感到他与陈白露的感情联系的可信性。而且由于他的出现和"小东西"的遭遇,这才使作者所要描绘的那个"损不足以奉有余"的社会画面更加完整。方达生是一个缺乏社会经验而又有善良愿望的知识分子,他要感化陈白露,又要援救"小东西",碰壁之后还立志要"做点事,跟金八拼一拼"。作家把砸夯工人的集体呼声当作日出后光明的象征,他说:"真使我油然生起希望的还是那浩浩荡荡的向前推进的呼声,象征伟大的将来蓬蓬勃勃的生命。"[1]这说明他把改造社会的希望寄托在劳动者的身上,虽然剧中并未出现工人阶级的形象,那种砸夯的呼声主要烘托了气氛,但方达生迎着上升的太阳和向着工人歌声的方向走去,却产生了一种暗示的作用。这个人物虽然还有许多缺点,但作者是把他当作正面人物来写的,他在剧中的出现,给人以希望和鼓舞。

除以上主要人物外,作品还描写了顾八奶奶的庸俗愚蠢和故作多情,李石清的狡黠毒辣和洞悉人情,从黑三的凶狠残忍中衬托出了金八的势力,从翠喜的悲惨境遇和真挚感情中写出了下层人民的善良。通过这许

---

① 《〈日出〉跋》。

多成功的舞台形象的描绘,作者把"不足者"与"有余者"之间的矛盾作了充分的揭露。这个矛盾社会的操纵者就是没有出场的人物金八,正像代表光明而同样没有出场的工人一样,这个人物也未获得形象的力量。但就全剧所显示的剖面看来,他当然是一个拥有实际势力的封建官僚、买办阶级的代理人,是民主革命的对象。《日出》这部作品的矛盾就是直接指向这种势力的。戏剧进行到结束时,显示阳光的出现已经不远,"有余者"濒临末日。

《雷雨》、《日出》的发表和上演,立刻引起文艺界的广泛注意和热情赞赏。巴金后来回忆自己最初阅读《雷雨》原稿时的情景说:"我感动地一口气读完它,而且为它掉了泪。……同时我还觉得一种渴望,一种力量在我身内产生了。我想做一件事情,一件帮助人的事情,我想找个机会不自私地献出我的微小的精力。"①当时,不同文学主张文学派别的作家、评论家、戏剧工作者如郭沫若、茅盾、叶圣陶、张庚、沈从文、孟实(朱光潜)、刘西渭(李健吾)、靳以等,纷纷撰文介绍、推崇这位新的剧作家。他们各自从不同的角度指出了作品存在的弱点,但都高度评价所取得的突出成就,认为曹禺"在中国作家中应该是杰出的一个"②,周扬还针对左翼评论界残存的简单化倾向,肯定《雷雨》、《日出》深刻的社会意义和巨大的艺术力量③。像对《雷雨》一样,《大公报》副刊以专刊方式,评介《日出》;随后,还给予这个剧作以文艺奖金。

在写于抗日战争前夕的《原野》中,曹禺的视野从都市转向了农村。十年以前,恶霸焦阎王活埋了仇虎的父亲,将他的妹妹卖为娼妓,随后又强占了他家的田地,反诬仇虎为盗,使他在监牢里度过八年囚徒生活。剧情从仇虎逃回家乡复仇开始。这时焦阎王已经死去,儿子焦大星娶了仇虎爱过的金子,夫妻相处得不够融洽,婆媳关系如同水火。仇虎的到来,给这个本来充满矛盾的家庭带来新的危机。全剧主要人物只有四个,但都有十分鲜明的性格。焦母是个瞎子,既有形于辞色的暴戾,更有埋在内心的阴险。她清楚仇虎突然闯入她家庭的含义,一面虚与委蛇,答应他可以带走金子,一面密报侦缉队前来捕捉,甚至企图亲手将他打死。不料丧命于她手下的却是她心爱的孙子。她的一言一行,都散发出阴森恐怖的气息,富有特征地表现出这个家庭残忍毒辣的本质。金子对个人幸福的

---

①　《〈蜕变〉后记》。

②　郭沫若:《关于曹禺的〈雷雨〉》,载《东流》第2卷第4期。

③　《论〈雷雨〉和〈日出〉——并对黄芝冈先生的批评的批评》,载《光明》第2卷第8号。

执拗追求,热烈向往自由生活,当这些愿望受到压制后爆发出来的无所畏惧的反抗,单纯强烈,具有火一样耀眼的性格。作为一个在荒僻的原野里成长起来的农家女儿,她把这些表现得格外泼辣:对仇虎,焦母,焦大星,或是爱,或是恨,或是怨,都是无所拘束,炙手可热。她并不喜欢焦大星,但还是竭力劝阻仇虎不要杀害他,说明她又是冷静清醒的。长期的灾难,使得仇虎对于生活不再抱任何幻想。他"不相信天,不相信地",更蔑视作为旧社会遮羞布的法律——他斥责道:"你们这是什么法律?"他选择了个人复仇的方式反抗不公道的世界。仇虎的遭遇,在旧中国的农村是有普遍意义的。透过仇虎身上表现的那种原始的生命力,可以清楚体现出郁积在他内心里的强烈反抗意识。

仇虎的复仇,突出地反映了受尽侮辱与欺凌的被压迫者对于压迫者的愤懑和仇恨。但仇虎之所以不顾一切、不择手段地进行报复,从他的思想轨迹来看,又完全出于封建宗法的伦理观念。他坚信对于他们一家两代人的深仇,自己负有不可推卸的报复的责任。即使仇人已经死去,也必须由对方的儿子偿还。剧本强调了焦大星为人忠厚,曾经是仇虎的好友,他与当年两家的冤仇无关,也不知道仇虎和金子昔日的关系;甚至当仇虎闯进他家,金子也承认自己"偷人"了,他对仇虎仍然推心置腹,毫不怀疑,这就使得仇虎在采取行动前踌躇犹豫,十分矛盾;杀了大星以后内心受到谴责,精神因此崩溃。这并不是什么人格分裂,恰巧是这种非理性的复仇观念和复仇行动所导致的合乎逻辑的发展。把这场复仇处理为悲剧,把仇虎写成一个具有浓厚悲剧性的人物,处处渲染他的心理和行动的盲目性、疯狂性,揭示了这样的复仇并不能改变受害者的屈辱地位而徒然伤害无辜、毁灭自身,都包含了积极的思想命题。全剧结束时,被侦缉队包围、准备自杀的仇虎嘱咐金子转告自己的弟兄:"要一块儿跟他们拼,准能活,一个人拼就会死。"预言"有一天我们的子孙会起来的"。说明曹禺是在认真探索劳动人民解放道路的过程中,批判这样的复仇行为的。这是《原野》的深刻含义之所在。

曹禺从小就在保姆和亲戚的口中,听熟了有关农民和农村阶级矛盾的情形,但因为缺乏亲身经历,不如《雷雨》、《日出》里所写的生活熟悉。在第三幕中又竭力表现人物的幻觉和心理变态;虽然其中巧妙地突破了舞台在时间和空间上的限制,再现了当年焦阎王的罪恶,但更多的却是渲染抽象神秘的恐怖气氛,因而减弱了作品的现实性,受到了一些评论家的批评。在曹禺的剧作中,《原野》是争议最多、评价最有分歧的一出。

第二节　《北京人》及其他剧作

抗日战争爆发，曹禺随他任教的南京戏剧专科学校撤退到内地，国家民族所面临的严重考验，国共合作初期的蓬勃气象，开阔了他的生活视野，也激发起新的政治热情，他努力使自己的创作与现实斗争更紧密地结合起来。一九三九年，与别人合作编写了《黑字二十八》，歌颂抗日志士，斥责民族败类，号召全民总动员参加抗日战争，剧本带有明显的政治鼓动性质，但缺少艺术锤炼，后来很少为人提及。能够集中反映曹禺这个时期对于现实生活的理解和政治热情的，是随后写成的四幕剧《蜕变》。

《蜕变》反映了某省立伤兵医院在战争期间的变化。前两幕描写医院的腐败混乱。院长是一个典型的官僚，他不管伤兵的死活，成天说些“大概、或者、也许是、我想、恐怕不见得”之类不关痛痒的口头禅。他关心的只是个人得失，后来堕落为汉奸。他的姘妇“伪组织”、亲信马登科，都只知为非作歹，趁机发国难财。迷漫医院上下的“萎顿、迟缓、又乱、又慢”的习气，是国民党官场真实生动的写照。通过具体情节，写出了这种局面如何严重地妨碍以至破坏抗战的进行。与之形成鲜明对比的，剧本塑造了丁大夫的形象。为了神圣的抗战，她不惜献出一切，包括把自己唯一的亲人——儿子送上前线。这个人物，作为热心救死扶伤的医务工作者，或者作为慈爱的母亲，都写得有血有肉，光彩动人。当经她治愈的受伤将士即将重返前线，前来向她告别，她的受了重伤的儿子终于抢救了过来，同时又传来克复某地的捷报——这时，她双眼闪着泪花，深沉地说道：“中国，中国，你是应该强的！”产生了庄严、高昂、振奋人心的艺术效果。曹禺是怀着强烈的政治热情和迫切的期待，编写这个剧本和创造这个人物的。体现在作品中的积极进取的力量——正面的理想和人物不是被罪恶的环境所毁灭或者伤害，而是战而胜之，是他过去剧本中所未曾有过的。

曹禺渴望我们民族在战火中能够“蜕”旧“变”新，剧本描写的则是“中国的行政官吏”如何“蜕掉那一层腐旧的脑壳，迈进一个新的时代”。为此，他刻画了“中国的新官吏”梁专员的形象。这个人没有任何官僚习气，而是大公无私，一切都以人民利益为重，而且身体力行，与群众打成一片；在他的带领下，医院在短期内实现了这样的“蜕变”。剧作者后来说明这个人物是根据一位老共产党员塑造的[①]。这样的光辉性格在现实生活中

---

① 《曹禺同志谈剧作》，载《文艺报》，1957 年第 2 期。

可能存在，但所谓"行政官吏"并不只是几个个人，而是构成国家机器的重要部分。这样的变革，在当时国民党的统治机构中，是不可能进行的。个人的善良愿望或者优秀品质，都无法实现这种变革。剧本点明梁专员是"奉中央命令"前来改组医院，而且改革"仿佛顺水行舟，进展迅速"，都是不切实际的幻想。因此，后两幕不少情节和梁专员的形象，都显得有点架空。而且改革居然这样轻易地成功，不费大劲，不受阻挠，实际上反而削弱了剧作提出的旧中国必须"蜕变"的正确命题。曹禺当时对于整个国家的变革过程，理解得过于简单；按照这样理解写出来的《蜕变》，也就成为一个优点和弱点互相交织得都很明显的作品。

严峻的现实迫使曹禺对于生活进行新的思考。一九四一年写成的《北京人》，回到了他所熟悉的都市上层生活的题材，重新提出反封建的主题；呈现在观众眼前的，是一个曾经盛极一时的封建世家迅速破落的场面，家庭中各个成员在这个无可改变的结局面前的挣扎和所选择的不同道路。老太爷曾皓，享过几十年荣华富贵，老境十分坎坷。如今，他最关心的一是保住那口十几年里油漆了上百次的棺材，供他死后使用；一是将姨侄女愫芳留在身边服侍他，"成为他永远的奴隶"。但他对什么都已无能为力，两者也都落了空。儿子曾文清，是由"腐烂的北平士大夫文化"培养出来的，精通下棋、赋诗、作画、品茗，却毫无实际生活的能力。他和妻子思懿不和，而与表妹愫芳相互爱慕，双方都把感情埋藏心底。为了改变自己和家庭的处境，他外出谋求新的生活，又禁不起现实的风浪，不久即悄然归来，服毒自尽了。他的妹夫江泰，是个学理工的留学生，有过一番雄心；事业上的一再失败，使他沦为丈人家里遭人厌恶的寄食者。尽管他依然大言不惭，描绘出一个又一个空中楼阁式的蓝图；牢骚满腹，对谁都看不惯，这些却丝毫改变不了他的失败的命运。正如曾文清所说："我不说话，一辈子没有做什么。他吵得凶，一辈子也没有做什么。"他们两个性格迥异，却都是一无用处的废物。比起前面这些人来，思懿倒有点行动的力量。她操持着家务，在这条即将沉没的大船上，她所想和所做的，都是如何救出自己。她对谁都以笑脸相迎，内心却极端蔑视或者仇视周围的人，把折磨别人作为一种乐趣。精明能干，虚伪残忍，完全是个王熙凤式的人物，而且和她们前辈一样，才干和心计救不了整个家庭，也救不出自己。他们无论懦弱还是狠毒，无能还是精干，都是一些"在棺木里打滚的人们"。剧本也写到了专制家庭的罪恶，比如曾皓的自私、思懿的阴险，着重描写的还是"三纲"之类封建意识形态对于人们精神上的摧残毒化，封建家庭的腐烂堕落，从中揭示出封建势力必然覆灭的历史命运。在封建力量及其影响根深蒂固的中国,这样的鞭挞无疑是有积极的思想意义的。

自然也有从这个家庭分化出来的,那就是瑞贞和愫芳的出走。瑞贞属于曾家最年轻的一代,没有感情基础的婚姻,使她痛苦;繁缛的礼节和凶恶的婆婆,压得她喘不过气来。她说"多少事情,是要拿出许多痛苦才能买出一个'明白'呀。"她年轻生命中的这许多痛苦,足够使她明白自己无法在这样的家庭里生存下去。而进步朋友和革命书籍给她指出了新的道路。愫芳的觉醒要比她艰难。愫芳是曾家的寄食者,受尽歧视和欺凌;然而与这个家庭在生活上、思想感情上都有很深的联系。她为人善良,"看见人家快乐,你不也快乐么?"是她的人生信条。为了她所爱的文清,即使为这个家庭牺牲自己一辈子,为之殉葬,也在所不惜。但她并不是毫无原则、一味逆来顺受的人,懂得"人总该有忍不下去的时候"。随着她对文清的幻想的破灭和所受到的凌辱的加重,在瑞贞的劝说下,割断了与这个家庭的联系,与后者一起出走。她们的这一行动,尤其是愫芳性格的发展,写得真实可信。观众在没落者的哀叹声中,可以同时听到"属于明日的'北京人'"走向新的生活的坚实的脚步声。

剧作还以较多的篇幅,描写一个称为"北京人"的形象。这既是一个现实的人物——修理卡车的工人,又是一个象征的形象——不受任何成规约束的原始人类;剧作者用力更多的,是在后一个方面,借以寄托自己的理想:"这是人类的祖先,这也是人类的希望。"他以此来讥刺腐朽的"丧葬文明"的用意,是清楚的。但有关的描写不免失之抽象朦胧。相比之下,倒是瑞贞那些"革命党朋友"的活动,更有现实意义。可惜剧本没有正面描写,使得瑞贞、愫芳出走的情节也不免显得抽象和单薄。

《北京人》没有什么曲折离奇的情节,而是在日常的家庭生活的画面里,家务琐事的闲谈中,表现人们之间勾心斗角、唇枪舌剑的紧张气氛和尖锐冲突,具有内在的扣人心弦的艺术力量。剧中的有些人物和情节带有悲剧意味,有些人物和情节又显出喜剧色彩;既有沉重的叹息也有轻快的欢笑;从黯淡中透露出光亮……这些都和谐地融合在一起。除了人物的性格言谈外,舞台布置和大小道具,也处处点染出一个衰败下来的豪门大族的特征。又不时穿插着古老北京胡同深处的多种声响:从天空飞过的鸽子的哨响到串街走巷各种小贩的叫卖,从城头传来的号角到深夜断续的更锣……加强了地方色彩和生活气息。全剧自始至终充满了浓郁的抒情意味,突出地显示出剧作者同时是个诗人的气质。就艺术的精致成

熟而言,《北京人》是曹禺剧作中极为优秀的一个。

一九四二年,曹禺将巴金的著名长篇小说《家》改编为话剧。他不是把小说原封不动地搬上舞台,而是按照戏剧演出的需要和特点,选择了觉新的婚礼、兵变前后,高老太爷的寿辰与去世、瑞珏之死四个片断;通过极为有限的场景,再现了小说的基本内容和冲突。有的人物和情节删去了,有的人物和情节发展了,剧作者对于整个故事作了新的艺术构思,进行了艺术上的再创造。在这以前,已经有过一些根据小说《家》改编的剧本,能够和巴金原作一起留传下来的却是曹禺的一个。它为如何将小说改编为剧本,提供了一个成功的范例。

巴金的小说着重在青年人对封建家庭和旧的秩序的反抗和奋斗,曹禺的作品则着重对大家庭的腐化和旧式婚姻制度的揭露。剧本以较多的笔墨描写了觉新与梅、觉新与瑞珏、觉民与琴、觉慧与鸣凤之间的爱情,瑞珏与梅的友谊,兄弟姊妹的手足之情;同时写出了在封建性的大家庭里,这些真挚的感情不仅得不到尊重,反而处处遭到压制以至扼杀。当礼教与迷信愚昧结合在一起,更成为摧残一切美好事物的邪恶势力。觉新与瑞珏的婚姻,本来是父母包办的,他们屈从了这样的安排;即使如此,他们相濡以沫的生活同样遭到破坏。瑞珏这一牺牲者的形象可以说是新的创造。她在原作中的地位并不突出,但在剧本中始终是性格鲜明的主角,她与觉新的关系和心理变化写得十分细腻。剧本由她结婚开始,到死亡结束,她的遭遇是这一悲剧的具体体现。作者创造这个人物很用力,婚夜的朗诵诗式的独白,她和梅小姐的情致缠绵的长谈,以及辗转病榻的凄凉场面,都增加了悲剧的气氛,写得很有诗意。剧本表现梅小姐的场面不多,但含蓄而深隽地刻画了梅小姐对爱情的深沉和她的善良的同情心。反面人物冯乐山也比原作突出。他不只是杀害鸣凤、婉儿的刽子手,也不只是道貌岸然的伪君子,而是作为旧势力的主要代表出场的。剧本加强了他与觉慧的冲突,并且赋予这种冲突更为明显的政治意义。觉慧说:"这几天我才渐渐认识,我的敌人不是一个冯乐山,而是冯乐山所代表的制度。……他诬陷了我,他得了意。可是,我绝不会让冯乐山跟冯乐山类似的这一群东西终生得意的。"巴金后来说过:"我们两个人心目中的冯乐山并不完全一样。曹禺写的是他见过的'冯乐山',我写的是我见过的'冯乐山'。"①这个人物的改动,便于说明产生那些婚姻悲剧的社会根源,也使觉慧最后的出走具有更为明确的政治含义。

---

① 《谈〈家〉》。

由于剧本略去了小说中关于觉慧、觉民及其战友们的政治活动的许多描写,所反映的社会内容不免狭窄了些;原先那股回荡在小说中的年轻人追求新生活的激流,也有所削弱①。不过,这样写比较集中,而且剧作还是表现了觉慧出走,觉民解除婚约,琴可以外出读书了,淑贞也不再缠脚了等——年轻人通过抗争,取得了一些胜利,并且正在勇敢地迎接更多的胜利。所以,全剧结束时,当觉新沉痛地叹息:"现在是冬天了",垂危的瑞珏却坚定地表示"不过冬天也有尽了的时候"。这并不是什么空洞的许诺,也不同于剧作者经常使用的象征手法,而是对于剧情发展的确切概括——表现出了来自生活本身的力量和希望。

完成《家》的改编以后,曹禺在较长一段时间里没有什么创作。直到一九四六年在刊物上发表剧本《桥》,内容是写官僚资产阶级对于民族工业的掠夺。剧本因为曹禺应邀赴美讲学,没有写完。一九四八年写了电影剧本《艳阳天》,反映抗战胜利后国统区水深火热的痛苦生活,和人民群众渴望艳阳天来临的迫切心情。

从以上这些作品看来,曹禺最熟悉的是半封建半殖民地社会里大家庭的生活。对于这方面的题材他都能处理得得心应手。从《雷雨》、《日出》、《北京人》等作品的强烈悲剧气氛中,可以看出他对被侮辱与被损害者的同情和对旧社会制度的愤慨。但曹禺并不停止于对旧社会制度的暴露和批判,《雷雨》中他写了工人鲁大海,《日出》中出现了打夯的劳动歌声(作家说"我硬将我们的主角推在背后"),说明作家对人民终将胜利抱有强烈的希望和期待,而这又正是促使他无情地抨击那些社会渣滓的力量的来源。曹禺当时还没有树立科学的世界观,正是这种限制,在一定程度上也影响了他的作品的成就。作家后来说:"太阳会出来,我知道,但是怎样出来,我却不知道。"②由于作家苦于不知道"太阳怎样出来",作品中就往往借助于想象来代替生活的真实,用瞩望和理想来代替已有的光明,虽然这种愿望值得肯定,但有时不免夹杂着一些不完全准确或者不够具体真实的艺术构思和艺术形象。《雷雨》中的宿命论观点,《原野》中的幻象和神秘气氛,《蜕变》中缺乏现实根据的梁专员,《北京人》中的象征性的"北京人"——这些构思或形象所存在的程度不同的缺点,都与他当时的思想局限有关。

曹禺的作品反映了中国社会的或一方面,而且反映得十分深刻,艺术

---

① 参见何其芳:《关于〈家〉》,收入《关于现实主义》。
② 《曹禺同志谈剧作》。

上也达到了很高的成就。这除了他对旧社会的熟悉理解和深切愤恨外，又取决于他的创作经验和文学修养。曹禺在创作《雷雨》前就曾广泛接触了欧洲的古典戏剧，他喜欢古希腊悲剧，用心地读过莎士比亚的作品，也读了易卜生、契诃夫、高尔基、萧伯纳和奥尼尔等人的剧作，后来他还翻译了《柔密欧与幽丽叶》。这些世界名著加深了他的艺术修养。他在少年时代就受过中国古典文学的熏陶；还相当熟悉北方民间文艺，这从他一九四〇年写的独幕剧《正在想》就可以得到证明。曹禺接触中国的戏曲则更早，老一辈的戏曲表演艺术家给他留下过很深的印象。在这前后他也喜欢看名演员演出的"文明新戏"。所有这些既培养了他的艺术欣赏能力，也对他的创作的民族色彩产生了一定的影响。曹禺又是一个自己有舞台经验的剧作家，因而他的作品经得起舞台实践的考验。他说："我们要像一个有经验的演员一样，知道每一句台词的作用。没有敏锐的舞台感觉是很难写得出好剧本的。"①同时他又认为他自己的戏应该作到为普通的观众所了解，"只有他们才是'剧场的生命'"。这也表现了曹禺对群众的重视，他和那种主张一个内行人的认识重于一戏院子 ground lings 的称赞的人完全不同②。所以他的作品能够牢牢地抓住人心，在社会上产生广泛的影响。

　　五四文学革命给各种文学体裁都带来了根本的革新。话剧这种文学形式，与传统的戏曲差别更大，原是一种外来形式。唯其如此，这种新的戏剧形式比起其他文学体裁来，发展较慢，成熟也最迟，而曹禺的作品的出现，标志了五四以来话剧创作上的新成就，不只在当时引起了广泛的注意，推动了话剧创作水平的提高和发展，而且在长期的舞台考验中得到了人们普遍的爱好，一直保持着巨大的魅力。他的《雷雨》、《日出》、《原野》、《北京人》等优秀作品为现代文学剧本创作开创了一个崭新的局面，这是曹禺在现代文学史、戏剧史上的杰出贡献。

_____

① 《曹禺创作生活片断》，见《剧本》1957 年 7 月号。
② 参阅《〈日出〉跋》，ground lings 指贱价买票、站着看戏的人们。

第十章 沈从文和其他作家的创作

第一节 沈 从 文

沈从文(1902—1988)原名沈岳焕,出身于湖南省凤凰县(今湘西土家族苗族自治州)的一个苗族之家,其父是清末一个守卫部队的副官。沈从文十五岁读完小学后,离家到地方部队当文书,随军辗转于湘、川、黔三省边境一带,体验到动荡不定的部队生活和熟习沅水流域的乡风民俗。五四新文学运动的巨浪逐渐传到湘西,沈从文受其影响,于一九二三年离家赴北京,一边自学,一边到北京大学听课,激发了对文学创作的兴趣,开始向报刊投稿。一九二四年《晨报副刊》发表他的散文处女作《一封未曾付邮的信》后,便一发而不可收,

沈从文

连续在报刊发表散文和小说。由于投稿关系,结识了丁玲、胡也频、徐志摩、闻一多等文学界人士,并成为往来密切的挚友。随后沈从文与胡也频合编《京报副刊》和《民众文艺周刊》。一九二八年赴上海与胡也频、丁玲合编《红黑》、《人间》杂志。一九二九年和一九三〇年先后任教于中国公学、武汉大学、青岛大学。一九三四年起编辑北平、天津《大公报》副刊《文艺》。在短短十几年间,沈从文勤奋自学,才华出众,从一个小学毕业生跃身为报刊编辑、大学教授和小说、散文作家。抗日战争开始之前的十几年间,出版了《好管闲事的人》、《石

子船》、《旅店及其他》、《老实人》、《月下小景》、《八骏图》等二十多部小说集及多部散文集,成为当时在新文学领域小说创作数量最多的作家之一。

沈从文的小说取材范围很广,有描写旧军队的,如《入伍后》、《会明》、《传事兵》等,有描绘城市世态人情的,如《绅士的太太》、《八骏图》、《某夫妇》等,有描画湘川黔边境少数民族地区的风土民情的,如《旅店》、《夜》、《还乡》、《边城》等。他在题材各异的小说中,描绘了形形色色的人物,有官僚、军阀、资本家、政客、土豪,也有士兵、船夫、渔夫、小贩、娼妓以及工人、学生等,组成当时社会广阔的世态图。他在小说中集中笔力加以刻画的人物形象,大多写得栩栩如生。如《会明》中那个体魄魁梧、心地忠厚、坚持职守三十年如一日的伙夫会明;《灯》中那个勤勤恳恳、细密周到、对主人无比忠诚的老司务长;《连长》中那个爱上边境旅店里的一个寡妇而宁愿丢弃差事的连长;《萧萧》中那个抱着小丈夫长大而生活遭遇曲折终于化险为夷的童养媳萧萧,都写得栩栩如生,给读者留下鲜明的印象。虽然早期作品时代色彩较淡薄,未能把人物放在社会矛盾中加以刻画,对各种人物形象所体现的社会意义开掘不深,在作品中反映生活面的广阔和作者视野偏狭存在一些矛盾,正如沈从文自己所说:"社会变化既异常剧烈,我的生活工作方式却极其窄狭少变化,加之思想又保守凝固,自然使得我这个工作越来越落后于社会现实。"①但他努力弥补这方面的缺陷,写于一九三四下半年的《过岭者》和一九三五年的《顾问官》、《大小阮》、《失业》以及一九三六年的《生存》等短篇,都含有积极的思想寓意。《过岭者》描写了一个往来于山岭间的红军通讯员的辛勤跋涉和英勇牺牲,从侧面反映了工农红军与国民党军队的斗争。《大小阮》描写"在辈分上是叔侄,在年龄上像兄弟,在生活上是朋友,在思想上又似乎是仇敌"的两个青年大阮和小阮的不同生活道路。小阮的积极进取、勇往直前和大阮的顽固自私、投机钻营形成了鲜明的对照。《顾问官》、《失业》从不同生活侧面暴露旧军队的腐败。《生存》通过一个贫困失业青年的遭遇,提出"死的让他死去,活的要好好活下去"的思想寓意。

沈从文早期的作品,受到五四时期回忆故乡为内容和主题的"乡土文学"的启发,取材都有现实依据,而表现手法上则带有郁达夫、废名等作家抒情、浪漫式的笔调。他在勤奋多产的创作过程中,运用过多种体裁,进行过多种多样的试验,因而被人称为"文体作家"。他的小说,语言新颖活泼,句法短峭简练,忧郁的情调与诙谐的风致糅合在一起。在描写人物和

---

① 《沈从文小说选集·题记》。

事件时,往往渗入来自民情风俗的联想,读来饶有余味,逐步形成鲜明而独特的艺术风格。

　　沈从文的小说,最富有作家个人创作特色并产生较大社会影响的,则是描绘湘西少数民族地区风土民情的作品。作者回忆说:"笔下涉及的社会面虽比较广阔,最亲切熟悉的,或许还是我的家乡和一条延长千里的沅水,及各个支流县分乡村人事。这地方的人民爱恶哀乐、生活感情的式样,都各有鲜明特征。"①一九三四年初完稿,先在《国闻周报》连载,随后收入《从文小说集》的中篇小说《边城》,就是这类题材的代表作,也是沈从文小说中最引人入胜的佳作。《边城》以川湘边境的小山城茶峒及其附近的乡村为背景,描写一个撑渡船的老人和他的外孙女的生活,以及外孙女与当地掌水码头团总的两个儿子之间曲折凄婉的爱情故事。老人为人正直,性格淳朴忠厚,在这条川湘来往的孔道上摆渡五十年,从来没有误过一次工,从来不多收一文钱。有时乘渡船的人有意多给钱,他必跳上岸把钱归还。老人原有一个女儿做帮手。女儿长大了,同驻乡的一个军人相爱,军人不愿为爱丢弃军籍投水自沉,女儿生下一女婴后也殉情而去。"为了住处两山多篁竹,翠色逼人而来",老人为可怜的孤雏取名"翠翠"。在老船夫抚养下,翠翠风里来雨里去,皮肤变得黑黑的,触目为青山绿水,一对眸子清明如水晶。自然既长养她且教育她,为人天真活泼,处处俨然如一只可爱的小动物。人又那么乖,如山头黄麂一样,从不想到残忍事情,从不发愁,从不动气。翠翠与外祖父相依为命,成为拉渡船的帮手。十四五年过去,翠翠长大了,逐渐懂得男女之间的事。当地掌水码头团总的两个儿子都爱上美丽、热情、纯真的翠翠,宁愿只要陪嫁的渡船而不要以崭新的磨坊陪嫁的富家女。翠翠对两个健壮勤劳的青年都有好感,但心里却喜爱老二。老大先托媒人来求婚,没有得到明确答复,又按照当地风俗,深夜在山上唱求爱的情歌。老大不会唱,都由老二代唱,但没有回音。老大逐渐知道不能得到翠翠的爱情,为了成全弟弟,驾船沉没于激流中。老二知道哥哥的死与翠翠有关,不敢公开向翠翠求婚,但心中仍热恋着翠翠,拒绝以磨坊作陪嫁的富家女,暂时外出办货。老人为翠翠的婚事操心过度,在一个雷雨之夜无声无息地死去。翠翠终日痛哭不已。在乡人帮助下安葬了外祖父,带着黄狗,继承了撑渡船的事业,并期待着心上人从远方归来。

　　小说围绕着老船夫和外孙女的故事,对偏僻边城的自然景致、生活风习和人物性格作了有声有色的描绘,地方色彩极为浓郁。小说的细节描

---

① 《沈从文小说选集·题记》。

写,从日常生活到节日活动,从平凡无奇的摆渡到引人入胜的龙舟竞赛、水中捕捉鸭子,都写得逼真而生动,构成优美而含有淳朴风味的风物人情画,成为三十年代小说创作的名篇。

与《边城》相媲美的另一部地方色彩和乡土气息浓厚的小说是写于一九四二年的《长河》。沈从文于一九三四年和一九三七年两度回到故乡湘西。他感受到"去乡已经十八年,一入辰河流域,什么都不同了。表面上看来,事事物物自然都有了极大进步,试仔细注意注意,便见在变化中堕落趋势。最明显的事,即农村社会所保有那点素朴人情美,几几乎快要消失无余,代替而来的却是近二十年实际社会培养成功的一种唯实唯利庸俗人生观"①。他先后写了《湘行散记》、《湘西》两部散文集报道这种变化,又握笔创作《长河》这部长篇小说。

《长河》以湘西的沅水及其上游的辰河中段一个小市镇吕家坪及临近的村庄箩卜溪为背景,以橘子园主滕长胜一家人及与之来往的几个亲友为主要人物,以各式各样的人际交往关系构成的故事情节,描绘出一幅幅在变动中的湘西农村的风俗图画。滕长胜和老水手满满,年轻时都是在这条长河中出卖劳力的船工,但在二十年来天灾人祸种种变故中,遭遇各不相同。滕长胜不但发了家而且发了人,由水手升为船主,而且买房买地,成为橘子园主人,有二男三女的幸福之家,被人称为"滕员外"。而满满的妻子儿子遭瘟疫死去,满载桐油的船又失事沉没,人财两空,只好只身出外流浪,十五年后才回归吕家坪,靠着管祠堂为生。这部小说就是以"橘子园主人和一个老水手",也是一富一穷的两个人物来往为中心,"来写写这个地方一些平凡人物生活上的'常'与'变',以及在两相乘除中所有哀乐"②。小说描写长河沿岸的市镇和乡村,生活习俗如常,一二十年没有什么变化,但世道人心在变。人们对金钱利益的追逐,代替了淳朴的乡风。小说中用一个船夫的话说:"钱是长河水,流来又流去,到处流;三十年河东,三十年河西。"小说以不少篇幅描写了橘子园主人想方设法应付形形色色的敲诈盘剥。尽管有当商会会长的亲家为他圆通周旋,老水手满满也为他出谋划策,但金钱仍然白白流走。小说写保安队长以砍掉橘树相威胁,逼滕长胜白装一船橘子,虽经滕长胜软磨拖拉,商会会长、老水手出面周旋,化大为小,但也损失十担又大又甜的橘子。

抗日战争的炮声打响,这条长河沿岸也未见大的变化,倒是国民党当局鼓吹的"新生活运动"引起人们的猜测和议论,而像老水手这样企望生

---

①② 沈从文:《〈长河〉题记》。

活变样的人还有所期待。小说多处描写"新生活要来了"的传闻。但当人们听城里来的见过"新生活"的人口述,知道"新生活"只不过是行人靠左走、不得打赤膊、不得随地小便,违反了要罚站之类,实际上出了城就行不通,"新生活"就变成笑料。

《长河》中描写的几个主要人物虽落墨不多,但都性格鲜明。滕长胜的厚道而不乏精明,老水手的深挚而开朗,以老《申报》为依据的商会会长的守旧而实圆通,都能给读者留下印象。作者特别以热情之笔描写橘园主人的小女儿夭夭,让小说"加上一点牧歌的谐趣"。十五岁的夭夭,被人称赞为"黑而俏",有翠翠那样的纯真和美丽,但生长在市镇附近的乡村,在频繁的人来人往中,增长了智慧和机灵。小说在较多篇章中都穿插了对夭夭的生动描写,而且同《边城》写翠翠的黄狗帮拉渡船相似,夭夭的白狗也时刻警惕着,保护小女主人不受伤害。

《长河》这部作品从总体看是小说,有人物和情节,而各章又是可独立成篇的纪实散文。如《吕家坪的人和事》、《大帮船拢码头时》、《买橘子》、《枫木坳》、《社戏》等篇,都是富有浓厚地方色彩的民情风俗画。但作者不是以旅游者的心态陶醉于湘西的山光水色,也不是离乡的游子表达对故乡淳朴风情的缅怀,而是抒发忧国忧民的心绪,探索着"民族忧患所自来的根本原因"①。抗日战争已进入中期,社会虽有变化,但"忠忠实实和问题接触时,心中不免痛苦,惟恐作品和读者对面,给读者也只是一个痛苦印象,还特意加上一点牧歌的谐趣……"②作品多处写到来自近处的压迫者和来自远处的侵略者都给国家和民族制造苦难。作者虽感到"尤其是叙述到地方特权者时,一支笔即再残忍也不能写下去……"。但作品多处仍描写保安队的欺压掠夺,又写到"省里向上调兵开拔",暗示国民党当局视湘西为"匪区"而阴谋武装镇压。因而作品送审查机关审查时,被定为"思想不妥",多处被删。这部小说原计划写三卷,第一卷出版后未再续写。但这部小说仍然是沈从文继早年发表的《阿丽思中国游记》、《旧梦》之后篇幅较长的小说作品。

抗日战争期间,沈从文携同家人由北平辗转到昆明,除任教于西南联大外,继续写散文和文艺评论。抗战胜利后,任教于北京大学,并主编《益世报》,对文学的兴致逐渐转移。解放后先后转中国历史博物馆、中国社会科学院历史研究所任研究员,出版《唐宋铜镜》、《龙凤艺术》、《中国古代服饰研究》等专著。他的文学创作先后由多家出版社分别出版。

―――――――――

①② 沈从文:《〈长河〉题记》。

第二节　鲁彦、李劼人等的小说创作

鲁　彦

鲁彦(1901—1944)原名王衡、王鲁彦,出身于浙江镇海农村商人之家,幼时读私塾,少年时期到上海洋行当学徒。受五四新思潮影响,一九二〇年赴北京参加李大钊、蔡元培创办的工读互助团,并到北京大学旁听,经自学走上教师、作家之路。一九二三年夏到长沙平民大学、第一师范等校任教。《东方杂志》发表他的小说处女作《秋夜》,随后加入成立不久的文学研究会,勤奋从事小说创作。一九二六年十月北新书局出版他的第一部小说集《柚子》。他自己说:"写那些文章的时候,我的年纪还轻,所以特别来得热情,呼号、咒诅与讥嘲常常流露出来。"①《柚子》这篇小说借谐谑的议论和柚子似的人头的描写,控诉了湖南封建军阀杀人如麻的罪行,"在玩世的衣裳下,还闪露着地上的愤懑"②。短篇《许是不至于罢》用诙谐之笔,揭示出财主王阿虞的阴暗心理和狡猾的处世哲学,剖析了剥削者虚伪丑恶的灵魂。这一短篇开始显示出鲁彦作品的艺术特色。到一九二八年由上海人间书店出版的《黄金》集里的多篇作品,作者更有意使用冷峻地描绘生活与刻画人物的方法,现实主义成分有了明显增长。《黄金》一篇中的如史伯伯,从小康家庭突然中落之后,受尽周围人们的奚落和冷遇,陷于凄惶不可终日的窘境。作品反映了在外国经济势力侵入和农村封建恶势力逼迫之下,广大小有产者不得不迅速破产,并且在社会心理方面自然地形成人人自危的状态,从而对金钱魔力、势利观念及旧习俗进行了深入的挖掘和有力的鞭打。从这些作品的表现方法和艺术境界上,都可以看出作者受了鲁迅和俄国、东欧某些现实主义作家的影响。

三十年代初年,鲁彦先后在上海、厦门、泉州、西安等地多所学校任

①③　《关于我的创作》。
②　鲁迅:《〈中国新文学大系〉小说二集序》。

教,并进入小说创作的丰收期,主要作品有《童年的悲哀》、《小小的心》、《屋顶下》、《雀鼠集》、《河边》等五个短篇集和长篇小说《野火》(后改名《愤怒的乡村》)。如他自己所说,自《童年的悲哀》以后,已"倾向于体验一切坏的恶的一面"③。《屋顶下》中的本德婆婆以二十年来积劳成疾的代价,挣得了暂时的温饱,但痛苦经历的阴影仍然笼罩着她,使她提心吊胆,想牢牢地把握住她的小康生活。她与儿媳从相互体贴到彼此猜疑、争吵、以至破裂,波澜起伏,出人意料,却又写得入情入理,真切可信。《岔路》写两个村的村民用祈祷扑灭鼠疫,而在巡游途中酿成械斗的故事,揭露了旧制度、旧意识对人民严重的精神麻醉和毒害。《桥上》写工商业者的相互倾轧和竞争,有大额资金的新兴企业如何无情地吞噬惨淡经营的小本生意。在这些短篇中,作者以朴素而自然的语言,通过对人物心理和行动的描写,将现实生活严酷景象展现在读者面前,鞭挞了小私有者的狭隘、自私和愚昧,真实地反映了存在于社会各个角落里的生活悲剧,将批判的锋芒指向旧社会,但笔触过于冷峻,在暗淡的画面里缺乏希望的闪光。《李妈》逼真地描写了一个由农村来城市的女佣从忠厚淳朴变得狡猾无耻的堕落过程,表现了作者强烈的爱憎。《小小的心》中的阿品是一个自幼失去双亲被人骗卖的奴隶。应和着他那颗"小小的悲哀的心",全篇颤动着怅惘的情调。《童年的悲哀》描写了雇农阿成哥的正派、愉快、多才多艺和他不幸的遭遇。作者赞美自己童年时代的这位朋友,更哀悼那"像清晨的流星、像夏夜的闪电,刹那间便溜了过去的一生中最可爱的童年"。作品在美好和纯洁被邪恶所毁灭的描写中,作家的笔端饱和着浓烈的感情。

鲁彦是个对待生活和艺术事业都很严肃的作家。他总是孜孜不倦地在思想上和艺术上作着辛勤坚韧的探索,他的创作因此不断发生新的变化。长篇小说《野火》以描写农民的苦难、挣扎和反抗为主,乡保长与豪绅地主结为一体迫害农民的罪行,在作品中得到了真实生动的揭露。对于被生活折磨成"软骨虫"的葛生哥,作者虽不无怜悯和同情,却有力地批判了他的奴才性,在表现富有反抗性的青年农民如华生方面,缺乏足够的真实感,还往往流露出一些同人物身份不甚协调的思想情调。但就整个作品来说,由于鲜明地揭出了农村中尖锐的阶级对立,并描写了农民由个人反抗到群众自发斗争的发展趋势,显示了作者思想和创作的进展。

抗战开始后,鲁彦转移到武汉、桂林编辑文艺刊物,出版《炮火下的孩子》、《伤兵医院》等小说集,从事长篇小说《春草》的创作,但未能完稿便贫病交加,英年早逝。

李劼人(1891—1962)原名李家祥,出生于四川成都。家境贫寒,十六

岁才入学。一九一一年毕业于四川高等学堂附中,一九一五年至一九一七年先后任成都《群报》、《川报》主笔、总编辑。一九一九年七月少年中国学会在北京成立,李劼人随即加入,并参与该学会组织的勤工俭学赴法国留学,考入巴黎大学文学院,攻读法国文学,并将译作及通讯寄《少年中国》发表。留学期间曾因病住院,受到法国友人的同情和关照,李劼人特地创作日记体中篇小说《同情》,一九二四年一月由中华书局出版。

李劼人

李劼人于一九二四年留学回国,一九二五年在新开办的成都大学任教,并与留法回国友人合办造纸厂,以改进中国书报的印刷质量,大部分时间和精力仍投入法国文学名著的翻译和小说创作,先后翻译出版了龚古尔的《女郎爱里沙》、莫泊桑的《人心》、佛洛贝尔的《萨朗波》等多部名著出版。他在教书和翻译、写作中"便起了一个念头,打算把几十年来所生活过,所切感过,所体验过,在我看来意义非常重大,当得起历史转折点的这一段社会现象,用几部有连续性的长篇小说,一段落一段落地把它反映出来"①。从一九三五年开始,李劼人便以主要精力从事《死水微澜》、《暴风雨前》和《大波》三部长篇小说的创作。这三部小说以作者的故乡四川成都周围的城镇为背景,富有浓厚的乡土气息和地方色彩,但不同于五四以来乡土回忆的作品,而是主要描写辛亥革命前十几年间四川地区社会的动荡和人心的浮动,展示"大雨欲来风满楼"的时代图景和历史进程。

《死水微澜》、《暴风雨前》两部长篇小说出版于一九三六年。《死水微澜》描写的时代是一八九四年到一九〇一年,即甲午战争到辛丑条约签订期间。这部小说以成都附近的新都县所属的一个小镇——天回镇为背景,描写当地黑社会组织袍哥与以教会为靠山、受封建官廷庇护的教民势力的明争暗斗。小说描绘的主要人物是当地袍哥头目罗德生(绰号罗歪嘴)和他的姘妇蔡大嫂以及教民的代表人物顾天成、陆茂林等人,并以这些人物的活动为主线,对成都城乡的风土人情、市民阶层的心理状态、生

---

① 李劼人:《〈死水微澜〉前记》。

活方式,运用通俗而生动的语言,作了惟妙惟肖的刻画。小说中的罗歪嘴披上豪侠的伪装,实则开赌场,嫖娼妓,生活糜烂,品行恶劣,引诱、霸占表弟之妻为姘妇,指使喽啰与人拼刀子、打群架。教民的代表人物顾天成、陆茂林则投靠洋人,调动官兵,抓捕罗歪嘴。在蔡大嫂的掩护下罗歪嘴逃之夭夭,蔡大嫂的丈夫被抓走,店铺被抢砸。这就是"死水"中激起的"微澜",点染出帝国主义势力入侵中国,清政府对外屈辱妥协的历史气氛。小说用不少生动的细节描写蔡大嫂这个美丽过人的青年妇女在袍哥与教民两股势力的激荡中身份、处境的转换,以增添故事情节的曲折,留给读者思索和评论。

《暴风雨前》描写的时代为"一九〇一年到一九〇九年,即辛丑条约订定,民智渐开,改良主义的维新运动也在内地勃兴……一部分知识分子不再容忍腐败官僚压制的这一段时间"①。作者的笔墨开始由小乡镇转到那时的大都市成都,描写的主要人物也由权势者和平民转向都市的知识阶层。这部小说以半官半绅的郝达三之家的老少两代人以及与之密切交往的知识界人士为主,描绘大革命风暴到来之前社会的动荡和知识界对社会变革的期望。义和团失败后红灯照战士仍英勇奋战,壮烈牺牲,资产阶级维新派和立宪党人进行艰难的改革活动,学校教育为适应社会需要而作的初步变更,小说都作了简略的描写,较之《死水微澜》作品取材范围有所扩大,但描写艺术不如《死水微澜》生动和细腻。小说中的红灯照女战士被残酷杀害的描写,带有自然主义的痕迹。

《大波》(第一部)是"专写一九一一年,即辛亥年,四川争路事件"②。这次事件是中国近代史上波澜壮阔的民众运动,震撼了封建朝廷,推动了辛亥革命的爆发。这部小说从咨议局议员郝达三的儿子郝又三及同学多人回成都参加"保路同志会"起笔,描写以学界为主的众多形形色色的人物在这场争路事件中的言谈举止,展现"争路"富有广阔的群众性,连《死水微澜》中的教民、娶了蔡大嫂为妻的顾天成也混入"保路同志会"。但小说对这场声势浩荡的群众运动缺乏精巧的艺术概括,未能塑造出感人的人物形象。

《大波》(第一部)于一九三七年七月出版后,抗日战争爆发,李劼人投入爱国政治活动,暂时中断长篇小说的写作。一九四三年回到家乡成都,生活稍为安定,重新改译莫泊桑的《人心》、都德的《小东西》和佛洛贝尔的

---

① 《〈死水微澜〉前记》。

② 郭沫若:《中国左拉之待望》。原载 1937 年《中国文艺》第 1 卷第 2 期,收入《李劼人选集》第 1 卷,1980 年四川人民出版社出版。

《马丹波娃利》三部小说,并创作长篇小说《天魔舞》,描写旧中国买办资本家的腐朽和特务的横行,在成都《新民报》连载,并将陆续发表的短篇小说结集为《好人家》出版。

解放后,李劼人担任多届全国人大代表、四川省省委委员、省政协副主席等许多重要职务,并重写了《大波》,对《死水微澜》、《暴风雨前》作了重大修改。郭沫若在读了三部长篇巨制的初版后,就发表《中国左拉之待望》①一文予以赞扬。

郑振铎(1898—1958),祖籍福建长乐,出生于浙江永嘉。一九一七年进北京铁路管理学校求学,结识瞿秋白、耿济之、许地山等人,共同创办《新社会》旬刊,宣传新思潮。一九二〇年底与沈雁冰、叶圣陶等人发起成立文学研究会,并成为该研究会主要成员之一,积极推动五四后的新文学运动。早年的贡献主要在文学活动的组织工作方面,他编辑文艺刊物,撰写理论批评,介绍和翻译外国文学,但也写了少量作品。除《雪朝》集里所收新诗和《山中杂记》所收散文外,还写有短篇小说集《家庭的故事》,以朴实的文字留下了一组"将逝的中国旧家庭的片影"②。三十年代初期,他用"郭源新"笔名写下了《取火者的逮捕》、《亚凯诺的诱惑》、《埃娥》、《神的灭亡》等篇小说,借助希腊神话来描写"当时当地的事",热情地歌颂不为威武和诱惑所动摇的反抗精神;同时以"满腔的悲愤"抨击了人与神的主宰宙斯的横暴统治。稍后,作者又写了《桂公塘》、《黄公俊之最后》和《毁灭》等历史小说,都以中国历史上有民族气节的人物为中心,写他们为了理想,宁可牺牲自己而绝不向黑暗低头。其中取材于文天祥《指南录》的《桂公塘》,写得苍凉悲壮,富有感染力量,是这个时期历史小说的代表作。

二十世纪四十年代以后,郑振铎未再推出文学新作。他除积极投入爱国、民主运动外,在文化史、文学史、艺术史诸多学术领域做出重要贡献。

蹇先艾(1906—1994),贵州遵义人,幼时在家乡读私塾,一九二一年入北京师范大学附中,一九二六年作为一个文学青年加入文学研究会,受到鲁迅、叶绍钧以及莫泊桑、契诃夫作品的影响。他的小说多取材于家乡贵州农村,写的是平常人和一些琐屑事,文笔朴实无华。鲁迅曾把蹇先艾和许钦文、王鲁彦称为"乡土文学的作家"③。早期小说集有《朝雾》,其中

① 载 1937 年《中国文艺》1 卷 2 期。
② 郑振铎:《家庭的故事》集前《自序》。
③ 鲁迅:《〈中国新文学大系〉小说二集序》。

《水葬》一篇"展示了'老远的贵州'的乡间习俗的冷酷,和出于这冷酷中的母性之爱的伟大……"①。三十年代陆续出版了短篇集《还乡集》、《酒家》、《踌躇集》、《盐的故事》、《乡间的悲剧》及散文集《城下集》等。其中《乡间的悲剧》、《赶驮马的人》、《踌躇》、《谜》、《盐的故事》、《盐巴客》、《在贵州道上》等篇,以朴素而严谨的笔致,描写了贵州山区农村劳动者的悲苦和压迫者的凶残,地方色彩浓厚,饶有山城风光。

第三节　穆时英等的都市小说

在中国,真正的现代都市小说,大概只能从二十年代末、三十年代初新感觉派出现的时候算起。其发祥地则是上海。

三十年代的上海,有点像八十年代的香港,是亚洲首屈一指的国际商业中心和金融中心,世界性的大都会。它有"东方巴黎"之称。其繁华程度,就连当时的东京也难以匹敌,虽然它呈现着明显的半殖民地畸形色彩(帝国主义在中国最大的租界就设在这里)。中国现代都市小说——而且是带有现代主义特征的都市小说,最早诞生在这里,绝非出于偶然。

鲁迅在一九二六年谈到俄国诗人勃洛克时,曾经赞许地称他为俄国"现代都会诗人的第一人",并且说:"中国没有这样的都会诗人。我们有馆阁诗人,山林诗人,花月诗人……没有都会诗人。"(《集外集拾遗·〈十二个〉后记》)如果说二十年代前半期中国确实没有现代性的"都会诗人"或"都会作家"的话,那么,到二十年代末期和三十年代初期可以说已经产生了——而且产生了不止一种类型。写《子夜》的茅盾,写《上海狂舞曲》的楼适夷,便是其中的一种类型,他们是站在先进阶级立场上来写灯红酒绿的都市的黄昏的(《子夜》初名就叫《夕阳》)。另一种类型就是刘呐鸥、穆时英等受了日本新感觉主义影响的这些作家,他们也在描写上海这种现代大都市生活中显示出自己的特长。其实,这样的区分多少含有今天的眼光。从当时来说,两者的界限并不那么清楚。刘呐鸥在二十年代末,思想上也相当激进,对苏联和日本的无产阶级文学运动都表示支持。他在上海经办的水沫书店,曾经是左翼文化的大本营。穆时英较早的小说,也称半殖民地上海为"造在地狱上的天堂",揭露外国殖民者和资产阶级的荒淫丑恶,明显地同情下层劳动者和革命人民。而"左联"成员楼适夷,也曾尝试用新感觉主义手法来写《上海狂舞曲》,只是后来听从冯雪峰的

---

① 鲁迅:《〈中国新文学大系〉小说二集序》。

劝告,才中止了这部小说的创作。可见,无论在日本或中国,新感觉主义和普罗文学运动最初都曾以先锋的面貌混同地出现。

刘呐鸥、穆时英的小说,从内容到形式都属于现代都市。场景是夜总会、赛马场、电影院、咖啡厅、大旅馆、小轿车、富豪别墅、滨海浴场、特快列车。人物是舞女、少爷、水手、资本家、姨太太、投机商、小职员、洋行经理,以及体力劳动者、流氓无产者和各类市民。小说的语言、手法、节奏、意象乃至情趣,也有明显的革新和变异。这类作品比较充分地体现了二十世纪文学有别于传统文学的种种特点。如果说刘呐鸥(1900—1940)由于自小生长在日本,他笔下的都市生活上海味不浓,有点像东京,语言也多少显得生硬的话,那么,穆时英(1912—1940)却以他耀眼的文学才华和对上海生活的极度熟悉,创建了具有浓郁新感觉味、同时语言艺术上也相当圆熟的现代都市小说。杜衡在三十年代初期就说:"中国是有都市而没有描写都市的文学,或是描写了都市而没有采取适合这种描写的手法。在这方面,刘呐鸥算是开了一个端,但是他没有好好地继续下去,而且他的作品还有着'非中国'即'非现实'的缺点。能够避免这缺点而继续努力的,这是时英。"(《关于穆时英的创作》)苏雪林也说:"穆时英……是都市文学的先驱作家,在这一点上他可以和保尔·穆杭、辛克莱·路易士以及日本作家横光利一、堀口大学相比。"(《中国现时的小说和戏剧》)可见穆时英的都市小说在人们心目中的地位。

穆时英

穆时英最早的集子《南北极》里的小说,大体是写实主义的。到1932年以后出版的《公墓》、《白金的女体塑像》、《圣处女的感情》三个集子,则呈现出颇不相同的现代主义倾向。作者把浪漫主义、写实主义都看作"过时"的货色。在一个短篇小说中,穆时英通过男女主人公的对话,清楚不过地表明了这种态度:

> "你读过《茶花女》吗?"
> "这应该是我们的祖母读的。"
> "那么你喜欢写实主义的东西吗?譬如说,左拉的《娜娜》,朵斯

退益夫斯基的《罪与罚》……"

"想睡的时候拿来读的。对于我是一服良好的催眠剂。我喜欢读保尔·穆杭,横光利一,堀口大学,刘易士——是的,我顶爱刘易士。"

"在本国呢?"

"我喜欢刘呐鸥的新的话术,郭建英的漫画,和你(指穆时英自己——引者)那种粗暴的文字,犷野的气息……"

穆时英的都市小说中,有写实的《偷面包的面包师》、《断了条胳膊的人》这类作品,更多的却是他那些最有代表性的新感觉主义作品,如《上海的狐步舞》、《夜》、《黑牡丹》、《夜总会里的五个人》、《街景》、《被当作消遣品的男子》、《骆驼·尼采主义者与女人》、《白金的女体塑像》、《第二恋》等,因为这是穆时英获得"中国新感觉派圣手"称号,或者说穆时英之所以为穆时英的主要业绩。

穆时英新感觉主义的都市小说有些什么显著特色和创造?

特色之一,这些作品具有与现代都市脉搏相适应的快速节奏,有电影镜头般不断跳跃的结构。它们犹如街头的霓虹灯般闪烁不定,交错变幻,充满着现代都市的急促和喧嚣,与传统小说那种从容舒缓的叙述方法和恬淡宁静的艺术氛围完全不同。以《上海的狐步舞》为例,全篇都是一组组画面的蒙太奇式组接,文字简捷而视觉形象突出,富有动感和跳跃性,艺术上得力于电影者甚多。描述舞场情景时,作者有意从舞客的视角,多次回旋反复地安排了几段圆圈式的相同或相似的文字,给人华尔兹般不断旋转的感觉。在快速节奏中表现半殖民地都市的病态生活,这是穆时英的一大长处。

特色之二,穆时英笔下的人物,常常在"悲哀的脸上戴了快乐的面具"(《公墓·自序》)。《夜总会里的五个人》可以说写了当时上海生活的一幅剪影:从舞女、职员、学者、大学生到投机商的五位主人公,每人都怀着自己的极大苦恼,在周末涌进了夜总会,从疯狂的跳舞中寻找刺激。黎明时分,破产了的"金子大王"终于开枪自杀,其余四人则把他送进墓地。这在穆氏小说人物中颇有代表性。穆时英的人物形象,尤以年轻的摩登女子为最多,也最见长。她们爱看好莱坞电影,"绘着嘉宝型的眉",喜欢捉弄别人,把男子当消遣品,而在实际生活中依然是男子的玩物。无论是《夜》里那个舞女,还是《Craven "A"》里的余慧娴,或者《夜总会里的五个人》中的黄黛茜,她们尽管"戴了快乐的面具",却都带着大大小小的精神伤痕,内心怀有深深的寂寞和痛苦。《黑牡丹》里那个女主人公的命运,已经算是够好的了:她在一个深夜为了躲避舞客的奸污,从汽车中脱逃狂奔,得到别墅主人的救护,终于成为这位男主人的妻子,但她一直没有对丈夫说出自己的舞女身份,也要求一切知情人为她保密,她不愿再去触动自己灵魂深处的那块伤疤。能够写出快乐背后的悲哀,正是穆时英远较刘呐鸥等人深刻的地方。

特色之三,穆时英小说中有大量感觉化乃至通感化的笔墨。

新感觉派之所以被称为新感觉派,就因为这个流派强调直觉,强调主观感受,重视抓取一些新奇的感觉印象,努力将人们的主观感觉渗透融合到客体描写中去,以创造新的叙事语言和叙事方法。例如,穆时英将满载旅客的列车开离站台的一刹那,写成"月台往后缩脖子"(《街景》);将列车夜间在弧光灯照耀下驶过岔路口,写成"铁轨隆隆地响着,铁轨上的枕木像蜈蚣似地在光线里向前爬去"(《上海的狐步舞》)。月夜的黄浦江上,穆时英这样写景:"把大月亮拖在船尾上,一只小舢板驶过来了,摇船的生着银发。"(《夜》)黎明时刻的都市,在他笔下被形容为:"睡熟了的建筑物站了起来,抬着脑袋,卸下灰色的睡衣。"主人公坐电梯到四楼,穆时英写做:"电梯把他吐在四楼。"(均见《上海的狐步舞》)这类写法既新鲜,又真切,富有诗意,给读者留下深刻的印象。穆时英还常常把视觉、听觉、嗅觉、味觉、触觉这些由不同的器官所产生的不同感觉,复合起来、打通起来描述,形成人们常说的"通感"。像《上海的狐步舞》里,就有"古铜色的鸦片烟香味"这类词句。《第二恋》里,当十九岁的天真稚嫩的女主人公玛莉第一次出场时,男主人公"我"感到:"她的眸子里还遗留着乳香。"两人因经济地位的悬殊而遗憾地未能结合,九年以后再见,玛莉"抚摸着我的头发","那只手像一只熨斗,轻轻熨着我的结了许多皱纹的灵魂"。应该说,这些都是相当精彩的笔墨。

此外,穆时英在有些作品中还较为成功地运用了心理独白。《白金的女体塑像》就呈现了一位男医生在女病人裸体面前的心理活动和心理变化,有两段文字甚至连缀而不加标点,一如西方有些现代派作品那样。《街景》则多少采用了时空错位的意识流手法。这在二三十年代也是一种新的探索。

凡此种种,都表明穆时英对于中国现代都市小说的建立和发展,做出过重要的贡献。

二十八岁就去世的穆时英,也许只能算是一颗小小的流星,然而,历史的镜头却已经摄下了它闪光的刹那。

关于穆时英的死,有两种不同说法。最初的说法是穆时英做了汉奸,因而被国民党军统特工人员暗杀的。到一九七三年十月,香港《掌故》月刊上登载了嵇康裔的文章《邻笛山阳——悼念一位三十年代新感觉派作家穆时英先生》,其中说:

> 穆时英死了！他死得冤枉！他蒙了一个汉奸的罪名而死了！但他不是汉奸，他的死，是死在国民党的双重特务（制度）下，他是国民党中央党方的工作同志，但他死在国民党军方的枪下。国民党抗日先烈的名字中没有他，国民党遗属抚恤项下也没有他，但他确确实实为国民党中央工作的，他死得实在冤枉。

文章作者嵇康裔称自己是国民党中统特工人员，一九三九年十一月亲手安排穆时英到东南沦陷区任伪职。由于那时"中统"与"军统"在上海的特工人员没有横向联系，上层领导又未能充分及时地交换情报，以致造成这一可悲的结局。香港学者司马长风非常关心这件事，质疑嵇的说法。一九七六年八月还邀约嵇康裔面谈，终于弄清了真相，证明嵇说的是实情。原来，"嵇先生浙江湖州人，为陈立夫的亲戚。当他安排穆时英回上海时，中统局长为朱家骅，负实际责任者为徐恩曾。战后，徐氏因过错被南京最高当局解职，批示'永不录用'。而另一方面军统局负责人戴笠则如日中天。刺死穆时英既已记为军统一'功'，在中统负责人失势的情况下，遂难以翻案。穆时英遂地下含冤，直到今天。"①

第四节　林语堂等的散文杂文

　　本章上述作家以创作小说为主，也有散文创作发表，而借鉴英国的随笔（essay）和"幽默"（humour）提倡"幽默文学"的林语堂，和受到中国古典散文影响创作"缘缘堂"随笔的丰子恺，则主要以创作散文、杂文为主，为促进现代散文的多样化作了各自的贡献。

　　林语堂（1895—1976），原名玉堂，福建省龙溪（今漳州）人，出身于平和县一个乡村基督教牧师家庭。一九一六年毕业于上海圣约翰大学后到北京清华学校教英语。满三年后由校方资助赴美国哈佛大学留学。一年后便到

林语堂

---

① 引自司马长风：《中国新文学史》下卷，香港昭明出版社 1983 年 2 月再版，第 48 页。

法国勤工俭学,随后入德国耶拿大学、莱比锡大学,主要钻研语言学,一九二三年获得博士学位后回国。一九二三年至一九三〇年间,先后担任北京大学、北京女子师范大学、厦门大学教授,蔡元培主持的中央研究院英文编辑等职,三十年代初期开始专门编辑文学刊物和从事文学创作。

一九二四年夏季,林语堂在《晨报副刊》上发表两篇提倡"幽默"的文章①,开始涉足文学领域。这年秋冬,语丝社成立和《语丝》周刊创刊,林语堂成为语丝派的一员,开始他的散文杂文创作生涯。

林语堂在二十年代中后期的散文杂文,绝大部分在语丝派刊物《语丝》、《莽原》、《奔流》上发表。特别是在"五卅"运动到"三·一八"惨案之间的反帝爱国运动的高潮中,他成为以鲁迅为旗手的进步文化阵营的一员,发表不少文章,热情支持青年学生的爱国运动,批驳种种诬蔑和攻击爱国学生的歪论,谴责封建军阀及其在文化界代表人物的丑行恶德,发出强烈的民主主义、人道主义的呼唤,颇多浮躁凌厉之气,如《祝土匪》、《丁在君的高调》、《回京杂感四则》、《读书救国谬论一束》、《咏名流》等篇,在当时的爱国运动中产生过积极影响。这几年间,林语堂与鲁迅的个人之间的交往较为密切,在与"正人君子"的笔墨交锋中相互支持,特别是在女师大事件中,他较坚定地站在鲁迅和爱国学生一边,同当时军阀政府支持下的教育界恶势力作斗争。在军阀政府通缉进步文化教育界知名人士的黑名单内,林语堂与鲁迅均名列其中。两人旋即先后离京南下,到厦门大学任教。

一九二七年秋季,林语堂经历短暂的政治生涯后定居于上海,从事翻译和写作。他"激烈思想"、"激烈理论"逐渐趋向平和;但对旧军阀仍极为痛恨,对新上台的国民党统治者也有所不满。一九二八年他的第一部杂文散文集《剪拂集》出版,收入文章二十八篇,大部分是有明确的针对性,富有进步思想色彩的杂文,情绪激昂,语调急速,既体现了《语丝》的共同态度,又开始形成自己的风格。文集中有少量笔锋犀利而语言含蓄的散文,如《祝土匪》、《冢国絮语解题》等文。前文用反语讥刺"倚门卖笑"、"双方讨好"、"将真理贩卖给大人物"的学者,热情歌颂敢于维护真理的"土匪傻子";后文用"冢国"比喻黑暗的社会,"海洋的呻吟"、"海风的孤啸"、"失眠的吁叹"、"草虫的悲鸣",喻示人们在黑暗中的不平之声。

---

① 《征译散文并提倡"幽默"》发表于《晨报副刊》1924 年 5 月 23 日,《幽默杂话》刊于该报同年 6 月 9 日。文中把英语 humour 译为"幽默"。

二十年代末、三十年代初，《语丝》、《莽原》、《奔流》等刊物先后停刊，林语堂与鲁迅的个人关系因某种偶然因素而中断，语丝派无形中消散。林语堂经过几年的观察与思考，于一九三二年九月邀集几个同道创办《论语》半月刊，一九三四年四月又出版《人世间》半月刊，一九三五年九月再办一个《宇宙风》半月刊。以这三个刊物为主要阵地，形成了以林语堂为主将的论语派。《论语》以提倡"幽默"为主旨，形式上与《语丝》相似，主要发表随感录式的短文，议论世道人心，泛谈社会文化，创办初期仍保持一定的反封建的色彩，发表了不少针砭时弊之作。《人间世》和《宇宙风》均大力提倡小品文，主张"宇宙之大，苍蝇之微，皆可取材"，"以畅谈人生为主旨，以言必近情为戒约"，"以自我为中心，以闲适为笔调"等等。这三个刊物，实际上都突破同人刊物的界限，发表了许多不同思想和文学倾向作家的作品，对促进新文学的发展，特别是散文小品创作的繁荣起过积极作用。后来随着林语堂思想的变化，刊物上也发表不少如《母猪渡河》、《今文八弊》、《谈螺丝钉》之类滥施攻击左翼作家的文章。一九三五年以后林语堂与鲁迅的交往也就再度中断。

林语堂在三十年代前期撰写的散文杂文，大部分发表于《话语》、《人间世》等刊物上，总数不下两百篇。一九三四年他结集出版的《我的话》（上下集）、《大荒集》，仍有不少针砭时弊、愤世嫉俗之作，继承了"语丝"时期的反封建精神。如《萨天师语录》中的《文字国》、《上海之夜》、《民国廿二年吊国庆》、《谈言论自由》、《论政治病》、《增订伊索寓言》、《脸与法治》、《中国何以没有民治》、《又来宪法》、《梳、篦、剃、剥及其他》等多篇，都对祸国殃民的军阀、官僚、政客及社会的黑暗、官场的腐败投以讽刺，民主主义、人道主义呼声依然强烈，仍富有一定的进步思想色彩。两本文集中较多篇什属于林语堂所提倡的"空泛的笼统的社会讽刺和人生讽刺"，虽缺少社会批评的深意与力度，但能引人发出"会心的微笑"。文集中也有一些谈谈笑笑的文章，如《论西装》、《我怎样买牙刷》之类。除了论述性杂文以外，林语堂的记述性散文也颇有特色，如记述英国作家萧伯纳访问上海，林语堂代表中国民权保障同盟到码头迎接并到宋庆龄寓所欢聚的《水乎水乎洋洋盈耳》，记家中青年仆人的《阿芳》，记伦敦街头所见的《伦敦的乞丐》等篇，也都是构思精巧、笔调活泼轻松的散文。林语堂的杂文散文尽管良莠不齐，精芜并存，但在中国二三十年代的杂文散文作家中仍可成为一家。阿英编选的《现代十六家小品》，即把林语堂的作品作为有代表性的一家。

一九三六年夏，他携家赴美国写作，竭力向国外宣传中国文化，写作

了《吾国与吾民》、《生活的艺术》,译介一系列中国古代经典著作和文学作品。自一九三八年开始,散文家的林语堂转向长篇小说创作,用英文创作《京华烟云》(又译《瞬息京华》)。一九四〇年第一个中译本在上海出版,抗战后期曾在中国大后方各地流传。此后林语堂主要从事英文长篇小说的创作和翻译中国古书在国外出版。晚年居住于台北市,出版文集《无所不谈合集》。

丰子恺(1898—1975)原名丰润、丰采,浙江省崇德人。在浙江省立第一师范学校毕业后曾随李叔同(后出家为僧,号弘一法师)学习绘画,也深受李叔同佛教思想影响。一九二一年赴日本留学,一九二二年回国后加入文学研究会。一九二六年创办《一般》月刊,经常在这个刊物上发表漫画及绘画理论文章,也在文学研究会的刊物《文学周报》上发表小品散文和漫画。一九二九年《一般》停刊后,他担任开明书店出版的由叶圣陶主编的《中学生》杂志编辑,在刊物上发表了不少文章和绘画。

一九三一年初,丰子恺的第一本散文集《缘缘堂随笔》出版,收一九二五年至一九三〇年间发表的散文二十篇。三十年代前期,他的小品散文数量益多,先后出版了《随笔二十篇》、《车厢社会》、《子恺创作选》、《缘缘堂再笔》。丰子恺早期的散文,或赞美儿童的天真和人格的完整,想"撤去世间事物的因果关系的网,看见事物的本身的真相",如《缘缘堂随笔·从孩子得到的启示》;或则怅叹宇宙的无穷和时光的流逝,将"宇宙间的人的生灭",比作"犹如大海中有波涛的起伏",如《缘缘堂随笔》中的《渐》、《大账簿》。三十年代的散文社会内容增多,描画了一些生活中常见的可喜可悲的人物和事件,如《车厢社会》是从小小的车厢中看社会,描绘各种人物在火车车厢中自私利己行为,嘲讽社会上人与人之间的欺诈与虚伪。他的散文往往以朴实清淡的文笔,记述生活中的琐事,却不乏耐人咀嚼和寻思的意境,还蕴含一些人生的哲理,而且以物抒怀,借景生情,寄寓对社会和人生问题的思考。这同他汲取了中国古典散文随笔的长处有关。《杨柳》一文中赞美柳树最主要的美点是"下垂","越长得高,越垂得低","它高而能下","它高而不忘本",寄寓了耐人深思的人生哲理。中国古代诗与画往往密切联系在一起,画中有诗味,诗中有画境。丰子恺的漫画与随笔也融合无间,都能以清净洗练的笔触,在平易中写出某种新意,新意中又含着常情。

抗日战争爆发后,丰子恺以笔代枪,从事抗日宣传。三十年代末出版《漫画阿Q正传》,四十年代出版《子恺近作散文集》、《率真集》。新中国成立后迁居上海、北京,用他久经磨炼的笔为读者服务,又出版著译多种。

除上述散文杂文作家外,主要从事编译工作的夏丏尊和缪崇祥,三十年代以来也出版不少散文作品。夏丏尊(1886—1946)以写作纪实性散文见长,早期几篇写人物的作品,如《猫》、《命相家》、《长闲》,把散文和小说写法融为一体。《猫》采用以物寄情的写法,记述在多鼠的乡间收养一只可爱的猫却被恶兽咬死的经过,借这只猫追忆送猫人即作者的亡妹。《命相家》记述与十年前的同事而转行成了命相家的友人在旅馆中相遇,通过命相家对世态人生的独特观察和评论,衬映出社会不公,世态炎凉。《长闲》写一个文化人辞去教职,回乡间隐居写作,但在"明日事自有明日,且莫负此梧桐月色也"的心绪下,日子一天天过去,终于无法捉笔,成为"长闲",实际上是作者一段生活的回忆。多篇散文以朴实而生动的笔致记述风物人情。《幽默的叫卖声》透过街头巷尾卖臭豆腐干的叫卖声和卖报的叫卖声,看到其中蕴含或愤世或玩世的幽默感;《良乡的栗子》从栗子季节联想到穷苦人难捱的冬季的到来,又从栗子改用进口纸包装,栗子摊添置收音机,想到洋货入侵;《钢铁的假山》记述从"一·二八"战争中被炸的立达学园拾到的弹片,做成可摆设的钢铁的假山,作了日本侵略中国的"铁证",寄寓深厚的爱国之情。他的散文大都从日常生活中拾取题材,富有生活气息,文笔洗练,多篇被当年的中学课本选为记叙文范文。

缪崇群(1907—1945),二十年代末向鲁迅主编的《语丝》、《奔流》和《小说月报》等刊物投稿,陆续发表《南行杂记》、《旅途随笔》等纪实性散文作品。一九三三年出版了《晞露集》、《寄健康人》两部散文集。《晞露集》多属往事回忆、人物速写,如《红菊》、《童年之友》、《曼青姑娘》、《芸姊》等,都是描写曾与作者亲密相处后来或生离或死别的普通而平凡的人物,形象清晰,笔调凄清。《寄健康人》多收见闻杂记和借影抒怀之作,如《旅途随笔》、《生之寂寞》、《春之预感》、《黄昏的雨》、《夜》等篇,大都是对世道乱离、人生艰难的抒写和慨叹,往往将客观地描绘所见所闻与抒发主观感受融合在一起,在叙事中带有抒情色彩。抗日战争时期结集出版的《夏虫集》、《眷眷草》、《石屏随笔》等散文,虽仍有不少眷念故友哀戚幽婉之作,但时代色彩增强,视野扩大,以深沉激愤之笔描绘和控诉日本帝国主义的侵略给中国人民带来深重的民族苦难,如《血印》、《流民》等篇,描绘真切,能给读者留下较深的印象。

第十一章　艾青与其他诗人的创作

第一节　艾　　青

　　抗日战争爆发后,诗人们怀着高昂的爱国热情、同仇敌忾的民族义愤,投身于反侵略的伟大斗争,在参加其他活动的同时,拿起诗笔,为神圣的民族解放事业呼唤,歌唱。他们走出战前狭小的生活天地,去到人民群众争取生存的广阔空间。有的走遍了半个中国,目睹了祖国的穷迫和危殆;有的亲历了多年的前线生活,体验到战争的艰苦和光荣;更多的人经历了从前方战区辗转到大后方的过程,身受了战争各个阶段的考验,深切地理解整个民族的灾难和希望。还有一些诗人为了寻求光明,冲破重重困难险阻,从国统区奔赴抗日民主根据地。他们的思想提高了,视野开阔了,创作上不断取得新的收获。就在这样的现实土壤里,培育出许多脍炙人口的优美诗篇,成长起一些无愧为人民歌手、时代号角的优秀诗人。艾青是其中的杰出代表。

　　艾青于三十年代前期进入诗坛,通过抗日斗争烽火的锻炼,他的诗歌创作更趋于成熟,对中国新诗的发展产生了很大的影响。

　　艾青(1910—1996),浙江金华人,自小在山区长大,接近劳苦人民,培养了对农村的深厚感情,这成为他日后诗歌创作重要的生活源泉和思想基础。中学时代经受了大革命的风暴,阅读到唯物史观的书籍,启发了他对社会主义的向往。他少年时就喜爱美术,初中毕业后曾到杭州西

艾　青

湖艺术学院攻读了几个月,又促成他于一九二九年去法国学习。一九三二年初,他在度过三年异国生活后,回到民族危机深重的祖国,五月加入"中国左翼美术家联盟",并成为鲁迅支持的美术团体"春地画会"的成员。但到七月,即同其他十几位青年美术工作者一起,以"危害民国"、"颠覆政府"的罪名被捕入狱,经受了三年多的囚禁生活。

在法国,艾青开始写诗,他早年的重要诗歌大多写成于上海狱中。一九三六年出版的第一本诗集《大堰河》,收诗歌九首,以深沉的感情和新颖的风格,备受人们的喜爱。《大堰河——我的保姆》是最优秀的一首,诗人以真挚虔诚的心,怀念和赞美养育了自己的保姆大堰河,并为她受尽人间凌辱的悲苦命运抒发着愤懑和不平。诗中不仅对一个贫苦的劳动妇女充满了诚挚的同情,也对中国农村的遭遇寄予深沉的关切。诗人的国外生活,也在诗集中留下了记录。《马赛》、《巴黎》等诗,略带依恋之情,而主要的却是充满了对资本主义文明的揭露和诅咒。

《大堰河》诗集中所表现的对于农村劳动人民的热爱,发自内心的愿向他们亲近的要求,以及对于剥削阶级的憎恶和决裂,对于资本主义社会的怀疑和批判等等,正可以说是作者过往生活和感情的总结,也是诗人新的生活、思想和创作道路的起点。如同生活道路是艰辛而不平坦的一样,诗人并没有为自己的创作安排下恬适的途径。在那"芦笛也是禁物"①的黑暗环境中,他给自己的诗歌定下的最初的基调,便是"给予这不公道的世界的咒语"②。

艾青从一九三五年十月出狱到抗战前夜所写诗歌,见于《旷野》诗集中的《马槽集》,这是所谓"密云期"的作品,具有强烈的时代气氛。部分诗歌进一步反映了农村人民愈益痛苦的生活,并且预示着斗争的来到。而更多的诗歌却是充满了希望,表现出对于光明的向往与追求。诗人歌颂太阳,期待黎明,相信烈士的鲜血换来了春天,更深情地表露自己的坚信与愿望:"我乃是对于人类再生之确信",愿为胜利的欢笑而牺牲,并呼唤着"请给我以火,给我以火"。这种不倦的追求,成为诗人以后创作中一个重要的特点。

抗战爆发了。诗人"拂去往日的忧郁",迎着"明朗的天空"③,开始了新的生活和创作的道路。遍及半个中国的行踪,使他扩大了现实的视野,

---

① 《大堰河·芦笛》。
② 《大堰河·大堰河——我的保姆》。
③ 《北方·复活的土地》。

更深切地感染到时代的精神,同时促成了创作激情的高涨,在抗战前期的几年内,他的诗作的数量和质量都有重要的进展,《北方》、《向太阳》、《他死在第二次》、《旷野》、《黎明的通知》、《火把》、《溃灭》、《献给乡村的诗》、《反法西斯》等诗集,是诗人本人、也是我国抗战前期诗歌创作最丰硕的收获。

《北方》集内包括了诗人在抗战初期的重要诗作。它们记叙着战争给中国人民带来的痛苦和不幸,如《雪落在中国的土地上》、《北方》、《乞丐》、《手推车》等。但更明显的,却是被民族奋起抗敌所激发的热情和信念。《他起来了》象征民族的觉醒,《北方》从民族几千年斗争历史中汲取力量,《风陵渡》则对现实充满信心。面对着苦难和斗争,诗人把自己的感情、命运都赋予这时代、这祖国的土地。他向着"中国的农夫"、"土地垦植者"、"少妇"和"母亲",诉说起自己这"农人的后裔"的"流浪与监禁"的身世和"憔悴"的生命,并询问道:

中国,
我在没有灯光的晚上
所写的无力的诗句
能给你些许的温暖么?①

艾青的诗句有时不免悲怆,却正是感情极度热切的反映:

为什么我的眼里常含泪水,
因为我对这土地爱得深沉。②

这些诗歌反映了现实的生活斗争,包含着向上的思想内容,它们既不同于那些抗战口号的空洞的喊叫,更反对了逃避现实斗争的纯艺术的陶醉,在当时引起很大的反响。

一九三八年春天写的《向太阳》是诗人的第一首长诗,它不同于叙事诗或一般的抒情诗,而更像一首颂诗。艾青在多年的创作中,一直表现出对于光明、太阳等的向往和追求,《向太阳》是具有代表性的一首,它"以最高的热度赞美着光明,赞美着民主"③。与抗战初期热烈的情绪一致,它

① 《北方·雪落在中国的土地上》。
② 《北方·我爱这土地》。
③ 艾青:《为了胜利》,载《抗战文艺》7卷1期,1941年1月。

充满了热情、乐观和希望。长诗共分九段，前三段写他期待着黎明，并在黎明的欢欣中向见到的一切问早、祝福，四、五两段赞颂日出"比一切都美"，它启示那些崇高的创造，启发人们想起和向往革命的事物。六、七两段歌唱太阳照耀下许多东西都变得美好，作者的视线转向现实生活，那里一片上升气象，城市、村庄、田野、河流、山峦，都从绝望、痛苦、忧郁中醒来，高呼、欢笑，伤兵们更崇高，陌生人变亲切，少女们歌唱幸福，工人士兵们都为抗战胜利、消灭敌人而奋起。最后的两段转向诗人自己的内心感受，太阳驱散了他的寂寞、彷徨和哀愁，召回了他的童年，在"热力的鼓舞"下，他"感到了从未有过的宽怀与热爱"，他奔驰着，向着太阳。长诗诗情连绵，却又层次分明地反映了作者心情的发展，越到最后，作者越渴慕和靠近太阳。

诗集《他死在第二次》内，最重要的是两首写于一九三九年春天的长诗：《吹号者》和《他死在第二次》。后者着力描写一位受伤的兵士渴望战斗的激情，他接受祖国的号召，再次踏上征途，最后光荣地倒卧战场。长诗歌颂了他的革命责任感和英雄主义，他的激情来自民族的觉醒和解放，他的无畏联系着祖国的生机和希望，一草一木都鼓舞着他再去为它而战斗、牺牲。虽然写的是艰苦的战争，但长诗反映的正是胜利的信念。同样描写战士牺牲的《吹号者》，是比前者更具抒情性、更为丰满动人的篇章，诗的本身就像飞着"血丝"的号角声那么悲凉和庄严，作者的爱与沉痛，也如诗句一样凝练。他曾自称这是"以最真挚的歌献给了战斗，献给牺牲"①。长诗形象地写出了吹号者对号角的爱、对黎明的向往，深情地抒写了吹号者青春纯洁的心灵和美丽的形象：

> 现在他开始了，
> 站在蓝得透明的天穹的下面，
> 他开始以原野给他的清新的呼吸
> 吹送到号角里去，
> ——也夹带着纤细的血丝么？
> 使号角由于感激
> 以清新的声响还给原野，
> ——他以对于丰美的黎明的倾慕
> 吹起了起身号，

---

① 《为了胜利》。

那声响流荡得多么辽远啊……

直到他牺牲,作者还祝愿:"而太阳,太阳使那号角发出闪闪的光芒……听啊,那号角好像依然在响……"这些长诗,激动着抗战岁月中斗争着的人们。

艾青这一时期的创作面貌更全面地反映在他的大量短诗中,它们分别收录在《旷野》、《黎明的通知》、《献给乡村的诗》等集子里。这些诗歌不仅广泛地反映了现实生活斗争的动向,渗透着抗战的时代气氛,交织着作者对祖国、人民、原野、农村的爱与希望,同时又清晰地刻画下作者的思想和创作的历程。寻找光明总是欢乐的,但也充满了艰辛;革命的步履是坚定的,但会出现暂时的困难。理解这种艰辛和困难,也就更加懂得作者寻找的热忱和步履的踏实。这些集子内较早的诗作,色调明朗,情绪高昂。但在一九三九年秋后的一段日子里,一些诗歌中似乎出现了沉重的消息。这时候,奋起抗战带来的最初的热烈情绪逐渐平息,现实的困难和矛盾日益迫近人们,诗人又正好在国统区的大后方,"远离烽火,闻不到'战斗的气息'"①,却感受到了荒凉寂寞的氛围,他的笔头有时便显得沉重了。如果把一九三八年与一九三九年写的两首《秋晨》相比,同样是山水原野,色泽似乎灰暗下来,生机也萧条下来。同样描写士兵,《兵车》中找不到《吹号者》的壮美;即使写了《小马》的"欢愉、新鲜",却又感叹"它还不曾尝过辛苦"。这偶尔出现的沉重,正好反映了诗人的思索和探求。

不久,艾青就写出了另一首重要的叙事长诗《火把》。这首长诗在较宽阔的生活背景下描写一个小资产阶级知识分子在人民大众的集体行动中受到教育,坚定了革命信念的故事。诗篇主要通过正确地认识生活、爱情的意义,来表现主人公对革命的向往、犹豫和转变。这样的题材在小说创作中固然并不罕见,但以长诗的形式表现,具有特殊的意义。由于诗中跳跃着像火把一样燃烧的热情,以及对于人民力量、抗战前途的充满信心和尽情讴歌,长诗显得格外激动人心。在这以后的诗歌,不再有前些日子的沉重,大多是快乐的心情、清新的语言。如《高粱》赞美丰收与生命,《老人》、《篝火》等表露了对劳动人民的珍爱,《公路》等诗更是真挚地歌唱劳动群众的业绩,并从那里汲取力量,得到振奋:"行走在新辟的公路上,我的心因为追踪自由而感到无限地愉悦啊!铺呈在我的前面的道路,是多么宽阔!多么平坦!多么没有羁绊地自如地向远方伸展——"②这诗的

---

① 《旷野·前记》。
② 《黎明的通知·公路》。

情绪由静而动,从低到高,十分典型地反映了诗人自己当时的心情。

翌年初皖南事变发生,艾青来到了革命根据地延安,这不仅是跨越到一个新的地区,也是跨越到一个新的时代。诗人进入了全新的生活和创作的境界。"诗必须作为大众的精神教育工作,成为革命事业里的宣传与鼓动的武器","把诗和政治密切结合起来,把诗贡献给新的主题和题材"①。这些话写于参加延安文艺座谈会以后,反映了艾青在延安的整个创作的日益自觉的方向。反映崭新的生活,为工农兵歌唱,是收录在《黎明的通知》、《献给乡村的诗》、《反法西斯》、《雪里钻》等诗集中这一时期诗歌的重要特点。所以作者日后曾总结道:"这个时期,我的创作的风格,起了很大的变化"②。

这个变化,首先明显地反映在诗人过去喜爱的题材——农村方面。本时期这类诗歌在数量上虽相对少些,但由于革命思想的照亮以及解放区现实的启示,促使他对祖国的农村、原野有了新的认识和了解,提炼出新的诗意。《河》使人感到,河水只因流经延安,它就具有充沛的生命力。《献给乡村的诗》回忆家乡优美明丽的自然风光和苦涩的生活、不幸的农民之间的不和谐的对照,预言"为了反抗欺骗和压榨,它将从沉睡中起来"。这个变化也明显地表现在诗人以极大的热情歌唱延安和革命。一九四一年十一月出席边区参议会时作《毛泽东》,赞颂人民的革命领袖;一九四二年的《向世界宣布吧》,驳斥顽固派的污蔑,歌颂解放区幸福的斗争生活;一九四三年,怒斥国民党对陕甘宁边区的进犯,作《起来,保卫边区!》,号召在毛泽东和朱德领导下紧密团结,进行针锋相对的武装斗争。《雪里钻》是他第一首正面描写中国共产党领导的革命队伍的叙事长诗,与前一时期《他死在第二次》等相比,反映了诗人努力歌颂工农兵、歌颂人民抗日英雄方面的重要进展。但可以看到,正如不少从国统区来到革命根据地的文艺工作者那样,他们虽然努力反映新的生活,却由于一段时间内思想感情上还有距离,他们的作品往往在艺术上比较粗疏;艾青这时的诗作,也曾出现过这样的情况。只是随着他在延安生活的深入和思想的提高,这种情况才有了变化。

诗人这时不仅歌唱延安的生活,他还站在这块革命圣地上,向全国,向"远方的沉浸在苦难里的城市和村庄"作了"黎明的通知":"趁这夜已快完了,请告诉他们,说他们所等待的就要来了"。在这喜悦的"通

---

① 《诗论·诗到街头》。
② 《艾青诗选·自序》。

知"中，包含着诗人自己多年来等待"光明"、"温暖"、"慰安"的亲切的感受。在延安写的《给太阳》、《太阳的话》两首，也以相似的感受"通知"着人们。它们已不同于前一时期表述的对于太阳、光明的追求、渴慕的焦灼心情，而已经是在抒发沐浴着它的光和热的幸福之感了："经历了寂寞漫长的冬季，今天我想到山巅上去，解散我的衣服，赤裸着在你的光辉里沐浴我的灵魂……"

这一时期艾青还以不少诗篇抗议德国法西斯的罪行，歌颂苏联社会主义建设和反侵略的胜利，如《土伦的反抗》、《希特勒》、《十月祝贺》、《敬礼》和长诗《索亚》等，它们保持并发展了前一时期反抗德、日帝国主义侵略的诗歌如《反侵略》、《时候到了》、《哀巴黎》、《赌博》等的重要特点：诗的形象结合着明确的是非爱憎，以阶级分析眼光看待国际重大事件，站在历史唯物主义高度坚信反法西斯斗争的胜利。

抗战胜利后，艾青离开延安到华北，直至全国解放。在这段时间内，由于主要从事其他工作及参加土地改革，诗歌创作数量较少，后来就收录在《欢呼集》等集内，但其中有值得注意的作品，如《人民的狂欢节》、《人民的城》、《欢呼》等，表现了抗战胜利的欢乐，是祖国、民族的欢乐，也是诗人由衷的欢乐。《人民的狂欢节》中的火把远比长诗《火把》中燃烧得旺盛，象征着人民革命事业的前途；《欢呼》中听到了诗人对祖国农村劳动者的从未有过的兴高采烈的欢呼，这是拂去了忧郁后的祝福。《布谷鸟》、《送参军》等诗反映了作者参加土改的欣喜，翻身的农民在回春的大地上幸福劳动，人欢车笑奔向似锦的前途，恰似诗人多年来对农民命运的深情关怀赢来了良好的回答。

艾青是一个具有独特风格的诗人，他从对农村劳动人民的热爱以及接近他们的要求出发，十多年来，一直向他们呈献着自己最真切的诗情。从《大堰河》时期起到《布谷鸟》时期止，诗人经历了生活、思想的重要进展，但每个不同时刻，都为农村和生活在那里的劳苦者．农民和穿上军装的农民——士兵，写下最真挚的诗篇。诗篇中的忧虑是因为农民的痛苦，振奋是由于农村的苏醒，欢欣更来自农民的解放。可以说，艾青是和他笔下的农村劳苦者一起，感受旧世界的桎梏，经历抗战烽火的锻炼，又共享解放的喜悦、土改的欢乐，是一起在革命的年代里前进着的。从诗人较早的文字中，就可捉摸到他多写农村劳苦者的原因："苦难的美是由于在这阶级的社会里……一般的受难者是善良的这观念所产生的"①。很显然，

---

① 《诗论·美学》。

这是一种深植在革命的思想情感中的美的观念。到后来,他更明确地号召:"这无限广阔的国家的无限丰富的农村生活——无论旧的还是新的——都要求着在新诗上有它的重要篇幅"①。诗人正是以大量的诗作实践着这个信念和希望。

艾青的诗作,总是蕴藏着一种深沉的感情。他曾在诗篇和文章中多次写到自己的"忧郁"、"忧伤"、"悲哀"等心情,这种忧郁,也的确成为他的一种感情特色,以不同的形态,回荡在他的不少诗篇里。但它却不仅是个人的,而且具有强烈的社会色彩。艾青曾说:"叫一个生活在这年代的忠实的灵魂不忧郁,这有如叫一个辗转在泥色的梦里的农夫不忧郁,是一样的属于天真的一种奢望。"②它不是冷淡的哀愁,而是热切的思虑,它反映了对祖国、民族、人民的爱与艰苦现实之间的矛盾,是尚未找到回答前的思虑,它不同于退让的叹息,而是进取的准备。所以这个感情特色往往给诗篇添加了感染和启示的力量。

与忧郁的感情同样存在于艾青诗作中的,是热烈的孜孜不倦的向往、追求的讴歌。这种追求来自于信念,所以即使反映乡村苦难,诗人也往往在荒凉中萌出生机,暗淡里透露光亮,沉滞时预示惊醒,而当笔触驰骋于意象、理想的境地时,他的追求的热情便似火般燃烧了。太阳、光明、春天、黎明、生命、火焰,不但出现于他的很多诗作,更是他不少诗篇专门讴歌的主题。这种讴歌使诗篇散发出蓬勃向上的意气,它植根于现实的土壤,又洋溢着浪漫主义的激情。可以说,没有对光明的追求,便没有艾青的诗。他说过:"凡是能够促使人类向上发展的,都是美的,都是善的,也都是诗的。"③这说明诗人不倦的追求,既出于内心的渴望,又表现着自觉的意识。

艾青的诗歌以它紧密结合现实的、富于战斗精神的特点继承了五四新文学的优良传统,又以精美创新的艺术风格成为新诗发展的重要收获。这里既反映了他的艺术才能,又铭记下他严肃的、艰苦的艺术实践。他曾写道:"一首诗的胜利,不仅是那诗所表现的思想的胜利,同时也是那诗的美学的胜利——而后者竟常被理论家所忽略。"④在他的诗歌中,饱满的进取精神和丰富的生活经验带来鲜明的形象,而"毫无遮蔽的感情"又表现为朴素生动的语言。

---

① 《献给乡村的诗·序》。
② 《诗论·服役》。
③ 《诗论·诗》。
④ 《诗论·美学》。

艾青的诗歌具有鲜明感人、寓意深刻的形象,随着诗歌结束,形象也就完成。他认为,"诗人一面形象地理解着世界,一面又通过形象向人解说世界。"①他的很多优秀诗作表现出一个特点:往往在一首或一段的最后升起一个意念,一个思想,但这不是抽象的概念,更不是他所反对的"浮泛……无力的叫喊"②,它是在全诗中孕育起来的,是诗情的结晶,是形象的升华,正是诗歌借以感人的力量所在。这种形象,反映了诗人对于生活的熟悉和理解的深度。

作者笔下的形象,总是具有他极为执著的诗的特点,这在叙事诗中更为明显。写的虽是实在的生活,但手法上常常运用新鲜的比喻,丰富的想象,而产生的形象却似乎比现实生活更贴切。例如写每天惊醒吹号者的,"是黎明所乘的车辆的轮子滚在天边的声音……是他自己对于黎明的过于殷切的想望"③。既精练地写出了战士们的责任感、斗志、战斗的意义,又具有诗的美感。这些形象是奇幻的,它可能受影响于诗人曾经接近过的象征派诗歌的重视艺术完美的要求,但却摒弃了那些不可捉摸的臆想,而寻求来自现实的、社会的诗情。这就使诗人笔下的形象,尽管如天空之辽阔,似大海之宽广,却总是紧紧地联系着战斗的祖国的大地。

艾青诗歌中形象的完成,又经常得益于他的美术素养。他善于用色泽、光彩的渲染以至构图、线条的安排来增加形象的鲜明性。这种色调的运用,又不同于象征派诗歌之从文字外壳进行虚造假设,而是从生活本身采集而来,是生活实感与诗歌情绪的结合。诗人很重视这种艺术的锤炼:"一首好诗里面,没有新鲜,没有色调,没有光彩,没有形象——艺术的生命在哪里呢?"④所以他的不少诗作,犹如完整的画幅,以协调的光色以及匀称的构图感染着人们。如《手推车》一诗,便是将景、情、光、色、图乃至音响,统一得较完美的例子:

> 在黄河流过的地域
> 在无数的枯干了的河底
> 手推车
> 以唯一的轮子
> 发出使阴暗的天穹痉挛的尖音

---

① 《诗论·形象》。
②④ 《诗论·技术》。
③ 《他死在第二次·吹号者》。

穿过寒冷与静寂

从这一个山脚

到那一个山脚

彻响着

北国人民的悲哀

在冰雪凝冻的日子

在贫穷的小村与小村之间

手推车

以单独的轮子

刻画在灰黄土层上的深深的辙迹

穿过广阔与荒漠

从这一条路

到那一条路

交织着

北国人民的悲哀

诗的形象完全依赖语言的表现。艾青对于自己诗歌语言的基本要求便是"适切"、"准确"、"最能表达形象"。所以他坚持必须从生活斗争中提炼,他的语言反映出他对客观现实的认真观察和理解,凝聚着他从中产生的真情实感,又表现了他优异的创造力。他排除对华丽铺饰的模仿,没有古旧的羁绊,也很快摆脱了欧化的影响,创造出朴素生动的富有生命力的语言。他的劳绩丰富了我国新诗歌的艺术语汇,增加了新诗的艺术表现力。艾青擅长以散文式的诗句自由地抒写,他的诗歌富于丰满的形象与意境,并不拘泥于外形的束缚,很少注意诗句的脚韵或字数格式的划一,却具有内在的旋律与整齐和谐的节奏。艾青的诗,标志着五四以后自由体诗发展的一个重要阶段,为中国新诗开辟了一条宽广的道路。

第二节 田间、何其芳与其他诗人

在三十年代中期知名的诗人中,除艾青以外,田间、何其芳、柯仲平、光未然等也都在抗战前期从国统区走向抗日民主根据地,并在新诗创作上取得了重要的成就。

田间（1916—1985），安徽无为县人，早年在农村生活，一九三三年到上海，后加入"左联"，并参加《新诗歌》的编辑工作。他的第一部诗集《未明集》，大多描写工人、农民、兵士等受苦者的命运，含有真切的感情，又表达了作者反抗的愿望，语言朴实明朗。这些诗歌具有显著的特点：出发于现实，有所为而作。正如他在《我怎样写诗的》中写的："没有诳语，诚实的灵魂，解剖在草纸上……"这是对他早年诗歌特点的确切的自评。

田　间

写于抗战前的集子还有《中国牧歌》和《中国农村的故事》等。《中国牧歌》集中地反映了中国农村的苦难和斗争，表现出诗人对农民日益深切的关心，诗集的情绪比《未明集》强烈，反映生活也较为充实。田间热爱农村，呼喊着"田野，我底母亲"，向往农村中新鲜活跃的生命力。但侵略战争给祖国农村、尤其是东北大地带来了苦难，诗人发出了激昂的呼声："在中国，养育吧，斗争的火焰"，"射击吧，东北的民众呵"。这些诗歌的句子是"燃烧"、"粗野"、"愤怒"的[①]，充满了对苦难的抗议和反侵略斗争的激愤。作于一九三六年夏的长诗《中国农村的故事》共分三部：《饥饿》、《扬子江上》、《去》，以高昂的情绪、激动的语言，揭露和控诉着农村中的不平。长诗以扬子江象征祖国和人民，呼吁它觉醒，号召它战斗，并相信"人民的春天"将"踏着战斗的路回来"。长诗写作在中国人民的民族解放要求日益高涨之际，民族的愤怒，人民的仇恨，都在诗中有所体现。通过对"农民军队"的歌颂，"寄托着对红军的希望"[②]。

抗战卅始后，诗人的生活、思想和创作都有了较大的进展。一九三八年初写的《论我们时代的歌颂》[③]，表示要进一步到实际斗争中去创作反映现实苦难和人民斗争的诗歌。不久，他就去了延安，同年冬天，又过封锁线，以后较长期生活、战斗于晋察冀边区。在延安和抗日民主根据地，田间都是当时街头诗运动的积极分子，是发起人和坚持人之一，他写出了

---

① 《中国牧歌·诗，我的诗呵（跋语）》。
② 《家》，见《安徽文学》1962 年第 4 期。
③ 《给战斗者》诗集的《代序》。

一些很有影响的作品。如曾经传诵一时的《义勇军》：

> 在长白山一带的地方，
> 中国的高粱
> 正在血里生长。
> 在大风沙里
> 一个义勇军
> 骑马走过他的家乡，
> 他回来了：
> 敌人的头，
> 挂在铁枪上。

不多的诗行，就勾画出一幅色彩丰富、意境深远的画面，读者仿佛可以看到战士枪刺上闪亮的寒光。它用形象启示人们："正在血里生长"着的，不仅是长白山下的高粱，而且有全中国人民心底的仇恨。这个骑着战马、挂着敌头、胜利归来的义勇军，既是现实战斗中的英雄形象，又是被压迫、被奴役的人民希望的象征，给了读者有力的鼓舞。

田间这个时期所写的诗，很大一部分编入诗集《给战斗者》，它充分体现了诗人投身实际斗争后取得的新收获和诗风上的新发展。这部诗集共分六辑，包括抒情诗、街头诗、小叙事诗等多种体式。其中尤其有代表性的，是一些鼓动性强、被称为街头诗的短诗。如《给饲养员》：

> 饲养员呵，
> 把马喂得它呱呱叫，
> 因为你该明白，
> 它底主人
> 不是我和你，
> 是
> 　　中国！

后来闻一多谈论田间的诗作，曾以本诗集内的街头诗《多一些》等为例，肯定他是抗战的"时代的鼓手"，并指出这些诗歌中具有一种积极的"生活欲"，"鼓舞你爱，鼓动你恨，鼓励你活着，用最高限度的热与力活着，在这

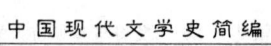
大地上"①。这不仅是田间街头诗的特点,也是诗人整个诗集的特点。诗集中的《给战斗者》是一首洋溢着战斗热情的长诗。它以朴实有力的诗句叙述祖国受侵略欺凌的命运,歌颂人民奋起抗战,号召人们"在斗争中胜利或者死",指出"战士底坟场会比奴隶底国家要温暖,要明亮"。长诗表现了田间诗歌的重要优点:富于现实性和战斗性,充溢着对伟大祖国深沉的爱。如诗中一段:

> 在中国
> 我们怀爱着——
> 五月的
> 麦酒,
> 九月的
> 米粉,
> 十月的
> 燃料,
> 十二月的
> 烟草,
> 从村落底家里
> 从四万万五千万灵魂的幻想的领域里,
> 飘散着
> 祖国底
> 芬芳。

　　《给战斗者》这部诗集比诗人抗战前的作品有明显的进展,抒写了更为具体的战斗的劳苦者的形象,他们离开村庄,去战斗,去"播种人类的新生"②,"从顽强的脸孔上,浮涌着战斗的欢喜,战斗的红笑,——因为她啊,也流了血为着祖国"③。写于一九三九年的《曲阳营》等多首小叙事诗,从各个方面写出了抗日民主根据地战士、群众的形象,他们新的战斗生活和新的思想面貌,写了他们在斗争中的成长发展。诗作大多能表现出劳动人民朴素而可敬的思想和战斗要求。这种新的人物和题材,在当

---

① 《时代的鼓手——读田间的诗》,见《闻一多全集》(三),1948 年开明书店版。
② 《给战斗者·土地》。
③ 《给战斗者·荣誉战士》。

时的诗歌创作中虽非初见,但作者如此热情、如此不倦的讴歌,突出地反映了他在实践新的创作方向上的努力。

在《中国牧歌》、《中国农村的故事》中,作者已开始在诗歌形式上作出新的探索,到《给战斗者》,表现得更为成熟,即所谓"鼓点"式的诗行。作者善于以精短有力的诗句来表现战斗的激情,又以连续反复的出现来渲染雄壮的声势,这精短和反复,自然地在节奏上形成一种急促感,增强了鼓动性,有力地激起读者感情的共鸣。诗歌形式与风格上的这种特点,与抗战前期的时代精神正相契合,因此产生很大的作用。

同一时期,田间还创作了《呈在大风沙里奔走的岗卫们》和《她也要杀人》两部诗集。前者写于一九三八年三至五月,共二十五首,大多描写他参加西北战地服务团的工作、斗争,战友们的活动等,充溢着深厚的感情,唯有明确认识这些革命工作的意义、对工作满怀激情者,才能写出。如《播音》形象地描写了歌咏队广播的政治意义,《你们到国境上去》为战友的远离抒情:"我祝福你们底呼声,灌进沙漠……而且把睡眠的土地,从大风沙里唤醒。——让它看见我们呵,为什么,要和仇敌战争。"

长诗《她也要杀人》写一位中国北方农村妇女的悲苦命运,从中反映了中国农民在民族压迫下日益觉醒的历史真实。善良的白娘身受日寇侮辱,儿子遭害,房屋被烧,她克服了死的欲念,拿起刀来,呼叫着"我要杀人",奔走在旷野上。从求死到斗争,从善良怯弱到刚强,也正是从一个方面反映了人民的觉醒。诗人充满强烈的爱和憎,向侵略者作了愤怒的抗议,并且在广大受害人民身上寄托着信任和希望:"群众的火焰正在这边扩大着","在她底前面,中国的森林、大河、高山和人民底田野道路……已经披起了战斗的武装"。但可能受制于诗人难以抑止的情感,长诗中较多激动的呼唤、急促的跳跃,而叙事诗要求的实感则嫌不足,人物形象不够明晰,缺少发展。

抗战后期和解放战争时期,田间写作和出版了《抗战诗抄》、《戎冠秀》、《短歌》、《赶车传(第一部)》等诗歌,诗歌内容上、风格上都有了新的发展。《抗战诗抄》所收的大部分是在延安文艺整风以后的短篇作品。其中一些小型的叙事作品,如《下盘》,《参议会随笔》五首中的《阅兵》,《名将录》五首中的《偶题》、《山中》等作品,用凝练的诗句记叙一个小故事,描绘一个场面和形象,颇为精彩动人。一九四五年所写的《戎冠秀》,是歌颂"子弟兵母亲"戎冠秀英雄事迹的长诗。作品选取了戎冠秀苦难经历和英雄事迹中的三十三个生活片段,反映了这位被压在旧社会底层的劳动妇女接受革命教育后成长为英雄人物的过程。这个作品曾在晋察冀地区广

泛流传,但由于太拘泥于反映真人真事,使作品缺乏完整的故事情节,结构显得松散。一九四六年写的《赶车传》,有了较大的进展。这是一部富有传奇色彩的叙事诗。作品描写的石不烂是一位具有强烈反抗性格的贫苦农民。他开始是自发地反抗旧社会,结果失败了。他漂泊到晋察冀边区的河北,看见共产党领导使"天底下出了活路"。他懂得了受苦人要翻身,要走三条路:换脑筋,结团体,要领导。他回到家乡和老朋友金不换(共产党员)结合起来,发动群众,成立农会,开展减租减息运动,穷苦人果然获得翻身。他和金不换都认识到个人的自发反抗是行不通的,"快刀你使过,慢刀我使过,都是不对头,两手血白流"。作品立意甚高,故事生动,结构也完整,人物的刻画和场景的描绘,采用了一些民歌表现手法,也有动人之处。这是诗人向群众学习,探索新的创作风格所取得的成绩。但诗中脱离主要情节的铺陈叙述过多,冲淡了主题,也削弱了人物的刻画和气氛的烘托,语言通篇采用五字上下的句式,有些诗句较为生涩干硬,这就降低了作品的感人力量。

何其芳(1912—1977),四川万县人,三十年代初开始写作新诗,与李

何其芳

广田、卞之琳合出过《汉园集》,有"汉园三诗人"之称。他们通过个人的哀怨吐露了对现实的不满,十分注意诗的意境的优美与完整。何其芳的散文诗集《画梦录》,极富诗意。他的早期诗歌,后来收集在诗集《预言》里,大部分也以委婉轻盈的情调,表达了一个青年知识分子的心声。他寻找和向往人间一切美好的东西,尤其是爱情。他以赤子的热忱寻找它,珍惜它,以至心都"颤抖"了,他只敢轻轻地歌唱,暗暗地试探,并且悄悄地聆听和等待这美好东西的"足音"的来临,没有一点热烈的追求。纵有,也只是在怀念中或梦中。作者开始创作时就注意形式的整齐,音节的和谐,韵律的抑扬,特别是诗的形象描绘,以求意境的完整。何其芳的诗具有细腻、缠绵而又反复低回的情调。但现实毕竟敲到了他"紧闭的门前"。在作于后几年的诗歌中,连青春的向往也已很少,更多的是"成人的寂寞"了。即使还有"梦",也已失去了幻美,诗人时时从梦中惊回,向现实投下一瞥,哪怕只是身边的狭小的现实。写于抗战

前夕的作品,开始感染了时代的气氛,他已经领略到人间的苦辛,诅咒战争,诅咒侵略者,写到了农村和城市的不平和痛苦。同时也开始改变自己诗歌的美学要求,在《云》一诗中写道:

> 从此我要叽叽喳喳发议论:
> 我情愿有一个茅草的屋顶,
> 不爱云,不爱月,
> 也不爱星星。

从一九四〇年至一九四二年间,何其芳继续写了许多诗歌,后来结集为《夜歌》出版。如果说《预言》集中的诗"差不多都是飘在空中的东西"[①],《夜歌》则一开始就向现实呼唤。写于一九三八年的《成都,让我把你摇醒》,是为了唤醒在一个应该觉醒奋起的时代的昏睡的现实,这反映了诗人本身也已从早年的梦境中醒来。他到延安之后的诗作,有更明显的进展。写于一九三九年的《一个泥水匠的故事》用炽热的感情、明白的口语歌颂了为民族牺牲的英雄,这是他诗歌中前所未有的,受到人们普遍的注意。诗集中的绝大多数作品写于一九四〇年至一九四二年。诗人曾严格地指出其中有"旧我"与"新我"的矛盾,"旧的知识分子的矛盾"[②]。这种矛盾在七支《夜歌》中有最明显的反映。但不论《夜歌》集里的矛盾如何明显,比起《预言》来,却完全是另一个世界了。如同《快乐的人们》、《北中国在燃烧》等诗歌所写的那样,从自我到了集体,从梦境到了现实,从厚厚的墙内到了根据地的旷野,叹息变为劳动、战斗、歌舞,星、月和云,变为燃烧的烽火,这是个很大的发展。写于一九四一年的《革命——向旧世界进军》,是诗集中最有革命气息的一首,热情洋溢地歌颂革命斗争,期待着胜利的明天。他写道:

> 地球,你旋转得更快些!
> 更快些让我们看见每天早晨的太阳!
> 更快些让我们看见旧世界的死亡!

一九四二年写的《我为少男少女们歌唱》、《生活是多么广阔》等十首短歌,

---

① 何其芳:《夜歌·后记一》。
② 《夜歌·初版后记》。

都有明朗向上的调子,歌唱群众,歌唱青春,也歌唱自己的革命变化,即使偶尔写到过去的苦难,也都能在现实的鼓舞下洗去忧伤。这反映了延安的革命环境对他的影响。他的创作接受时代的洗礼也许缓慢些,但他又总是十分殷切地积累着。他的诗歌和其他文学都充满了深切的思索和诚恳的剖析,虽然反映的生活内容不够饱满,但充溢着热情,爱和恨,否定和向往,又由于诗人有着严肃的创作态度,鲜明的艺术特色,因此在读者中产生一定的影响。

柯仲平(1902—1964)早年参加创造社,"五卅"前后开始发表诗作。长诗《海夜歌声》和短诗《伟大是能死》、《跑雪曲》、《献与狱中的一位英雄》等,表现了当时爱国浪潮的某些侧影。一九二九年写成五幕诗剧《风火山》,力图反映土地革命时期的严酷斗争,但表现手法空幻不实。此后搁笔多年,抗日战争的烽火激发了他的诗情,到延安后,火热的斗争生活充实了他的创作内容。一九三八年先后写了《边区自卫军》和《平汉路工人破坏大队》两首叙事长诗,在当时诗坛以短诗、抒情诗居多的情况下具有开拓的意义。《边区自卫军》描写边区人民武装捕捉汉奸的故事,歌颂李排长、韩娃等人机智、勇猛和纯朴的性格,也歌颂他们在战斗中的成长。全诗洋溢着对于子弟兵的亲切感情,较好地反映了欢快的边区斗争生活和人民战争必胜的信心。《平汉路工人破坏大队》(第一章)虽然只写了大队的产生,来不及描绘正面的斗争,但作品通过共产党员李阿根按照党的政策,团结和教育工人、组成坚强的队伍等描写,突出宣传了坚持共产党领导的抗日统一战线这一思想。

柯仲平十分注意诗歌形式的大众化,努力采用和吸收民间歌谣、群众语言和日常口语的长处,取得了良好的效果。长诗中不乏形象的语言、比兴的手法,节奏也较明快整齐,易于诵唱。虽然长诗的不同章节在风格、水平上还未能保持均衡和一致,成为较明显的缺点,但这种粗糙正和新鲜、活跃的特色一起,反映了探索尝试中的得失。

这一时期,柯仲平还写了一些短诗,后来收在《从延安到北京》集内。数量不多,但有特色,艺术上比较完整。这些诗歌和两首长诗一样,情绪昂扬,斗志饱满,革命精神充沛,具有激励与鼓动的力量。

光未然(1913—2002),又名张光年,也是在抗日战争烽火中写出著名诗篇的诗人,他以写作朗诵诗和歌词见长。一九三五年八月,他在武汉发表了歌颂抗日志士、反对卖国投降的诗篇《五月的鲜花》。他以浓郁的抒情笔调写道:"五月的鲜花开遍了原野,鲜花掩盖着烈士的鲜血。为了挽救这垂危的民族,他们曾顽强地抗战不歇。"抗战爆发后,光未然参加了抗日救亡宣传,他目睹民族的灾难,敌人的凶残,人民的奋起,于一九三九年三月在延安创作了堪称民族史诗的《黄河大合唱》组诗。诗篇一开始,便借黄河上船夫拼着性命与惊涛骇浪搏战的情景,象征中华民族和日本侵略者的生死搏斗。全诗气魄雄伟,震撼人心。诗人通过巧妙的联想,把黄河的形象与祖国和人民的命运紧密联系在一起,使黄河的流水跳动着时代的脉搏,黄河的波涛响彻着时代的声音。《黄河大合唱》经著名作曲家冼星海谱曲,"音节的雄壮而多变化,使原有富于情感的辞句,就像风暴中浪潮一样,震撼人的心魄。"[①]一九四〇年,光未然在国民党第一次反共高潮之后的低政治气压下,又在重庆写出了长篇叙事诗《屈原》,借历史故事曲折地表达了人民群众坚持抗战、反对投降,坚持团结、反对分裂,坚持前进、反对倒退的强烈要求。在四十年代的群众民主运动中,他还写了揭露国统区社会黑暗的政治讽刺诗。抒情与叙事紧密结合,使光未然的诗歌具有较强的感染力量。

国家的危亡、人民的苦难以及从战争的炼狱里看到的民族新生的希望,使诗人们抹去了心头的忧郁和伤感,自觉地作为人民的歌手和时代的号角,放声歌唱了。他们为人民的英雄事业所鼓舞,又以自己的诗篇激励人民英勇抗争,这构成了上述诗人们在这个时期里作品的主要特色。

第三节　歌唱抗战和解放的诗歌创作

抗日战争初期涌现的诗歌作品,大量是青年作者的短诗。其中以朗诵诗、街头诗最为风行。冯乃超在武汉出版的《时调》创刊号上发表《宣言》,提出要"让诗歌的触手伸到街头,伸到穷乡","用活的语言作民族解放的歌唱"。在武汉,诗歌朗诵运动曾一度蓬勃展开。冯乃超、锡金、高兰等人是这个运动的积极推动者。艾青的《反侵略》就是当时著名的朗诵诗。在延安和各抗日根据地,朗诵诗、街头诗也大量出现,鼓舞人民斗志,密切配合抗日反侵略斗争。光未然的《黄河大合唱》歌词曾以朗诵诗形式,在抗日民主根据地广为流传。随着战争进入相持阶段,诗歌内容从激昂慷慨地高歌反侵略斗争,转向深沉地倾诉和抒写人民的苦难,热情向往祖国从黑暗走向光明的未来。诗歌形式从短诗到长诗、从抒情诗到叙事诗,越来越多样化。力扬的《射虎者及其家族》就是那时出现的叙事长诗之一。

在抗日战争胜利前后,国民党统治区内政治讽刺诗的创作形成了热

---

① 　郭沫若:《序〈黄河大合唱〉》。

潮,这同当时特定的政治环境密切相关。国民党统治集团打着"民主"的招牌实行专制统治,广大人民不但没有享受到抗战胜利的果实,反而再度被推进苦难的深渊。"诗人,从而抉取了他们的爱憎和灵感。诗句,血一样的迸射了出来。"①执政当局的文化禁锢政策异常严密,诗人们用自己的诗句作战,不能不转变斗争的策略和方式,政治讽刺诗的涌现就是这样转变的结果。而统治集团自身的倒行逆施,构成了极大的自我讽刺,诗人们用诗歌形象地写出这些"事实",也就成了政治讽刺诗。《马凡陀的山歌》就是这类诗歌的代表作。

从抗日战争开始到解放战争胜利结束为止,在反侵略反压迫旗帜下涌现的诗歌作品,除了艾青、田间等诗人的作品外,还应当提到的有力扬、鲁藜、绿原、邹荻帆、袁水拍、穆旦等诗人的创作。

力扬(1908—1964)有诗集《枷锁与自由》、《我底竖琴》、《射虎者及其家族》。作品数量不多,但创作认真,极少粗糙之作。作者为抗战时期的诗歌留下了切实的成绩。力扬的诗歌感情深沉而并不低回,高昂又不流于浮泛,反映了一个要求革命的知识分子对于现实生活的严肃的思索、愿望和理想。艺术上注意形象的手法,语言朴实清新,富有感染力。

抗战开始,诗人首先将自己的诗情奉予动荡的战斗的祖国,歌唱人民"在风暴里勇敢地扭断锁链……呼唤着新生的太阳",欢呼"春天终于来了"。在长长的战争岁月中,诗人始终"用最清脆的、最美丽的声音,谱着各式各样的歌曲",诉说着对祖国的"衷心的爱情"。即使抒写个人的眷念,也都升华为对祖国、对革命的热爱。力扬长时期在国统区的大后方,面对腐朽衰败现象,能坚持乐观的信念,"迎着翩翩而来的黎明",既播种希望,又播种斗争,走着冬天的道路,瞩望着春日的回归。这种乐观,深刻地联系着对革命根据地的向往,他遥想着延安的"幸福"。诗人这时还在不少诗章中抒发自己作为一个诗人的职责,如《雾季诗抄——我们为什么不歌唱》、《我底竖琴》、《给诗人》等。在《短歌》中,他写道:"我把自己的生命磨成匕首;把人民的声音当作最宝贵的经典;向明天歌唱而前";他的很多诗作,正是表现了这种为人民战斗的深情。

作于一九四二年、发表在《文艺阵地》上的《射虎者及其家族》表现出感人的力量,是诗人的代表作。它写出旧中国一个农村家族的"悲歌",他们终生勤劳而惨苦,身后留下的唯一遗产,就是强烈的永远的仇恨。这仇恨中虽也记录着生活的艰险,自然灾害的磨难,但更主要的,是地主阶级

① 臧克家:《〈地层下〉序》。

280

的欺凌压迫。和诗人的其他作品一样,长诗感情纯厚真挚,语言沉实有力,在不平与控诉中,还带着寓意深长的询问:

> 我是射虎者的子孙,
> ……
> 我纵然不能继承
> 他们那强大的膂力,
> 但有什么理由阻止着我
> 去继承他们唯一的遗产
> ——那永远的仇恨?

这是诗人面对现实斗争发出的激越的心声。在旧中国,这种仇恨不仅属于一个被剥削的家族,而为整个被压迫的阶级和人民所共有。

胡风主编的《七月》半月刊以及“七月诗丛”、“七月文丛”,在诗歌创作上取得了重要成绩,产生过很大的影响。其中主要作者除艾青、田间等著名诗人外,还有鲁藜、绿原等抗战期间进入诗坛的青年诗人。

鲁藜(1914—1999)的诗结集出版的有《醒来的时候》(“七月诗丛”之一)、《锻炼》(“七月文丛”之一)等集。《醒来的时候》诗集中多数是朴实而清新的短诗,抒写诗人在抗日根据地新的生活中新的感受。他歌唱春天和阳光,歌唱土地和劳动,如《青春曲》、《开荒曲》;歌唱受尽苦难的人民,如《雁门关外放歌》;歌唱为祖国、为民族流血牺牲的战士,如《树》、《红的雪花》。诗中洋溢着爱国爱民的感情和对革命胜利的向往,充分表达了“一个从人生的黑海里来的”青年渴望光明、追求进步的心境。在《新的年代》一诗中写道:

> 在地平线的那一边
> 太阳还没有消息
> 我又回来,躺在炕上
> 我想到很久以前母亲的话
> “孩子,太阳就要出来
> 他不会长久埋在地下”

在平易的诗句中寄寓了作者对祖国前途的凝思。诗集《锻炼》中的《锻炼》是长篇叙事诗,叙述一个八路军青年战士落入日寇魔掌经受严酷考验而后被群众从死亡中救出的故事,表现了八路军同人民的血肉关系,具有亲切动人的力量。鲁藜的诗多采用自由体,质朴自然,不加雕琢。但有些诗过于散文化,形象的凝练稍嫌不足。

绿原有《童话》("七月诗丛"之一)、《又是一个开始》("七月文丛"之一)等诗集。《童话》中的诗歌浪漫主义气息较浓。其中有歌颂劳动创造、赞扬革命进取的诗篇,如《雾》、《旗》等篇,刚健清新,有一定的感染力,但不少诗篇抒写一个流浪到异乡的青年的哀愁,调子比较悒郁。《又是一个起点》中的诗篇思想明朗,视野开阔,现实主义精神大为增强,通过感情深沉的诗句,抒写中国人民在三座大山压榨下所遭受的深重的苦难,如《悲愤的人们》、《轭》、《你是谁?》等篇,具有较强的感染力。在《你是谁?》这首抒情长诗中,诗人用感情色彩浓重的诗句描绘了历尽苦难但巍然挺立的中国的形象。诗歌写道:

> 暴戾的苦海
> 用饥饿的指爪
> 撕裂着中国的堤岸,
> 中国呀,我底祖国,
> 在苦海怒沫底闪射里,
> 我们永远记住
> 你底用牙齿咬住头发的影子。

显现在读者眼前的是何等悲壮的图景!诗人对那些给中国人民制造苦难的侵略压迫者满怀着仇恨,但诗人不是停留在抒写人民的苦难,而是激励人们起来参加战斗。要复仇,要反抗,是这部诗集中许多诗篇的主调,如《复仇的哲学》、《悲愤的人们》都贯穿了这个主调。绿原的诗作在形式上接受了外国现代诗歌的影响,多数诗篇采用不拘一格的自由体。作品注意诗句口语化,音节自然,便于朗诵,在青年知识分子中产生过积极的影响。

邹荻帆(1917—1997)有《木厂》、《意志的赌徒》、《青空与林》、《雪与村庄》、《跨过》、《恶梦备忘录》等诗集。他以写作政治抒情诗见长,刚健有力,诗句凝练。收入《跨过》诗集中的《中国学生颂歌》是一首著名的抒情长诗。诗人用感情炽烈的诗句描绘了"一二·九"以来中国学生运动壮丽的战斗历程,愤怒地揭露和鞭挞法西斯主义特务统治对学生运动的摧残和镇压,把革命的学生比作勇敢的海燕和高翔的天鸟,热情洋溢地歌颂了他们前仆后继、英勇不屈的斗争。诗歌写道:

> 你们
> 站起来，
> 像海燕冒着暴风雨，
> 像天鸟
> 展翅在天郊，
> 我听见了你们的呼啸啊。
> ……
> 你们已经替反动派
> 撞响丧钟了，
> 你们所呼唤的
> 已疾奔着来了，
> 灿烂的明天
> 永远是你们底！

诗人为纪念鲁迅而写的《跨过阿 Q》一诗，热烈呼唤着历尽苦难而未觉醒的人们，"从土谷祠里走出来呀"，"堂堂皇皇地像大树一样站起来"，"像山一样站起来"，"走在光天化日的大路上"。

袁水拍(1919—1982)，江苏吴县人。抗战爆发后，开始诗歌创作，有诗集《人民》、《向日葵》、《冬天冬天》、《沸腾的岁月》、《解放山歌》等，而影响最大的是四十年代后期用马凡陀笔名发表的政治讽刺诗，结集为《马凡陀的山歌》、《马凡陀的山歌续集》(以下简称为《山歌》)，对国统区人民"反饥饿反迫害"的民主运动起过促进的作用。作者对当时国统区内城市市民朝不保夕的生活处境和昼夜不宁的政治环境有较深切的感受，许多诗歌"从城市市民现实生活的表现中激发了读者的不满、反抗与追求新的前途的情绪"①。例如，国统区通货膨胀、物价飞涨给城市市民带来了巨大的灾难，诗人抓住这一现象写了《抓住这匹野马》、《上海物价大暴动》、《长方形之崇拜》、《关金票》、《活不起》、《大钞在否认发行声中出世》、《如今什么都值钱》、《纸头老虎——法币》等许多诗篇，运用诗歌形象，对国民党祸国殃民的财政经济政策从多方面加以揭露和讽刺。《抓住这匹野马》一诗，把飞涨的物价比作横冲直撞的野马，在诗中呼出了国统区人民强烈要求控制住物价的共同心声："赶快抓住它！抓住这匹发疯的野马！抓住这

---

① 茅盾：《在反动派压迫下斗争和发展的革命文艺》，见《中华全国文学艺术工作者代表大会纪念文集》，第 51 页。

飞涨的物价！"《山歌》不是停留在社会生活现象的描绘上,而是透过现象努力挖掘它的本质,引导读者认清造成这些现象的根源,激发人们对国民党统治的不满。《三万万美金的神话》、《大人物狂想曲》、《主人要辞职》、《一只猫》、《发票贴在印花上》、《万税》、《海内奇谈》、《这个世界倒了颠》等篇,讽刺锋芒都指向国民党统治集团,对它的反动性和腐朽性作了有力的揭露。国民党统治集团打着"民主宪法"的招牌推销独裁政治的货色,《山歌》中不少诗篇针锋相对地予以讽刺和抨击。《这个世界倒了颠》一诗写道:

> 这个世界倒了颠,
> 万元大钞不值钱,
> 呼吁和平要流血,
> 保障人权坐牢监。

> 这个世界倒了颠,
> "自由分子"抹下脸,
> 言论自由封报馆,
> 民主宪法变戒严。

《山歌》政治性较强烈,但不是标语口号的堆积,而是运用诗歌形象反映现实。诗人从五四以来的讽刺诗及杂文里吸取养料,运用写实的手法,选取司空见惯的社会现象凝练为诗歌形象,用来概括和表现生活中的种种矛盾。如《主人要辞职》中的"主人",《公务员呈请涨价》中的"公务员",《王小二历险记》中的"王小二",《大人物狂想曲》中的"大人物",都是作为形象出现在诗歌中,反映当时社会矛盾的某一个侧面;《抓住这匹野马》中的"野马",《一只猫》中的"猫",也都加强了诗歌的形象性。许多诗歌还选取富有典型意义的事实,用漫画式的手法加以渲染,构成诗歌形象。如《发票贴在印花上》一诗,不但讽刺了苛捐杂税、通货膨胀,而且形象地揭露了国民党统治者依靠外国势力的倒行逆施:

> 脑袋碰在枪弹上,
> 和平挑在刀尖上,
> 中国命运在哪里?
> 挂在高高鼻子上。

《山歌》在新诗的民族化群众化方面作了新的尝试,取得了较好的效果。诗人从民歌、民谣、儿歌中吸取了艺术经验,采用了五言、七言等多种群众喜闻乐见的诗歌形式,语言朴素通俗,可诵可唱,形成了独具一格、新鲜活泼的山歌。有些诗歌曾被谱成歌曲在民主运动中传唱。有些诗歌被改编成活报剧上演。总之,《山歌》在诗歌创作上代表了一种新的进步倾向,当时进步报刊发表了不少文章加以肯定和赞扬。《山歌》中也有一些内容浅薄庸俗、玩弄民间形式之作,如《洋孤孀哭七七》等篇,当时的评论者曾及时加以批评,建国后重印这部诗集时作者作了删节。

三十年代知名于诗坛的诗人臧克家,在四十年代后期掀起的政治讽刺诗热潮中也起了积极的推动作用。他在一九四六年、一九四七年先后出版的诗集《宝贝儿》、《生命的零度》,其中不少是政治讽刺诗。诗人自觉地用诗歌参与了那时光明与黑暗的斗争,用火与剑似的诗句"向黑暗的'黑心'刺去"[①]。诗人根据现实中发生的许多丑得不堪入目、臭得令人掩鼻的事件,写出了《胜利风》、《人民是什么》、《枪筒子还在发烧》、《裁员》、《宝贝儿》、《谢谢了"国大代表"们!》、《"警员"向老百姓说》、《发热的只有枪筒子》、《生命的零度》等许多讽刺诗篇,表达了对黑暗现实的强烈憎恨,愤怒地鞭挞了国民党统治集团祸国殃民的行径。在诗人笔下,国民党下死劲喧嚷的"民主自由",只不过是"挡不得雨,也遮不了风"的"破草棚"。统治者的"炫人眼目的那些什么告,什么书",尽管"美丽得像一朵纸花",但是"好话说三遍狗也嫌气"、"画的饼儿充不了饥",人们只相信"事实"才是真正的"宝贝儿"。自然,诗人十分明确,在国民党统治下这样的"宝贝儿"不可能"请出来",诗歌只是揭穿国民党用谎言编织的面纱,还它狰狞丑恶的面目。在《胜利风》一诗中作者写道:

> 政治犯在狱里,
> 自由在枷锁里,
> 难民在街头上,
> 飘飘摇摇的大减价旗子,
> 飘飘摇摇的工商业,
> 这一些,这一些点缀着胜利。

这是对抗战胜利后国统区社会面貌的真实写照,也是对国民党标榜"民

---

① 臧克家:《向黑暗的"黑心"刺去》,见《新华日报》,1945年6月14日。

主、自由、繁荣、富强"的尖锐讽刺。

在迅速反映现实方面,在政治性和艺术性相结合取得较好成果方面,臧克家的政治讽刺诗和袁水拍的政治讽刺诗是相似的,但两者的诗歌创作风格则不一样。《马凡陀的山歌》往往寓讽刺于叙事之中,比较接近叙事诗;《宝贝儿》、《生命的零度》则充满浓郁的抒情色彩,诗人火一样的热情熔化在诗中,既是政治讽刺诗,也是政治抒情诗。如《裁员》、《发热的只有枪筒子》、《生命的零度》等许多诗篇都是诗人对黑暗现实强烈的憎恨和愤怒的控诉。

为了便于群众接受,臧克家在创作政治讽刺诗时改变了过去注重雕琢近于典雅的诗歌语言风格,力图把诗句写得朴素自然。他说:"雕琢了十五年,才悟得了朴素的美,从自己的圈套里挣脱出来,很快乐的觉得诗的田园是这么广阔!"①《谢谢了"国大代表"们!》、《"警员"向老百姓说》等诗篇,都是运用通俗的群众语言对国民党的假民主真独裁作了无情的揭露和辛辣的讽刺。

四十年代后期,围绕上海出版的《诗创造》和《中国新诗》,出现过一个规模不大却具有鲜明特色的诗派。除个别成员外,他们大都是年轻人;因为艺术上的主张和实践,在当时便引起人们的注意。这些诗人是:辛笛、陈敬容、杜运燮、杭约赫(曹辛之)、郑敏、唐祈、唐湜、袁可嘉、穆旦(查良铮)。他们有各自的个性和风格,但恪守一个这样的原则:既忠于时代感受,又忠于艺术创造。一面要求内容上"更强烈拥抱住今天中国最有斗争意义的现实",另一面主张"通过我们的艺术形式而诉诸表现"。他们既反对"夸张的宣传主义",又反对"畏首畏尾中国式的'唯美派'的空喊"。他们要用自己的实践"在荆棘中趟出一条路来"②。实际上,他们是在传统的基础上,较多地吸收了西方现代诗歌的种种手法,丰富和发展了新诗的表现能力与艺术效果。面对黑暗的现实,这些诗人站在人民的立场,勇敢地唱出了压在心中的愤怒和诅咒,表露出对光明的渴求和向往。他们的感情表现得真切动人,荡气回肠。辛笛写有一首题为《布谷》的诗,说布谷的叫声"一声声是在诉说人民的苦难无边",自己也"宣誓"要和布谷一样,"以全生命来叫出人民的控诉"。他们的诗既有时代气息,也有自己对生活的不同的感受。穆旦的《赞美》,在四十年代初就热情地期望和赞美祖国从屈辱中"起来";唐祈的《女犯监狱》,从监狱的黑暗诅咒到罪恶的现

---

① 《生命的零度·序》。

② 《中国新诗》第二集《黎明乐队·编辑室》。

实;唐湜的《骚动的城》,生动地写出了故乡人民反饥饿反内战的斗争;杭约赫的长诗《复活的土地》,描绘了"饕餮的海"中各色各样的人们,同情受苦受难者和革命烈士,表达了对光明与新生的希望;两位女诗人,郑敏的《春天》从"枯枝上的几片新叶"听到春"像展开的轴画","像一个乐曲","把冷硬的冬天土地穿透";陈敬容的《冬日黄昏桥上》,预见到"黑夜将要揭露这世界的真面目,黄昏是它的序幕"。这些诗或机智活泼,或清新婉丽。诗人们热爱祖国,同情人民,忠于艺术,他们的诗在当时国统区诗坛恰如一片片闪光的绿叶。自然,这些诗存在不同程度的欧化倾向,有的流于艰涩难解,但总的说来,他们的追求和探索取得了积极的成果,也产生了一定的影响。

在反侵略反压迫旗帜下,各兄弟民族也出现了不少诗歌作品,如蒙古族诗人纳·赛音朝克图、维吾尔族诗人黎·穆塔里夫,都曾在激荡的年月里,谱唱过爱祖国、爱人民的热情洋溢的诗篇,在蒙古和新疆两地产生了广泛的影响。

第十二章　抗日和解放战争时期的文学创作(一)

第一节　报告文学和杂文、散文

　　抗日战争爆发,社会生活和作家创作条件发生了极大的变化。面对着日本侵略者步步进逼的严峻局面,大片国土相继沦陷,全国人民同仇敌忾。动荡纷乱的战争生活,使作家失去从容写作的环境和心情,却又燃烧起了用自己的笔为国家民族效劳的愿望。许多人纷纷走出都市的"亭子间",摆脱原先比较狭隘的生活圈子,走向内地、走向乡村和战争前线。相当多的作家中断了原先的写作计划,或进行抗日的文艺宣传,或从事实际的救亡工作,不同程度地投入抗日战争的洪流。战争初起,文学创作一度比较沉寂,尤其是篇幅较长的多种体裁的作品锐减,代之而起的是能够迅速反映抗日斗争现实,容易发挥宣传鼓动效果,为人民大众乐于接受的大量小型抗日作品:战地通讯、报告文学、街头剧街头诗、朗诵诗、通俗文学等。正如茅盾后来所总结的那样:"尽管这些作品还存在着严重的缺点,但没有人能够抹煞它们在抗战初期所起的宣传作用。"①时代对文学提出新的要求,文学因此发生深刻的变化。作家亲身受到战火的洗礼,感受到颠沛流离的生活,目睹了惨绝人寰的残杀,同时也与人民大众有了较多的接触,既扩大了生活视野,丰富了写作素材,也受到了深刻的教育,促进了他们思想感情上的变化,逐渐地开始意识到"军士人民与二十年来的新文艺怎样的缺少联系","文艺必须深入民间"②;"感觉到自己的作品并不适合大众的需求,因而企求追寻新的东西"③,探索新的生活和创作道路。大量涌现出来的小型作品,是当时广大作家这种追寻、探索的最初的成

---

　　①③　茅盾:《在反动派压迫下斗争和发展的革命文艺》,载《中华全国文学艺术工作者代表大会纪念文集》。

　　②　老舍:《保卫武汉与文艺工作》,载《抗战文艺》第 1 卷第 12 期,1938 年 7 月 9 日。

果。这使五四文学革命以来,新文学运动比较普遍存在的一个弱点——文艺与群众生活某种程度脱离的状况,开始有所改变。小型作品在现代文学运动发展中的历史意义,就在于此。

战争给文学创作带来的崭新面貌,不仅表现在小型作品中,在随后陆续出现的篇幅较长的作品中,也都可以看到。

报告文学作品在抗日战争初期出现了异常发达的局面。当时,几乎所有的文艺刊物都用相当多的篇幅发表通讯、报告一类作品。以抗战时期影响较大的两个刊物《抗战文艺》和《文艺阵地》为例,从一九三八至三九年,每期发表的通讯、报告少则二三篇,多至五六篇。报告文学丛书也大量出版,如以群主编的《战地生活丛刊》,第一辑就出版了八种;胡风主编的《七月文丛》,也出版了许多报告文学集。其他如《战地报告丛刊》、《战地小丛刊》、《抗战文艺丛刊》、《抗战报告文学选辑》、《抗战中的中国》丛刊等,纷纷出版。许多著名作家在以他们所熟习和常用的文学形式从事创作的同时,都写了一些报告文学作品,及时地反映抗日救亡斗争。在写作报告文学较多的作家中,丘东平、碧野、萧乾、曹白的作品具有很大的代表性。

丘东平(1911—1941)一九二八年参加彭湃领导的"海陆丰起义",并在革命政权中做过工作。海陆丰苏维埃运动失败后,他过着艰苦的流浪生活,也曾在十九路军中任职,参加过上海"一·二八"和热河抗日战争。这些切身经历,为他的创作提供了比较扎实的基础。一九三二年,当他在"左联"培养下开始发表《通讯员》等短篇小说时,就以农村革命生活的真实描写引起了人们的重视。以后又陆续写了一些小说,如《长夏城之战》、《茅山下》(未完成)等。但这一时期,他在读者中影响较大的,却是发表在抗战刊物上的战地特写和通讯。他把上海"八一三"战争血与火的战斗实况呈现在读者面前,有力地抨击敌人的罪恶,赞颂军民同仇敌忾的抗日热情。《我认识了这样的敌人》借一个女难民之口,揭露了日本侵略军屠杀上海市民的令人发指的罪行,也表现了上海市民不甘屈服,在敌人屠刀下奋起自卫反抗的壮烈图景。《第七连》和《我们在那里打了败仗》两篇则在硝烟弥漫、战火纷飞的背景上表现了国民党抗日军队下层军官和士兵的爱国精神和顽强的战斗意志,同时也暴露了国民党当局在对日作战中仓促应战、武器装备恶劣、士兵缺乏军事训练等导致战争失败的不良现象,揭示了国民党长期对日妥协退让政策的恶果。作者看到国民党军事领导的腐朽无能,作品中弥漫着战争失败的浓重的悲剧气氛。《叶挺印象记》一篇,则记叙了刚从国外归来、即将担任新四军军长的叶挺将军的刚毅、朴实、平易可亲的性格。一九三八年春丘东平参加新四军以后,积累了许

多新的生活素材,写了一些迅速反映人民军队抗击日寇、开展人民战争的报告作品。这些作品扫除了过去战地报告中过于沉重阴暗的气氛,充满着战斗的乐观主义和胜利的信念。《王凌冈的小战斗》显示出新四军迥然不同于国民党军队的战斗本色。《友军营长》和《溧武路上的故事》,通过新四军与国民党军队不同本质的对比,歌颂了抗日民主根据地军民新的斗争生活。在抗战初期许多报告文学作品只拘泥于事件的单纯记录而忽略人物刻画的情况下,丘东平注意写人,揭示人物的思想性格和精神风貌。他表现国民党前方将士时,能从实际生活出发,落笔较有分寸。他的作品大多运用第一人称,但不是由作者直接出面,而是借助作品主人公(如军官、难民等)的自述,在紧张剧烈的战斗中凸现人物,写出事件的进展。笔锋刚健,描绘真切,有浓烈的战争气氛。

碧野的战地报告描绘了北方广袤原野上游击健儿在八路军影响下开展战斗,展示了以农民为主的群众自发抗日斗争风起云涌的画幅。抗战爆发后,碧野有六个月跟随部队转战于滹沱河畔、太行山麓,写下了两部报告文学集:《太行山边》与《北方的原野》。它们包括一组彼此可以独立,又互相连贯的短篇。这些作品笔力雄健,气势奔放,人物的紧张的战斗行动与雄浑壮观的自然景物交融在一起,渲染出浓郁的战场气氛。《太行山边》主要写部队的作战场面,其中《滹沱河夜战》一篇,记述并描写了激烈多变的战场景况,艺术感染力较强,在刊物发表时得到了好评。《北方的原野》是把部队的战斗生活与农民自发的抗日武装斗争(如自卫组织红枪会等)交织起来描写的;主要不是直接写战斗场面,而是着重写行军见闻。作者善于利用紧张战斗的空隙,从容地揭示人物的精神境界。在众多的人物中,青年农民黑虎、农家孩子桂儿和红枪会头领朱司令写得很有声色。整个作品的笔触明快、奔放,其间穿插着诗情画意的片断,更增加感人的力量。碧野除写报告文学外,还写了多部中长篇小说,如《乌兰不浪的夜祭》、《三次遗嘱》、《风砂之恋》、《没有花的春天》等。

萧乾(1910—1999)在三十年代发表过短篇小说和散文通讯,有《篱下集》、《栗子》等集。抗战爆发后作为《大公报》的记者,曾在国内外进行广泛采访,写了大量通讯报告,最初结集的是一九三九年出版、列为《烽火丛书》第十种的《见闻》,以后又扩充增补为《人生采访》。对于国内的抗战现实,他"褒善贬恶,为受蹂躏者呼喊,向黑暗进攻"[①],一方面赞颂了国民党军队下层军官士兵在极端艰苦条件下支撑抗战局面的爱国热情;另一方

---

① 《人生采访·题记》。

面则揭露了"这个古国在种种现代花样下,蕴藏着怎样根深蒂固的腐朽卑污"①。《血肉筑成的滇缅路》一篇,以动人心魄的笔墨,描绘了两千五百万民工"铺土、铺石,也铺血肉"的事迹,对修路民工唱出了热情的赞歌,同时还揭露了国民党当局不顾筑路民工的死活,造成成千上万死亡的罪行。萧乾也有赞颂人民军队和人民战争的作品。一九三八年秋天写的《一个爆破大队长的独白》,用八路军爆破队长自述的口吻,写出了敌后游击战的威力。作者本时期曾到过英、美、印度支那等地,在英国写的《矛盾交响曲》、《血红的九月》、《银风筝下的伦敦》等篇很有特色。这些报告文学作品以绚丽多彩的笔墨,展示了战时英国伦敦"善与恶"、"好或是坏"相交织的五花八门的景象。作品还多次表现了英国和世界许多国家人民对中国抗日战争的关注和支持。萧乾的通讯报告新闻性强,材料丰富,善用典型事例,文字活泼洒脱,手法富于变化,因而既有较强的说服力,又能给人以艺术感染。

曹白的报告、散文集《呼吸》写于一九三七年至一九四一年。上集"呼吸之什"主要写作者在上海"八一三"难民收容所工作时的见闻和感受。这些作品对日本侵略者进行了揭露,对于收容、管理难民工作上的种种黑暗现象进行了揭露,为难民的悲惨遭遇提出了强烈的控诉。下集"转战之什"则记叙和抒写了作者在上海失陷后参加部队在江南游击区转战的经历,展示了当时游击区错综复杂的政治、军事的面貌。贯穿整部《呼吸》的还有一个重要内容,就是深刻表现和热情赞扬了投身于抗日救亡运动的革命青年,以及在新四军影响下游击队艰苦英勇的斗争。

曹白的报告的特点是对人物和事件的记述,于平淡中见功力,并常常辅以抒情和议论,感情沉郁浓烈。《这里,生命也在呼吸》一篇,将开口猪猡、闭口猪猡的电影院业主对难民的苛刻无情与难民们不愿"光是吃吃睡睡"、要求上前线的行动作了对照。《在死神底黑影下面》记叙了敌机的轰炸、困苦的环境如何使难民们终日处于朝不保夕的惊惶生活中。《在明天……》抒写了难民收容所里纪念"九一八"六周年的富有特色的场面。《"活灵魂"的夺取》揭露和抨击了一些人争夺难民收容所管理权、把难民当作获利的手段来对待的可耻行径。这些作品情节简单,有时只有几个片断的生活场景,似乎信手写来,却饱和着作者强烈的爱憎,感人至深。《杨可中》与《纪念王嘉音》是两篇出色的人物纪念性质的报告文学作品。曹白满怀深情为这两个平凡、质朴而又有着崇高心灵的人物写下自己的

---

① 《人生采访·题记》。

纪念,以生动清新的文笔回忆、追叙、娓娓而谈,平易朴实,感情沉痛真挚。这些都使人物心灵的美熠熠生辉,具有较强的感染力量。

报告文学中展示国统区后方抗战生活新题材的,还有以改造日本俘虏为主题的沈起予(1903—1970)的长篇报告《人性的恢复》。它在当时同类题材的作品中,规模较大,写得较好。作品重点记述了重庆近郊"博爱村"俘虏收容所里一批日本俘虏转变立场的过程。由于作者在亲身实践中建立了对俘虏改造工作的深厚感情,加以早年曾留学日本,熟悉日本的民情风俗,将俘虏的改造过程写得具体真实,血肉丰满,展示了一些富于日本民族特色的场景,生活气息浓郁,几个主要人物写得个性鲜明,读来饶有兴味。此外,如骆宾基报导"八一三"上海战事的《车战场别动队》、宋之的揭露日本侵略者暴行的《从仇恨生长出来的》等,也都是流传一时的名篇。

抗日战争初期,杂文散文创作除了处境特殊的上海"孤岛"外,不如报告文学那样活跃,随着形势的发展,在抗战后期和解放战争时期,这种形式也有了日趋繁荣之势。尤其是在国民党加强了专制统治的年代,杂文散文及时配合了反侵略反压迫斗争,发挥了很大的战斗作用。许多杂文散文作者继承了左翼文艺运动以来杂文散文写作的传统,针砭时弊,揭露侵略者的残暴与不义,揭露国统区现实的黑暗,歌颂进步的、革命的力量,展示了历史发展的趋势,为民族解放和人民解放事业尽了历史职责。在上海"孤岛"出版的《文汇报》、《译报》副刊和《鲁迅风》,在重庆出版的《新华日报》副刊,先后在桂林、香港出版的《野草》等许多进步报刊,都登载了大量杂文散文作品。除了郭沫若、茅盾、巴金、朱自清、夏衍、何其芳、李广田等作家的杂文散文作品外,这一时期杂文散文写作较多并产生过较大影响的作家有冯雪峰、聂绀弩、宋云彬、孟超、秦似、林默涵等人。

冯雪峰(1903—1976)二十年代参加湖畔诗社,开始诗歌创作。三十年代主要参加革命活动,并从事文艺理论工作,曾与鲁迅并肩战斗。抗日战争期间,他在皖南事变后被国民党执政当局监禁在"上饶集中营",走出这个人间地狱后继续参加战斗,除了致力于文艺理论批评工作和写诗外,也积极从事杂文散文写作,先后出版《乡风与市风》、《有进无退》和《跨的日子》等杂文集以及《寓言三百篇》。《乡风与市风》、《有进无退》和《跨的日子》收录了作者在一九四三年至一九四六年先后在重庆、上海写作和发表的杂文约一百二十篇。《乡风与市风》、《有进无退》两本集子中的杂文,往往把政治揭露寄寓于社会批评之中。如《再论"灵魂"》一文,是谈论所谓"灵魂"、"良心"、"恶"的,它进一步追究"恶"的根源,就顺藤摸瓜联系到统治集团和社会制度,指出"不合理的社会支配势力"是"一切的社会的恶的根源"。《简论市侩主义》、《论平庸》生动而细致地分析批判了市侩主义、平庸主义这类普遍存在的社会现象,热烈地赞颂了为人民利益而勇往直前的革命者。《跨的日子》一书中多数是短小精悍的政论,如《法西主义的特性与中国的法西主义》、《武力》等篇,讽刺和鞭挞了独裁统治。在杂文创作上,冯雪峰学习了鲁迅杂文的战斗经验,注意把坚忍不拔的斗争精神和灵活机动的作战艺术结合起来,往往把尖锐的政治锋芒隐藏于漫谈、泛论之中,散而不乱,说理缜密;有时需要反复琢磨,因为其中确实含着耐人咀嚼的深意。他的语言也形成了自己的风格,正如朱自清所指出:"著者所用的语言,其实也只是常识的语言,但经过他的铸造,便见得曲折,深透,而且亲切……文中偶然用比喻,也新鲜活泼,见出诗人的本色来。"①

聂绀弩(1903—1986)是《野草》的主要作家之一,用萧今度、耳耶等笔名,为《野草》写稿,每期一篇至两三篇。他在这时除写有散文集《沉吟》外,结集的杂文有《历史的奥秘》、《蛇与塔》、《早醒记》、《血书》等。前两本均为《野草丛书》。《历史的奥秘》内分四栏,共收文章十五篇。其中《历史的奥秘》一篇,以比较手法,合论托洛茨基与汪精卫,对那些"借敌国的力量打击祖国,剪除异己,削弱祖国对敌国的抵抗"的邪恶势力,鞭挞严厉;特别是用摆事实、讲道理的方法,批判了所谓"讲和也是一种政治主张"的言论,态度诚恳,说理透彻。这和另一篇《记周佛海》一样,通过人物议论时事,主要是在给汪精卫、周佛海以外的人以教育。此外如《莎士比亚应该后悔》、《失掉南京得到无穷》,从诙谐中体现讥刺。作者行文恣肆,用笔酣畅,反复驳难,淋漓尽致,恍如湖海波涛,读来浩瀚跌宕,在雄辩中时时显出俏皮。《蛇与塔》收杂文十三篇,其中《蛇与塔》一篇,谈的是法海借雷峰塔镇压白蛇的故事。全书各篇文章,正如他稍后编的《女权论辩》一样,谈的都是妇女或者与妇女有关的问题。《早醒记》收长短文字十五篇,较多的是与人论辩商讨的文章。《血书》收杂文散文四十篇,分为上下两辑。上辑文章总题为"礼貌篇",主要是对文化界一些人士所散布的荒谬言论的批驳;下辑总题为"血书","主要的是对于旧世界的政治现象和执政者的一些讪笑,讽刺,挞伐。归结为'血书'者,一面表示以赤诚写出,并无批评家认为'玩世不恭'之意;一面也用'血书'所谈的对象和那些东西作一强烈对比,以衬映出旧世界如何丑恶。"②这部杂文散文集中多数文章语

---

① 《历史在战斗中》,见《朱自清选集》,第158页。
② 聂绀弩:《〈血书〉序》。

言清新,文笔泼辣,说理透彻,常用富有讽刺含意的反语。如《狗道主义举例》一文,即用严密的逻辑推理批驳"私产即人格"的"势利"观点。《血书》是一篇热情洋溢的散文,赞颂中共中央发布的土地改革文件是"用血写的圣书",尽管论述有不准确之处,但作者对农民砸碎封建土地所有制获得翻身解放表露出炽烈的感情,有较大的感染力。

同时与夏衍、聂绀弩等主持《野草》,也积极写作杂文的,尚有宋云彬、孟超、秦似等人。宋云彬(1897—1979)于一九四〇年出版《破戒草》之后,四二年又在《野草丛书》中出了《骨鲠集》。《破戒草》收《从学鲜卑语讲起》、《章太炎与鲁迅》、《没落了的策士》等杂文十四篇,《骨鲠集》分量更多一些,收《奴隶篇》、《读史杂感》、《陶希圣目中的契丹政客》、《元祐党人碑》、《关于陶渊明》等杂文二十四篇。作者用笔谨饬,文字平易,引申史乘,考订周详,聂绀弩论述他的杂文是:"常常是用心平气和,不动声色,轻描淡写,有时甚至与世无涉等外衣裹着,里面却是火是刺。"①孟超(1902—1976)写有《长夜集》、《未偃草》杂文两本。他的杂文写起来往往上下古今,海阔天空,笔意纵横,浮想联翩,例如《长夜集》里的《略谈宋代的"奸臣"与"叛臣"》、《梁山泊与知识分子》、《焦大与屈原》,《未偃草》里的《略谈文人作风与武人作风》、《"婢"与"夫人"》、《历史的窗纸》等,都是构思奇特、文笔放恣之作。秦似(1917—1986)著有《感觉的音响》一书,收短文三十二篇,风格近似三十年代的"花边文学"。

林默涵的杂文收入《狮和龙》一书。他从一九四二年起较多地写作杂文。写于延安的《打倒贫困》,主张以劳动创造的丰衣足食来消灭贫困,写得很有生气。写于解放战争时期的《狮和龙》这篇杂文,以龙象征统治者,狮象征在野的力量。文章描述狮和龙的决斗,"胜利属于狮子,是已经决定的了"。向读者暗示中国人民解放战争的胜利即将来到。林默涵的杂文观点鲜明、语言明快,给杂文的写作带来一些新的特色。

第二节　夏衍等剧作家的剧作

抗战爆发之初,在广泛的抗日文艺活动中,戏剧演出占着突出的地位。上海救亡演剧队的组成与誓师出发,显示了抗日文艺运动的新气象。上海失守后,武汉一度成为内地的文艺活动中心,戏剧演出十分活跃。战争和大城市的相继沦陷,使原来以城市的剧场和舞台为基地,以市民、学

①　《早醒记·回信》。

生和一般知识分子为主要对象的戏剧运动,发生了根本的变化。进步的戏剧工作者提出了戏剧运动的新方向,强调组织戏剧的"游击战"和"散兵战";大批戏剧工作者组成流动演剧队,走向农村、内地和前线。为了适应这种变化,使戏剧创作的内容与形式适合战争环境和流动演出的需要,首先必须实行小型化和通俗化。街头剧、活报剧、独幕剧应运而生,茶馆剧、游行剧、灯剧等也风行一时。它们大多以表现当前抗日斗争为主题,采用简短通俗的表演形式,包括对旧形式的广泛利用。戏剧创作上这些新的变化,对于克服长期存在的戏剧观众的面狭窄,题材和内容比较单一的弱点,无疑起了很大的作用。

在抗战初期的剧目中,像被戏剧界称为"好一记鞭子"的三个短剧(《三江好》、《最后一计》、《放下你的鞭子》),曾在各地广泛演出,在抗日反侵略斗争中收到了积极的效果。《保卫卢沟桥》、《台儿庄》、《八百壮士》等许多抗日戏剧的相继上演,也起了很好的宣传作用。抗日战争初期上演的戏剧以独幕剧为主。据不完全统计,到一九三八年底为止,以独幕剧为主的剧本即达一百四十二种①。抗日战争进入相持阶段以后,戏剧活动的中心逐渐移向大后方的剧场,多幕剧的创作和演出大量增加。国民党政府对进步戏剧的摧残和压迫日益加甚。从抗日战争到解放战争期间,在顽固派压迫下坚持戏剧创作并取得重要成就的剧作家有夏衍、于伶、宋之的、阳翰笙、陈白尘、沈浮、袁俊、吴祖光等。

夏衍(1900—1995)出生于浙江杭州。三十年代初期,他参与了左翼戏剧运动的组织领导工作,剧本创作则开始于一九三四年。最早的独幕剧有《都会的一角》。一九三六年四月写的"讽喻史剧"《赛金花》,是他发表的第一部多幕剧。作者自述此剧的创作意图,是"想画一幅以庚子事变为背景的奴才群像","以揭露汉奸丑态,唤起大众注意'国境以内的国防'"②。剧本以妓女赛金花的活动为线索,对清政府上层统治者李鸿章、孙家鼐、魏邦贤之流的顽固腐朽和卑鄙无耻进行了鞭打,借历史题材对现实作了讽喻,因而遭到国民党禁演。女主人公赛金花,原也置于讽嘲的"焦点之内",但由于作者对她"同情"较多,认为她"多少的保留着一些人性"③,实际落笔时对她不无赞扬。剧本对义和团的革命历史作用,也缺少正确的较为全面的认识和评价。对《赛金花》一剧的毛病,鲁迅曾经在《"这也是生活"……》中有所批评。一九三六年冬,夏衍创作第二部多幕历史剧《秋

---

① 据葛一虹《战时演剧论》附录《抗战剧作编目》统计。
②③ 夏衍:《历史与讽喻》,载1936年《文学界》创刊号。

夏　衍

瑾传》(初次发表时名《自由魂》),在思想上和艺术上比《赛金花》都有明显的进步。这个剧本以辛亥革命时期的女英雄秋瑾的壮烈事迹为题材,真实地表现了她反帝反封建的革命精神和杀身成仁、舍生取义的英雄气概,对她缺乏警惕和不懂革命策略的弱点也有批评。与此同时,更无情地鞭挞了媚外残内的清朝统治者和汉奸走狗。剧本的戏剧冲突比较集中,主人公的性格刻画比较明朗突出;作者后来形成的简洁、素淡的风格特色,在这部剧作中已初露端倪。

　　一九三七年四、五月间,夏衍开始以现实生活为题材创作了三幕剧《上海屋檐下》。西安事变之后,国民党政府被迫有条件地释放一批政治犯。一些革命者经营救陆续出狱,他们中间有些悲欢离合的故事触动了作者,使他写出了这部一度名为《重逢》的剧作。在这个剧本中,作者认真地"用严谨的现实主义去写作"①,有意识地在人物性格刻画和环境描写等方面下功夫,力图"从小人物的生活中反映这个大的时代,让当时的观众听到些将要到来的时代的脚步声音"②。剧本通过一座弄堂房子里五户人家的一天经历,真实地表现了抗战爆发前夕上海小市民的痛苦生活。在那黄梅天一样晴雨不定、郁闷阴晦的政治气候中,家家都有一本难念的经。沦落风尘的弃妇施小宝,跳不出邪恶势力的魔掌;老报贩"李陵碑"孑然一身,孤苦无依,成天酗酒解愁;失业的洋行职员黄家楣,正陷于贫病交困中,偏巧这时辛辛苦苦培植他到大学毕业的老父亲从乡下来了;儿子儿媳企图用借债、典当把窘状隐瞒过去,谁知老父亲发觉实情,立刻托故回乡,临走还把自己最后一点血汗钱,偷偷留给了小孙子;小学教师赵振宇安贫乐命,与世无争,可他的妻子却愁穷哭苦,唠唠叨叨。作为剧中主线的,是二房东林志成、杨彩玉一家的故事。林志成是工厂的一个普通职员,做着亦"牛"亦"狗"的工作而整天担忧,赌气。彩玉过去同情革命,为同革命者匡复结合而脱离家庭,匡复被捕后,孤苦、贫穷的磨难逼得她退却了,她在误以为匡复已经遭难的情况下与林志成结合。匡复从监狱出来,同好友林

---

①② 夏衍:《谈〈上海屋檐下〉的创作》,见《剧本》,1957 年 4 月号。

志成和妻子彩玉重逢,三人都陷于新的不知如何摆脱的痛苦之中。剧本借助于戏剧冲突所表现的人物这种种生活处境和精神面貌,是与那个社会密切相关的,是那个黄梅天一样压得人透不过气来的政治气候带来的结果。正是通过人物的不幸命运,剧本对当时的黑暗社会和国民党统治提出了深沉强烈的控诉。

作者对这群人物的未来还是抱着希望和信心的。他把希望寄托在匡复和彩玉所生的孩子葆珍等"小先生"身上。孩子们高唱《勇敢的小娃娃》歌,朝气蓬勃,表达了"大家联合起来救国家"的决心。歌声促使匡复重新振作起来,毅然出走。他声称,这"决不是消极的逃避",并鼓励朋友们"勇敢地活下去!"

剧作布局新颖而严密,作者把一群各种各样的"小人物"巧妙地汇集到一个屋檐下,使他们的故事齐头并进,波澜起伏,紧凑自然,最后达到高潮——匡复出走。能够写成功这样一出评论家誉之为"个个角色有戏的群戏",得力于作者生活底子的厚实和戏剧技巧的熟练。全剧处处散发着浓郁的生活气息,每个人物台词和动作不多,而他们的面貌和特征却都被生动地刻画了出来。《上海屋檐下》标志夏衍在现实主义创作道路上迈出坚实的一步,并显露出独特的艺术风格。

抗战头三年颠沛流离的生活中,夏衍先后在广州写成《一年间》(《天上人间》),在桂林写成《心防》和《愁城记》。这三部剧作,差不多全取材于沦陷的上海。作者在《愁城记》的代序——《一个旅人的独白》中解释说:"为什么我执拗地表现着上海?一是为了我比较熟悉,二是为了三年以来对于在上海这特殊环境之下坚毅苦斗的战友,无法禁抑我对他们战绩与运命表示衷心的感叹和忧煎。"三剧之中以《心防》较为成功。

四幕剧《心防》,写成于一九四○年五月。它生动地反映了上海沦陷后的最初两年间,进步文化工作者为坚守这个城市"五百万中国人心里的防线"而进行的艰苦、英勇的斗争。在《上海屋檐下》中弥漫着的那种黄梅时节的阴晦和沉闷的气氛,已被抗战爆发卷起的时代风暴冲破了。主人公刘浩如,是一位具有爱国热情、高度责任感和不怕牺牲精神的新闻记者,进步文化界的领导者之一。上海刚沦陷的时候,他准备到后方去,但随即又决定留下来。他意识到:"现在摆在我们面前的问题,是如何死守这一条五百万人精神上的防线,要永远地使人心不死,在精神上永远不被敌人征服,这就是留在上海的文化工作者的责任。"由于抗战节节失败,汪精卫公开叛国投敌,使斗争环境更加复杂、困难。他不仅顶住了敌伪的种种威胁和利诱,而且排除了来自生活方面的干扰,始终坚定不移地站立在

"防线"的最前沿。同时,他还善于帮助战友们识破敌人的阴谋诡计,鼓励他们增强胜利的信心,坚持斗争。一直到被敌人刺杀倒下去的时候,他所念念不忘的仍然是"咱……们……的防……线!"——这也就是剧本所要表现的主题。

一九四二年夏季,夏衍先后写成四幕剧《水乡吟》和五幕剧《法西斯细菌》。前者企图反映浙西水乡的游击战,但作者不熟悉这方面生活,写得并不成功;后者写一个科学家在战争中的思想转变,真切动人,是一部现实主义力作,标志作者在思想上艺术上更趋于成熟。《法西斯细菌》(一度改名为《第七号风球》)以一九三一年至一九四二年间国内外某些政治事变为背景,主要通过细菌学家俞实夫由不问政治到"再出发"的曲折的觉醒过程,严正批评了超阶级、超政治的科学至上主义,揭露了法西斯主义与人类一切进步事物为敌的本质和国民党统治的黑暗腐败。当时,《新华日报》曾陆续发表评论文章,赞许该剧是经得起时间考验的"杰作"①,剧中人物"都有活力与生命","它给人们内心的感动不是一刹那的,而是意味深长的"②。

与作者其他剧作中的人物相比,俞实夫的形象塑造得更加丰满、深厚。他为人正直,真诚而执拗地希望用自己的科研成果"为国家,为民族……为全世界全人类的将来"服务,工作勤奋专注。他获得日本医科大学博士学位,回国后在日本人办的"上海自然科学研究所"担任预防医学系的研究员。抗日战争的巨浪波及他的家里来,因为他的妻子是日本人。所以在无可厚非的民族感情驱使下女仆坚决辞职,女儿被同学们骂为"小东洋"……他只得移居香港,仍决意闭门研究他的斑疹伤寒之类。直至太平洋战争爆发,日本侵略者闯进了他的家门,不仅捣毁了他的"科学之宫",侮辱了他,而且当着他的面残杀了爱国青年钱裕;这血淋淋的事实才使他开始醒悟到:"人类最大的传染病——法西斯细菌不消灭,要把中国造成一个现代化的国家,不可能……"于是,他从香港逃回后方以后,决定参加"扑灭法西斯细菌的实际工作",进行一次"再出发",等到战争胜利后再继续他的科学研究工作。俞实夫的这个觉醒转变过程,表现得实实在在,令人信服。剧中另外两个对俞实夫起到烘托作用的高级知识分子形象——赵安涛和秦正谊,也刻画得比较真实、鲜明。

一九四四年底,作者又写成《离离草》,虽然怀着爱国主义激情和"野

---

① 颜翰彤:《消灭法西斯细菌》,载《新华日报》,1942年10月16日。
② 章虹:《谈〈法西斯细菌〉——从剧本说到演出》,载《新华日报》,1942年11月5日。

火烧不尽"的信心,企图表现东北人民坚持不懈的抗日武装斗争,但剧中斗争生活情景"全出臆造",因此人物性格浮泛,缺乏真切感人的力量。一九四五年春写成的四幕剧《芳草天涯》,作者意在引导知识分子正确处理恋爱纠纷,以集中精力于抗战工作,在冲突安排和心理描写方面,有许多精巧细致的笔触,使人物形象生动突出,性格鲜明。只是剧本对某些知识分子的软弱性原谅和同情过多了一点。

作为一个在艺术上不断探索而又始终不忘政治的作家,夏衍的创作道路是现实主义的,而且日趋成熟。从《上海屋檐下》到《法西斯细菌》,夏衍的剧作显露出自己独特的风格。剧本的选材紧密配合现实斗争,洋溢着争取民族解放的激情和革命乐观主义的精神;在揭露黑暗和消极现象的同时,总能以抒情的笔墨含蓄地指出光明、积极的因素,向人们透露未来的曙光。在艺术上它既不同于曹禺剧作那样冲突尖锐剧烈、色彩浓重,也不同于郭沫若的剧作那样诗情洋溢、慷慨激昂;它往往用日常生活中那些富有特征性的细节构成冲突,生活气息浓郁,语言朴素洗练,以一种素描或淡彩画的笔法来表现严肃的主题,揭示时代的本质,使人感到平易亲切,耐于咀嚼回味。其中有些地方,可以看到契诃夫和高尔基戏剧影响的痕迹。

夏衍除创作剧本外,还写了不少杂文,结集出版的有《此时此地集》、《长途》、《边鼓集》等,是抗日战争、解放战争期间先后在桂林、香港出版的《野草》的重要作者之一。

宋之的(1914—1956)的剧作有独幕剧《微尘》、《出征》,多幕剧《自卫队》、《刑》、《鞭》、《祖国在呼唤》等。其中《鞭》、《祖国在呼唤》在抗日战争时期产生过积极的影响。

五幕剧《鞭》(又名《雾重庆》)写于一九四〇年。剧本主要描写几个流亡到重庆的大学生在生活的压迫和恶浊社会风气腐蚀下走向没落和沉沦。剧本主要通过这群青年的遭遇,描绘出一幅国统区阴冷、污浊的社会图景,不仅批评了小资产阶级知识青年的软弱性、动摇性,而且对国民党的腐败政治作了有力的揭露和抨击。剧中主要人物所经历的矛盾冲突,他们的遭遇,是有现实基础的,人物性格是鲜明的。剧本所展示的生活画面比较开阔,时代气息浓重,结构紧凑,错综有致。因此,该剧在重庆等地演出时,在群众特别是在青年知识分子中间,曾引起热烈的反响,收到良好的社会效果。

五幕剧《祖国在呼唤》,写作和演出于一九四三年春季。宋之的抗战期间曾赴香港,太平洋战争爆发后返重庆。《祖国在呼唤》以在香港期间

的生活体验为基础。剧本的背景放在日本侵略者占领时期的香港上层社会,通过知识妇女夏宛辉和她的丈夫、外科名医陆原放在革命者教育帮助下离开敌占区的过程,描写了各种不同面貌的人物,从侧面反映了革命者在香港同敌伪的斗争。革命者韦克恭是夏宛辉以前的爱人。剧本把这种爱情关系的抒写同敌我斗争的线索糅合在一起,用韦克恭的重伤和牺牲把戏剧推向高潮,呈现出浓郁的浪漫主义色彩。剧本热烈歌颂革命者为祖国流尽最后一滴血,也赞扬了响应祖国呼唤的医学工作者,具有一定的感人力量。《祖国在呼唤》是宋之的继《雾重庆》之后又一思想艺术水平较高的作品。

宋之的在解放战争期间写作了独幕剧《群猴》。剧本以国民党"国大代表"选举为背景,把国民党各派系的代表人物集中到某城一个镇长的家里,让他们在舞台上作耍猴式的自我表演。这一伙"书记长"、"主任"、"女国大代表",为了拉选票,戏法要尽,丑态百出。剧本的现实性很强,虽然尚欠深刻,但对国民党官僚政治的腐败、"民主宪法"的虚假,以及各派系之间的争夺,作了辛辣的讽刺,在喜剧艺术上取得了一定的成就。

于伶(1907—1997),常用笔名尤兢,是抗战初年曾在上海"孤岛"坚持战斗的一位有影响的剧作家。他的作品有《女子公寓》、《花溅泪》、《夜上海》、《女儿国》、《杏花春雨江南》、《长夜行》和《大明英烈传》等。除历史剧外,这些剧作都以上海的现实生活为题材,表现抗战的主题,在揭露日本帝国主义和汉奸罪行的同时,也反映了人民群众的艰难困苦和反抗斗争。作品的格调清新朴素,表现形式富于变化,人物对话含蓄隽永,但有时剪裁不很适当,显得头绪纷繁。

写于一九三九年的五幕剧《夜上海》是作者代表作之一。剧本以梅岭春一家在"八一三"沪战爆发后的活动为线索,比较宽广地反映了当时上海社会各阶层的动态,人民的苦难和抗日情绪的增长。它"是上海变成'孤岛'后最现实的一个剧本"[①]。开明士绅梅岭春带领一家人逃到上海,饱经忧患,大儿子和大儿媳被日寇打死,女儿莘辉因感激钱恺之帮助她家进入租界而错把终身托付给这个纨绔子弟,结果被遗弃。在这"孤岛"之上,梅岭春一家尽管屡遭打击,处于走投无路的境地,但保持着民族气节,不受敌人威胁利诱,最后决定回家乡跟着抗日游击队去"锻炼,磨炼"。《夜上海》的续集为四幕剧《杏花春雨江南》,主要写太平洋战争爆发后梅岭春一家回到故乡,和当地抗日救国军一起为保护家乡、保护油桐果而斗

---

① 于由:《评〈夜上海〉》,载《大美晚报》1939 年 8 月 12 日第 7 版。

争的故事。由于作者缺乏这方面的生活经验,更兼思想认识上的局限,这个剧本没有达到作者的预期目的。

写于一九四二年的四幕剧《长夜行》,是作者这一时期最坚实的一部戏。剧本主要反映了"孤岛"沦陷前后爱国知识分子与敌伪斗争的情形,以及社会下层人民的痛苦生活。主人公俞味辛和他的爱人任兰多,都是正直的爱国知识分子。"人生有如黑夜行路,失不得足"。——俞味辛时时以这句话警诫自己,在黑暗重重的环境中坚持下去。无论是生活上的贫病交迫或者政治上的威胁利诱,都未能阻止他们的爱国活动,动摇他们的斗争意志,终于在革命者陈坚的引导下走上更为坚实的道路。

《大明英烈传》是作者一九四一年写成的五幕历史剧。剧本以采石矶大战为背景,刻画了刘伯温、苏皎皎、唐力行、秀姑等决心推翻元室、"光复山河"的起义领导者和群众的形象,在宣扬民族意识、鼓动人民反抗侵略方面,收到了较好的效果。

沈浮(1905—1994)创作的剧本有《重庆二十四小时》、《金玉满堂》以及《小人物狂想曲》。这些剧作通过既平凡无奇又波澜起伏的戏剧情节,描绘了抗战相持阶段大后方城镇的社会生活面貌。三幕剧《重庆二十四小时》写的是太平洋战争爆发前夕重庆一所普通楼房里的人物和故事。故事的中心是一个从东北流浪到重庆来的既纯洁又脆弱的女青年,在几个进步戏剧工作者的帮助下,识破和摆脱了邪恶势力诱人下水的种种圈套,投入抗日进步戏剧工作。剧中几个富有正义感和爱国心、而性格截然不同的戏剧工作者的形象,刻画得颇为鲜明。四幕剧《金玉满堂》写的是重庆附近某乡镇一个地主家庭衰败的故事。这个挂着"金玉满堂"金匾的地主家庭,三代人中头两代男人已死去,由女人掌管家产,继承祖业的希望寄托在第三代。但第三代"聪明有余","道德不足",不但保持不了财产,连生命也丢了。作者那时对农村状况了解不够深刻,有些情节不够真实,但剧本在一定程度上揭露了地主财富造成的罪恶。这两个剧本戏剧冲突激烈紧张,技巧颇为熟练。

袁俊(1910—1996)的四幕剧《万世师表》也是抗日战争时期出现的重要剧作,写于一九四四年。剧本以五四运动和抗日战争两个不同的时代为背景,力图在激荡的时代风云中刻画人物,集中笔墨塑造了大学教授林桐的形象,热情歌颂在黑暗动荡的社会环境中坚贞自守的教育工作者。剧本没有曲折的故事和轰轰烈烈的场面,而是通过感人的日常生活细节,表现林桐为教育事业坚贞不渝的精神,从实际生活出发,比较真实地概括了五四至抗日战争期间许多正直的知识分子走过的道路。除了《万世师表》外,袁俊还创作了多幕剧《小城故事》、《边城故事》、《山城故事》和《美国总统号》,戏剧艺术技巧比较熟练,对话俏皮生动,戏剧冲突紧张激烈,但反映生活不深,主题思想比较模糊,其成就和影响不及《万世师表》。

抗战时期"孤岛"上海的戏剧运动中,出现的剧本不下五十个,但以取材于历史题材的历史剧和移植外国戏剧的改编本为多。前一类除于伶的《大明英烈传》外,魏如晦(阿英)写了南明史剧《海国英雄》、《葛嫩娘》等四种和《洪宣娇》,姚克写了《清宫怨》、《楚霸王》,孔另境写了《春秋怨》……后一类为数更多。李健吾改了萨尔都戏剧《花信风》、《金小玉》等四种和《云彩霞》,石华父(陈麟瑞)改了《晚宴》,师陀改了《大马戏团》,佐临改了《梁上君子》,顾仲彝改了《三千金》,魏于潜(吴琛)改了《甜姐儿》……取材于现代生活的创作剧有林柯(陈西禾)的《沉渊》,阿英的《群莺乱飞》,杨绛的《称心如意》、《弄真成假》和《风絮》。其中尤以杨绛的剧作受到广泛的注意。前两个为喜剧,后一个是悲剧。作家善于抓住日常生活中的矛盾冲突,描写世态,鞭辟入里,而语言幽默,风趣盎然,含着眼泪微笑,富有个人的艺术风格,不仅在当时是佳构,即使在中国话剧史上,也是不可多得的杰作。

第三节　抗日题材小说与姚雪垠、路翎等作家的作品

抗战爆发之初,小说数量不如报告文学和戏剧丰富,但也出现了不少抗日题材的短篇,著名的有丘东平的《一个连长的战斗遭遇》,姚雪垠的《差半车麦秸》,萧乾的《刘粹刚之死》等。随着作家对现实认识的加深和生活经验的积累,这类以写正面形象、歌颂新事物为主的作品,也逐渐扩大了题材,并且出现了一批中长篇小说,较为深入地表现出人们在抗日斗争中精神面貌的变化。

在《七月》等刊物上发表短篇小说的丘东平,他写的大部分是浴血苦斗中爱国军民的倔强性格。《暴风雨的一天》用侧面烘托的手法,塑造了狂风暴雨中坚守岗位的少年抗日游击队员形象。《一个连长的战斗遭遇》以真实有力的笔触,正面描绘了连长林青史在日寇强大炮火面前主动出击、英勇歼敌的崇高行动和坚毅性格。作者曾亲身参加上海"八一三"战争,目睹中国军队抗击侵略者的壮烈场面,对实际战斗有较深切的感受,因此,无论是弹火纷飞的战场图景,直插敌阵的曲折遭遇,都在作品里得到逼真的表现,这在当时是颇为难能可贵的。这些短篇小说往往具有悲壮的时代色调,它们一方面反映出战争初期人民奋起抗战、慷慨悲歌的感人情景,另一方面也表现了国民党军政当局的腐败无能,及其与全民抗战

形势的尖锐矛盾。林青史的荣获战功的连队没有被日本侵略者击败,却在上司命令撤退的过程中遭到覆灭,这个悲剧本身就是对国民党当局不抵抗主义有力的暴露。丘东平本时期除与欧阳山等合写了中篇小说《给予者》(由他执笔)外,还作有长篇小说《茅山下》。这是他根据自己参加新四军以后的战斗生活经验创作的。作品虽然还只写了前五章,但已经展示了以茅山地区为中心的苏南抗日根据地交织着民族矛盾和阶级矛盾的广阔的画幅。令人无限惋惜的是,作者尚未写完这部小说,就在一九四一年日寇进攻时,为掩护学生撤退而献出了年轻的生命。

姚雪垠(1910—1999)在抗战初期,以成功地运用农村口语写出农民的觉醒变化而受人注意。短篇小说《差半车麦秸》主要写了一个绰号叫"差半车麦秸"①的农民游击队员,非常憨厚、纯朴、善良,却又带着农民的某些落后意识和习气。他抱着"鬼子不打走,庄稼做不成"的朴素认识参加了游击队,时时惦念着家庭和土地。开始到游击队时,他相信"枪子儿有眼睛的。只要不做亏心事,怕啥呢?"因为爱惜油灯,晚上悄悄熄掉营房的灯,以致造成宿营队伍的混乱;还有一次战斗中偷拿了老百姓一根牛绳。但他终于被共同的艰巨战斗吸引到集体中来了,逐渐习惯于集体生活,成为同志们"最有趣的好同伴"。他勇敢作战,在

姚雪垠

一次激战中身负重伤,却仍然挣扎着要"留下来换他们几个",关键时刻表现了不怕牺牲的英勇精神。这篇小说一九三八年在《文艺阵地》上发表后,以反映现实的迅速和刻画人物的真实生动,获得了广泛的好评。中篇《牛全德与红萝卜》同样写了农村出身的人物在抗日战争中的变化。正如作者所说,这个中篇"决不仅止于刻画性格,它的主题是表现旧时代的江湖义气向新时代的革命责任感的渐渐转移,伟大的同志爱终于淹没了个人的恩仇"②。小说的人物形象鲜明,语言生动,结构和谐;经修改后,主

---

① 意即"不够数儿",不够聪明。

② 姚雪垠:《这部小说的写作过程及其他》,见怀正文化社 1947 年 5 月出版的《牛全德与红萝卜》第 2 版。

要人物思想性格的转变过程显得更为细致合理。它与《差半车麦秸》一起,都是作者抗战期间自觉地实践文艺大众化方向的可喜收获。姚雪垠在这一时期还写有《春暖花开的时候》、《戎马恋》(《金千里》)、《新苗》(《夏光明》)等长篇,大多反映抗战爆发后的青年运动,有的还以少年儿童为主角,表现了民族苦难时代年轻一辈的救国热情。其中《春暖花开的时候》虽然只完成了第一部,却在比较广阔的背景上,写出了台儿庄战役前后大别山下一个青年抗敌工作讲习班的活动,较为真实地表现了国民党军政机构的腐败,地方封建势力的猖獗,以及特务统治网的绵密黑暗。解放战争时期,姚雪垠出版了长篇小说《长夜》。这部小说以一九二四年军阀混战时期河南西部山区为背景,通过一个回乡途中被土匪"绑票"的青年学生的亲身经历,描写以李水沫为头目的一支土匪队伍传奇式的生活,揭示出许多穷苦农民在破产和饥饿的绝境中,终于被迫为匪的社会原因,表现了农民中蕴藏着反抗恶势力的巨大潜在力量。像《长夜》这样以现实主义笔法写绿林人物和绿林生活的长篇小说,在五四以后新文学中并不多见。此外,姚雪垠还有中篇《记卢熔轩》,写一个爱国科学家的传记,也颇有可取之处。

齐同(1902—1950)的《新生代》是抗战时期出现较早的长篇小说。作者原计划写三部连续性长篇,"将从'一二·九'到'七七'北方青年的思想变动忠诚地告诉读者"[①]。当时已经写完两部,只发表了第一部,内容主要写"一二·九"、"一二·一六"北平学生示威游行和下乡宣传等重大历史事件。作品在一定程度上艺术地再现了"一二·九"救亡运动的许多真实的图景,富有时代气息。在运动逐步壮阔地展开的过程中,作品表现了各种不同类型的知识分子:有"越打击越斗争越有力量"、性格各自迥异的坚强的革命者,有夸夸其谈、害怕实际斗争以至背叛革命事业的"学者",有积极参加爱国运动、但理论不能联系实际的教授……主人公陈学海,是个由最初不问政治到后来积极投入斗争的青年学生。小说对他的思想转变过程写得真实而细密。陈学海的思想转变,对于抗战爆发后知识分子继承革命传统投入抗日民族解放斗争,很有教育意义。因此,这部作品在当时产生了较大的影响。作品的缺点是:后半部写学生下乡与农民接触,因作者缺乏这类生活体验而不够充实有力,艺术上也有以冗长的叙述代替描写和结构粗疏平板的缺点。尽管如此,《新生代》仍是抗战前期较好的长篇之一。

[①] 《新生代第一部"一二·九"发刊小引》,载人民文学出版社出版的《新生代》。

郁茹的中篇《遥远的爱》，一九四四年在茅盾主编的《文阵新辑》上发表，不久出版了单行本，受到当时文艺界和知识青年的重视。这部小说具有明快的风格和浑厚的气魄，通过细腻的心理刻画、强烈的抒情描写和人物性格的相互对比、衬托，表现出身于小资产阶级的女青年知识分子罗维娜，如何突破私爱的小天地走上争取民族解放的大道，热烈歌颂罗维娜敢于反抗恶劣环境的倔强意志和献身于民族解放事业的高尚品格。小说中罗维娜这个青年妇女的形象性格鲜明，有血有肉，给读者以深刻的印象。茅盾曾指出："我们所以感到喜悦的，是因为这一部小说给我们这伟大时代的新型的女性描出了一个明晰的面目来了……通过了仔细分析的内心斗争的过程，我们看见一个昂首阔步的新女性坚定地赶上了时代的主潮——全身心贡献给民族。"[1]这部小说思想上艺术上都存在一些缺点，如结构不够完整，除罗维娜外其他形象都比较概念化，但小说歌颂了为民族解放献身的精神，在当时的知识分子中是有启发鼓舞作用的。

路翎(1923—1994)的《财主底儿女们》完成于一九四五年，是这个时期出现的篇幅最长的长篇小说之一。这部小说以江南一家大地主大资本家家庭的风流云散为中心，力图反映"一·二八"以后的十年间中国社会生活面貌，提出在这个动乱的时代中青年知识分子的道路问题。作者是刚走进文坛的新人，注意学习和吸取西洋文学及五四以来新文学的创作经验，因而驾驭小说创作的艺术技巧颇为熟练。小说分两部。第一部结构虽稍凌乱，但线索仍很分明，从"一·二八"写到"七七"事变前，故事中心是苏州头等富户蒋捷三一家，在内外多种力量冲击下分崩离析的过程，穿插交错地描写在上海、南京、苏州的蒋家儿

路　翎

女的活动以及各自不同的思想面貌。第二部结构完整紧密，线索更加清晰，从"七七"事变写到苏德战争爆发，集中描写蒋家的小儿子蒋纯祖在大动乱中经历的曲折生活道路，也穿插描写蒋家其他儿女在抗战后方过着平庸麻木的生活。作者把财主的儿女，即出身于剥削阶级家庭的

----

① 茅盾：《关于〈遥远的爱〉》。

青年知识分子,放在民族矛盾激化的时代里加以刻画,表现他们的思想面貌,挖掘他们的内心世界。作者说:"我所检讨,并且批判、肯定的,是我们中国底知识分子们底某几种物质的、精神的世界。这是要牵涉到中国底复杂的生活的;在这种生活里面,又正激荡着民族解放战争底伟大的风暴。"①这种意图是有积极意义的。小说在描写大财主家庭的豪华生活方面,在描写大财主家庭内部尔虞我诈、相互争夺方面,在暴露国统区黑暗腐朽的社会面貌方面,也比较真实生动,具有浓重的现实主义色彩。小说塑造了王熙凤式的人物金素痕,以这个人物为中心在蒋家内部掀起一场惊心动魄的争夺财产继承权的斗争,写得有声有色。但是,小说在描写知识分子道路方面,却引起过争议。有的评论认为,在抗日民族解放战争中,大批知识分子到工农群众中去,由投身民族解放斗争而走上同工农结合的大道,而《财主底儿女们》这部以描述知识分子道路为主要内容的长篇小说,却没有反映这一客观实际,把具有浓厚个人主义思想的蒋纯祖作为当代英雄加以歌颂,鼓吹蒋纯祖的道路,其实这是一条脱离广大群众、脱离斗争实际的歧路。也有人不赞成上述看法,认为它容易导入"一个时代只有一种典型"的误区。这个问题今后可能还会继续探讨。但无论如何,小说在广阔的社会背景上和强烈的时代气氛中,通过一个封建家庭的崩溃及其儿女们的曲折生活道路这一侧面,显示出中国反帝反封建的民主革命的必要性,确又具有历史的极其深刻的意义。

路翎除了创作长篇小说《财主底儿女们》以外,还写了中篇小说《饥饿的郭素娥》、《蜗牛在荆棘上》,出版了《青春的祝福》、《求爱》、《在铁链中》等短篇小说集,在当时青年作者中创作数量是最多的。这些小说取材范围广泛,从矿工、农民、士兵、流浪汉到各种嘴脸的剥削者和各种类型的知识分子,都在作品中出现,从各个不同的生活侧面反映当时社会的黑暗和人民的苦难。路翎的小说显示出极为强烈的心理探索的兴趣,他的作品常常用人物心理情绪的变化为艺术结构。以短篇小说《平原》为例,作者写了青年农民胡顺昌夫妇因政府的横征暴敛而引发的一场激烈争吵。最初两人都理直气壮,经过出走与反出走,营救与反营救,他们在烈日下面的草地上终于和解并且重叙着夫妻间相濡以沫的亲情。这种戏剧性的紧张和转折的过程,写得极为丰富而又自然合理,显示了作者对于人性的深刻了解,对于他所表现的贫贱夫妻的爱情与哀痛的深刻同情。整个小说闪耀出一种道德的和诗意的光辉,展现了青年路翎过人的艺术才华。

---

① 路翎:《〈财主底儿女们〉题记》。

骆宾基(1917—1994)在战前写的长篇小说《边陲线上》和抗战爆发之初写的报告文学《东战场别动队》,曾以迅速反映抗日武装斗争而产生过较大的影响。后来他写了收在《北望园的春天》集中的大部分小说和长篇《混沌》(《姜步畏家史》第一部)等作品。这些小说对现实和历史的反映尚有不够深入之处,却显露了作者独特的艺术风格。其中《北望园的春天》是最有代表性的一个短篇小说。作品以战时大后方桂林为背景,写了一群蛰居在北望园的各色知识分子的庸俗、孤寂的生活,展示了他们的晦暗、颓唐的心境。作者细腻的笔触深入到人物精神世界的深处,向读者打开他们心灵的窗扉,揭示他们在特定处境中的思想感情和精神风貌,使人从中感受到令人窒息的时代气氛。与这种知识分子的灰色生活成为鲜明对照的,是作者在短篇《乡亲——康天刚》中对清代末年一个执著地追求美好理想的农民倔强性格的描写。关东林海雪原雄浑瑰丽的景色,与人物的富于传奇性的经历、豪放倔强的性格特色融合在一起,具有十分动人的力量。《一九四四年的事件》一篇写一个小公务员由于生活逼迫沦为盗贼终于被判死刑的悲惨遭遇,对战时国民党政府的法律制度进行了鞭挞和控诉,这是骆宾基短篇小说中揭露现实黑暗较为尖锐的一篇。长篇小说《混沌》是一部自传体形式的作品。故事以一九一八至一九二一年间的社会生活为背景,写一个地主商人家庭中的少年儿童姜步畏的生活。作品通过姜步畏儿时的观感、心理活动,展示了邻近苏联、朝鲜的中国东北边界城市的富有特色的自然风物、社会习俗和人情世态。但由于作品生活范围比较狭窄,对社会面貌的描写仅仅停留在儿童的混沌的眼光里,不能从更高的角度反映出社会矛盾。

师陀(芦焚,1910—1988),原名王辰简,从三十年代起陆续发表短篇小说和散文。短篇集《里门拾记》反映了作者故乡河南“绅士和老爷”的横行、“老实的庄稼汉子”的受难,有浓厚的乡土气息。作家善于描摹世态,刻画风习,时而采用揶揄笔调,悲叹与笑谑相融合,语言生动简约,感情深沉含蓄,形成了独特的艺术风格。这种风格,在抗日战争前出版的《谷》、《落日光》、《野鸟集》已有表现,到抗战期间陆续发表、一九四六年结集的《果园城记》里更为鲜明。《果园城记》是作者的力作,包括十八篇既独立又有某种联系的短篇。作者说:“这小书的主人公是一个我想象中的小城……我有意把这小城写成中国一切小城的代表,它在我心目中有生命,有性格,有思想,有见解,有情感,有寿命,像一个活的人。”[①]作者不仅有

---

① 《〈果园城记〉序》。

声有色地描绘了小城的风物,而且着力刻画小城中二三十年间起落、兴衰和浮沉的各色各样的人物。从经历过荣华和衰败过程的封建地主到劳碌终生、悲惨而死的各种小人物,从"洒脱中含着深思,深思中含着笑容,笑容中又带几分愁意"的薄命闺秀到艳名"噪动了果园城全境,并且很快噪动了上下游各码头"的出身名门的妓女,都写得活灵活现,构成一幕幕出色的人间悲剧,作家对造成悲剧的社会原因没有深入发掘,时而给读者以人生道路坎坷、命途多舛的感觉。但对小人物寄以关切同情,对大人物投以轻蔑讽刺,在缅怀、悲叹和笑语中曲折地表露了对黑暗现实深深的愤懑。除短篇外,师陀还写了中篇《无望村的馆主》,长篇《马兰》、《结婚》,艺术技巧都较熟练,但风格不如《果园城记》鲜明。

第四节 沙汀的小说

沙汀是三十年代初期投入左翼文学运动的小说作家。在抗日反侵略斗争中以及四十年代反对国民党压迫的斗争中,他的小说创作有了重大的进展,获得了丰硕的成果。

沙汀(1904—1992)原名杨朝熙、杨子青,出生于四川安县。他在中

沙 汀

学时期接受五四新思潮的影响,并开始爱好新文艺,大革命失败后在四川参加过革命活动。三十年代初他在上海开始创作时,曾和艾芜一起得到鲁迅的指导。从一九三五年起,他把笔锋转向自己熟悉的四川农村和小城镇的生活,克服了早期创作中"凭一时的印象以及若干报纸通信拼制成"①和"单用一些情节、一个故事来表现一种观念、一种题旨"②的缺点,重视人物性格的刻画,对生活的本质进行深入开掘。

抗战爆发后,沙汀从上海回到四川,本想凭着他对故乡生活的熟悉,

---

① 沙汀:《兽道·题记》。
② 沙汀:《这三年来我的创作活动》,载《抗战文艺》第7卷第1期,1941年1月1日。

反映抗战中欣欣向荣的气象。但是,在当时落后的四川,他看到的所谓新事物,"表面上是为了抗战,而在实质上,它们的作用却不过是一种新的手段,或者是一批批新的供人们你争我夺的饭碗",他决心要将一切"新的和旧的痼疾,一切阻碍抗战,阻碍改革的不良现象指明出来"①。

沙汀这个时期的小说针对那些借抗战以营私、大发国难财的基层官吏和土豪劣绅,撕下他们冠冕堂皇的"抗战"外衣,揭露出他们把丑恶扮为美好、将残忍装成人道的底面不符的矛盾现象,将其可憎、可笑、可鄙之处发掘出来,投以毁灭性的笑,写下了许多有讽刺喜剧色彩的短篇作品。

写于武汉失守前夕的《防空——在堪察加的一角》,表现了某县城的上层分子为争夺防空协会主任的头衔而演出的一场丑剧。这篇作品在《文艺阵地》发表后,杂志主编茅盾曾在《编后记》中说,它"寄沉痛于幽默","愈咀嚼其味愈苦"。如果说这篇作品在辛辣的笑声中,还可以看出作家的"不能抑制的显然的愤怒",那么稍后写的一些短篇,在作家更多地看到现实黑暗的情况下,感情趋于冷静,批判、讽刺的锋芒更严密地隐藏在现实画面之中。不同于漫画式的夸张和突出刻画的手法,这些短篇长于白描,把一些平平常常容易为人们忽略的东西通过精练含蓄的笔墨勾画出来,放在显眼的位置上,借助艺术形象的发展逻辑显示作者的倾向,以收到讽刺的效果。以兵役问题为题材的《在其香居茶馆里》(写于一九四〇年下半年),就是具有这种讽刺特色的著名短篇。小说写联保主任方治国因为新县长扬言要整顿兵役,所以匆忙地向县里告密,致使土豪邢么吵吵的已经缓役四次的第二个儿子被抓了壮丁,方、邢二人之间矛盾尖锐化,在茶馆里公开争吵,愈演愈烈,终至当场出彩,打得鼻青眼肿。这场冲突不仅使镇上的头面人物失去了体面,而且通过冲突的喜剧结局,暗示出继前任县长被撤职之后,新任县长的整顿兵役也不过是一个骗局。正是这位高喊要"整顿兵役"的新县长,在接受贿赂之后,借一个可笑的理由,即壮丁排队报错了数,然后加上"没有资格打国仗"的名目,将邢么吵吵的儿子"开革"出来。这画龙点睛的一笔,将作品的锋芒指向兵役问题上弊政产生的根源——国民党政府,从而使小说有了一个意味深长的结尾。

在沙汀的短篇小说中,像上述这种完全以反面事物作为描写对象的作品,为数不少。《联保主任的消遣》、《替身》等篇都勾画了鱼肉人民、危害抗战的基层统治者的形象。沙汀的这些作品,将尖锐的政治揭露与对社会黑暗的剖析结合起来,从不同的侧面表现现实斗争中的迫切主题,具

---

① 沙汀:《这三年来我的创作活动》,载《抗战文艺》第7卷第1期,1941年1月1日。

有鲜明的政治倾向性。而作品的这种倾向性,即对于反面事物的揭露、鞭挞和嘲笑,又是通过人物真实关系的描绘自然地流露出来的。这种不露声色的客观描绘和在真实的现实画面里隐含讽刺喜剧因素的特点,深受中国古典小说《儒林外史》等作品的影响,也从俄国作家果戈理、契诃夫小说的艺术经验中得到借鉴。鲁迅的小说如《肥皂》、《高老夫子》运用"有真意,去粉饰,少做作,勿卖弄"的白描手法塑造反面形象,更使沙汀从中直接得到教益。

沙汀的另一些从被迫害者角度揭露现实政治黑暗的短篇,则明显地表露出作者对强暴者的愤怒和对弱者的同情。《老烟的故事》一篇,在国民党顽固派发动反共高潮所造成的险恶的政治环境中,写一个"生活在空隙中的人",因为害怕突然加在头上的政治迫害,惶惶不可终日,终于神经过敏,生病致死。作者对这个怯弱的知识分子虽然也有同情,但更多的是批判。《小城风波》、《两兄弟》、《春潮》等篇则在暴露罪恶的特务制度的同时,写出了被迫害者的不屈和反抗的情绪。

沙汀的短篇中,展现了生活的积极面并在当时产生了较大影响的,有《磁力》。作品表现国统区进步青年"充满了热诚和信心",向往并奔向抗日民主根据地的情景。《堪察加小景》(后改名《一个秋天的晚上》)通过一个被侮辱被迫害的青年妇女的遭遇,在揭露"天下老鸦一般黑"的阶级压榨的同时,表现了底层人民如"涸辙之鲋,相濡以沫"、相互关心和友爱的动人情景,在晦暗、沉闷的现实中闪耀着"对于生活的信赖"①的光辉。

一九三八至一九三九年,沙汀还在敌后生活过一段时间。他从四川到延安,并随军去过晋西北和华北抗日民主根据地。作为这一段经历在创作上的收获,是写了著名的传记性的报告文学《随军散记》和散文集《敌后琐记》。后来,又写了表现根据地斗争生活的中篇小说《闯关》(曾改名《奇异的旅程》、《封锁线前后》)。

沙汀对抗战中四川农村和小镇现实黑暗的讽刺和暴露,还通过他这个时期写的长篇小说反映出来。长篇《淘金记》写于作家从抗日根据地回到四川后的一九四一年至一九四二年,最初曾以《烧箕背》和《北斗镇》为题发表在期刊上②。小说以开采烧箕背金矿的事件作为线索,写地主劣绅们为发国难财而掀起的内讧,刻画和展示了各有性格特色的地主阶级的群丑图。在北斗镇上互相争夺的势力中,有"在野派"哥老会流氓头子

---

① 《沙汀短篇小说集·后记》。
② 《烧箕背》,载《文艺阵地》第7卷第2、3期;《北斗镇》,载《文学创作》第1卷第5期。

林幺长子,依附于地方上层势力的恶霸白酱丹和渐趋没落的女地主何寡母等。其中白酱丹的形象写得最为成功。作为现任联保主任龙哥的"智囊"与"神经",白酱丹的刻毒和凶狠隐藏在"斯文迟缓"、"和蔼可亲"的外表下。他不仅为了自己的私利苦心钻营,夺得了烧箕背的开采权,而且自觉地充当腐朽制度的维护者,想方设法"增强力量","维持后方治安"。这一性格鲜明的人物概括了深刻的社会内容:他是这种统治制度所培植和养育出来的最凶残、丑恶、无耻的政治流氓,同时又是这个腐烂、崩坏的社会制度赖以维护、支撑下去的支柱。作品另一塑造得成功的人物是国民党农村基层政权的代表人物——联保主任龙哥。从这个人物身上可以看到作者许多短篇小说中联保主任的影子,同时又进行了新的艺术概括和创造。

与人物性格刻画和情节发展结合在一起,作品还对抗战时期四川农村的特定环境进行了开掘,点染了战时国统区的时代气氛,增强了作品的现实意义。《淘金记》是沙汀的第一部长篇小说,它充分显示出作者生活积累的丰富和艺术技巧的圆熟。由于作者对四川农村的生活和历史,各阶层人物的心理状态和地方风俗习惯相当熟悉,冷静观察,细密剖析,真实精细地描绘现实关系,成功地运用四川方言土语,因而绘制出一幅幅乡土气息十分浓郁的四川农村风俗画。作品所塑造的人物形象,较之短篇小说中的同类人物,概括的社会历史内容更为丰富深刻,人物性格也更为完整鲜明。人物语言个性化,而且特别注意具体的语言环境,一个断句,一个反问,一种语言的强调,都经过安排,耐人寻味。小说的不足之处在于,对生活中的正面力量缺少表现,所写的劳动群众大多愚昧无知,连一点愤怒、反抗的情绪都没有,整个作品没有一点关于出路的暗示,致使画面显得过于阴森和晦暗。

写于一九四三年至一九四四年的另一长篇《困兽记》,表现的是四川某小城镇中一群知识分子在时局逆转后陷于无法自拔的烦闷生活,真实地反映了国统区进步知识分子共同的抑郁、愤怒、苦闷和追求。但是,整个作品笼罩着抗战后期国统区知识界沉重抑郁的气氛,艺术描写上有繁琐拖沓的缺点。

长篇小说《还乡记》写于一九四六年。作品一开始就展现了抗战时期四川农村尖锐的阶级矛盾的画面。林檎沟——这个具有农民自发斗争传统的山村,自从三十年前一场农民暴动被镇压以后,贫苦农民饱受剥削,已经到了走投无路的地步。作家从人物性格出发展开情节,细致深刻地揭示了遭受深重压迫的贫苦农民冯大生由个人反抗到投入集体斗争的思

想历程。在多次碰壁以后，他才丢掉幻想，从切身经验中认清了当局政权的真面目。而当他投入到山民反对恶霸地主合谋掠夺农民"笋子"利益的斗争中时，他的倔强、反抗的性格便迸发出新的光彩。围绕这场斗争，作品还在敌我双方刻画了老谋深算的保长的父亲敦五和沉着、老练、富有斗争经验的老农民张大爷的形象，进一步显示出斗争的复杂性和深刻性。《还乡记》虽然由于作家生活视野的限制，未能写出农民自发斗争的出路，但过去作品中某些低沉情绪已经扫除，在深刻精细地描写农民的生活和斗争的同时，如火如荼的气势分明可见。虽然在人物塑造的丰满程度和艺术表现的完美方面不如《淘金记》，但这部小说毕竟表现了新的主题和人物，而且艺术手段与思想内容基本统一。生活实感较强，乡土气息浓郁，人物刻画真实，仍然保持了沙汀艺术的特色。

抗战胜利前后及解放战争时期的短篇集《呼嚎》和《医生》，从不同的角度、运用多种艺术手法迅速反映了那时社会现实生活中的尖锐矛盾，表达了城乡人民在民主运动中的战斗要求。有的作品通过人物对某事件态度的集中描绘，鲜明地刻画了性格特征并表现了富有现实性的主题，如《范老师》和《呼嚎》。有的短篇在精心选取的生活片段中，通过一两个典型情节，对丑恶事物进行辛辣嘲讽，如《医生》一篇，像一个绝妙的独幕讽刺喜剧。此外，写国民党内部分崩离析的《炮手》，讽刺国民党"国大代表"选举的虚伪性的《选灾》，揭示国民党分子色厉内荏、本性难移的《酒后》等，表明作者对短篇体裁愈益运用自如，得心应手，技巧也更趋圆熟。

综上所述，沙汀的小说比较深刻地反映了抗战以来国统区农村的生活和斗争，艺术上形成了独特的风格。虽然由于生活面和政治视野不够开阔，在一定程度上影响了他的现实主义的深度和广度；但在作品所写到的题材范围内，他的小说对时代的本质进行了开掘，从讽刺、暴露的角度反映了现实的主要矛盾斗争。在深入揭露国民党农村统治基础——保甲、帮会制度和地主豪绅势力方面；在写出个性鲜明而又有概括意义的人物方面；在短篇小说体裁的运用和富有特色的四川农村风俗画的绘制方面；在坚持现实主义的真实性，力求思想、生活和艺术三者的统一方面；在战斗的、讽刺的艺术风格的探索和实践方面，沙汀的小说都取得了较高的成就。

第十三章 抗日和解放战争时期的文学创作(二)

第一节 钱钟书等作家的讽刺暴露小说

在二十世纪三十年代曾经积极从事文学杂志编辑工作并写过大量短篇小说的靳以(1909—1959),抗日战争时期及以后一段时间写的短篇大多收在《洪流》、《遥远的城》、《众神》、《生存》等集子中。与上一时期写男女生活和爱情题材不同,这段时间内着重揭露现实的黑暗,并且在艺术上注意探索多种表现手法。《乱离》一篇于朴素、细腻的描绘中流露出作者的激情,通过一对积极从事抗战工作、却因莫须有罪名而被捕的青年男女的遭遇,对不民主的政治环境进行了控诉。《众神》以浪漫主义手法,借一个百万富翁死后灵魂在天堂与众神会晤的场面,揭露了抗战中官僚资本家囤积居奇、武装走私、荒淫无耻等罪恶行径。《晚宴》借一个喝醉了酒的人在筵席上的话,对抗战中形形色色的"蛀虫"进行了痛快淋漓的指斥。但揭露较为浮浅,运用夸张的手法有时也使人感到不够真实。靳以的另一篇小说《生存》却是艺术感染力较强的短篇,充满着作者对当时社会现实憎恶的感情,有着丰富的生活实感。它写一个从事美术工作的教授,在清寒困苦的境遇中不愿同流合污、始终忠于艺术的正直品格。靳以还写过一部八十万字的长篇《前夕》,作品以日本帝国主义者侵入中国后一系列重大的政治事件为背景,通过一个大家庭众多成员不同的经历遭遇,反映了抗战爆发前三年内动荡的社会生活。这部作品以巨大的篇幅留下了时代的面貌,具有一定的认识和教育作用,但缺少经过精心构思、提炼的典型情节,不注意人物性格的刻画,艺术上缺乏感染力量。靳以还写了大量散文杂文,结集出版的有《人世百图》等,和他的小说一样,这些散文也对国统区的黑暗作了批判与揭露。

将战时知识分子的精神面貌刻画得精妙入微的,是钱钟书(1910—1998)连载于《文艺复兴》上的《围城》。在这之前,作者已经发表过一些散文和短篇小说(如《猫》、《纪念》),并以其渊博的知识在文学批评方面取得了卓越的建树。《围城》单行本于一九四七年问世。恰如作者所说,小说写的是"现代中国某一部分社会,某一类人物"①。小说以留法回国的青年方鸿渐为中心,描绘在战火弥漫的中国,一群远离烽烟的知识分子在恋爱上,在工作上,在日常生活上,钩心斗角,尔诈我虞。作者以讽刺的笔调,双关的语言,揭示了他们内心的贫乏、空虚与卑微。小说把结婚——实际上也是把社会的或一方面比喻为"被围的城堡":"城外的人想冲进去,城里的人想逃出来。"扰扰嚷嚷,吵个不停,世界由此获得热闹。作者的讽刺是辛辣的、犀利的。他还擅长心理描写,细致周详,入情入理,

钱钟书

完全符合人物的性格特点。不仅方鸿渐、赵辛楣、苏文纨等主要人物如此,便是落墨不多、寥寥几笔的唐晓芙、汪太太、范小姐等,也莫不一言一动,如见肺腑,她们的精神状态全部被勾画了出来。由于描写的是知识分子,作家用其所长,在对话中引喻广博,才情横溢,妙语如珠,令人解颐。但有时这方面的材料过多,使一般读者不易了解,影响了作品的普及。小说的时代气氛也稍嫌薄弱。

小说风格与钱钟书颇为接近,不过作品却主要是短篇的,有杨绛与予且两位。他们后来都在"孤岛"已沦入敌手的上海生活,小说专以人性的弱点为讽喻对象。杨绛笔下的人物,和钱钟书的短篇集《人·兽·鬼》一样,也都是受过西式教育的知识分子,而讥刺却显得更为不动声色。以杨绛的《小阳春》为例,用语之俏皮,意象之丰富,节奏之明快利索,都将俞斌夫妇和胡小姐三个角色之间的微妙心理,烘托得甚为精彩而又恰到好处。予且小说(如《伞》)则有所不同:人物大多是市民,带有较明显的海派色彩,但喜剧和幽默意味也都很重。作者除了白描之外,常以俯视的姿态写人,插上若干旁白和评点,妙趣横生,令人喷饭。

在国民党统治总崩溃前夕的最黑暗的日子里,《虾球传》的出现给窒息的文坛送来了春风。这部小说一九四六年至一九四八年在香港《华商

---

① 《〈围城〉序》,晨光出版公司1947年5月版。

报》副刊连载,随后分《春风秋雨》、《白云珠海》和《山长水远》三部出版了单行本,在当时国统区特别是华南地区曾广泛流传。作者黄谷柳(1908—1977),抗战时期已开始发表作品。他在半殖民地半封建的旧中国有过曲折而辛酸的生活经历,在黑暗中探索着走向光明的道路。《虾球传》的创作就是这种探索所结出的艺术硕果。《虾球传》是一部富有浓厚地方色彩和强烈生活气息的作品,比较成功地塑造了从流浪少年成长为革命战士的虾球的形象。小说中的虾球,原名夏球,出身于华侨工人家庭,自幼在香港做小工、小贩,过着半饥不饱的生活。在生活的重压下,十六岁的虾球走出家庭,到处流浪求生。但是,在旧世界里,没有下层人民的乐园与天堂。虾球经历过一番痛苦的流浪生活,受过拘押、捆绑、殴打,从香港流浪到广州,又到粤南各地,经过曲折惊险的道路,终于找到了革命队伍,成为一名优秀的游击战士。《虾球传》通过虾球的曲折经历告诉人们,在罗网重重的旧社会,个人奋斗是没有力量的,只有组织起来走革命道路,穷人才能获得解放。

《虾球传》不是单纯地孤立地描写虾球的惊险遭遇,而是把虾球放在一个极其复杂的社会环境中,通过虾球和他的小伙伴牛仔在"鳄鱼家庭"当差所见的人和事,画出了殖民地和半殖民地光怪陆离的社会相。小说描写了绰号"鳄鱼头"的城市流氓头子洪斌及其上司、同僚,淋漓尽致地暴露了这伙妖魔鬼怪的狰狞面目和丑恶灵魂。"鳄鱼头"起初混迹香港,明抢暗盗,无恶不作;后来易地广州,摇身变为"舰长"、"团长",同官、商、绅相勾结,为非作歹,罪恶累累。"鳄鱼头"及其一伙,实际上是当时统治集团的一个派生物。小说通过"鳄鱼头"的发迹和灭亡,预示这种统治最后崩溃的日子已经不远。

反映城市下层人民生活的作品,在五四以来的新小说中屡见不鲜,老舍的《骆驼祥子》就是其中的代表作。但是,城市流浪少年儿童的苦难遭遇,城市流氓势力的为非作歹,在现代文学中较少涉及,因而《虾球传》的出现给人以新颖而别开生面的感觉。这部小说在艺术上也具有特色,较多地接受了古典小说和民间文学的影响,故事曲折动人,情节引人入胜,语言朴素简练,在民族化群众化方面取得了可喜的成绩。正如茅盾在评价包括这部小说在内的作品时指出:"打破了五四传统形式的限制而力求向民族形式与大众化的方向发展。"①《虾球传》在这方面走出了重要的一步。

---

① 茅盾:《在反动派压迫下斗争和发展的革命文艺》。

第二节 《天国春秋》及《升官图》等讽刺剧作

在抗日战争特别是解放战争时期的国民党统治区内,进步戏剧运动遭到的摧残和压迫日甚一日,直接反映现实的戏剧受到极大的限制,因而许多剧作家转向写历史题材和各种形式的讽刺剧。在历史剧作方面,除郭沫若、欧阳予倩等作家外,阳翰笙也是著名的代表作家。在讽刺剧的创作方面,陈白尘取得了重大的成就。此外,吴祖光的神话剧在反压迫、争民主运动中也产生过积极的影响。

阳翰笙(1902—1992)在三十年代写过小说,并从事左翼戏剧运动。他的主要剧作有现实题材的多幕剧《塞上风云》、《两面人》(一名《天地玄黄》)和历史剧《李秀成之死》、《天国春秋》、《草莽英雄》等。其中《天国春秋》是他的代表作。

《天国春秋》脱稿于皖南事变发生后不久的一九四一年九月。作者说:"我为了要控诉国民党""这一罪行","现实的题材既不能写,我便只好选取了这一历史的题材来作为我们当时斗争的武器。"①

"杨韦事变"是导致太平天国败亡的一个转折点。《天国春秋》以这个事变为线索,塑造了杨秀清、韦昌辉、洪宣娇等形象。杨秀清被刻画为太平天国的"柱石",他虽然有时待人过于严格,又失于大意,但他是太平天国正确的政治和军事主张的代表,身负军国重任,办事认真坚定。韦昌辉在剧本里是一个政治投机家和阴谋家的形象。这个本来"挺有钱的大富翁",靠投机革命起家,窃踞了太平天国的重要权位——"北王"。定都南京以后,故态复萌。他不仅勾结富豪,贩运私货,霸占人妻,腐化堕落,而且容纳内奸,耍弄阴谋,挑拨离间,陷害忠良,制造了残杀杨秀清以及太平天国两万多将士的大惨案,大大削弱了革命的力量,并且促使太平天国进一步地严重分裂。被刺的杨秀清临终时"怒指韦昌辉",发出愤恨而痛苦的斥责:"……你为什么竟对我下这样大的毒手,你竟一点儿也不念兄弟的情分,一点儿也不顾天国的前途! 你,你,你还算是一个人吗!"洪宣娇,一个对事变负有很大责任而最后忏悔了的人物,她由于妒忌和刚愎的性格,被韦昌辉利用,成了杀害杨秀清的帮凶。剧的结尾,当事变的惨重后果使她悔悟的时候,她喊出:"大敌当前,我们不该自相惨杀! ……我们真是罪人! ……十恶不赦的罪人啊!"

---

① 阳翰笙:《〈阳翰笙剧作选〉后记》。

剧中演出的"杨韦事变",使观众和读者自然地联想到刚刚发生的"皖南事变"。这个历史剧的演出,确曾引起强烈反响。

《草莽英雄》脱稿于一九四二年十月。剧本以辛亥革命前夕川南保路同志会与丧权辱国的清政府进行英勇斗争的悲壮事迹为题材,塑造了罗选青和陈三妹等人民英雄的形象。他们在斗争中虽然表现了可赞颂的坚贞不屈、无所畏惧的气概,并且一度干得轰轰烈烈,但是,由于他们对隐藏内部的敌人丧失警惕,一俟取得一定胜利,又头脑膨胀,不听忠言劝诫,以致误信敌人诈降,终遭暗算;不仅罗选青重伤身死,而且把辛苦经营的革命事业毁于一旦!作者以戏剧艺术总结这个历史教训,在那时富有现实意义。

陈白尘(1908—1994)以擅长讽刺喜剧著称。他很早就写短篇小说,一九三四年前后写的《曼陀罗集》、《小魏的江山》、《茶叶棒子》;独幕剧《街头夜景》、《父子兄弟》、《虞姬》和多幕剧《石达开的末路》,受到了较广泛的注意。抗战爆发后,作品更多,独幕剧《未婚夫妻》、《禁止小便》(收入《后方小喜剧》),多幕剧《魔窟》、《乱世男女》、《大地回春》、《结婚进行曲》、《大渡河》等,标志着他的创作生涯进入了一个新的阶段。

《乱世男女》(三幕四场),写于一九三九年,是当时比较有名的一部讽刺剧作。作者以尖锐泼辣的笔触,描写了抗战初起由南京逃到大后方的一群都市渣滓的形形色色丑态。剧中写到像秦凡那样真心抗战的人物,虽然没有展开他的具体活动,却也在一定程度上起到与那些渣滓对比的作用。剧本不足之处是对这些渣滓的解剖还不够深刻,只能引起观众的嘲笑和鄙视,却不易由此进一步认识这些社会问题的本质。

写于一九四〇年的五幕剧《结婚进行曲》,乃是在《未婚夫妻》的基础上扩展而成的。剧本通过女知识青年黄瑛为寻找职业而四处碰壁的遭遇,揭露了国统区社会的腐败。黄瑛不愿做男人的附属品,要做一个经济上自主、有独立社会地位的人。为此她走出家门,到处寻找职业。但是,那个社会却根本不给她立足之地,为她准备的"职业"是陷阱和泥坑。她终于只能做一个家庭主妇和母亲,"在苦难生活中打滚"。她的丈夫刘天野,也在生活的重压下颓唐下去,以酒浇愁。剧本前三幕闹剧式的噱头过多,在一定程度上冲淡了戏剧冲突所包含的严肃的社会内容。独幕剧《禁止小便》(后曾改名《等因奉此》),笔锋犀利,富有特色。剧本直接暴露国民党一般行政机关那种浑浑噩噩、腐败不堪的情景。

抗战胜利前后,陈白尘创作了《岁寒图》和《升官图》。四幕剧《岁寒图》出版于一九四五年初,以高级知识分子的生活为题材,赞颂了主人公在严寒如冬的社会环境中坚贞自守,剧中表现的主题思想十分深刻,人物的精

神面貌也很鲜明。剧本以抗战时期后方某城市私立医学院附设的医院为背景,塑造了忠于职守、克己为人的医师黎竹荪的形象。黎竹荪是医学院教授兼任附属医院肺病科主任,他"把结核菌当作他的敌人,和它作战了二十年了!如果有结核菌在他面前,他怎么也不会让它逃去的!"剧本通过黎竹荪废寝忘食为病人诊治的一连串感人细节,对他全心全意为病人服务的美好心灵作了细腻的刻画。黎竹荪看到那时每年全国有四百万人死于肺病的惊人事实,起草了一个防痨计划,"打算三年之内使肺结核菌在这个城市里完全绝迹!十年之内,消灭掉全国的肺结核菌!"但是,在当时的条件下这个美好的理想不可能变为现实。黎竹荪终于认识到"这是一个整个社会问题,整个社会问题没解决,我的计划从哪儿去实现呢?"剧本热情地歌颂了挺拔如松柏的科学文化工作者,也猛烈地抨击了寒冷如严冬的旧社会。尽管剧本结尾无力,但整个作品给人许多有益的启发和暗示。

《升官图》完稿于一九四五年十月,一九四六年先后在重庆、上海及各地上演,轰动一时。作者为了避免影剧检查官的刁难,把剧中时间向前推移到军阀当道的"民国初年",但观众和读者却能透过过去的年代看到活生生的现实。全剧除序幕、尾声外,共分三幕,通过两个流氓强盗的梦境,对当时官场作了淋漓尽致的暴露与讽刺。在"一个凄风苦雨之夜",一个流氓强盗及其同伙为了逃避追捕,闯入"一所古老的住宅"。在"窗外风雨凄厉"、"远处惨叫之声不绝"的阴沉沉的气氛中,两个闯入者进入睡乡做了一场升官发财的美梦。梦中两个强盗在一次群众暴动后,乘知县受伤、秘书长丧命的机会,浑水摸鱼,冒充为知县和秘书长。衙门里利欲熏心的官吏和知县太太,为了分得赃款,竟然承认两个冒牌货,真知县反被卖去当壮丁。除了冒名顶替的知县和秘书长外,这个衙门还有"身材奇短,但总爱耀武扬威地全副武装"、只管六名警察但扬言要"把全城人都杀光"的警察局长,"面圆耳肥,一副发福的样子"、"县里第一等红人"的财政局长,"暮气沉沉,呵欠连天"但"一口气可打二十圈麻将"的教育局长,"一身笔挺的西装,油头粉面"、"外号是摩登贾宝玉,又叫洋装西门庆"的工务局长,还有"妖艳异常"、"跟财政局艾局长在一道"的知县太太,为了"一个五克拉的钻石戒指,一部小汽车,一座洋房"的高价而卖身的马小姐。在"灯光辉煌"、"富丽堂皇"的背景前,展现出了衙门里一件件卑鄙龌龊的勾当。这一伙人面妖魔,既抱成一团,又相互争夺,贪得无厌,无恶不作,把县城闹得乌烟瘴气。忽然传来了省长到这个县视察的消息,群魔又开始了新的自我表演。笨拙的假知县死背"肃清贪官污吏,建立廉洁政府"的欢迎词;警察局长大抓乞丐充实警察队伍;工务局长向每户居民收十万元粉刷墙壁,"表示廉洁坦白";冒牌的秘书长挖空心思,弄虚作假,把县城伪装成"建设第一"。"仪表非凡"、大讲"廉洁"、"简朴"的省长来到这个县,搜刮贪赃手腕远远高于诸局长。他"头痛"要用金条熏烟做"药","左边头痛,一根金条就够;右边痛,要两根;前脑痛,三根;后脑痛,四根;最厉害的是左右前后都痛,那要五根才行",而且"要五十两一根足赤金子","第二次如果再痛起来可要换新的才行"。省长收到了足够的金条,又免费得到一个太太,于是宣布视察完毕,一切太平,枪毙了从壮丁中逃回来的真知县,提拔假知县为道尹,财政局长升为知县,升官的升官,发财的发财,皆大欢喜。但在省长、知县合并举行婚礼时,怒吼的群众把他们一个个抓走。两个强盗从梦中惊醒。剧中的升官图,表演托诸梦境,描绘的却是现实;情节近于荒诞,反映的却是真实,可以说是梦境和现实、荒诞和真实的统一,构成了国民党统治时期的"官场现形记"。剧本在喜剧艺术上达到了很高的成就,从俄国作家果戈理的《钦差大臣》和中国传统戏曲的丑角戏吸取了经验,大胆而又合理地运用夸张这一艺术手段,在波澜起伏的情节发展中,展现反面人物腐朽的灵魂,达到"假中有真"的戏剧效果。

继陈白尘的《升官图》之后,吴祖光(1911—2003)的《捉鬼传》、《嫦娥奔月》(演出时改为《嫦娥》)又在剧坛上出现,以新颖的构思和独特的风格吸引了观众和读者。《升官图》一剧把现实转化为梦境,《捉鬼传》、《嫦娥奔月》则借用传说、神话中的鬼和神的世界来影射现实。三幕讽刺喜剧《捉鬼传》,利用民间传说中钟馗捉鬼的故事,掺入现实内容,借剧中虚构人物的言行,揭露和讽刺国民党统治下举目皆是的丑恶现实,既趣味盎然,又发人深思。钟馗原是一千多年前唐代"终南山一个秀才",中了头名状元,因相貌丑陋不被录用,"大闹金殿","头撞金柱而亡"。他会见阎王表明决心,"要斩魔捉鬼,扫荡乾坤,落一个清白世界",被封为"捉鬼大神",他带领随从到人间捉了牛魔王等鬼怪,以为大功告成,痛饮后醉倒化石。一千多年后钟馗被鬼闹醒,发现遍地是鬼,捉不胜捉,只好败退。剧中对当时统治势力勾结外人、欺压百姓、贪污受贿、营私舞弊等种种倒行逆施,无情地加以揭露和讽刺。剧本写到钟馗并没有把鬼捉尽,受欺凌的穷鬼、店小二、店老板依然没有扬眉吐气,既符合现实,又含有深意,希望被压迫的人们"加倍的反抗才有生路"[1]。

三幕神话剧《嫦娥奔月》,采用嫦娥奔月的神话,赋以现实斗争的内容。作者说:"'射日'是抗暴的象征,而'奔月'是争自由的象征;这其中的

---

[1] 《捉鬼传·跋》。

经过，又是多么适当地足以代表进步与反动的斗争，一部世界史没有超逾这个范围。"①剧中写到后羿射日为人民除了害，但他登上皇帝宝座后转变为大独裁者，强娶民间女子嫦娥为皇后。嫦娥不满于被幽禁的生活，偷吃仙丹飞进月宫。逢蒙和吴刚各自代表进步力量和阻遏力量，嫦娥的父母及三个姊姊，以及受灾与饥饿的人们"代表千载以还，善良的，无辜的，能忍耐亦终能反抗的广大的人民"②。剧本结尾是逢蒙带领武装的人民推翻了后羿的独裁统治。剧作者根据自己的理解，把朴素美丽的神话同人民反抗强暴的壮丽斗争糅合在一起，反映人民追求自由解放的愿望，富有浪漫主义色彩。《嫦娥奔月》的第二幕直接采用了鲁迅《故事新编》中《奔月》的一部分，把嫦娥厌吃"乌鸦肉的炸酱面"的描写搬上了舞台。除以上两部剧作外，吴祖光写了四幕剧《风雪夜归人》及神话剧《牛郎织女》等，戏剧效果都较强。

第三节　张爱玲的小说

张爱玲(1920—1995)，曾用笔名梁京③。出身于上海一个贵族家庭。祖父张佩纶光绪初年曾为督察院左副部御史，中法马尾战事期间因贻误战机而被革职充军，后为李鸿章幕僚，并成为李之女婿，在张爱玲出生前十多年去世。祖母是李鸿章的女儿。父亲性情暴戾，染有纳妾、抽鸦片之类纨绔子弟的恶习。母亲黄姓，也是名门世家出身，婚后曾去欧洲留学，与丈夫因感情破裂而离婚。张爱玲很早失去母爱，父亲和继母对她又相当冷酷，只得从中外小说阅读中寻找自己的乐趣，养成孤僻的性格。她喜欢阅读《红楼梦》等古典小说和清末民初的通俗小说，也爱读新感觉派小说和英国作家毛姆等人的作品。从

张爱玲

————————

① ② 《嫦娥奔月·序》。
③ 《十八春》在上海《亦报》连载时，用此笔名。

监禁她的父亲家中出逃后,张爱玲考入香港大学,连续就读三年,直至太平洋战争爆发后返回上海,开始创作生涯。最早的一批小说如《沉香屑——第一炉香》、《沉香屑——第二炉香》、《茉莉香片》、《心经》、《倾城之恋》、《金锁记》、《封锁》等,分别发表在上海沦陷时期的《紫罗兰》、《杂志》、《万象》、《天地》等刊物上,后来集为《传奇》出版。

张爱玲的中短篇小说,着重表现上海、香港这类大都市里的两性心理,尤其是女性心理。这些作品都有弗洛伊德思想的烙印。如《沉香屑——第二炉香》写了性欲压抑者在走投无路时的自杀;《茉莉香片》表现男主人公聂传庆因得不到父母温爱而变态地对女同学言丹朱嫉恨与报复;《封锁》写城市戒严这段特定时间里一对在电车中邂逅的中年男女微妙的内心活动,颇似施蛰存的《梅雨之夕》;《心经》甚至写父女恋爱,表现弗洛伊德所谓"恋父情意结";《金锁记》则写小家碧玉曹七巧嫁到官宦人家做一个残废人的老婆,"她戴着黄金的枷"在姜家过了三十年,没有得到过真正的爱情,性格趋于变态。由于自己没有尝到幸福,她也不让儿女得到幸福,甚至异常可怕地亲自动手去破坏儿女们的幸福。从张爱玲小说表现的生活内容与思想基础来说,它们确实和刘呐鸥、穆时英、施蛰存的作品有着一脉相承之处。

然而,张爱玲小说的实际成就却高出于上述新感觉派作家。她做到了新感觉派作家们想做而没有做到的事情,达到了新感觉派作家们想要攀登而未能达到的高度。

张爱玲小说的成就,首先在于两性心理刻画上具有前所未见的深刻性。《金锁记》写的曹七巧这类不幸遭遇,五四以来的小说曾经不断地加以表现;像杨振声的《贞女》,台静农的《烛焰》,彭家煌的《喜期》,施蛰存的《春阳》,也都在一定程度上实现了各自的意图,获得了不同的成就。但是,把主人公心理写得如此复杂、深刻和透彻,把这类悲剧的后果写得如此细致入微,而又如此震撼人心的,却只有张爱玲的《金锁记》。小说中的曹七巧,自己没有得到幸福而竟要子女也得不到幸福,不仅蛮横逼死儿子长白的媳妇,还要活活拆散女儿长安和童世舫的婚姻,她的这种变态心理,以及她那些刀子似的不断在他人心灵上划出伤痕的话语,实在大长了读者的见识,令人战栗。请读读作者不动声色地写到的七巧破坏女儿长安婚事这一段:

> 然而风声吹到了七巧耳朵里。七巧背着长安吩咐长白下帖子请童世舫吃便饭。世舫猜着姜家是要警告他一声,不准他和他们小姐藕断丝连,可是他同长白在那阴森高敞的餐室里吃了两盅酒,说了一回

话，天气，时局，风土人情，并没有一个字沾到长安身上。冷盘撤了下去，长白突然手按着桌子站了起来。世舫回过头去，只见门口背着光立着一个小身材的老太太，脸看不清楚，穿一件青灰团龙官织缎袍，双手捧着大红热水袋，身旁夹峙着两个高大的女仆。门外日色昏黄，楼梯上铺着湖绿花格子漆布地衣，一级一级上去，通入没有光的所在。世舫直觉地感到那是个疯人——无缘无故的，他只是毛骨悚然。长白介绍道："这就是家母。"世舫挪开椅子站起来，鞠了一躬。七巧将手搭在一个佣妇的胳膊上，款款走了进来，客套了几句，坐下来便敬酒让菜。长白道："妹妹呢？来了客，也不帮着张罗张罗。"七巧道："她再抽两筒就下来了。"世舫吃了一惊，睁眼望着她。七巧忙解释道："这孩子就苦在先天不足，下地就得给她喷烟。后来也是为了病，抽上了这东西。小姐家，够多不方便哪！也不是没戒过，身子又娇，又是由着性儿惯了的，说丢，哪儿就丢得掉呀？戒戒抽抽，这也有十年了。"世舫不由的变了色。七巧有一个疯子的审慎与机智。她知道，一不留心，人们就会用嘲笑的，不信任的眼光截断了她的话锋，她已经习惯了那种痛苦。她怕话说多了要被人看穿了。因此及早止住了自己，忙着添酒布菜。隔了些时，再提起长安的时候，她还是轻描淡写的把那几句话重复了一遍。她那平扁而尖利的喉咙四面割着人像剃刀片。

长安悄悄的走下楼来，玄色花绣鞋与白丝袜停留在日色昏黄的楼梯上。停了一会，又上去了。一级一级，走进没有光的所在。

恰到好处的文字产生了令人惊心动魄的效果。七巧出场时背光而立的幽灵般的身影，她作为母亲竟用尽计谋乃至不惜说谎来断送女儿的终身幸福……这一切都使读者如童世舫般感到"毛骨悚然"，产生难以忘却的深深的悲剧感。作品结尾时有这样一段叙述："七巧似睡非睡横在烟铺上。二十年来她戴着黄金的枷。她用那沉重的枷角劈杀了几个人，没死的也送了半条命。她知道她儿子女儿恨毒了她，她婆家的人恨她，她娘家的人恨她。她摸索着腕上的翠玉镯子，徐徐将那镯子顺着骨瘦如柴的手臂往上推，一直推到腋下。她自己也不能相信她年青的时候有过滚圆的胳膊。"委实使人怜悯，引人叹息，又发人深思。七巧无疑是新文学中最复杂、最深刻、最成功的妇女形象之一。此外，《沉香屑——第一炉香》里那个毒蜘蛛似的梁太太，《倾城之恋》里那对上流交际场中的男女——范柳原与白流苏，《红玫瑰与白玫瑰》里那个自以为逢场作戏、实际却既贪又怯的佟振保，他们在张爱玲解剖刀般的笔下，也都被刻画得入木三分。张爱玲的心理分析小说之所以如此出手不凡,其原因在于她不是单纯依靠从书本上得来的弗洛伊德观念,而是植根于生活,得力于生活:依靠从生活中得来的深切感受,依靠长期的观察和深刻的体验。如果说,穆时英、施蛰存还是从外部来写舞女、少爷和各种市民的话,那么,张爱玲本身就是从这个圈子里来的,她对于自己要写的人物——尤其是都市中上层女性,真正做到了"烂熟于心"。《流言》集里有篇文章叫《写什么》,正好说清楚了这层道理,张爱玲说:

> 我认为文人该是园里的一棵树,天生在那里的,根深蒂固,越往上长,眼界越宽,看得更远,要往别处发展,也未尝不可以,风吹了种子,播送到远方,另生出一棵树,可是那到底是艰难的事。

"根深蒂固","天生在那里的"——这就透露了张爱玲获得成功的秘密。她还曾向一位访问者这样表示:"我写的东西,总得酝酿上一二十年"①。正由于生活体验、人生体验的深切,艺术上又经过长时间的反复酝酿,才保证了张爱玲能写得那样深和细,写出了施蛰存、穆时英所写不出的那种深刻的微妙之处。

张爱玲小说的另一个独到的成就,在于意象的丰富与活泼传神。这些意象大多鲜活而富有艺术魅力。例子俯拾即是。《金锁记》里,七巧怀着又爱又恨的复杂感情,掷团扇打翻了玻璃杯,赶走了姜季泽,这时,"酸梅汤沿着桌子一滴一滴朝下滴,像迟迟的夜漏———一滴,一滴……一更,二更……一年,一百年。真长,这寂寂的一刹那。"此种意象,同七巧当时又气、又爱、又恨、又悔、又躁急、又空虚的心境是何等吻合,衬托得多么精妙有力。而接着,苏醒的爱情推动七巧,使她跌跌绊绊地赶上楼,"要在楼上的窗户里再看他一眼",终于看到:"季泽正在弄堂里望外走,长衫搭在臂上,晴天的风像一群白鸽子钻进他的纺绸裤褂里去,哪儿都钻到了,飘飘拍着翅子。"这一意象,出自七巧这个情人眼里,又能引起多少遐想,它和七巧的心事又配衬得多么微妙! 至于多次提到的七巧家楼梯的意象:"一级一级,通向没有光的所在",更具有象征性而发人深思。《第一炉香》写梁太太出场时:"一个娇小个子的西装少妇跨出车来,一身黑,黑草帽沿上垂下绿色的面网,面网上扣着一个指甲大小的绿宝石蜘蛛,在日光中闪闪烁烁,正爬在她腮帮子上,一亮一暗,亮的时候像一颗欲坠未坠的泪珠,

---

① 见水晶:《蝉——夜访张爱玲》,收入《张爱玲的小说艺术》一书,台湾大地出版社出版。

暗的时候便像一粒青痣。"从这时起,绿宝石蜘蛛的意象,便给读者留下极深的印象,随着梁太太为人的越发被人了解,这印象便越发加深。后来薇龙进入梁府,"一抬眼望见钢琴上面,宝蓝磁盘里一棵仙人掌,正是含苞欲放,那苍绿的厚叶子,四下里探着头,像一窝青蛇,那枝头的一捻红,便像吐出的蛇信子"。虽然似乎失之浅露,但同样加深着读者对梁宅的观感、印象。这类意象在张爱玲作品中,常常如泉涌而出,自然活泼,玲珑剔透,增强了小说蕴藉含蓄的力量。

还应该说,张爱玲小说造语新奇,"通感"手法运用得多,艺术感觉异常锐敏精微,具有新感觉派作品的某种色彩。例如:

《金锁记》写七巧的心情:"茶给喝了下去,沉重地往腔子里流,一颗心便在热茶里扑通扑通跳。"

《第二炉香》用音响形容月光:"到处都是呜呜咽咽笛子似的清辉"。

同篇写罗杰尴尬的笑:"他只把头向后仰着,嘿嘿地笑了起来,他的笑声像一串鞭炮上面炸得稀碎的小红布条子,跳在空中蹦回到他脸上,抽打他的面颊。"

同篇写罗杰坐在海边的苦恼心情:"整个的世界像一个蛀空了的牙齿,麻木木的,倒也不觉得什么,只是风来的时候,隐隐的有一些酸痛。"

《年青的时候》形容女打字员的装饰:"头上吊下一嘟噜黄色的卷发,细格子呢外衣。口袋里的绿手绢与衬衫的绿押韵。"

同篇写汝良恋爱中想念沁西亚的兴奋心情:"野地里的狗汪汪吠叫。学校里摇起铃来了。晴天上凭空挂下小小一串金色的铃声。沁西亚那一嘟噜黄头发,一个卷就是一只铃。可爱的沁西亚。"

《封锁》一开头就这样写:"开电车的人开电车。在大太阳底下,电车轨道像两条光莹莹的,水里钻出来的曲蟮,抽长了,又缩短了;抽长了,又缩短了,就这么样往前移——柔滑的,老长老长的曲蟮,没有完,没有完……"

《留情》写主人公出门遇到微雨天气:"米先生定一定神……微雨的天气像个棕黑的大狗,毛氄氄,湿呤呤,冰冷的黑鼻尖凑到人脸上来嗅个不了。"

《鸿鸾禧》写到玉清的烦倦心情:"一个人先走,拖着疲倦的头发到理发店去了。卷发里感到雨天的疲倦……"

同篇还这样形容笑声给人的感觉:"棠倩的带笑的声音里仿佛也生着牙齿,一起头的时候像是开玩笑地轻轻咬着你,咬到后来就疼痛难熬。"

读过穆时英小说的人,大概都会感到张爱玲上述这类写法很有穆时英的味道。然而,在感觉的锐敏、细致,比拟的精妙、贴切与独创方面,张爱玲小说比之穆时英等新感觉派作品来,实在是有过之而无不及的。

更有意思的是,张爱玲的现代派小说竟是和传统的民族形式相结合的。她在叙述、描写方面,用的是《红楼梦》式的手法和语言。表面上看,它似乎与新感觉派作家大异其趣。其实不然。这条路子实际上正是新感觉派作家开辟的。施蛰存一九三七年春写的最后一篇历史题材心理分析小说《黄心大师》,采用的就是传统的手法和语言。它在《文学杂志》第二期上发表时,曾受到编者朱光潜的称赞,《编辑后记》说:

> 近来小说作者大半都受了西方的影响。在技巧方面固然促成很大的进步,但是手腕低下者常不免令人起看中国人画的"西画"之感。施蛰存先生的《黄心大师》很有力地证明小说还有一条被人忽视的路可走,并且可以引到一种新境,就是中国说部的路。施先生的作风当然也有西方小说的佳妙处,但是他的特长是在能吸收中国旧小说的优点。他的文字像他自己所说的,是"文白交施",但是看起来比流行语言还更轻快生动。读许多人的小说,我们常觉得作者是在做文章;读《黄心大师》,我们觉得委实是在"听故事",而且觉得置身于"听故事"所应有的空气中,家常,亲切,像两个好朋友夜间围炉娓娓谈心似的。

可惜的是,施蛰存本人后来并未沿着这条路写下去。生活本身限制了他;抗战爆发后的客观形势也改变着他的想法。施蛰存没有完成的任务,却由张爱玲承继下来,出色地完成了。这大概得力于她从小所受的旧诗和《红楼梦》一类古典小说的熏陶。张爱玲终于在尝试运用娴熟的民族形式去表现现代派的思想内容方面,取得了创纪录的成功。由于她作品的杰出成就,使现代派小说在中国土壤中扎下了根子。这是张爱玲的又一个大的贡献。

上述这些告诉我们:张爱玲虽然不能算是一个狭义的新感觉派作家,但也许可以说在实践现代主义方面是个集大成者。

然而张爱玲的起点也就是她的顶点。在四十年代,她可能已把自己的生活积蓄乃至艺术积蓄使尽了。五十年代所写的《秧歌》、《赤地之恋》等作品,不但内容上不真实,违背生活逻辑,而且艺术上也平淡无奇,失去光泽。用作家自己的话来说,它们决不是"酝酿上一二十年"的产物,只能是离开本土硬"要往别处发展"的树木。同以前的作品相比,它们简直使人难以相信出自同一个张爱玲的手笔。这再一次证明:离开了深切的生活体验,任何一种创作方法都不可能保证产生出色的作品。

第十四章 赵树理和表现新的群众时代的文学创作

第一节 赵 树 理

　　一九四二年在延安召开文艺座谈会和毛泽东发表《在延安文艺座谈会上的讲话》以后,抗日民主根据地、解放区(以下总称解放区)文学从内容到形式都发生了新的重大的变化,出现了崭新的面貌。同国民党统治区的作家处于拂逆环境不同,解放区的作家,有深入群众的自由,创作上有广阔驰骋的天地,因此,在这里阶级矛盾、民族斗争的新题材新主题在作品中占了主要地位,劳动人民在作品中成为掌握自己历史命运的主人公,作品的语言形式愈来愈民族化、大众化。可以说,在解放区出现了表现新的群众时代的人民文学。赵树理就是一个杰出的代表。

　　赵树理(1906—1970)出身于山西省沁水县的一个贫苦农民家庭,从

赵树理

小参加生产劳动,过着被剥削的艰苦生活。他很小就喜爱民歌、民谣、鼓词、评书和地方戏曲,还是八音会(晋东南的一种农民自乐班)里摆弄各种乐器的好手。一九二五年进入长治省立第四师范学习,从创造社、文学研究会创办的刊物中接受了五四新文学的影响。后来还受到无产阶级革命文学运动的鼓舞。由于地方当局的迫害,他被迫离开学校,长期过着漂泊不定的流浪生活。从一九三一年起,他为太原一些报纸副刊写作小说等多种形式的作品。赵树理开始写作文字通俗的作品,识字不多的农民能看懂,不识字的能听懂。他创作了《铁牛的复职》、《蟠龙峪》

等小说,并且发表过文艺大众化的主张。早在这个时候,他已经选择了一条与很多作家有所不同的文学道路。正如周扬后来指出的那样:赵树理是作为"一个在创作、思想、生活各方面都有准备的作者,一位在成名之前已经相当成熟了的作家,一位具有新颖独创的大众风格的人民艺术家",进入文坛的①。

一九三七年抗战爆发后,赵树理参加革命工作。一九四一年到华北党校,专门做通俗文化工作。此后,他在编辑《黄河日报》(太南版)副刊、《中国人》报、《新大众报》时,写作了大量小说、小戏、快板和其他通俗文章。他还参加农村剧团的编导工作,跟随剧团深入群众。一九四三年五月,赵树理完成了著名短篇小说《小二黑结婚》。十月,他又创作了被誉为"解放区文艺的代表之作"的《李有才板话》。一九四五年冬,写成长篇小说《李家庄的变迁》。与此同时,还写了许多优秀的中短篇小说,如《孟祥英翻身》、《地板》(一九四四),《福贵》(一九四六),《小经理》、《邪不压正》(一九四八),《传家宝》、《田寡妇看瓜》(一九四九)等。在短短几年间,赵树理就以积极贯彻文艺为工农兵服务的方向,最早取得丰硕的成果,而受到人们的热情赞扬。一九四六年八月,郭沫若和周扬分别在上海和延安发表文章,推荐赵树理和他的作品。郭沫若评论《李有才板话》说:"我是完全被陶醉了,被那新颖、健康、简朴的内容和手法;这儿有新的天地,新的人物,新的意义,新的作风,新的文化,谁读了我相信都会感着兴趣的。"②一九四七年七月,晋冀鲁豫边区文联召开会议,号召文艺创作向赵树理方向迈进。八月,边区政府以唯一的文教作品特等奖授予赵树理的小说。赵树理成了解放区最有代表性的作家之一。

《小二黑结婚》描写根据地一对青年男女小二黑和小芹,为冲破封建传统、争取婚姻自主,遭到金旺等恶霸的迫害和家庭的阻挠。但无论是恶霸的逞凶或是家庭的阻挠,都无法压制小二黑和小芹争取自由与幸福的意志。他们坚强不屈地进行斗争,在民主政权支持下,终于取得了胜利。作品描写恶霸势力受到应有的惩罚,以小芹的母亲三仙姑和小二黑的父亲二诸葛为代表的落后人物,受到了生活的嘲弄和批判,并终于实行自我改造。从鲁迅的小说《伤逝》描写子君、涓生这一对城市知识青年为自由结合进行斗争而失败,到《小二黑结婚》中农村男女青年争取婚姻自主获

<hr>

① 《论赵树理的创作》,原载延安《解放日报》,1946 年 8 月 26 日,后收入《表现新的群众的时代》。

② 《板话及其他》,载上海《文汇报》,1946 年 8 月 16 日。

得胜利,可以看出中国革命在二十多年间所迈出的巨大步伐。《小二黑结婚》热情地歌颂了民主政权的力量,歌颂了农村社会的长足进步,歌颂了新一代农民的成长;因而立即得到农村中要求民主改革的广大群众,特别是青年的热烈欢迎。

《李有才板话》通过阎家山改选村政权和实行减租减息中的曲折过程,深刻地反映了抗战时期农村尖锐、复杂的阶级矛盾。阎家山是山西军阀阎锡山统治下的农村缩影,这里的封建统治根深蒂固。抗战后虽然成了敌后根据地,但恶霸地主阎恒元仍然依仗他的势力和影响,采用更加狡猾的手段,维持他的统治。阎家山实际上依然是阎家天下,却居然还得到一个"模范村"的光荣招牌。作品相当深刻地揭示了封建地主的凶狠狡诈,在"丈地"一节中把阎恒元的诡计多端刻画得入木三分。但是在共产党的影响下,农民群众已经开始觉醒。作品着力塑造了李有才的形象,他了解农村的社会、历史状况,有一定的阅历和斗争经验,性格豪爽但又冷静深沉。因而在村内形势不利时,只是用抛"冷话",即冷嘲的方式来表示自己不满与抗争。他还是一个民间艺人,有卓越的艺术才干,在黑暗环境逼迫下,他用快板作特殊武器进行斗争。这些快板所表现出来的鲜明的爱憎感情,风趣幽默的风格,正是李有才个性特征的重要方面。"小字辈"人物是李有才快板的热心的传播者,他们的积极性更高,斗争性更强;作为新一代的农民,在农村民主革命中发挥着重要的作用。

阎家山农民不能真正翻身,同负责领导工作的章工作员,犯了主观主义错误密切相关。他没有发现李有才和"小字辈"人物,却依靠了阎恒元的势力。作品塑造了长工出身的农村干部老杨的形象,有意把他与章工作员进行对比。他的强烈的是非爱憎,朴实深入的工作作风,处处与群众打成一片的优良品质,一举一动无不表现出从农民中成长起来的革命干部的特色。老杨迅速地找到了农民中的革命分子,依靠他们发动组织群众,只用了三天时间就斗倒了阎恒元,掀掉了压在农民身上的封建磐石。《李有才板话》虽然只描写一个小小村庄的斗争,所蕴含的思想却是发人深思、动人心弦的。

长篇小说《李家庄的变迁》描写太行山区一个村庄从大革命失败后到抗战胜利近二十年间所发生的变化;在更为广阔的背景上描写阎锡山统治下山西政局的动荡,以及对于农民生活造成的影响。作品从沉重的封建压迫写起,描写了一系列事件,高潮是农民与地主的惊心动魄的搏斗。从"血染龙王庙"的大血案,到农民群众怀着深仇大恨惩处李如珍,斗争取得了重大胜利,最后是激动人心的踊跃参军的场面,生动地表现了共产党领导的人民革命,经过斗争、失败、再斗争、再失败,直到胜利的过程。书中描写了各阶层的许多人物,塑造了铁锁、冷元、白狗等一批富有反抗性的农民形象。其中写得最充分的是铁锁。作品描写了他在革命低潮、高潮几个不同时期的思想变化。他受李如珍经济、政治上的几重压迫,对于不公的世道有过怀疑和不满,心存翻身复仇的愿望。正当他寻找出路而不得时,遇到了共产党员小常。小常启发了他的觉悟,引导和帮助他在实际斗争中成长为一名优秀的革命战士。但小说下半部过程发展得过于匆促,人物形象塑造不力,铁锁参加革命后的性格刻画不够,因而影响了这一形象的完整性。其他人物的塑造也有类似的缺点。

赵树理的其他短篇小说,从不同的方面表现了解放区农村社会关系的变革。《孟祥英翻身》写太行山区渡荒英雄孟祥英,从一个受欺压的年轻媳妇,"从不英雄怎样变成英雄"的故事。同样反映婆媳关系的还有《传家宝》。相同的题材却有不同的时代特征。孟祥英的婆婆不让媳妇参加社会活动,是由于抗战时期这里的民主政权还不稳固,婆媳矛盾中包含着鲜明的政治矛盾的内容。《传家宝》中李成娘和金桂的矛盾,却反映了解放区政权稳固之后,经济上的发展带来农民理家方式的变化。此外,《福贵》、《邪不压正》、《小经理》、《田寡妇看瓜》等篇,也都从不同的侧面,或鞭挞农村旧势力,或批评农村工作中某些失误,或歌颂农村中的新人物、新道德面貌。

五四以来的新文学创作中,农民是不少作家努力表现的对象。鲁迅第一个怀着炽热的同情描写了受着深重压迫的贫苦农民。到了三十年代,在深入发展的农村革命的推动下,一些左翼作家笔下开始出现了觉醒反抗的年青一代新农民形象。但是在当时主客观条件下,特别由于作家未解决与农民感情上打成一片的问题,因而难于塑造出真实丰满的农民形象。赵树理在中国现代文学史上独特的贡献是:他的笔下出现了翻身农民的崭新形象,而且他所塑造的农民形象,从思想、感情、习性、气质,到观察、思考、表达的方式,都具有地道的农民的特质。这就是在文学的内容和形象塑造上,为新文学增添了新因素。

对于农村生活和农民心理真切深入的理解,从生活实际出发的现实主义艺术原则,使赵树理的作品表现的是当时人们所普遍关切之事。他说:"我在做群众工作的过程中,遇到了非解决不可而又不是轻易能解决了的问题,往往就变成所要写的主题。"①他写《李有才板话》,是因为"那

---

① 《也算经验》,见《赵树理选集》,人民文学出版社,1959年版。

时我们的工作有些地方不深入,特别对于狡猾地主还发现不够,章工作员式的人多,老杨式的人少,应该提倡老杨式的作法,于是,我就写了这篇小说。"①为了防止土改运动中,群众未充分发动之前,流氓坏分子混入干部队伍以及少数当权干部容易变坏,他写了《邪不压正》,"使土改中的干部和群众读了知所趋避"②。他的作品的主题思想常常有较大的现实意义,但并不是政治概念的没有艺术生命的图解。赵树理的小说,描写了广大农民与封建地主的矛盾,而且比较充分地反映了这一时期农村社会生活的变革,即在解决了政权问题之后,对旧农村社会的改造。他描写了人的地位、人的思想和家庭内部关系的变化。在《小二黑结婚》、《孟祥英翻身》、《福贵》、《传家宝》等作品中,他相当深刻地描写了宗族、家庭中长幼关系、婚姻关系、婆媳关系等矛盾的演变。这些描写,反映了新民主主义革命的某些本质的方面,并且表现了一个新时代、新天地的诞生。赵树理并不回避矛盾,勇于接触生活中的问题和落后面。

中国农村的民主改革是复杂曲折的,充满了外部世界和内心深处的各种矛盾和冲突。赵树理以其细致生动的笔触,充分地刻画了这些变化的历史进程。从这个意义上说,他的小说是处于新民主主义革命浪潮中的中国农村社会的一面镜子。

赵树理在小说艺术的民族化、群众化方面,做出了重大的贡献。在人物塑造、情节结构和语言上,他都有所创造,形成了自己在艺术上独特的风格。为老百姓喜闻乐见,具有中国作风和中国气派的小说形式,是赵树理艺术风格的一个重要的因素。

作家笔下塑造了众多的人物形象。赵树理没有对这些人物作静止的描绘、分析、议论。他继承了中国古典小说塑造人物的特点,适应群众的欣赏习惯,把人物放到故事情节的发展中,放到生活的矛盾冲突中,通过人物自身的行动和语言,来展现自己的性格特征。从"不宜栽种"到"恩典恩典"的一串故事中,把二诸葛的迷信、迂腐、懦弱但又老实、厚道的性格表现得十分鲜明。从"米烂了"到精心梳妆打扮,赶到区上去闹,表现三仙姑迷信弄假、泼而且赖的特征。同样两个落后人物,放在同样环境中,却能将其截然相反的性格特征凸现出来。由于作家能抓住人物的特征,因而寥寥数笔就能把人写活,很有以笔传神的功夫。一些次要人物,也能一两笔写活。于福牵驴送三仙姑上区,张得贵抱着笔砚算盘随阎恒元丈地,

---

① 《当前创作中的几个问题》,见《三复集》,作家出版社,1962年版。
② 《关于〈邪不压正〉》,载《人民日报》,1950年1月15日。

只用一个动作就把他们的身份、地位、性格点了出来,耐人寻味。就是老槐树下的那些"小字辈",或热烈,或冷静,面目也不雷同。赵树理的小说较少大开大阖的情节,激烈动荡的场面,因而人物往往不是在起伏很大的动作中完成性格,而是在日常生活细节中,通过朴实、简练但却细腻的描写去展现。像孟祥英、李成娘等都是在日常家庭生活细节中表现她们的。细节的真实,表现了赵树理善于精确描绘生活的长处,使小说具有严格的现实主义的特色。赵树理小说在结构上的特点是,故事性强,讲求情节的连贯性和完整性;常常采用大故事套着几个小故事的手法,环环相扣,层层推进。作品的开头总要设法介绍清楚人物,随着情节的发展展开人物的性格,最后交代人物的结局、下落,做到来龙去脉,有头有尾。注重故事性,还使他的小说叙述多于描写,描写融于叙述。那些用白描手法所作的细腻描写,往往是最为引人入胜的段落。赵树理在语言上也有杰出的创造。在他之前,还很少有人完全做到使用北方农民的口语写作。不但人物语言是农民的口语,就是作者的叙述语言也完全口语化了。无论讲述故事或评论人物、事件,都使人觉得是一个农民在说话。但这又是经过提炼的,纯粹、质朴、平易,描情状物,绘影传神,都能形象逼真,生动活泼;在轻松幽默、风趣横生之中,表现出人民群众的聪明机智和乐观主义。赵树理的作品做到雅俗共赏,把大众化和艺术化统一了起来。他强调继承民间艺术传统,从中吸取丰富的营养,而不是简单的模仿。他清醒地看到民间的传统文艺存在着"缺陷",需要加以"补充"改造①。为了丰富多样,便于表现现代生活,适应现代读者的需要,赵树理的小说又融入了中国古典文学和五四以来新文学的长处,创造出独具一格的民族新形式。他的这种具有鲜明民族化群众化的艺术风格,对于后来的小说创作发生深远的影响,形成了一个新的文学创作流派,人们称之为"山药蛋派"②。

第二节 《太阳照在桑干河上》、《暴风骤雨》等作品

除赵树理的小说创作外,丁玲的《太阳照在桑干河上》和周立波的《暴风骤雨》也描绘了农民群众的翻身斗争,反映了中国农村的巨大变革。这两部长篇小说都以农村土地改革为题材,思想上艺术上成就较高,分别获得一九五一年度斯大林文学奖二等奖和三等奖。

---

① 《〈三里湾〉写作前后》,见《三复集》,作家出版社,1962年版。
② 山药蛋是山西对于马铃薯的俗称。"山药蛋派"含有土生土长、为群众喜闻乐见之意。

延安文艺座谈会后,丁玲沿着文艺为工农兵服务的方向,进一步深入群众的生活和斗争,创作上不断有新的收获。一九四六年至一九四八年间,她多次参加华北农村的土地改革,获得了丰富的创作素材,以极大的政治热情和久经磨炼的文学手笔,力图艺术地再现这场中国农村中空前未有的伟大革命,写出了著名长篇《太阳照在桑干河上》。这部小说虽然只写一九四六年中共中央关于土地改革的《五四指示》发布后,处于最初阶段华北农村的土地改革斗争,而且只是计划写的三部中的第一部,但结构有头有尾,人物生动活泼,主题清晰明确,写出了农村斗争的某些本质方面,已经是一部反映土地改革全貌的独立完整的长篇。作品以华北一个叫暖水屯的村子为背景,真实生动地描绘了农村尖锐复杂的阶级矛盾,揭示出各个阶级不同的精神状态,并且展现了中国农民在共产党领导下已经踏上的光明大道。

《太阳照在桑干河上》全书是从一个后来被错划成富农的富裕中农顾涌,在附近村子听到土改斗争的风声开始的。作家以细腻的笔触写了暴风雨到来前暖水屯人们心理上的变化,对斗争风暴的到来作了有声有色的描绘。但顾涌并不是小说中的主要人物。作家以主要篇幅写了构成暖水屯基本矛盾的农民和地主两个方面的代表人物:张裕民、程仁以及钱文贵、李子俊等。他们在作品中被刻画得生动具体,鲜明突出,一个个有血有肉,达到了呼之欲出的地步。对于张裕民这个暖水屯的第一个共产党员,作品突出了他沉着、老练、忠心耿耿的品质,他虽然有过一些缺点,发动群众斗地主时有一段时间思想模糊,但他大公无私,冲锋在前,一旦思想明确,下了决心,便勇猛顽强,坚决果敢。因此,他在群众中有威信,在干部中有号召力,在村里处于举足轻重的地位。和张裕民一样从小受地主剥削的长工程仁,朴实憨厚,对地主阶级有本能的仇恨。因为和钱文贵的侄女黑妮的关系,他在斗争中也有思想矛盾,总感到有什么东西"拉着他下垂"。但他在斗争的暴风雨中还是站稳了立场,坚决和广大群众一道,向地主阶级进行了勇敢的斗争。他和张裕民都像质地纯朴的玉,虽有瑕疵,却掩不住本身的光辉。至于恶霸地主钱文贵,如果作为一个丰富的典型形象来要求,人物的个性显得还不够突出,然而也并不一般化,较之其他作品中的反面人物,自有其独到之处。从这个人物身上可以看到,地主阶级是怎样奸诈狡猾地抗拒土改斗争的。作家没有夸大他的能力,也没有低估他的淫威,分寸掌握得比较适当。除钱文贵外,作品中还写了几个有不同特点的地主:胆小绝望的李子俊,阴险凶恶的江世荣,对农民恨得咬牙切齿的侯殿魁等;李子俊的老婆更是写得惟妙惟肖,入木三分。

《太阳照在桑干河上》的意义,首先在于塑造了一系列农民形象。其中的正面人物都写得相当真实,使读者感到可信,可亲。作家遵循现实主义的创作原则,从实际生活出发,把人物放在一定的历史条件下和斗争环境中加以分析,既努力发掘他们要求翻身、敢于革命的本质,又注意到千百年来封建生产关系在他们身上产生的影响,不掩饰他们存在的弱点、缺点,写了他们在斗争前的顾虑和一时挫折中的思想情绪。另外,作家在着意刻画主要人物的同时,也认真细致地描绘了其他一些不那么重要的人物。如刚正不阿踏踏实实的民兵队长张正国,积极活泼头脑清晰的村民政、支部宣传委员李昌,不声不响做了许多具体工作的合作社主任任天华,以及勇敢坚决略带一点鲁莽的积极分子刘满,干脆利落的妇联主任董桂花,泼辣能干的羊倌女人周月英,等等,一个个都个性分明,写得生动逼真。作品通过这些人物的描写,展示了人们相互之间的关系,表现土改斗争的曲折发展。他们的性格随着斗争的发展而发展,他们的命运紧密地联系着活生生的现实。如程仁对黑妮的态度变化就反映了土改斗争的发展,也展示了程仁的思想性格。因此,作品体现出这样一个重要的思想:土地改革这场伟大的群众运动,不但以极大的威力改变中国农村社会几千年的旧秩序,也对人们思想、心理的变化发生着直接的影响。和其他有些反映土改斗争的作品相比,《太阳照在桑干河上》之所以显得扎实,一个重要的原因就在于此。

《太阳照在桑干河上》从农村阶级矛盾内在的原因对共产党的领导作用揭示得相当深刻。作品中描写工作组和县宣传部长章品在暖水屯的活动,既表现了开展土改斗争必须要有共产党的领导,又表明共产党的领导只有通过农民内在的解放要求及其本身力量的成长,和农民的斗争紧密结合,才能发生伟大的力量。作家对工作组的作用写得恰如其分,甚至较多地写了工作组负责人文采身上存在的知识分子某些不良习气。对工作组其他两名成员杨亮、胡立功既写了他们能深入群众,了解实际情况,也写了他们缺少经验,理论水平较差。对县宣传部长章品同样如此,作家写他怎样深入群众,敏锐果断,然而并没有把他写成超现实的英雄,甚至还写了他外表上的几分稚气。小说以生动的形象辩证地说明了共产党和群众的关系,党怎样在土改斗争中起着领导的作用。

《太阳照在桑干河上》的突出成就还在它对农村各阶级之间错综复杂的关系表现得细致具体,这使它比一般写这类题材的作品显得真实、深刻。作家不是简单地理解和表现农民与地主的矛盾,不是从概念和公式出发去反映土改斗争,而是循着生活的脉络,把延续千百年的中国农村封建关系和社会情况真实生动地表现了出来。小小的暖水屯阶级阵线虽然基本清楚,但人们的关系却犬牙交错。小说在表现生活本身的丰富内容和复杂关系方面,是相当充分的。在反映贫苦农民和地主之间这一主要斗争的同时,也深入表现了其他社会阶层之间的差别、矛盾和斗争。作家写了生活在地主营垒中的黑妮,她也有一种解放的要求,在她的二伯父钱文贵被斗倒后,她喜悦地参加了游行的行列;而在农民队伍里,同样可以出现村治安员张正典这样的败类。这一切都形象地表明,农村的阶级关系是多么微妙复杂,农村的土地改革正是在这样复杂的条件下,在无声的刀光剑影中激烈地展开。

《太阳照在桑干河上》在艺术上有着自己的特色。全书写了近四十个人物,写了一个农村土改斗争从酝酿到发动群众、几经曲折终于斗倒地主的过程,波澜起伏,疏密相间,故事线索纷繁,然而主次分明,繁而不乱,生活气氛十分突出。作品开始写土改斗争在各个阶级人们心理上的影响,工作组进村,整个暖水屯处在"山雨欲来风满楼"的气氛中,斗争逐步展开,紧张气氛也有增无减。在人物描写方面,作家经常用人物分析的方法,即在故事情节的发展中不时穿插叙述一些人物的身世经历和性格特点,这种穿插有时多少影响到故事发展的连贯性,但对展现人物形象的完整性和深刻性无疑取得了比较明显的效果。作品对人物内心活动的描写也比较突出,如对程仁、李子俊女人的几段心理描写,细腻深入,这是作家擅长的刻画人物的一个特点。另外,在写场面时,作家善于把环境介绍和人物描写、故事叙述和心理分析结合起来,运用多种手法加以表现,因而整个画面有动有静,使人印象深刻。还有,浓重的生活气息也是本书一个特点。作品虽只是写土改,但围绕这一斗争表现了广阔的社会生活,犀利的笔触深入到农村社会和农民家庭的细小角落,既写了人们政治上、经济上的关系,也写了他们生活上、伦理上的联系;既写了现实矛盾也写了历史纠葛,整部作品就像一幅宏大绚丽的图卷。

《太阳照在桑干河上》也存在一些缺点。例如黑妮与得还不够扎实,让人多少感到她有点游离于现实斗争之外;作品的语言有些地方特别是描写人物心理时还不够口语化。然而总的来说,《太阳照在桑干河上》不愧为一部反映土改的优秀作品,它在艺术上的成功,标明了延安文艺座谈会以后长篇小说创作达到的新高度。

与《太阳照在桑干河上》同时饮誉文坛、在国内外读者中产生过较大影响的长篇小说《暴风骤雨》,是周立波的代表作品。周立波(1908—1979),湖南益阳人,三十年代初期开始文学活动,参加了"左联",写过散文和文艺评论,并从事文学翻译工作,翻译了捷克作家基希的《秘密的中国》、苏联作家肖洛霍夫的《被开垦的处女地》等作品。抗日战争爆发后,周立波到晋察冀根据地,写过一些通讯报告,结集为《晋察冀边区印象记》。抗战胜利后又写了特写集《南下记》。一九四六年至一九四八年他到东北解放区参加土地改革,写出了《暴风骤雨》。

《暴风骤雨》的人物和情节都比较单纯,但反映土改的规模比较大,过程比较完整。作品从工作组进村发动土改写起,除了写斗争恶霸地主外,还写了土改复查,分土地,挖浮财,起枪支,打土匪,一直到最后掀起参军热潮。作品分上下两部,第一部反映的时间是一九四六年中共中央《五四指示》下达后土改的第一阶段,第二部写一九四七年十月末《中国土地法大纲》颁布后的情况。作品以东北地区松花江畔一个叫元茂屯的村子为背景,展示了波澜壮阔的革命斗争画面,使人清楚看到被封建生产关系束缚了千百年的中国农村是怎样在政治、经济、思想以至风俗习惯各方面经历着伟大的变革,歌颂了中国农民在共产党领导下冲决封建罗网,朝着解放大道迅速奔跑的革命精神。

《暴风骤雨》成功地塑造了赵玉林、郭全海等贫苦农民形象。赵玉林在日本帝国主义和恶霸地主韩老六的双重压迫下,老母饿死,妻子讨饭,全家三口都"光着腚"(因此他外号赵光腚),蹲过监狱,受过残酷的私刑。郭全海的父亲在旧社会被韩老六害死,自己十三岁就当了韩家的马倌,跟韩家是两代血海深仇。他们在工作队进村前还无可奈何地过着被压迫被奴役的生活。一旦受到工作队的启发,他们内心深处的革命火种就熊熊地燃烧起来。在这里,作家强调了土地改革的群众基础,强调了这一伟大革命的必然性。尽管作家也写了他们的弱点(如赵玉林缺乏斗争经验,郭全海在坏分子掌权后斗争意志一度消沉),但更主要的是突出表现了他们勤劳朴实、积极勇敢、大公无私、不怕牺牲的高尚品格。至于其他一些人物如白玉山、小马倌吴家富,妇女如赵大嫂、白大嫂、刘桂兰,也大多行动积极,个性鲜明。

从艺术形象的塑造看,赶车把式老孙头是全书中写得最丰满的一个人物。这是个暂时还残存着落后自私的缺点然而又热切盼望翻身解放的老一代农民。他有些胆小自私,爱吹牛,好面子,但当看到地主势力开始真正崩溃时,他也抑制不住内心的高兴,积极地投入了斗争。赶车的生活经历,使他沾染了旧社会的一些坏习气,然而丰富的生活知识和开朗的性格,也使他很有风趣。作家是怀着满腔热忱来写这一人物的,艺术上也用了典型化的手法,既概括又具体地写出了这一类农民的特点,因此人物形象刻画得颇为成功。此外，老一代农民形象老田头的性格也写得相当鲜明。

作品通过工作队长肖祥的活动，具体表现了共产党的领导作用。从全书的故事发展看，肖祥实际上是贯穿整部作品的中心人物。如果说元茂屯的广大农民是火种，肖祥就是点火人。虽然肖祥的重要性在情节安排上显得有些过分，然而作为一个比较正确、比较理想的人物，这个形象表现得相当感人。他是一个久经磨炼的、思想和作风都比较成熟、具有革命领导者风度的人。作家没有把他写成为高踞于群众之上的"救世主"，而是把他作为党的政策的体现者和群众的领路人来塑造。他了解群众，启发群众，在斗争的重要关头替群众撑腰。作家有意写了另一个工作队成员刘胜，以他的脱离群众、脱离实际、看问题主观，衬托肖祥的深入群众，了解群众，在艺术上也是比较成功的。

《暴风骤雨》反映的时代气氛和地方色彩是相当鲜明的。当时，国民党妄图争夺和固守东北。为了推进解放战争，中共中央明确指出：放手发动群众，不断壮大革命力量，"建立巩固的东北根据地"。东北的土改运动实际上和清匪反霸斗争紧紧结合在一起，和解放战争有着密切的关系。作品中韩老六的淫威，韩老七的反扑，以及逮捕韩老五等情节，充满着当时东北特有的气氛；作品结尾郭全海等青年参军，揭示了解放战争推动了土改，土改斗争又支持了解放战争。

《暴风骤雨》具有饱满的革命激情。作家描写人物，表现他们的斗争，都灌注深厚的感情，歌颂暴露，是非爱憎，了了分明。在这里，现实主义与理想主义是结合在一起的。周立波善于选取突出的典型事件和富有特征性的细节，用简练、朴素的笔墨加以描绘，展示人物性格。作品很少冗长、沉闷的叙述，风格单纯明快。作品介绍赵玉林，主要是再现了他被摊劳工以及回来后和沦为乞丐的妻子见面的情景，也再现了"赵光腚"这个绰号的来源以及他向地主借债的情景；而对郭全海，小说只集中地描写了他父亲被害和他受地主欺骗这两件事。郭全海开始出场，作家写他轻巧地降伏一匹脱了笼头的马的细节，显示了他勇敢大胆、爽朗机灵的性格特征。小说的结构单纯，故事突出，线索清楚。全书以土改发展的过程为主线，写了一场场斗争，让所有人物在其中活动；穿插了一些生动的情节或细节，增加读者兴味。有些场面如"分马"一节，写得层次分明，形象具体，人物活动有声有色。另外，作家善于向群众语言学习，作品中运用东北农民的口语，词汇丰富，生动活泼，有很强的表现力和浓厚的生活气息。特别是许多对话，都是个性化的语言，使人闻其声，如见其人。

但作品结构上存在一些缺点。第二部有些松散,反映的事件较多而表现不够集中精炼;第一、二部之间联系也不够紧凑,多少给人脱节之感。至于人物刻画,主要人物如赵玉林等表现得过于单纯;反面人物地主韩老六、杜善人、唐抓子等有些类型化和脸谱化。但总的说来,《暴风骤雨》仍然是一部成功的作品,同《太阳照在桑干河上》一样,在现代文学史上占有重要的地位。

《太阳照在桑干河上》、《暴风骤雨》之外,解放区涌现的中长篇小说还有《高干大》、《种谷记》、《江山村十日》、《地覆天翻记》、《洋铁桶的故事》、《吕梁英雄传》、《新儿女英雄传》、《原动力》等许多作品,在读者中都产生了较大的影响。

《江山村十日》也是反映东北土地改革的中篇小说。作者马加。这部作品在真人真事的基础上加工写成,集中在十天之内描写一个村庄经过土地改革而发生的巨大变化。虽然典型化不足,过分拘泥于真人真事,但内容比较充实,生活气息浓厚,主要人物形象也较突出,是描写土地改革较好作品之一。马加去东北之前写有长篇小说《滹沱河流域》,短篇《减租》、《母亲》、《过梁》等,都以解放区农村生活为题材,短篇的成就较长篇《滹沱河流域》为高。

反映解放区农村生活较早的长篇小说是《高干大》。作者欧阳山(1908—2000)在北伐战争时期开始文学活动,后来参加"左联",发表《七年忌》、《生底烦恼》等作品。由于生活和思想局限,写劳动人民的生活不够真切深刻,语言形式上的欧化倾向也较明显。抗日战争期间,欧阳山来到延安。文艺座谈会后,他积极深入群众生活和斗争。《高干大》的写作标志着他思想上创作上的重大转变和进展。这部小说写了抗日战争最艰苦阶段陕甘宁边区一个叫任家沟的地方办供销合作社的故事,在错综复杂的矛盾斗争中,成功地塑造了忠于职守、忘我工作、扎根于群众中的农村干部高生亮的形象。高生亮既同封建势力斗争,又冲破主观主义、官僚主义者的阻挠,使合作化起死回生、欣欣向荣。除高生亮的形象外,其他各色人物也都写得灵活生动,语言朴素明快,适当地运用了陕北农民口语,显得形象真实,富有地方色彩。

《种谷记》是柳青(1916—1978)写的反映陕北农村初期互助合作的长篇小说,较之过去所写的短篇小说(收入短篇集《地雷》),思想上艺术上有显著提高。小说以王家沟组织集体种谷为故事线索,展现了解放区农村生活和斗争的一个侧面,歌颂了以农会主任王加扶、劳动模范王存起为代表的农村先进人物。柳青熟悉陕北农村生活,当地的风土人

情在作品中有真实具体的描绘。但故事情节发展过于缓慢,某些细节描写较为繁冗。

与以上几部小说的艺术手法不同,《地覆天翻记》、《洋铁桶的故事》、《吕梁英雄传》、《新儿女英雄传》都以章回体的旧形式表现农村阶级斗争或抗日武装斗争的新内容,在小说创作的推陈出新方面,作了有益的尝试。

长篇小说《地覆天翻记》作者王希坚是延安文艺座谈会后进入文坛的新人,亲身经历过解放区农村的斗争和变化,作品比较真实,富有生活气息。《地覆天翻记》写的是抗日战争时期山东地区农村阶级斗争以及经过斗争发生地覆天翻的变化。小说的故事情节比较曲折复杂,引人入胜,语言形式通俗易懂,但人物形象不够丰满,对旧小说描写手法承袭过多而推陈出新不够。

中篇小说《洋铁桶的故事》作者柯蓝也是文艺座谈会后进入文坛的新人。小说写了一个名叫洋铁桶(真名吴贵)的抗日英雄领导的民兵小队抗日锄奸的故事,革命乐观主义气息浓厚,语言简练明快,但和《地覆天翻记》一样过多地采用了章回体小说里的俗语和俗套,在形式和手法上显得有些陈旧。

同《地覆天翻记》、《洋铁桶的故事》相比,《吕梁英雄传》、《新儿女英雄传》这两部长篇在运用旧章回体反映新的内容方面,更为朴实自然。《吕梁英雄传》由马烽、西戎合著,根据晋绥边区群英大会一些民兵英雄斗争事迹编写。小说以吕梁山下一个叫康家寨的村庄为背景,以雷石柱、孟二愣等民兵英雄为主要人物,描写了晋绥边区人民抗日武装斗争,显示了人民战争的伟大力量,是最早出现的表现新的人民英雄的长篇小说。作品的故事性强,情节曲折生动,但有些故事缺乏内在联系,在情节的连贯上有时显得游离散漫。马烽除与西戎合著《吕梁英雄传》外,还写了一些通讯报告和短篇小说。写于解放战争后期的《村仇》是反映农村阶级矛盾的优秀短篇小说,结构严谨,风格明快,故事性强,人物性格突出,显示了作者创作的进步。西戎也写了一些通讯报告和短篇小说,写青年农民恋爱故事的《喜事》,富有新的生活气息。

孔厥、袁静合著的《新儿女英雄传》,以河北中部白洋淀地区为背景,表现了人民群众在共产党领导下进行英勇的抗日斗争,描写了在斗争中涌现的以黑老蔡、牛大水、杨小梅为代表的英雄集体,揭示抗日斗争取得胜利的因素。作者没有陷入《儿女英雄传》等侠义小说一味追求情节离奇的旧窠臼,而是运用章回体描写抗日斗争中的日日夜夜,在平凡里包含奇特,于浑朴中显出峻拔,运用群众语言较为熟练。虽然作品思想上艺术上仍有缺点,但在这个时期出版的反映抗日斗争的长篇小说中,《新儿女英雄传》在读者中产生过很大的影响。孔厥在延安文艺座谈会前后著有短篇集《受苦人》,随后写了短篇小说《一个女人翻身的故事》。

中国革命的特点之一是农村包围城市、最后夺取城市,因而解放区作家长期在农村,描写工业题材的作品为数不多。草明的中篇小说《原动力》是出现最早的一部。作者在三十年代开始写作短篇、中篇小说,反映劳动人民的痛苦生活。抗日战争期间她到了延安。战争胜利后到东北地区的工厂、水电站做群众工作,在这段生活基础上,一九四八年写了《原动力》。小说以老工人孙怀德(老孙头)这个人物为中心,描写东北一个水力发电厂工人团结奋战,修复被日本侵略者和国民党严重破坏的机器重新发出电力的故事,表现了在共产党领导下工人阶级是生产建设的原动力。作品的时代特色鲜明,结构严谨,情节曲折,语言朴实。虽然艺术上稍嫌粗糙,但作为第一部反映解放了的工人生活的小说,取得这样的成就是可贵的,较之三十年代描写工人生活的作品,大大地前进了一步。

第三节　孙犁、刘白羽等作家的小说创作

延安文艺座谈会后,解放区的小说创作异常活跃,特别是短篇小说的创作出现了繁荣兴旺的局面,涌现了许多新的作家和作品。除以上所述的作家作品外,孙犁、刘白羽、康濯、秦兆阳、邵子南、杨朔等许多作家写出不少好的作品。

孙犁(1913—2002)是以写冀中农村人民抗日斗争著名的短篇小说家。他的作品数量不少,质量较好,有着鲜明而独特的艺术风格。小说集《芦花荡》、《荷花淀》、《嘱咐》、《采蒲台》等,基本上以他的家乡冀中平原农村为背景,具体生动地描写了抗日根据地人民在中国共产党领导下进行的艰苦抗日战争。作品的笔调清新明快,充满抒情诗意,在表现艰苦斗争的同时,洋溢着革命的乐

孙　犁

观主义。作者特别善于刻画农村劳动妇女的形象。在他笔下,中国劳动妇女一个个都是那样坚贞美丽,活泼可爱;她们对待自己的亲人温柔多情,细致体贴,对待敌人却又英勇顽强。她们不怕艰难,不怕牺牲,承担着生活和斗争的重任,显示出解放了的妇女的本色。小说《荷花淀》和《嘱咐》中的水生嫂写得最为突出。她勤劳能干,活泼天真,开始似乎有些任性,但经过战争的考验逐渐变得勇敢机智,通情达理。在《荷花淀》中,她和许多妇女一道组织起水上游击队,而在《嘱咐》中,她熟练地驾着冰床送走抗战八年刚回家一夜又要去打顽固派的丈夫。妇女们和男人一样支撑着抗日战争和解放战争,不愧为中国历史的脊梁。《采蒲台》中小红母女生活平凡,勤劳坚韧,却又爽朗乐观,表现了中国劳动妇女的不屈不挠的性格。《光荣》中的秀梅爱憎分明,大胆泼辣,《蒿儿梁》中的妇救会主任坚定沉着,积极热情,爱护子弟兵像对待自己的亲人,他们都表现了解放区劳动人民的优秀品格,一个个“像金子一样坚硬,像水一样明澈”。写得稍迟的描写互助合作和土改复查的中篇《村歌》,以晓畅的语言和清新的风格生动地刻画了一个活泼开朗、爽直倔强、能干好胜的青年妇女双眉的形象。双眉的性格特点十分突出,显示了作者塑造人物的艺术才能。不过作为中篇小说,《村歌》有些散文化,结构不够严谨,不像作者写短篇小说组织得那样周密。

孙犁注意具体细致地描绘人物的外貌特征,又深入刻画他们的内心世界,并且总是扣住时代特色,去展示他们的性格,从人物身上可以感到强烈的时代气息。与此同时,作者也善于通过日常生活事件和用侧面描写来反映大的斗争。他用灵巧轻捷的笔触刻画出人物在阶级矛盾和民族斗争的狂风暴雨中锤炼出来的坚毅、英勇、智慧的性格,他们对于生活的喜悦和希冀,以及如何以艰苦的抗争打碎旧秩序、迎来新世界。他的作品看来似乎平淡,但从平淡中显出新鲜;表现简朴,而于简朴中含着隽永;近乎轻柔,却从轻柔中透出刚强。他的作品没有离奇,不觉紧张,然而主人公的遭遇和命运却紧紧扣人心弦。至于自然景物,作者轻轻勾勒,浓淡适宜,既富地方色彩,又充满时代特色。可以说,他的白描手法做到既绘形又传神;特别是他对白洋淀水乡的人物景色的描写,字里行间洋溢着深挚感情。作品的语言也凝练优美,刻画人物,抒情写景,准确细腻,而且基本上是群众化的语言,这就使作品更易在群众中传播。

康濯和秦兆阳都以写作反映新的农村生活短篇小说著称,但题材和风格却和孙犁的作品不同。康濯(1920—1991)的作品大多通过家庭成员之间的相互关系和人物思想感情的变化,表现解放区农村生活的巨大变革。《我的两家房东》以金凤和栓柱的婚姻恋爱问题为主要线索,写出了解放区青年敢于冲决旧婚姻的束缚,真正掌握住自己的命运。通过这个十分平凡的故事,甚至只是儿女间的琐事,读者可以看到新的思想意识和道德观念是怎样深入到农村,深入到农民的家庭生活。《初春》则从另一角度写一个带有旧思想的老汉对新事物看不惯,但在事实教育下终于纠正了旧观念,显示了解放区农村的深刻变化。写得较早的《灾难的明天》虽然篇幅较长,故事有些枝蔓,矛盾冲突解决得也稍嫌简单,但作者通过祥保一家三口关系的变化,说明了新社会的优越和人民民主制度的伟大力量。作者的其他几篇作品《亲家》、《腊梅花》等也真实地反映了解放区农村的情况。作者善于刻画人物,表现人物的内心世界,通过一些日常生活中普通事件,特别是农民家庭中经常发生的问题和人们之间的关系,表现出具有重大意义的主题。艺术上认真而不刻板,细致却不烦琐,有着生动的朴素性,不加铺张的真实性,显示了淳厚朴实而又清新的风格。他的小说给人留下扎实、亲切的印象。康濯在全国解放前夕还写有反映工人生活的短篇《工人张飞虎》及长篇《黑石坡煤窑演义》,艺术上不及他写农村生活的作品。

秦兆阳(1916—1994)的一些作品热情地歌颂了农民翻身后的新生活。他的《老头刘满屯》、《幸福》写了农民生活的变化。作品故事性强,语言形象生动,艺术上也十分注意群众化,民族化,显示了作者自己的风格。《东西李庄的故事》通过李庄农民被地主挑拨不和,分成两个李庄,土改后认识了共同的利益,从而消除隔阂的故事,反映了人民政权下人与人之间关系的变化。《炊事员熊老铁》写的是部队生活,却成功地刻画了一个事事秉公、铁面无私的炊事员形象,歌颂了一个革命者应有的高尚品质。比这些作品稍早,秦兆阳还写有《娘》、《仇恨》、《路》、《何花秀》等作品,收在短篇集《平原上》,描写抗日战争时期人民的斗争,大多近乎速写,比较单薄,艺术上不及后来的作品成熟。

在描写抗日武装斗争、歌颂人民战争的短篇小说中,邵子南的《地雷阵》流传最广。邵子南(1916—1955)早在三十年代中期就开始写作,发表过描写矿工悲惨生活的短篇《青生》等。抗战初期,他积极推动街头诗运动,并写过不少洋溢战斗激情的诗歌。后来转向小说的写作。《地雷阵》以李勇这一真实人物为主人公,广泛地写了晋察冀民兵开展地雷战把日本侵略者打得焦头烂额的故事。李勇"凭着他积极、勇敢、心眼灵,学会了使枪使雷","各种地雷阵,游击战,蛮子战,麻雀战,更是头头是道"。经过钻研,他创造了"大枪和地雷结合"的战术思想,受到上级领导和武装部队

的重视和嘉奖,他越发虚心,不断摸索,创造各种地雷战,把敌人打得坐卧不安,心惊胆寒。李勇成了晋察冀边区爆破英雄,在他带动下全边区出现了"千百万个李勇"。作品在叙述、描写方面,明显吸取了民间说唱文学的优点,特别是作品中插入不少快板和落子式的韵白,更适合群众的爱好,因而在当时广为流传,起到很大的宣传鼓动作用。作者另一篇作品《阎荣堂九死一生》写了一个粮秣员在敌人严刑拷打下坚贞不屈的故事,也写得生动感人。这些作品所描写的都是中国人民在苦难岁月里经历的严峻考验,却通篇洋溢着乐观的信念和明朗的气氛。如果说这是解放区创作的共同特色,在邵子南的小说中表现得更为突出。

杨朔(1913—1968)这一时期所写短篇小说,结集为《月黑夜》。这些作品,故事平易自然,人物形象鲜明,内容大多写人民群众和自己的军队齐心协力,坚决抗日。《月黑夜》一篇写一位革命老人庆爷爷带领村里群众接引和护送一支八路军小分队过河执行任务,就在队伍过河之后,他被敌人抓获杀害了。作品最后写八路军队伍完成任务回来,得知庆爷爷牺牲,再一次回忆起他高大的形象,感到在漆黑无边的夜色中有一种激励人的力量。通篇作品感情深厚纯真,环境描写细致,情节安排得当,语言精练生动,特别是气氛渲染所导致的艺术效果很好。杨朔在抗战初期写了许多散文和特写,并写了中篇小说《帕米尔高原的流脉》,以优美的抒情笔调,描写西北边区人民的爱国锄奸斗争,但人物形象的塑造不及后来的《月黑夜》鲜明生动。

除以上那些小说外,束为的《第一次收获》、《卖鸡》、《红契》,王力的

刘白羽

《晴天》,方纪的《魏妈妈》,洪林的《李秀兰》,王若望的《吕站长》,葛洛的《卫生组长》,林兰的《红棉袄》,俞林的《老赵下乡》等许多作品,也都是延安文艺座谈会后涌现的有一定影响的短篇小说,从不同的侧面描写了解放区农村的生活和斗争,歌颂了农村新人新事。

直接描写人民军队的生活和战斗,塑造军队战士干部的形象,是解放区小说创作的重要内容。刘白羽在这方面是最有代表性的作家。抗日战争前,他写过短篇集《草原上》。抗战时期进入抗日根据地,写了记述游击健儿英勇抗敌的《游击中间》等报告文学

作品外,又创作了《五台山下》、《龙烟村纪事》、《幸福》等短篇集,其中大部分以农民的民族意识和阶级意识的觉醒为主题。延安文艺座谈会后,他以人民军队生活为题材,写了包括《政治委员》、《无敌三勇士》、《战火纷飞》、《血缘》等作品(均收入短篇小说集《战火纷飞》)在内的一批短篇小说,产生了较大的影响。刘白羽在政治上敏锐,生活经验丰富,作品的主人公的思想境界较高,焕发出耀人的光彩。如《政治委员》中老红军出身的团政治委员吴毅,虽只剩一只右臂,却坚决要求留在前方作战。他沉着刚毅,勇猛善战,深入战士生活,同时又善于做各级干部的工作,特别是他把一个革命意志衰退的二营教导员沈克教育转变过来,更显出人民军队中级指挥员和政治工作干部的优良素质。《无敌三勇士》通过几种类型的战士之间的分歧、矛盾,真实反映了人民军队中政治工作的威力,生动地刻画了战斗英雄的高尚品质,同时,也形象地表明了人民军队之所以能够战胜敌人的重要原因。作品中除了战斗英雄阎成福的形象刻画得相当成功外,老油条李发和及解放战士赵小义也都活灵活现,很有个性。小说写得通俗活泼,吸取了说书和章回体小说的长处,故事情节生动,发展有条不紊,也是作品取得成功的重要原因。另外,《血缘》中的陈启祥和《战火纷飞》中的王喜都从不同角度体现了人民解放军勇如猛虎,克敌制胜的战斗品质。刘白羽比较了解战士的思想感情,又熟悉他们的生活,所以作品中的人物写得十分真实,形象也比较丰满;与此同时,关于战斗场面,也都紧张热烈,层次清楚,既有全景,又有特写,具体而不显冗繁,扼要而不显空洞。除短篇小说外,刘白羽在解放战争期间,写了《环行东北》、《光明照耀着沈阳》、《历史的暴风雨》、《为祖国而战》等多部报告文学集,以热情雄浑的笔触描绘东北地区历史性变化及人民解放战争雄伟的前进步伐。刘白羽的小说和散文,能够透过作品的艺术形象,烘托出一种强烈的时代气氛,色彩鲜明地表现出当时的历史特点。虽然有时作品结构不够紧凑,但作品中饱含着革命激情,使读者为之激动。

反映人民军队战斗生活的作品,还有谭虎的《“四斤半”》、刘石的《真假李板头》、胡田的《生长》及李尔重的《落后的脑袋》等,从不同的侧面反映了战斗行军的生活,写出了不同思想性格的战士形象,产生了积极的影响。此外,写人民群众爱护子弟兵的,如王林的《五月之夜》;写青少年机智勇敢的,如华山的《鸡毛信》、管桦的《雨来没有死》、峻青的《小侦察员》;写解放区工人生活的,如周洁夫的《师徒》、鲁煤的《双红旗》、李纳的《煤》、雷加的《鳝鱼》;写知识分子与工农群众关系的,如思基的《我的师傅》、韦君宜的《三个朋友》,都是延安文艺座谈会后出现的较好的短篇。

总起来说,解放区小说比较起过去或同时期国统区的作品,有着自己的鲜明的特色。这些小说,大多格调高昂,色彩明朗,无论是写人写事,都能激发读者积极向上,具有鼓舞人心的力量。小说反映的是全新的生活,表现的是新的主题和新的人物,因而在现代文学史上别开生面。同时,许多作品有着浓重的生活气息,几乎不事雕饰,却具有朴素的感染力量。作家们学习社会,较长时间深入实际生活,有些作者本来就是革命的实际工作者,他们非常熟悉要表现的对象,能够从丰富的生活矿藏里提取大量生动的素材。这些作品适合人民群众的欣赏习惯和艺术爱好,继承和发展民族民间文学形式,故事性强,语言形象生动。尽管由于主客观原因,许多作品典型化不足,反映的社会生活不够广阔丰满,但确是五四以来白话小说新的重要的收获。

第四节 《白毛女》、《逼上梁山》、《血泪仇》等剧作

延安文艺座谈会后,在短短几年内,解放区的戏剧运动和戏剧工作,呈现出中国现代戏剧史上空前活跃的情景,创作和演出的数量、规模,都大大超过了历来的记录,作品从思想内容到艺术形式,也都发生了广泛、深刻的变革。戏剧上的这种局面,首先是由群众性的新秧歌运动所开创,并在它的推动下形成的。

一九四三年春节,在延安演出了新颖的秧歌舞和秧歌剧。其中,鲁迅艺术学院文工团的《兄妹开荒》(原名《王小二开荒》,王大化、李波、路由作),采用秧歌的形式,但摒弃了旧秧歌中常有的丑角以及男女调情的成分,代之以新型的农民形象和欢乐的劳动场面。浓郁的泥土气息与农民特有的诙谐交织在一起,使一出剧情十分简单的小戏演得生动活泼,富有情趣,给人以焕然一新的强烈印象。《解放日报》在题为《从春节宣传看文艺的新方向》的社论中,赞扬《兄妹开荒》是个"很好的新型歌舞短剧"。新秧歌的最初成功,证明经过改造的秧歌能够很好地表现新的社会生活和新的思想感情,受到广大群众的欢迎。一九四四年春节新秧歌演出形成了高潮。当时,由延安的工厂、部队、机关、学校组织起来的业余秧歌队有二十七队之多,上演了《牛永贵挂彩》等一百五十多个节目。演出轰动了整个延安,出现了"鼓乐喧天,万人空巷"的盛况。"延安春节秧歌把新年变成群众的艺术节了"①。

---

① 周扬:《表现新的群众的时代》。

延安和陕甘宁边区新秧歌运动的经验,迅速推广到各抗日民主根据地。新秧歌到处都受到欢迎,涌现出许多新编的秧歌剧,如《穷人乐》等;各地又学习新秧歌运动的经验,对于流行于本地区的其他民间艺术和传统戏曲形式进行革新,创造了新的戏曲,使得群众性的戏剧活动更加丰富多彩。解放区掀起的新秧歌运动,在中国现代文学史以至文艺史上具有重要的意义,它大大促进文艺与广大人民特别是亿万农民群众的结合,为文艺大众化开拓了新路。新秧歌运动在探索旧戏曲改造利用与新戏剧发展的关系方面,革命的思想内容与传统的戏曲形式的和谐处理方面,专业的文艺工作与群众的业余文艺活动的结合方面,以及发掘、采用、改造、发展民间文艺形式和加强艺术的民族化群众化方面,都提供了许多宝贵的经验。

随着新秧歌运动的深入发展,专业和业余的文艺工作者对其他民间艺术、戏曲形式,也作了改造和利用,编写了不同类型、不同体裁的剧作。他们不仅吸收了秧歌的长处,而且借鉴了其他地方剧种和民间艺术的优点,相互融合在一起,创造了民族的新歌剧。这种新型歌剧的创作色彩缤纷,丰富多样。其中优秀的和比较优秀的新歌剧,先后有《白毛女》《王秀鸾》、《刘胡兰》和《赤叶河》等。这些作品,都是以农村妇女为主角,倾诉她们在封建压迫下的深重苦难,歌颂她们为创造新生活所作的英勇斗争,写下了她们从不幸到挣脱苦难、走向解放的历程。

战斗剧社的《刘胡兰》(又名《女英雄刘胡兰》,魏风、刘莲池、朱丹、严寄洲、董小吾编剧),是根据真人真事写成的。年仅十七岁的农村女共产党员刘胡兰,为了严守党的机密壮烈牺牲的事迹在解放区传开以后,他们就搜集素材,写出初稿,很快公演了。剧作者最初主要想表彰刘胡兰的革命气节,初稿集中描绘她从容就义的经过,随后,增添了烈士生前的支前等革命活动,不仅比较全面地表现出刘胡兰"生的伟大,死的光荣",而且较为丰富地塑造了她的形象,使后来的牺牲更能激起观众强烈的悲愤和崇敬;增写的解放军击毙杀害烈士的凶手的场面,也使作品能在振奋人心的气氛中结束。由于刘胡兰烈士的事迹,典型地表现了共产党人的崇高品质和英雄气概,反映了解放区军民不惜牺牲一切迎接民主革命彻底胜利的战斗精神,同时也突出地暴露了垂死挣扎的顽固派的凶残。虽然剧本艺术上比较粗糙,仍然具有惊心动魄的强烈效果。

《王秀鸾》(傅铎编剧)写了一个农村家庭的悲欢离合。事情发生在"五一扫荡"后的冀中根据地。戏剧冲突是在凶狠懒惰的婆婆和温顺勤劳的媳妇之间展开的。由于婆婆好吃懒做,专横无理,一家人都被拆散。媳

妇王秀鸾任劳任怨,不但使家庭生活好转,而且当上劳动模范,后来婆婆也回家团聚。尽管剧本时代精神不强,王秀鸾身上新的思想品质表现不足,但提出了劳动发家的主题,在当时有积极的意义。

苏里等人集体创作的《钢骨铁筋》,描写八路军排长和几名战士被俘后的英勇斗争:敌人想从他们口中知道八路军的机密,软硬兼施,他们不为所动。这类故事在其他作品中并不少见,但剧作者设计了炊事员老王被抓住后怒斥叛徒,勤务员小刘用钢笔刺伤逼供的敌人,敌人以当场杀害其母子胁迫排长说出机密等情节,都有些新意;而且能以各人不同的个性,共同表现人民军队指战员宁死不屈的钢骨铁筋。作为新中国初期的优秀电影之一的《钢铁战士》,就是根据此剧改编的。

在新歌剧中思想艺术成就最高的是延安鲁迅艺术学院集体创作,贺敬之、丁毅执笔的《白毛女》。一九四五年,西北战地服务团从前方回延安,带回了民间传说"白毛仙姑"的记录本。这个故事在四十年代初开始流传于河北省的阜平一带。内容叙述一个被地主迫害的农村少女只身逃入深山,在山洞中坚持生活多年,因缺少阳光与盐,全身毛发变白,黑夜取食庙中供果,被附近村民称为"白毛仙姑"。后来在八路军的搭救下,她得到了解放。这些生动的情节立刻吸引了人们。鲁艺师生以它为题材,创作一个大型的、在原有基础上提高一步的新型歌剧《白毛女》。

《白毛女》成功地塑造了杨白劳、喜儿等农民形象。通过杨白劳年关出外躲账带回的三样东西,生动地表现了一个勤劳善良的贫苦农民的十分朴素的生活愿望。二斤白面和一根红头绳,表明他希望能有一个起码的人的生活。门神虽是迷信的东西,却反映了他向往着摆脱地主压迫,过上平平安安日子的朴素要求。开头一场戏充满了农村生活的情调,把杨白劳和广大农民的愿望做了充分的表现。但是杨白劳这种卑微的生活要求却不能得到满足,反而被逼上绝路,含恨而死。他被逼在喜儿的卖身契上按了手印,瞒过了赵老汉、王大婶等人,没有与乡亲们共商应急的办法。他的性格中确有懦弱的一面。他已经从几十年的生活经历中,看到了"县长、财主、狼虫、虎豹",却不敢有推翻他们、改变现实的念头。杨白劳是在地主长期压榨之下,尚未觉醒的老一辈农民的典型形象。他的悲惨结局是对地主阶级的有力揭露和血泪控诉。因而这个形象始终受到广大观众的同情。

喜儿是《白毛女》的主人公,也是全剧所着力塑造的反抗性不断增强的农民妇女形象。她的性格和生活道路与杨白劳迥然相异。剧本在开头描写她的天真淳朴,接着又写她在生活中所受到的一系列打击,最后才把她的反抗性推上了最高点。当她受到黄世仁的污辱后,也曾喊着"爹呀!我要跟你去啦!"企图自尽,但在遇救后很快就抛弃了"不能见人"的思想,决心为复仇而活下去。她表示"我就是再没有能耐,也不能再像我爹似的了"。她决然地告别了父辈的屈辱的道路。在她的性格发展过程中,正是一系列苦难的折磨,培育了她对黄世仁的不共戴天的仇恨。她在逃入深山时唱道:

> 想要逼死我,瞎了你的眼窝!
> 舀不干的水,扑不灭的火!
> 我不死,我要活!
> 我要报仇,我要活!

她带着这种强烈的复仇愿望坚持深山生活,在山洞中熬一天就在石头上画一个道道,她唱道:

> 划不尽我的千重冤、万重恨,
> 万恨千仇,千仇万恨,
> 划到我的骨头——记在我的心!

凭借着这种强烈的反抗性、顽强的求生意志和坚定的复仇愿望,她在数年深山的非人生活中活了下来,创造了人间的奇迹。剧本还特意设计了一场她与黄世仁在奶奶庙窄路相逢的场面,让喜儿的满腔仇恨得到了一个喷发的机会。剧本描写她见到仇人时,"怒火突起,直扑黄世仁等,并把手里所拿的供献香果向黄世仁等掷去,如长嗥般地"呼喊:"我要撕你们! 我要掐你们! 我要咬你们哪!"在这种极为鲜明突出地表达喜儿的仇恨的情节中,完成了她的形象的塑造。"白毛仙姑"的传说,主要提供了一个离奇的情节,用这些情节塑造出来的杨白劳、喜儿等人物形象,这是剧作者们运用自己农村生活的积累,在文学上做出的贡献。

《白毛女》深刻地表现了半封建半殖民地社会农村的基本矛盾,即广大农民与地主阶级的矛盾。黄世仁逼死了善良老实的杨白劳,抢走了喜儿并奸污了她,最后又逼得她逃进深山,过着"鬼"一般的生活。这些情节有力地揭露了恶霸地主凶残、狡诈、贪婪、腐朽的本质,表现了长期受着深重压迫的贫苦农民悲惨的生活。封建社会中千千万万的农民和杨白劳、喜儿有着共同的命运。剧本通过离奇的情节突出地表现了这种共同命

运,因此引起了人民群众的强烈共鸣。喜儿为了复仇而活,这是在特定环境中农民反抗精神的高度表现。剧本倾诉了农民的苦难,但它的着重点在于激发人们对恶霸黄世仁的仇视,歌颂农民对地主的顽强斗争精神,这是它比当时不少描写农民与地主阶级矛盾的剧作具有更为尖锐的思想意义,从而能够引起强烈反响的主要原因。剧本最后描写了在共产党领导下,推翻封建统治,农民得到翻身。"鬼"变成了人,而且成为新社会的主人。

一九四五年五月,《白毛女》在延安开始公演。第一场的观众是中共"七大"的全体代表。许多领导成员都出席观看,肯定了《白毛女》的成就,并提出修改意见。该剧在延安演出三十多场,受到空前热烈的欢迎。一九四六年,他们来到张家口继续演出,并根据广大群众意见,对剧本作了重要的修改。在此后的演出过程中,又不断修改,使《白毛女》日臻完美。《白毛女》的剧本很快传到国统区,受到进步文艺界的高度赞扬。郭沫若读了剧本,立即写信热情地肯定了它的成功。

《白毛女》表现农民或地主的生活以及他们间的矛盾、斗争,都没有违反生活的本来面貌。坚持多年极端艰苦的深山生活,虽然是离奇的,罕见的,然而在生活中也有过类似的真实事例。《白毛女》的基调是浪漫主义的。这种浪漫主义主要表现在人物形象的塑造、情节安排和抒情歌唱上,剧本通过这些方面,尽力表现人民群众的理想和愿望。在喜儿形象的塑造中,不断地加强主人公的反抗性,删除有损形象完美的内容,就是为了使她能够更完整地体现劳动人民坚贞不屈的反抗统治者的美德,使群众看到他们认为应该如此的形象。在情节安排上,坚持深山生活和与黄世仁狭路相逢等,都使喜儿的绝不屈服、绝不罢休的坚强意志得到充分的展示。用供果痛击黄世仁的行动,表现出了千万个受害的人心头的怒火。而歌剧的特点又使人物有可能畅快地通过歌唱来发抒胸臆,向观众直接打开自己的心扉。整个《白毛女》就像一座喷发的火山,倾泻出长期蕴积在人民群众心灵深处的对地主阶级的仇恨之情。在中国现代文学史上,像《白毛女》这样兼有强烈的浪漫主义精神和大胆的浪漫主义手法,两者又能结合得相当和谐的作品,并不多见。当然,从全剧来看,前半部分(从一开始到喜儿从黄家出走)现实主义更多一些,后半部分(即喜儿在山中的生活)主要是浪漫主义的了:前后表现手法上的这种变化,正反映了《白毛女》在加工修改过程中的发展趋向和基本色调。

《白毛女》是创造中国的民族新歌剧的奠基石。它在群众艺术实践的基础上,继承了民间歌舞的传统,同时也借鉴中国古典戏曲和西洋歌剧,在秧歌剧基础上,创造了新的民族形式,为创造新歌剧开辟了一条富有生命力的道路。首先,在音乐上,运用了民歌、小调和地方戏曲的曲调,但它既不是民间小戏的扩大,也不是传统的板腔戏或官调戏。它借鉴了西洋歌剧注重表现人物性格的处理方法,利用富有民族风味的音乐曲调来表现剧中人的性格特征。河北民歌"小白菜",原是封建社会中受后娘欺压的儿童歌谣,作者利用它表现喜儿在黄家受黄母压迫的情绪。这个调子比较幽怨,不适于表现喜儿在杨白劳抚爱下天真活泼的性格,作者们就选用河北民歌"青阳传"的比较欢快轻扬的曲调,谱写了"北风吹,雪花飘"。到了喜儿进山和在奶奶庙与黄世仁相遇时,为了表现她的仇恨的大爆发,采用了高亢激越的山西梆子的曲调。因此,《白毛女》的音乐既对表现人物性格起到重要作用,又为广大群众所熟悉、爱听。其次,在歌剧的表演上,借鉴了古典戏曲的歌唱、吟诵、道白三者结合的传统。喜儿的出场就是用歌唱叙述了戏剧发生的特定情景:"爹出门去躲账整七天,三十晚上还没回还。"然后用独白向观众介绍了身世和家庭。其他人物,如杨白劳、黄世仁、穆仁智也都在出场时,通过歌唱作自我介绍,不少地方也用独白叙述事件过程。人物对话采用话剧的表现方法,同时注意学习戏曲中的道白。在道白与歌唱的关系上,则运用歌唱来叙述事件,回忆历史,介绍人物,衬托气氛,并在感情需要爆发时,用来揭示人物的内心世界。由于转折比较自然,给人以浑然一体的感觉。唱词有许多就是诗,而且颇有民歌特色,如:

> 老天单杀独根草,
> 大水尽淹独木桥,
> 我一生只有这一个女,
> 离开了喜儿我活不了!
> ——第二十一曲

> 大风大雪吹的紧,
> 十家灯火九不明。
> 人家过年咱过年,
> 穷富过年不一般:
> 东家门里有酒肉,
> 佃户家里无米面。
> ——第二十三曲

这样的诗配上民族情调十分浓郁的曲子,使《白毛女》的歌曲长期以来在群众中广为流传,经久不衰。当时人们对《白毛女》艺术上达到的成就,曾给予高度评价。《白毛女》在思想上和艺术上取得的高度成就,使它成为解放区影响最大、最受欢迎的剧目。解放区报纸不断报道当时演出的盛况。在土改运动和解放战争中,《白毛女》继续充分发挥了艺术作品的感染力量。一个剧能够在千千万万群众中起到这样大的教育作用,这在现代文学史、戏剧史上是空前的。

新秧歌运动的蓬勃开展及其丰硕成果,激起了戏剧工作者探索改革各种传统剧种的兴趣和勇气。短短几年内,解放区各地相继对许多剧种进行了改革的尝试。在群众的业余演出中,也常常采用他们熟悉的地方戏曲、民间戏剧艺术的形式,表现新的生活和新的主题,这同样是有益的革新。在当时各个剧种所实行的改革中,成就较高和影响较大的,是京剧和秦腔。

京剧(当时延安称为"平剧"),是中国的一个历史比较悠久的剧种。延安平剧院首先撷取京剧中若干民间形式较多的组成部分,融合以其他剧种的歌谣曲调,创造反映现实生活的新戏。但是,利用整套京剧艺术形式来表现历史题材,并在内容和形式的改革上达到了相当的水准,这就要推新编的京剧《逼上梁山》。

《逼上梁山》共三幕二十七场,最初是一九四三年由延安中央党校的一部分爱好京剧的人组成的业余文艺团体——大众艺术研究社集体编写(杨绍萱、齐燕铭等执笔)并排练演出的。剧本根据《水浒传》中的林冲被逼投奔梁山的故事改编,在旧的故事里注入了新的观点、新的内容。剧中表现的那些激动人心的历史画面,所赞扬和揭露的那些正反面人物,都启示人民群众与现实相联系,并且更踊跃投身抗日的洪流。《逼上梁山》在艺术形式上也做了相应的改革。人物形象的塑造方面,就打破了旧京剧行当的限制,根据人物的思想感情和性格的要求,运用京剧表演形式而又不完全拘泥于传统的程式。

一九四四年元旦前后,《逼上梁山》首次演出,轰动了延安。艾思奇(崇基)在一月八日的《解放日报》上首先撰文,称赞《逼上梁山》"是一个很好的历史剧","在平剧改革运动中,这算是一个大有成绩的作品"。一月九日,毛泽东在阅读剧本之后又观看了该剧的演出。当晚回去,他就向编剧和导演写了那封著名的关于京剧改革的信,给《逼上梁山》以很高的评价:

绍萱、燕铭同志：

看了你们的戏，你们做了很好的工作，我向你们致谢，并请代向演员同志们致谢！历史是人民创造的，但在旧戏舞台上（在一切离开人民的旧文学旧艺术上）人民却成了渣滓，由老爷太太少爷小姐们统治着舞台，这种历史的颠倒，现在由你们再颠倒过来，恢复了历史的面目，从此旧剧开了新生面，所以值得庆贺。郭沫若在历史话剧方面做了很好的工作，你们则在旧剧方面做了此种工作。你们这个开端将是旧剧革命的划时期的开端，我想到这一点就十分高兴，希望你们多编多演，蔚成风气，推向全国去！

《逼上梁山》编演的成功，特别是毛泽东亲笔写给延安平剧院的这封信，大大地推动了正在兴起的京剧改革运动，为这个运动指明了方向。一九四五年一月，由延安平剧院集体创作并演出新编古代题材的京剧《三打祝家庄》，又获得好评。毛泽东观看演出后也曾写信向作者、导演、演员、舞台工作人员祝贺。他指出："我看了你们的戏，觉得很好，很有教育意义。继《逼上梁山》之后，此剧创造成功，巩固了平剧革命的道路。"

在改革传统戏曲方面，进行了孜孜不倦的努力并且取得显著成就的，还有柯仲平、马健翎领导的民众剧团对于秦腔等剧种的改造。马健翎（1907—1965）的代表作是著名的《血泪仇》。这是一出大型的歌剧。作者充分利用了传统戏曲不受时间和空间限制的长处，向观众展示了相当宽广的社会画面。全剧共三十场，剧中人近五十，从国民党统治区农村经关中地区一直写到陕甘宁边区，借助于秦腔粗犷、激昂、强烈的剧种艺术特点，演出了一个惊心动魄的故事。在表现手法上，比早期的秦腔剧《好男儿》、《查路条》，有了更多的创新。作品以王仁厚一家三代人颠沛流离，家破人亡，还几乎酿成儿子毒死孙子，儿子刺杀父亲的更大悲剧的生活遭遇，写出了广大农民饱和着血泪的深切体验。与此同时，剧本还反映了边区政府处处关心外来难民疾苦的动人情景，使两者形成鲜明的对比。最后则以揪出潜伏的特务，王仁厚三代人重新团聚结束。整个剧本笔触强劲有力，情节大起大伏，具有激动人心的戏剧效果。

与热火朝天的群众性的新秧歌运动以及随之而来的繁荣的新歌剧创作比较起来，话剧创作的新的开拓规模要小一些，时间也迟一些。延安文艺座谈会以后，最初出现并且赢得好评的，是晋察冀根据地的几个独幕剧。一九四二年侵华日军在这个地区发动"五一扫荡"，实施"三光政策"，敌后军民经受着严峻的考验。这几个剧本，都是反映当地农村建立两面

政权以后的特殊形式的斗争。其中最著名的是《把眼光放远点》(冀中火线剧社集体创作,胡丹沸执笔),以兄弟两人对待各自的参加八路军的儿子的不同态度——哥哥坚决支持儿子抗战到底,弟弟唆使儿子开小差回家当"良民"——所引起的家庭风波,歌颂敌后广大农民的坚毅和智慧,讽刺一部分富裕阶层眼光短浅、犹豫动摇的心理。《粮食》(洛丁、张凡、朱星南集体创作)、《十六条枪》(冀中火线剧社集体创作,崔嵬整理),分别描写抗日军民利用敌伪之间微妙的矛盾,将他们都想据为己有的粮食和枪支,机智地送交给八路军。稍后出现的《反"翻把"斗争》(李之华编剧),是有过较大影响的一出独幕剧。内容描写土地改革以后地主仍在伺机反扑,阴谋陷害积极分子的斗争动向。取材于国民党统治区社会现实的《抓壮丁》,原是四川旅外剧人抗敌演剧队于一九三八年创作的一出幕表戏。一九四三年,由吴雪、陈戈、丁洪、戴碧湘在延安作了重大改作而成。剧本对于地主与保长既矛盾重重又狼狈为奸,借抽壮丁之名鱼肉乡民的行径,作了淋漓尽致的揭露,近乎漫画式的写法生动而且辛辣。不足的是笔触停留在这些人物外在的丑恶和罪行的暴露上,没有深入挖掘他们更为丑恶的灵魂和必然失败的命运。

人民军队一向重视以戏剧的形式进行宣传鼓动工作。一九四二年以后,有更多的戏剧工作者深入部队,编写出不少反映部队战斗生活的剧作。杜烽的《李国瑞》是其中的代表作。剧中的李国瑞是个参军多年的老战士,生活散漫,思想落后,"大纪律不犯,小纪律不断","调到哪,哪里讨厌"。剧本描绘了他从落后到先进的过程。从李国瑞的变化,人们看到,整风运动给部队带来的新气象。这要比孤立地叙述一个人的转变,具有更多的现实内容和思想意义。这个剧本真实地反映了人民战士成长的过程,具有浓厚的生活气息。《九股山的英雄》(战斗剧社新四旅宣传队集体创作,林扬、严寄洲、刘莲池编),取材于一九四七年三月的延安保卫战,歌颂战士英勇沉着的战斗精神,也是根据真人真事写成的。鲁易、张捷的《团结立功》,虽然也以落后人物的转变为主线,却着重于生气勃勃的连队日常生活和亲如一家的军民关系的渲染。这几个剧本,写出了部队生活的特色,对话也生动有力,从不同的方面,真切地表现出人民军队的英雄气概。

姚仲明、陈波儿等集体创作的《同志,你走错了路!》,虽然同样是以人民军队为题材,却不同于大量的反映连队生活的作品,它给观众展开的是发生在八路军某支队司令部内部的一场激烈的两种思想、两种作风的斗争。尽管思想深度不够,艺术上也有粗糙之处,剧本在处理这类尖锐重大的主题、处理众多性格复杂的人物形象以及彼此之间更为复杂的关系等方面,分寸掌握得当,积累了一些成功的经验。

由胡可根据胡朋等人的集体创作改作的《战斗里成长》,通过赵铁柱一家三代人悲欢离合的富有戏剧性的遭遇,反映人民战争的胜利和农民翻身之间的内在联系。这个剧作,着重表现了赵铁柱父子从只知为个人复仇的农民,在部队中锻炼成以解放全中国为己任的自觉战士的过程。剧作是以广大农民在旧中国共同经历过的漫长道路作为宽广的历史背景来表现的,因而具有较为深厚的社会内容。

随着人民革命的胜利,各大城市相继解放,给话剧创作提供了新的题材。《红旗歌》(刘沧浪、陈怀皑、陈淼等集体创作,鲁煤执笔)的公演,立即在文艺界和人民群众中引起强烈的反响,尤其受到工人观众的欢迎。在南京的演出,"突破了从来该地话剧卖座的纪录"[1],"仅上海一地在《红旗歌》上演时发表在报纸上的文章就有五百篇之多"[2]。故事发生在解放不久的某城市的工厂,正当刚刚发起劳动竞赛的日子里。剧本敏锐地触及工人阶级从旧社会的奴隶成为新社会的主人以后,应该如何对待工厂、劳动和同伴这个发人深思的命题。这是《红旗歌》深刻含义之所在。作品初步写出了正在兴起的劳动热潮,并且注意人物性格的刻画,几个女工的形象给人留下较深的印象。尽管剧本仍有缺点,但作为第一个描写工人生活的剧本,在话剧创作上是一个较好的开始。

第五节 《王贵与李香香》、《漳河水》及其他诗歌作品

同新秧歌运动蓬勃开展的情形相似,解放区的群众诗歌创作也空前活跃。中国的民歌民谣本来有着悠久的传统,产生过许多脍炙人口的作品。五四以后,在城市工人运动中曾涌现过一些优秀的歌谣。但大量新民歌出现于土地革命时期的革命根据地。人民初步翻身的喜悦、对地主恶霸的憎恨、对共产党和红军的热爱以及对争取更美好前途的向往,在民歌民谣中都有形象的表现。如《上前线》、《盼红军》、《贺龙军》、《十送》、《三月和风吹》等许多著名民歌,在根据地群众中曾广为传唱。正如一首民歌所说"红色歌谣万万千,一人唱过万人传"。抗日战争时期,特别是延安文艺座谈会以后,解放区各级领导和专业文艺工作者对文艺的普及工作更加重视,群众诗歌创作得到了更好的组织和引导,像经过浇灌和修整

---

① 周扬:《论〈红旗歌〉》。
② 鲁煤:《〈红旗歌〉前言》。

的花枝,更加鲜艳多姿。后来人们熟知的《东方红》,就是陕北佳县民间诗人李有源的《移民歌》,经文艺工作者加工而成的。

群众诗歌的发展,不仅对群众自身起着鼓舞推动作用,而且对诗人的创作产生深刻的影响。长篇叙事诗《王贵与李香香》和《漳河水》以及解放区其他许多诗歌,都从民歌中吸取了丰富的养料。

《王贵与李香香》是诗人李季(1922—1980)的作品,最初发表于一九四六年九月的延安《解放日报》。李季是河南省唐河县人。一九三八年他进延安抗日军政大学学习,结业后,在太行山区部队里做基层工作。一九四二年冬到陕北地区,先后当过小学教员、县区政府秘书和小报编辑。他爱好文艺,广泛地收集过民歌。在创作长诗之前,他还采用通俗文艺形式写过《老阴阳怒打虫郎爷》,石印出版过《卜掌村演义》等作品,他还用"里计"、"李季"、"李寄"笔名在《解放日报》上发表过一些通讯、小说和诗歌。

《王贵与李香香》全诗共分三部十三章,反映了一九三〇年前后,陕北地区农民群众在中国共产党领导下开展的激烈斗争;在急风暴雨式的群众斗争背景上,展开了王贵和李香香的爱情故事。作品真切地反映了贫苦农民的解放和革命斗争的胜利的血肉相连的关系;在歌颂人民革命胜利的同时,热情地歌颂了王贵和李香香忠于革命的精神以及他们纯朴的爱情。

诗作一开头,就在读者面前展现了陕北旧农村阶级压迫的一幅幅血淋淋的图画。这里,"一眼望不尽的老黄沙,哪块地不属财主家?"一九二九年大旱,"庄稼就像炭火烤",第二年便出现了空前难度的春荒:"掏完了苦菜上树梢,遍地不见绿苗苗。百草吃尽吃树杆,捣碎树杆磨面面。二三月饿死人装棺材,五六月饿死没人埋。"在这饿殍遍野的境况中,恶霸地主崔二爷家"窖里粮食霉个遍",他不但见死不救,反而催逼佃户们交租。"饿着肚子还好过,短下租子命难活",王贵的父亲就是因为交不起租子,被崔二爷活活打死。十三岁的王贵也被迫成了崔家的"没头长工":"打死老子拉走娃娃,一家人落了个光塌塌!"王贵一方面受到崔二爷的残酷压迫,另一方面却受到也是被压迫者李德瑞父女的关怀和同情。随着岁月的更替,王贵和李香香在苦难中长大成人,很自然地产生了爱情。

> 山丹丹开花红姣姣,
> 香香人材长得好。
>
> 一对大眼水汪汪,
> 就像露水珠在草上淌。

> 二道糜子碾三遍，
> 香香自小就爱庄稼汉。
>
> 地头上沙柳绿蓁蓁，
> 王贵是个好后生。
>
> 身高五尺浑身都是劲，
> 庄稼地里顶两人。
>
> 玉米开花半中腰，
> 王贵早把香香看中了。

诗人在这里描绘了这两个由苦命娃长大的主人公的优美形象，点明了他们刚刚开始的火热的爱情。但是，在暗无天日的社会里，他们的幸福并不容易得到，他们的爱情遭到了恶霸地主崔二爷的阻挠和破坏。崔二爷敢于这样横行乡里，鱼肉人民，是因为他占有数不清的牛羊和土地，有政权作靠山，"县长跟前说上一句话，刮风下雨都由他。"他是独霸一方的土皇帝，敢于胡作非为。

王贵的性格，是从他所处的家庭地位发展成的。杀父之仇，牛马不如的雇工生活，婚姻上的波折，是王贵仇恨崔二爷的现实根源，也是他反抗意识成长的出发点。当革命的火星把陕北地区土地革命的烈火点燃起来时，王贵是死羊湾首先参加赤卫军的农民。在革命队伍教育下，他的朴素的反抗意识逐步发展成为自觉的革命思想了。他的革命劲头比谁都高："白天到滩里去放羊，黑夜里开会闹革命。""身子劳碌精神好，闹革命的心劲高又高。"当崔二爷发现了王贵参加革命，残酷地拷打他时，他用亲身感受的事实，痛斥了崔二爷的威逼利诱："老狗你不要耍威风，大风要吹灭你这盏破油灯！""我一个死了不要紧，千万个穷汉后面跟！"

李香香是作品塑造的另一个成功的形象。她是李德瑞的独生女儿，自小死了母亲，过着贫苦的生活。"脱毛雀雀过冬天，没有吃来没有穿。"她形象俊美，心地善良，勤劳勇敢，爱憎分明，而且具有坚强的反抗性。她"自幼就把有钱人恨透了"，却实心实意地爱上了王贵。作品不只是写出了她对于爱情的忠贞不贰，还写出了她在斗争中逐步觉醒。当王贵遭到毒打时，她为了抢救亲人，明确地认识到游击队是自己的救星。当崔二爷领着白军回村，支走了她的父亲，强迫她成婚时，她的火辣辣的反抗性格

得到充分的展现。她愤怒地抓了崔二爷的"狗脸""两个血疤疤";她当众痛斥崔二爷,"有朝一日遂了我的心愿,小刀子扎你没深浅!"在孤立无援被软禁的情况下,她更加懂得了自己和王贵是命运相同、患难与共的夫妻,"五谷里数不过豌豆圆,人里头数不过咱俩可怜!"她怀着更加急切的心情盼望革命胜利,盼望游击队快打回来,把"狗腿子白军一扫光","公仇私仇一齐报"。这些愤怒的反抗,表明了李香香思想的觉醒和成长,也表达了她对爱情的坚贞和对革命的向往。

作品对地主阶级代表人物崔二爷的刻画也是生动的。他形象丑恶,内心狠毒狡诈,他依仗伪政权,勾结伪军,豢养走狗,自立武装,任意草菅人命,妄图霸占李香香。在土地革命烈火面前,他极端恐慌,极为顽固,也极其愚蠢,进行了疯狂的挣扎和反扑。最后,他和他拼命维护的封建统治,一起遭到了覆灭的下场。作品是通过他自身的合乎生活逻辑的言论和行动来揭示人物的反动本质的,夸张和漫画的艺术手段的运用,并没有使形象脱离生活真实,这是一个有个性特征的反面形象。

王贵和李香香是中国共产党领导下参加革命斗争的觉醒了的农民形象。自五四以来,中国新诗创作经历了长期的演进和变化。诗人们为了反映人民群众的呼声,歌唱他们的英勇斗争,作过许多努力,也取得了很大成绩。但革命诗歌存在一个相当普遍的缺点,就是从艺术形式、语言到思想感情,和劳动群众都有着较大的距离。《王贵与李香香》较之《兄妹开荒》、《白毛女》、《李有才板话》等优秀的人民文艺作品的出现虽然晚一点,但它在诗歌创作上运用劳动群众喜闻乐见的形式,反映他们的生活,塑造了丰满生动的艺术形象,不能不说是一个划时期的创造性贡献。郭沫若称赞这首诗是"人民翻身"到"文艺翻身"的"响亮的信号"①,道理也正在这里。

整个作品将近一千行,全部采用陕北民间流传的"信天游"写成。作品相当于把几百首"信天游"连缀成章,运用得十分圆熟自如,使得诗作在革命内容和民族形式的运用方面相当完美地统一起来。在表现手法上,作品也从民歌中吸取了丰富的营养。它采用了民歌中许多精彩的句子,在描写人物形象和表达主题上,发挥了很好的作用。比兴手法的运用,本是"信天游"的特点。作品对此作了多方面的吸收,具体运用时呈现活泼多姿的状态。比如"山丹丹开花红姣姣",是兴中有比,为下句赞美香香人材起兴作比的。"山丹丹花来背洼洼开",也是兴中有比,是为刚刚开始的

---

① 《〈王贵与李香香〉序》。

"交好的心思"不能公开而起兴作比的。作品对于比喻的运用,不但精彩贴切,而且运用得很广泛,很自如,这就增强了语言的形象性和表现力。诗句的节奏流畅明快,同时也显得自然和谐。这些都说明作者对于这种民歌形式和群众语言很熟悉,很了解,善于从中吸取营养,致使作品的语言在朴素中具有形象美、音乐美的特点,成为艺术化了的诗歌语言。

《漳河水》是这个时期产生的另一首长篇叙事诗。作者阮章竞(1914—2000)出身于广东中山县一个贫苦家庭,抗战前即参加革命工作。一九三八年到太行山区,开始从事文学创作,写过许多剧本。一九四七年春,连续创作了长诗《圈套》和《送别》、《盼喜报》等短篇诗作,受到人们的注意和称赞。《圈套》一诗标明是"俚歌故事"。这诗是用生动活泼的群众语言写成的,简明朴实,不事夸张,反映了土地改革运动中尖锐复杂的阶级矛盾,揭露了地主"好皮好面藏黑心"的阴谋,也如实地写出了农民群众身上存在着传统思想的影响和某些缺点。敌人正是利用了旧的传统思想的影响,展开反攻倒算的罪恶活动的。经过斗争,敌人的阴谋破产了,人民群众胜利了。作品用现实主义手法描绘出来的富有时代特色的斗争场面,清晰地呈现在读者面前。《送别》是"记豫北某村参军小景",描绘了一位年逾古稀的老妈妈送儿子参加解放战争的动人情景。《盼喜报》是拟一个士兵的妻子给丈夫写信,鼓励他在前方杀敌立功,夫妻之间的关怀爱护和爱国热情交织在一起,表现得真切感人。

写于一九四九年三月的《漳河水》,是一部妇女解放的颂歌,反映了太行山区妇女在封建传统习俗的野蛮压迫下遭受的苦难,热情地歌颂了她们在共产党领导下获得解放和新生。作品刻画的荷荷、苓苓、紫金英这三个妇女的形象栩栩如生,性格各自不同。当她们还在"毛毛小女不知道愁"的时候,都有各自的生活理想,渴望美满称心的家庭生活。但在封建统治下,她们的命运如"断线风筝",婚嫁像"押宝"一样,结果"三个人的心事都走了样",陷入了各自不同的痛苦境地里。她们哀怨幽深地倾诉着:

> 声声泪,山要碎!
> 问句漳河是谁造的罪?
> 桃花坞,杨柳树,
> 漳河流水声呜呜!
> 戏鼓咚咚响连天,
> 唱尽古今千万变。
> 唱尽古今千万变,

没唱过俺女儿心半片!

恨咱不能拨起山,

把旧规矩捣成稀巴烂!

……

革命胜利了,人民解放了,封建的古牢冲塌了,"漳河水,九十九道湾,毛主席领导把天地重安","妇女飞出铁笼来",她们的聪明才智得到充分的发挥,各自不同的性格也更加明朗地呈现出来。

荷荷是作品中最富有斗争性的先进人物。她首先冲出了封建"恶婆家门",果断地和那个年岁悬殊的"黑心肝"老头离了婚。她积极参加互助组劳动,找了对象,组成了新家庭,她还积极热情地帮助姊妹们翻身解放,走上新的生活道路。苓苓是获得解放的妇女中另一个类型的人物。她聪明能干,积极劳动,活泼而又富有风趣,在用"家庭训练班"的方式和丈夫的大男子主义所作的斗争中,更表现出她是一个善于办事的"巧媳妇"。紫金英已经成了一个寡妇,个人的遭遇更其不幸,命运的摆布使她无可奈何,她在精神上受旧社会旧思想旧习俗的摧残比荷荷、苓苓更深重些,因此,她的思想觉悟过程更为曲折缓慢些。在荷荷、苓苓的鼓励带动下,她终于摆脱了旧的生活状况,投身于集体生产劳动,走上了新的生活道路。

妇女的解放是社会解放的尺度。作品生动地描绘了三个不同类型的妇女从封建传统习俗压迫下解放出来的过程,指出了参加集体生产劳动是妇女解放的正确途径。作品又用了较多的笔墨描写了苓苓的丈夫受到教育,获得了转变;并且还通过他对群众中仍然存在的轻视妇女的思想展开批评,反映了劳动群众在政治翻身以后,逐步从传统思想中解放出来的生动情景。

作品不但成功地描绘了鲜明生动的人物形象,在表现形式上也有许多新颖独创的特点。诗人把流传在漳河两岸的许多民间小曲如《开花》、《四大恨》、《割青菜》、《漳河小曲》、《牧羊小曲》等,加工改造,杂采成章,表现不同人物的思想感情和她们情绪上的变化,既无拼凑割裂之感,又在和谐统一中显得活泼而富有变化。比如前边提到的三个姑娘哀怨幽深的倾诉的曲调,和作品结尾用欢乐含蓄的调子,赞美光明幸福的新社会,便形成了强烈的对照:

漳河水,九十九道湾,

漳河流水唱的欢:

> 桃花坞，长青树，
>
> 两岸踏成康庄路，
>
> 千年的古牢冲坍了！
>
> 万年的铁笼砸碎了！
>
> 自由天飞自由鸟，
>
> 解放了的漳河永欢笑！

此外，诗人在学习人民群众的语言来反映人民群众的生活上，也是很见功力的。作品语言个性化的特点比较突出，语汇丰富，表达得也流畅贴切。写景抒情，衬托人物的情绪变化，都能做到景随情变，物随意迁，互相映衬，相得益彰。总之，这是一首人民革命胜利的赞歌，朴实的风格掩映着华美的风采，明丽复兼清新，刚健而又柔婉，它是从民歌和群众语言的土壤中生发出来的一朵鲜花。

阮章竞在创作《漳河水》之前，一九四七年九月还编写过新歌剧《赤叶河》，以三十年代太行山区为背景，描写地主压迫下农民的悲惨生活以及后来在土地改革中的翻身。剧中不少歌词本身就是很好的诗句。像"赤叶河，灾难多，不开荒山人挨饿；开荒山就是打铁锁，千年万年逃不脱！""夜月明，山风吹，诉苦没完心要碎，众人前，难忍下，早已烧干的两眶泪。""拉破了的衫儿还能补，撕碎了的心儿怎能缀？火烧过的青山山还在，东流的河水，它永不回！"文字凝练，形象生动，具有扣人心弦的力量。

除《王贵与李香香》、《漳河水》成功地运用民歌民谣体反映农村的生活和斗争外，张志民、李冰、贺敬之、严辰等诗人的作品在这方面也取得了较好的收获。

张志民(1926—1998)的《王九诉苦》、《死不着》、《野女儿》等长篇叙事诗，是一组风格近似的作品，反映了贫苦农民的痛苦生活以及在土地改革运动中的翻身斗争。其中《王九诉苦》一诗发表时就受到热烈称赞。作品用形象有力的语言写出了一本被剥削者的血泪账。"进了村子不用问，大小石头都姓孙。""孙老财算盘劈啪打，算光了一家又一家。"这些形象的诗句把人物的身份、行状连同剥削者的本质暴露得十分真实，使人读来顿起憎恶愤怒之感。在翻身斗争中，王九的控诉也写得坚定有力："王九的心里像开了锅，几十年的苦水流成河。你逼死我父命一条，你逼着我匆匆上了吊！""孙老财你杀人要偿命，孙老财你欠下的血债要清算！"通篇都用形象的语言写了下来，既通俗又顺口，能直接念出来感动听众，真实地反映了那个时代的社会面貌和斗争情况，是反映土地改革运动中翻身群众的优秀作品。这些作品像民间的剪纸一样,不铺陈,不枝蔓,没有背景,只用粗大的笔触画出主要人物的突出特征。采用这种艺术手段来表现苦难者的血泪控诉和愤怒的反抗,有很强的现实感。但作品对人物的内心世界的刻画显得不力,几篇之间在情节上也颇有雷同之处。稍后写出的《欢喜》、《接喜报》等作品,有了新的转变,诗人突破了自己的老套,以欢快的调子写出了一片光明景象,写出了解放区人民一片欣喜欢乐心情。

李冰的《赵巧儿》较为丰满地塑造了赵巧儿这个从土地改革运动中觉醒成长起来的劳动妇女的形象。她的反抗性格的形成和发展,描写得细致生动,合情合理。作品运用了心理描写、插叙等手段,概括了较为广阔的生活内容,写到了土地改革运动从头到尾的许多重大活动,如诉苦、锄奸除霸、分田、参军等,头绪甚多,但安排得当,因此并不显得凌乱。作品对虎儿形象的刻画也是鲜明生动的。作者另一个诗集《花开季节》第一辑里,还收载了他在解放战争时期的一些短篇作品。其中如《大娘》、《一条大路》、《红灯笼》等,是歌颂翻身农民支援解放战争的生动篇章。《红灯笼》一诗尤为精彩,用轻灵的笔调描绘了农民群众组成担架队积极支前的热烈场景,赞扬了一个夺得先进红旗的妇女担架组的先进事迹。作者写作技巧较为圆熟,又善于构思。长歌短咏,描写集中,语言也流畅自然。

贺敬之除参加《白毛女》的创作外,也写了不少诗歌。一九四二年到一九四九年的诗作,先后收在《笑》、《朝阳花开》两个诗集里。这些作品大都采用民歌形式写成,其中一部分是优美的歌词,是"能唱的诗"。其他则为长短不一的叙事抒情作品。《笑》是模拟一位老贫农张老好在土地改革运动中翻了身的长篇歌唱。通篇用活泼的笔调,贴切生动地抒发了翻身农民兴奋喜悦之情。《搂草鸡毛》是反映解放区翻身农民踊跃参军的叙事作品。诗人用极尽夸张的笔调,描绘出"千万英雄上战场"的盛大场景,热情歌颂了解放区人民的英雄气概和把革命进行到底的决心。这在当时反映同类题材的许多诗作中,是别开生面的作品。《黑峪口夜渡》是反映陕北红军将领刘志丹率部过黄河东征的叙事诗。其他如《行军散歌》一组作品,是诗人从延安到华北行军途中写的短诗,描绘了陕甘宁边区经济建设的巨大变化,热情歌颂了亲如一家的军民关系,篇幅虽短,但倾吐出来的一片深情异常真挚感人。贺敬之的这些作品,较之他在抗战前期写的收在《乡村的夜》诗集里的作品,内容和形式都发生了较大的变化,既有生动明朗的现实图画,又洋溢着革命乐观主义激情,形式多样,风格纯朴,充分显示了诗人向群众学习的成绩。

严辰(1914—2003)的诗多数收集在《唱给延河》、《生命的春天》、《晨星集》等诗集里。其中较有代表性的诗作,如《神兵连》、《江波大队》,生动地描绘了抗日游击队在人民群众支持拥护下成长壮大的情景。一九四七年写的《新婚》,真切地抒发了翻身农民的喜悦心情。新婚夫妇在洞房里展开了苦难生活的回忆,今昔对比,苦尽甜来,"天上的玉女配金童,受尽苦难的尼姑配长工",这个空前巨大的变化,正是革命胜利带来的,获得解放和幸福的人民自然由衷地拥护革命。作品构思精巧,"信天游"的形式也运用得圆熟自如,这是诗人创作中的可喜的收获。

在解放区比较活跃的知名诗人还有萧三(1896—1983)。他早年在苏联写了《血书》、《瓦西庆乐》、《礼物》等诗,歌颂中国革命,歌颂国际无产阶级斗争,谴责法西斯侵略。这些诗歌感情强烈、语言通俗。一九三九年从苏联回到延安后,一直坚持诗歌创作,并编辑刊物《新诗歌》。在《诗人,起来——出版〈新诗歌〉的几句话》中,他宣称"诗歌可比子弹和刺刀"。并明确主张新诗"要向民歌学习,向古典诗歌学习"①。他写的《"十月"二十五周年献词》、《我又来到南泥湾》、《延安狂欢夜》、《送毛主席飞重庆》等诗作,也充分体现了这些主张。

五四以来新诗的各种自由诗体,也有不少诗人继续采用。如年轻而有才华的诗人陈辉(1920—1944)的《平原小唱》、《平原手记》两组诗歌,以轻快的调子,生动地描绘了根据地人民的斗争生活,抒发了游击队员们豪迈乐观的纯朴感情。《新的伊甸园记》一组作品,是革命生活的颂歌:

> 那是谁说,
> "北方是悲哀的"呢?
> 不!
> 我的晋察冀呵,
> 你的简陋的田园,
> 你的质朴的农村,
> 你的燃烧着战火的土地,
> 它比,
> 天上的伊甸园
> 还要美丽!
> ——《献诗——为伊甸园而歌》

---

① 《萧三诗选·自序》。

在作品中,诗人诚挚地表达了为祖国献身的决心,描绘了八路军将领聂荣臻的形象,赞扬了年轻姑娘保护革命干部的英勇行为,描绘了子弟兵英勇出击的夜战场面,还反映了人民群众为支援革命战争开展的生产运动,生动地反映了边区人民互相关心、逐步互相爱护的真挚感情。这组作品通过上述场景的描绘,热情歌颂了根据地人民为祖国的新生而开展的英勇斗争。诗人牺牲后,田间把他的遗作整理为《十月的歌》出版。

魏巍(署名红杨树)的诗集《黎明风景》收载了他在抗日战争和解放战争期间的大部分诗作。一方面,他采用民歌形式写了《好夫妻歌》、《三合村》、《好兄弟歌》等生动的短篇叙事诗,愤怒地揭露了日伪残害人民的罪行,歌颂了人民群众的英勇斗争。另一方面,他还采用自己所熟悉的自由体的形式,写了许多长短不一的抒情叙事作品,饱含革命激情,是艰苦斗争中迸发出来的快乐的歌唱。《高粱长起来吧》别致地写出了游击队员旺盛的斗志和急切的求战心情。《叩门》把夜袭胜利归来的情景写得亲切感人:

> 妈呀,开门
> 咱们的人回来了
> 启明星就要升起
> 打谷场上
> 落满了霜
> ……
> 妈,瞧瞧我们得的枪吧
> 你瞧这挺歪把子
> 蓝灿灿的
> ……

一九四七年五月内蒙古自治区成立后,蒙族诗人纳·赛音朝克图(1914—1973)受到了新生活前景的鼓舞,创作风格发生重大的变化。他的诗歌《沙原,我的故乡》在光明与黑暗决战的关键时刻,满怀深情地歌唱光明与解放,表现了鲜明的政治倾向。在具体描绘了"黄金闪烁的沙原","我父母的故乡"的许多可爱景物和光荣历史之后,诗人回到严酷的现实:

> 风暴吹动着柳枝,
> 震荡着我愤怒的心脏。

> 绝不让国民党反动派的魔爪，
> 掠夺我们肥美的牛羊。
>
> 啊，沙原，我的母亲，
> 　　我们的故乡！
> 朝着共产党指引的方向前进吧，
> 让自由放射出灿烂的光芒。

诗人以战士的身份出现在人们面前，作为人民解放战争的号手，参加了战斗。他还写了《纪念人民英雄陶高的功绩》等诗歌，歌颂解放战争中出现的人民英雄。

除以上所述的许多诗歌作品外，郭小川、公木、戈壁舟、刘御、柯岗、白刃等不少诗人，都以不同的形式写出了一些引人注目的诗篇。

第六节　报告文学及其他

解放区火热的斗争生活是各类文学作品取之不尽的创作源泉，给报告文学也提供了极其丰富的创作素材。四十年代解放区的报告文学有很大的发展，涌现的作品难以数计。和三十年代初期的报告文学相比较，这些作品从内容到形式都有了很大的变化。它们不是"浮光掠影的宣传"，而是把战斗性和真实性统一在一起。作品中人物已经不是捆在锭子上呻吟的"中国奴隶的冤魂"，而是在共产党领导下觉悟了的广大军民。和抗日战争初期的报告文学相比较，思想上艺术上都有明显的提高。

以三十年代茅盾主编的《中国的一日》为借鉴，在解放区先后出现了两部群众性的大型报告文学集《冀中一日》和《渡江一日》。前者是一九四一年至一九四二年间冀中人民开展群众性写作运动的成果，汇集了以一九四一年五月二十七日的见闻为内容写成的短文二百多篇，约三十万字。这是冀中人民用鲜血和生命写成的书，也是他们用英勇斗争保存下来的书。这里的每个作品，都是一份真实的战斗记录，篇章短小，文字朴素，具有浓重的生活气息。《她》、《刺刀下的殉难者》、《一个英勇沉着的青年班长》、《不稀奇的故事》、《夜过平汉路》、《据点附近的学校》、《轿车里呆了半天》、《微笑》等，都是生动感人的作品，写出了中国人民宁死不屈的性格，揭露了日本侵略者的凶残，描绘了冀中人民的斗争生活场景，赞扬了艰苦不畏缩的革命乐观主义精神。《渡江一日》是一九四九年人民解放军渡江

作战期间,第三野战军动员全军"在渡江作战中动笔为文"而产生的。全集收作品一百二十篇,二十余万字。每个作品篇幅不长,只用朴实的文字写下了指战员们的实际战斗过程,其中《炮击江防》一组文章,写出了人民炮兵以迅雷不及掩耳之势摧毁敌人苦心经营十个月的江防工事的过程,威武雄壮,有声有色。《炮兵俘敌舰》一组文章,反映了一场英勇的保卫战,炮兵严惩了横行在长江里的帝国主义舰艇,捍卫了祖国主权,显示出中国人民不畏强暴的严正立场。从《中国的一日》到《冀中一日》、《渡江一日》,是中国人民从被压迫的悲惨境地经过艰苦斗争走向胜利的珍贵的历史记录。

解放区的许多作家如丁玲、周立波、孙犁、刘白羽、马烽等,在写作小说的同时,都写过反映解放区军民的生活和斗争的报告文学作品。在写作报告文学为主的作家中,华山和周而复的作品产生过较大的影响。吴伯箫、曾克、韩希梁的作品也各有特色。

华山(1920—1985)的《窑洞阵地战》,是太行武乡地区广大民兵开展窑洞阵地战的全面的综合性报导。作品以简洁的文字,记述了这个地区人民利用窑洞打击日寇的过程。作者从实际出发,如实地反映了人民群众在斗争挫折和血的教训中成长起来。《碉堡线上》用了较长的篇幅,广泛地反映了敌占区人民在共产党领导下和敌人作斗争的情况,集中地写出了年仅十八岁的游击队长小刘灵活地和敌人展开斗争的故事。作品并没有把他写成"无根之木"的孤胆英雄,而是把他当作敢于斗争的人民群众的代表来加以歌颂。整个作品富有传奇色彩,又饱含着浓重的战斗生活气息,是反映抗日游击战争中成长起来的一代新人的佳作。此外,作者在解放战争时期所写的《踏破辽河千里雪》、《其塔木战斗的英雄们》、《英雄的十月》等长篇报道,描绘了东北战场惊心动魄的斗争场面,热情地歌颂了许多英雄战士,说明了人民战争的胜利正是这些英雄战士用生命和鲜血换来的。语言明快,记事生动,是华山报告文学作品的鲜明特点。除报告文学外,华山还写了著名的短篇小说《鸡毛信》,塑造了一个机智勇敢的少年海娃的形象。作品故事情节曲折而又合情合理,人物栩栩如生,语言也合乎少年儿童特点。

周而复(1914—2004)的最著名的报告文学作品是《诺尔曼·白求恩断片》,以较长的篇幅,报道了伟大的国际主义战士白求恩深入前线、救死扶伤,为中国人民解放事业竭尽劳瘁的许多动人事迹,是一曲高亢的国际主义精神的赞歌。白求恩从加拿大来到中国,带来了大批药品和医疗器械,深入敌后,深入前线,雷厉风行、艰难劳瘁地开展工作。他说,医疗工作的目的"不仅为挽救今日的中国,而且为实现明天的伟大、自由、没有阶级的新中国"。为了适应战争的需要,他为中国人民培养了大批医务人员,创建国际和平医院。他为伤员着想,敢于批评某些人员的不负责任的作风,敢于严格要求。在严冬,他把自己的被子送给伤员盖。他把炊事员特别为他做的营养品亲手喂给重伤员吃。他的"万能血型"的鲜血输进了中国八路军普通战士的血管里。在战火纷飞的前线,他还做着断肢和腹腔手术;他救活了许多英勇善战的革命战士,还为晋察冀边区的人民施行治疗。当一九三九年十一月十二日清晨,白求恩大夫逝世时,全边区的人民和子弟兵听到消息后,没有一个人不悲痛下泪。可见他的精神感人之深。作者通过白求恩大夫在抗日前线的生活和工作断片,写出这位伟大国际主义战士的崇高的形象。人物性格刻画得真实生动,给人留下鲜明的印象。作者后来还根据有关的素材,写了长篇小说《白求恩大夫》。除《诺尔曼·白求恩断片》外,周而复还是报告文学《海上的遭遇》主要执笔者。写于抗战中期的短篇集《高原短曲》,描绘了边区开荒生产运动,富有浓郁的生活气息。

吴伯箫(1906—1982)的《黑红点》是抗战后期的通讯散文专集。这里每个作品篇幅不长,但组织精当,描绘了游击队员们生龙活虎的形象,写出了大生产带来大丰收的繁盛景象。《黑红点》是一篇通讯作品,冀南敌占区人民将所记汉奸走狗伪军干坏事的记录叫做"黑红点",这是敌人一份很灵验的"生死簿"。作品围绕这个"生死簿"组织了几则小故事,说明这种巧妙的斗争方法的效果和作用。《化装》一篇情节曲折生动,把敌人写得既狡猾又愚蠢,把人民群众写得既勇敢又聪明。本集第二部分作品如《南泥湾》、《火焰山上种树》、《新村》等篇,反映了陕甘宁边区大生产运动、绿化荒山、移民安置等生活图景,洋溢着热爱边区新生活的感情,纯朴可爱。《出发集》是作者一九四六年以后的作品集,第一辑是散文,其中《出发点》一文是生动的散文诗。这是作者离开延安时唱出的延安精神的赞歌。作者文学修养较深,对边区生活也有亲身体会,反映在作品里便显出选材适当,结构谨严,文笔老练。

曾克在抗战后期有散文通讯集《光荣的人们》,这些作品是她在太行山区和延安时期写的,其中写到的许多人物,都是从八年抗战和大生产运动中考验过来,并且还在埋头苦干的无名英雄,表现了女性作者对斗争生活独到的细致观察和特有的敏锐感受。《劳动的妇女们》用细致的文笔写出了太行山区农村妇女纯朴坚强的性格。《乡居生活》是作者深入斗争生活的体会,通篇洋溢着作者热爱群众生活的感情,亲切感人。《挺进大别

山》是作者跟随人民解放军南征时记录下来的,这六组文章以活泼的文笔,反映了这一伟大进军。其中《送别》、《沙原上》、《史玉轮同志永垂不朽》、《突击》、《我认识的第一个营长》、《过涡河》等篇写得尤为生动,文字流畅自然,生活气息浓厚,写景抒情,互相映衬,更显得轻灵可爱。

韩希梁的《飞兵在沂蒙山上》、《六十八天》是反映华东解放战争的两部长篇报告。作品重点报道的是年轻的人民炮兵在孟良崮战役和淮海战役中成长起来以及它所发挥的巨大作用。作者当时任连队指导员,对连队成长过程十分了解,因此,反映的情况是朴实亲切的。《飞兵在沂蒙山上》写解放军经过十天飞速行军,克服了敌人干扰、山路崎岖、天热、缺粮缺水等困难,终于和整个野战兵团像尖刀一样插进了敌后,进逼孟良崮。在兄弟部队配合下,一举歼灭了敌军五大主力之一"七十四师"。《六十八天》是反映这个野战兵团和炮兵连队从沂蒙山区出发,沿陇海路东段向南推进,参加淮海战役的过程。这些报告作品,是用他参加斗争生活的经历和体会写成的,很少浮华雕琢,文笔粗犷质朴,战斗生活气息强烈,时代感也很鲜明。

许多报告文学、通讯作品还描绘了民族解放和人民解放战争的英雄事迹,以及从斗争中涌现出来的先进人物。周游的《冀中宋庄之战》,描写一九四二年冀中宋庄地区一次空前激烈的反"扫荡"战斗,游击队沉着应战,以少胜多,写得细致生动。周元青的《解救》生动地报道了抗日游击队一次胜利的夜袭。夜战场景的描写,黎明景色的点染,衬托战士们胜利的心情,表现得体。丁奋的《没有弦的炸弹》,用生动活泼的群众口语记叙了一位侦察员灵活机智同敌人作斗争的真实故事。李后的《宋纪柳》集中笔墨描写山东赣榆地区一位神出鬼没、令敌人丧胆的游击队员宋纪柳的事迹。李立的长篇报导《四十八天》,以日记形式记录抗战胜利后王震率领的人民军队冲破国民党军的重重包围,回旋于湘粤线,与中原解放军会合,所到之处敌人望风披靡,人民笑逐颜开。作者用明快的语言写出了许多惊心动魄的场面。洪林的《一支运粮队》,描绘了翻身的农民支援解放战争的生动情景。总之,解放区的报告文学、通讯以及小说、戏剧、散文、诗歌等各类文学作品,共同表现了一个新的群众的时代,共同绘出了人民战争壮丽的画卷。它形象而有力地表明:解放了的中国人民和中华民族是不可战胜的,人民革命战争的胜利是势所必然的。

在真实地描绘中国人民从深重的灾难走向解放的黎明的战斗历程方面,在"作为团结人民、教育人民、打击敌人、消灭敌人的有力的武器"方面,这些报告文学、通讯及散文作品,都是出色地尽到了自己的历史职责的。

第一次全国文代会的召开

（代结束语）

一九四九年七月,在新中国即将诞生、中华民族历史即将揭开新的一页的日子里,中华全国文学艺术工作者代表大会在北平举行。这次代表大会的召开,标志着我国新民主主义革命时期文学历史的结束和社会主义时期文学历史的开始。

文代会筹备工作是在解放不久的北平进行的。一九四九年二月,大批华北解放区的文艺工作者来到北平,随后,国统区许多文艺工作者也陆续到达这个文化古都,加上原来在北平坚持文艺工作的人员,形成了中国新文艺大军首次大会合。三月二十二日,华北文化工作委员会和"华北文协"举行茶会,郭沫若在会上提议:发起召开全国文艺工作者代表大会,成立新的全国文艺界的组织。这一倡议得到与会者的一致赞同。

经过三个多月筹备,文代会于六月三十日召开预备会议,七月二日正式开幕。先后与会的各民族的代表达八百二十四人①,代表着大约七万多新文艺工作者以及数以万计的分散在广大城乡的旧戏曲和曲艺工作者。毛泽东亲临大会讲话,朱德代表中共中央致了贺词,周恩来向大会作了政治报告。大会总主席郭沫若在会上作了《为建设新中国的人民文艺而奋斗》的报告,副总主席茅盾、周扬分别作了《在反动派压迫下斗争和发展的革命文艺》(国统区)和《新的人民的文艺》(解放区)的报告。大会听取了各方面代表一系列的报告和专题发言,进行了热烈的讨论和交流,产生了"全国文联"和文学、戏剧、电影、音乐、舞蹈、美术各部门协会以及戏曲改革协会、曲艺改进会等组织,至七月十九日胜利闭幕。

这次文代会是各路文艺大军的一次大会师。它既是大革命失败以来被迫分离在国民党统治区与革命根据地的两支文艺工作者队伍的会师,

---

① 筹委会原定邀请的代表为 753 人,大会开幕后,实际到会的代表增加至 824 人(见《大会筹备经过》一文)。

"也是新文艺部队的代表与赞成改造的旧文艺的代表的会师,又是在农村中的,在城市中的,在部队中的这三部分文艺军队的会师。这些情形都说明了这次团结的局面的宽广,也说明了这次团结是在新民主主义旗帜之下、在毛主席新文艺方向之下的胜利的大团结、大会师"①。

这次文代会又是我国新文艺成就的一次大检阅。五四以来的新文艺,虽然只有三十多年历史,但却取得了重大成就,涌现了许多优秀的或相当优秀的作品,有力地配合了各个阶段的革命斗争,教育影响了千千万万青年走上革命的道路,对历史发展尽到了自己应尽的责任。文艺工作者与人民大众经历着共同的苦难和战斗,有着共同的命运和悲欢。朱德在贺词中指出:"文学艺术和革命斗争,有这样一个不可分离的关系,这是中国新文艺的光荣。"毛泽东在讲话中对新文艺工作者给予十分亲切而崇高的评价:"你们都是人民所需要的人,你们是人民的文学家,人民的艺术家,或者是人民的文学艺术工作的组织者。你们对于革命有好处,对于人民有好处。因为人民需要你们,我们就有理由欢迎你们。"

这次文代会也是五四以来新文艺基本经验的一次大总结、大交流。新文学三十年的发展过程,可以说一方面是向世界进步文学学习,从文学内容到表现形式无不进行现代化变革的过程,另一方面又是文学同人民群众日益结合,同民族传统日益结合,逐步走向民族化、群众化的过程。中国文学现代化的真正起点是五四文学革命:经过这场革命,中国文学才有了称得上是现代的民主与科学的内容,才有了科学社会主义的思想因素,才与世界进步文学取得共同的语言。然而,三十年的历史经验特别是延安文艺座谈会后的历史经验证明,文学的现代化又必须与文学的民族化、群众化过程相结合:只有实现这两者的结合,新文学才能具有鲜明的民族特点,才能在人民中生根。

这次文代会对文学、艺术方面的专业类问题讨论得并不多。但按照与会作家们当时的理解,新中国文学在题材类型、语言形式、创作方法、审美风格等方面,应该是宽广多样,能够充分保证作家发挥个人才能,获得自由创造的广阔空间的。无论是写实主义、浪漫主义、象征主义、现代主义,无论是雄浑壮阔、清丽柔美,热情奔放、凝重内敛,轻松讽刺、冷静幽默,各种不同题材、不同方法、不同风格的文学,都会获得自己的天地。然而,后来的实践证明,情况并不如他们预想的那样顺利,道路竟是起伏不

---

① 周恩来:《在中华全国文学艺术工作者代表大会上的政治报告》,见《中华全国文学艺术工作者代表大会纪念文集》,第33页。

定而极其曲折的。文学艺术的真正春天,要到改革开放的新时期才能到来。尽管如此,在新中国诞生前夕举行的这次文代会,毕竟是文学史上继往开来的重要会议。它组织起一支规模宏大的建设社会主义新文艺的队伍,开创了新民主主义革命胜利后文艺工作的新局面,将我国文学艺术引上一个前程更为远大的新方向。

编 写 后 记

　　这部简史是在一九七九年到一九八〇年出版的三卷本《中国现代文学史》基础上压缩修订的。三卷本分两个阶段(六十年代初和七十年代末)编写完成。第一阶段,参加者有王瑶、严家炎、刘绶松、刘泮溪、万平近、黄曼君、路坎、樊骏、吴子敏、徐迺翔、许志英、李文葆、杨占升、张恩和、蔡清富、吕启祥、陈子艾、王德宽和我,一共十九人。其中有的参加时间较长,有的参加时间较短。第二阶段,因原稿在十年动乱中遗失,除第一、二卷当初经过修改,准备讨论,有少数铅印本流传在外,可资依据外,第三卷片纸不存。在修订第一、二卷和重写第三卷时,因为重写工作繁重,原来成员有的逝世,有的因其他工作未能参加,新加入的有陈涌、黄修己、鲍霁、易新鼎等四人。我因健康关系,除参加讨论和通阅全稿外,具体工作委托严家炎代行。

　　因为这是教材,一开始便决定采用集体讨论、分头执笔的办法,各段由专人负责,主编总其成。在讨论中,曾经约定几条:一、采用第一手材料。引证依据早期版本,批评采取"春秋笔法",同时翻阅期刊,以便了解时代面貌和历史背景;二、尊重研究成果。反映已有学术水平,尽量吸收大家公认的见解,个人观点未经社会认可的,暂不写入;三、适应教学特点。着重介绍现代文学的基本状况和基础知识,力求稳当和稳定。当时史学界有"论从史出"还是"以论带史"的争论,后者占据优势。我们未能突破成规,在体例上留有显著的痕迹;而强调公认的见解,强调教材需要稳当,也限制了一些个人的较新的识见,摒除了"一家言"。

　　三卷本出版以后,海内外不少文学界朋友,提出书面的或者口头的意见,还有通过教学实践提出的一些具体设想。外文出版社又在这时计划译成英文本和日文本。我们决定将七十余万言的三卷本压缩成为简编,除了对体例作一些改动外,凡是合用和可行的意见,尽量吸入简编。当时拟了一个修订方案,邀集部分在京成员和出版社编辑,开会讨论,集思广益,听取了许多宝贵的意见。动笔之初,严家炎、樊骏、万平近和我将重点章节分头改写,然后由万平近将全书进行压缩,集中精力,组织整理,我在通阅修改之后,又请严家炎、樊骏协助,对部分章节重新作了调整、补充和修正,然后再由我通读一遍。新版虽然作了必要的修改和订正,但也出现了一些新的问题,例如贯串较差,论述不能充分展开,材料有增有减等,因此,在教学和研究过程中,三卷本仍然有足供参考的独立的价值。

我个人觉得,文学史可以有多种多样的写法:吸收已有成果,介绍基本知识,反映学术界普遍达成的水平,这是一种写法;重视艺术风格,发掘新人新作,表达独创性科学探索的见解,这又是一种写法。当然还有其他许多不同的写法。不过无论如何,文学史首先应当是文学史,它既不是作家作品论,也不是文学运动史或思想斗争史,它应当从作家作品中分析来龙去脉,找出规律,将文学的历史发展线索清楚地写出来。这是一个相当高的标准,但也是应当而且必须达到的标准,让我们大家继续努力吧!

综上所述,简编是在原有基础上,通过严家炎、樊骏、万平近和我共同劳动的结果。至于有什么错误和不当之处,作为主编,我应负直接的全部的责任。

我由衷地期待各方面的批评。

唐 弢

一九八三年八月十五日

增订版后记

　　《中国现代文学史简编》由人民文学出版社出版已有二十三年。承蒙各方厚爱，曾在国内印行过许多次，并由国家外文出版社在二十世纪八十年代先后译成日文、英文、西班牙文三种文字对外出版发行。然而我们深知，这部教材虽然适应了国内外读者的现实需要，但由于历史的原因，仍存在不少缺点。这次复旦大学出版社希望印行该书的新版，趁此机会，我们用了几个月时间，对全书进行了一次修订和增补。由于主编唐弢先生十五年前逝世，樊骏先生因健康关系也不能参加修订，原来承担《简编》工作的四人中，只有万平近先生和我两人来做。我们先各自重读了全书，并交换了意见，制定出修改、增补的方案，分头加以落实。对书中必须修改的部分，我们作了分工，各自重读了相关的原始资料，然后着手修改或重写。对书中重要的缺漏部分，我们也分工作了增补。概括地说，我们一是扩充或重写、改写了有关沈从文、李劼人、林语堂的部分，使沈从文有了专节并在章上见名，林语堂、钱钟书等则在节上见名。二是新增补了穆时英、张爱玲的部分，使之各有专节；并插写了吴浊流、杨绛等作家。三是在对胡适、郁达夫、丁玲、路翎等的评价上作了修改，纠正了某些章节中尚存的"左"的简单化的倾向，实事求是地肯定了他们的贡献，还原了事物的本来面目。四是在概述性的较长篇幅的《引言》中，吸收了近年来研究工作中一些新的成果，压缩、删除了若干并非必要的段落。全书由十二章增加到现在的十四章。此外，还增补了近二十多年逝世的一大批作家的生卒年。我们曾经想认真地写一写包括台湾和东北在内的沦陷区文学，动手以后终因需时太多而只作局部的增补。至于修订中由于具体组织工作不善而发生的缺点和问题，自然应该由我承担责任。

　　谨此说明。

严家炎

二○○八年一月

复旦大学出版社"复旦博学·经典教材系列"已出版如下图书：

刘大杰著《中国文学发展史》

王力著《中国语言学史》

陈望道著《修辞学发凡》

周勋初著《中国文学批评小史》

图书在版编目(CIP)数据

中国现代文学史简编/唐弢主编;严家炎,万平近协编.—上海：
复旦大学出版社,2008.3(2024.1重印)
ISBN 978-7-309-05849-9

Ⅰ.中…　Ⅱ.①唐…②严…③万…　Ⅲ.现代文学-文学史-中国-高等学校-教材
Ⅳ.I209.6

中国版本图书馆 CIP 数据核字(2007)第 190493 号

中国现代文学史简编(增订版)
唐　弢　主编　严家炎　万平近　协编
责任编辑/邵　丹

复旦大学出版社有限公司出版发行
上海市国权路 579 号　邮编：200433
网址：fupnet@ fudanpress.com　http://www.fudanpress.com
门市零售：86-21-65102580　团体订购：86-21-65104505
出版部电话：86-21-65642845
浙江省临安市曙光印务有限公司

开本 787 毫米×960 毫米　1/16　印张 23.75　字数 400 千字
2024 年 1 月第 1 版第 6 次印刷
印数 12 501—14 100

ISBN 978-7-309-05849-9/I・417
定价：48.00 元